W0029251

rororo

«Das Dorf der Mütter» erzählt eine Geschichte, die sich über Jahrtausende spannt. Die junge Archäologin Ada fällt bei der Ausgrabung einer steinzeitlichen Siedlung durch ein Loch in der Zeit und landet an einem Wendepunkt der Menschheitsgeschichte: dem großen Konflikt zwischen den Wald durchstreifenden Jägern und sesshaften Ackerbauern. Und sie ist nicht die Einzige, die durch die Zeiten reist ...

Hinter dem Pseudonym Franka Villette verbirgt sich eine renommierte deutsche Autorin, deren historische Romane schon zu Hunderttausenden verkauft wurden. Außerdem lieferbar ist «Die Frau des Wikingers» (rororo 23708).

Franka Villette

DAS DORF DER MÜTTER

Roman

Rowohlt Taschenbuch Verlag

Originalausgabe
Veröffentlicht im Rowohlt Taschenbuch Verlag,
Reinbek bei Hamburg, September 2005

Umschlaggestaltung any.way, Wiebke Jakobs
(Foto: Bilderberg/Kirchgessner)
Satz Apollo PostScript (InDesign)
bei Pinkuin Satz und Datentechnik, Berlin
Druck und Bindung Clausen & Bosse, Leck
Printed in Germany
ISBN 3 499 23957 4

I. DIE AUSGRÄBER

DER SCHÄDELFUND

«Wer bist du?», flüsterte Ada atemlos. «Was willst du von mir?»

Doch der Fremde antwortete nicht. Sein Gesicht, ein undeutlicher weißer Schemen nur in der Dunkelheit, zog sich zurück und verblasste. Dennoch wusste Ada, sie war nicht allein. Sie setzte sich im Bett auf, tastete hektisch nach der Decke, dem Nachttisch mit der Armbanduhr, dem Wasserglas, dem Bleistift, der unter ihren Fingern davonrollte und mit einem lauten Klicken auf den Boden fiel. Alles war da, und noch etwas anderes.

Ada wollte sich verkriechen, sich das Kissen schützend über den Kopf pressen und die Augen ganz fest schließen. Es leugnen, bis es sie in Ruhe ließ. Doch dann mit einem Mal überwältigte sie der entgegengesetzte Impuls. Sie fuhr auf wie eine Getriebene, warf die Decke von sich; ein Schauer überlief sie, als ihre Füße den kalten Boden berührten. Außer sich vor Angst stolperte sie durch den unsichtbaren Raum bis hinüber zu dem Waschbecken.

«Komm schon, wo bist du?», wisperte sie mit erstickter Stimme. Beinahe wäre sie in Tränen ausgebrochen, während sie nach der dünnen Schnur mit der Plastikperle tastete, die die Neonröhre über dem Spiegel in Betrieb setzte. Immer wieder entglitt sie ihren suchenden Fingern, während in ihrem Rücken das Gefühl der Bedrohung wuchs. Dann, als sie schon fast schluchzte, endlich: ein Zug, ein Klack. Strahlende, rettende Helle überflutete ihr kleines Zimmer, füllte es mit Alltäglichkeit.

Sie war allein. Aufseufzend umklammerte Ada das kalte Becken mit beiden Händen. Mit hängendem Kopf stand sie da, wie ein erschöpfter Boxer, und blickte in den Abfluss, banalstes aller Dinge. Ein paar ihrer langen braunen Haare ringelten sich noch darin. Ada seufzte erleichtert. Wie hatte sie nur so in Panik geraten können, sie begriff es gar nicht mehr. Ein Traum war das gewesen, nichts weiter. Dann hob sie das Gesicht.

Ein Totenschädel starrte ihr mit erdgefüllten Augenhöhlen entgegen.

Ada schrie und schrie und schrie. Davon wachte sie auf.

Zwei Stunden später, es war sechs Uhr und bleiches Frühlicht drang durch das Fenster, stand Ada Schäfer vor ebendiesem Spiegel und zog energisch die Bürste durch die Überfülle ihres braunen Haares. Es umrahmte ihr schmales Gesicht mit den schwarzen Augen wie ein dunkler Heiligenschein. Sie schnitt Grimassen, suchte nach Hautunreinheiten, fand keine, betastete zögernd ihre Wangenknochen und schenkte ihren vertrauten Zügen ein letztes schiefes Lächeln, ehe sie aufbrach. Das kommt davon, dachte sie, wenn man den ganzen Tag mit Toten zu tun hat.

Sie erwiderte die Grüße ihrer Kollegen und schlenderte betont gelassen über das Grabungsgelände zur Grube hinüber. Das Konzert der Vögel aus dem nahen Kiefernhain war ohrenbetäubend. Die Wiesen glitzerten vom Tau, die ersten Bienen summten, Traktoren tuckerten über die Felder jenseits des Grabungsareals. Vom Bauernhof dahinter drang das Lachen und Schreien kleiner Kinder herüber. Dann stand sie am Rand der Ausschachtung.

Es war ein scharf umrissenes, etwa dreißig Meter langes, fünf Meter breites Rechteck. Die lehmgrauen Wände reichten gut einen Meter tief hinab. An einer Stelle führte eine Trittleiter hinunter auf die Sohle. Über den gesamten Boden waren, wohin das Auge auch schweifte, menschliche Knochen verstreut, deren Reliefs überall und ohne erkennbare Ordnung aus dem Untergrund ragten.

Mindestens zwei Dutzend Individuen, Männer, Frauen und Kinder, lagen hier in wilder Unordnung in den Graben geworfen. Hier einer mit ausgebreiteten Armen, als hätte er den Fall abfedern wollen, das Skelett eines Kindes verkrümmt über seinen Beinen, den Kopf unnatürlich abgewinkelt, man sah es gleich. Dort einer auf dem Bauch, die Beine gespreizt. Die ausgestreckte Hand erreichte den Nebenmann nicht mehr. Andere lagen über Kreuz aufeinander. Ein Meer von Knochen. Mit geduldigem Pinsel hatte Ada sie in den letzten Wochen ans Licht geholt. Und nun schrien sie aus dem Erdreich zu ihr.

Dies war kein Friedhof, Ada hatte es schon nach den ersten Tagen begriffen. Niemand hier war friedvoll gebettet worden. Die meisten der Toten, so zeigte sich im Laufe der Zeit, hatten zerschmetterte Schädel, und es bestand kein Zweifel, dass sie ermordet worden waren, alle auf die gleiche bestialische Weise und zur selben Zeit. Über dem Grubengrund lag ein Hauch von Todesangst und Verzweiflung.

Ein Knall, ein Düsenjet hatte über ihnen die Schallmauer durchbrochen. Ada verzog das Gesicht und bedeutete ihrem Kollegen Karsten Jensen, der ihr irgendetwas sagen wollte, zu warten, bis der Lärm abgeebbt war.

«Wegen der Beckenschaufeln», schrie er ihr zu, «die sind weiblich, würde ich sagen, mit achtzigprozentiger Wahrscheinlichkeit. Genauer kann ich mich nicht festlegen bei dem Alter. Die Kleine war höchstens vier und alles ziemlich zertrümmert.»

Ada nickte.

«Gehst du heute Abend mit baden?», erkundigte er sich. «Die anderen und ich, wir wollen runter ins Strandbad am See. Da soll ein Open Air steigen.»

«Du, ich weiß nicht.» Ada lächelte entschuldigend. «Ich muss noch ein paar Aufsätze durchlesen. Mal sehen.» Damit machte sie sich an den Abstieg. Kurz musste sie wieder an ihren schlimmen Traum denken.

«Apropos Lesen», sagte Karsten und schaute mit in die Hüften gestemmten Händen zu, wie sie vorsichtig einen Fuß in das Knochenfeld setzte. «Ich hab da so ein Buch gefunden, das hat denselben komischen Namen wie du. Ist von irgend so einem Russen. Nardonov, glaub ich.» Er grinste, als hätte er einen guten Witz gemacht.

Ada seufzte. «Ada oder Das Verlangen, von Vladimir Nabokov. Und es trägt nicht meinen Namen, sondern ich trage seinen. Frag meine komischen Eltern, wenn du es genau wissen willst.» Sie wandte sich ohne weiteren Kommentar ab, und er ging.

Blödmann, dachte Ada, und breitete ihre Werkzeuge aus. Karsten war ja nun auch nicht gerade ein toller Name. Sie machte sich daran, mit einem Pinsel die dünne Erdschicht um einen Schädel herum abzutragen, der mit dem Gesicht nach unten im Boden steckte. Dabei pfiff sie gedankenverloren vor sich hin und führte im Geist Selbstgespräche mit ihren Eltern und den Karstens dieser Welt.

Doch je weiter die graue Schale sich aus dem Staub herauswölbte, desto unruhiger wurde sie. Ihr Pfeifen verstummte. Wen nur hatte sie da vor sich? Prüfend, fast zärtlich legte sie ihre Hand über die Wölbung, und es war Ada, als durchfahre sie ein kribbelnder Strom. Ihr Herz klopfte mit einem Mal wie rasend, und mit wachsender Hektik fuhr sie fort, den Schädel zu befreien. Sie konnte es gar nicht mehr erwarten, diesem Menschen ins Gesicht zu sehen, verzichtete auf Werkzeuge und kratzte mit den blanken Nägeln, bis er sich endlich bewegte. Da, er löste sich aus dem Grund. Ada hielt den Atem an.

Mit zitternden Fingern umfasste sie die Wölbung des Schädels, nahm ihn hoch und drehte ihn um. Lange hielt sie ihn so, gefangen vom Blick der leeren, erdgefüllten Augenhöhlen. «Wer bist du?», flüsterte sie erstickt. «Was willst du von mir?»

Die zahnbestückten Kiefer grinsten sie stumm an, und voller Schrecken wurde Ada bewusst, dass sie die Worte ihres Traumes wiederholt hatte. Mit einem Mal schienen die Alltagsklänge um sie herum weit fort. Der weiße Schemen legte sich über das Knochengesicht, Bilder blitzten plötzlich vor ihren Augen auf: Rennen, Kreischen, erhobene Arme, eine Waffe, die herabsauste, die Welt drehte sich. Ada schloss stöhnend die Augen.

«Möchtest du ihn küssen?», fragte eine spöttische Stimme hinter ihr. «Oder übst du für den Hamlet-Monolog?»

Erschrocken zuckte Ada zusammen. Ihr Studienfreund Stephan Wieland stand hinter ihr; sie hatte ihn nicht kommen hören. Stephan kniete sich neben Ada hin, legte seinen Kopf auf ihre Schulter und starrte Wange an Wange mit ihr den Schädelknochen an. «Echter Traumtyp», stellte er fest. «Hat sogar noch fast alle Zähne.»

Ada musste lachen. Erleichtert schüttelte sie den beklemmenden Bann ab, der sie gefangen genommen hatte. Eine Nachwirkung ihres Albtraums, sagte sie sich, nichts weiter. Sie gab Stephan einen kameradschaftlichen Klaps auf den Kopf und schubste ihn von sich. «Der ist seit siebentausend Jahren tot», erklärte sie trocken. «Das disqualifiziert ihn als potenziellen Boyfriend.»

Sie betrachtete den Schädel zum ersten Mal mit wissenschaftlicher Gelassenheit. Kein Zweifel, er unterschied sich von denen, die sie bisher ausgegraben hatten. Ada fuhr mit dem Finger an den Rändern der Augenhöhlen entlang, die auffallend groß geschnitten wirkten. Die Stirn war hoch und schmal, die Jochbogen ausgeprägt, die Ansätze der Kaumuskulatur bei weitem nicht so stark wie bei den anderen Funden. Sie betastete die zierlichen Stellen. «Und außerdem ist es vielleicht eine Frau», fügte sie hinzu.

Aber das würde erst eine genauere Untersuchung des gesamten Skelettes klären.

Stephan stand auf und klopfte sich flüchtig das Erdreich von den Hosen, ausgebleichten, an den Knien zerrissenen Jeans. «Das wäre die erste, die wir finden», stellte er fest.

Ada schüttelte den Kopf. «Wir haben schon eine Sechzigjährige, außerdem mit hoher Wahrscheinlichkeit ein Mädchen von circa zehn und eins von vier Jahren da hinten. Sagt Karsten.» Sie wies mit dem Finger auf die Fundstellen. «Aber es wäre die erste im gebärfähigen Alter.»

«Frauenraub?» Stephan Wieland ließ sich das Wort genussvoll auf der Zunge zergehen. Dabei hob er bedeutungsvoll die Augenbrauen und grinste.

«Dir gefällt das auch noch, was?», fragte Ada in tadelndem Ton und schüttelte den Kopf. Aber sie musste dabei ein Lächeln unterdrücken. Sie kannte Stephan nun schon seit zehn Jahren, seit sie in Berlin das erste Mal gemeinsam in einer Vorlesung gesessen hatten. Und obwohl sie nie mehr als gute Kollegen gewesen waren, glaubte sie ihn doch gut genug zu kennen, um zu wissen, dass hinter seiner großen Macho-Klappe nicht viel steckte.

Sicher, er lief jeder Studentin nach, die einen blonden Pferdeschwanz trug und unter zwanzig war – das All American Girl war sein Typ –, aber sonderlich erfolgreich war er dabei nicht, trotz seiner großen blauen Kinderaugen und der lichtbraunen Locken. Manchmal schien es Ada, als nehme Stephan sein lautstarkes Imponiergehabe selbst nicht ernst. Als sei das alles nur eine Pflichtübung und er über den Misserfolg im Grunde ganz froh. Und wenn Ada es recht bedachte, sprach er namentlich immer nur von der einen Frau, dieser Archäologin, die ihn damals in Göttingen Knall auf Fall hatte sitzen lassen vor ... Ada überlegte. Gott, waren das jetzt auch schon wieder fünf Jahre?

Sie jedenfalls kam mit Stephan gut aus, was vielleicht auch daran lag, dass sie nicht in sein Beuteschema passte. Ihre Haare waren zwar lang, aber wild gelockt, eine widerspenstige Mähne von einem Braun, auf das das Sonnenlicht kupferfarbene Reflexe zauberte, wenn sie sie nicht gerade wie jetzt mit einem Elfenbeinstäbchen zu einem lässigen Knoten aufgesteckt trug, aus dem zahlreiche Ringellocken hervorquollen. Sie war schlank, aber nicht groß, mit zierlichen Gelenken und einer sportlichen Figur, die sie meistens unter Cargohosen und überweiten T-Shirts versteckte.

Einer der Fehlgriffe unter ihren Liebhabern hatte einmal geschwärmt, ihre Schenkel glichen denen auf griechischen Vasenbildern. Ada, die sich da nicht so sicher war, zeigte der Welt anstelle nackter Beine lieber die kalte Schulter und ihr schmales, von Sommersprossen übersätes Gesicht, aus dem ernste schwarze Augen schauten. Und manch einer, der sie nur für niedlich gehalten hatte, für eine zierliche Puppe mit üppigem Haar, war erstaunt über die Entschlossenheit und Energie, die von ihr ausging, wenn sie sich bewegte und sprach. Wenn Ada zu einem Vortrag ans Pult trat, das sie nur um weniges überragte, dann lächelte man im Auditorium. Aber wenn sie zu sprechen begann, gehörte ihr die Aufmerksamkeit aller.

Nein, sie war nicht Stephans Typ, bestimmt, so wenig wie er ihrer war. Aber sie mochte ihn. Wenn man davon absah, dass er eine Neigung zu geschmacklosen Cowboystiefeln hatte, sich die Hände zu selten wusch und in den hellhörigen Containern, in denen sie während der Grabungskampagne hausten, seine grauenvolle Heavy-Metal-Musik vorzugsweise spätabends unerträglich laut stellte, war er kein übler Kerl und außerdem der beste Experte für Steinwerkzeuge, den sie kannte. Keiner sonst konnte wie er stundenlang über einem Flintstein kauern, ihn drehen und wenden, betasten und beschnüffeln, um die richtige Ansatzstelle für einen Schlag zu finden.

Zu schade, dass er noch keine feste Anstellung hatte. Vielleicht lag es daran, dass Stephan sich nicht benahm, als wäre er Experte für irgendetwas, im Hörsaal gerne Kaugummi kaute und meistens zu spät kam. Oder an seinem ausgeprägten Problem mit jeder Art von Autorität. Aber Ada war überzeugt, er wäre der Beste, wenn er nur wollte.

Stephan steckte die Hände in die Taschen seiner lose sitzenden Jeans und holte ein Taschenmesser heraus, das er aufklappte, um damit herumzujonglieren. «Klar gefällt mir das», erklärte er. «Schließlich bedeutet es, dass *sie* hier waren.» Er sprach das «sie» besonders bedeutungsvoll aus und setzte strahlend hinzu: «Die großen Jäger.»

Ada schüttelte den Kopf. «Es gibt keinen archäologischen Beleg für die Anwesenheit einer Jäger- und Sammler-Kultur hier in der Gegend zeitgleich mit den Dörflern», sagte sie spröde.

«Nun komm schon, Musterschülerin», entgegnete Stephan und ließ sein Messer schwirren. «Wer soll es denn sonst gewesen sein? Etwa irgendwelche Bauern aus dem Nachbardorf?» Er warf die Klinge und fing sie wieder auf. Dann wies er mit der Spitze anklagend in die Grube. «Die hatten doch alle vom Kämpfen keine Ahnung», erklärte er. «Schau sie dir an. Fast alle von hinten erschlagen.»

Ada konnte ihm darin nicht widersprechen. Die meisten Toten hatten Schlagverletzungen im hinteren Schädelbereich. Als wären sie überrascht worden oder Opfer eines überlegen metzelnden Gegners.

Behutsam legte sie den Schädel zurück an seinen Platz. Der Mensch, dem er gehörte, hatte auf dem Bauch gelegen, als man ihn verscharrte. Und das gesplitterte Loch hinten rechts an seinem Schädel war unübersehbar. Ada legte ihre Finger hinein. Wieder erfasste sie das seltsame Gefühl, als geriete die Welt in eine Wellenbewegung. Ihr war es, als höre sie ferne Schreie hallen. Doch es war nur das metallische Scheppern eines Traktors mit Pfluganhänger, der auf dem Feld nebenan wendete.

Stephan bemerkte nichts von alledem. Er stieg aus der Grube, steckte sein Messer ein und schwadronierte weiter über die mittelsteinzeitlichen Jäger, die seine ganze Bewunderung besaßen. Ada rückte den Schädel ein letztes Mal zurecht. Da lösten sich zwei der Halswirbel aus ihrem Lehmbett. Sie nahm sie, um sie wieder in die ursprüngliche Position zu setzen, als sie etwas Ungewöhnliches im Erdreich darunter ertastete. Verwundert griff sie danach; sie erfühlte einen flachen, runden Stein mit einem Loch darin. Konnte das ein Schmuckstück sein? Ein Kettenanhänger? Wenn es eine Grabbeigabe war, dann war es das erste Stück dieser Art, das sich in der ganzen Grube befand.

«Wusste ich doch, dass du ein Geheimnis hast», flüsterte Ada. Der Stein in ihrer Hand schien förmlich zu pulsieren.

«Ach ja», sagte Stephan in diesem Moment von oben und riss sie aus ihren Gedanken, «fast hätte ich es vergessen: Telefon für dich. Dein Vater.»

«Was? O nein!» Ada, erneut aus ihrem Bann gerissen, verzog unwillig das Gesicht. «Konntest du nicht sagen, du hättest mich nicht erreicht?» Unwillkürlich schloss sie die Finger um ihren Fund. Ohne lange nachzudenken, versenkte sie ihn dann unauffällig in einer ihrer Hosentaschen. Ihn zurückzulegen, brachte sie nicht über sich. Es kam ihr nicht einmal in den Sinn.

Stephan half ihr aus der Grube und ging neben ihr her, hinüber zu den Containern, von den Ausgräbern nur «die Baracken» genannt, in denen sich die Wohn- und Gemeinschaftsräume der Gruppe von Archäologen, Ethnologen und Archäobotanikern befanden, die das jungsteinzeitliche Dorf mit den geheimnisvollen Toten ausgruben.

Sie überquerten den gesamten Grabungsplatz, der überwiegend aus Reihen von kleinen, dunkel verfärbten Gruben bestand, die anzeigten, wo einmal die Holzpfosten gestanden hatten, aus denen die Hütten errichtet worden waren. Daneben gab es tiefere Gruben, wie die, der Ada entstieg, manche davon überspannt von einem Zeltdach, damit das Fundgut nicht dem Wetter ausgesetzt war. Um einige der Vertiefungen wimmelten Menschen, andere saßen auf Holzbänken an Biertischen, auf denen sich graues Material häufte: Knochen, Steine, Scherben, die sorgfältig nummeriert und verpackt wurden für die spätere Untersuchung in den Labors.

Stephan neben ihr war noch immer bei seinem Lieblingsthema, den Jägern und Sammlern. «Sie lebten von allem, was der Wald ihnen gab, in perfekter Harmonie mit der Umwelt, mal hier, mal da, wo sie Lust hatten, ohne eine Spur zu hinterlassen, unsichtbar, lautlos, frei. Die Herren des Waldes.»

«Wer wanderte da nicht gerne mit durch den grünen Tann», spottete Ada.

«Sie jagten den Auerochs mit Pfeil und Bogen», schwärmte Stephan unbeirrt weiter. «Was ist dagegen schon das plumpe, schweißtreibende Roden und Jäten und Hacken und Säen? Sklavenarbeit», sagte er verächtlich. «Und ihre langweiligen Hütten auszugraben ist auch Sklaverei.»

Er nickte gönnerhaft einem hochgewachsenen Mann mit khakifarbenem Schlapphut zu, der sich kurz aufgerichtet hatte, um sich den Schweiß von der Stirn zu wischen, und ihnen zuwinkte. Es war Andreas Laukhardt, der Archäobotaniker. Stephan winkte lässig zurück. «Siebt Tonnen von Staub nach ein paar Körnerfragmenten und Samenkapseln durch», murmelte er dabei. «Kein Wunder, dass er sich zum Ausgleich anzieht wie Crocodile Dundee.»

Ada stieß ihm den Ellenbogen in die Seite und grüßte den Kollegen ebenfalls freundlich. «Die Sklavenarbeit war jedenfalls eine gute Methode gegen das Verhungern im Winter», sagte sie dann.

«Du weißt nicht, ob sie im Winter gehungert haben», protestierte Stephan. «Immerhin pflegten die Jäger eine in Jahrtausenden erprobte Lebensweise.»

«Die dann kurz und schmerzlos von einer neuen abgelöst wurde», hielt Ada dagegen. «Du kannst mir nicht erzählen, dass es dafür keinen Grund gab.»

«Die Bauern haben ihre Umwelt zerstört», behauptete Stephan.

Ada schüttelte den Kopf. «Sie haben schon vorher auf dem letzten Loch gepfiffen, nach allem, was wir wissen», meinte sie. «Wieso sonst sollten sie es auch nötig gehabt haben, Frauen zu rauben?»

«Das weißt du doch überhaupt nicht», protestierte Stephan.

«Das ist das Problem. Wir wissen praktisch überhaupt nichts von ihnen», beendete Ada die Debatte. In diesem Moment betraten sie den Aufenthaltsraum.

Der Hörer des Gemeinschaftstelefons, eines altmodischen Apparates mit langem, gedrehtem Kabel, war lose neben das Gerät gelegt. Ada griff zögernd danach. Am anderen Ende wartete ihr Vater.

«Warum sollten sie schlecht an die Umwelt angepasst gewesen sein …», fing Stephan noch einmal an, aber Ada bedeutete ihm mit einer Handbewegung, still zu sein, und wandte ihm den Rücken zu.

«Ada Schäfer», sagte sie laut in den Hörer.

«Ada, Schätzchen.» Die tiefe Stimme ihres Vaters hatte den üblichen spöttischen Unterton. «Aus welcher Grube mussten sie dich denn erst ziehen?»

Aus einem Massengrab, war Ada zu sagen versucht. Aber sie fragte nur: «Was willst du?» Sie hörte, wie ihr Vater laut atmete und sich schließlich räusperte.

«Ich rufe nur an», begann er, «um dir zu sagen, dass wir einen Käufer für das Haus in Südfrankreich haben. Deine Mutter und ich fahren nächstes Wochenende hin, um alles auszuräumen. Wenn du also noch Sachen dort hast ...»

«Schmeißt alles weg», unterbrach Ada ihn. Sie stieß den Satz schnell und brüsk hervor. So gelang es ihr, die Bilder gar nicht erst aufsteigen zu lassen: von dem großen Garten im Schatten der Trockenmauer, in deren Ritzen die Eidechsen mit schillernden Hälsen im Rhythmus der Zikadengesänge atmeten. Von der stillen Küche mit dem kühlen Steinboden, wenn draußen die Sonne alles überflutete. Von den Abenden am Kamin, in dem das Feuer knisternd die Pinienzapfen verzehrte. Sie mochte sich all dies nicht vorstellen, leer, renoviert, bewohnt von fremden Menschen. Ende einer Kindheit, dachte sie. Aber sie wiederholte nur: «Schmeißt alles weg.»

Ihr Vater schwieg einen Moment. «Du weißt», sagte er dann, «dass die Kosten der Scheidung es unmöglich gemacht haben, das Haus zu halten.»

«Dein Problem», entgegnete Ada knapp.

«Höre ich da einen Hauch von Vorwurf?» Die Stimme ihres Vaters war voller Ironie. Als sie ihm nicht antwortete, fuhr er fort: «Es war übrigens gar nicht so leicht, dich aufzuspüren. Das Zimmer in Frankfurt hast du wohl nicht mehr? Was war das noch mal, eine Wohngemeinschaft?»

«Eine WG, ja», antwortete Ada spröde. «Ich habe es aufgegeben, weil ich ja doch nicht mehr hinkomme, falls es mit dem

Stipendium für Amerika im Herbst klappt. Meine Möbel sind bei Freunden in Berlin untergestellt, ist ja nicht viel. Mama hat die Adresse. Glaube ich.»

«Du kommst ganz schön rum», stellte ihr Vater fest.

«Höre ich da einen Hauch von Vorwurf?», schnappte Ada. Er musste gerade reden, dachte sie wütend. Er, der nie zu Hause gewesen war.

Ihr Vater schien zu erraten, was sie dachte, denn er antwortete scharf. «Deine Mutter und ich waren uns immer einig, dass ...»

«O ja, ihr wart euch einig, euer Leben ohne mich rund um den Globus zu führen, ihr wart euch einig, euch scheiden zu lassen, und nächstes Wochenende könnt ihr in schöner Einigkeit die Reste meiner Kindheit verklappen.» Sie atmete tief aus. «Ich muss», schnauzte sie dann in den Hörer. Sie verabschiedeten sich steif voneinander.

«Ärger?», fragte Stephan, der in einem schmutzigen Schaumstoffsessel lümmelte, und schaute sie neugierig an.

«Ach», wehrte Ada ab. «Meine Eltern haben das Haus in Südfrankreich verkauft.»

«Das, in dem wir vor zwei Jahren für die Prüfungen gelernt haben?», fragte Stephan und richtete sich auf. «Aber das war doch ein Paradies, Mann.»

Ada nickte stumm. Sie hatten gemeinsam einen langen, stillen Augustmonat damit verbracht, zu lesen, zu pauken und verträumt in die Landschaft zu starren, mit der sie ihre schönsten Erinnerungen verband.

«Und du hängst doch so daran», fuhr Stephan fort. «Hast du nicht gesagt, es wäre das letzte Stückchen Heimat, das du besitzt, oder so?»

«Oder so», erwiderte sie und zuckte mit den Schultern. «Ich bin eben eine Nomadin.»

Stephan schüttelte den Kopf. «Nomaden», dozierte er und hob den Finger, wie es ihr gemeinsamer Doktorvater zu tun pflegte, «Nomaden durchziehen dem Wechsel der Jahreszeiten folgend auf immer denselben Wegen ihr klar umrissenes Territorium.» Er lachte. «Du», erklärte er, «bist keine Nomadin. Du bist wurzellos.»

Seine Worte versetzten Ada einen Stich, aber sie lachte und schüttelte den Kopf.

«Weißt du was?», fuhr Stephan da fort, und seine blauen Kinderaugen strahlten in naiver Fröhlichkeit. «Steig doch bei mir ein. Wir bauen das mit unseren Kursen aus und machen so eine Art Kulturreisen draus.» Er hob die Hand, als setze er Lettern in die Luft. «Wieland und Schäfer», verkündete er. «Erlebnistrips in die Steinzeit.»

Ada war versucht, ihm mütterlich durch die Locken zu streichen, was schwierig war, da er sie um einiges überragte. «Zutiefst gerührt», antwortete sie und klimperte mit den Wimpern. «Aber erstens heißt es Schäfer und Wieland. Zweitens werde ich im Herbst in die USA gehen. Und drittens hat bisher noch nicht einmal die Volkshochschule zugesagt.»

«Doch, hat sie», erwiderte Stephan. «Habe ich das auch vergessen?» Er kratzte sich am Kopf und inspizierte seine Fingernägel.

Ada zog die Nase kraus. «Hast du schon mal irgendetwas nicht vergessen?», sagte sie und klopfte ihm auf die Finger, ehe er beginnen konnte, die Nägel vor ihren Augen mit der Messerspitze zu reinigen. Er zog ein Schreiben aus seiner Tasche. Sie griff danach und faltete es auseinander.

«Liebe Frau Schäfer, lieber Herr Wieland», las sie vor, wachsenden Triumph in der Stimme. «Gerne machen wir von Ihrem Angebot Gebrauch, Ihre Anwesenheit während der Grabungssaison zu nutzen und einen Kurs ‹Jagdwaffen der Steinzeit selber bauen› in unser Programm aufzunehmen. Auch wollten wir fragen, ob Sie daran interessiert sind, im Rahmen der Museumspädagogik einen Kurs vergleichbaren Inhalts für Kinder zu veranstalten.» Sie schaute auf und grinste. «Sind wir, oder?», fragte sie und vertiefte sich dann wieder in den Text. Schließlich runzelte sie die Stirn.

«Außerdem ein Wochenendseminar. Das wird zeitaufwendig.» Sie schaute ihn an. «Wir werden mit Burger reden müssen.»

«Was wollten Sie mit mir besprechen?», ließ sich eine sonore Stimme vernehmen.

DIE AUGEN DES PROFESSORS

Ada und Stephan fuhren gleichzeitig herum. Sie spürte noch, wie das Papier aus ihren Fingern gezogen wurde, und sah, wie Stephan es rasch faltete und in einer der vielen Taschen seiner Jeans verschwinden ließ.

«Herr Professor», stammelte sie und strich sich eine ihrer widerspenstigen Locken hinters Ohr. Doch ehe sie sich gefasst hatte, begann Stephan zu sprechen.

«Wir haben uns gerade gefragt, wann wir wohl mit der Untersuchung des Erdwerks drüben jenseits der Bundesstraße anfangen werden», sagte er und lehnte sich gegen die Lehne eines schäbigen Sessels. «Ich meine, wo es doch offensichtlich ein Kultplatz ist, der zum Dorf gehört.»

Professor Burger ließ seinen Blick von ihm zu Ada und wieder zurück wandern. Er war ein massiger Mann Mitte fünfzig, mit leuchtend silbrigem Haar, das seltsam dünn und flusig von seinem fleischigen Schädel abstand. Stets ging er leicht vorgeneigt, als beuge er sich über ein schwieriges Fundstück, und seine kleinen Augen wurden von der runden Brille noch stärker verkleinert. Aber wenn ihr Blick einen traf, erschrak man unwillkürlich, so leuchtend blau waren sie und so intensiv, wenn auch immer nur für Sekunden.

Prüflinge, die ihm im mündlichen Examen gegenübersaßen, fürchteten diese Sekunden, in denen ihnen regelmäßig der Schweiß ausbrach. «Ich dachte, jetzt macht er mich fertig», hatte Stephan damals nach seiner Prüfung berichtet. «Jetzt zerpflückt er jedes Wort, das ich zu mesolithischen Steinbeilen gesagt habe. Aber dann hat er sich umgedreht, den Text auf seinen Karteikarten studiert, irgendwas gemurmelt und kam dann auf Fleischbedarf und Reviergrößen zu sprechen. Ich war vielleicht froh.»

Professor Burger galt allgemein als genial. Er war die unbestrittene Koryphäe zum Thema Jungsteinzeit im deutschen Wissenschaftsbetrieb und, vielleicht noch wichtiger, ungemein talentiert darin, Fördergelder für seine Ausgrabungen zu sammeln. Ada fragte sich manchmal, wie er das machte. Hielt er den Bankern und Industriellen lange, einschläfernde Vorträge über die Steinzeit, um sie dann, wenn sie fast weggenickt waren, mit seinem plötzlichen Blick zu erschrecken?

Auch Stephan blitzte er jetzt so an, doch als dieser ihm antwortete, trug der Professor bereits wieder die abwesende, leicht vergrübelte Gelehrtenmiene, die er der Welt meistens zeigte.

«Herr Wieland, Ihre Phantasie geht wieder einmal mit Ihnen durch», erklärte er. «Bedauerlich, bedauerlich.» Der Professor schüttelte den Kopf. Dann straffte er sich ein wenig. «Bei den von Ihnen erwähnten Aufschüttungen handelt es sich keineswegs um ein Erdwerk. Selbst Sie müssten wissen, dass dergleichen Bauten so früh in der Jungsteinzeit nicht anzutreffen sind. Außerdem sind die Abmessungen um einiges kleiner als die der üblichen Anlagen.»

«Aber ...», wollte Stephan einwenden, doch der Professor winkte ab.

«Wir werden die erneute Radiokarbon-Datierung abwarten, und dann sehen wir weiter.» Er schwang sich zu einem milden Lächeln auf. «Bis dahin sollten Sie sich auf die atemberaubenden Steinbeile konzentrieren, die Sie gefunden haben, meinen Sie nicht?»

Stephan verzog das Gesicht zur Karikatur eines Lächelns. Mit einem knappen Kopfnicken verabschiedete er sich. Ada, die während der Konfrontation die Luft angehalten hatte, atmete erleichtert aus. Auch sie wollte gehen, doch zu ihrer Überraschung hielt der Professor sie mit einem leichten Klaps auf den Oberarm zurück.

«Ein Hitzkopf», sagt er, als die Tür hinter Stephan zugefallen war, «will immer zwei Schritte gehen, wo die Wissenschaft nur einen auf einmal tun kann.»

«Er ist begeistert von seiner Arbeit», erwiderte Ada vorsichtig.

Der Professor nickte, als dächte er über ihre Worte nach. «Wie geht es mit den Knochen?», fragte er dann übergangslos. «Irgendetwas Neues?»

Ada fühlte den geheimnisvollen Stein zwischen ihren Fingern, der inzwischen von der Berührung mit ihrem Bein warm geworden war. Sie wusste, sie hätte ihn auf keinen Fall vom Fundort entfernen dürfen, nicht, ehe seine genaue Lage eingezeichnet und er fotografiert worden wäre. Und auch danach gehörte er nicht in ihre Hosentasche. Die ganze Situation war sehr verfänglich. Unwillkürlich wurde sie rot.

«Nein», brachte sie heraus und rettete sich rasch in eine trockene Beschreibung der bisherigen Skelettfunde.

Der Professor nickte und nickte, allerdings mehr, als lausche er einer inneren Stimme als Adas Ausführungen. Dann fasste er sie plötzlich am Arm.

Jetzt ertappt er mich mit dem Ding wie ein Kind mit verbotenen Süßigkeiten, fuhr es Ada durch den Kopf, und sie ballte die Hand in der Tasche zur Faust. Was wird er dann mit mir machen? Mich eine Diebin nennen, unprofessionell, mich rauswerfen?

Doch Professor Burger tätschelte sie nur väterlich. Ada, der der Schweiß auf der Stirn stand, lächelte angestrengt. Sie konnte sich nicht erinnern, dass er sie je zuvor angefasst hätte. «Wenn Sie irgendetwas auf dem Herzen haben», sagte er, «wenn ich Ihnen helfen kann, dann kommen Sie zu mir, ja?» Er lächelte versonnen, als er ging. Das einfallende Sonnenlicht spiegelte sich auf seinen Brillengläsern, sodass man seine Augen nicht erkennen konnte. Aber Ada vermochte das beunruhigende Gefühl nicht abzuschütteln, soeben auf subtile Weise bedroht worden zu sein. Als sie ebenfalls nach draußen ging, zitterten ihr die Knie.

Stephan wartete an die Containerwand gelehnt, ein Knie hochgestemmt. Als sie neben ihn trat, löste er sich mit einem Ruck aus der Stellung. «Das war doch komplett surreal, oder?», begann er sich zu ereifern und überhörte dabei Adas aus tiefstem Herzen geseufztes «allerdings».

«Ich meine, da hat man ein Erdwerk, direkt vor seiner Nase. Es sieht aus wie ein Erdwerk, ist gebaut wie eins, hat den Graben rundum, die Wälle, die Palisaden und die Eingänge, genau wie ein Erdwerk. Aber nein, es kann kein Erdwerk sein, weil es zur falschen Zeit am falschen Platz steht. Verstehst du, was ich meine?» Er gestikulierte heftig und hielt mit ihr Schritt. «Da hat man die Fakten, aber weil sie den Theorien widersprechen, werden sie einfach geleugnet. Also, ich finde das …»

«Stephan?», fragte Ada und holte tief Luft.

«Ja?» Er unterbrach sich und schaute sie an.

Aber Ada schüttelte den Kopf. Nein, sie würde es ihm besser nicht erzählen. Selbst Stephan würde sagen, dass es idiotisch gewesen sei, den Stein einzustecken. Vor allem hatte sie überhaupt keine Lust, ihm zu erklären, was sie geträumt und gesehen hatte. Sie wusste ja selbst nicht, warum gerade dieser Fund sie so aus der Bahn warf.

Sie sollte ihn einfach zurücklegen. Sollte ihn fotografieren, auf dem Fundplan einzeichnen, nummerieren und dann brav zum Tisch hinübertragen, um ihn den anderen zu überlassen. Ada schaute zu dem Sammeltisch hinüber und biss sich auf die Lippen. Und zu ihrer eigenen Verwunderung wusste sie ganz sicher, dass sie genau das niemals tun würde.

Sie war bereits auf halbem Weg zu ihrer Grube, als das Signal zum Mittagessen ertönte. Es war ein blecherner Gong, wie man ihn aus Western-Filmen kannte, wenn der schmierige Koch die Cowboys zu Speck und Bohnen rief. Laukhardt hatte ihn aufgehängt, und Ada dachte in diesem Moment, dass Stephan mit seiner Einschätzung des Kollegen nicht ganz Unrecht gehabt hatte. Alle hier krankten wohl zuweilen an unerfüllter Abenteuerlust. Und jetzt, wo sich ihr etwas Spannendes bot, sollte sie verzichten? Auf keinen Fall! Ohne die Grube noch einmal zu betreten, schlenderte sie hinüber zu den Biertischen unter der Zeltplane, wo die Kollegen sich niederzulassen begannen.

Stephan schwang sich neben ihr auf die Bank, er hatte schon einen Teller für sie gefüllt und mitgebracht. Während sie sich bedankte und begann, das leicht versalzene Gulasch in sich hineinzulöffeln und den Gesprächen der Kollegen zu folgen, neigte er sich zu ihr hinüber und flüsterte:

«Was hältst du davon: Heute Abend gehen wir mal rüber und schauen uns bei dem Erdwerk ein bisschen um?»

Erstaunt blickte Ada auf. «Ich weiß nicht. Heute Abend sollten wir uns lieber ein paar Gedanken machen, was wir der Volkshochschule antworten.»

«Ach, komm schon, sei kein Spielverderber», drängte Stephan. «Das eine schließt das andere ja auch nicht aus. Den Antwortbrief schreib ich dir schon, das geht ganz fix.»

«Das war es ja gerade, was ich hatte vermeiden wollen», erwiderte Ada, doch ihr Freund ließ nicht locker.

«Reizt dich die Sache denn gar nicht?», fragte er.

Ada musste lächeln, als sie seinen Eifer sah. «Also gut, einmal umschauen», seufzte sie schließlich. «Warum auch nicht?» Sie hielt ihm ihren Teller hin. «Aber nur, wenn du mir noch eine Portion besorgst.»

Stephan war gerade auf dem Weg zur Gulaschkanone, als

Professor Burger an den Tisch trat. Er nahm einen herumliegenden Löffel und klopfte an eine Wasserflasche, was kaum ein Geräusch ergab, da sie aus Plastik war. Dennoch verstummten sofort alle Gespräche.

«Ich habe Ihnen allen eine erfreuliche Mitteilung zu machen», hob er an. «Als unerwartetes Zwischenergebnis unserer kleinen Grabung lässt sich bereits jetzt, nicht zuletzt dank der fleißigen Arbeit unserer Kollegin Schäfer» – er nickte Ada knapp zu – «die These aufstellen, dass es sich hier um den Schauplatz eines gewaltsamen Konfliktes handelt, eines Konfliktes, wie er im Übergang vom Mesolithikum zum Neolithikum unter den eingewanderten Bauernvölkern wohl nicht selten war.»

Ada blickte verstohlen zu ihren Kollegen hinüber, aber niemand schaute sie an. Einige allerdings ergingen sich bereits in heftigen geflüsterten Debatten. «Die Theorie von der Einwanderung ist ja wohl noch lange nicht bestätigt», zischte Andreas Laukhardt eben seiner Nachbarin zu, die zweifelnd den Kopf wiegte.

Ada hörte nicht mehr zu, sie kannte die Argumente. Auch Stephan hatte sie immer wieder damit genervt, dass die Steinwerkzeuge der alten Jäger und der neuen Siedler einander im Grunde stark ähnelten. Wenn man davon absah, dass die Bauern ihre Beile und Klingen schliffen. «Aber all das Neue», hatte sie eingewendet, «die Keramik, die Häuser, das Getreide, die ganze Lebensart.»

Stephan hatte mit den Schultern gezuckt. «Alles Neue muss irgendwo herkommen», hatte er erwidert. «Und wenn es nicht aus Atlantis oder dem All stammen soll, dann hat es sich aus dem Alten entwickelt. Warum also nicht hier?»

Ada hatte ihm damals die naheliegendste Antwort gegeben. Weil die Haustiere dieser neuen Bauern nicht von hier, sondern aus Kleinasien stammten. Weder zum Schaf noch zur Ziege gab es Wildformen in Europa. Er aber hatte nicht nachgegeben. Ada musste lächeln, wenn sie daran dachte. Für Stephan in seiner Jäger-Begeisterung waren die Bauern vermutlich nichts als ein paar degenerierte Gestalten, die einfach zu faul gewesen waren, weiter den Wald zu durchstreifen.

«Damit komme ich zum zweiten erfreulichen Punkt», hörte sie Professor Burger fortfahren. Sie setzte sich aufrechter hin.

«Angesichts des dramatischen Ereignishorizontes, der sich hier abzeichnet», fuhr der Professor fort, «hat das Land beschlossen, das umstrittene Freilichtmuseum nun doch zu realisieren.» Applaus wurde laut.

Stephan stieß Ada an, während er sich wieder setzte. «Was sage ich, Frauenraub», flüsterte er. «Das zieht eben immer.»

«Ferner konnte ich einen Sponsor gewinnen, der bereit ist, uns einen lange ersehnten Wunsch zu erfüllen.» Er machte eine dramatische Pause. «Die Gesichtsrekonstruktion. Ja, meine Damen und Herren, wir werden den Bewohnern dieses Dorfes bald ins Antlitz blicken können.»

Applaus brandete auf, lauter diesmal. Ada schoss heiß das Blut ins Gesicht. Ihre Toten, sie würde sie sehen. Sie würden wiedererstehen. Es war wirklich unfassbar.

Der Professor fuhr fort. «Es wird Ihre Begeisterung zweifellos steigern, wenn Sie erfahren, dass ich für diese Aufgabe Madame Gisèle Mercier gewinnen konnte.»

Unter das Klatschen mischten sich erste Rufe. Stephan klopfte mit beiden Händen auf den Tisch und stieß Begeisterungsgeheul aus.

«Sie hat die Figurengruppen im Völkerkundemuseum in Bern gemacht», rief er Ada durch den Lärm zu, «einfach phantastisch.»

Als sich alle wieder ein wenig beruhigt hatten, fuhr er leiser fort: «Vermutlich haben sie so etwas hier auch vor.»

«Was?», fragte Ada.

«Na, ganze Figuren», sagte er eifrig, «Figurengruppen. Die Knochen dafür sind ja vorhanden. Für das Museum, Ada. Mensch, wir haben hier doch die einmalige Situation, alle Bewohner eines Dorfes komplett zusammenzukriegen.» Er wies mit dem Kinn hinüber zu ihrer Knochengrube.

«Das Museum wird vorläufig unter meiner Verantwortung stehen», fuhr der Professor zufrieden lächelnd fort. «Man hat es mir überlassen, über die künftige Leitung zu bestimmen.»

Ein Raunen ging durch die Anwesenden. Freie Stellen für Archäologen waren selten, sie waren so rar wie Schnee in der Wüste. Auf einen Platz bewarben sich Hunderte. Entsprechend ließen ihre Kollegen nach dieser Ankündigung den Blick nicht von Professor Burger. Es war nicht schwer zu erraten, was ihnen allen durch den Kopf ging. Nimm mich, nimm mich; Ada konnte es förmlich hören.

«Natürlich empfiehlt sich dafür ein Praktiker», sagte der Professor und fixierte, zum allgemeinen Erstaunen, Stephan Wieland. «Jemand, der den Besuchern mit seinen eigenen Händen zeigen kann, wie die Menschen damals lebten.»

Ada neigte sich zu ihrem Freund. «Meint der dich?», fragte sie. Sie zweifelte nicht daran, dass Burger ihr Gespräch vorhin in der Baracke mitbekommen hatte.

Burgers Blick glitt weiter, und alle atmeten auf, als er fortfuhr: «Jemand, der zuverlässig ist.»

«Wohl kaum», brummte Stephan. Aber Ada konnte hören, dass er aufgeregt war.

«Museumsdirektor Dr. Wieland», sagte sie an Stephan gewandt, als Burger sich verabschiedet hatte. «Gib zu, das klingt besser als ‹Erlebnistrips in die Steinzeit mit den Teilzeitarbeitslosen Schäfer und Wieland›.»

Stephan grummelte nur etwas Unverständliches.

«Jetzt willst du wohl nicht mehr in das Erdwerk, oder?», fragte Ada.

Stephan hob den Kopf. «Was glaubst du wohl?»

Ada hatte den Nachmittag über hart gearbeitet und versucht, sich keine Rechenschaft über die Tatsache abzulegen, dass der kleine Stein sich noch immer nicht wieder an seinem Ursprungsort befand. Er war in ihrer Tasche warm geworden und hatte die Temperatur ihrer Haut, als sie ihn, allein in ihrer Unterkunft, endlich hervorzog, um ihn zu untersuchen.

Aufgeregt legte sie ihn auf ein Stück Stoff und begann, erst mit einem Pinsel und dann, als das nichts half, mit den Fingern, vorsichtig die Erdkruste zu entfernen, die das Stück überzog. Es war eine flache, fast vollkommen rund gearbeitete Scheibe, so viel ließ sich bereits sagen. Ada hatte Erfahrungen mit Steinarbeiten, in den Kursen, die sie und Stephan gaben, saßen sie mit ihren Teilnehmern um Lagerfeuer herum und taten genau dies: Werkzeuge aus Stein herstellen, Klingen, Pfeilspitzen, Beile, Schaber. Sie wusste, wie man Schlagstein und Knochenmeißel handhabte und wie schwierig es war, eine bestimmte Form aus dem harten und spröden Material herauszuholen. Dies hier war ohne Zweifel die Arbeit eines Meisters.

Sie entfernte die Erde aus der runden Bohrung, die den Stein nahe am Rand durchdrang. Hier konnte man eine Schnur durchfädeln, eine Sehne oder einen gedrehten Riemen aus Kirschrinde. Sie dachte an die Lage des Objekts direkt am Hals des Toten. Hatte sie tatsächlich eine Art Kettenanhänger in der Hand, ein Schmuckstück? Behutsam arbeitete sie weiter. Die eine Seite der steinernen Medaille war uneben, Ada erkannte Linien, einen erhabenen Umriss. Aufgeregt kratzte sie mit den Fingernägeln die letzten Krumen beiseite. Dann lag es vor ihr.

Es war eine menschliche Gestalt, nein, ein Fisch. Ada drehte den Anhänger um und um. Doch es war eindeutig ein menschliches Wesen mit Fischschwanz, was sie da in der Hand hielt. In rasender Geschwindigkeit blätterte ihr Gedächtnis alle Bilder und Figuren durch, die je in der Steinzeit gefunden worden waren. Alles, was sie im Laufe ihres Studiums zu Gesicht bekommen hatte. Ada fühlte ihre Knie nachgeben, sie musste sich setzen. So viel war sicher: Etwas wie diese Arbeit war nicht dabei gewesen.

Ich kann es immer noch zurücklegen, tröstete sie sich, als sie unter der Dusche stand und sich mit dem Gedanken herumschlug, dass sie nicht irgendeinen beliebigen Fund unterschlagen hatte, sondern eine archäologische Sensation. Ihr kleiner Diebstahl hatte völlig neue Dimensionen gewonnen, und das machte ihr Angst. Aber es erregte sie zugleich. Dies war etwas Besonderes. Und es gehörte ihr, ihr ganz allein. Darin bestärkte sie nicht zuletzt ihr Traum. Morgen, dachte sie, morgen oder übermorgen ist zeitig genug. Nachdem ich es ausgiebig untersucht habe.

Heute Abend allerdings würde sie nicht mehr dazu kommen. Verdammt, warum hatte sie Stephan nur versprochen, ihn auf seinen kleinen Ausflug zu begleiten? Das hier war weit aufregender als eine verfallene Ringanlage aus Erdwällen. Aber er würde in wenigen Minuten bei ihr anklopfen und sich nicht abwimmeln lassen; sie kannte ihn doch. Resigniert stieg Ada aus der Dusche und trocknete sich ab.

Es war noch warm, deshalb entschied sie sich für die Kleidung vom Nachmittag, T-Shirt und Hose. Sie griff sich eine Taschenlampe und stopfte sie in den Gürtel ihrer Cargo-Hose. Nach kurzem Zögern nahm sie auch das Amulett, wickelte es in das Tuch und steckte es ein. Sie brachte es einfach nicht über sich, es in diesen Baracken zurückzulassen. Kaum hatte sie es in den Tiefen der Tasche versenkt, da hörte sie auch schon Stephans Stimme an der Tür.

«Bereit für ein Abenteuer?», fragte er, als sie öffnete, und grinste sie an.

«Wohin wollt ihr zwei Hübschen denn?», fragte jemand, als sie den Gemeinschaftsraum durchquerten.

Stephan legte den Arm um sie. «Ausgehen. In die Dorfkneipe», erklärte er. «Wir haben ein Rendezvous.»

Ada lächelte und schob seine Hand weg, die wie absichtslos über ihrer Brust baumelte. «Mal archäologenfreie Luft atmen», erklärte sie.

Alles lachte pflichtschuldig, am lautesten Karsten.

«Dachtest du, die glauben mir nicht?», fragte Stephan, als sie draußen waren.

«Dass ein Typ wie du so ein Klasseweib wie mich abschleppt?!», fragte Ada. «Keine Chance.» Sie lachte und klopfte ihm auf den Rücken. «Komm schon.»

Die Sonne war eben untergegangen. Am östlichen Horizont standen noch ein paar letzte Streifen Abendrot und färbten die Stämme der Birken, deren Laub bereits im Dunkel versank. Im Bauernhaus hinter den Feldern gingen die Lichter an, die Schaukeln standen verwaist auf dem Rasen, und abendliche Kühle kroch über den Boden, als sie über das Grabungsareal liefen.

Aus einer Gruppe Gestalten, nach draußen verbannten Rauchern, wurden sie angesprochen. Jemand rief Stephans Namen und kam ein paar Schritte auf sie zu. Ada erkannte die junge Frau, mit der Laukhardt sich am Mittagstisch unterhalten hatte. Sie glaubte sich zu erinnern, dass sie Kristina hieß und von einer schwedischen Universität kam, wo sie über frühkeramische Kulturen arbeitete. Und sie hatte sich bei den abendlichen Diskussionen hervorgetan als leidenschaftliche Anhängerin der Theorie, dass die frühen Ackerbauern im Matriarchat lebten. Ada fand ihren Standpunkt zwar etwas heftig vorgetragen, aber nicht uninteressant. Für Stephan dagegen war sie ein rotes Tuch. Ada fragte sich, was die Schwedin jetzt von ihrem Freund wollte.

«Ich wollte dir nur sagen», meinte Kristina, an Stephan gewandt, «dass ich mich bei Professor Burger auch um die Stelle als Museumsleiterin bewerben werde. Nur als Warnung. Ich finde, es braucht jemanden, der sich mit den neuen Theorien auskennt.» Sie lächelte ihn an.

«Na prima», Stephan nickte. «Mach das.» Er wandte den Kopf zur Seite und spuckte auf den Boden. «Dann kannst du hier ja ein prima Kuscheldorf rekonstruieren. Alles in Rosa und Pastell und so. Und vergiss nicht, alle zu kleinen Grüppchen zu arrangieren, die beisammensitzen, um miteinander über ihre Gefühle zu sprechen.»

Die Schwedin zog die Augenbrauen hoch. «Du bist ja so irre witzig», sagte sie. «Und offenbar hast du keine Ahnung von der Arbeit Marija Gimbutas.»

«Nö, wer ist das?», schnaubte Stephan. «Sitzt die bei dir im Töpferkurs?»

Ada nahm ihn am Arm, ehe er sich weitere Entgleisungen erlaubte, und schob ihn weiter. «Entschuldige uns», sagte sie, «er hat gerade seine Tage.» Und damit gab sie ihrem Freund einen unsanften Schubs. Eine Weile gingen sie schweigend nebeneinander her.

«Was?», fragte Stephan in die Stille und wiederholte nach einer Weile aggressiv: «Was?»

Ada schüttelte den Kopf. «Es gibt ein paar gute Gründe, anzunehmen, dass diese frühen Bauern Matriarchate hatten, weißt du?»

«Klar», erwiderte Stephan. Dann wandte er sich zu ihr um. «Weißt *du*, was ich die dumme Nuss neulich habe sagen hören? Es wäre ein Beweis für die Existenz eines Matriarchates, dass die ihre Toten zumeist auf der linken Seite liegend begraben. Wo links doch überall als weibliche, schwache und schlechte Seite gilt. Und so was darf hier mitgraben!»

Ada hatte keine große Lust, mit ihm zu streiten. Aber Stephan war nun richtig in Fahrt geraten. «Ich weiß nicht, was die da alle dran finden. Warum muss es denn unbedingt das Matriarchat sein? Als ob die Männer nicht schon genug für die Frauen täten. Ich meine, wir reparieren ihre kaputten Autos und Waschmaschinen, wir bringen den Müll raus und gehen abends mit dem Hund. Und zum Dank dafür mosern sie uns an, dass wir nicht offen genug über unsere inneren Konflikte sprechen. Verdammt.»

Er hatte sich einen Stock abgebrochen und hieb damit auf die

Brennnesseln ein, die im Graben längs der Bundesstraße wuchsen. Ein später Traktor tuckerte mit eingeschaltetem Licht heimwärts. Hinter ihm hatte sich eine Schlange von Autos gebildet, die nun, da er auf den Feldweg abbog, den Ada und Stephan gekommen waren, lautstark beschleunigten. Die beiden warteten, bis alle vorbei waren und die roten Rücklichter sich entfernten. Ada sah einen toten Igel auf dem Asphalt liegen; sie stieß ihn an. Er war platt und leicht, von einer Reihe sonnenreicher Tage getrocknet. Behutsam schob sie ihn mit Hilfe von Stephans Stock hinüber auf die andere Seite und ließ ihn ins Gras gleiten. Dort konnte er vermodern, bis ein Häuflein Knochen blieb, das irgendwann irgendjemand zu deuten versuchte.

«Weißt du», sagte Ada behutsam, «ich glaube, dass wir hier im Grunde nicht über die Archäologie der Steinzeit reden, sondern über die deiner gescheiterten Beziehung zu – wie hieß sie noch: Susanne?»

«Da ist das Erdwerk», sagte Stephan nur knapp und beschleunigte seine Schritte.

Tatsächlich ragte vor ihnen der dunkle Umriss eines länglichen Hügels auf, schwarz vor dem tiefer werdenden Dunkelblau des Abendhimmels. Ohne innezuhalten, steuerte Stephan darauf zu und verschwand in einem Einschnitt. Ada folgte ihm kopfschüttelnd durch das raschelnde Gebüsch aus Haselsträuchern.

«Weißt du», sagte sie, knipste ihre Taschenlampe an und ließ den Lichtkegel über das hügelige Gelände gleiten, das mit Gras und Buschwerk überwachsen war und keine rechte Gestalt annehmen wollte, «es war eine Schnapsidee, im Dunkeln hierher zu kommen.»

Sie konnte mit Mühe erkennen, dass es einen äußeren Wall von vielleicht zwei Meter Höhe gab, der das Areal in unregelmäßigem Rund umschloss. Außen herum hatte sich beim Herkommen der ehemalige Graben erahnen lassen, inzwischen nicht mehr als ein leicht abgesenktes Geländeband, das mit der abgerutschten Erde des ehemals sicher viel höheren Walls gefüllt war. Jenseits flimmerten die Lichter einer Neubausiedlung. Hier im Inneren war alles Gestrüpp.

«Im Gegenteil», verkündete Stephan und ließ seine Taschenlampe ebenfalls herumschwenken. «Der Nachthimmel ist genau, was wir brauchen.» Ada sah, dass er einen Kompass hielt. «Da ist das Nordwest-Tor. Und dort das Südost-Tor. Siehst du? Ganz exakt.»

Ada nickte. Tor war zu viel gesagt. Es handelte sich um Erdbrücken in dem leicht abgesenkten Kreis, der von dem ehemaligen Graben um die Anlage zurückgeblieben war.

«Bei der Grabung 1967 haben sie dort drüben Pfostenlöcher entdeckt, konnten damit aber nichts anfangen», erklärte Stephan, der sich in die angegebene Richtung entfernte.

«Und was meinst du?», rief Ada ihm hinterher. «Eine Torkonstruktion vielleicht?»

«Vielleicht», rief Stephan zurück. Sie hörte ihn rascheln, konnte aber nichts sehen als das Licht seiner Taschenlampe, das über das Laub wanderte. «Aber ich könnte mir auch etwas vorstellen, womit man die Sterne beobachtet hat. Nordost, Südwest, das deutet auf eine Anlage hin, um die Sommer- und Wintersonnwende festzustellen, meinst du nicht?»

«Ein Kalender?» Ada schüttelte den Kopf. «Keine Ahnung.» Sie machte ein paar zögernde Schritte in Stephans Richtung und verhedderte sich in einer Himbeerranke. «Mit so etwas kenne ich mich nicht aus. Ich bin Anthropologin.»

«Wusstest du, dass sie in Irland ein Teil wie dieses gefunden haben, von dem sie glauben, es war ein Totenplatz?», rief Stephan fröhlich. «Sie glauben, die Steinzeitler haben ihre Toten in so was abgelegt, damit sie auf natürlichem Wege, äh, entfleischt werden, und haben die Knochen dann später woanders beigesetzt. Das ist doch was für dich.»

«Danke, dass du mir das jetzt sagst», entgegnete Ada und spürte mit Unbehagen, wie sich etwas Feuchtes an ihre Fußgelenke schmiegte. Mühsam suchte sie Visionen von verwesendem Fleisch und faulenden Fratzen zurückzudrängen. Sie hob den

Fuß und zerrte hektisch das Büschel betauter Gräser weg, das sich um den Knöchel gelegt hatte. Es war ein Fehler gewesen, Sandalen anzuziehen.

«Gern geschehen», sagte Stephan, dicht bei ihr diesmal. Sie konnte im Licht der Sterne sein Gesicht erkennen. «Aber ich hab dir ja gesagt, ich glaube, das hier ist was Astrologisches. Komm mit.»

Und er nahm sie am Arm und zog sie tief ins Innere der Anlage. «So, das hier müsste etwa die Mitte sein», meinte er und führte sie auf eine Aufschüttung. «Was glaubst du?» Sein Blick glitt über den Horizont.

Ada betrachtete das unregelmäßige Geflimmer der Gestirne, deren Namen sie nicht kannte. «Keine Ahnung», sagte sie. «Aber es ist ein komisches Gefühl, auf einem Boden zu stehen, den Menschen vor über siebentausend Jahren bearbeitet haben.»

«Nicht wahr? Und man kann es noch richtig sehen. Die Palisaden sind weg, aber die Wälle sind nicht ganz abgerutscht. Wir sitzen vielleicht auf so was wie einer Sternwarte. Oder einem Altar.»

Ada antwortete nicht. Sie knipsten wie auf Verabredung ihre Lampen aus und ließen die Atmosphäre des Ortes auf sich wirken. Eine Weile lauschten sie den Nachtgeräuschen.

«Deine Haare sind aufgegangen», sagte Stephan dann.

«Echt?» Ada tastete nach ihrem Elfenbeinstab, fand ihn lose und zog ihn vollständig heraus. Ihr Haar drehte sich auf und flutete ihr über den Rücken.

«Hab gar nicht gewusst, dass die so lang sind», murmelte Stephan leise. Seine Stimme klang ungewohnt rau, und er berührte leicht eine Strähne. «Damit könntest du Shampoowerbung machen. Ehrlich.»

Einen Moment lang durchzuckte Ada der Gedanke: Was wäre wenn? Es war nur ein rasches Bild, überbelichtet von der Sonne eines heißen französischen Sommers: Stephan im Garten, bäuchlings im Gras, ein Buch vor der Nase und einen Halm zwischen den Lippen. Seine nackten Schultern und der konzentrierte Kinderblick, der sich in ein Lächeln auflöste, als er sie bemerkte. Sie bräuchte nur die Hand auszustrecken, um ihn zu berühren, sich anzulehnen, hier unter dem Sternenhimmel. Konnte es Stephan sein?

Energisch schüttelte sie den Kopf. Die Lockenfülle fiel zurück, und Ada begann, erneut alles zusammenzudrehen, zu wickeln und zu stopfen, damit es wieder an seinen Platz fand. «Das ist ein wirklich reizendes Kompliment», sagte sie bestimmt. «Aber wir wollen hier nicht zu romantisch werden, okay?»

«Ich doch nicht», brummte Stephan verstimmt.

Ada war noch eine Weile beschäftigt, ihre Haare wieder zu richten, dann fragte sie: «Bist du jetzt fertig mit deinen Messungen?»

Stephan war aufgestanden, hatte ihr den Rücken zugedreht und hantierte mit seinem Kompass. Er war verärgert, und das tat ihr Leid. Bei all seinen Mängeln war er doch ihr bester Freund, und sie wollte ihm irgendwie zeigen, dass sie ihm vertraute.

«Stephan?», fragte sie.

«Willst du jetzt doch noch romantisch werden?»

«Sei nicht sauer. Ich wollte dich nur etwas fragen.»

Mürrisch wandte er sich ihr zu. Ada holte tief Luft. Warum nicht, dachte sie. Er ist der Beste, was Steinbearbeitung angeht. Wenn einer etwas dazu sagen kann, dann er. «Was würdest du machen», fragte sie, «wenn du etwas vom Grabungsort hättest verschwinden lassen?»

Sie sah sein Gesicht über ihr im Licht ihrer Taschenlampe. Zunächst blinzelte er verwirrt und legte die Stirn in Falten, dann erhellte ein Lächeln seine Züge, das sie ungemein erleichterte.

«Du hast was mitgehen lassen?», fragte er und pfiff. «Menschenskinder, das hätte ich dir gar nicht zugetraut. Was ist es denn?»

«Ein Schmuckstück», sagte Ada zögernd.

«Schmuck? Ihr Weiber seid doch alle gleich.» Er grinste. «Hast du es hier?»

Ada nickte und griff in ihre Tasche. «Es ist ein Stein, und ich sage dir gleich, so eine Bearbeitung habe ich noch nicht gesehen. Warte.»

Sie schlug das Tuch auseinander. «Die Venus von Willendorf ist nichts dagegen. Du wirst staunen.» Wieder packte sie die Erregung, die sie schon bei der Entdeckung empfunden hatte. «Gleich … ich …» Hektisch fummelte sie herum. In der Aufregung ließ sie die Lampe fallen. Sie schlug vernehmlich gegen einen Stein.

«Mist», zischte sie, als das Licht nicht anging, das Gerät vergeblich schüttelnd, dass die Batterien klapperten. «Wo ist deine?» Sie konnte es vor Ungeduld kaum mehr aushalten.

«Die habe ich da drüben irgendwo …», murmelte Stephan und wandte sich schon ab, um das Areal ringsumher abzutasten. «Komisch. Vielleicht ist sie runtergekullert.» Er winkte ab. «Aber das Mondlicht reicht ja.»

Mit zitternden Fingern hielt Ada ihm ihren Fund hin. Da lag er, im Schein des aufgehenden Mondes, unscheinbar und grau. Ihr Schatz.

«Da ist was drauf», sagte Stephan. «Heb doch mal höher.» Und er neigte sich tiefer, um besser sehen zu können.

Ada gehorchte und richtete sich im selben Moment auf. Der Zusammenprall traf sie beide völlig unerwartet. Es klackte laut, als ihre Köpfe gegeneinander stießen.

«Au!», rief Ada. Sie schmeckte Blut auf ihrer Zunge, ein widerlich metallischer Geschmack. «Ich hab mir auf die Zunge gebissen, verdammt», mümmelte sie und spuckte aus.

Dann wurde ihr schwindelig.

«Stephan?», fragte sie und streckte die Hand nach ihm aus. Wo war er? Mit einem Mal schien alles so weit fort zu sein. Wie am Ende eines sich lang und länger dehnenden Tunnels. Es war, als böge die Welt sich von ihr fort. Und sie stand allein am Rand eines Abgrundes. Ada wankte und wollte erneut rufen. Doch der Schwindel ergriff sie so unerbittlich wie ein Wasserwirbel und zog sie nach unten.

Ada fiel und fiel. Sie konnte sich gar nicht erinnern, dass der

Stein, auf dem sie gesessen hatte, so hoch gewesen war. Ein gellender Schrei zersplitterte die Wirklichkeit. War sie das, die so schrie? Ihr Schrei brachte die Lichter der Siedlung zum Verlöschen und verschlang die Sterne. Seltsam, vermochte sie noch zu denken. Dann kam der Schmerz. Er presste ihren Schädel zusammen, dass die Knochen knackten. Sie konnte spüren, wie sie splitterten und brachen und zermalmt wurden. Ihre Schultern riss es aus den Gelenken, ihr Becken wurde zerbrochen und gefaltet, ihr Fleisch herabgerissen und zerfetzt. Und in ihrem Bewusstsein war nur noch Blut, schwarze, bittere Gallerte, die aus ihr floss und den Himmel verfärbte.

II. DIE JÄGER

VERLOREN IM WALD

Als Ada wieder zu sich kam, tat ihr jeder Knochen im Leib weh. Stöhnend rollte sie herum und versuchte, sich aufzurichten. Zu ihrer Überraschung schien nichts gebrochen zu sein, doch ihr Körper war eine einzige Prellung. Was sie auch betastete, es schmerzte.

Ada wusste nicht, wie lange sie bewusstlos gewesen war, doch noch immer umgab sie stockfinstere Nacht. Und ihren Körper bedeckte irgendeine eklige, klebrige Flüssigkeit, deren Farbe sie in der Dunkelheit nicht erkennen konnte. War das Blut? Vergeblich hielt sie sich die gespreizten Hände dicht vor die Augen und stöhnte. Das musste Blut sein, so wie sie sich fühlte. Sie war verwundet, schwer verletzt. Und sie war allein.

«Stephan», rief sie und musste husten. Aus der Finsternis kam keine Antwort. Da waren wohl unbemerkt Wolken aufgezogen nach diesem klaren Tag und löschten nun jedes Licht. Nur das Rauschen des Windes in den Blättern war zu hören und der Schrei eines Nachtvogels, der Ada eine Gänsehaut über den Rücken jagte. Irgendetwas raschelte in der Nähe.

«Stephan!» Diesmal schrie sie, so laut sie konnte. Aufgeschreckt huschte das Etwas durchs knackende Unterholz davon. Auch Ada erschrak, taumelte einen Schritt rückwärts, knallte mit dem Kopf gegen einen Baumstamm und rutschte mit weichen Knien daran hinunter, bis sie auf dem Boden saß. Verzweifelt schlug sie die Hände vors Gesicht. Da war etwas, sie spürte einen harten Kern, den die klebrige Schicht, die ihre Haut bedeckte, an ihren Handteller geheftet hatte: das Amulett.

«Scheißteil», fluchte sie, «bist an allem schuld.» Aber sie unterdrückte den Drang, es fortzuschleudern, und steckte es ein.

Und jetzt, ermahnte sie sich, wollen wir doch einmal ganz logisch nachdenken. Das eben war vermutlich nichts als eine Amsel. Die machen doch immer einen Krach im Laub, als wäre eine Horde Wildschweine unterwegs, das hast du doch schon oft genug erlebt beim Spazierengehen, Ada. Und was sollte es auch sonst sein. Ein Fuchs? Na gut, ein Fuchs vielleicht. Ein Wildschwein war es wohl kaum, in diesem bisschen Gestrüpp und so nah bei der Siedlung.

Die Neubau-Siedlung! Endlich fiel es ihr ein. Die war höchstens zweihundert Meter entfernt. Ihre Lichter sollten ja wohl nicht zu verfehlen sein. Wenn sie sich bis dorthin schleppte, konnte sie im Camp anrufen und sich abholen lassen. Dass sie es auf eigenen Beinen zurück ins Grabungslager schaffte, glaubte sie nicht.

Noch einmal versuchte sie, sich aufzurichten. Diesmal ging es besser, aber noch immer war ihr schwindelig, und jeder ihrer Körperteile tat ihr weh. Sogar ihre Zähne schmerzten, und nach den ersten mühsamen Schritten, bei denen sie nie sicher war, ob das Bein, das sie hob, beim Aufsetzen auch ihr Gewicht tragen würde, zwang ein heftiger Brechreiz sie, innezuhalten und alles aus sich herauszuwürgen. Danach ging es besser.

Das Unterholz machte ihr weniger zu schaffen, als sie vermutet hatte. Tatsächlich schien in dieser Richtung gar keines vorhanden zu sein, wofür Ada einfach nur dankbar war. Auch die jungen Birken entdeckte sie nicht, von denen sie gehofft hatte, dass ihre weißen Stämme im Mondlicht schimmern und ihr den Weg weisen würden. In Richtung auf die Siedlung hätten eigentlich Birken sein müssen. Allerdings war der Mond noch immer nicht zu sehen. Auch über sich konnte Ada nichts wahrnehmen als dieselbe lastende Finsternis.

Aber Ada hatte keine Zeit, sich zu wundern; es erforderte all ihre Konzentration, auf den Beinen zu bleiben. Gott sei Dank, da war der Einschnitt im Wall. Sie ertastete eine erdige Wand, die sie zu überragen schien. An dieser Seite war er tatsächlich beeindruckend hoch. Wirklich unverständlich, dachte sie, dass der Professor sich so sehr gegen eine genauere Untersuchung sperrte. Sie würde noch einmal mit ihm darüber reden.

«Au!» Ada stolperte und fiel schmerzhaft auf die Knie. Da war ein Stein gewesen, sie tastete danach. Nein, es war Holz, glatt und länglich. Eine Schwelle? Das musste sie Stephan erzählen, wenn sie ... Stephan!, durchfuhr es sie. Der Dreckskerl, sie dort einfach liegen zu lassen! «Dem werde ich ganz was anderes erzählen», murmelte sie. Die neue Wut tat ihr gut. Mit ihrer Hilfe schaffte sie es bis hinaus aufs freie Feld.

Erwartungsvoll richtete Ada sich auf. An dieser Stelle sollte die Siedlung sie begrüßen, mit ihren erleuchteten Fenstern und dem kalten Licht der Peitschenlampen, die die frisch geteerten Straßen beschienen, die abrupt als Sackgassen am Saum des Ackerlandes endeten. Aber da war nichts als Schwärze. Hatte es einen Stromausfall gegeben? Verwirrt fuhr Ada sich mit der Hand über die Stirn. Sie hörte das Blätterrauschen und roch einen Hauch von Moos und Moder. Kein Zweifel, sie stand vor einem Wald. Aber wie war der da hingekommen?

Blödsinn, ermahnte sie sich, Wälder wandern nicht. Fieberhaft überlegte sie. Ja, genau: Das musste der Kiefernhain sein, der sich weiter oben zwischen die Bundesstraße und das nächste Dorf schob. Das war es; sie war einfach einen Ausgang zu weit im Norden aus der kreisrunden Anlage herausgekommen. Dass der Hain so nah an den Wall heranreichte, hatte sie beim Herkommen allerdings gar nicht bemerkt. Vergeblich bemühte Ada sich, sich an ihren Weg hierher zu erinnern. Zu beschäftigt war sie gewesen mit Stephans Wut über diese Matriarchatsforscherin.

Sie sah noch den grauen Asphaltstreifen vor sich und das rote Glühen der Autorücklichter vor der helleren Glut des Abendrots, das sich über das regelmäßige Muster der Felder legte. Da war der Igel gewesen und das satte Grün des frisch gemähten Banketts zwischen den schwarzweiß geringelten Plastikpfosten. Farben, schien es ihr, wie aus einer anderen Welt.

«Na gut», sagte Ada laut in die Nacht, um sich Mut zu machen. «Dann gehe ich eben rechts herum.» Wenn sie sich südlich hielt, immer am Wall entlang, musste sie doch nach einer Weile auf die Siedlung stoßen. Zaghaft wagte sie ein paar erste Schritte. Äste schlugen ihr ins Gesicht.

«Verdammt», rief sie und schlug mit den Händen um sich. «Verdammter Scheißwald! Wo bin ich, verdammt?» Einen Moment war sie versucht, in Tränen auszubrechen. Aber sie fuhr sich mit dem Ärmel über das Gesicht und ging weiter, langsam nun, sich bei jedem Schritt behutsam vorantastend. Rasch war sie rings von Bäumen umgeben.

«Süden», murmelte sie. «Süden.» Als könnte die Beschwörung ihr helfen, die Richtung einzuhalten. Im Süden war das Stoppelfeld, an dessen Rand die Siedlungsstraßen endeten, sie sah es genau vor sich. Die Häuser mit den roten Ziegeldächern und den französischen Sprossenfenstern, mit den in regelmäßigen Abständen gesetzten Quadern der Fertiggaragen und den exakt verlaufenden Umrandungen der erst kniehohen Tujahecken, die sie von den krautigen Wiesen der noch unbebauten Grundstücke trennten. Mit den nackten, noch nicht eingewachsenen Terrassen und den Kinderspielsachen auf dem frisch gesäten Rasen, die noch jedem Blick preisgegeben waren. Symmetrisch, uniform, gesichtslos. Nicht mal tot würde sie in so etwas einziehen, dachte Ada. Aber für heute wäre sie einfach nur verdammt glücklich, sie endlich zu sehen.

Sie stolperte über eine Wurzel. Ihre Hand griff in Ranken, als sie sich abstützen wollte. Sie sog an der schmerzenden Stelle, wieder schmeckte sie Blut. Doch der Schwindel blieb aus. Nur ihr Kopf dröhnte wie eine Trommel. Für einen Moment lehnte sie sich an den schuppigen Stamm eines Baumes.

«Verflixte Puppensiedlung», fluchte sie. «Zeig dich schon.» Ihre Stimme drohte zu kippen. Sie schluckte, doch ihr Hals war trocken. Es war auch wirklich warm, wärmer fast als bei ihrem Aufbruch vom Camp.

«Wenigstens etwas», murmelte sie und taumelte noch einmal los. Das hätte gefehlt, dass sie am Ende verletzt in der Kälte gelegen hätte, während die anderen gemütlich in ihren Kojen schliefen. Stephan ratzte jetzt bestimmt schon. Oder hörte Krachmusik, qualmte wie ein Schlot und experimentierte dabei mit seinen Steingeräten herum.

Und wenn Stephan gar nicht zurückgegangen war, fiel es ihr da plötzlich ein. Wenn er sich auch verletzt hatte, schlimmer als sie, und nun hilflos dort draußen lag?

Aber es war ja gar nicht kalt, es war warm, richtig warm sogar, ganz erstaunlich für April. Ada spürte, wie ihr der Schweiß auf die Stirn trat. Hatte sie Fieber? Wahrscheinlich wurde sie krank. Das Denken fiel ihr immer schwerer. Leicht wankend stand sie einen Moment in der Dunkelheit da.

Aber ich muss, sagte sie sich, die Siedlung. Sie hörte die eigene Stimme in ihrem Kopf, wie sie eierte und leierte und sich wie Honig zog. Von sehr weit her schien der Befehl zu kommen, jetzt weiterzugehen. Ada nickte und wollte gehorchen. Sie hob einen Fuß, setzte ihn nach vorne. Da war kein Grund.

Mit einem Schrei stürzte Ada nach vorne, kullerte und überschlug sich und blieb schließlich am Fuß des Abhangs liegen.

Schlafen, dachte sie und zog die Beine eng an den Körper. Träumen. Sie schlang die Arme um sich und lag da, zusammengerollt wie ein Embryo, zerschrammt, verloren, bedeckt mit Schlamm und Laub. «Ich träume nur», murmelte Ada, und es war eine Ewigkeit vergangen oder ein Augenblick, als sie es wiederholte und sich blinzelnd klar wurde über das, was sie hörte: Hundegebell.

Die Siedlung!, war ihr erster Gedanke, und sie schoss hoch von ihrem Laubbett. In einem Moment erfasste sie, was sie umgab: die flutende Helligkeit, der grüne Dunst zwischen den hohen Stämmen der Eichen und Ulmen, deren Laub im Sonnenlicht leuchtete, das silberne Band des Baches, der sich unter Weiden und Haselbüschen vorbeischlängelte, der Biberbau, wie ein Scheiterhaufen, dessen federnde Holzwand am Vorabend ihren Sturz aufgefangen hatte, das überwältigende Vogelkonzert über ihrem Kopf und dann, hinter der Kante des gegenüberliegenden Abhangs verborgen, erneut das wütende Bellen eines Hundes.

Es klang aggressiv und wild, und doch weckte es in Ada mehr herzklopfende Hoffnung als die unheimliche Waldidylle, die sie umgab. Denn deren Existenz begriff sie nicht.

«Hier!», rief Ada und winkte. Denn wer immer dort oben war, Förster, Spaziergänger oder ein Suchtrupp mit Polizeihunden, der von Stephan gerufen worden war, sie konnten nicht mehr weit entfernt sein. Aber ihre Stimme war rau und brüchig. Da erinnerte sie sich an den Bach. Ada nahm alle Kräfte zusammen und kroch an den Wasserlauf. Zwischen Weidenbüschen neigte sie sich hinab zu der dunklen Oberfläche, die von länglichen, gelbgrünen Blättern getupft war, und trank gierig. Das Wasser strömte in sie ein wie ein Lebenselixier.

«Ahhh», seufzte sie und legte mit geschlossenen Augen den Kopf in den Nacken. Als sie die Augen wieder öffnete, sah sie einen Biber, das glänzende Fell nass gesträhnt, wie er eifrig am gegenüberliegenden Ufer einen Erlenast benagte.

«Ksch», machte Ada, doch das Tier verschwand erst, als sie sich aufrichtete und das tote Geäst unter ihren Füßen krachte. Sie hatte schon Biber gesehen, aber nur im Fernsehen. Und sie hatte nicht gewusst, dass es hier in der Gegend einen Naturschutzpark gab. War das ein Wiederauswilderungsprojekt? Möglicherweise durfte sie gar nicht hier herumstapfen.

«Ich habe es mir ja auch nicht ausgesucht», brummte Ada und hielt Ausschau nach geeigneten Trittsteinen im Wasser. Das Hundegebell kam von dort drüben. Und wenn sie zu ihren Rettern wollte, musste sie wohl oder übel hinüber. Flüchtig sah sie Fische unter das überhängende Ufergestrüpp huschen, als ihr Schatten aufs Wasser fiel. Mit der Zunge zwischen den Zähnen balancierte sie, konnte aber nicht verhindern, dass ihre Schuhe nass wurden. Zum Glück trug sie nur Sandalen.

«Heh!», rief sie dann noch einmal. «Hier bin ich. Hier unten.» Sie kletterte den Hang hinauf, so rasch sie konnte, voller Hoffnung, doch auch in aufsteigender Panik, denn die Hundestimmen schienen sich in diesem Moment zu entfernen.

Humusduft stieg auf, als ihre Finger sich auf der Suche nach Halt in das schwarze Erdreich krallten. Pilze zerplatzten unter ihrem Tritt, Wurzeln rissen aus dem Boden, wenn sie danach griff. Ada suchte nach Zweigen und Steinen, um sich daran hinaufzuziehen. Ein pfeifendes Keuchen entrang sich ihrer Kehle. Nur schnell jetzt, ehe sie fort waren. Über ihrem Kopf zeterte ein wütender Vogel, Ada achtete nicht darauf. Gleich hatte sie die Kante erreicht. Als etwas scharf an ihrem Kopf vorbeizischte, wedelte sie nur mit der freien Hand, um das vermeintliche Insekt zu verscheuchen, schnaubte und griff nach den Zweigen einer jungen Linde, um sich endgültig hinaufzuziehen. Was sie dann sah, ließ Ada erstarren.

Auch dieses Tier hatte sie schon im Fernsehen gesehen, allerdings war es eine Computeranimation gewesen. Sein mächtiger schwarzer Körper hatte auf dem Bildschirm längst nicht so massig gewirkt, kein Schweiß hatte schäumend seine glänzenden Flanken bedeckt, seine kleinen Augen hatten nicht so wütend gefunkelt – und vor allem war sie seinen spitzen, angriffslustig nach vorn gerichteten Hörnern nicht so schutzlos ausgesetzt gewesen wie in diesem Moment.

Ada stand einem Auerochsen gegenüber, einer geballten Masse Muskeln und Zorn. Entsetzt musterte sie die blutunterlaufenen Augen, den gesenkten Schädel, die scharrenden Hufe.

Kaum, dass sie die Pfeile wahrnahm, die an seinen Flanken hafteten und jedes Mal wippten, wenn ein Beben über die Haut des Untiers ging wie ein Wind über Wasser.

Ada öffnete den Mund, doch es gelang ihr nicht zu schreien. Zum ersten Mal in ihrem Leben begriff sie, dass etwas sie töten konnte. Diese Hörner waren in der Lage, sie aufzuschlitzen, dieser mächtige Körper brauchte sie nur zu streifen in seinem Lauf, um sie wie eine Puppe gegen die Stämme der umliegenden Bäume zu schleudern. Sie wusste es, ohne nachzudenken. Dennoch konnte sie sich nicht von der Stelle rühren.

Der Hund, den sie die ganze Zeit gehört hatte, sprang plötzlich vor ihre Füße. Den Rücken ihr zugewandt, kläffte er den ohnehin aufs tödlichste gereizten Ur aus Leibeskräften an. Ada hätte gerne etwas getan, doch sie wusste nicht, was. So gut sie konnte, schmiegte sie sich an den Stamm der Linde. Der Hund, ein schmutzig gelbes, zottiges Tier mit langen Läufen und buschigem Schwanz, etwa so groß wie ein kleiner Schäferhund, ließ in seinen Bemühungen nicht nach. Wild bellend sprang er zwischen dem Tier und der jungen Frau umher. Ada sah, wie der Auerochse den Kopf senkte, mit dem Huf scharrte und eine knappe, gereizte Bewegung in Richtung des Hundes machte, so als wolle er ihn auf die Hörner nehmen und fortschleudern.

Ada schrie, aber der Hund wich geschickt aus. Er sprang zur Seite, fort von Ada und dem Abgrund, und begann seine Attacken erneut. Aber nun war der Ur auf Ada aufmerksam geworden, die noch immer verloren neben dem Baum stand. Er fixierte sie mit seinen kleinen, wütenden Augen. Langsam setzte er seinen massigen Körper in Bewegung. Als sie es bemerkte, machte sie unwillkürlich einen Schritt rückwärts. Sie verlor den Boden unter den Füßen und ruderte Halt suchend mit den Armen durch die Luft.

Die Bewegung reizte den Ur auf das äußerste. Er warf den Kopf auf, scharrte und brüllte und setzte seine Muskelmassen stampfend in Bewegung.

Mit beiden Händen griff Ada nach einem Büschel dünner

Zweige, das federnd nachgab, bis sie über die Kante des Abgrundes gerutscht war. An den dünnen Gerten wie an einem Seil hängend, sah Ada den Kopf des Stieres über sich auftauchen; sein Geifer troff ihr ins Gesicht. Mit einem Schrei der Angst und Wut stieß sie sich mit den Füßen ab und sprang, ohne ihren Halt loszulassen, nach links, aus seiner Reichweite. Die Zweige über ihr ächzten und knarrten, hielten aber dem Gewicht und der heftigen Bewegung stand. Hilflos scharrten Adas Füße über den Hang, um wieder festen Boden zu gewinnen. In Panik starrte sie nach oben.

Da sirrte es wieder, lauter diesmal. Ada warf den Kopf zurück und bemerkte, dass im Nacken des Tieres ein federndes, wippendes Stück Holz steckte. Es war ein Speer, und er schien gut platziert zu sein, denn mit einem ungeheuren Brüllen ging der Koloss in die Knie. Ada sah ihn wanken, zu Boden gehen und langsam über die Kante des Abgrundes kippen. Noch einmal schrie sie, da im selben Moment der Ast, an dem sie sich festhielt, zurückschwang und sie wieder in Reichweite des stürzenden Tieres brachte. Ein Horn zischte dicht an ihrem Knie vorbei, zerteilte den Stoff ihrer Hose wie ein Messer. Ada hörte das böse Ratschen und schloss die Augen. Doch sie blieb unverletzt. Da spürte sie Boden unter den Füßen. Mit ein paar stolpernden Schritten hatte sie die Balance wiedergewonnen und richtete sich zitternd auf. Unter ihr, auf der Seite liegend, die Nase im Staub, kam der schlitternde Koloss mit einem letzten Stöhnen zur Ruhe. Sie sah es mit bebenden Knien.

Über sich hörte sie Stimmen.

Als sie den Kopf hob, erkannte sie ein Gesicht mit großen, schwarzen Augen, die sie neugierig musterten. Und eine Hand, die sich hilfreich nach ihr ausstreckte.

Ada griff nach den braunen Fingern, die sich fest und warm um die ihren schlossen, und ließ sich willenlos nach oben ziehen. Die langen Haare des Mannes fielen nach vorn und kitzelten Ada im Gesicht. Sie rochen nach Harz und dem Rauch von Lagerfeuern und war vorn über den Schläfen zu zwei schwarzen Zöpfen geflochten, deren Verschnürung mit Federn und Muscheln verziert war. Wie bei einem Indianer, dachte Ada, die unwillkürlich die Hand ausstreckte, um den seltsamen Schmuck zu berühren.

Er lächelte, blendend weiße Zähne im braun gebrannten Gesicht, und nahm ihre Hand, um sie an seine Wange zu legen. Sie war warm und glatt.

Seine Augen musterten sie, und Ada starrte gebannt zurück. Er überragte sie, wie die meisten Männer, aber um nicht mehr als einen halben Kopf, was sie angenehm fand. Er war schlank, dabei kräftig, sehnig wie ein Langstreckenläufer und biegsam wie das Bogenholz, das auch über seinem Rücken hing. Über sein Gesicht, länglich und schmal, mit starken Brauen und hohen Wangenknochen, glitten Adas Finger nun wie in Trance. War es dein Schädel, dachte sie, den ich in Händen hielt?

Dann erschrak sie und zuckte zurück. Sie rieb sich die Finger, als hätte sie sich verbrannt. Nein, das konnte nicht sein. Es durfte nicht sein. Sie war doch nicht verrückt. Adas Gedanken arbeiteten fieberhaft, überschlugen sich beinahe. Bei diesem Mann handelte es sich zweifellos um, um ... um das Mitglied einer Schauspielertruppe, eines Kostümvereins, nein, jetzt hatte sie es, es waren Touristen, Leute, die Steinzeit spielten, genau. Es waren Menschen wie die, die in ihre und Stephans Kurse kamen. Sie bauten sich Waffen und übernachteten im Freien. Nur dass dieser hier sich auch noch kostümierte und einen kurzen Kittel aus Leder trug. Aus einem weichen, rotbraunen Wildleder, das mit aufgenähten Knochen und glänzenden Kernen verziert war. Er stand ihm gut, das musste Ada zugeben.

Und der Auerochse war in Wirklichkeit nur ... Adas Gedanken kamen ins Stocken. Noch einmal wandte sie sich nach dem toten Tier um, das bereits die ersten Fliegen umsurrten.

«Auerochsen sind ausgestorben», sagte sie hilflos.

Ihr Retter lachte und antwortete etwas in einer Sprache, die sie nicht verstand. Nein, sagte sich Ada, das ist ein Traum. Hinter dem Mann tauchten jetzt noch andere auf, manche mit Speeren in der Hand, andere mit Bogen und Köchern über dem Rücken. Sie tauschten einige Worte mit dem Langhaarigen, während sie sich an den Abstieg zu ihrer Beute machten, ohne Ada eines Blickes zu würdigen.

Ada sah, wie sie einen Moment um den Ur herumstanden und diskutierten. Offensichtlich erwogen sie, ihn noch auf dem Hang zu zerteilen, verwarfen das dann aber und begannen, seine Hinterläufe mit einem Seil zu umwickeln. Ada hörte sie «Jaro» rufen und sah, wie ihr Gegenüber das ihm zugeworfene Seil auffing und um den Stamm der Linde schlang.

«Jaro», murmelte sie. Da wandte er sich nach ihr um und schlug sich mit der Faust auf die Schulter. Dann tippte er sie an.

«Ada», flüsterte sie. Es kam ihr vor, als sei es nicht wahr.

«Ada», wiederholte er zufrieden und überschüttete sie mit einem Redeschwall, den sie kopfschüttelnd quittierte. Seine Stimme war dunkel und weich, angenehm. Aber sie erklang in einer Sprache, die sie in ihrem ganzen Leben noch nicht gehört hatte. Kein lebender Mensch hatte das. Diese Sprache, wie all die Menschen hier, wie der Auerochse und der Biber, der Urwald ringsum und überhaupt alles hier, waren tot, lange tot. Seit siebentausend Jahren schon.

In die Gruppe Männer am Fuß des Abhangs kam Leben. Ein breitschultriger Kerl mit zottigen, braunen Haaren und tiefliegenden Augen machte sich an den Aufstieg, gefolgt von einem hochaufgeschossenen, dürren Jungen, der ihm ähnlich sah. Zwei andere folgten ihnen: ein weiterer Junge, das helle Haar in einem Pferdeschwanz zusammengefasst, und ein Mann mit leicht verkrümmtem Rückgrat. Als er redete, sah Ada, dass ihm einige Zähne fehlten, aber seine Arme waren kräftig. Gemeinsam machten die Männer sich daran, den Auerochsen nach oben zu ziehen. Eine zweite Gruppe half auf halber Strecke nach.

Wie betäubt stand Ada da, während die Fremden sich mühten. Rufe flogen hin und her, Kommandos schallten zwischen den Bäumen. Der gelbe Hund war zurück und schnüffelte, da Jaro, der keuchend mit den anderen am Seil hing, ihn ungeduldig zurückwies, mit freundlicher Zudringlichkeit an Ada. Die streichelte ihn zerstreut, was das Tier mit einem begeisterten Jaulen quittierte. Ada ging in die Knie und kraulte seinen Hals. Aus bernsteinfarbenen Augen schaute er sie an.

«Du hast mich retten wollen, nicht wahr?», sagte Ada leise. «Hast versucht, ihn von mir abzulenken. Braves Tier.» Es fiel ihr leichter, mit dem Hund zu sprechen. Er schien wirklicher, vertrauter als die Menschen, die sich dort drüben mühten, ihre Beute zu retten, und die es doch eigentlich gar nicht geben durfte. Spontan umarmte sie den Hund und presste ihn an sich. Über seinen struppigen Kopf mit den aufmerksam gespitzten Ohren hinweg beobachtete sie die anderen.

Der Braunhaarige mit den kleinen, runden, seltsam tief unter den Brauenbogen liegenden Augen war zweifellos der Anführer. Ada sah, wie er die Befehle ausgab und jeden an seinen Platz stellte. Sein Sohn, sein Ebenbild, nur jugendlich schlaksig statt vierschrötig und mit einem fuchsigen Schimmer im zottigen Haar, kommandierte seinerseits die Jüngeren, den Blonden mit dem Pferdeschwanz und einen nervös wirkenden Rothaarigen, lang aufgeschossen und eckig in den Bewegungen.

Der Alte mit den schadhaften Zähnen verzog das Gesicht, doch er arbeitete mit ganzer Kraft. Neben Jaro stand noch ein Mann mit nacktem, breitem Oberkörper, das ausgeprägte Kinn vor Anstrengung vorgeschoben. Sein dunkles Haar hing ihm ins Gesicht, und er lachte, wenn sie eine Pause einlegten. Ernst blieb hingegen ein Älterer, mit einer Kappe wolliger Haare über der niedrigen Stirn und besorgtem Blick. Er hatte eine Narbe am

Hals, sein linkes Ohr war verstümmelt. Die Pranke eines Bären?, fragte Ada sich. Als hätte er ihren Blick bemerkt, schaute er zu ihr hinüber. Rasch wandte Ada den Kopf zur Seite.

Durch den Körper des Hundes ging ein Ruck. Begeistert sprang er auf, bellte und schoss zu den Männern hinüber. Verlegen stand Ada auf und rieb sich die Arme. Doch niemand beachtete sie. Der Körper des Urs war jetzt über die Kante gehievt worden, und die Jäger machten sich daran, ihn sachgerecht zu zerlegen.

Ada konnte nicht anders, sie musste näher treten, um die Arbeit zu bestaunen, die mit großer Geschwindigkeit vor sich ging, im Wettlauf mit der Zeit, den Fliegen und dem Raubgetier, das sich zweifellos bald sammeln würde. Ein rascher Schnitt durch die Kehle ließ das Blut aus dem mächtigen Leib strömen. Einer der Jungen fing es auf in etwas, was wie ein Tierbalg aussah, ausgenommen und enthaart. Er wartete, bis der Lederbeutel prall gefüllt war, verschnürte ihn mit einer routinierten Bewegung und hängte ihn in die Zweige eines Baumes, außerhalb der Reichweite des Hundes, der außer sich vor Gier danach schnappte und sprang. Er wurde zur Ordnung gerufen und erhielt wenig später seine Belohnung aus dem Kadaver, der vor Adas Augen in Stücke zerfiel.

Welche Kraft es kosten musste, die dicke Haut vom Fleisch zu ziehen! Sie selbst und Stephan hatten es einmal mit einer Ziege versucht. Der Schnitt vom Hals über den Bauch war noch einfach gewesen; Stephans Klingen glitten durch den Balg wie durch Butter. Aber das Losreißen von den Gliedern, bei denen wieder und wieder nachgeschnitten und gezogen werden musste! Sie hatte es damals nicht geschafft, die Haut unversehrt zu erhalten. Hier aber, unter den Händen des Anführers, sah es aus wie eine mühelose Übung. Er rollte die riesige Haut ein und warf sie seinem Sohn zu, der damit hinunter zum Wasser stieg, um sie dort notdürftig von Sehnen und Fleischanhängseln zu reinigen.

Dem Anführer stand der Schweiß auf der Stirn. Misstrauisch schaute er hoch, als Ada näher trat und wie gebannt das Werkzeug aufhob, mit dem er gearbeitet hatte. Sie kannte es aus dem Studium. Es war eine breite Steinklinge, auf der Unterseite glatt gearbeitet, auf der Oberseite leicht gewölbt, sie konnte es ertasten. Die Schneide dünn und scharf. Eine schwarze Masse, Birkenpech wohl, hielt sie fest in dem länglichen hölzernen Griff, den Jahre des Gebrauchs glatt poliert hatten. Seine Maserung, sah Ada, war schön, gefällig. Es sah nicht aus, als wäre dieses Stück Holz für das Gebrauchswerkzeug zufällig ausgesucht worden.

Ada staunte noch, da wurde es ihr aus den Händen gerissen. Erschrocken wich sie einige Schritte zurück. Der Anführer starrte ihr einen Moment ins Gesicht, dann griff er an das geflochtene, mit aufgefädelten kleinen Wirbeln verzierte Lederband um seine Hüften und zog ein weiteres Messer heraus, kleiner diesmal. Er hielt es ihr hin und stieß etwas hervor, was Ada nicht verstand. Zögernd nahm sie das Instrument.

Der Anführer wies auf den Stamm einer nahen Birke. Verständnislos schüttelte Ada den Kopf. Dann zeigte er auf die blutigen Stücke Fleisch, die seine Männer aus dem Kadaver trennten und die sich auf dem Boden zu stapeln begannen. Ada zögerte noch immer. Da sah sie, wie der Alte zwei Hände voller Innereien aus dem Fleischberg klaubte, sich umsah und mit einem Tritt ein Gefäß in seine Reichweite beförderte, in das er die glibberige Last gleiten ließ. Es war aus Birkenrinde gemacht.

Nun glaubte sie zu begreifen. Sie wandte sich ab und war mit ein paar Schritten bei der Birke. Vorsichtig tastete sie die Oberfläche des Stamms ab, um sicherzugehen, dass in dem Rindenstück, das sie ablösen wollte, keine Verdickungen waren, dann fasste sie den Holzgriff des Messers, der quer in ihrer Hand lag, fester und setzte einen Schnitt. Wie war das noch gewesen? Nur bis zur grünen Schicht durchschneiden, das hatten sie ihren Kursteilnehmern immer wieder eingebläut, sonst wird der Baum geschädigt. Und prüfen, ob sie circa einen Millimeter dick ist. Das hatte sie in der Aufregung vergessen; aber Ada hatte Glück: ein perfektes, ausreichend dickes Stück Rinde löste sich, als sie es vorsichtig vom Stamm abzuziehen begann, und rollte sich in ihren Händen zusammen. Stolz hastete sie zu den Arbeitenden zurück. Es war Jaro, der ihr die Rinde aus der Hand nahm, ihr anerkennend auf die Schulter klopfte und sich dann hinkniete, um einen großen Brocken Fleisch einzuwickeln und mit Baststreifen zu verschnüren.

Sie werden mehr brauchen, dachte Ada, der unter seinem Blick warm geworden war, und eilte zum nächsten Baum. Als ihr hier die klare Waldluft in die Nase drang, wurde ihr erst bewusst, in welchem Gestank sie sich die ganze Zeit neben dem toten Tier befunden hatte. Tief atmete sie ein, ehe sie sich an die Arbeit machte. Da entdeckte sie am Stamm der Birke einen Auswuchs. Schwamm!, dachte sie. Was für eine glückliche Fügung. Den würde sie einstecken. Wenn sie das Fruchtfleisch herausholte und trocknete, hätte sie Zundermaterial, falls sie Feuer machen müsste. Sie hatte schon das Messer angesetzt, da fiel es ihr ein.

Was tue ich hier eigentlich, fragte sie sich. Ich werde nirgendwo Feuer machen. Ich werde nirgendwo hingehen. Auf dem schnellsten Weg nach Hause zurückkehren, das ist alles, was ich tun werde. Aber wie? Verzweifelt ließ sie ihren Blick durch den Wald ringsumher schweifen. Ohne fremde Hilfe würde sie nicht einmal zu dem Erdwerk zurückfinden. Und selbst wenn: Würde sie das irgendwie weiterbringen? Ihr schwindelte.

«Ada!» Sie fuhr herum, als sie ihren Namen hörte. Doch es war nur Jaro, der sich aufgerichtet hatte und erwartungsvoll zu ihr herüberwinkte. Ihr blieb keine Zeit zum Nachdenken. Hastig nickte sie und setzte das Messer erneut an.

Ada wusste nicht, wie oft sie hin- und hergelaufen war. Ihr Handgelenk schmerzte vom ungewohnten Hantieren mit dem Steinmesser. Über die alte Schicht Schlamm auf ihrer Haut hatte sich eine neue aus Tierblut gelegt, Schweiß verklebte ihr Haar, und Fliegen umsurrten sie in solchen Massen, dass ihr hektisches Wedeln nur lächerlich wirkte.

Die anderen schienen die Insekten nicht zu stören. Sie arbeiteten konzentriert und gleichmäßig, bis von dem Ur nichts mehr übrig war als das mit noch immer üppigen Fleischfetzen behängte Skelett, an dessen Knochen der Hund lustvoll knurrend zerrte, und ein großer Berg sorgsam eingewickelter Stücke Fleisch. Die Arbeit war getan. Es wurde stiller auf dem Platz. Und Ada, die sich, über eine widerspenstige Verschnürung gebeugt, mit dem Arm über die Stirn fuhr, hielt plötzlich in der Bewegung inne, weil sie spürte, dass etwas sich verändert hatte. Sie schaute auf. Die Männer standen im Kreis um sie herum und starrten sie an.

UNTER FREMDEN

Jetzt ist es also so weit, dachte Ada. Sehr langsam, als stünde sie immer noch vor dem wütenden, wilden Ur, erhob sie sich. Nun hatten sie erledigt, was getan werden musste, und Zeit, sich dieses seltsame Wesen anzusehen, das da in ihre Mitte gestolpert war. Unwillkürlich richtete Ada sich gerade auf und reckte das Kinn.

Dabei schlug ihr das Herz bis zum Hals. Ihre Kehle war so zugeschnürt, dass sie kaum zu atmen vermochte. Noch nie in ihrem Leben hatte sie solche Angst gehabt wie in diesem Moment, als sie der Gruppe Männer allein und schutzlos gegenüberstand. Ada fühlte sich nackt. Und doch wäre ihr alles lieber gewesen als die modernen Kleider, die sie auf dem Leib trug und die diesen Menschen sehr fremd vorkommen mussten.

Die Stille hielt an; Ada schluckte. Unsicher öffnete und schloss sie ihre herabhängenden Hände. Sie wagte nicht, mit einem der Männer Blickkontakt aufzunehmen. Da kam plötzlich von der Seite eine schnelle Bewegung. Jemand zupfte an ihren Locken.

«Heh!» Erschrocken schlug Ada nach der Hand und fuhr herum. Es war der Sohn des Anführers, der sie aus seinen seltsam tiefliegenden Augen anstarrte. Er sagte etwas, sein Vater schnarrte zurück. Ada wollte diesen Burschen im Auge behalten, doch da fassten bereits andere Finger nach dem Schultersaum ihres T-Shirts, strichen über ihre Arme, ihre Wangen, zogen an ihr, brachten sie aus dem Gleichgewicht. Jemand griff nach ihrem Kinn und versuchte, ihre Lippen über den Zähnen hochzuziehen.

«Verdammt! Ich bin doch kein Pferd», protestierte Ada erstickt. Sie wand sich und schlug in ihrer Panik wahllos um sich. Die fremden Hände schienen überall zu sein, zudringlicher als die Fliegen. Ein eisiger Schrecken durchfuhr Ada, als eine über ihre Brust glitt. Mit einem Aufschrei versuchte sie, den Ring zu durchbrechen, sie schlug Arme beiseite, trat um sich. Die fremden Stimmen dröhnten in ihren Ohren.

Doch so plötzlich die Übergriffe begonnen hatten, endeten sie wieder. Der Anführer gab ein scharfes Kommando. Und Ada stand alleine da, unbehelligt, zitternd und schwer atmend. Unsicher strich sie sich das Haar aus der Stirn. Der einzige Blick, der dem ihren begegnete, war der Jaros, der abseits stand und sie mit brennenden Augen ansah.

Der Zottige knurrte noch ein paar Befehle, daraufhin wandten sich alle ab und begannen, sich mit dem erbeuteten Fleisch zu beladen. Der Blonde band die Ledertasche mit dem Blut vom Baum und schulterte sie. Er rief seinen Kameraden fröhlich etwas zu, ehe er sich auf den Weg in den Wald machte.

Nein, dachte Ada in steigender Panik, nein, nein, das ist die falsche Richtung, nicht da lang. Der eingeschlagene Pfad führte fort von der Schlucht, fort von dem Erdwerk, dem Camp, von Adas Leben und jeder Hoffnung, dorthin zurückzukehren. Sie rief etwas, doch keiner reagierte. Die übrigen Männer nahmen ihre Last auf und folgten ihrem Anführer in einer langen, dünnen Kette. Ada sah sie einen nach dem anderen zwischen den Stämmen verschwinden. Sosehr sie eben noch ihre Übergriffe gefürchtet hatte, sosehr fürchtete sie nun ihr Fortgehen. Es waren wenigstens Menschen.

Hilflos schaute sie sich um. Der Wald um sie herum war dicht, Eichen und Ulmen vor allem, dazwischen Unterholz aus Haselbüschen, Moosfarn und verschiedenen Ranken. Wie weit mochte er sich erstrecken? Was würde alles darin auf sie lauern? Ada hörte ein Rascheln im Gebüsch und sah eben noch einen Fuchs mit einem blutigen Maul voll Fleisch davonschnüren.

Fast alle Männer waren jetzt mit ihrer Last verschwunden.

«Ich …», rief Ada, doch sie wusste nicht weiter. Zurückzubleiben schien ihr ebenso undenkbar, wie sich diesen Leuten anzuschließen. Aber hatte sie überhaupt eine Wahl? Sie hatte keine Idee, wie sie hierher gelangt war, sie wusste nicht, ob es einen Weg zurück gab. Aber eines war gewiss: Wenn sie hier zurückblieb, würde sie alleine nicht lange überleben.

Da trat der Sohn des Häuptlings neben sie. Frettchen, dachte Ada unwillkürlich und wich zurück. Sie verstand nicht, was er sagte, doch der Brocken, den er auf ihre Schulter fallen ließ, drückte sie beinahe zu Boden, und sein böses Grinsen, als er es sah, sprach Bände.

Wankend unter ihrer Last erwiderte Ada seinen Blick, so fest sie konnte. Da hörte sie noch einmal Jaros Stimme hinter sich. Er lief zu ihr, nahm ihr das Beutestück ab und schulterte es so mühelos, als wäre es nichts. Dafür wies er auf ein kleineres, das noch am Boden lag. Ada beeilte sich, es aufzuheben, während der Junge sie zähnefletschend beobachtete. So schnell sie konnte, folgte sie dann den Männern, die schon fast von der Tiefe des Waldes verschluckt waren. Das traurige Heulen eines Wolfes klang wie eine Warnung hinter ihr her und beschleunigte ihre Schritte.

Welche Strecke sie auf diese Weise zurücklegten, wusste Ada nicht zu sagen. Es war schon lange her, dass sie gedacht hatte, nicht mehr weiterzukönnen, und noch immer bewegte ihr geschundener Körper sich vorwärts, stolpernd, mechanisch, wie ein defekter Automat. Zweige schlugen ihr ins Gesicht, Wurzeln brachten sie aus dem Gleichgewicht. Was von ihrer Kleidung übrig war, wurde von Dornen zerfetzt. Der Schweiß lief ihr übers Gesicht und in die Augen und trübte ihre Sicht. Sie sah nur undeutlich Stämme, Stämme rechts und links, wie die Gitterstäbe eines endlosen Gefängnistraktes. Anfangs hatte sie versucht, über ihre Situation nachzudenken, aber ihr Geist scheiterte an der Undenkbarkeit dessen, was geschehen war.

Sie war in die Jungsteinzeit geraten. Es war ebenso offensichtlich wie unfassbar. Sie konnte sich nicht erklären, wie. Sie konnte es sich nur immer wieder vor Augen zu führen versuchen. Sie war in der Zeit gereist. Es konnte nicht sein, und doch war es geschehen. Falls nicht irgendein gnädiger Schreck sie aus diesem Albtraum erwachen ließ.

Dann mit einem Mal bellte der Hund und lief ein Stück voraus. Ada vernahm Stimmen, die zwischen den Bäumen hallten. Die Männer, die vor ihr gegangen waren, schienen plötzlich vom Erdboden verschluckt. Halb betäubt taumelte Ada heran. Dann begriff sie: Sie stand am Rand einer großen, runden Senke, deren Wände an dieser Stelle steil abfielen. Rauch von Feuerstellen stieg vom tiefsten Punkt des Kessels auf. Sie waren am Ziel. Über ihr erglühte der Himmel in prachtvollem Abendrot.

Die Jäger befanden sich bereits auf dem Weg nach unten, wo sie aufgeregt begrüßt wurden. Ada ließ ihren Blick über den Boden der Senke gleiten; sie blinzelte fassungslos. Während der vergangenen Stunden hatte ihr Verstand gleichsam geschlafen, eingelullt vom Gehen, betäubt von der Anstrengung. Aber irgendwo am Grund ihres Bewusstseins hatte die Hoffnung genistet, dass sie zu einem jungsteinzeitlichen Dorf unterwegs wären, vielleicht nicht zu ihrem Dorf, aber doch zu einem ähnlichen. Einem, wie sie es von ihren Grabungen in- und auswendig kannte, einem, das sich in seiner Lebensweise vielleicht gar nicht so sehr von Dörfern in der Dritten Welt unterschied. Einem, das von Frauen im Namen der Großen Göttin regiert wurde, wie ihre Kollegin Kristina das immer so überzeugend dargelegt hatte, Frauen wie sie, die sie aufnehmen und schützen würden. Kurz, sie hatte auf einen Ort gehofft, den sie so weit als Heimat hätte empfinden können, wie das in ihrer Lage eben möglich gewesen wäre.

Als sie sah, was vor ihr lag, schossen Ada die Tränen in die Augen. Was sie dort unten erwartete, war kein Dorf; es war so unerwartet und flüchtig wie ein Traum: eine Ansammlung niedriger, gewölbter Gebilde, kaum als Hütten zu bezeichnen. Die geschmeidigen Stämme junger Bäume waren zum Boden hin umgebogen und an eingeschlagenen Pflöcken festgebunden worden. An den so entstandenen Bogen hatte jemand Querrippen angebracht, lose angelehnte Äste, die teils mit Buschwerk und Moos überhäuft, teils mit Weidengeflecht zu Wänden verdichtet worden waren. Ada sah Birkenmatten auf dem Boden und Felle, die vor den Öffnungen hingen.

All dies verschmolz so perfekt mit dem umgebenden Wald, dass man es wenige Meter weiter schon nicht mehr wahrnahm. Und wenn die Bewohner dieser «Siedlung» weiterzogen, wären alle Spuren binnen kurzer Zeit spurlos verschwunden.

Sie war bei den anderen gelandet. Bei den Jägern und Sammlern, den umherschweifenden Waldbewohnern, die nicht seit Tausenden, die seit Zehntausenden von Jahren so lebten. «Kein Wunder, dass wir die nicht gefunden haben», murmelte Ada, während sie mit zitternden Beinen langsam zu dem Lagerplatz hinabstieg. Von mehreren Kochfeuern stieg dünner Rauch auf; erst jetzt roch sie das scharfe, würzige Aroma des brennenden Holzes.

Jaros Hund sprang kläffend umher, misstrauisch beäugt von einem großen, grauen Tier, mehr Wolf als Hund, das neben einem der Feuer lag, ohne auch nur den Kopf zu heben, aber ein tiefes Knurren aus seiner Kehle rollen ließ.

«Hamar!», rief ein kleines Mädchen und rannte auf den großen Schwarzhaarigen zu. Die helle Stimme hallte in der Senke wider. Der Jäger ließ seine Last fallen, breitete die mächtigen Arme aus und drückte die Kleine an sich. Frauen standen neben den Feuern auf, Ada sah den Anführer mit einer von ihnen sprechen. Sie legte die Hand auf sein Herz, während sie zuhörte, dann wandte sie ihr Gesicht Ada zu, die zögernd am Rand des Lagers stehen blieb.

Die Gefährtin des Anführers rief ihren Genossinnen etwas zu, das Ada nicht verstand. Dann war sie mit einem Mal von Frauen umringt. Sie fühlte, wie die drückende Fleischlast von ihrer Schulter glitt, die eingeschlafen war und zu kribbeln begann, als jemand sie an der Hand fasste und mitzog. Der Geruch nach Feuer, nach Essen und Menschen war betäubend. Auf einmal spürte Ada, wie müde sie war, wie zerschlagen und wie hungrig. Ihr Magen antwortete auf die Kochdünste, die aus einem aufgehängten Ledersack aufstiegen mit einem lauten Knurren, was ihre Begleiterinnen heftig kichern ließ.

Die Frau des Anführers drängte Ada, die ihr folgsam hinterherstolperte, zur Öffnung einer der Hütten, legte ihr die Hand auf den Kopf und gebot ihr so, sich zu bücken und einzutreten. Dann gab sie ein paar Anweisungen. Sie selbst setzte sich neben Ada, musterte sie kurz und begann dann, an ihren Kleidern zu zerren.

«Nein!», rief Ada, erneut in Panik, und wehrte sich gegen die aufdringlichen Hände. «Lasst mich in Ruhe.» Sie starrte erschrocken die andere an, die gestikulierend und schnatternd auf ihrem Vorhaben bestand.

Auf ihrer breiten Stirn war ein braunes Zeichen gemalt; die Haare hatte sie zu festen, kleinen Zöpfen geflochten, die in einem üppigen Wulst um ihren Kopf gewickelt lagen. Ihre Augen, groß und grau, waren von zahllosen Fältchen umgeben. Und zwei tiefere Furchen von der gekrümmten Nase hin zu den Mundwinkeln ließen sie streng aussehen.

Angesichts von Adas Widerstand runzelte sie die Stirn und diskutierte mit den vor der Hütte Stehenden. Bis der Kreis draußen sich öffnete und eine kleine Alte durchließ, die sich nur langsam und gebückt fortbewegte. In ihren Händen trug sie einen Lederkittel, den sie nun einladend vor Ada ausbreitete.

Erstaunt streckte Ada die Finger aus. Das Leder fühlte sich steif an, als hätte es lange gelegen. Es war eine Tierhaut, grob zugeschnitten, aber nicht mehr als nötig. Statt der Säume zeigte es an vielen Stellen die natürlichen Umrisse des Tieres, von dem es stammte. An den Schultern und den Seiten saß eine Naht aus Lederschnüren. Die Schnürung war rot eingefärbt, was hübsch aussah. Und um den Halsausschnitt herum hatte jemand kleine Perlen aufgenäht, die Adas neugierig tastende Finger als glänzende Samenkörner einer ihr unbekannten Pflanze identifizierten.

«Das soll für mich sein?», fragte sie, was einen aufgeregten Redeschwall ihrer Zuschauerinnen auslöste.

Die Alte nickte lächelnd und antwortete etwas Unverständliches. Ada konnte sehen, dass sie kaum mehr einen Zahn besaß. Ihre Haut war gegerbt von der Sonne, mit tief eingeschnittenen Runzeln, aber ihre Augen glänzten, und ihr dünnes Haar stand wie eine silberne Wolke im Halbdunkel der Hütte. Als sie mit ihren runzligen Fingern nach Ada griff, wehrte die sich nicht länger.

Ungelenk entledigte sie sich mit Hilfe der Alten der Fetzen, die ihre Kleidung gewesen waren. Ihre Nacktheit genierte sie, und sie fühlte sich ungeschützt. Doch als sie nach dem Kittel greifen wollte, drängte sich die Anführerin mit einer hölzernen Schüssel dazwischen, aus der es dampfte. Mit überdeutlichen Bewegungen tunkte sie einen Lederlappen hinein und tat so, als führe sie sich damit über die Stirn. Zuerst wich Ada vor dem tropfenden Lappen zurück, dann begriff sie. Man erwartete, dass sie sich wusch. Verklebt, blutverschmiert und schmutzig wie sie war, hätte sie sich über das Angebot gefreut. Wenn da nicht die vielen glänzenden Augen gewesen wären, die jeder ihrer Bewegungen folgten.

Das kleine Mädchen, das seinen Vater Hamar so enthusiastisch begrüßt hatte, hockte nun ganz still da und betrachtete sie mit offenem Mund. Eine Frau, wohl ihre Mutter, kniete hinter ihr und strich zerstreut übers Haar ihrer Tochter, während sie das Geschehen um Ada verfolgte. Daneben hockte mit übergeschlagenen Beinen eine Schwangere, die Arme um den runden

Leib geschlungen. Über ihre Schulter hinweg konnte Ada gerade noch das im Dämmerlicht versinkende Camp ausmachen, wo die Gestalten der Männer um ein weiteres Feuer saßen. Sie schienen fern und mit sich selbst beschäftigt. Nun gut, vor denen zumindest hatte sie vorerst ihre Ruhe. Adas Blick wanderte zurück zu den Gesichtern der Frauen, die stumm und erwartungsvoll zurückstarrten.

«Geht doch weg», sagte Ada. Sie lallte beinahe vor Erschöpfung. Zur Verdeutlichung machte sie eine weit ausholende Geste mit dem Arm, die sie alle verscheuchen sollte. «Lasst mir ein bisschen Privatsphäre.» Niemand reagierte auf diese aus einer anderen Zeit stammende Bitte, niemand blinzelte auch nur.

«Sture Bande», seufzte Ada resigniert und nahm die Waschschüssel. Dann zog sie sich damit, so weit sie konnte, in das Dunkel der Hütte zurück, tunkte den Lappen ein und ließ ihn über ihre Stirn gleiten. Beinahe hätte sie vor Wohlbehagen gestöhnt. Immer wieder ließ sie das Leder über ihr Gesicht fahren. Irgendetwas war dem Wasser beigegeben, stellte sie zu ihrem Erstaunen fest. Es duftete frisch, und wenn sie den Lappen auswrang, bildete sich leichter Schaum. Langsam reinigte sie so Gesicht, Hals, Schultern und Arme.

Als sie zu ihren Brüsten kam, wurde sie steif vor Verlegenheit. Sie spürte, wie ihre Brustwarzen, von denen das Wasser tropfte, sich im Luftzug verhärteten, und Röte schoss ihr ins Gesicht, als sie sah, dass alle dieses Schauspiel mit Interesse verfolgten. Die Alte wies mit dem Finger auf ihre Brüste und sagte etwas, was der Frau des Anführers ein Kichern entlockte. Beschämt wandte Ada sich ab.

Es war nicht leicht, sich in der engen Hütte, ins hinterste Eck gedrängt und am Boden kauernd, zu waschen, doch schließlich war Ada fertig. Sie hatte es sogar geschafft, ihre widerspenstigen Haare, so gut es ging, zu reinigen. Tropfend, mit rosiger Haut, drehte sie sich zu den anderen um, um nach ihrem neuen Kleid zu greifen.

«Heh!», entfuhr es ihr da. Sie stand so hastig auf, dass sie sich den Kopf stieß und das ganze Hüttenkonstrukt erbebte. «Lass das gefälligst da!»

Aber die Kleine hörte nicht auf sie. Blitzschnell hatte sie Adas alte Kleider zusammengerafft und lief damit aus der Hütte, geradewegs zu den Männern an ihrem Feuer, denen sie die Beute übergab.

Adas erster Impuls war, ihr nachzustürzen. Aber die kühle Abendluft am Hütteneingang machte ihr ihre Nacktheit bewusst. Sie hielt inne, um sich die steife Tierhaut überzustreifen. Als ihr Kampf mit dem widerspenstigen Leder beendet war und sie sich durch den Eingang gezwängt hatte, konnte sie nur noch zuschauen, wie der Anführer mit einem Stock die Reste ihres T-Shirts aufgespießt hielt, um sie im Feuerschein zu betrachten. Angst durchfuhr sie. Was würde er tun, wenn er erkannte, wie fremdartig sie wirklich war?

Der Zottige hob den Stock. Dann, ohne weiteres Zögern, warf er den Fetzen in die Flammen. Er stocherte nach der Hose.

«Moment mal», rief Ada, der in diesem Moment wieder einfiel, was sich in den Taschen befand. Das Amulett! Sie hatte es bei sich gehabt, als sie durch das Zeitloch gefallen war, oder wie immer man das nennen wollte, was ihr in dem Erdwerk zugestoßen war. Was, wenn das geheimnisvolle Schmuckstück irgendetwas damit zu tun hatte? Wenn es ihre Rückfahrkarte in die eigene Zeit war? Der Gedanke durchfuhr sie wie ein Blitz. Vielleicht gab es ja noch Hoffnung. Sie durfte nicht riskieren, den Stein zu verlieren. Doch der Anführer hob nicht einmal den Kopf. Mit nichts gab er zu erkennen, dass er sie gehört hatte.

Ada wollte hinübergehen, doch die Frauen scharten sich um sie und redeten auf sie ein. Freundlich, aber bestimmt hielten sie Ada fest, zogen an ihr und zerrten sie schließlich hin zu dem Lagerfeuer neben der Hütte, das offenbar ihnen vorbehalten war. Sie nötigten sie nachdrücklich, sich dort hinzusetzen. Ada musste sich fast den Hals verdrehen, um mitzuverfolgen, was am anderen Feuer geschah.

«Aber das gehört mir», erklärte sie, sich von einem Gesicht

zum anderen wendend. Sie deutete hinüber. «Das ist meins, versteht ihr? Mein Privateigentum!» Sie klopfte sich auf die Brust. Wie sollte sie ihnen nur erklären, wofür ihr selbst die Worte fehlten? Es war zum Verzweifeln.

Die Alte redete auf sie ein, streichelte ihr mit ihrer vor Trockenheit knisternden Hand über das Haar und reichte ihr eine Holzplatte, die Ada mechanisch an sich nahm, ohne sie eines Blickes zu würdigen. Stattdessen wandte sie sich wieder der Szene am anderen Lagerfeuer zu und bekam gerade noch mit, wie der steinerne Anhänger aus der Hosentasche glitt und zu Boden fiel, ehe auch ihr letztes Kleidungsstück ohne weitere Umstände in Flammen aufging. Ada sprang auf und wurde am Kleid festgehalten. Auch der Häuptling hatte das Schmuckstück bemerkt und wollte danach greifen. Doch ein anderer kam ihm zuvor.

Ada hatte den Mann in ihrer Aufregung bisher gar nicht wahrgenommen, der im Dunkel hinter den Flammen gesessen hatte. Umso furchteinflößender erschien er ihr jetzt: Seine Finger wirkten wie Krallen, lang und dünn. So war auch seine ganze Gestalt. Als er sich nun vorneigte, spukte ein phantastischer Schatten über die Stämme. Ada unterdrückte einen Schrei. Was war das: ein Ungeheuer, ein Tierwesen? Dann erkannte sie, es war ein Mann, der einen Hirschkopf samt Geweih auf dem Kopf trug. Das musste eine Art Priester sein, ein Schamane. Im Licht der Flammen schien er alt, uralt sogar, ausgetrocknet von einem Leben, dessen Härte Ada sich nicht vorstellen konnte. Sein Gesicht war von blauen Tätowierungen überzogen, die nackten, runzligen Arme waren mit Schmuckstücken aus Knochen geschmückt. Seine Augen, das einzig Menschliche an ihm, funkelten im Feuerschein, als er den Steinanhänger musterte.

Der Anführer neigte sich zu ihm hinüber und stellte eine besorgte Frage. Der Schamane schüttelte langsam den Kopf. Er drehte und wendete den geschnitzten Stein lange zwischen seinen Fingern. Dann legte er das Amulett auf eine der Steinplatten, die das Feuer einhegten, und hob einen kurzen Stock, in dem Ada unschwer einen Geweihschlegel erkannte. Sie hatte

Ähnliches schon benutzt, um bei ihren Kursen Feuersteine zu spalten. Der Hieb, zu dem der Alte ausholte, würde ihren Schatz unweigerlich zertrümmern. Und sie vielleicht für immer hier festhalten. Sie schüttelte die Hand der Frau ab, die begütigend ihren Arm hielt.

«Finger weg!», schrie sie gellend, sprang auf und schleuderte, ohne nachzudenken, die Holzplatte in Richtung des Alten. Sie warf mit aller Kraft, aber sie warf daneben. Das Werkstück prallte gegen einen der Bäume und zersprang. Der Schamane verharrte reglos. Die Köpfe der Männer aber fuhren zu ihr herum. Die Frauen waren atemlos vor Schreck. Nur das Knistern des Feuers war zu hören. Unter der Last des feindseligen Schweigens sank Ada wieder auf ihren Sitz.

IM WALDLAGER

In diesem Moment stand Jaro auf und begann, sehr schnell auf die anderen einzureden. Immer wieder deutete er auf das Amulett, auf Ada und schließlich auf sich selbst.

Ada hielt den Atem an. Auch wenn ihr die Bedeutung des Vorgetragenen nicht klar wurde, so begriff sie doch, dass er einen Zusammenhang herzustellen versuchte zwischen ihr, diesem Amulett und sich selbst. Und das erfüllte sie mit einer leisen Hoffnung. Sie seufzte erleichtert, als der Schamane schließlich antwortete und langsam seinen Schlegel senkte.

Aber was geschah jetzt? Ada musste ihren Hals recken, um alles verfolgen zu können. Jaro war aufgestanden und zu seinem Hund hinübergegangen, der sich zwischen den Wurzeln einer großen Ulme zusammengerollt hatte. An deren Stamm lehnte ein Gestell, es sah aus wie eine Schleiftrage. Aber wer sollte sie ziehen, der Hund? Noch während Ada grübelte, entnahm Jaro einem der Bündel auf der Trage etwas und kehrte damit in den

Feuerschein zurück. Er breitete es vor dem Anführer und dem Schamanen auf dem Boden aus. Ada konnte nicht genau erkennen, was es war. Erst als die langwierigen Verhandlungen endeten, der Anführer schließlich auf eine Stelle deutete und Jaro hingriff, um ihm zu überreichen, was dort lag, gelang es ihr, einen Blick darauf zu werfen.

«Muscheln?», entfuhr es ihr. Als der Anführer gleich darauf seine Gefährtin zu sich winkte und ihr die beiden Gegenstände überreichte, bekam sie Gewissheit. Die Frau kehrte zurück, das Gesicht gerötet vor Stolz, in den Händen die Schalen zweier Muscheln, die sie sofort unter den eifrigen Kommentaren ihrer Genossinnen an verschiedene Stellen ihres Kleides zu halten begann, als erwöge sie, wo der Schmuck sie am meisten ziere.

Gern hätte Ada die Muscheln näher betrachtet; sie war sich beinahe sicher, dass es sich um eine Art handelte, die im Mittelmeer vorkam. Etwas Ähnliches hatte man in Grabfeldern an der Adriaküste gefunden. Aber das konnte doch beinahe nicht sein. Sollte es diesen primitiven Waldmenschen möglich sein, über so große Entfernungen zu handeln?

Da sah sie, wie Jaro ihren Anhänger ausgehändigt bekam. Sofort entspannte sich die Atmosphäre. Ada verstand nicht, warum die Gefahr, die für die anderen von dem Schmuckstück auszugehen schien, damit gebannt war, dass man es Jaro überließ. Aber auch sie war froh über die Lösung. Sie fühlte sich diesem fremden Mann verbunden und vertraute ihm. Er hatte sie schließlich schon einmal gerettet. Vielleicht konnte sie gleich nachher mit ihm reden. Er war freundlich, er würde zuhören. Es würde ihr schon gelingen, sich ihm verständlich zu machen und ihn dazu zu bringen, ihr das Stück zurückzugeben. So teilte sich die allgemeine Erleichterung auch Ada mit.

Sie beobachtete neugierig, wie Jaro umständlich an einer der vielen Lederschnüre nestelte, die er um den Hals trug, und den Anhänger schließlich daran auffädelte. Als er ihn sich umhängte, schaute er plötzlich auf und warf Ada einen langen Blick zu. Ohne zu wissen, warum, errötete sie tief.

«Ume», erklang es da plötzlich neben ihr.

«Was?» Verwirrt wandte Ada sich um.

Die Alte an ihrer Seite schlug sich mit der Faust gegen die Brust. «Ume», wiederholte sie und lächelte dabei ihr zahnlückiges Lächeln.

«Ume», wiederholte Ada unsicher, zeigte dann auf sich selbst und sagte deutlich «Ada». Die Alte strahlte. Plötzlich kam es Ada vor, als wäre Ume nicht halb so alt, wie sie aussah. Verdattert nahm sie die neue Holzplatte entgegen, die Ume ihr reichte. Auch in die anderen kam Leben.

Die Schwangere trat an das Kochfeuer heran, neben dem, wie Ada jetzt erst bemerkte, auf einem Gestell ein lederner Sack hing, in dem es leise brodelte, nachdem eine andere zwei glühend heiße Steine aus dem Feuer hineingeworfen hatte. Mit einer geschnitzten Kelle holte die junge Frau etwas von dem Inhalt heraus und ließ ihn auf Adas Platte klatschen. Dabei redete die Alte heftig auf sie ein, wobei sich in ihrer Rede immer wieder das Wort «Ada» wiederholte. Die Schwangere hob den Kopf und lächelte schüchtern.

«Hile», sagte sie leise. Dann, als Ada nur nickte und nicht weiter reagierte, machte sie mit der Hand die Bewegung für Essen.

Mit einem Mal erinnerte sich Ada wieder ihres leeren Magens. Es musste über vierundzwanzig Stunden her sein, dass sie etwas zu sich genommen hatte. Das Mahl auf ihrer Holzscheibe, es war also tatsächlich ein Teller, bestand aus einer zähen, dunkelbraunen, wenig appetitlichen Paste; dennoch stürzte sie sich mit wahrem Heißhunger darauf. Sie nahm so viel von dem heißen Zeug auf die Finger, wie sie schaffte, ohne sich zu verbrennen, und strich es sich in den Mund. Sie schluckte und schnappte nach Luft.

Es schmeckte gar nicht schlecht, irgendwie stark gewürzt, ohne dass Ada die einzelnen Aromen hätte identifizieren können. Etwas Scharfes war dabei, etwas Schweres, etwas Süßliches. Es erinnerte sie ein wenig an Sauerbraten oder, dachte sie und schlang gierig einen Fetzen gekochten Fleisches hinunter, der in dem Brei steckte, an die dicke, braune Suppe, die es an Schlachttagen in dem Gasthof gegenüber ihres Elternhauses immer gegeben hatte. Stechbrühe hatten die Wirtsleute das genannt und ihr, die sich weidlich gruselte, erklärt, dass das Blut des geschlachteten Tieres dazu verwendet wurde.

Das Blut des Auerochsen, fiel es Ada da ein. Einen Moment starrte sie auf den Brei: War es das, geronnenes Blut mit ein wenig Fleisch und angedickt mit ... Sie ließ ihren Blick schweifen. Sie entdeckte einen flachen Mühlstein, leicht bestäubt, den Reibestein darauf und daneben am Boden die Stängel und Rispen einiger Wildgräser.

Blutgrütze, dachte sie und hielt einen Moment angewidert inne. Aber ihr Magen knurrte erneut, und sie aß ihre Portion bis auf den letzten Rest. Dabei nahm sie immer wieder nickend zur Kenntnis, dass die anderen sich ihr vorstellten.

«Lete», krähte die Kleine mit heller Stimme. Ada bemühte sich, ihr mit vollem Mund zuzulächeln. Sie schätzte das Mädchen auf zehn, höchstens elf. Sie wuselte um die im Feuerschein sitzenden Frauen, steckte ihr neugieriges Gesichtchen mal da und mal dort in den Kreis und lauschte den lebhaften Gesprächen.

«Lete!», rief ihre Mutter tadelnd und hielt sie an, sich neben sie zu setzen. Die Kleine gehorchte, drückte sich an die Mutter, spielte mit den kleinen, aufgenähten Knöchelchen, die deren Kleid zierten, und lachte Ada zu. «Agte», meinte sie dann und klopfte ihrer Mutter auf das Knie.

Diese bestätigte mit einem zurückhaltenden Lächeln, dass sie so hieß.

«Arwe», raunzte die Anführerin schließlich nach langem Zögern, als müsse sie sich dazu erst herablassen. Der Name passte gut zu ihrer Strenge, fand Ada. Brav wiederholte sie alles und nickte Arwe höflich zu, als sie ihren Namen aussprach.

Lete trug eine Platte mit klein geschnittenem Grünzeug auf, das stark und würzig duftete. Ada streckte die Hand aus, um sich möglichst viel davon in den Mund zu stopfen, aber es war furchtbar bitter. Sie verzog das Gesicht, was das Mädchen unbändig kichern ließ. Hile, die sich mit ihrem runden Bauch umständlich neben Ada niedergelassen hatte, hielt ihre Hand zurück und wies zu Arwe hinüber, die aufgestanden war.

Interessiert verfolgte Ada, wie Arwe die noch mehr als zur Hälfte mit der Grütze gefüllte lederne Kochhaut von ihrem Gestänge löste und damit zum Feuer der Männer hinüberging. Sie reichte die Gabe ihrem Mann, der seinen Männern ein Zeichen gab, worauf sie an einen Bratspieß herantraten und von dem dort über dem Feuer röstenden Fleischbrocken ein großes Stück abschnitten, das sie wiederum Arwe gaben. Ein Austausch, dachte Ada. Die Frauen bereiten ihr Sammelgut, die Männer das Erjagte. Und am Ende des Tages wird getauscht und geteilt.

Arwe kam mit einem mächtigen Brocken dampfenden, fetttriefenden Fleisches zurück, den sie auf einen der heißen Steine legte, mit denen das Kochfeuer umpflastert war, um ihn dort in Stücke zu schneiden. Jede der Frauen erhielt ihren Anteil. Und nun zeigte Hile Ada, wie sie mit den Kräutern umzugehen hatte. Sie riss einen Fetzen vom Fleisch ab, tunkte ihn in das geschnittene Grün, bis er von allen Seiten leicht damit paniert war, und stopfte ihn sich in den Mund.

«Ach, das sind Gewürze», rief Ada und machte es ihr nach. Tatsächlich, der bittere Geschmack des unbekannten Krautes gab, in Maßen benutzt, dem Fleisch ein reizvolles Aroma, wie Knoblauch und Thymian. Sofort machte sie sich über ihre Portion her.

Ihre Finger troffen von Fett wie ihr Mund. Auch die lachenden Gesichter der anderen glänzten. Ada fühlte sich satt und zufrieden. Nun hatte sie Muße, sie nacheinander zu betrachten.

Hile besaß ein schmales Gesicht und schlanke Arme und Beine, was durch ihre Schwangerschaft noch betont wurde. Zierlich und großäugig, hätte sie zu anderen Zeiten sicher an ein Reh erinnert. Ihr Haar war hellbraun und wellig am Ansatz, es bauschte sich ein wenig um ihren Kopf. Im Nacken hatte sie es zusammengenommen und den Strang dann in drei Zöpfe unterteilt, von denen jeder mit einer Lederschnur umwickelt war, auf die sie kleine Tierwirbel als Schmuckperlen aufgezogen hatte.

Sie schien zu wissen, dass sie hübsch war, und tastete gerne nach der doppelreihigen Kette aus getrockneten Früchten um ihren Hals. Doch wirkte sie auch unsicher, und die Art, wie sie bisweilen ihren Bauch umarmte, ließ vermuten, dass ihre Schwangerschaft ihr leise Sorge bereitete. Vielleicht, weil sie noch so überaus jung war.

Agte und Lete waren eindeutig Mutter und Tochter, mit runden Gesichtern, glänzenden braunen Augen und der offenbar durch nichts zu hemmenden Bereitschaft zu lachen. Die Mutter hatte das breite Becken und die schweren Brüste, die das Mädchen einst noch entwickeln würde. Agte hatte das Haar, ähnlich wie Ada, mit einem Stab zu einem Knoten aufgesteckt. Doch war ihres wie das ihres Mannes und ihrer Tochter schwarz, glatt und glänzend.

Arwe trug an der Last ihrer Würde als Gattin des Anführers, wie es Ada schien. Sie war zurückhaltender als die anderen und überließ es ihnen, Ada zu betasten oder ihr den Namen einer Zutat im Essen vorzusagen. Ihre Augen wanderten häufiger als die der anderen Frauen hinüber zum Männerlager, als erwartete sie von dort irgendwelche Anweisungen.

Interessiert folgte Ada ihrem Blick. «Wie heißt dein Mann eigentlich?», wollte sie wissen und besann sich dann, als sie Arwes irritierten Blick sah. «Agte – Hamar», begann sie langsam und unterstrich das Gesagte mit deutenden Gesten. «Arwe –?» Sie zeigte auf den Anführer.

Arwe runzelte die Stirn. «Hogar», sagte sie schließlich mit einem deutlichen Zögern. Und als Adas Finger zu ihrem Sohn weiterwanderte, fügte sie nicht ohne Stolz «Egbar» hinzu.

«Das Frettchen, klar», murmelte Ada. Wenn das ihr Sohn wäre, würde sie jedenfalls auch so ein saures Gesicht ziehen.

«Ume – Rastar», bot die Alte von sich aus an und zeigte, wie

Ada es erwartet hatte, auf den älteren Mann mit den langen, affenartigen Armen.

«Und Hile?», fragte Ada dann und lächelte das schüchterne Mädchen auffordernd an. Sie wies auf den Besorgten, wie sie ihn bei sich nannte. Den Mann mit den wolligen Haaren und der Narbe. Er war der Einzige, der als Hiles Mann in Frage kam, wenn nicht einer der Jungen zu ihr gehören sollte. Doch das schien Ada unwahrscheinlich, denn die hielten sich abseits von den anderen und blieben unter sich. Ada sah, wie sie lachten und miteinander rangelten und mit ihren Stöcken im Feuer herumstocherten. Wie ein angehender Vater kam ihr keiner von denen vor.

Aber Hile schüttelte den Kopf. Sie biss sich auf die Lippen, dann fuhr sie sich mit der Handkante über die Kehle. Was das bedeutete, brauchte niemand zu übersetzen. Ada erschrak, nicht so sehr über die Drastik der Geste als über ihre Zeitlosigkeit. Es war nicht misszuverstehen, was gemeint war. Ebenso wenig wie der Schmerz in Hiles Gesicht.

«Oh», entfuhr es Ada. «Es tut mir Leid.»

Agte mischte sich ein und sagte etwas, was Ada nicht verstand. «Hile – Ular», wiederholte sie schließlich, deutete auf den Besorgten und machte mit dem Finger eine verneinende Geste. Dann schaute sie sich um, nahm ein Steinmesser, ritzte sich damit so umstandslos den Finger, dass Ada zusammenzuckte, und zeigte ihr den dunkel schimmernden Blutstropfen darauf. «Hile – Ular – Blut.»

Ada starrte einen Moment auf Agtes Finger, bis sie begriff. «Du meinst, sie sind blutsverwandt», rief sie aus.

Befriedigt nickte Agte. Mit vielem Gestikulieren gelang es ihnen zu klären, dass Hile Umes und Rastars Tochter war. Das Kind, wenn es geboren war, würde bei ihnen bleiben und Hile zu einem neuen Mann gehen. «Nagdar», sagte Agte befriedigt und wies auf den Blonden mit dem Pferdeschwanz, «Nagdar nicht Blut.»

Ada nickte, und alle waren erleichtert, sich in dieser schwierigen Angelegenheit verständlich gemacht zu haben. Das Essen lag ihnen warm und wohlig im Magen, und die Stimmung war beinahe aufgekratzt. Vor allem Agte, sichtlich stolz auf ihre Leistung, konnte gar kein Ende finden. «Lete – Egbar», erklärte sie und deutete auf den Mond. Sie bemühte sich zu erklären, wie oft er noch voll werden musste, bis das Mädchen alt genug wäre.

«Egbar?», sagte Ada pikiert und warf einen Blick hinüber zu dem Jungen mit dem Frettchengesicht, der sie so gemein angestarrt hatte. Sie war inzwischen überzeugt, dass die Hand auf ihrer Brust seine gewesen war. Sie fand den Jungen abstoßend und brutal, jemand, dem man besser nicht zu nahe kam. Und Lete war doch noch ein Kind! Als sie das strahlende Gesicht der Kleinen sah, bemühte sie sich um ein Lächeln.

«Das ist schön», murmelte sie, doch ihr war die Stimmung verdorben. Unwillkürlich hielt sie nach Jaro Ausschau. Es war Zeit, dass sie ihren Anhänger wiederbekam. In dem Kreis am Feuer allerdings war Jaro nicht mehr zu entdecken. Dort saß nur Hogar, der Anführer, und neben ihm der Besorgte. Ular, erinnerte Ada sich, obwohl sie fand, sein Spitzname passte weit besser. Ular stützte sich auf einen langen Stab wie ein griechischer Philosoph und nickte zu dem, was sein Anführer gerade nachdrücklich erklärte.

Wem das allerdings nicht zu passen schien, war das Frettchen. Egbar stellte sich vor seinen Vater, der stur an ihm vorbei ins Feuer starrte, und redete und redete, mit fuchtelnden Händen. Von Zeit zu Zeit hob Ular den runden Kopf und schenkte ihm einen seiner dunklen, grübelnden, trübsinnigen Blicke. Und von Mal zu Mal, so schien es Ada, wirkte sein Gesicht dabei verbissener.

Doch Hogar ließ erneut seine tiefe Stimme ertönen, und Ular nickte wieder. Als wolle er die Diskussion endgültig abschließen, legte Hogar seinem Gefolgsmann die Hand auf die Schulter. Sein Sohn kreischte etwas und stieß mit dem Fuß gegen einen Stein, der ins Feuer holperte und dort einen kleinen Funkenregen verursachte.

«Egbar!», rief Hogar mahnend, doch sein Sohn winkte nur aggressiv ab und stürmte aus dem Lichtkreis hinaus in den Wald.

Ada folgte ihm mit den Blicken und entdeckte nun auch Jaro, der es sich neben seinem Hund auf einer Birkenrindenmatte gemütlich gemacht hatte. Er lag auf dem Rücken und spielte mit etwas vor seinem Gesicht herum; es schien Adas Anhänger zu sein. Als Egbar vorbeistürmte, hob er nur kurz den Kopf.

Langsam stand Ada auf und wischte sich die Hände, die feucht vor Aufregung waren, an ihrem Kleid ab. Am besten sprach sie jetzt mit ihm; das Essen war vorbei, und Aufbruchstimmung machte sich in den Kreisen am Feuer breit. Sie brachte es besser hinter sich, bevor die Glut erlosch und alle schlafen gingen.

Jaro blickte auf, als sie ihm entgegenkam. Sein Gesicht war düster, beinahe verbissen. Adas Lächeln wurde unsicher, während sie auf ihn zuging, und sie überlegte, wie sie beginnen sollte. Wenn sie an seine Hand auf ihrer Wange dachte, wurde ihr warm. Doch noch ehe sie ihn erreicht hatte, versperrte ein Stock ihr den Weg.

Erstaunt schaute sie auf und erkannte Ular. «Ada», sagte er. Seine Stimme klang rau.

Ada lächelte unverbindlich und versuchte, einen Bogen um ihn zu machen, in Gedanken noch ganz bei ihrem baldigen Gespräch mit Jaro, der sich jetzt aufgesetzt hatte und sich die Flechten aus dem Gesicht strich. Aber an ihrer anderen Seite stand Hogar. Ohne auf ihre Proteste zu achten, packte der sie am Arm und drehte sie zu sich herum.

Unwillkürlich schrie Ada auf, als sie sich dem Schamanen gegenüber sah. Er hatte hinter Hogar gewartet, und wieder hatte sie seine Anwesenheit nicht gleich wahrgenommen. Nun starrte sie unversehens in die toten Augen des Hirschschädels, der das tätowierte Gesicht seines Trägers beschattete. Der Alte krächzte irgendetwas und rührte dabei in einer Schüssel einen Brei an, den Ada angeekelt anstarrte. Was war das? Was wollten sie von ihr?

«Entschuldigt», brachte sie hervor, «ich habe etwas zu erledigen.» Sie wollte Hogar von sich schieben, doch dessen Griff war eisern. Dann trat Ular vor. Der Schamane schmierte ihm die rötliche Paste auf die Hand, bis die Fläche und alle Finger ganz bedeckt waren. Ular hob sie hoch, als präsentiere er ein Siegeszeichen. Die Frauen stießen trillernde Rufe aus.

«Ada – Ular!», rief Lete fröhlich und winkte.

Ada hörte es, ohne es zu begreifen. «Was?», fragte sie verwirrt. Da senkte sich überraschend Ulars Hand auf ihr Gesicht. Sie taumelte unter dem Druck zurück. Einen Moment lang dachte sie, sie bekäme keine Luft. Dann löste sich die Hand ebenso abrupt wieder von ihr. Eine klebrige Schicht blieb auf ihren Zügen zurück, ihrer Stirn, ihren Wangen. Kleine Klümpchen der Masse hingen in ihren Wimpern und ließen sie blinzeln, eine feine Schicht lag auch auf ihrem Mund.

«Bäh!», machte Ada unwillkürlich und fuhr sich mit dem Ärmel über den Mund. Es schmeckte widerlich. Na prima, schon wieder konnte sie sich waschen. Noch während sie versuchte, sich notdürftig sauber zu machen, und überlegte, ob sie so zu Jaro gehen oder erst zu der Wasserschüssel umkehren sollte, fühlte sie sich um die Taille gefasst und wurde hochgehoben.

«Was soll das?», rief sie. «Lass mich los!» Verdutzt schaute sie hinunter auf Ular. Als er keine Miene machte zu gehorchen, stemmte sie sich mit beiden Händen gegen sein Gesicht und zappelte mit den Beinen. Unbeeindruckt von ihrem Widerstand schulterte er sie und trug sie von den anderen fort. Sie verließen den Feuerschein, Dunkelheit umfing sie, die Wärme wich der Nachtkälte, und mit ihr stiegen Angst und Begreifen in Ada empor.

«Nein», rief sie, in steigender Panik, «ich will nicht, lass das!» Sie riss nun an seinen Haaren, ihre Nägel suchten sich in seiner Haut festzukrallen, und sie bäumte sich in seinen Armen auf. «Nein!», schrie sie gellend, «nein!», und dann, einem Impuls gehorchend: «Jaro!»

Es riss den Jäger auf die Füße, als er seinen Namen hörte.

Doch Hogar stieß ein warnendes Knurren und einen kurzen Satz aus.

Mit geballten Fäusten stand Jaro da und starrte hinter den Männern her, die an ihre Feuer zurückkehrten.

DIE HOCHZEITSNACHT

Ular lud Ada vor einer abseits gelegenen Hütte ab und schob sie durch den Eingang. Sobald sie sich von seinem Griff frei fühlte, krabbelte sie, so schnell sie konnte, von ihm fort. Eine raschelnde Mauer aus Flechtwerk gebot ihrem Fluchtversuch jedoch bald Einhalt. Ada drängte sich dagegen und schaute zu dem Mann zurück, dessen breiter Körper den Hütteneingang verdunkelte.

«Bleib, wo du bist», flüsterte sie, «komm bloß nicht näher.» In ihrer Stimme zitterte nackte Angst. Sie hörte seinen schweren Atem, als er sich bückte, um einzutreten. Hektisch fuhren ihre Finger über den Boden, doch da war nichts, was ihr als Waffe hätte dienen können. Ada keuchte in höchster Panik. Dann, als er beinahe bei ihr war, zog sie die Beine an den Körper und trat mit all ihrer Kraft nach ihm. Sie traf ihn an der Schulter und hörte seinen dumpfen Aufschrei des Erstaunens mit Befriedigung.

Eine Weile verharrte der dunkle Umriss vor ihr, als wäre er unschlüssig, was als Nächstes zu tun sei. Bald aber kroch er wieder näher. In diesem Moment schlossen sich Adas umherirrende Finger um etwas Hartes. Ein Stein, es war ein Stein, der halb aus dem Boden ragte. Doch er saß fest. So hektisch Ada daran zog, er rührte sich nicht. Sie bohrte ihre Nägel in die harte Erde und spürte sie brechen. Ihre Finger brannten. Da war Ular über ihr, sie konnte ihn riechen, einen scharfen, beizigen Geruch, der ihr das Essen wieder in die Kehle trieb. Sie spürte sein Gewicht, das sich auf sie senkte, obwohl sie verzweifelt um sich trat. Er presste sie mit seiner Schwere einfach auf den Boden. Vergeblich wand sie sich unter ihm. Ihre freie Hand stemmte sich erst gegen seine Schulter, dann verkrallte sie sich in seinem Haar. Er stieß einen überraschten Schmerzenslaut aus, packte sie am Gelenk und bog ihr mühelos die Hand über den Kopf zurück und die tastete dann nach ihrer anderen. Ada weinte laut. Da fiel der Stein endlich zu Boden. Ihre Hand schnellte hoch.

«Aah!» Mit einem Aufschrei löste Ular sich wieder von ihr. Zusammengekauert, die Hand gegen die blutende Stirn gepresst, hockte er da und starrte sie an, die sich keuchend aufrappelte, den Stein, ihre einzige Waffe, noch immer fest umklammert. Die Haare hingen ihr wild über das zerschrammte Gesicht.

«Komm mir nicht zu nahe», stieß sie atemlos hervor. «Sonst ...» Und sie hob drohend den Stein. Doch ihre Hand zitterte. «Verschwinde!» Es war mehr ein Schluchzen als ein Schrei. «Verschwinde, ich ...»

Sie hatte den Schlag nicht kommen sehen. Er traf ihren Kopf mit solcher Härte, dass sie zur Seite flog. Ada war, als explodiere die Welt vor ihren Augen. Wellen von Schmerz schlugen gegen die Innenwände ihres Schädels. Blut schoss ihr aus der Nase, und sie öffnete mit einem unwillkürlichen Ächzen den Mund. Der Stein fiel aus ihrer Hand, als sie sich in einer Schutz suchenden Bewegung zusammenrollte wie ein Embryo. Eine Weile verharrte sie so, wie betäubt, am Rand der Bewusstlosigkeit.

Als Ular merkte, dass sie sich nicht mehr wehrte, griff er nach ihrem Fuß und zog sie zu sich heran. Er betrachtete sie eine Weile, dann schob er ihr Kleid hoch und suchte ihre Beine zu spreizen. Ada jammerte leise wie ein Kind. Sie wehrte sich kaum noch, nahm nur wie durch einen Schleier wahr, was mit ihr geschah. Schlafen, dachte etwas in ihr, einfach im Schmerz versinken, verschwinden. Und sie legte die Arme über ihr Gesicht.

Ular brachte schnaufend ihre Hüften in Position. Langsam hob er dann die Hand und strich ihr die Haare aus der Stirn. «Bitte», murmelte Ada.

Da umfasste Ular ihr Gesäß, hob sie an und drang mit einem

Stoß in sie ein. Der Schmerz riss Ada aus der schützenden Hülle ihrer Ohnmacht. Sie bäumte sich auf, doch es war zu spät. Und sie schrie.

Im Lager saß man um die verglimmenden Reste der Feuer und senkte die Köpfe, peinlich berührt von dem ungebührlichen Verhalten der Frau, die ihnen ihre Leiden nicht ersparte. Agte umarmte tröstend ihre Tochter, die in ihrem Schoß döste, ohne Fragen zu stellen.

Arwe tauschte missbilligende Blicke mit den anderen. Wie laut dieses Weib von Anfang an gewesen war! Wie unangemessen frei in Gesten und Blicken. Wie wenig zurückhaltend und ohne jeden Respekt. Kein Wunder, dass sie sich auch jetzt nicht schämte, sie alle behelligte mit dem, was eine Frau nur mit sich selbst auszumachen hatte. So flüsterte und zischte es am Frauenfeuer.

Die Männer drüben schwiegen. Hogar starrte ins Feuer, als könne er dort die Zukunft lesen. Sie ist eine Fremde, dachte er, sie gehört nicht zu uns. Aber sie ist jung und gesund. Sie wird uns Kinder bringen, Ischtar hat es gesagt. Und der Schamane hatte sich noch nie geirrt. Sein Blick wanderte hinüber zu den Frauen, wo Letes kleine Gestalt sich zwischen denen der Erwachsenen verlor. Der Anblick zog ihm das Herz zusammen. Bei allen Geistern, sie brauchten Kinder, wollten sie nicht vergehen wie Gras unter einem Stein. Unbehaglich zog er die Schultern hoch. Dafür musste erduldet werden, was er sonst nicht geduldet hätte: das Fremde und seine böse Gewalt. Lange Zeit waren sie ihm ausgewichen. Diesmal würden sie ihm trotzen.

Egbar hatte sich auf der Seite ausgestreckt und vergnügte sich damit, von Zeit zu Zeit auf die verglimmenden Reste zu blasen, die von den Kleidern der Neuen zurückgeblieben waren. Dabei wanderte sein Blick manchmal hinüber zu der Schlafstelle Jaros. Wie der Händler sie angesehen hatte! Egbar kicherte böse in sich hinein. Er hätte etwas darum gegeben, jetzt Jaros Gesicht zu sehen. Doch der Händler lag im Dunkeln, und von ihm war kein Laut zu hören. Wie anders von der Frau, diesem Miststück! Wahrhaftig, dass sie sich nicht schämte. Hoffentlich zeigte Ular ihr, wer der Herr war.

Er selbst hätte ihr dieses Gezeter nicht durchgehen lassen, fremd oder nicht, er würde sie züchtigen. Wie sie ihm von Anfang an zu verstehen gegeben hatte, dass sie ihn nicht mochte! Einer Frau stand solche Frechheit nicht zu. Er hätte dem einen Riegel vorgeschoben. Aber sein Vater hatte ja unbedingt dem alten Krüppel den Vorzug geben müssen, Ular mit der Narbe! Unwillig warf Egbar sich auf den Rücken. Er, Egbar, war nicht zu jung, Hogar täuschte sich, er war bereits ein Krieger. Und Manns genug, um es einer solchen Wildkatze zu zeigen.

«Mama», murmelte Lete im Schlaf, «warum freut Ada sich nicht?»

«Oh, sie freut sich. Sie freut sich schon, mein Schatz», beeilte Agte sich zu erwidern und strich ihrer Tochter über das Haar.

«Weil sie undankbar ist», brummte Arwe düster und fügte, als Agte sie mahnend ansah, widerwillig in freundlicherem Ton hinzu: «Aber sie wird es lernen.»

«Morgen freut sie sich dann.» Letes Stimme war nicht mehr als ein Flüstern. «Wenn das Baby kommt.»

Hile sagte nichts, sondern starrte mit großen Augen ins Feuer.

GRAUER MORGEN, GRAUE ZEIT

Es dauerte eine Weile, bis Ada am nächsten Morgen zur Besinnung kam. Es war, als wehrte sich ihr Geist dagegen, die neue Umwelt anzuerkennen. Eine Weile wartete sie darauf, die Musik von Stephans Radiowecker hinter der Wand zu hören, das Rauschen des Wassers in den Rohren, das Quietschen nackter Füße in der Duschwanne. Doch nichts davon war zu vernehmen.

Die Vögel sangen ohrenbetäubend dicht über ihr, und der Morgenwind blies ihr kalt über die nackten Beine. Sie öffnete die Augen in der verzweifelten Hoffnung, ihr Zimmer zu erblicken, das Waschbecken mit all den Tuben auf der Ablage, den Tisch voller Hefter, den Stuhl mit ihren Kleidern, die unordentlich über der Lehne hingen.

Aber über ihr war nur der junge Himmel und ein bebendes Mosaik von Laub. Stöhnend zog Ada sich das Kleid herunter und rollte sich zusammen. Die Bewegung tat weh, alles tat weh, jetzt, wo sie wach war. Sie leckte sich über ihre trockenen Lippen und schmeckte das verkrustete Blut unter ihrer Nase. Noch einmal spürte sie die Wucht des Hiebes. Er hatte sie geschlagen. Noch niemals zuvor war sie geschlagen worden. O Gott, sie wollte sterben. Heftig warf Ada sich herum. Und dann spürte sie die Leere neben sich. Sie war auf dem Lager allein.

Mit einem Ruck setzte sie sich auf. Ular war fort, die Hütte leer, und – hastig robbte sie an den Eingang, um hinaus auf den Lagerplatz zu schauen – auch sonst zeigte sich niemand von der Sippe. Sie mussten noch in ihren Hütten schlafen, oder sie waren fortgegangen. Ada war es einerlei; ihr Entschluss stand fest. So leise und so schnell sie konnte, kroch sie aus der Hütte und lief zu der Kesselwand, die sie gestern hinabgeklettert war. Mit Händen und Füßen machte sie sich an den Aufstieg. Hier würde sie nicht bleiben. Und wenn sie in der Wildnis umkam. Sie würde es Ular nicht noch einmal erlauben, sie anzufassen. Als sie an ihn dachte, an seinen Geruch, packte sie Schwindel. Mit letzter Kraft zog sie sich über die Kante, lehnte sich an einen Baum und legte den Kopf zurück, kämpfte gegen die Bilder an, die unweigerlich aufstiegen. Es würgte sie, und mit Gewalt drängte heraus, was in ihr war, bis sie glaubte, nicht einmal mehr ihre Eingeweide in sich zu haben. Doch das, was sie vergessen wollte, wurde sie nicht los.

Mit zitternden Beinen lief Ada weiter, hinein in den dichten Wald vor ihr. Gott, wie langsam sie in dem Unterholz vorankam, jetzt, wo ihr niemand den Weg wies. Ranken verhakten sich in ihrem Kleid. Mit Tränen der Ungeduld in den Augen blieb Ada stehen, um sich loszumachen. Da raschelte etwas hinter ihr. Sie fuhr herum und hielt den Atem an. Ein Wolf? Ular? Das Blut rauschte in ihren Schläfen. Da war das Rascheln wieder. Ada zuckte zusammen und wandte sich zur Flucht. Etwas sprang an ihr hoch, sie stürzte, fiel auf die Hände.

Eine feuchte, kalte Schnauze schob sich in ihr Gesicht, eine Zunge leckte sie ab, freudiges Gebell schallte in ihren Ohren. Jaros Hund!

«Schsch!», machte Ada, die sich mühsam von ihrem Schreck erholte. Mechanisch kraulte sie das Tier, das außer sich vor Freude schien, sie zu sehen, und nicht aufhören wollte zu bellen. Sein Hals steckte in einer Art Geschirr, an dem die Schleiftrage befestigt war, die sie gestern gesehen hatte. Heute war sie beladen mit verschnürten Ballen aus Rinde und Leder.

«Sei doch leise», flehte Ada, die sich in Panik umsah. «Du weckst die noch alle. Bitte.»

Doch der Hund ließ sich nicht beruhigen. Japsend und bellend drängte er sich an sie und brachte sie bei jedem Versuch, wieder aufzustehen, erneut ins Stolpern. «Blödes Vieh», rief Ada voller Verzweiflung und rappelte sich auf die Knie hoch. Dieser Hund würde ihr alles verderben. Da streckte sich ihr eine Hand entgegen.

Ada schaute auf. «Jaro», flüsterte sie. Schniefend wischte sie sich die Haare aus dem Gesicht. Wie musste sie aussehen, blutig und zerschlagen. Sie ergriff seine Hand, wie schon beim ersten Mal, und zog sich mit seiner Hilfe auf die Füße hoch.

«Jaro, ich …», begann sie, verstummte aber erstaunt und sah zu, wie er erst seine Waffen ablegte und dann seine Haare zusammennestelte.

«Was?», flüsterte sie. Dann begriff sie. Er suchte unter den vielen Ketten um seinen Hals diejenige mit ihrem Amulett heraus, zog sie sich über den Kopf und hängte sie ihr um, vorsichtig und liebevoll. Als der Anhänger auf ihrer Haut zu ruhen kam, deckte er wie beschützend seine Hand darüber.

Ada legte ihre Hand auf seine. «Geh nicht weg», flüsterte sie, denn sie hatte verstanden, dass er und sein Hund im Aufbruch begriffen waren. Die Schleiftrage barg all seine Habe. Er gehörte nicht zum Lager, sie hätte es längst sehen können, wenn sie nicht blind gewesen wäre von der Flut des Neuen, die gestern auf sie eingeströmt war. Er trug sein Haar anders und war auch nicht gekleidet wie die anderen Männer. Die Ornamente auf seinem Kittel wirkten fremd. Selbst in seiner Sprache vermeinte sie jetzt einen anderen Klang zu hören. Er würde gehen. Es war ihr nur zu klar. Und die Tränen liefen ihr über die Wangen, als sie es begriff.

«Nimm mich mit», bat sie. «Du kennst dich aus in diesem Wald, du kannst es auch mir zeigen. Nimm mich mit.»

Verstand er sie überhaupt? Sie sah, wie er sich auf die Lippen biss. Langsam hob er die Hand und strich ihr übers Haar. Ada rührte sich nicht. Die Tränen flossen ihr über die Wangen. Als sie seine Hand auf ihrer Stirn verweilen fühlte, schloss sie die Augen. Sie spürte, dies war ein Abschied. Dann war die Berührung fort. Ada seufzte und öffnete die Augen. Vor ihr standen die Jäger des Lagers, die Speere drohend in den Händen.

Jaro wandte sich um und hob abwehrend die Hände. Er pfiff nach dem Hund, schulterte seine Waffen und war im nächsten Moment im Wald verschwunden.

«Komm», sagte Ular und streckte den Arm nach ihr aus. Sie verstand es sehr gut. Dennoch verharrte sie trotzig, bis Ular sich von den anderen löste und auf sie zutrat. Da setzte sie sich in Bewegung, ging an ihm vorbei und schloss sich der Gruppe an, die den Weg zurück ins Lager einschlug. Ular hielt sie auf, indem er ihren Arm ergriff. Unvermittelt wandte Ada sich ihm zu. Mit ernster Miene betrachtete er ihr entstelltes Gesicht, das sie ihm trotzig entgegenhielt. Als er die Hand hob, um den blauen Fleck auf ihrem Wangenknochen zu berühren, lachte sie grell auf und spuckte ihm ins Gesicht.

Die Männer brachten Ada zurück ins Lager, wo inzwischen alles auf den Beinen zu sein schien. Die Frauen waren zurückgekehrt vom Wasserholen, füllten an die Bäume gehängte Ledersäcke und verschiedene Gefäße, machten Feuer und plauderten dabei. Nach einem kurzen Frühstück, bestehend aus kaltem Fleisch und Tee, den sie mit erhitzten Steinen in einer mit Harz abgedichteten Schachtel aus Birkenrinde bereiteten, rüsteten sie sich für einen zweiten Aufbruch. Auch Ada wurde nolens volens mit einem engen Tragnetz, Grabstock und Korb ausgerüstet und folgte so bepackt der Gruppe mit stolpernden Schritten in den Wald.

Arwe zeigte ihr, welche Pflanzen sie sammeln sollte, aber Ada konnte sie nicht von den anderen unterscheiden und wollte es auch nicht. Kaum zu glauben, mit welcher Geschwindigkeit die Frauen hier ein paar Blätter abpflückten, da eine Hand voll Samen abstreiften, dort eine Wurzel freigruben. Ständig schweiften ihre Augen umher, während sie sich langsam in einer lockeren Reihe vorwärts bewegten. Und obwohl sie dabei in einem fort miteinander plauderten und lachten, schien ihnen nichts zu entgehen.

«Wurzel», knurrte Arwe und schüttelte den Kopf, als Ada von dem Knotenbeinwell, auf den sie sie aufmerksam gemacht hatte, die jungen Blätter abreißen wollte. Sie stieß Ada zurück, setzte selbst ihren Grabstock an und hatte mit wenigen Bewegungen die Knolle befreit. «Wurzel», wiederholte sie und machte mit Gesten vor, wie sie später auf dem Mühlstein zerrieben werden würde. Dann stopfte sie sie Ada in das Tragnetz. Die torkelte widerwillig zurück und zuckte mit den Schultern. Wurzel, Blätter, ihr war es egal. Sie würde ihren Peinigern nicht auch noch helfen.

Ärgerlich gab Arwe ihr einen Stoß und hieß sie weitergehen. So tapste Ada in der Gruppe mit, bekam hier und da eine Hand voll Grün zugesteckt, gehorchte zuweilen Arwes Befehl, etwas abzureißen, und hing ansonsten ihren trüben Gedanken nach, die sich kraftlos um ihr Unglück drehten.

Nach einigen Stunden erreichten sie einen dunklen Weiher. Dankbar gingen die Frauen an seinem Ufer in die Knie, um zu trinken. Agte half Lete dabei, sich die klebrigen Pflanzensäfte von den Fingern zu waschen, und schalt sie wegen ihrer Unachtsamkeit. Hile entdeckte weiter draußen einige Seerosenblätter, die, noch unter Wasser, der Oberfläche zustrebten, und wollte hinüberwaten, um die Wurzeln zu ernten. Doch Ume hielt sie davon ab. Nach kurzer Debatte zog die Alte sich ihr Kleid über den Kopf. Ada beobachtete, wie sie mit hängenden Brüsten und faltigem Bauch ins Wasser stapfte, und wandte sich ab. Sie setzte sich unter einen Baum und spielte mit den Fingern an den Zweigen herum.

«Nicht anfassen», erklang es da. Ada zuckte ob des scharfen Tones zusammen, schaute auf und sah, wie Hile zu ihr herüberhastete. Die Schwangere nahm sie beim Arm und zog sie von dem Baum fort. Ihr Gesicht wirkte besorgt. «Nicht. Anfassen», wiederholte sie eindringlich, machte mit der flachen Hand die Geste des Berührens, zuckte aber dicht vor den Nadeln zurück und schüttelte heftig den Kopf. Unruhig sah sie sich nach den anderen um, die aber alle mit dem Rücken zu ihnen am Ufer standen und Ume gute Ratschläge zuriefen. Als sie sah, dass sie unbemerkt geblieben waren, lächelte sie Ada nervös zu. Die schaute ratlos in die Baumkrone hinauf. Sicher, die Eibe war giftig. Aber das war doch kein Grund, gleich so nervös zu werden. Sie hatte schließlich nichts in den Mund genommen. Verärgert zuckte sie mit den Achseln. Sie können es wohl nicht sehen, wenn eine Frau einmal untätig herumsitzt, dachte sie grimmig. Nicht einen Moment ausruhen durfte man sich.

Die Freude der anderen, als Ume mit ihrer lächerlichen Beute wiederkam, erfüllte sie mit Wut, und sie sah nicht einmal auf, als jemand sich an ihrem Tragnetz zu schaffen machte, um etwas hineinzustopfen.

Es war später Nachmittag, als die Gruppe sich endlich auf den Heimweg machte. Ada konnte kaum noch gehen, sie war sicher, dass sie an die zwanzig Kilometer zurückgelegt hatten, in teilweise unwegsamem Gelände. Und die anderen waren hochbeladen. Ständig hatten sie sich gebückt und gegraben. Nicht zu begreifen, wie Ume und Lete das aushielten. Aber das Mädchen sprang fröhlich vor der Gruppe her. Und Ume, einen Lederriemen um die Stirn, der ihr half, ihre Rückenlast zu tragen, schritt ebenso aus wie die Jüngeren. Ada taumelte als Letzte in den Trichter hinunter, wo die Männer bereits auf sie warteten.

Das Fleisch des Auerochsen würde sie alle noch einige Tage ernähren, daher waren sie nicht auf der Jagd gewesen, sondern hatten sich handwerklichen Arbeiten gewidmet, die Pfeile ergänzt, die bei der Jagd verloren gegangen waren, ihre Bogen repariert, Klingen hergestellt. Vor allem sind sie faul herumgelegen, dachte Ada wütend, und haben sich den Bauch gekratzt. Als die Frauen zurückkehrten, gab es ein großes Hallo. Die Netze wurden ausgeleert, die Inhalte ausgebreitet und begutachtet, die Wurzeln, Blätter und Samen voneinander getrennt und in Gefäße gelegt.

Dann ließ Hogar das Fleisch bringen. Er sah sich die Ausbeute der Frauen an, dann teilte er jeder Familie ihren Anteil an Grünzeug und an Fleisch zu. Ada bekam einen Brocken in die Hand gedrückt und wurde in Richtung von Ulars Hütte geschoben. Sie ging hinüber und ließ den blutigen Klumpen vor ihm auf den Boden fallen.

Ular schaute auf. Er betrachtete erst sie, dann das Fleisch, dann ging er zum Sammelplatz hinüber. Ada folgte ihm mit ihren Blicken und beobachtete, wie er lange und nachdenklich die Ausbeute der Frauen musterte. Er hob ihr Tragnetz hoch und betastete die wenigen Wurzeln, die daneben lagen und die Ada zumeist von anderen zugesteckt worden waren. Dann kam er wieder. Ada erkannte die Wut in seinem Schritt und hob die Arme über den Kopf. Aber er beachtete sie gar nicht. Mit energischen Bewegungen schnitt er das Fleisch in zwei Hälften und trug die eine zurück zum Sammelplatz, wo Hogar sie schweigend entgegennahm.

Er sagte kein Wort, während er das Feuer schürte, zur Glut herunterbrennen ließ und das Fleisch auf einem Stock darüberhielt. Als es gar war, schnitt er es in Streifen und verteilte sie auf zwei Holzplatten. Erstaunt bemerkte Ada, dass er ihr den

Löwenanteil gegeben hatte, eine Portion, von der sie satt werden würde, während auf seinem Teller kaum etwas lag.

«Meinetwegen», dachte sie und zuckte mit den Schultern. Ebenfalls stumm kaute sie lustlos an einem Brocken herum und ignorierte seinen Blick, den sie lange auf sich ruhen fühlte.

Als sie seine Hand auf ihrem Knie spürte, verschluckte sie sich beinahe. Sie ließ den Teller fallen und rückte von ihm ab. Er rückte nach, und sie trat strampelnd mit beiden Beinen nach ihm. «Was willst du?», schrie sie, als er sich aufrichtete und drohend über ihr stand. «Willst du mich wieder schlagen, ja?»

Aber Ular hatte andere Pläne. Geduldig wie ein Jäger auf der Pirsch beobachtete er ihre Ausweichmanöver, dann fuhr er plötzlich vor und packte ihre Handgelenke und zog sie hoch. Mit einer schnellen Geste umwickelte er ihre Gelenke mit einer Bastschnur. Ada fühlte sich wie ein Fisch an der Angel, während er sie in die Hütte zerrte. Zu ihrem Entsetzen spürte sie, wie er sie zu dem Stamm zog, der den Mittelbalken der Konstruktion bildete, und sie dort in einer Haltung festband, die sie dazu zwang, gebückt dazustehen. Ada versuchte, in die Knie zu gehen, um ihm auszuweichen, doch er ließ es nicht zu, zog ihre Hüften an sich heran und drang von hinten in sie ein. Bei jedem seiner Stöße glaubte Ada vor Ekel zu sterben.

Nachdem er mit ihr fertig war, hing sie schlaff an dem Seil wie ein erbeutetes Stück Fleisch. Sie spürte noch, wie er die Fessel löste, dann sank sie weinend in sich zusammen.

Ular sagte etwas und fuhr ihr über die Schulter.

«Geh weg», kreischte Ada und schlug nach ihm. Danach war alles still. Sie wusste nicht mehr, wann sie einschlief. Als sie erwachte, den grauen Himmel sah und die Stimmen der anderen hörte, wusste sie, dass alles von vorne begann.

Am nächsten Morgen musste Ada nicht mit den Frauen hinaus. Ular hielt sie zurück und zeigte auf einen Haufen, den er neben ihre Hütte geschleppt hatte. Ada erkannte die Haut des Auerochsen. Mit stumpfem Blick hörte sie sich Ulars Befehle an. Sie verstand kaum ein Wort, aber sie konnte sich den Inhalt denken: Er wollte wohl, dass sie die Haut präparierte. Ada schüttelte den Kopf. Ular brüllte, aber ihr war es egal. Ohne ihr Frühstück anzurühren, kroch sie zurück in die Hütte und rollte sich dort zusammen. Sie wollte sterben, das war alles.

Um die Haut herum surrten bald die Fliegen. Die Männer saßen an ihrem Feuer und starrten hinüber.

«Wir können das nicht dulden», ereiferte sich Egbar, «wir müssen sie zwingen, notfalls mit Gewalt.»

«Nein», knurrte Hogar.

«Aber …»

«Nein!» Es klang endgültig.

«Wir geben die Haut Agte», schlug Hamar vor. «Meine Frau wird es gerne tun.»

«Nein», sagte Ular und mied den Blick des anderen. Er schämte sich.

«Wir hätten sie gleich töten sollen», zischte Egbar, der unruhig auf und ab ging.

Die anderen schauten ihn an.

«Nein.» Alle fuhren herum. Ischtar war in ihre Mitte getreten und starrte wie sie zu der Hütte hinüber, in der sich nichts regte. «Wir warten.» Niemand widersprach dem Schamanen.

Einige Tage vergingen, und die Menschen gewöhnten sich an Ada in ihrer Hütte. Sie machten einen Bogen um die Auerochsenhaut, die langsam zu stinken begann, und gingen ihrer üblichen Arbeit nach. Nichts änderte sich am Alltag des Lagers.

Nur dass Ular, der am Abend in die Hütte trat, keinen Widerstand mehr vorfand. Ada schüttelte den Kopf, als er die Schnüre hervorzog, legte sich auf den Rücken und drehte den Kopf zur Seite, als er sich auf ihr niederließ. Im Rhythmus seiner Stöße durchgeschüttelt, lag sie mit offenen Augen da und dachte an nichts.

«Das ist ein gutes Zeichen», sagte der Schamane, als Ular es ihm berichtete. Und er nickte mit seinem geweihgekrönten Haupt. Ular zweifelte, da er Adas Rippen immer deutlicher durch ihre Haut spürte, da er ihr Haar glanzlos werden und ihre Augen abwesend blicken sah. Aber er verließ den Schamanen dennoch getröstet.

Am Ende der Woche brachen die Jäger wieder zu einer Pirsch auf. Ada blieb zurück, allein, aber nicht unbewacht. Hogars grauer Wolfshund leistete ihr Gesellschaft und ließ kaum Zweifel daran, dass er keinen Schritt aus dem Lager hinaus dulden würde. Lange lag sie auch an diesem Morgen reglos, dann verlockte die Stille draußen sie dazu, hinaus ins Sonnenlicht zu kriechen. Wie schön, einmal unbeobachtet zu sein. Und wie die Wärme wohl tat! Ada kam sich vor wie eine Eidechse, die nach einem kalten Winter zum ersten Mal wieder in der Sonne saß. Blinzelnd beobachtete sie das Spiel der Lichtstrahlen zwischen den Blättern, die frühlingsfrisch leuchteten. Die Birkenstämme glänzten, schlanke Säulen einer Kathedrale, deren Dach in grüngoldenem Dunst verschwamm. Und all das vibrierte vor Leben.

Ada genoss das Licht auf ihrer Haut, sie fühlte den Schlag ihres Herzens. Und zum ersten Mal seit Tagen fühlte auch sie sich wieder ein wenig lebendig.

Mit den Lebensgeistern kam das Bewusstsein für ihr Aussehen. Ihr Kleid starrte vor Schmutz, ihr Haar war verfilzt, und es roch nicht gut. Sie fuhr sich mit der Zunge über die Zähne. Was für ein grauenvoller Belag. Langsam wurden ihre Bewegungen flüssiger. Irgendwo hier musste der Kamm liegen, den Ular ihr vor einigen Tagen vors Gesicht gehalten hatte. Sie hatte ihn ignoriert, und er hatte ihn verärgert fallen lassen. Da war er ja, ein grob geschnitztes Teil aus Holz mit gerade einmal vier Zacken. Damit würde sie lange zu tun haben. Besser, sie holte sich zunächst eines der faserigen Hölzer, mit denen sie sich hier die Zähne putzten. Ada nahm eine kleine Holzschale, um Wasser aus der ledernen Kochhaut zu schöpfen; es war sogar noch lauwarm. Sie spülte und schrubbte, entdeckte zu ihrer Freude einige Stängel Minze neben anderen Kräutern in dem Bündel Grün, das von der Decke ihrer Hütte hing, und kaute auf den erfrischenden Blättern herum, ehe sie gurgelte. Dann suchte sie einen Lederlappen und begann, sich zu reinigen. Wie gut das tat. Gleichmäßig strich sie über ihre Haut, schaute zu, wie deren zarte Bräune unter dem Schmutz wieder zum Vorschein kam, lauschte dem Plätschern des Wassers, wenn sie den Lappen auswrang. Und unwillkürlich begann sie, leise vor sich hin zu singen. Sie musste lächeln, als sie es bemerkte. Nein, die hatten sie nicht untergekriegt; sie war noch am Leben.

Zum Schluss kippte sie das ganze lauwarme Wasser über ihren Kopf, unterteilte ihr üppiges Haar in Strähnen und kämpfte so lange mit jeder einzelnen, bis alles wieder ordentlich und halbwegs sauber war. Die Arme taten ihr weh danach, und Ada bemerkte, wie hungrig sie war. Sie schaute sich um. Drüben, am Männerfeuer, schien noch etwas kaltes Fleisch zu liegen. Der Anblick ließ ihren Magen laut knurren. Ihr erster Impuls war, sich ängstlich umzusehen. Aber es waren keine anderen Geräusche zu vernehmen als die inzwischen vertrauten Klänge des Waldes: das Rufen der Amseln, das Rauschen der Blätter. Sie war noch immer allein.

«Ist ja gut, du blödes Vieh», brummte sie, als der Hund den Kopf hob und bedrohlich knurrte. «Ich lauf dir schon nicht weg.» Langsam bewegte sie sich hinüber zu der Feuerstelle und inspizierte ihren Fund. Das Fleisch war fettig und nicht ganz gar, aber sie schlang es dennoch gierig hinunter.

«Na, willst du auch was? Komm, komm», lockte sie den Hund, dessen gelbe Augen sie noch immer misstrauisch beobachteten. Nur langsam, halb auf dem Bauch, kam er näher gekrochen und nahm das angebotene Stück Flachsen an, um sich sofort damit zurückzuziehen. Befriedigt schaute Ada zu, wie er mit schnappenden Bewegungen seiner Kiefer kaute. «Wir werden schon noch Freunde», sagte sie. Die Ohren des Tieres zuckten. Doch seine Augen verfolgten jede ihrer Bewegungen.

Ada seufzte und ließ ihren Blick schweifen. Er blieb an der Asche des Feuers hängen. Dort, unter den Kohleresten, lag etwas, dessen Farbe nicht hierher gehörte. Ada versuchte, es mit den Fingern herauszunehmen, verbrannte sich jedoch unerwartet. Unter der Asche war noch immer Glut. Sich heftig auf die Finger pustend, schaute sie sich nach einem Stock um. Dort drüben am Baum lehnte einer; sie sprang auf.

«Ach, halt den Mund», rief sie, als der Hund sofort aufmerkte und sie wieder anknurrte, und mühte sich, den seltsamen Fetzen aus der Asche zu angeln. Schließlich lag er vor ihr auf den flachen Steinen der Umrandung. Es war ein Stück Plastikfolie, goldfarben, weswegen die Strahlen der Sonne sich darin gespiegelt hatten, mit den Resten roter Buchstaben in einer schwungvollen Schrift. Ein «T» war gerade noch zu erkennen. Ada strich es vorsichtig glatt. Etwas drängte sich in ihrer Kehle hinauf. Sie öffnete den Mund und stieß ein Japsen aus, das sich wiederholte wie Schluckauf. Erst klang es wie Gelächter, dann plötzlich, übergangslos, ging es in Weinen über.

Was da vor ihr lag, war der Rest einer Schokoriegel-Verpackung. Sie hatte immer einen davon in ihrer Hosentasche gehabt, als kleine Belohnung in den Arbeitspausen. Stephan hatte sie deswegen oft aufgezogen, aber dann doch jedes Mal die Hälfte abhaben wollen. Ada konnte ihn noch lästern hören. Stephan! Zum ersten Mal seit Tagen dachte sie an ihn. Und an die anderen aus dem Camp. An den Professor, ihre Eltern. Ob sie das Haus inzwischen verkauft hatten? War es jetzt leer geräumt? Ihre alten Kinderzeichnungen hatten dort gelagert, in irgendwelchen Kartons. Ada traten die Tränen in die Augen, wenn sie daran dachte. Sie hätte ihrem Vater nicht sagen dürfen, er solle alles wegschmeißen.

Sie fuhr sich mit dem Ärmel über das tränenfeuchte Gesicht und nahm das Stück Folie in die Faust. So lächerlich es wirkte, es war der Beweis dafür, dass sie ein eigenes Leben gehabt hatte. Nein, korrigierte sie sich, sie hatte eines. Sie war mehr als das, was der Albtraum der letzten Tage aus ihr gemacht hatte. Und was auch immer geschehen war, ihre eigentliche Existenz konnten sie ihr nicht wegnehmen.

Sie hörte die Schritte, lange ehe der Ankömmling zu sehen war; ihr Ohr schärfte sich langsam für die Geräusche der Wildnis. Ihr Mann kehrte zurück! Ada erschrak, als sie begriff, was sie da eben gedacht hatte, und ihr Herz klopfte heftig. Aber es war richtig so; es führte kein Weg an der Erkenntnis vorbei: Ular war unter diesen Verhältnissen ihr Mann. Und sie musste mit ihm über die Zukunft reden.

Sie schaute auf. Vor ihr stand Egbar.

«Was tust du da?», schrie er sie an. Sein ganzer Körper zitterte vor Aufregung, während er sich über sie neigte. «Was machst du am Männerfeuer? Weg! Weg! Geh hin, wo du hingehörst! Pack dich!»

Ada verstand nicht alles, was er ihr entgegenschleuderte, aber seine Erregung und die Richtung seines nun ausgestreckten Fingers waren eindeutig. Sie hatte eine Regel verletzt und sollte sich zurückziehen.

«Schsch, ist ja gut. Ich bin schon weg.» Begütigend streckte sie die Hände aus. Ohne ihn aus den Augen zu lassen, richtete sie sich halb auf und begann, sich rückwärts von ihm und der Feuerstelle wegzubewegen, hinüber zur Frauenseite. Unwillkürlich behandelte sie ihn so wie einen gefährlichen Hund.

Aber Egbar wollte sich nicht beruhigen. Schritt für Schritt folgte er ihr nach. Seine Hand mit dem Speer zuckte immer wieder hoch. Sein Gesicht schoss vor, wenn er einen neuen Schrei ausstieß. Offenbar steigerte er sich immer mehr in seine Wut auf sie hinein. Adas beruhigendes Murmeln blieb ohne Wirkung, und langsam verlor sie die Geduld. Sie hatte keine Lust mehr, sich wie eine Sklavin behandeln zu lassen. «Dann eben nicht», murmelte sie, machte eine wegwerfende Geste und wandte sich von ihm ab, um in ihrer eigenen Hütte zu verschwinden. «Geh meinetwegen zum Teufel! Au!»

Mit brutaler Gewalt wurde sie an den Haaren zurückgezerrt.

Egbar wickelte sich ihre Mähne um die Hand und zog, bis er sie auf den Knien neben sich hatte. Mit wut- und schmerzverzerrtem Gesicht starrte sie zu ihm auf.

«So», knurrte Egbar befriedigt. «Und jetzt wirst du die Ochsenhaut bearbeiten.» Er zerrte sie gewaltsam zu dem stinkenden Bündel, das noch immer neben der Hütte lag, und presste ihr widerstrebendes Gesicht dagegen. Der Geruch raubte ihr fast den Atem. Mit bösem Surren stieg eine Wolke Fliegen auf. «Du wirst das jetzt brav erledigen.» Egbars Stimme überschlug sich. «Und wenn die anderen zurückkommen, werden sie sehen, wie man dich anfassen muss. Hast du verstanden? Ob du verstanden hast?» Ada biss die Zähne zusammen, als er ihren Kopf hin- und herriss, schwieg und machte keine Anstalten, seinem Befehl zu folgen.

Mit einem Wutschrei stieß Egbar sie von sich. Dann begann er, sie mit den Fäusten zu bearbeiten. In seinem Zorn ließ er ziellose Schläge auf ihren Kopf, ihre Schultern, ihre Brüste prasseln. Ada, noch immer auf den Knien, hob die Arme über den Kopf, um sich zu schützen, so gut sie konnte. «Du. Sollst. Gehorchen», keuchte Egbar. Rasend vor Hass trat er nach ihr. Ada flog der Länge nach auf den Boden.

Egbar hielt inne, als hätte man ihm den Schlag versetzt. Einen Moment lang starrte er schwer atmend ihre nackten Schenkel an, dann war er über ihr. Ada vergeudete keine Kraft mit Schreien. Sie drehte sich auf den Bauch und suchte von ihm wegzurobben. Eine Weile krochen sie so, unbeholfen, wie ein seltsames Doppeltier über den Boden. Doch seine Hand verkrallte sich erneut in ihrem langen Haar und riss schmerzhaft ihren Kopf zurück.

«Mistkerl», stieß Ada hervor, rollte herum und vergrub ihre Zähne in seiner Hand, so fest sie konnte.

Nun war es Egbar, der schrie, und der Hund sprang aufgeregt bellend um sie beide herum, die sich, voller Hass ineinander verkrallt, ächzend vor Anstrengung auf dem Boden wälzten. Das Gekläff überdeckte die Geräusche, die die Rückkunft der Jäger verursachte. Egbar bemerkte Ular erst, als er gegen dessen Schienbeine rollte. Überrascht schaute er hoch.

Der ältere Krieger bückte sich, packte den Jüngeren am Gewand, zog ihn auf die Füße und schickte ihn sofort mit einem so kräftigen Schlag wieder zu Boden, dass Ada glaubte, sie höre die Knochen seines Schädels knacken. Egbar stöhnte, seine nackten Fersen schabten eine Weile hilflos über den Boden, während er wieder zu sich zu kommen suchte. Mühsam richtete er sich dann auf einen Ellenbogen auf. Er strich sich mit der Hand über das Gesicht und starrte ungläubig auf das Blut, das daran klebte.

Ular ging mit gespannter Ruhe hinüber, bereit, ihm noch einen weiteren Schlag zu verpassen. Egbar, der ihn kommen sah, hob den Arm übers Gesicht wie ein Kind. Ular blaffte ihn an; er antwortete. Zögernd, die Faust noch immer geballt, schaute Ular zu Hogar hinüber. Der Anführer hatte reglos dagestanden und die Szene verfolgt. Man sah seinem Gesicht die Enttäuschung an und die Mühe, die es ihn kostete, sich zu beherrschen.

Mit schneidender Stimme fuhr er seinen Sohn an; mehrmals hörte Ada Ulars und ihren eigenen Namen. Offenbar hatte Egbar mit seinem Handeln einen schweren Frevel begangen.

Egbar rollte sich auf die Seite und hockte sich hin. Einsilbig und verdrossen antwortete er, spuckte blutigen Schleim auf den Boden und befühlte seine Zähne. Hogar wartete.

Ganz leise murmelte Egbar etwas vor sich hin.

Hogar schüttelte den Kopf und sagte nur ein paar Worte. Ada verstand das Wort für «töten», und sie sah, wie erstmals etwas wie Furcht in den Augen ihres Angreifers aufflammte. Ungläubig starrte Egbar erst seinen Vater und dann Ular an.

Der stand eine Weile da, während alle schwiegen. Dann winkte er ab. Er ließ die Faust sinken, half Egbar aber nicht auf, der sich alleine mühsam auf die Beine rappelte. Als Ular an Ada vorbeikam, packte er sie am Arm und zog sie hoch.

Ada riss sich von ihm los, nickte aber. «Danke», sagte sie trocken und rieb sich ihre schmerzenden Schultern. «Was du darfst, darf also kein anderer, ja?» Sie konnte sich eines Gefühls der Dankbarkeit dennoch nicht ganz erwehren, und das machte sie wütend. «Na, gut zu wissen, dass hier alles seine Ordnung hat.» Sie wandte sich zu den noch immer stumm dastehenden Männern um. «Ich gehe jetzt baden», verkündete sie laut. «Und wenn es euch nicht passt, dann schlagt mich eben tot.»

Damit drehte sie sich um und hinkte davon. Hogars Hund hob den Kopf und blaffte, dann wimmerte er, sprang auf und lief schwanzwedelnd an ihre Seite.

TAGE DES MAGISCHEN ROTS

Adas Bad blieb ungestört. Den Hund an ihrer Seite, hatte sie sich aus der Senke herausgearbeitet und war den ausgetretenen Pfad zu jener Quelle gegangen, die sich nördlich vom Lager ihren Lauf durch den Waldboden fraß, hier und da den rötlichen Sandstein des Untergrundes freilegte und an der Stelle, an der die Frauen des Lagers ihr Wasser zu holen pflegten, ein von Lattich überwachsenes Becken geschaffen hatte, in dem ein Mensch bequem Platz fand.

Sie seufzte auf, als sie hineinwatete. Gott, war das kalt. Aber es tat ihrer geschundenen Haut gut. Sie holte Luft und tauchte ein. Langsam entspannte Ada sich. Mit gemessenen Schwimmbewegungen maß sie das Rund des Beckens aus, streifte Gräser, zupfte Blätter von ihrer Haut. Unwillkürlich begannen ihre Blicke, die über die Vielzahl der Pflanzen streiften, auf jenen zu verweilen, die die anderen Frauen ihr bei ihren Streifzügen als essbar benannt hatten.

Ada musste zugeben, dass mehr von ihren unerbetenen Belehrungen hängen geblieben war, als sie gedacht hatte. Das dort war Schlangenknöterich, den man wie Spinat zubereiten konnte, das Wegwarte und das Sauerampfer. Dass Brennnesseln essbar waren, hatte sie vorher schon gewusst. Vom Waldengelwurz, der dort drüben wuchs, nahm man die Stängel und die Blätter, um sie zu kochen, vom Bärlauch das Blatt, aber auch die Knollen waren nicht zu verachten; als Gewürz schmeckten sie beinahe wie Knoblauch. Und war das dort hinten Vogelmiere?

Ich sollte künftig besser aufpassen, dachte Ada. Das Wissen kann mir irgendwann einmal zugute kommen. Irgendwann. Sie lauschte dem Widerhall des Wortes in ihren Gedanken nach. Irgendwann, ja, wenn sie den Mut aufbrachte, den Clan zu verlassen und in ihr eigenes Leben aufzubrechen. Befriedigt stellte sie fest, dass trotz Egbars Attacke die neue Zuversicht, die sie seit diesem Morgen erfüllte, nicht verloren gegangen war. Sie war noch immer sie selbst, Ada Schäfer, sie besaß eine Vergangenheit, und es würde eine Zukunft geben, die ihr gehörte.

Es war Arwe, die sie schließlich rief.

Erstaunt sah Ada die alte Frau mit einem Fellbündel unter dem Arm dastehen. Tropfend kam sie aus dem Wasser, wrang unter den stummen Blicken der Anführerin ihre Haare aus, schlüpfte in ihr Kleid und nahm das Bündel entgegen. Es enthielt eine Holzschale, ein Messer mit kleiner, steinerner Klinge und eine Anzahl länglicher Fellstreifen. Ratlos schaute Ada die Ältere an. Stieß man sie nach dem Vorfall aus? War das die Ausstattung, mit der sie künftig alleine der Wildnis trotzen sollte? Ada erschrak heftig. Sie war noch nicht so weit. Jetzt alleine gelassen zu werden, da gab sie sich keinen Illusionen hin, kam einem Todesurteil gleich.

Arwe nahm sie am Arm. Wie ein Kind zog sie Ada hinter sich her, die im Geiste bereits hektisch überschlug, was als Nächstes zu tun war. Sie musste sich einen Bogen anfertigen und einen Speer, wenn sie an Fleisch kommen wollte. Sie musste Hornstein finden für die Spitze, Ulme für das Bogenholz. Sie brauchte Birkenpech, um die Spitze einzusetzen, Gefäße, um Birkenpech herzustellen, Lehm für die Gefäße. Himmel, wo sollte sie anfangen? Sie musste Feuer machen. Waren Pyrit und Feuerstein bei der Ausrüstung, oder war sie auf einen Feuerbohrer angewiesen? Und dann: Sie hatte schon Dutzende von Bogen verfertigt, aber noch nie damit auf ein lebendes, bewegliches Wesen gezielt.

Zu Adas Schrecken führte Arwe sie nicht zurück zu der Senke, sondern in die entgegengesetzte Richtung. Der Pfad zog sich hinauf zu einem kleinen Plateau oberhalb des Quellaustritts im Wald. Erstaunt schaute Ada sich um. Ein steinerner Überhang spendete ein wenig Schutz nahe der Felswand. Ada sah zu ihrer Erleichterung Agte und Ume, die bereits damit beschäftigt waren, eine Wand aus Haselgeflecht zu errichten, welche den Raum unter dem Vorsprung nach Westen abschirmen sollte. Auch Lete und Hile waren da; alle hatten Fellbündel dabei, ähnlich wie das Adas, die sich auf die Vorgänge keinen Reim machen konnte. Doch sie begriff, dass sie nicht alleine gelassen würde. Erleichtert trat sie zu den anderen Frauen.

Eine Feuergrube war ausgetieft worden, und Hile begann gerade, den Boden und die Umrandung mit Steinen auszulegen. Sie mühte sich mit einer besonders schweren Platte und lächelte dankbar, als Ada mit anpackte und ihr half, die Last in dem Loch zu versenken.

Ada nickte ihr zu, klopfte sich den Staub von den Händen und richtete sich wieder auf. Alle waren beschäftigt. Arwe gab Anweisungen, wie die mitgebrachten Lebensmittel zu verstauen waren und wo die Schlaffelle ausgebreitet werden sollten. Die Frauen waren offenbar dabei, sich hier häuslich einzurichten. Aber warum? Hatte es mit ihr und dem Vorfall von vorhin zu tun? Sollten sie gemeinschaftlich dafür büßen? Aber keine achtete besonders auf Ada oder schien gar wütend auf sie. Im Gegenteil: Die Frauen wirkten gelöster und entspannter, als sie sie aus den vergangenen Tagen kannte. Sie gingen lässiger, redeten lauter und lachten viel bei der Arbeit, zu der sie hier und da auch ein Lied anstimmten. Alles in allem schien der Exodus aus dem Lager eine fröhliche Angelegenheit zu sein, und Ada konnte es verstehen. Auch sie stimmte die Aussicht, eine Weile fern von den Männern des Clans zu sein, ganz entschieden erleichtert.

Umso mehr erschrak sie, als am Abend plötzlich der Schamane auftauchte. Arwe hingegen schien ihn schon erwartet zu haben. Sie ging ihm bis zum Rand des Lagers entgegen, der nahe der Grenze des Plateaus mit einem Kranz von lose hingelegten Steinen markiert worden war. Ischtar blieb jenseits dieses Kreises stehen, Arwe hielt sich innerhalb der Markierung. Über die Grenze hinweg reichte er der Anführerin ein Ledersäckchen, das diese mit gesenktem Gesicht und einem so mechanischen Murmeln entgegennahm, dass Ada daraus schloss, es müsse sich hierbei um ein festgelegtes Ritual handeln. Auch der Schamane rezitierte etwas und machte dann mit beiden Armen eine ausholende Geste. Als schlösse er einen Vorhang, fand Ada. Dann wandte er sich ab und verschwand, auf seinen Stock gestützt, im Wald.

Arwe kam mit der Gabe des Schamanen an die Feuerstelle. Sie knotete das Säckchen auf und schüttete den Inhalt unter den neugierigen Blicken der anderen, die sich um sie versammelten, in eine hölzerne Schüssel.

Es war ein rotes, bröseliges Pulver, zu dem Arwe mit schnellen Bewegungen etwas Fett aus einem anderen Gefäß fügte. Mit ihren kräftigen Fingern begann sie, die Mischung durchzukneten. Rötel, dachte Ada, die heilige Substanz, die bei fast keiner Beerdigung der Zeit fehlte. Wie oft schon hatte sie Gräber untersucht, in denen der Boden unter der Leiche oder der tote Körper selbst üppig mit Rötel bestreut war. Sie hatte keine Idee, welche Vorstellungen genau diese Menschen damit verbanden. Aber es war offensichtlich, dachte sie und sah zu, wie Arwes Finger sich langsam färbten, dass die Farbe an Blut erinnerte, an den Grundstoff des Lebens, der den Toten vielleicht in der Hoffnung auf irgendeine Art von Erneuerung mitgegeben wurde.

«Blut», sagte sie unwillkürlich. Das Wort kannte sie; Agte hatte es gleich an ihrem ersten Abend benutzt. Zu ihrer Überraschung erklang zustimmendes Gemurmel von allen Seiten.

«Blut», bestätigte Agte, die offenbar nur zu gerne an ihre ersten Erfolge anknüpfte, und fügte einige lebhafte Sätze hinzu, die Ada nicht verstand.

Inzwischen war Arwe fertig mit ihrer Zubereitung und trat von einer Frau zur nächsten, um ihnen langsam und andächtig ein rotes Zeichen auf die Stirn zu malen. Ada erkannte ein längliches, gebogenes Objekt, das sie an eine Mondsichel erinnerte. Als Arwe zu Hile kam, lächelte sie und zeichnete auf ihre Stirn einen vollen runden Kreis.

Der Vollmond, dachte Ada und fühlte sich zugleich an Hiles Bauch erinnert. Lete hüpfte an Arwe hoch und zupfte sie am Arm, bis diese sich lächelnd über sie neigte. Sie fragte etwas, und als das Mädchen den Kopf schüttelte, strich sie ihr freundlich über die Stirn, hinterließ dort aber kein Symbol. Lete schmollte kurz, lachte aber rasch wieder, als ihre Mutter sie an sich zog und kitzelte. Vor Ada blieb Arwe einen Augenblick unschlüssig stehen.

«Blut», wiederholte Agte, die neben sie getreten war. Sie deutete auf den Mond, der sich blass über den Wipfeln erhob. Zögernd schüttelte Ada den Kopf. Sie verstand nicht, was man von ihr wollte. Da hob Agte einen der Fellstreifen hoch, wie auch in Adas Bündel einige gelegen hatten.

«Für das Blut», wiederholte sie und hielt ihn Ada vor den Leib.

Jetzt verstand sie! Erstaunt nahm Ada das längliche Leder entgegen. Sie hatte es hier mit einer Vorform der Damenbinde zu tun. Und das war auch der Grund, warum die Frauen sich absonderten: Es war die Zeit ihrer Tage, ihrer Mondtage, warum hatte sie es nicht sofort begriffen? Fasziniert betrachtete sie das Lager erneut. Sie hatte schon davon gehört, dass in Naturvölkern die Frauen oft zur selben Zeit menstruierten, da ihre Zyklen strikt dem Lauf des Mondes folgten, nicht abgelenkt und irritiert von künstlicher Beleuchtung, hormoneller Verhütung und den anderen Einflüssen des modernen Lebens. Es sollte sogar in zeitgenössischen Frauen-Wohngemeinschaften vorgekommen sein, dass sich durch das Zusammenleben die Zyklen der Bewohnerinnen einander anglichen; sie hatte einmal einen Artikel darüber gelesen. In ihrer eigenen WG war dieses Phänomen ihres Wissens allerdings nie aufgetreten. Jedenfalls hatte sie ihren Mitbewohnerinnen zu distanziert gegenübergestanden, um das genauer zu klären.

Hier allerdings schien es eine feste Einrichtung zu sein. Und wenn es so weit war, blieben die Frauen unter sich. Vermutlich galten sie den Männern in dieser Zeit als unrein: Auch das war ein Phänomen, das in unterschiedlichsten Kulturen vorkam. Also bildeten sie phasenweise eine eigene Gemeinschaft, orientiert am Mond, der ihnen die Zeit vorgab und sie an sich selbst erinnerte, seine Gestalt wandelnd im Zyklus des Lebens.

Langsam fügte Ada Gedanken an Gedanken: Hile war schwanger, deshalb unterschied sich ihr Zeichen von denen der anderen. Rund wie der volle Mond war es und wie ihr voller Leib. Und Lete blutete noch nicht, weshalb sie außen vor blieb. War der Mond nur ein Symbol, oder verstanden sie ihn tatsächlich als weibliche Gottheit?

Ada war ganz in ihre Überlegungen versunken, als sie bemerkte, dass Agte ihr noch immer die Binde hinhielt. Sie schüttelte den Kopf und drückte die Hand der anderen fort. «O nein, nein, danke», sagte sie und grübelte, wie sie den anderen erklären sollte, dass sie ihre Tage nicht bekam, niemals. Sie verhütete mittels einer Hormonspritze alle drei Monate; kurz vor ihrem Arbeitsantritt im Ausgräbercamp hatte sie sie erst erneuert. Weniger weil sie glaubte, dort ein reges Liebesleben zu führen; in dieser Hinsicht war seit ihrer letzten gescheiterten Beziehung in Berlin nicht mehr viel los gewesen. Sondern wegen des angenehmen Nebeneffekts, ihre Tage nicht zu haben, was bei dem spartanischen Lagerleben, wo die Toilette über den Flur lag, nur zu begrüßen war. «Nein», sagte sie schließlich. «Ich nicht Blut.» Und sie schüttelte den Kopf.

Erst als sie die offenen Münder der anderen sah, begriff sie, wie missverständlich diese Aussage war.

«Oh, äh, nein», suchte sie abzuwiegeln. «Ich bin nicht schwanger, um Himmels willen.» Das fehlte noch, dachte sie und schlug im Geist drei Kreuze. Es war in den letzten Nächten an Ulars Seite ihr einziger Trost gewesen, dass all dies wenigstens folgenlos bleiben würde. Vorläufig zumindest. «Nein, ich …»

Aber niemand hörte ihr zu. Agte wiederholte es Arwe, die winkte Ume heran, und Lete klammerte sich aufgeregt hüpfend an Hile, die die frohe Botschaft mit ungläubig-strahlendem Lächeln entgegennahm: Die Fremde blutete nicht.

«So rasch?», fragte Arwe und runzelte die Stirn. Aber auch in ihrer Stimme schwang Hoffnung.

«Gelegenheit war genug», gab Ume zu bedenken. «Und Ulars frühere Gefährtin gebar viele Male.»

Auch auf Arwes Gesicht zeigte sich ein freudiger Schimmer. Agte schloss ihre Tochter in die Arme. Und Ada, die vergeblich versuchte, sich verständlich zu machen, sah voller Erstaunen, wie diese Nachricht ihre Gefährtinnen in einen Freudentaumel versetzte. Ume drückte Ada die runzligen Hände auf den Bauch, als könne sie das Kind darin schon fühlen. Und Arwe trat erneut mit der Rötelschale an sie heran.

Abwehrend hob Ada die Hände. «Nein», versuchte sie es noch einmal, «ich bin nicht schwanger, sorry, aber …» Wie zum Teufel übersetzte man hormonelle Steuerung? Da fühlte sie, wie Hile sie mit beiden Armen umschlang und sie an sich drückte.

Sie flüsterte etwas und strahlte Ada an, die nur hilflos stammelte. Da setzte Hile noch einmal ihre Lippen an Adas Ohr, hauchte ein paar Worte und errötete, als hätte sie etwas Verbotenes gesagt.

Dennoch verstand Ada, was Hille ihr hatte sagen wollen. Sie packte Hile an beiden Händen und neigte ihr Gesicht nahe an das ihre. «Sag das nochmal.»

Hile lächelte verschämt und stolz: Sie hatte die Gedanken der Fremden richtig erraten. Es waren schlechte Gedanken, verbotene Gedanken, aber das war Hile egal. Ihre eigene Furcht vor der Geburt war auch etwas, was die anderen nicht billigten, worüber sie hatte schweigen müssen, die ganze Zeit. Sie und Ada teilten nun etwas, ein Geheimnis, das sie verband, das Geheimnis ihrer verbotenen Gedanken. Sie würde jetzt nicht mehr ohne eine Freundin sein. «Ular nicht anfassen Ada», wiederholte sie leise und befreite ihre Hand, um noch einmal die Geste zu wiederholen, mit der sie Ada von der Eibe fern gehalten hatte.

Diese sah es, zugleich fühlte sie die kühlen Finger Arwes auf ihrer Stirn, die dort einen Kreis zogen. Und da begriff sie. Arwe schrieb auf ihre Haut ein Zeichen, das «Nicht anfassen!» in die Welt hinausrief. Das dumme Missverständnis war ihre Rettung. Und dieses Zeichen das Symbol ihrer Befreiung!

Mit einem Ruck warf Ada den Kopf in den Nacken und stieß ein Triumphgeheul aus, das die anderen im ersten Moment erschreckt zurückweichen ließ. Rasch aber fingen sie sich wieder und plauderten und lachten. Hile vor allem wich nicht von Adas Seite und bestand darauf, zärtlich ihre Hand zu halten. Auch die anderen strichen immer wieder über ihr Gesicht, ihr Haar oder ihren Leib. Selbst Arwe hielt sich dieses Mal nicht zurück. Es war Ada beinahe zu viel, aber sie fühlte sich so glücklich, dass sie davon wie berauscht war, und sie wehrte sich nicht.

Frei, dachte sie. Keine Schmerzen mehr, keine Erniedrigungen. Endlich würde sie wieder sie selbst sein, würde aufrecht dastehen können. Ihr Herz fühlte sich auf einmal groß und weit an. Sie lachte und schüttelte ihr Haar.

Ume hantierte am Feuer mit Wasser und einer Schale. «Wie heißt das?», fragte Ada und deutete auf das Gefäß. Ume sagte es ihr. Ada wiederholte das Wort und lachte, als entzücke die Antwort sie über alle Maßen. Die anderen lachten mit ihr. Dann deutete sie auf die nächsten Gegenstände. «Und das? Und das? Und das?»

Lete war eine Weile verschwunden. Als sie wiederkam, führte sie den Schamanen in ihrem Schlepptau. Sie sah überaus stolz aus, als sie wieder in den Kreis schlüpfte und sich auf dem Schoß ihrer Mutter von den Schrecken der Dunkelheit erholte.

Der Schamane winkte Ada an den Steinkreis heran. Sie folgte seinem Zeichen mit erhobenem Haupt. Auch als er ihr bedeutete, sich auszuziehen, zögerte sie nicht. Ein kurzer Moment des Schreckens durchzuckte sie, als sein Blick über ihren Leib glitt. Der Ausdruck seiner Augen war undeutbar. Konnte es sein, dass er sie durchschaute? Für einen Augenblick hielt sie es für möglich, dass die Augen des alten Zauberers ihren Körper durchdrangen und ihr Geheimnis entlarvten. Dann aber, nach einem Augenblick, der ihr wie eine Ewigkeit schien, legte sich seine Hand auf ihren Leib. Seine zitternde Stimme erhob sich, spröde, dann fester werdend. Der Schamane sang. Und Ada triumphierte. Sie hob die Arme und hielt ihr Gesicht den Sternen entgegen.

«Haynar», sagte der Alte zu Arwe, die demütig näher gekommen war. «So soll er heißen. Es wird ein Junge sein. Und er wird sich auf die Sterne verstehen.»

«So sei es», murmelte die Anführerin und verneigte sich tief vor ihm und seiner Weisheit.

Als der Alte gegangen war, führte sie Ada in den Kreis des Feuers zurück. Ume begann, mit ihren trockenen Händen auf eine kleine Trommel zu schlagen, die sie aus ihrem Gepäck hervorgezaubert hatte. Mit zitternder Greisinnenstimme fiel sie in den Rhythmus ein, bald unterstützt von Agtes warmem, volltönendem Gesang. Lete klatschte in die Hände und hüpfte herum. Arwe setzte sich, zog eine Knochenflöte hervor und begann, sich mit schrillen Tönen in das Gewebe der Musik zu mischen, die mit ihren Klängen die Nacht zum Vibrieren zu bringen schien.

Hile war die Erste, die sich erhob, und mit anmutig sich windenden Händen einen Schreittanz um das Feuer herum begann, der langsam schneller wurde. Wie ein Kreisel drehte Lete sich um die Schwangere und um sich selbst. Dann streckte sie die Hände nach Ada aus. Diese hatte sich noch nicht wieder angezogen. Wie verzaubert von dem Schein der Flammen, von der fremdartigen Musik und dem rauschenden Glücksgefühl, das sie durchströmte, stand sie auf. Sie hatte eine Zukunft! Mit bebenden Knien, doch immer zuversichtlicher, begann sie, nackt, wie sie war, sich um das Feuer zu bewegen. Der Rhythmus griff nach ihr. Ada warf ihren Kopf zurück und ließ die Haare schwingen, wie auch Hile das mit ihren Zöpfen tat, die immer ekstatischer die Luft peitschten. Ihr wurde schwindelig, doch sie hörte nicht auf.

Noch sah sie Ume, das runzelige Gesicht in Verzückung gehoben, Arwe, die längst aufgesprungen war, um sich mitsamt ihrer Flöte dem stampfenden Reigen anzuschließen, Agte, die mit erhobenen Handflächen, als betete sie den Mond an, sich selbstversunken drehte. Sie spürte ihre eigenen Füße, die in raschem Trommelschritt den Boden stampften, auf dem sie stand. Eine Riesin war sie, Teil der Nacht, Teil des Feuers, das vorbeifauchte und verschwand, aufglomm und verschwand. Teil des Kreises war sie, der sich immer wilder bewegte und alles in sich aufnahm: Nacht und Baum und Frau und Glut und Flöte und Schrei und Mond.

«Jaaaaaa», schrie Ada, hingegeben an die Musik, gepeitscht von ihrem Haar. In diesem Moment glaubte sie tatsächlich, sie trüge die Welt in sich, bereit, sie zu gebären.

EIN NEUER ANFANG

Die Frauen blieben drei Tage auf dem Plateau, drei lange Tage, in denen Ada glücklich und entspannt war. Sie beteiligte sich an allen Arbeiten und lernte dabei die Sprache des Clans. Nun, da eine Schranke zwischen ihnen gefallen war, ging das rasch. Jeder, der etwas zur Hand nahm, sagte Ada den Namen dazu. Jede Tätigkeit wurde benannt, jeder Vorgang erläutert. Und Ada wiederholte gewissenhaft, was man ihr sagte. Vor allem Lete, für die es ein Spiel von nie nachlassendem Reiz war, half ihr dabei. Und Hile sprang ein, wenn sie sich in ihren Erklärungsversuchen verhedderten oder sie den Eindruck hatte, dass es Ada zu viel wurde.

«Lass gut sein, Lete», tadelte sie, als diese nicht aufhörte, Ada so lange an allen möglichen Körperteilen zu kitzeln, bis die junge Frau ihr den jeweiligen Namen genannt hatte.

«Fuß», japste Ada und tat, als könne sie nicht mehr. «Oh, bitte, bitte, Gnade.» Dabei blinzelte sie dem Mädchen zu, das kichernd abrückte. Dann machte sie sich wieder daran, die eingesammelten Samenkörner zu zerdrücken. Geduldig ließ sie den Reibestein über den großen Mahlstein wandern und kratzte von Zeit zu Zeit das so gewonnene Mehl von der Unterlage. Hile, die ihr zuschaute, versuchte, eine Unterhaltung anzufangen.

«Hile noch kein Baby», begann sie, deutete dann auf ihren Bauch, hob einen Finger und fügte hinzu: «Erstes Baby. Ada schon Baby?» Sie zeigte auf Adas flachen Leib.

Die schüttelte den Kopf. «Kein Baby», wiederholte sie Hiles Worte, fuhr sich dann über den Leib und hob wie diese den Daumen, um anzudeuten, dass es das erste Mal war. Wäre, dachte sie dabei korrigierend. Doch ihr schlechtes Gewissen hielt sich in Grenzen.

Hile strahlte. «Genau wie bei mir.»

«Hile.» Das war Arwes vorwurfsvolle Stimme.

Sofort war Hile auf den Beinen. Sie hatte gesessen, während die anderen tätig waren. Ihre Wangen röteten sich.

«Hile arbeitet nicht», rief Ada und schüttelte in gespieltem Vorwurf den Kopf. «Schlimme Hile.»

Einen Moment schwiegen die Frauen des Clans verdutzt, dann brachen sie in Gelächter aus.

«Ada hat einen Witz gemacht», rief Lete entzückt und lief, um sie zu umarmen. Und auch Ada lachte, glücklich und befreit.

Als sie aufbrachen, um ins Lager zurückzukehren, verkrampfte sie sich noch einmal ein wenig. Ihre Beine fühlten sich steif an und wollten ihr nicht recht gehorchen. Dennoch ging sie an ihrem Platz in der Reihe und trug ihr Bündel wie die anderen.

Die Männer nahmen von der Rückkunft der Frauen keine Notiz. Das schien so üblich zu sein, und Ada war dankbar dafür. Mit einem mulmigen Gefühl sah sie die Gruppe der Frauen sich auflösen; jede strebte zunächst ihrer eigenen Hütte zu, und auch Ada ging, mit innerem Widerwillen, zu Ulars Behausung hinüber. Sie warf ihr Bündel hinein und atmete dankbar auf, als er keine Anstalten machte, zu ihr herüberzukommen. Wie um sich noch einmal zu versichern, dass ihr nichts geschehen konnte, tastete Ada nach dem Mal auf ihrer Stirn, dessen Farbe langsam abblätterte.

Dann trat sie vor die Hütte und schaute sich unsicher um. Sofort stieg ihr der Verwesungsgestank in die Nase. Angewidert schüttelte Ada den Kopf. Da war sie noch immer, die verdammte Auerochsenhaut. Ular hatte sie nicht angerührt. Und inzwischen war ihr auch klar geworden, warum sie vor ihrer Hütte lag. Ular hatte für Ada von den Familien des Clans Kleider erhalten. Das musste abgegolten werden, indem sie ihnen Leder zurückgaben. Die Bearbeitung war Adas Aufgabe.

Es war ein Tausch, wie es viele gab im Leben des Clans, zwischen Männern und Frauen, zwischen den Familien, zwischen ihnen und der Natur. Man gab und nahm. Diesen Vorgang sah Ada nun mit anderen Augen. Sie wedelte die Fliegen fort und fasste ihren Entschluss. Sie würde ihren Part übernehmen und die Haut zu retten versuchen. Sie war bereit, ihre Aufgabe zu erfüllen.

Als sie sich hinkniete, um das Bündel aufzuschnüren, den Kopf weit zurückgebogen vor Ekel, fiel ihr Blick noch einmal auf die anderen, und sie hielt in ihren Bemühungen inne.

Ich bin blind gewesen, dachte sie. Die Erkenntnis überfiel sie wie ein Schock. Ich habe alles vergessen, was ich gelernt habe. Noch einmal fasste sie die Gruppe Menschen ins Auge. Wie viele waren es, zwölf? Dreizehn? Vierzehn mit mir selber, stellte sie fest. Und was stand in all ihren Lehrbüchern über Wildbeutergesellschaften? Sie konnte es auswendig aufsagen: Die Gruppengröße beträgt zwanzig bis fünfzig Personen.

Warum war ihr das nicht eher aufgefallen: Es waren so wenige. Und es hätten Kinder im Lager herumspringen müssen, viele Kinder, mindestens noch einmal zehn. Die Hälfte der Anwesenden hätten Kinder sein müssen! Aber da war nur Lete. Ada ließ die Haut wieder fallen, ganz in ihre neuen Betrachtungen versunken. Wieso war ihr das erst so spät aufgefallen? Hatte sie sich so sehr mit sich selbst beschäftigt? Irgendetwas war mit diesen Menschen geschehen. Die allgemeine Freude über ihre vermeintliche Schwangerschaft erschien Ada nun in einem ganz anderen Licht. Sie mussten verzweifelt sein. Zweifellos wussten sie, wie es um sie stand; eine Gemeinschaft dieser Größe war auf Dauer nicht überlebensfähig. Ada schüttelte den Kopf. Deshalb die übergroße Begeisterung für ihren Zustand, deshalb, sie zuckte zusammen, vielleicht sogar Ular, der sich ihr aufgedrängt hatte.

«Ich werde euch nicht helfen können», murmelte sie nachdenklich. Dann schulterte sie das Leder. «Aber das hier wird jetzt erledigt.»

Ada wässerte die Ochsenhaut erneut und ließ sie zwei Tage mit Steinen beschwert im Flusslauf weichen, ehe sie sich daran machte, die stinkenden Reste von Fleisch und Sehnen gründlich herunterzuschaben. Sie schnitt zu diesem Zweck ringsum am Rand Löcher in die Haut. Die durften nicht zu weit außen sitzen, und sie sollten nicht gebohrt sein, damit sie nicht ausrissen, wenn die Haut gespannt wurde. Am längsten hatte Ada damit zu tun, sich einen Rahmen aus Holz zu bauen, der die Zugkräfte aushalten würde. Immer wieder verstärkte sie die Wicklungen an den sich überkreuzenden Enden der Hölzer, bis sie mit dem Ergebnis zufrieden war. Dann begann sie, am Kopf ansetzend, die Haut mittels dünner Lederriemen, die sie durch die Löcher zog, auf den Rahmen zu spannen.

Das Abschaben des Leders war mühevolle Arbeit. Ada, auf den Knien liegend, zog immer wieder den Kratzer über die Fläche, bis sich die Fett- und Sehnenreste lösten und die Rohhaut zutage trat. An diesem Abend schmerzte ihr Rücken, und sie hatte Blasen an den Händen. Ulars Schaber, den sie sich für den Zweck geliehen hatte, war für ihre kleinen Hände einfach zu klobig und unbequem in der Handhabung, daher beschloss sie, sich am nächsten Tag, während die Haut trocknete, geeigneteres Werkzeug herzustellen.

Am folgenden Morgen spannte sie die Haut nach. Dann bat sie Ular um einen Hornstein. Sie hatte bemerkt, dass er eine Sammlung von Rohsteinen besaß, die er in der Hütte in einem Ledersack aufbewahrte. Misstrauisch schaute er zu, wie sie sich einen aussuchte, der es ihr erlaubte, sich eine längliche Klinge herzustellen. Seine Blicke folgten ihr noch, als sie sich vor der Hütte mit gekreuzten Beinen in einer bequemen Arbeitsposition niederließ. Eine Weile beobachtete er ihre Schlagtechnik, die feine Splitter abspritzen ließ, welche Ada für eine spätere Verwendung beiseite legte. Ihr ging es um den Kern. Sie wollte eine scharfe, möglichst gerade Schneide, die sie schäften und in einen Holzgriff einsetzen würde, der eher den Abmessungen ihrer Hand entsprach. Das entsprechende Holzstück hatte sie schon, es war aus der Knolle eines Weidenstrunks gefertigt. Hamar hatte es ihr auf Agtes Bitten hin überlassen. Er hatte, als er es ihr überreichte, genauso fröhlich und ausgelassen gelacht wie seine Frau und seine Tochter. Ada hatte sich bedankt. Sie schuldete ihm nun etwas, das wusste sie. Er würde sie wissen lassen, was es war.

Ein letzter Schlag mit dem runden Kiesel in ihrer Hand, dann war sie mit dem Ergebnis zufrieden. Sie hob die fertige Klinge ans Licht. Ular trat hinter sie und brummte etwas, das nach Zustimmung klang. Ada musste lächeln, dann stand sie auf und holte ein paar kleine Klumpen hart gewordenes Birkenpech, um sie am Feuer erneut zum Schmelzen zu bringen. Damit würde sie die Klinge in den Griff kleben. Noch einmal testete sie, ob der Stein sich in die geschnitzte Rinne im Holz fügte. Er passte perfekt, und als sie beides mit dem Pech zusammengeklebt hatte, blieb ihr nur noch zu warten, bis alles ausgehärtet war. Noch einmal spannte sie die Haut nach.

Ular war verschwunden, zusammen mit den anderen Jägern.

Hoffentlich haben sie Erfolg, dachte Ada. Ich werde für das Gerben Hirn benötigen.

«Kommst du mit, Ada?», rief Agte. Sie stand mit Hile und Lete am Rand des Trichters. Ada nickte, doch als sie zu Grabstock und Tragnetz greifen wollte, winkten die Frauen ab. Neugierig folgte Ada ihnen in den Wald, bis sie an eine Stelle kamen, an der viele Birken beisammen standen. Hile hatte unterwegs mehrere Holunderzweige abgeschnitten und bat Ada nun, ihr zu helfen, das Mark herauszupulen, während Agte mit geübter Hand Löcher in die Birkenstämme bohrte. Da hinein wurden anschließend die hohlen Holunderzweige gesteckt. Und Hile stellte unter jeden eine der Holzschüsseln auf den Boden, die sie bis hierher geschleppt hatte. Interessiert schaute Ada zu, wie es aus den hohlen Zweigröhren langsam zu tropfen begann.

«Birkensaft», erklärte Agte strahlend. «Für das Frühlingsfest. Hamar liebt das besonders. Jetzt brauchen wir nur noch Honig. Hilfst du mir, welchen zu holen, Ada?»

Langsam nickte Ada. Sie begriff, dass sie sich nicht entziehen konnte, dass dies die Schuld war, die Hamar einfordern durfte. Aber sie konnte nicht leugnen, dass eine andere Aufgabe ihr lieber gewesen wäre, als sich ausgerechnet mit wilden Bienen anzulegen.

Agte, die ihr unglückliches Gesicht sah, kicherte und stieß ihre Tochter an. «Du brauchst nur den brennenden Zweig zu halten», sagte sie dann. «Rauch. Du weißt schon.» Sie wedelte vor ihrem Gesicht herum und imitierte ein Husten. «Den Rest erledigt Lete, sie hat die schmalsten Hände.»

Ada lächelte schief. «Sicher», sagte sie.

An diesem Abend kam sie spät nach Hause, mit zerzaustem Haar und stinkend, als hätte sie sich mit Holzkohle eingerieben. Mehrere Stiche verunstalteten ihr Gesicht. Sie hob ihr neues Messer hoch und führte es probeweise durch die Luft. Es war perfekt, vor allem der wie poliert glänzende, glatte Griff. Aber ihre Freude daran trübte sich, wenn sie überlegte, was die Herstellung sie gekostet hatte. Immerhin hatte sie nun die Genugtuung zu wissen, dass auch ihre Hände schmal genug waren, um in engen Baumhöhlen nach Waben zu fischen.

Als Ular kam, um sich neben ihr auf die Felle niederzulassen, hielt er inne und sog schnüffelnd die Luft ein. Dann wandte er sich zu ihr um. Sofort verkrampfte sich Ada, die Panik stieg erneut in ihr auf. War ihre Schonfrist abgelaufen? Was, wenn er sich über das Gebot einfach hinwegsetzte? Ihre Finger verkrallten sich im Fell. Ular hob die Hand und tippte damit auf die geschwollenen, geröteten Stellen in ihrem Gesicht, während sie die Luft anhielt und sich nicht rührte. Dann drehte er sich abrupt um und legte sich schlafen.

Ada atmete lautlos aus. Ihr Herz klopfte noch immer wie wild, während auch sie sich langsam ausstreckte. Hatte sie sich getäuscht, oder war da so etwas wie ein Lächeln auf seinem Gesicht gewesen?

Anderntags fand sie neben ihrem Spannrahmen ein Birkenrindeschächtelchen mit einer rosagelben Substanz. Es war das Hirn der beiden Hirsche, die die Männer gestern erlegt hatten und deren Häute heute in den Bäumen hingen, um zu trocknen. Dankbar nahm Ada dieses Geschenk Ulars und machte sich daran, es über der Glut zu erhitzen. Es musste sich weißlich verfärben, erinnerte sie sich, während sie mit einem Stock darin herumrührte, dann war es richtig. Sie umwickelte die heiße Schachtel mit einem Lederstreifen, als es so weit war, und trug sie zu ihrem Spannrahmen hinüber. Dort versuchte sie, das Hirn mit dem auf einer Seite abgeflachten Stock auf die Haut aufzutragen. Immer wieder tropfte ihr etwas von der heißen Substanz auf die Knöchel. Fluchend verstrich sie alles mit dem Holz, bemüht, die Masse, so gut es ging, fest einzureiben. Sie war so konzentriert, dass sie gar nicht bemerkte, wie Hile hinter sie trat.

«Da, probier es damit», sagte sie, einen Bimsstein in der Hand.

Versuchsweise strich Ada damit über das Leder. «So?», fragte sie.

Hile korrigierte ihre Bewegung und nickte dann.

«Tatsächlich», stellte Ada fest, «es geht viel besser.»

«Wird weicher», bestätigte Hile. Sie schaute eine Weile schweigend zu. Dann sagte sie unvermittelt: «Deine Kette.»

Ada griff an ihr Amulett. «Was ist damit?»

«Was bedeutet sie?»

Ada fuhr mit den Fingern über die Umrisse der fischschwänzigen Gestalt, die sich von dem glatten Stein abhoben. Sie dachte an Poseidon, an Nixen. Aber nichts davon existierte in der Vorstellungswelt von Hile. Sie begriff es ja selbst nicht. «Es ist gar nicht meine Kette, weißt du. Ich habe sie nur gefunden.» Sie machte suchende Bewegungen und hob einen unsichtbaren Gegenstand vom Boden auf, den sie Hile hinstreckte. «Ich werde sie zurückgeben müssen.»

«Wem?», fragte Hile.

Ada zuckte mit den Achseln. «Ich weiß es nicht.»

Hile schien zu grübeln. «Bei uns», meinte sie dann nachdenklich, «ist Wasser Tod.» Sie schwieg einen Augenblick. «Vielleicht musst du es dem Tod geben, wenn er kommt. Dann nimmt er dich nicht.» Je länger sie darüber nachdachte, desto zufriedener schien sie mit dieser Deutung zu sein.

Ada starrte sie mit offenem Mund an. Konnte dieses Mädchen ahnen, dass sie das Amulett von einem Knochenmann bekommen hatte? Argwöhnisch erwiderte sie Hiles Blick. Und wieder war ihr, als starre der Totenschädel sie an.

Es vergingen noch zwei weitere Tage, bis die Haut des Auerochsen fertig war. Ada wässerte sie nach dem Gerben einen weiteren Tag und unterzog sich dann der Mühe, sie erneut zu spannen. Der Rest war schlichte Knochenarbeit. Mit einem Holzbeitel drückte sie Zentimeter für Zentimeter das Wasser aus der Haut und bearbeitete sie, während sie trocknete, über mehrere Stunden hinweg, dehnte sie und arbeitete eine Fettmasse ein, damit das Leder geschmeidig blieb. Am Ende des zweiten Tages glaubte sie, ihre Arme nie wieder heben zu können, ihre Schultern schmerzten, und ihre Beine waren vom langen Sitzen taub. Doch mit dem Ergebnis konnte sie zufrieden sein. Stolz schnitt sie die Riemen auf und nahm die Haut vom Rahmen. Sie dehnte und reckte sie sich und schaute sich, zum ersten Mal seit Stunden, wieder um.

Im Lager herrschte rege Betriebsamkeit. Es duftete nach Hirschbraten und nach etwas Süßlichem, das Ada noch nicht kannte. Schnuppernd kam sie zu den Kochfeuern herüber. Arwe schaute auf, als sie sie sah, lächelte und hob ihr die hölzerne Kelle hin. «Es ist fast fertig», sagte sie.

Ada pustete und kostete dann vorsichtig von der dampfenden Flüssigkeit. Sie schmeckte frisch, vor allem aber süß. Es war so köstlich, dass eine Gänsehaut sie überrieselte. Unwillkürlich dachte sie an die Verpackung des Schokoriegels, die jetzt neben nützlicheren Dingen auf dem Grund des Lederbeutels ruhte, den sie um die Hüften trug. Ach, wie lange hatte sie nichts Süßes mehr genossen.

«Es ist köstlich», erklärte sie so verzückt, dass Arwe in raues Gelächter ausbrach. «Naschhaft wie ein Mann», rief sie den anderen zu und zog den Löffel an sich. «Schluss jetzt, den Rest gibt es heute Abend.»

An diesem Abend aßen die Männer und Frauen des Clans zum ersten Mal, seit Ada im Lager lebte, Seite an Seite. Sie hatten sich Kränze aus frischen Blättern aufgesetzt, und der Schamane segnete jeden, ehe er ihm von dem Birkensaft gab, mit einem grünen Birkenzweig. Ein junger Birkenstamm samt Krone war, wie ein Maibaum, in der Mitte des Lagers errichtet worden. Die Menschen besprengten ihn mit dem Getränk, das sie aus seinem Saft gewonnen hatten, und ließen auch das Blut des erbeuteten Fleisches auf ihn tropfen, ehe sie es auf die Spieße steckten. Ada sah Körner, die um den Stamm auf den Boden gestreut worden waren. Und sie nahm wahr, wie Agte sich eine Haarsträhne abschnitt und um einen der Zweige schlang. Ada trat interessiert näher.

«Du nicht», sagte Agte und lächelte, zum ersten Mal, seit Ada sie kannte, ein wenig traurig. «Du bekommst schon ein Baby.» Dann ging sie zu den anderen.

Es wurde gegessen, getrunken und gelacht. Die Menschen hatten fettverschmierte Münder und leuchtende Augen. Irgendwann begann Rastar, die Trommel zu schlagen, der Schamane setzte auf der Flöte ein, und Lete schwenkte mit Hingabe eine Rassel. Agte war die Erste, die sich zu einem Tanz erhob, Arwe folgte ihr, selbst Ume. Die Männer hielten sich zunächst zurück. Dann aber sprangen die Jungen auf, Egbar, Nagdar und Askar, und begannen einen wilden Rundtanz, voll angeberischer und manchmal obszöner Gebärden, die die Zuschauer zu Gelächter und zweideutigen Zurufen provozierten.

Errötend schaute Ada zur Seite. Hamar aber hielt es nicht mehr an seinem Platz, und er mischte sich unter die Tänzer. Dann machten sie eine Pause, schweißgebadet und keuchend vor Anstrengung. Die Zuschauer lobten sie mit lauten Zurufen und Gaben vom Birkenwein. Wieder lösten die Frauen die Männer ab, mit wiegenden Hüften und stampfenden Füßen.

Das Fest ging bis zum Morgengrauen. Am Ende waren alle in den Schlaf gesunken, wo sie gerade saßen oder standen. Die Morgenröte färbte den blassen Himmel über einem Haufen wild durcheinander liegender Leiber. Hamar und Agte waren in den Büschen verschwunden, auch Arwe und ihr Gefährte hatten sich zurückgezogen. Der Rest schnarchte um die Feuer.

Ada saß da und betrachtete ihren Mann, der mit offenem Mund auf dem Rücken lag. Sie sah die schlummernde Lete, mit nackten Beinen und in den Mund gestecktem Daumen und nahm das neue Auerochsenfell, um sie damit zuzudecken. Dann kehrte sie ans Feuer zurück und stocherte in der Glut.

Hile stützte sich auf den Ellenbogen und strich sich das Haar zurück. Ada fand einen Rest Birkenwein in einer der Schüsseln und reichte ihn ihr. Gemeinsam beobachteten sie, wie das Licht wuchs und langsam, Stimme für Stimme, das Konzert der Vögel einsetzte.

«Heute», sagte Hile, «brechen wir auf.»

Die Männer schliefen noch, da begannen die Frauen bereits, das Lager abzubrechen. Es dauerte nicht lange, kaum zwei Stunden, schätzte Ada, die sich nach Arwes Anweisungen mit an die Arbeit machte, dann war alles erledigt. Sie räumten die Felle aus den Hütten und rollten sie zusammen, Werkzeuge und Rohsteine, Holzschüsseln und Kochhäute wurden mit hineingepackt oder in Ledersäcken verstaut. Geräuchertes Fleisch und getrocknete Kräuter obenauf gebunden, dann war das Marschgepäck fertig. Im Gürtel hatte jede ihren Grabstock und an der Hand ein Netz aus Pflanzenfasern, in das sie stopfen konnten, was sie unterwegs an Essbarem fanden.

Die Männer erwachten später, schulterten ihre Waffen und geleiteten den Zug der Frauen, der sich auf den Weg in den Wald machte. Noch einmal wandte Ada sich um. Die Hütten, nun verlassen, würden bald vermodern, die zurückgelassenen Matten aus Birkenrinde ebenso wie die geflochtenen Wände. Hier und da lag ein wenig Müll herum: Reste durchschnittener Riemen, ein geborstenes Holzgefäß, verstreute Knochen. Nichts, was der Wald nicht in wenigen Wochen geschluckt haben würde. Aus den verwaisten Feuerstellen rankte sich dünn der Rauch und verging. Ihre Holzkohlenschichten waren alles, was Archäologen vielleicht einmal wiederfinden würden. Das und das steinerne Pflaster um ihren Rand. Ada griff in ihren Lederbeutel und zog die Plastikfolie heraus. Mit rascher Geste klemmte sie sie zwischen zwei Steine. Es war die geringe Hoffnung, eine Spur von sich zu hinterlassen.

Dann rief Ular nach ihr. Sie antwortete und trottete los.

Der zweite Marsch erschien Ada nicht mehr so anstrengend wie der erste, obwohl sie diesmal mit Gepäck beladen war. Die kurze Zeit im Lager des Clans hatte sie bereits abgehärtet und gestärkt. Auch war der Wald jetzt nicht mehr das Chaos für sie, als das sie ihn nach ihrer Ankunft empfunden hatte. Noch immer wusste sie nicht, wo genau sie sich aufhielt, im Gegensatz zu ihren Gefährten. Sie konnte nicht einmal sagen, ob sie sich von dem Ort ihrer Ankunft fortbewegten oder darauf zu.

Aber sie entdeckte mit zunehmend sicherem Auge, was an ihrer Umgebung ihr nützlich war, sah, wo an sonnigen Flecken die ersten Erdbeeren sich röteten, die sie Lete in den Mund stopfte, wo Knöterich und Fetthenne wuchsen und wo sich im Vorbeigehen wilde Möhren ausgraben ließen.

Zweimal hielten sie alle an und warteten, bis Nagdar auf einen Baum geklettert war, um ein Vogelnest auszunehmen. Auch ihr drückte er eines der kleinen Eier in die Hand, die zartblau waren und noch warm. Ada sah, dass die meisten anderen sie ansetzten, um den Inhalt roh zu schlürfen, aber sie selbst wickelte es in ein wenig Moos und barg es in ihrem Beutel. Wenig später hielt sie an und deutete in die Wipfel. Tatsächlich hatte sie ein Nest entdeckt, und Ular ließ es sich nicht nehmen, selbst hinaufzuklettern, um die Beute zu holen. Spiegelei zum Abendessen – Ada freute sich auf die Aussicht.

Sie musste lange darauf warten, der Zug marschierte beinahe bis in die Dunkelheit hinein, und als sie endlich am Ziel angekommen waren, glaubte sich Ada wieder einmal am Ende ihrer Kräfte. Das Ziel ihrer Wanderung war ein spärlich bewachsenes Plateau direkt über einem kleinen Fluss.

Notdürftig richteten sie sich für die Nacht ein. Am anderen Morgen gingen die Frauen los, Weidenruten zu schneiden. Für Hüttendächer, wie Ada dachte; sie wurde jedoch eines Besseren belehrt.

«Wofür denn?», sagte Arwe und lächelte. «Um diese Jahreszeit regnet es doch kaum. Wozu Dächer?» Und sie hob hoch, woran sie mit flinken Fingern arbeitete, so rasch, dass Ada mit den Blicken kaum nachkam. Es war eine Reuse.

Schon am Nachmittag erlebte Ada, wie die Jungen des Clans am Ufer eine sorgfältig aufgeschichtete Bedachung aus Ästen und Laub beiseite räumten und darunter einen Einbaum zum

Vorschein brachten. Sein Holz glänzte dunkel und feucht, und als sie ihn umdrehten, wimmelte das Innere von Ameisen und anderen Insekten. Aber am Feuer getrocknet und an den rissigen Stellen mit Birkenpech bestrichen, wurde er rasch einsatzfähig, und Nagdar und Askar ruderten kühn auf den Fluss hinaus, während Egbar sich unter Rastars Anweisungen um die Reusen kümmerte. Der Alte zeigte dem Jungen die ergiebigsten Plätze, erklärte ihm, wo er die Befestigungsstangen in den schlammigen Untergrund des Flusses rammen musste, und half ihm dann, die Reusen zu versenken und zu befestigen, von denen bald nur noch die kleinen Schwimmer aus Rinde zeugten, die an Bastschnüren in der Strömung tanzten.

Ada widmete sich derweil dem Flechten eines Windschirmes, den sie mittels zweier starker Äste schräg abstützte, sodass sie wenigstens ein halbes Dach über dem Kopf hatte. Als sie sich am Abend darunterkuschelte und zu den flirrenden Sternen emporstarrte, dachte sie, eigentlich hatte Arwe Recht: Die Nächte waren warm geworden, so warm, wie sie es aus ihrer Zeit nur vom August kannte. Und neben ihren Kleidern, in denen sie schlief, benötigte sie keinen weiteren Schutz vor der Witterung.

Es war Hile, die sie am anderen Morgen weckte. «Wollen wir nach den Reusen sehen?», fragte sie.

Schlaftrunken richtete Ada sich auf. «Wo sind die Männer?»

«Erkunden das Revier.» Hile wandte sich zum Gehen. «Arwe ist mit den anderen Erdbeeren suchen. Kommst du jetzt?»

«Erdbeeren!» Ada sprang auf. Sie hatte gute Lust, ihr Glück ebenfalls im Wald zu versuchen. Aber Hile hörte nicht auf sie und zog sie ans Wasser, wo sie auf einige der Schwimmer zeigte, die tatsächlich lebhafter zu springen schienen, als die Strömung es zuließ.

«Wie holen wir sie ein?», fragte Ada.

«Na, mit dem Boot.» Hile hatte schon nach einem der Paddel gegriffen und es ins Innere des Einbaums gelegt. Mit vereinten Kräften schoben sie das Fahrzeug ins flache Wasser. Es ging leichter, als Ada gedacht hatte, die Wände des Baumstammes waren bis auf wenige Zentimeter Dicke ausgehöhlt worden. Aber es schien ihr immer noch mühsam genug, und sie mahnte Hile, dass sie sich schonen solle. Schließlich lag das Heck in den leichten Wellen.

«Oh, verdammt!», rief Ada enttäuscht, als sie sah, dass sofort Wasser ins Innere des Baumstammes zu laufen begann. Sie befühlte den Riss, der quer durch das Brett führte, welches in zwei Rillen laufend das Boot am Heck verschloss. «Das müssen sie gestern übersehen haben.» Sie schob den Einbaum mit aller Kraft wieder an Land und überlegte gerade ernsthaft, sich an der Reparatur mit Birkenpech zu versuchen, als Hile ihr vom Ufer aus zurief:

«An die ersten Reusen komme ich auch so ran.»

«Sei vorsichtig», rief Ada zurück und schaute zu, wie Hiles inzwischen beinahe kugelrunder Bauch die Fluten teilte. Aber sie war nicht sonderlich besorgt. Das Wasser sah nicht tief aus, und die Strömung war sanft. Durch die glasklare Flut sah man Sand und Kiesel und ein paar Wasserpflanzen.

«Halt dich vom Schilf fern», riet sie der Freundin noch, «da leben die Hechte.»

Hile antwortete lachend etwas, was Ada nicht verstand. Dann griff sie nach der ersten Reuse.

«Also gut», seufzte Ada, «dann wollen wir mal.» Und auch sie tat die ersten Schritte in das klare Nass. Es war nicht so kalt, wie sie es sich vorgestellt hatte. Nachdem sie hörbar den Atem eingesogen hatte, dann aber mit Entschlossenheit untergetaucht war, fühlte sich das Wasser, das ihr bis zur Hüfte reichte, sogar höchst erfrischend an. Ada stieß einen Freudenschrei aus und schnellte mit einem Hechtsprung ins Tiefere. Sie tauchte, umschwebt von ihrem Haar wie von einer Wolke dunklen Tangs. Mit langen Zügen kraulte sie zur Flussmitte, ließ sich einen Moment treiben und genoss es dann, sich mit der Strömung zu messen und zu ihrem Ausgangspunkt zurückzuschwimmen. Dort stellte sie sich wieder auf die Füße, schüttelte sich das Wasser aus den Ohren und schaute sich nach ihrer Freundin um.

«Hile?», rief sie gut gelaunt. Niemand antwortete.

«Hile?», wiederholte sie. Leise Sorge stieg in Ada auf. Sie schaute dorthin, wo sie die junge Frau zuletzt gesehen hatte. Die Schwimmer der Reuse waren verschwunden. Aber wenn Hile damit an Land zurückgekehrt war, hätte sie doch zu sehen sein müssen!

«Hile!», rief sie noch einmal, diesmal mit echter Angst in der Stimme.

Rufe antworteten ihr. Ada wandte sich um und entdeckte die Gruppe der Jäger am anderen Ufer. Hamar winkte ihr gut gelaunt. Zerstreut erwiderte sie die Geste und ließ ihren Blick wieder über das Wasser gleiten.

«Hiiileee!»

Die Jäger wunderten sich über das Geschrei. «Was will sie?», brummte Hogar. «Sie sollte nicht so tief im Wasser stehen.»

«Ada, geh zurück», rief Ular sofort und begann, mit den Armen zu wedeln. Egbar wandte sich an seine Freunde. «Sie sucht Hile.»

Askar, der Rothaarige, machte eine Geste, um Hiles Bauch anzudeuten: «Na, die ist doch wirklich nicht mehr so leicht zu übersehen.» Er kicherte und bekam einen Schubser von Nagdar, der ihn ins flache Wasser beförderte. Verärgert arbeitete er sich unter dem Gelächter seiner Freunde aus dem Schlamm. Er wollte schon die ausgestreckten Arme ergreifen, als alle erstarrten.

Ein hoher Schrei und ein Platschen erklangen. Für einen kurzen Moment sahen sie flussabwärts Hiles Kopf, den Arm, der die Reuse umklammert hielt, und dann nichts mehr.

Ehe die Männer sich von ihrem Schreck erholt hatten, sprang Ada der Freundin nach. Sie tauchte ein und kraulte, so schnell sie konnte, flussabwärts. Unter den Jägern brach Panik aus.

«Egbar, schnell!» Hogar drückte dem Sohn seine Waffen in die Hand und machte sich daran, am Ufer flussabwärts zu laufen. Ular war schon vor ihm, er brach mit Getöse durch das Schilf. Hamar, den Speer in den erhobenen Händen, folgte ihnen, im flachen Wasser watend, blieb aber bald zurück. In seinen Augen stand die Verzweiflung, die sie alle erfasst hatte: Hile und Ada! Das tödliche Wasser verschlang ihre Zukunft.

Nagdar hatte Egbar mit sich gerissen. Die beiden rannten zwischen den Stämmen der Ulmen flussabwärts, dass ihr Atem keuchend ging. Endlich, als sie sich weit genug glaubten, kämpften sie sich durch das dichte Weidengestrüpp wieder zum Ufer vor. Sie kamen auf einer vorspringenden Klippe zu stehen und mussten mit beiden Armen balancieren, um nicht ebenfalls ins Wasser zu stürzen. Der Fluss schäumte und strudelte zwischen den Felsbrocken, die aus der Gischt ragten.

«Wo sind sie?», rief Nagdar und schaute sich hektisch um.

Egbars Finger schnellte hoch. «Da!» Nagdars Kopf fuhr herum. Was er sah, war ein Plantschen und Spritzen, als kämpfe jemand mit einem riesigen Fisch. Sein Herz raste vor Aufregung. Mit zitternden Beinen folgte er Egbar bis dicht an den Rand der Klippe.

«Hile!» Adas Atem ging keuchend. «Würg mich nicht, verdammt.» Das Gewicht der jungen Frau hing wie Blei an ihr. Hiles Finger waren um ihren Hals gekrallt und raubten ihr mehr und mehr die Luft. Aber ihre Freundin war so in Panik, dass sie nichts hörte und nichts sah. Sie war nicht einmal mehr in der Lage zu schreien. Seit Ada ihr den Kopf wieder an die Luft gezerrt und sich ihre Arme um die Schultern gelegt hatte, war sie völlig erstarrt vor Angst. Nie hätte Ada gedacht, dass ein Mensch so schwer sein könnte.

Das lederne Kleid bauschte sich in der Strömung und behinderte jede ihrer Bewegungen. Hektisch strampelte Ada mit den Beinen. Da musste doch Grund sein, der Fluss war nicht so tief, verdammt. Sie spürte Felsen unter ihren Zehen, rutschte ab und tauchte mit Hile an ihrem Hals erneut unter. Hustend und keuchend kam sie noch einmal nach oben. Ruhe bewahren, ermahnte sie sich. Hör auf zu zappeln. Schwimm! Da stieß etwas gegen ihren Kopf. Sie tauchte unter und schlug mit den Händen um sich. Schmerzhaft schlugen ihre Finger gegen etwas Hartes. Ada griff zu.

Es war ein Speerschaft.

«Halt dich fest», rief Nagdar. «Ich zieh euch raus.» Er wollte zuversichtlich klingen, doch sein Gesicht war verzerrt. Verzweifelt bemühte er sich auf den rutschigen Felsen um Gleichgewicht, während der Fluss gegen den Speerschaft drückte. Egbar umfasste ihn von hinten und griff seinerseits nach dem überhängenden Ast einer Weide, um ihre Position zu stabilisieren.

«Nein.» Ada hustete und schüttelte den Kopf. Der unerwartete Halt hatte ihr die Pause gegeben, die sie brauchte, um wieder zu sich zu kommen. Sie tastete mit den Zehen und bekam endlich wieder Boden unter den Füßen. Erleichtert richtete sie sich auf. «Komm hoch, Hile. Langsam, ja, so ist es gut.» Sie zog das Mädchen hoch und löste endlich die verkrampften Finger von ihrem Hals.

Hiles Augen schauten ungläubig, als sie zitternd, eng an die Freundin gedrückt, sich mitten im Fluss aufrichtete. Die Strömung zerrte an ihnen, und ihr Halt auf den runden, glitschigen Flusskieseln war schlecht. Aber sie standen. Zu den Jungen gewandt, winkte Ada ab.

«Falsche Seite», rief sie ihnen zu. «Wir gehen zum Lager.» Lange suchte sie den Grund ab, ehe sie den nächsten Schritt wagte. Der erste Stein gab nach; von Hile kam ein Aufschrei, als sie wankten. Der zweite hielt.

«Ich seh den Weg», rief sie den beiden Jungen beruhigend zu. Dann wandte sie sich noch einmal um. «Kommt helfen!» Noch zwei zupackende Hände hätte sie mit ihrer Last gebrauchen können. Sie wartete, nur um zu sehen, wie die beiden sich mehrfach zögernd der Uferkante näherten, um dann im letzten Moment wieder zurückzuscheuen. Nagdar sah ratlos aus, Egbar wütend.

Ada zuckte mit den Achseln. Sie konnte nicht den ganzen Tag warten. Hile hatte bereits ganz blaue Lippen, und auch sie selber fror nun mächtig. «Vorsichtig», murmelte sie bei jedem Schritt. Nur quälend langsam kamen sie dem Ufer näher. Hinter ihnen am anderen Ufer versammelten sich die Jäger um Nagdar und Egbar. Ada hörte sie beratschlagen und dann das Knacken im Unterholz, als sie sich zu der Furt weiter flussabwärts aufmachten. Aber sie wandte sich nicht mehr nach ihnen um.

«Gleich haben wir es geschafft», ermunterte sie Hile. Im selben Moment versanken sie knietief im Morast. Hile verlor das Gleichgewicht, strauchelte und schrie auf.

Die Reuse, die sie die ganze Zeit an den Schnüren umklammert gehalten und genauso wenig losgelassen hatte wie Adas Hals, entglitt ihren Händen. Ada sah die peitschenden Schwänze der eingesperrten Fische, ehe das Ding sich in die Strömung drehte und halb versank.

Ach, was soll's, wollte sie rufen. Aber Hile schrie noch immer, hoch und schrill, wie ein kleines Kind, und war nicht zu beruhigen.

Mit einem Seufzer wandte Ada sich um, hechtete zurück in den Fluss und hatte die Reuse mit ein paar kräftigen Zügen erreicht. Sie grapschte danach und machte kehrt. Hile, die das Ufer inzwischen erreicht hatte, saß zusammengesunken da und starrte ihr entgegen. Ada schwamm weiter um die schlammige Stelle herum, bis sie fast mit dem Bauch auf Grund lief. Dann erhob sie sich aus dem Wasser und hielt triumphierend die Reuse hoch.

«Na, was für welche sind das?», rief sie munter.

Weder Hile antwortete ihr noch einer der Männer, die eben eintrafen. Ada blickte in vorwurfsvolle und schreckverzerrte Gesichter. Sie ließ die Reuse sinken, in der die Fische verzweifelt um sich schlugen. «Kann denn keiner von euch …» Sie hielt inne. Der Clan hatte sie schon viele Wörter seiner Sprache gelehrt. Eines für «schwimmen» war nicht dabei gewesen.

«Sie hat beinahe Hile ertränkt und sich selbst. Sie hat das Leben unserer Kinder in Gefahr gebracht.» Egbar schnappte nach Luft wie ein Fisch auf dem Trockenen.

Sein Vater winkte ab. «Hile hat gesagt, es war ihre eigene Idee, nach den Reusen zu sehen.»

«Ja, weil wir das Boot noch nicht repariert hatten», warf Nagdar ein, der noch immer blass aussah. Er machte sich sichtlich Vorwürfe. Aber Hogar schüttelte auch zu seinem Einwurf den Kopf. Rastar, der Alte, legte ihm tröstend den Arm um die Schulter.

«Ada hat Hile gerettet», sagte Ular und nickte bekräftigend.

«*Ich* hätte sie gerettet, wenn diese Frau sie nicht wieder ins Wasser gezogen hätte», beharrte Egbar ungeachtet der tadelnden Blicke seines Vaters. «Und was hat sie überhaupt gesucht im tiefen Wasser?» Er blickte empört. «Die Erde und das Wasser sind nicht die Reiche des Menschen. So ist es doch, Ischtar, oder? Sag es ihnen.»

Starr vor Missbilligung, dass der Junge es gewagt hatte, den Schamanen direkt anzusprechen, saßen die älteren Männer da.

Ischtar sagte nichts. Er wiegte das Haupt mit dem Hirschgeweih und starrte hinüber zum Feuer der Frauen. Dort saß sie und redete. Noch nie hatte er eine Frau gesehen, die so viel sprach. Es war etwas Seltsames an dieser Ada, etwas, das sie von allen anderen unterschied. Er konnte gut verstehen, dass manche sie dafür hassten, so wie Egbar. Aber ihm selbst ging es nicht so.

Sie war eine Bedrohung für die althergebrachten Sitten, das war offensichtlich. Aber in seinem Innersten wusste der Schamane, dass die Zeiten des alten Gesetzes vorbei waren. Die anderen waren gekommen, die Häusermenschen. Die heiligen Ulmen wurden immer weniger. Und die Frauen gebaren nicht mehr. Ihr Leben, so hatte er schon lange befürchtet, war dem Untergang geweiht. Nun aber war Ada aufgetaucht, und sie trug ein Kind unter dem Herzen! Das musste etwas bedeuten. Sie standen an einem Wendepunkt, er fühlte es ganz deutlich, mit jeder Faser seines Körpers. Er spürte die Angst der anderen, und er teilte sie. Auch ihn hatte die Furcht gepackt, seit Jahren schon. Die Ahnen sprachen nicht zu ihm, und in seinen Träumen war der Tod.

Aber es wuchs auch Hoffnung in ihm, seit Ada da war, auch wenn er nicht erklären konnte, worauf genau sie gründete. Eine innere Stimme sagte ihm, dass Ada das Gute in all dem Neuen sein mochte, das sie bedrohte. Und mehr denn je war er entschlossen, den Sohn dieser seltsamen Frau in seine Obhut zu nehmen. Der Schamane schloss die Augen.

«Wenigstens wissen wir jetzt, was ihr Amulett zu bedeuten hat», hörte er Hamar sagen. «Es bedeutet, dass sie sich im Wasser bewegen kann.»

«Dann nehmt es ihr weg», zischte Egbar.

Der Schamane seufzte. Sofort wurde es um ihn still. «Lasst sie gewähren», murmelte er, ohne die Augen zu öffnen. Er betete darum, dass er das Richtige tat.

«Nein», erläuterte Ada gerade am Frauenfeuer, «es sind einfach Bewegungen mit den Armen und Beinen, seht ihr, so.»

Die anderen kicherten, während sie sich bemühte, das Schwimmen auf dem Trockenen vorzuführen. Aber das Lachen hielt nicht an und klang bald wieder verzagt.

«Es darf nicht sein», erklärte Ume kategorisch. «Die tiefe Erde und das tiefe Wasser gehören einem bösen Geist. Man kann sie nur betreten, wenn der Schamane einem ein Amulett gibt, sonst kommt sie in ihrer Rachsucht und nimmt einen mit.»

«Sie?», fragte Ada interessiert.

«Es ist ein weiblicher Geist.» Ume schaute sich um, als könnte etwas ihr zuhören. «Sie lauert und verschlingt.» Ihre Stimme wurde ein Flüstern.

«Erzähl, Ume», sagte Lete mit großen Augen und rückte sich

auf dem Schoß ihrer Mutter zurecht. Auch die anderen Frauen neigten sich vor, begierig, Umes Geschichte wieder einmal zu hören.

«Am Anfang der Zeit», begann Ume mit gruseligem Behagen, «wand Aiin sich in schrecklichen Krämpfen und gebar. Die Berge gebar sie, und die Meere. Gebirge und Steine, Fluten und Schlamm, das tiefste Gebein der Erde, alles entströmte ihrem Schoß, und da war kein Ende. Ihre Schreie ließen die Felsen zerspringen, ihr sich windender Leib zerdrückte, was neu entstanden war. Ihr Fruchtwasser flutete hinfort, was aufwuchs. Risse taten sich auf bei jeder Erschütterung, aus denen verzehrendes Feuer quoll. So ging es fort, in ewigem Chaos. Und nichts konnte leben. Bis Nag kam und sie bändigte.

Er fesselte ihre mächtigen Glieder und stieß ihr einen Stock zwischen die Zähne. Da hörte die Erde auf zu beben, die Spalten schlossen sich, und das flüssige Feuer verschwand, die Sturzfluten verliefen sich, und Ruhe kam über die Erde. Da aber trat Nag hervor und ...» Plötzlich hielt Ume inne.

«Und?», fragte Lete begierig. Da entdeckte auch sie den Anführer, der an ihren Kreis herangetreten war, und senkte den Kopf.

Hogar, der sie alle überragte, nickte ihr und den anderen zu. Dann wandte er sich an Ada. «Du kannst morgen mit dem ... wie nennst du es? ... beginnen», sagte er rau.

Dankend senkte Ada den Blick, innerlich aber triumphierte sie. Er hatte ihren Vorschlag akzeptiert, er hatte sie akzeptiert!

Hogar zögerte, als wollte er noch etwas sagen. Er öffnete den Mund, schüttelte dann aber den Kopf und ging weiter. Die anderen Männer folgten ihm stumm. Nur Nagdar blieb einen Moment stehen.

«Ich möchte gerne dabei sein», erklärte er und warf Hile einen schüchternen Blick zu. «Ich will nicht noch einmal so dumm herumstehen, wenn ...» Er verstummte und verabschiedete sich hastig.

Ada stand auf. Sie wollte ihm nachgehen, um ihm noch etwas

zu sagen, da fühlte sie sich am Arm festgehalten. Es war Egbar, den sie in der Dunkelheit gar nicht bemerkt hatte.

«Du hast Glück», zischte er, «dass du ein Kind im Leib trägst.»

«Was ...?», fragte sie. Da ließ er sie los und war verschwunden.

Benommen setzte sie sich wieder auf ihren Platz. Sie fröstelte trotz der Flammen, als sie an seine Worte dachte. Trotzig reckte sie das Kinn.

Auch die anderen saßen eine Weile schweigend.

«Es ist nicht recht», beharrte die alte Ume schließlich brummig. Hile dagegen ergriff stolz Adas Hand. «Wenn du dabei bist, traue ich mich», sagte sie und schaute sie voller Verehrung an.

Arwe schüttelte den Kopf. Sie wusste nicht, was sie von all dem halten sollte. Es entsprach nicht den Regeln, die sie kannte. Sie war die Frau des Anführers, aber zum ersten Mal wusste sie nicht, was zu tun war. «Du wartest, bis dein Kind geboren ist», erklärte sie, bemüht, so energisch wie immer zu klingen. Dann streute sie Sand über das Feuer. Es war das Zeichen für alle, schlafen zu gehen.

Ada lag noch lange wach und überdachte den Tag. Der Schreck des drohenden Ertrinkens verblasste schon; ihr Körper fühlte sich nur müde und zerschlagen. Egbars Hass machte ihr Angst. Aber vor allem dachte sie mit klopfendem Herzen an den Moment, als Hogar sie angesehen hatte. Er hatte ihr danken wollen, sie wusste es ganz sicher, auch wenn er in dem Moment nur geschwiegen hatte. Und er war einverstanden mit dem, was sie wollte! Ein warmes Glücksgefühl durchströmte sie.

Denn mehr, als sie es sich eingestehen mochte, waren die Menschen, mit denen sie umging, ihr ans Herz gewachsen.

Sei nicht dumm, raunte ihre innere Stimme ihr zu. Sie sind freundlich zu dir, weil du sie getäuscht hast. Euer Verhältnis basiert auf einer Lüge, auf der Lüge deiner Schwangerschaft. Ada zuckte zusammen, sie zog die Beine an den Bauch und umarmte schutzsuchend ihre Knie. Sie hatte ja Recht, dies alles war trügerisch, nur ein Frieden auf Zeit. Was, überlegte sie, würde geschehen, wenn die anderen es erführen? Würde Ular wieder über sie herfallen? Würden sie sie ausstoßen? Oder Egbar erlauben, sich an ihr zu rächen?

Du bist doch ein kluges Kind, sagte die innere Stimme. Mal es dir aus. Und sie fuhr böse fort: Du gehörst nicht in diese Welt. Du wirst hier niemals zu Hause sein.

Beinahe hätte Ada aufgeschluchzt. Unruhig warf sie sich herum. Sieh den Tatsachen ins Auge, ermahnte sie sich. Du denkst besser an deine Zukunft als an Schwimmunterricht. Aber was sollte sie tun? Fliehen? Wohin denn? Da hörte sie Schritte in der Dunkelheit.

«Ada?», fragte eine atemlose, leise Stimme. Es war Lete, sie spürte die klebrige Hand der Kleinen, die nach ihr tastete. «Ich hab dir Erdbeeren gebracht», sagte sie leise und schob ihr ein Stück Birkenrinde hin, um rasch wieder fortzuhuschen. Ada musste unwillkürlich lächeln. Den süßen Geschmack der Früchte im Mund schlief sie ein.

Es war der erste Sommer, in dem am Ufer des Flusses täglich fröhliches Geschrei herrschte. Die Frauen nutzten die Pause nach dem Sammeln, in der sie sich sonst zu waschen pflegten, um mit Ada das Schwimmen zu üben. Selbst Arwe überwand ihre anfängliche Abneigung und erlaubte schließlich sogar Hile, das Wasser wieder zu betreten. Von den Jungen schlossen sich ihnen Nagdar und Askar an. Egbar beschränkte sich darauf, in ihrer Nähe mit verbissener Miene an der Reparatur des Bootes zu arbeiten.

Sogar Hamar hatte keine Scheu, sich unter die Gruppe zu mischen, die nach den Lektionen meist lachend und schreiend Wasserschlachten veranstaltete. Breitbeinig stand er im Wasser und warf seine Tochter hoch in die Luft, um zu sehen, wie sie aufklatschte, untertauchte und dann wie ein Hund paddelnd zurückkam, um prustend Kreise um ihren Vater zu drehen.

«Gut, Lete», lobte Ada, um sich gleich darauf kreischend

gegen die Bugwelle zu schützen, die Hamar verursachte, als er platschend eintauchte.

Hogar sah es als Anführer natürlich als unter seiner Würde an, sich von Ada unterweisen zu lassen. Er hielt sich zurück und konnte daher auch Egbar nicht tadeln, dass er sich ausschloss. Ada vermisste auch Ular und den alten Rastar, entdeckte jedoch eines Nachmittags beim Sammeln die beiden, wie sie heimlich flussabwärts miteinander übten. Nachdem sie das Treiben kurz belauscht hatte, entfernte sie sich leise, ohne den anderen etwas davon zu sagen.

Es war ein guter Sommer.

Die Erdbeeren wuchsen reichlich, die Fischgründe waren ergiebig, und immer seltener hatte Ada beim Aufwachen das Gefühl, nicht zu wissen, wo sie war. Das Bild ihres Zimmers in den Ausgräberbaracken verblasste. Immer seltener dachte sie an die Welt, aus der sie kam, die fern und unwirklich wurde. Die Gesichter, Stimmen und Gesten der Menschen um sich herum wurden ihr so tief vertraut, als hätte sie schon ihr ganzes Leben mit ihnen verbracht, und ihr tägliches Treiben, ihre Konflikte und Sorgen nahmen immer mehr Raum in Adas Bewusstsein ein. Sie sprach die fremde Sprache nun fast wie ihre eigene und konnte darin ausdrücken, was sie dachte und fühlte.

Die mahnende Stimme wurde leiser. Ada verdrängte den Gedanken an eine Zukunft, für die sie keine Lösung sah. Sie tröstete sich an der Nähe der anderen und an der Wärme des Kochfeuers, das abends ihre kleine Welt umschloss. Nur ganz im Hintergrund tickte leise, aber beharrlich eine Uhr.

Das Wetter blieb mild, die Tage wärmten und die Nächte streichelten sie, und der Regen überraschte sie nur einmal in ihren Schlaffellen. Als Agte Ada am nächsten Morgen, während sie gemeinsam die von der Nässe schwer gewordenen Lederstücke in die Sonne zerrten, sagte, dass sie nun bald wieder aufbrechen würden, schaute diese betroffen auf. Sie hatte das Gefühl, dass etwas vorbei wäre.

«Das also ist es?» Ada ließ ihre Last sinken und schaute nach oben. Der Waldhang war steil und mit im Laufe der Jahrtausende herabgefallenen Steinbrocken übersät, einem stummen Felsengewitter, das dicht in Moos und Farn gebettet und von Wurzeln umflochten war. Darüber wurde ein Felsband sichtbar und die Eingänge zu einigen Löchern.

«Da drinnen wohnen wir?», wiederholte sie ihre Frage und zeigte hinauf zum größten der Höhleneingänge.

«Nein, psst», machte Hile und hängte sich in Adas erhobenen Arm ein, um ihn herunterzuziehen. «Das ist die Heimstätte der Ahnen. Ischtar ist der Einzige, der sie betreten darf.»

«Tatsächlich?» Neugierig reckte Ada den Hals.

Hile setzte flüsternd hinzu: «Rastar sagt, er beschwört dort auch die Jagdgeister, er zaubert ihr Bild, aber keiner hat das je gesehen.»

Sie zuckte zusammen und ließ Ada los, um ihren Bauch mit beiden Händen zu umfassen. Er war mittlerweile zu enormer Größe angeschwollen; die Niederkunft stand dicht bevor. Ada spürte den Blick, mit dem die Freundin unwillkürlich ihren eigenen flachen Bauch musterte, und lockerte ihren Gürtel, damit das Gewand sich bauschte.

«Wir leben dort», fuhr Hile dann zum Glück fort und wies auf das Steinband.

Als sie aufgestiegen waren, sah Ada, dass der Felsen überhing und ein schmales, lang gezogenes Dach bildete. Wie Perlen auf einer Kette reihten sich darunter Feuerstellen aneinander, im Moment nichts weiter als unregelmäßige Steinvierecke, gefüllt mit alter Asche, Mäusekötteln und Laub. Aber schon machten sich die Frauen daran, sie zu reinigen und trockenes Holz zu entzünden. Pflöcke wurden zugeschnitten und in den Boden gerammt, Weidenparavents dagegen gelehnt und Dächer aus Leder gespannt. Arwe und Agte schleppten Körbe voll Lehm heran, mit dem das Geflecht der Wände verputzt wurde, Hile ging, um Birkenrindenmatten zu schneiden, und Lete fegte mit Birkenreisern den Boden, während Ume in ihrem Kräutervorrat kramte. Sie warf getrockneten Rainfarn ins Feuer, dessen Rauch die Mücken vertrieb.

«Und das?», fragte Ada.

«Ackerminze», erwiderte Ume, «gut gegen Ungeziefer, genau wie Majoran.»

In diesem Moment erklangen Axthiebe. Die Männer, sah Ada, als sie sich umwandte, schlugen einige Bretter beiseite, die eine Vertiefung in der Felswand verschlossen hatten. Zum Vorschein kamen mehrere zusammengerollte Felle und ein Vorrat an Körben und Schachteln. Beides legten sie vor Ume hin, die sich daran machte, alles gründlich auszuklopfen und zu räuchern.

«Für den Winter», erklärte Ume und strich über das Fell eines silbergrauen Wolfes. «Wer braucht im Sommer schon so warmes Zeug?»

Ada zog die Haut eines Bären aus dem Stapel. Ume lachte. «Du hast es gespürt, nicht wahr?» Ihr Altweiberkichern war hoch und schrill.

«Was?», fragte Ada erstaunt.

«Das war der, der deinen Mann sein Ohr gekostet hat.»

Erschrocken ließ Ada das Fell sinken. Dann strich sie nachdenklich darüber und fasste sich an den Hals und das Ohr, dorthin, wo Ular die schreckliche Narbe trug.

Ume nickte bekräftigend. «Sein Revier ist nicht weit von hier. Dieses Jahr wird Ular sich eins der Kinder holen. Und später einmal erlegt dein Sohn die Enkel dieses Bären, wer weiß?» Sie lachte erneut, während ihre runzligen, von großen Adern durchzogenen Hände mit den Fellen hantierten.

Ada fiel keine Erwiderung ein.

«Ada, kommst du mit zum Teich, Seerosenwurzeln sammeln?», rief Agte herüber. Sie und Lete hatten schon die Säcke auf dem Rücken.

Ada, die daran dachte, dass sie sich dabei würde ausziehen

müssen, schüttelte den Kopf. Besser, sie führte den anderen nicht vor Augen, wie wenig von ihrer angeblichen Schwangerschaft nach nunmehr fast vier Monaten zu sehen war.

Zum Glück kam Hile ihr zu Hilfe. «Ada schaut mit mir nach den Apfelbäumen», erklärte sie und sah die Freundin an. Ada nickte erleichtert.

Agte zuckte mit den Schultern. «Bringt auch ein paar Weidenruten mit», rief sie ihnen im Weggehen zu. «Wir brauchen mehr Körbe, wenn wir Haselnüsse sammeln wollen.»

Hile und Ada versprachen es. Als sie aufstanden, drängte sich Hogars Köter schwanzwedelnd an sie. Er schloss die gelben Augen vor Wonne, als Ada ihn hinterm Ohr kraulte. Zu dritt machten sie sich auf den Weg. Plaudernd folgte Ada der Freundin durch den Wald, die sie im Vorbeigehen auf die vielversprechendsten Stellen mit Preiselbeeren aufmerksam machte, auf die Orte, wo die herben Holunderbeeren wuchsen, auf das dichteste Brombeergestrüpp, das schon voller schwarzer Früchte hing, und auf die Früchte der Hundsrose, die sich unter den Blüten zu wölben begannen. Der Hund strich angeregt schnuppernd rechts und links von ihnen durchs Unterholz. An einem einzelnen Birnbaum blieben sie stehen und pflückten sich ein paar der harten Früchte in den Mund. Sie waren klein, nur knapp von der Größe eines Hühnereis, und nicht so süß, wie Ada Birnen in Erinnerung hatte. Mit wenigen Bissen war das körnige Fruchtfleisch gegessen. Dennoch konnte sie kaum genug davon kriegen.

«Wir pflücken ein paar auf dem Rückweg», meinte Hile mit vollem Mund, als sie weitergingen. «Bis zu den Holzapfelbäumen ist es noch weit. Wir müssen über den Bach und ...» Unvermittelt verstummte sie.

Zu ihren Füßen wand sich der Bachlauf, halb verdeckt von Farn und Gestrüpp. Das jenseitige Ufer senkte sich leicht und gab den Ausblick auf etwas frei, was Ada zunächst für eine Lichtung hielt. Aber was für eine Lichtung war das: strikt viereckig und wie mit der Schnur von der Umgebung abgetrennt. Ohne Übergang wurde aus dem dicht wuchernden Wald mit seinen hohen Bäumen und dem üppigen Unterholz ein buschfreies, rankenloses, kaum mit Gräsern bewachsenes Areal, aus dem sich in unregelmäßigen Abständen seltsam verkrüppelte Stämme erhoben. Ada betrachtete sie mit offenem Mund: die Ulmen sahen aus, als wären sie alle auf Brusthöhe gekappt worden. Der Stamm endete abrupt, Äste und Zweige fehlten, dafür hatte sich eine Krone aus frischen Austrieben gebildet, lange, dünne Gerten, die reich mit Laub besetzt waren.

Ein Schneitelhain!, durchfuhr es Ada. Gelesen hatte sie davon. Sie beschnitten die Bäume, damit sich diese laubreichen Kronen in Brusthöhe bildeten. Einige ihrer Wissenschaftskollegen hatten die Ansicht vertreten, das sei geschehen, um Gerten in größeren Mengen für den Hausbau zu ernten, wo man Wände aus ihnen flocht. Andere meinten, dass die Jungsteinzeitler so Waldweiden schufen, auf die sie das Vieh zur Fütterung mit Laub trieben. Auch war das Laub so einfacher zu ernten für die Winterfütterung.

«Phantastisch», murmelte Ada, die für einen Moment alles um sich herum vergaß.

Bis sie das Winseln des Hundes hörte. Mit gesträubtem Nackenfell und eingekniffenem Schwanz drängte er sich gegen ihren Schenkel. Ada legte ihm beruhigend die Hand auf den Kopf. Dann bemerkte sie, dass auch Hile von Angst gepackt war. Wie betäubt stand sie da und starrte auf das seltsame Bild vor ihnen. Ada begriff es sofort: Sie, die den Wald nur durchstreifte und sich von seinen Reichtümern nahm, ohne Spuren zu hinterlassen, musste diesen Eingriff in die Landschaft als etwas ganz und gar Ungeheuerliches empfinden.

Der Hund hob den Kopf und jaulte.

«Was ist das?», flüsterte Hile. Ihre Hand zitterte, als sie sie nach Ada ausstreckte, die über den Fluss gesprungen war, um die Grenze des Schneitelhains zu erreichen. «Komm zurück.»

Ada wandte sich nur halb nach ihr um. Sie bog einen der Zweige zu sich herab. Er war in der Tat biegsam und frisch. Sie zog ihr Messer, um ihn abzuschneiden. Wie viel einfacher, sich hier zu bedienen, wo es Tausende gab, als sich die einzelnen Ruten im Wald zu suchen. Und an das Laub kam man auch ganz bequem.

«Ada, lass das, komm her.» Hiles Stimme zitterte.

Ada winkte ungeduldig. «Schau», suchte sie Hile zu locken und bückte sich. «Hier, wo es lichter ist, wachsen viel mehr Preiselbeeren.»

«Komm her!» Hiles Stimme klang nun hoch und schrill. Verzweifelt streckte sie die Hand nach Ada aus und war erst beruhigt, als diese widerwillig über den Fluss zurückkam. Von den Beeren wollte Hile nichts wissen, und die Rute, die Ada noch immer in der Hand hielt, knickte sie und warf sie in den Bach, als wäre sie giftig oder sonst wie gefährlich.

«Aber Agte wollte doch Ruten», wandte Ada hilflos ein.

Hile schüttelte den Kopf. «Wir müssen hier weg», erklärte sie bestimmt und zog Ada mit sich.

So schnell es mit Hiles Bauch ging, hasteten sie durch den Wald zurück. Auf Adas Einwände und Fragen reagierte Hile nicht. Nur einmal blieb sie kurz stehen, um Ada ernst anzusehen. «Das dort», sagte sie, «ist böse. Es ist von den anderen.»

«Du meinst, hier sind …» Ada suchte nach einem Wort, das Hile verstehen würde. «Häusermenschen?» Ihr Herz schlug schneller bei dem Gedanken. Aber natürlich, wie sollte es sonst sein? Sie schlug sich mit der Hand vor die Stirn. Die Schneitelhaine waren eine Spezialität der sesshaften jungsteinzeitlichen Kulturen, jener Fremden, die mit ihren Haustieren und ihrer Töpferware, ihren landwirtschaftlichen Techniken und ihren festen Häusern nach Mitteleuropa gewandert waren. Es waren Menschen wie die, die sie ausgegraben hatte, Gott, wie lange war das nur her, war es überhaupt noch wahr? Menschen, die als Bauern lebten und die Große Göttin verehrten. Und ihr Dorf konnte nicht weit sein! Unwillkürlich wandte Ada sich noch einmal um. Sie musste zurück, sie musste nach ihnen suchen.

«Ada!» Der Schrei Hiles ließ sie innehalten. Da war etwas in der Stimme der Freundin, das sie bewegte, sich noch einmal umzudrehen.

Hile keuchte und stützte sich an einem Baumstamm ab. Entsetzt starrte sie auf den Boden zwischen ihren Beinen, wo rot und glänzend einige Tropfen Blut lagen. «Ada?», fragte sie fassungslos. Es war nur ein Flüstern.

Ada stieß den Hund beiseite, der sich schnüffelnd darüber hermachte, umschlang ihre Freundin und stellte sie aufrecht hin. «Ist ja gut», stieß sie hervor, «stütz dich auf mich, kein Problem.» Sie murmelte Beruhigendes und suchte Hile gleichzeitig bei ihren schwankenden Schritten zu stützen. Sie hatte nicht die geringste Ahnung, was in solchen Fällen zu tun war. Noch keine ihrer Bekannten hatte ein Kind bekommen. Die Frauen, die Ada kannte, waren mit ihren Dissertationen beschäftigt oder bereiteten Forschungsaufenthalte in fremden Ländern vor. In den Wehen hatte keine von ihnen gelegen.

«Äh, atmen», kommandierte sie und zerrte Hile weiter. War davon im Fernsehen nicht immer die Rede gewesen? «Ja, ich denke, atmen, Herrgott, verdammt, du weißt doch, wie du atmen musst, oder?»

Hile ächzte, und Ada betete, dass alles seine Richtigkeit hätte. Der Anblick des Blutes hatte sie verschreckt. Und noch immer zogen sie eine Tropfenspur hinter sich her.

«Hilfe», schrie Ada, so laut sie konnte, als sie die Felswand erblickte, unter der sich ihr Lager befand. Noch nie war sie so froh gewesen, Arwes strenges Gesicht zu sehen, wie in diesem Moment. Erleichtert richtete sie sich auf, als die Anführerin ihr Hiles Gewicht abnahm, und streckte sich. Auch die alte Ume kam angehumpelt, um zu helfen.

«Sie hat Blut verloren», rief Ada hinter ihnen her. «Das macht doch nichts, oder?»

Arwes Blick ließ sie verstummen.

«Wie geht es ihr?», fragte Ada und schaute auf, als Arwe und Ume zurück ans Frauenfeuer kamen. Agte war bei Hile geblieben, die abseits in einem Winkel des Vorsprungs lag. In Abständen hörte man sie leise stöhnen.

Arwe schüttelte den Kopf. «Es ist noch nicht so weit», erklärte sie. Dann schaute sie Ada an. «Was ist da draußen passiert?»

Als Ada von ihrer Entdeckung des Schneitelhains berichtete, veränderte sich das Gesicht der Anführerin. Sie presste die Lippen zusammen und starrte ins Feuer. Schließlich spuckte sie aus. «Die anderen», knurrte sie.

Ume neben ihr schloss die Augen und wiegte ihr Haupt, als wäre sie in ein Gebet versunken.

«Ist tatsächlich ein Dorf in der Nähe?», fragte Ada gespannt. Aber sie erhielt keine Antwort. «Leben dort Menschen?» Ihre Stimme wurde eindringlich. Es war so wichtig für sie, dies zu erfahren. «Haben sie feste Häuser» – ihre Hände formten einen Giebel – «und Felder und Vieh?»

«Was fragst du?», blaffte Ume und öffnete ihre alten Augen, um ihr einen Blick zuzuwerfen, so böse, dass Ada zurückschrak.

«Ich wollte nur …», setzte sie an.

Lete kam angelaufen. «Mutter sagt, Hile will einen Tee.»

Ada sprang auf. «Ich bringe ihn ihr.» Sie griff nach der Schale. Es war eine gute Gelegenheit, mit ihren Gedanken einen Moment allein zu sein. Auch wollte sie Hile einiges fragen. Die Freundin würde ihr eine Auskunft nicht verweigern.

Aber Ume riss ihr die Schale aus der Hand. «Du nicht», knurrte sie, füllte dann selbst das Gefäß und hinkte davon.

Ada ließ sich verdattert wieder nieder. «Was hat sie denn auf einmal?», fragte sie.

«Auch die andere machte Tee», sagte Arwe, die sie von der Seite her nachdenklich betrachtete. Dann schüttelte sie heftig den Kopf. «Aber du bist nicht wie sie.» Energisch stocherte sie mit dem Zweig im Feuer herum, dass die Funken flogen. «Es ist nicht dasselbe.»

«Die andere?», fragte Ada verständnislos.

Arwe hob den Zweig und deutete auf den Wald, in die Richtung, in der das Dorf liegen musste. «Hogar brachte sie, wie dich. Aber sie war anders.» Arwe machte eine Pause und dachte nach. «Kein Wort hat sie gesprochen.» Sie wandte den Kopf und schaute Ada ins Gesicht. «Erst dachten wir, mit dir wäre es genauso. Du wolltest nicht arbeiten, wolltest deinen Mann nicht. Aber dann hast du gesprochen. Und du erwartest ein Kind.»

«Ihr hattet eine der Frauen aus dem Dorf hier?» Ada war wie vom Donner gerührt. Hatten sie sie entführt? Verschleppt? Ihr auch einen Mann aufgedrängt? War es ebenfalls Ular gewesen, der …? Sie schüttelte ungläubig den Kopf. Und von all dem hatte ihr in der ganzen Zeit niemand etwas erzählt? «Warum habt ihr nichts gesagt?»

Arwe warf eine Hand voll Kräuter ins Feuer. «Wozu? Du gehörst jetzt zu uns.»

«Und die andere?», fragte Ada. «Meine Vorgängerin?»

Arwe antwortete nicht.

«Wo ist sie jetzt?», drängte Ada.

«Ischtar hat sie weggebracht», murmelte Arwe schließlich.

«Weggebracht?»

Ume trat wieder ans Feuer. «Na, eben weggebracht», erklärte sie an Arwes statt und machte eine vage Handbewegung. «Und es war gut so», setzte sie hinzu, in Adas entsetztes Schweigen hinein. «Sie töten die Bäume, sie verwunden die Erde», ihre brüchige Stimme wurde schrill. «Die Frauen gebären nicht mehr, der junge Petar verschwindet.» Sie hielt inne, um Luft zu holen. «Und jetzt gehst du mit Hile zu ihnen, und sie verliert vielleicht ihr Kind.»

«Ume!», zischte Arwe, und die Alte verstummte.

«Das ist doch …!» Empört wollte Ada klarstellen, dass schließlich Hile es gewesen war, die sie dorthin geführt hatte, und nicht umgekehrt. Außerdem war es der Schreck gewesen, der zu Hiles Unfall geführt hatte, die anderen hatten damit doch gar nichts zu tun. Es war allein ihre Angst, die an allem Schuld war. Sie hatten Furcht vor den Veränderungen im Wald, und jetzt lasteten sie den Fremden alles an, was ihnen in ihrem Leben an Unglück zustieß. Ada öffnete schon den Mund, um Ume die Meinung zu sagen. Da bemerkte sie in den maskenhaften Gesichtern der beiden Frauen, die vor ihr saßen, die abgrundtiefe Angst. Arwe kämpfte dagegen an, wie immer, und suchte, dieselbe ruhige, distanzierte Miene zu wahren, die sie sonst zur Schau trug. Ume rettete sich in ihre gallige Verbissenheit. Und diese Angst, das begriff Ada, galt auch ihr selbst.

«Arwe», sagte sie daher, so behutsam sie konnte, und ergriff die Hand der Anführerin. «So ist es nicht. Die anderen sind fremd, das ist wahr. Sie suchen ihre Nahrung nicht wie ihr, sie machen, dass sie an bestimmten Orten wächst. Sie legen Samen in die Erde und sorgen, dass er aufgeht. Das ist keine Magie, verstehst du? Es ist nur eine andere Art.»

Ume schnaubte verachtungsvoll auf. Und Arwe wandte den Blick nicht vom Feuer.

«Aber sie sind nicht böse», fuhr Ada fort. «Sicher, sie verändern den Wald, geben allem ein neues Gesicht. Aber mit den anderen schlimmen Sachen haben sie nichts zu tun.» Aus den Augenwinkeln sah sie, wie Ume den Mund verzog, und bemühte sich, eindringlicher zu klingen. «Sie können keine Menschen verschwinden lassen. Und es liegt auch nicht in ihrer Macht, darüber zu bestimmen, ob ihr Kinder bekommt oder nicht. Wirklich, Arwe.» Sie suchte den Blick der Anführerin aufzufangen, aber es gelang ihr nicht.

«Es ist dumm, sich vor ihnen zu fürchten», fuhr Ada fort. «Ihr werdet sehen. Geht auf sie zu.»

«Pah!» Ume spuckte aus.

Ada fuhr ärgerlich herum. «Es ist der richtige Weg», sagte sie. «Der einzige. Ihr habt ja keine Ahnung ...» ... dass ihr keine Zukunft habt, wollte sie hinzufügen. Dass ihr eine aussterbende

Rasse seid und die Geschichte euch aussortieren wird. Spurlos. Aber sie brachte es nicht über die Lippen.

«Pah», wiederholte Ume und richtete sich mühsam auf. «Das sagst du nur, weil du zu ihnen gehörst.»

«Ume», mahnte Arwe erneut.

«Du leugnest es», fuhr die Alte unerbittlich fort. «Aber es ist wahr. Ich habe es erkannt, als sie Hile brachte. Sie ist böse, wie sie alle. Ich sage, sie soll gehen, woher sie gekommen ist.» Damit wies sie in dieselbe Richtung wie vorhin Arwe.

«Was …?», flüsterte Ada, die nicht sofort begriff. Irritiert starrte sie auf den Waldhorizont, der sie umschloss. Nichts davon kam ihr bekannt vor, nichts erkannte sie wieder. Weder die Schlucht noch der Bach, noch eine Spur ihres ersten Jagdlagers war ihr wiederbegegnet. «Hier habt ihr mich gefunden?», fragte sie ungläubig.

Ume stieß einen Laut aus, der wie «Ha!» klang, spöttisch und ungläubig, dann humpelte sie fort, um erneut nach Hile zu sehen. Es blieb Arwe überlassen, zu nicken. «Auf der anderen Seite des Sees», murmelte sie.

Der See! Ada erinnerte sich. Karsten Jensen hatte sie noch gefragt, ob sie mitkommen wolle zu einem Open Air im Strandbad. Sie hatte es vorgezogen, mit Stephan das Erdwerk zu erforschen. Der See lag im Norden der Grabungsstätte, und sie war mit Stephan nach Süden gegangen, und auch danach: nach Süden, immer weiter. Sie lachte ungläubig. Konnte das wirklich sein? War sie im Kreis gegangen? Warum nicht, dachte sie dann. Wildbeuter zogen zwar umher, aber sie folgten immer denselben Routen. Sie wechselten den Ort, verließen aber ihr Revier im Großen und Ganzen nie. Doch, es musste sein, wie Ume sagte: Sie war wieder beinahe an ihrem Ausgangspunkt.

Sie spürte ihr Herz schneller schlagen. Der Tag stand ihr mit einem Mal wieder vor Augen, an dem sie aus ihrer Welt gefallen war. Was hatte sie Karsten damals geantwortet? Dass sie noch ein paar Aufsätze bearbeiten wolle? Sie sah ihren vertrauten Schreibtisch, das Bücherregal und die Unterlagen wieder vor sich. Ein Düsenjäger war an dem Morgen über sie hinweggeflogen.

Ein Waldkauz schrie. «Haben sie dort in dem Dorf auch», begann Ada vorsichtig, «ein großes Viereck mit Mauern aus Erde?» Sie musste Gewissheit haben.

Aber Arwe schaute sie nur verständnislos an.

Ada kam nicht mehr dazu, nachzufragen. Die Männer kehrten zurück. Schon von weitem hörten sie Egbar und Nagdar rufen. Es klang ungewöhnlich aufgeregt. Nichts Gutes ahnend richtete Arwe sich auf. Auch Agte und Ume kamen vom Krankenlager herübergeeilt. So standen sie beieinander, als Hogar seinen zottigen Kopf über den Plateaurand schob.

Hamar hinter ihm konnte nicht warten. «Sie haben Rastar verwundet», rief er über Hogars Schulter und schüttelte seinen Speer.

Ume schrie auf und klammerte sich mit beiden Händen an Arwes Arm. Die Frauen begannen zu wehklagen, während Ular und Askar keuchend damit beschäftigt waren, Rastars Gestalt auf das Plateau zu hieven. Sie legten ihn auf dem Steinkreis ab, der den Rand des Lagers markierte, und traten zurück. Der Alte war kaum bei Bewusstsein. Die Augen hatte er geschlossen, aus dem geöffneten Mund floss Speichel. Seine Hände umfassten den Stiel eines Spießes, der in seiner Bauchdecke steckte und sich mit jedem Atemzug hob und senkte. Wenn er den Kopf mit den schweißverklebten Haaren herumwarf, stöhnte er.

Jammernd ging Ume, noch immer an Arwe geklammert, in die Knie. Ada, die keine Ahnung von Wundpflege hatte, wollte dennoch zu Rastar hinstürzen, aber Arwe griff nach ihr und hielt sie zurück. Erst war Ada versucht zu protestieren, sie hatte doch schon so oft gesehen, wie die Frauen größere und kleinere Wunden versorgt hatten, und wusste, dass sie keineswegs so hilflos waren, wie sie jetzt taten, auch wenn die Verletzung übel aussah. Dann bemerkte sie den Schamanen. Sie wich zurück. Es war offensichtlich, dass der Clan Ischtar hier das letzte Wort überlassen wollte. Rastar stand auf der Schwelle, das begriff Ada. Und genau dort hatten seine Angehörigen ihn auch abgelegt. Es war an Ischtar zu entscheiden, ob er sie überschreiten würde.

Der Schamane trat heran, ging in die Knie und senkte das hörnerbewehrte Haupt über Rastar. Als hätte der Alte es gespürt, öffnete er in dem Moment die Augen und lächelte. Mühsam zogen sich die trockenen Lippen von den Zähnen zurück.

Ischtar legte ihm die Hand auf die Stirn. «Mein alter Freund», sagte er.

Rastar antwortete mit einem stummen Blinzeln.

Der Schamane ließ seinen Blick über das blasse Gesicht des Alten gleiten, über die Schweißtropfen an den Schläfen, die krampfhaft sich hebende Bauchdecke, den Schaft im Fleisch, den kaum Blut umgab. Er streckte die Hand aus und berührte das Holz. Rastar stöhnte, obwohl er sichtlich die Zähne zusammenbiss. «Bist du bereit?», hörte Ada den Schamanen fragen.

Und sie sah Rastars herzzerreißendes Lächeln, als er nickte.

«In Nags Erde?», fragte Ischtar dann. «Oder zum Kreis der Ahnen?»

Furcht loderte auf in Rastars Augen. Aber Ischtar zog die verkrampften Finger des Alten von dem Speerschaft, nahm Rastars Hand in seine und hielt sie fest. «Ich werde deinen Rat dort brauchen, Freund», sagte er.

Da nickte Rastar erschöpft. Ischtar lächelte seinerseits, tätschelte dem alten Gefährten noch einmal die Hand, löste sich dann von ihm und stand auf. Gespannt hielt Ada den Atem an. Dann sah sie, wie der Schamane plötzlich seinen Geweihschlegel hob. Sie schrie auf. Sie sah, wie Rastars Schläfenbein einknickte, als wäre es aus Gips, sah das Blut spritzen und die Knochensplitter fliegen. Und doch glaubte sie es nicht. Erst als der rote Saft einen hart prasselnden Streifen auf den gestampften Boden vor ihren Füßen geworfen hatte und die rosafarbene Masse des Hirns aus der Wunde herab auf die Erde quoll, schlug sie die Hand vor den Mund und schloss die Augen.

Die anderen waren verstummt. Als folgten sie einer geheimen Choreographie, packten Hogar und Ular den Toten auf Ischtars

Zeichen hin bei den Beinen und zogen ihn vom Lager weg zu der Höhlenöffnung oberhalb des Plateaus, die Hile einmal als Sitz der Ahnen bezeichnet hatte.

Agte nahm eine Schale, ging hinüber, wo Rastar eben noch gelegen hatte, kratzte mit den Fingern den blutigen Staub in ihr Gefäß, spuckte darauf und kam zurück, um Ume, die auf den Knien lag und mechanisch mit dem Oberkörper vor- und zurückpendelte, an den Schultern zu packen und ihr mit dem roten Brei das Gesicht einzureiben.

Jetzt, da von Rastar nichts mehr zu sehen war, machte sich die Empörung der Männer Luft. Egbar stand am Feuer und berichtete laut gestikulierend und hastig, was sie am Fluss erlebt hatten.

«Wir kamen wie immer», erklärte er mit sich überschlagender Stimme, «um zu fischen. Da fanden wir eine Barriere aus Holz, eine Sperre, mitten im Fluss.» Er zeigte es empört mit den Händen. «*Sie* hatten das gebaut, um die Fische einzusperren. Alle Fische, für immer.» Er zitterte vor Empörung. «Könnt ihr euch das vorstellen?»

Hamar schüttelte erneut seinen Speer. «Nags Kinder sind für alle», erklärte er. «Keiner darf sie für sich einsperren.» Murmelnd stimmten die anderen ihm zu.

Wieder erscholl Egbars hysterische Stimme. «Ich bin hinausgewatet und rüttelte daran», rief er. «Ich wollte alles mit Stumpf und Stiel ausreißen.»

«Es ist unser Fischplatz», sekundierte Nagdar. «Wir durften dort fischen. Wir, die wir schnell und unsichtbar sind wie alle Geschöpfe Nags.»

«Unsichtbar und flüchtig», bestätigte Hamar. «Keine Zäunebauer und Baumzerstörer.» Alle nickten grimmig.

«Da kamen sie aus dem Ufergestrüpp», fuhr Egbar fort. «Sie schwenkten ihre Fischspeere und riefen etwas in ihrer barbarischen Sprache. Ich zog den ersten Pfosten aus dem Schlick.» Er demonstrierte es. «Rastar stellte sich neben mich und legte einen Pfeil auf seinen Bogen, damit sie begriffen.»

Arwe schlug die Hand vor den Mund. Agte drückte das Gesicht ihrer Tochter gegen ihre Beine.

«Ich rüttelte am zweiten Pfosten.»

«Ich half dir dabei!», rief Hamar.

«Da schossen sie auf uns.» Egbar hob die Hände. «Askar konnte sich ducken. Neben mir und Nagdar schlug es im Wasser ein, sst, sst.» Er ließ die Hände durch die Luft zischen, um es zu demonstrieren. «Hogar schoss zurück.»

«Rastar!» Es war ein Aufschrei Umes. Noch immer lag sie auf den Knien, das Gesicht nunmehr eine rote Maske, und schlug sich die Stirn auf der Erde blutig.

Egbar wurde etwas leiser. «Er konnte, bis zur Hüfte im Wasser, nicht so schnell ausweichen. Auf einmal sank er um und trieb davon.» Er senkte den Blick einen Moment, dann riss er den Kopf wieder hoch. «Dafür werden sie teuer bezahlen.»

«Aaaiii!» Begeistert riss Hamar den Speer hoch. Nagdar wiederholte die Geste. Askar senkte den Kopf.

«Wir werden ihren verfluchten Zaun zerstören, wir werden ihre geschändeten Bäume zerstören ...» Egbar holte keuchend Atem. «Wir werden ihre Jäger aus unserem Wald vertreiben! Das hätten wir schon längst tun sollen. Gleich als die Bäume fielen. Als die Ulmen starben. Sofort als Petar starb.»

«Du warst ein Kind, als Petar verschwand.» Das war Hogars tiefe Stimme. Mit Ular im Schlepptau kam er den steilen Hang von Ischtars Höhle heruntergestapft. «Also sprich nicht von Dingen, die du nicht verstehst.»

«Aber wir müssen ...», begehrte Egbar auf und stellte sich seinem Vater entgegen.

Hogar ließ ein Brüllen ertönen, dass die anderen einen Schritt zurücktraten. Nur Egbar hielt seinem Blick noch immer stand. Da seufzte Hogar und schaute zur Seite. «Ischtar wird sich beraten», sagte er. «Er entscheidet.» Er ließ sich am Feuer nieder und hielt seine Schüssel hoch, die Arwe sofort mit einer Grütze füllte. Hogar führte die Schüssel zum Mund, kaute schmatzend und blickte dabei stur geradeaus.

Zögernd nahmen, einer nach dem anderen, auch die Jungen wieder Platz, Hamar legte seinen Speer fort und zog Lete auf seinen Schoß, die sich eng an ihren Vater drückte. Die Frauen huschten zwischen ihnen herum und arbeiteten schweigend. Alle vermieden es, zur Höhle hinaufzuschauen, wo Ischtar der Schamane noch immer allein mit seinen Zeremonien zugange war. Alle, außer Ada, die den Blick nicht davon wenden konnte. Was, was ging nur da oben vor?

BLEIB BEI MIR

«Au, verdammt, Weib, kannst du nicht aufpassen!» Egbar war aufgesprungen und starrte auf die rasch sich rötende Haut an seinem Arm, über den Ada die heiße Suppe gegossen hatte.

«Es tut mir Leid.» Ada ließ die leere Holzschüssel fallen, deren Inhalt sich über Egbar geleert hatte, als sie gestolpert war. Noch immer hingen ihre Augen mehr an der Höhle als am Geschehen hier unten. «Ich hole frisches Wasser», erbot sie sich. «Zum Kühlen.»

Unwillig schubste Egbar sie, dass sie hinstürzte.

«Heh!» Ada richtete sich auf und strich sich das Haar aus der Stirn. Sie schaute in die Runde, ob die anderen den Angriff mitbekommen hatten. Aber alle wandten den Blick ab. Erschrocken, aber auch wütend rappelte Ada sich auf. Der Ärger in ihr wuchs mit jeder Sekunde. Sie hatte es satt, sich so behandeln zu lassen, satt, immer auf der Hut sein zu müssen, satt, dass nur die Männer sich ihren Launen hingeben durften. Sie hatte wahrhaftig das Ihre getan, um anerkannt zu werden. Und es war schließlich nicht mit Absicht geschehen. «Lass mich ja in Ruhe», fauchte sie.

«In Ruhe?» Egbar lachte grimmig. «Ich finde im Gegenteil, mit dir sollten wir anfangen.» Er hob den Kopf und wies auf Ada.

«Ist sie nicht auch eine von denen?», fragte er laut und schubste sie erneut an der Schulter, so heftig, dass sie unsanft auf ihren Hintern fiel. Es war beschämend, und heiße Wut durchfuhr Ada und rötete ihr Gesicht.

Hatte Hamar nicht immer freundliche Scherze mit ihr getrieben, seit sie den Honig für sein Lieblingsgetränk besorgt hatte? Und Nagdar, Nagdar war bei den Schwimmlektionen der Erste gewesen! Und ihr eigener Mann, ha, sie betrachtete ihn mit neu aufkeimendem Hass. Hatte der nicht allen Grund, ihr beizuspringen? Aber alle senkten sie den Blick, alle. Nur Askar hatte erstaunlicherweise den Mut, ihr einen kurzen, verzweifelten Blick zu schenken.

«Hüte deine Augen», murmelte Arwe hinter Ada.

Adas Kopf fuhr nur halb zu ihr herum. Oh, richtig, sie mochten es ja nicht, wenn man sie ansah. Den offenen Blick einer Frau konnten sie nicht ertragen. Und die Wahrheit erst recht nicht. Aber Egbar würde sie jetzt von ihr zu hören bekommen, ob er wollte oder nicht.

«Du hältst dich für den Größten, ja?», fuhr sie ihn an. «Aber weißt du, was du bist?» Sie keuchte, als sie sich erneut aufrappelte. «Ein Auslaufmodell, ein Dinosaurier. Dich wird es morgen schon nicht mehr geben.» Sie wandte sich an die anderen, die entgeistert dasaßen. «Das gilt für euch alle. Die anderen», sie wies in den Wald, «die sind die Zukunft, versteht ihr? Deren Erbe wird weiterleben. Und wenn ihr nicht spurlos von dieser Erde verschwinden wollt, müsst ihr euch ihnen anschließen, statt euch in sinnlosen Konflikten aufzureiben. Euch mit ihnen verbinden. Das ist eure einzige Chance.»

«Halt den Mund», schrie Egbar.

Mit einer heftigen Bewegung warf Ada ihr Haar zurück. «Ich denke nicht daran.» Sie wandte sich an den Anführer: «Hogar, du wirst doch einsehen …»

Da schlug der Junge ihr hart mit der Hand ins Gesicht. «Beleidige meinen Vater nicht», schrie er. Aus Adas Mundwinkel rann Blut.

«Egbar!» Hogar bellte das Wort heraus. «Sie und ihr Kind gehören Ular.» Der senkte den Kopf. Er war rot im Gesicht; ganz offensichtlich schämte er sich für seine Frau.

Egbar ignorierte sie beide.

«Ich sage, sie ist ein Teil des Übels, von dem wir uns befreien müssen.» Er neigte sich über Ada und betrachtete sie wie einen Käfer.

Hastig wich sie vor ihm zurück und schaute sich nach einer Waffe um. Alles in ihr kochte. Sie würde ihm nicht erlauben, sie noch einmal anzufassen. Um keinen Preis.

«Ischtar wird das entscheiden», ließ Ular sich zaghaft vernehmen. Niemand hörte auf ihn.

Ada hatte ein Bündel Hölzer entdeckt, das auf einem Fell mit Werkzeugen lag. Es waren Pfeilschaftrohlinge, die darauf warteten, gefiedert und mit Spitzen versehen zu werden. Sie griff danach und hielt sie Egbar entgegen, der immer näher an sie herankam.

«Leg das weg!», brüllte Ular da plötzlich und sprang auf.

Überrascht wandte Ada den Kopf zu ihm. Den Moment nutzte Egbar, um sich auf sie zu stürzen. Doch Ada reagierte; sie holte aus und zog ihm die federnden Schäfte mit aller Kraft quer übers Gesicht. Da war auch schon Ular bei ihr. Er packte und entwand ihr die Waffe. Mit panikerfüllter Miene warf er die frischen Hölzer ins nächste Feuer, wo sie zischend zu kokeln begannen. Alle starrten entsetzt auf das verdorbene Holz.

«Geh», sagte Ular müde. Dann brüllte er: «Geh an deinen Platz und bleib dort.»

Adas Zorn verrauchte im Nu. Irgendetwas war geschehen, sie spürte es deutlich, etwas Schlimmes, schlimmer noch als der Streit mit Egbar und all die Wut von vorhin. Aber sie konnte sich die Ursache nicht erklären. Verwirrt schaute sie auf die anderen, die noch immer fassungslos in die Flammen starrten, deren Knistern der einzige hörbare Laut war. Nur Egbar erwiderte Adas Blick. Mit bösem Grinsen wischte er sich das Blut ab, das ihm übers Gesicht lief, als wäre es Wasser. Dann hob er einen

Finger, zeigte auf Ada und zog ihn sich dann mit einer heftigen Bewegung quer über die Kehle.

Ada erschrak. Mit zitternden Beinen ging sie hinüber zu der verwaisten Feuerstelle, an der ihre und Ulars Felle lagen. Sie kauerte sich hin und umschlang ihre Knie mit den Armen. Die anderen hockten mit dem Rücken zu ihr am Feuer und sprachen leise. Ada konnte nicht verstehen, worum es ging, doch sie wusste, dass von ihr die Rede war. Schon lange hatte sie sich nicht mehr so einsam gefühlt.

Irgendwann sah sie Agte zu den anderen hinübergehen. Da hielt es sie nicht mehr an ihrem Platz. So leise wie möglich stand sie auf und schlich zu Hile hinüber, die hinter einer niedrigen Wand aus Weide lag, abgesondert wie sie selbst. Mit Hile hatte sie noch immer reden können. Hile hatte von allen immer das größte Verständnis für sie gehabt.

Tief in die Lederdecken gewühlt lag die Freundin da. Nur ihr Bauch ragte wie eine monströse Kuppel auf. Es roch nach Krankheit und Blut.

«Hile?», flüsterte Ada und strich ihr mit der Hand über die Haare. «Du, ich muss unbedingt mit dir reden.» Sie erschrak, als Hile ihr das Gesicht zuwandte. Es war blass und eingefallen. Dunkle, grobkörnige Ringe lagen unter ihren Augen, die Nase stach spitz hervor, und die Haut glänzte von fettigem Schweiß. Als sie erkannte, wer bei ihr war, lächelte sie. «Ada.» Sie ergriff die Hand der Freundin. Dann wurden ihre Augen groß. «Habe ich dir nicht gesagt, du darfst keine Eibe berühren?» Es war nicht mehr als ein Flüstern.

«Was?», fragte Ada zurück. Sie begriff erst nicht, wovon Hile sprach. Dann erinnerte sie sich an ihren ersten gemeinsamen Gang in den Wald. Sie hatte mit den Zweigen eines Baumes gespielt und war von Hile ermahnt worden, es sein zu lassen. Sie hatte gehorcht, damals, der Mahnung aber kein großes Gewicht beigemessen. Nun, langsam, ging ihr deren Sinn auf. «Du meinst, die blöden Holzdinger sind der Grund für die ganze Aufregung? Die Pfeilschäfte?» Es war doch nicht zu fassen! Hier ging es um die Zukunft des Clans, und die Männer machten ein Gewese um ein Stückchen Holz. Schlagartig wich aber auch ihre Angst. Sie hatte ein paar geschälte Zweige angefasst, na und? Das konnte doch so wild nicht sein.

Hile schluckte mühsam. Ada legte ihr den Arm um die Schultern und half ihr, sich aufzurichten, damit sie etwas Wasser trinken konnte. Die Hälfte floss zwischen dem Schalenrand und ihren Mundwinkeln davon. «Danke.» Schwer atmend sank Hile wieder zurück. «Die Eibe ist heilig», fuhr sie schließlich fort. «Sie nehmen nur *ihr* Holz für die Pfeile. Und weder Baum noch Waffe dürfen von Frauen auch nur berührt werden.» Sie sprach mit Mühe. «Wir haben schon damals großes Glück gehabt.»

Ada wischte das Gehörte beiseite. Mit energischen Bewegungen flocht sie ihr Haar neu, das sich in der Auseinandersetzung gelöst hatte. Dann steckte sie den Zopf fest. Ihr Plan war gefasst; sie würde warten, bis alle sich beruhigt hatten. Dann wollte sie mit Hogar unter vier Augen sprechen und ihm alles erklären. Er würde ihr bestimmt zuhören; sie wusste, dass er sie schätzte. Sie ... mitten in ihre Überlegungen hinein fiel ihr Blick auf Hiles erschöpftes und besorgtes Gesicht. Sie lächelte und streichelte der Freundin über die Wange. «Keine Angst», sagte sie leichthin, um sie zu trösten. «Was sollen sie mir schon tun?»

«Sie werden dich töten.» Ein Hustenanfall schüttelte Hile.

Mit gerunzelter Stirn saß Ada da. Das konnte nicht sein; sie musste sich verhört haben. Mechanisch klopfte sie der Schwangeren den Rücken, bis diese sich beruhigt hatte. «Sie werden mich töten?» Ada versuchte, ein Lächeln aufzusetzen, doch es gelang ihr nicht. «Das ist doch Unfug, Hile, das redest du dir ein. Du hast Schmerzen, es geht dir nicht gut. Ich meine, töten.» Sie lauschte dem Wort nach, und ihre Hände begannen zu zittern. «Guter Gott.» Nun flüsterte sie fast. «Bist du sicher? Aber, ich ... Es war doch nur ein Stück Holz.»

In Hiles Augen traten Tränen. Sie griff nach Adas Arm. Diese aber wehrte die Geste mit einer heftigen Bewegung ab, entzog sich der Freundin und bedeckte ihr Gesicht.

«Weinst du?», fragte Hile besorgt.

Ada hob das tränenüberströmte Gesicht. «Wie kommst du drauf?» Ihre Stimme klang schrill. «Ich lach mich gerade tot.» Dann sprang sie mit einem Mal auf. «Ihr seid doch alle total verrückt», rief sie. «Ihr seid irre. Ich muss hier weg.» Fieberhaft begann sie sich an der Feuerstelle umzusehen. In einem Beutel entdeckte sie Feuerstein und griff danach. Dort lag ein Messer neben Lederriemen. Sie würde beides brauchen können. Ada raffte es zusammen. Dann prüfte sie die Qualität eines Ledersackes und stopfte alles hinein. Diesmal würde sie es wagen. Sie war kein Grünschnabel mehr, sie kannte sich jetzt aus in den Wäldern. Pfeif auf die Wölfe. Außerdem hatte sie diesmal ein Ziel.

Mit ängstlichen Augen verfolgte Hile jede ihrer Bewegungen. «Was tust du da?», fragte sie mit erstickter Stimme. Ada würdigte sie keiner Antwort. Was ich schon lange hätte tun sollen, dachte sie. O Gott, in was für einem Albtraum habe ich nur gelebt?

«Ada, Ada!» Hile streckte ihre zitternde Hand aus. «Sie werden es aufschieben, wegen des Kindes, Ada.»

Ada kramte hektisch weiter.

«Ada!» Hiles Stimme wurde lauter. «Sie glauben doch alle, dass du ...» Sie verstummte, als Ada sie ansah.

«Glauben?», flüsterte Ada. Fassungslos starrte sie die Kranke an. Konnte Hile um ihr Geheimnis wissen? Mit einem Mal wurde ihr die Freundin unheimlich. Ihr Gesicht musste bedrohlich ausgesehen haben, denn Hile ließ erschrocken ihre Hand sinken.

«Ich sag es keinem», wisperte sie hastig und musste wieder husten. «Ich», stieß sie hervor, «ich werde es bestimmt keinem verraten, niemals, Ada, hörst du? Ada!» Endlich gelang es ihr, die widerstrebende Freundin am Ärmel zu packen. Mit all ihrer verbliebenen Kraft zog sie sie zu sich heran. «Ich werde schweigen», sagte sie, «aber du musst bei mir bleiben. Bitte.»

Es klang so jämmerlich, dass Adas Zorn verrauchte. Sie legte der hilflosen Erpresserin die Hand auf die verschwitzte Stirn.

«Hile», begann sie.

Doch die schüttelte verzweifelt den Kopf. «Wenn sie mir das Holz zwischen die Zähne schieben und mich binden, dann will ich, dass du mich festhältst. Versprich mir das, Ada. Ada? Ich habe solche Angst.»

Ada strich ihr über die Stirn. «Aber was faselst du da, Hile. Warum sollten sie so etwas tun?»

«Wenn ein Kind kommt. Aaah!» Eine Schmerzwelle kam und verzerrte Hiles Gesicht. Sie konnte nicht weitersprechen. «Jedes Mal», brachte sie schließlich heraus. «Wie bei Aiin.»

«Aiin?» Nur mühsam erinnerte Ada sich an Umes Märchen. Ihre Augen wanderten noch immer umher und suchten nach Dingen, die sie mit auf die Flucht nehmen konnte. «Du meinst, sie machen das tatsächlich so, wie Nag es angeblich mit Aiin tat?»

Hile nickte. «Muss doch …», flüsterte sie.

Ada schüttelte den Kopf. Das durfte doch nicht wahr sein! Das war grausam, war sinnlos, gegen jede Vernunft. «Hör zu», begann sie und umfasste Hiles heiße Finger fest mit beiden Händen. Aber aus Hiles Mund drang ein Laut, der nicht von einem Menschen zu stammen schien. Erschrocken schaute Ada auf. An den Feuern drüben rumorte es. Schritte wurden hörbar. Man war auf sie aufmerksam geworden. Gleich würde Agde oder Arwe kommen, um nach der Kreißenden hinter der Weidenwand zu sehen. Es galt, keine Zeit mehr zu verlieren. Sie konnte ihrer Freundin nicht helfen.

Rasch zog sie Hiles Hand an ihre Wange und drückte einen Kuss hinein. «Es tut mir Leid», flüsterte sie. Dann schnappte sie nach ihrem Bündel und war fort.

«Ada!» Doch Hiles Finger griffen kraftlos ins Leere.

Schritt für Schritt schob sich Ada in die Dunkelheit, den Rücken eng an die Felswand gepresst. Das Plateau war hier, wenige Meter hinter der Lagerstelle, bereits sehr schmal. Fast verlor sie den Boden unter den Füßen, sie tastete nach Halt, fand vereinzelte Tritte unter dem Laub, Steinbrocken, Wurzelschlingen, und musste notgedrungen immer höher steigen. Angespannt bemühte sie sich, nicht zu stürzen. Dabei lauschten ihre Ohren auf alles, was aus dem Lager zu hören war, auf Agdes Stimme, die nach Arwe rief, Hiles Schreie, die sich höherschraubten und schließlich verstummten. Hatte es begonnen? Würden sie die Freundin jetzt mit Knebeln quälen? Ada verbot sich, darüber nachzudenken. Es hatte keinen Zweck, sie konnte in ihrer Lage nichts für Hile tun. Es galt jetzt, zu überlegen, wie sie auf dem schnellsten und sichersten Weg in dieses Dorf kam.

Es musste hinter dem See liegen, dem See, den sie noch nie mit eigenen Augen gesehen hatte. Und der befand sich, nach allem, was sie gehört hatte, südlich des Lagers, in der Nähe des Schneitelhaines, auf den sie mit Hile gestoßen war. War das wirklich erst ein paar Stunden her? Da war die Welt noch in Ordnung gewesen. Jetzt stand sie hier, eine zum Tode Verurteilte auf der Flucht.

Ob sie die Stelle im Dunkeln wiederfinden würde? Ada erinnerte sich an den einsam stehenden Apfelbaum und das dichte Holundergestrüpp und an den Bachlauf, den sie überquert hatte. Aber all das lag nun in tiefer Dunkelheit. Sie hob den Kopf. Der Mond war noch nicht aufgegangen, um ihr zu zeigen, wo Osten war. Verdammt, sie musste abwärts, nicht aufwärts. Wenn sie nicht von genau dem Punkt unterhalb des Lagers losging, wo sie auch heute Morgen aufgebrochen war, hatte sie nicht die geringste Chance, den Weg zu finden. Sie ergriff eine Wurzel als Halt und tastete vorsichtig mit dem linken Fuß hangabwärts. Da glitt etwas Großes, Kaltes, Lebendiges über ihre Hand. Ada schrie auf und ließ los. Sie stürzte und fiel ins Nichts.

Doch statt einer langen Schlitterpartie folgte sofort ein dumpfer, schmerzhafter Aufprall auf felsigem Grund. Ringsum war es finster. Ada streckte die Hand aus – Felsen an allen Seiten. Sie musste in eine der vielen Höhlenöffnungen gefallen sein, die es oberhalb des Lagers gab. Über sich konnte sie jetzt auch wieder ein Stück Nachthimmel mit zaghaft blinzelnden Sternen ausmachen, in das einige Farnblätter ragten. Sie griff danach, aber ihre Hände fassten ins Leere. Die Öffnung war zu hoch oben, sie kam nicht heran.

In steigender Panik trat Ada näher an die Wände heran und tastete nach einem Vorsprung, einem Tritt, irgendetwas. Doch die Höhle verjüngte sich zu der Deckenöffnung hin. Schmutz rieselte Ada ins Gesicht, als sie die Finger in das Erdreich grub, das die wenigen Mulden und Spalten füllte, in denen sie Halt suchen konnte. Doch es war vergeblich; sie war in einem umgekehrten Trichter gefangen. Zwar konnte sie den freien Himmel über sich noch sehen, die Waldluft noch riechen. Aber erreichen konnte sie all das nicht mehr.

Als sie so dastand, keuchend, ratlos, den Kopf in den Nacken gelehnt, ging langsam der Mond auf. Sie sah sein glänzendes Licht erst auf den Farnblättern, dann schob sich die Silberscheibe über den Rand ihres Gefängnisses. Im Schein des bleichen Himmelstrabanten sah Ada, dass es sie nicht rings umschloss. Vor ihr, rechts und links, war nichts als Fels und Erde, mit Wurzelschlingen durchsetzt, die alle bei ihren Bemühungen, sie als Steighilfen zu gebrauchen, ausgerissen waren und nun wie hilflose Gespensterhände in die Grube ragten. Aber hinter Ada gähnte lichtlos eine Öffnung, die tiefer in den Berg hineinführte. Zögernd bewegte sich Ada darauf zu; es roch nach feuchtem Stein, nach Kälte und nach Staub. Es dauerte eine ganze Weile, bis es ihr gelang, Abschied von dem trügerischen Anblick der Öffnung droben zu nehmen, die ihr so viel Vertrautes bot: Licht,

Pflanzen, einen letzten Hauch der Wärme dieser Sommernacht. Dann aber stieg der Mond, sein Schein verließ Adas Gefängnis Stück für Stück. Mit einem Ruck machte sie sich los und trat in die Finsternis ein.

Völlige Schwärze, Ada sah nichts: keine Wände, keinen Boden, nicht die Decke, an der sie sich mehrfach schmerzhaft stieß, jedes Mal ein tiefer Schreck, der sie wimmernd innehalten ließ. Sie verlor das Gefühl für den eigenen Körper, und in ihren Gedanken begannen ihre Umrisse mit der umgebenden Dunkelheit zu zerfließen.

Ada ging, nein, sie kroch, unendlich langsam, wenn es denn in diesem Schlund eine Zeit gab. Bald wusste sie weder, wie lange sie schon in diesem Gang war, noch, wie weit sie inzwischen vorgedrungen sein mochte. Und es dauerte lange, bis sie begriff, dass der helle Fleck vor ihr ihre Hand war, die an der Felswand entlangtastete, dass das Blinken unter ihr von dem Schlick herrührte, der den Boden überzog und hier und da Pfützen bildete, dass die absolute Schwärze ringsum in eine warme Dunkelheit übergegangen war. Dass da also irgendwo vor ihr Licht sein musste, Helligkeit. Schon konnte sie die Umrisse der Felsvorsprünge ausmachen. Das Licht lauerte hinter der Biegung, die sich nun deutlich vor ihr abzeichnete.

Dann hörte sie das Singen.

Es war ein Gesang ohne Worte, ein Brummen und Sirren, mal hoch, mal tief schraubte es sich in traumhaften, unwirklichen Sequenzen und hallte von den Höhlenwänden wider.

«Ischtar», flüsterte Ada. Kein anderer als der Schamane konnte sich hier befinden. Sie vernahm ihn laut und deutlich; er musste ganz in der Nähe sein. Als sie vorsichtig um die Biegung lugte, entdeckte sie jedoch nur ein Feuer, das einsam vor sich hin blakte und unruhige Schatten über die Höhlenwände warf. Von dem Schamanen war nichts zu sehen. Auch der Gesang klang nun wieder ferner. Ada ging zu dem Feuer und rieb sich die klamm gewordenen Finger über der Glut. Dann ergriff sie ein Scheit, das weit genug aus den Flammen herausragte, und hielt es sich wie eine Fackel über den Kopf. Funken prasselten herab. Ada konnte einen Ausruf des Erstaunens nicht unterdrücken.

Der Raum war viel größer, als sie gedacht hatte, eine fast kreisrunde Halle mit hoher, unregelmäßiger Decke. Aber das Verblüffendste waren die Tiere. An allen Wänden entlang zogen sich Dutzende, nein, Hunderte von Bildern. In warmen Braun-, Rot- und Ockertönen schritten dort Hirsche mit majestätischen Geweihen, drängten Rehe in Rudeln, senkten Wildschweine die hauerbewehrten Köpfe. Sie alle waren mit wenigen Linien eingefangen, fast abstrakt und doch so wirklichkeitsnah und lebendig, dass man mit der Hand über ihre Leiber streichen mochte.

Ada entdeckte einen mächtigen Bären, dessen runder Leib sich im Licht der Fackel atmend zu wölben schien. Sie streichelte sacht darüber und fühlte, dass ein Buckel im Fels, den der Maler geschickt ausgenutzt hatte, ihm Fülle und Gestalt verlieh. So wie die Borsten der Wildschweine auf aufgerautem Gestein sich sträubten und daher noch roher wirkten. Nichts hier, begriff Ada, während sie sich mit der Fackel einmal um sich selber drehte, war dem Zufall überlassen, alles war genau an seinem Platz.

Dies musste der Ort sein, an dem der Schamane für den Stamm die Jagdgeister beschwor, dies waren die magischen Bilder, die noch keines Menschen Auge hatte sehen dürfen.

Noch einmal trat sie vor die Wände. Dieser Bär dort, war es der, dessen Fell Ular einst erbeutet hatte? Der Auerochse auf der anderen Seite: hatte der Clan ihn erlegt an dem Tag, als er sie, Ada, fand? Sie ging hinüber und betrachtete das Bild des mächtigen Tieres. Fast erwartete sie, zwischen den schlank zulaufenden Beinen irgendwo das Abbild ihres eigenen kleinen Körpers zu entdecken. Doch sie fand nur Moos und Flechten.

Da schwoll der Gesang wieder an. Ada richtete sich auf und schaute sich um. Außer dem Eingang, durch den sie gekommen war, mündeten noch zwei weitere Öffnungen in die Bilderhalle. Aus der einen schien die Stimme des Schamanen zu dringen. Die andere war umgeben von einem Muster heller Figuren. Ada ging näher heran und beleuchtete sie. Es waren Abdrücke von Händen, in Ocker und Rötel gemacht. Andächtig legte sie ihre eigenen Finger in die auf der Wand. Sie füllten die Umrisse nicht aus; es waren Männerhände, Schamanenhände, die sie da vor sich hatte. Und sie waren alle verschieden. Eine dieser Signaturen mochte Ischtar gehören, dachte Ada, die andere seinen Vorgängern, einer langen Reihe davon. Seit wie vielen Jahrtausenden gingen die heiligen Männer hier wohl schon ihren Riten nach? Die Stimme des Schamanen wurde jetzt zu einem wimmernden Schrei. Ada fuhr herum, die Fackel fauchte.

Sie musste Ischtar meiden; es war höchste Zeit, nach dem Ausgang aus diesem Labyrinth zu suchen. Aber wie magisch angezogen ging sie auf den Tunnel zu, aus dem die Laute drangen. Ada musste sich ducken. Die Fackel zischte und prasselte in einem spürbaren Luftzug. Sie blendete Ada und ließ sie die eigenen Füße nicht sehen. Gebückt stolpernd durchmaß sie den engen Korridor und richtete sich an dessen Ende erleichtert auf. Da stieß sie gegen etwas Schweres, Nachgiebiges, blieb mit dem Fuß hängen und fiel.

Erschrocken riss sie die Arme hoch, verlor die Fackel und schlug auf feuchtem Boden auf. Hastig rappelte Ada sich wieder auf. Ein Glück, die Fackel war nicht erloschen. Wieder hielt sie sie über ihren Kopf; sie war in einer Halle, kleiner als die erste, unregelmäßiger geformt und ohne Bilder. Ada wandte sich um und blinzelte.

Auf dem Boden lag die blutverschmierte Leiche Rastars, die Harpune noch immer in der nackten Brust. … Ada hob die Fackel höher und schrie auf: Zwischen den Schultern des Toten ragte nur ein Stück weißer Wirbelsäule, umgeben von Hautfetzen und schwarzverklumptem Fleisch. Eine große Blutpfütze glänzte im Lichtschein, in die sie beinahe getreten wäre. Angeekelt machte sie einen Schritt zurück. Da trat sie in etwas Weiches und verfing sich darin. Ein Stück Fell? Dann bemerkte sie den bleichen Knorpel des Ohres. Keuchend vor Ekel hob sie den Fuß und schüttelte ihn, so heftig sie konnte. Das Ding klatschte gegen die Felswand. Die Seite, die ehemals das Gesicht gewesen war, lag nun obenauf, und so war es Ada für einen Moment, ehe sie den Kopf wandte, als starre Rastars Skalp sie mit seltsam breiten, flachen, augenlosen Zügen an.

Ada schlug sich die Hand vor den Mund, um ein Wimmern zu unterdrücken. Sie atmete tief durch und kämpfte gegen ein heftiges Würgen an, doch die Luft war dick von Blut und Fäulnis. Der Gesang war abgebrochen; sie vernahm nur noch ihr eigenes Keuchen. «Ischtar?» Sie flüsterte es nur, doch in ihren Ohren klang es laut. Dann roch sie den Rauch.

Ada fand einen weiteren Gang und tauchte hinein. Die betäubenden Dünste wurden stärker, je weiter sie vordrang, und brachten sie beinahe zum Husten. «Was zum Teufel verbrennst du da?», murmelte sie. «Ich habe ja jetzt schon das Gefühl, zu fliegen.» Tatsächlich schien der Boden unter ihren Füßen nachzugeben, als balanciere sie über ein lasch gespanntes Tuch. Da bemerkte sie flackernde Helle.

Der Schamane saß an einem Feuer, aus dem weißer Rauch quoll und sich in Schlieren in die schwarze Luft der Höhle hängte. Der Schamane hielt den Kopf gesenkt. Das Hirschgeweih auf seinem Kopf ließ ihn wie eine weitere, düstere Höhlenzeichnung wirken. Seine ausgestreckte rechte Hand ruhte auf etwas, das Ada zunächst für einen Haufen kugelförmiger Steine hielt. Als sie näher trat, erkannte sie, dass es sich um einen Kreis von Schädeln handelte.

Manche waren grau vom Alter, andere fast weiß, alle an der Schläfe zertrümmert. Wie Eier waren sie sorgfältig in eine Vertiefung gelegt. Der mittlere der Schädel wies an den Jochbeinen und am Kiefer noch Reste von Fleisch und Blut auf. Rastar, dachte Ada und musste unwillkürlich schlucken. Rastar im Kreise seiner Ahnen.

Ihr Blick wanderte und sah das Messer, mit dem Ischtar den Schädelknochen bloßgelegt haben musste, die Schüssel mit den schrecklichen Resten und Ischtars blutige Linke, die etwas fest umklammert hielt. Der Schamane rührte sich noch immer nicht.

Aber Ada sah nun, wie Tränen über seine Wangen liefen und auf seine ledernen Kleider tropften. Dieser Anblick brach den grausigen Bann und brachte sie wieder zur Besinnung.

Das alles ging sie nichts an. Sie hatte hier nichts verloren. Ischtar hätte sicher nicht gewollt, dass sie das sah. Es war indiskret, dass sie hier war, mehr noch, es war dumm. Sie musste ohne Aufschub fliehen. Vorsichtig begann sie, sich rückwärts zu tasten. Ihr lederner Beutel schabte über die Felswand. Da hob der Schamane den Kopf.

«Bist du da, den ich gerufen habe?», fragte er mit dünner, Singsang-Stimme.

Ada erstarrte. Einen Augenblick blieb sie reglos stehen, bis sie begriff, dass Ischtar ihr zwar das Gesicht zugewandt hatte, sie aber nicht anschaute. Er hielt beide Augen fest geschlossen und atmete mit bebenden Nüstern den Rauch ein.

«Du, den man nicht mit lebendigen Augen betrachten darf», intonierte er erneut, «bist du da?»

Ein «Ja» entrang sich ihren Lippen, atemlos, geflüstert, ehe sie wusste, was sie da eigentlich tat. Die ganze Höhle schien sich mit einem Mal zu drehen. Nur Ischtar und sie standen still. Mit einer heftigen Bewegung streckte der Schamane ihr da die Hand entgegen und öffnete sie. Ada schrie erstickt auf und wich noch weiter an die Felswand zurück. Rastars Augen, rund wie Murmeln, starrten ihr entgegen.

«Sieh du für mich, Freund», murmelte der Schamane.

Ada stand stocksteif da.

«Du», murmelte der Schamane und nickte mit geschlossenen Augen, immer wieder, als hätte er gesehen, was er erwartet hatte. «Es ist gut, es ist gut. Ich wusste, dass du irgendwann zu mir sprechen würdest.»

Ada öffnete den Mund, doch sie antwortete nicht. Mit angehaltenem Atem verharrte sie und kämpfte gegen den Hustenreiz. Der Schamane hatte wieder seinen monotonen Singsang begonnen. «Wir sterben», sagte er dann unvermittelt. Die Ketten an seinem Hals rasselten, als er sich aufrichtete. Seine Rechte, noch immer auf den Schädeln der Ahnen ruhend, zog sich unwillkürlich zusammen. Sein Atem ging krampfhaft. «Sie wachsen», fügte er hinzu. Sein Gesicht war einer unbestimmten Ferne zugewandt. «Sag mir, was ich tun soll.» Noch immer glänzten die Tränen in seinem ledrigen Gesicht. Seine Stimme war demütig, wie Ada sie nie vernommen hatte. Von Angst und Mitleid geschüttelt stand sie da.

«Sag mir, was ich tun soll!» Der Schamane schrie es heraus. Zornig, fordernd stieß er ihr die Hand mit den Augen entgegen. Ada wich zur Seite, dem Ausgang entgegen. Kopf und Hand des Schamanen folgten ihr. «Sag mir, was ich tun soll!» Seine Stimme brach.

Ada spürte, wie auch über ihr Gesicht Tränen rollten. Noch einmal wandte sie sich um. «Verbindet euch mit ihnen», wollte sie flüstern. Es kam vor Aufregung nur brüchig und kieksend heraus. «Lernt, miteinander auszukommen.» Dann wandte sie sich ab und stürzte in den Gang. Ohne noch einen Blick auf Rastars geschundene Leiche zu werfen, stolperte sie weiter, in die Halle hinein und durch den Tunnel der Hände. Sie wusste kaum, wie, doch sie fand den Ausgang, und nur wenige Augenblicke später stand sie im Freien, unter Bäumen, im duftenden Moos, und die Sterne blinkten friedlich über ihr, als gäbe es keine zerfleischten Körper, keine starrenden Augen, keine Blutpfützen und keinen hypnotischen Rauch, nirgendwo auf der friedlichen Welt.

«Mein Gott.» Ada stieß die Fackel in den feuchten Boden und atmete tief das Aroma der Nacht ein. Sie ging in die Knie und stützte sich mit der Hand am Boden ab, bis das Gefühl des Schwindels nachließ. Dann richtete sie sich langsam wieder auf. Der Mond stand schon hoch, sie hatte die halbe Nacht dort drinnen verbracht. Ob der Alte noch immer über seinen Schädeln hockte und an Rastars Fleisch schabte? Eine Gänsehaut lief ihr über den Rücken, wenn sie daran dachte. Was hatte er nur in ihr gesehen? Mit wem hatte er zu sprechen geglaubt?

Zweige hinter ihr knackten, und Ada zuckte zusammen, als

mit hektischen Sprüngen ein Reh an ihr vorbei den Abhang herunterkam. Als es Ada bemerkte, erstarrte es für einen Lidschlag in der Bewegung und stürmte dann weiter.

«Du hast Recht», murmelte Ada. «Je schneller man von hier wegkommt, desto besser.» Sie schaute noch einmal nach dem Mond, bestimmte für sich, wo Süden war, und machte sich dann vorsichtig auf den Weg, den das scheue Wild ihr gewiesen hatte. Wenn die Sonne aufging, musste sie das Dorf der Mütter erreicht haben, andernfalls … Ada mochte nicht darüber nachdenken. Sich in diesen Wäldern zu verirren oder dem Clan in die Hände zu fallen. Es waren beides keine Möglichkeiten, die sie wählen würde.

«Auf geht's», sagte sie zu sich selbst. Es musste ihr einfach gelingen.

SONNENAUFGANG AM SEE

Fröstelnd und mit steifen Gliedern erwachte Ada am nächsten Morgen unter einem Holunderbusch. Sie hatte sich durch die Dunkelheit zu dem Bachlauf vorzuarbeiten gesucht, der den Schneitelhain von ihrer Seite des Waldes trennte, hatte ihn sogar gefunden, war ihm gefolgt in der Hoffnung, dass sein Lauf sie zu dem See führen würde. Irgendwann war sie, von Erschöpfung, Angst und Einsamkeit überwältigt, bei einer Rast eingeschlafen.

Jetzt schob sich eine feuchte Schnauze in ihr Gesicht. «Lass das», brummelte Ada aus alter Gewohnheit und schob den mächtigen Kopf des Hundes beiseite. Dann begriff sie mit einem Schlag und fuhr hoch. Das Tier sprang begeistert an ihr hoch. Hektisch schaute Ada sich um. Hier war der Bachlauf, verdeckt von einem mächtigen Biberbau, ringsum Buschwerk, und dort hinten – ihr Herz tat einen Satz – zwischen den Stämmen der

Ulmen, schimmerte blau im Licht des frühen Morgens der Wasserspiegel eines Sees. Sie hatte es geschafft! Aber Hogars Hund war hier; die Männer des Clans mussten ihr dicht auf den Fersen sein.

Sie ging wieder in die Hocke und hielt dem Hund die Schnauze zu, der begonnen hatte, sie auffordernd anzublaffen. «Ruhig», befahl sie und starrte in seine gelben Augen, die sie ergeben anblinzelten. Sie lauschte in die Stille, konnte aber nichts anderes hören als die Stimmen der Vögel. Ob sie irgendwo auf sie lauerten? Minutenlang blieb Ada in Deckung, dann entspannte sie sich langsam. «Na, wo kommst du her?», fragte sie dann. «Bist du etwa ganz alleine unterwegs?» Behutsam kraulte sie ihn hinter dem von Zecken besetzten Ohr. Er winselte. Langsam ließ sie seine Schnauze los. Da bellte er noch einmal und sauste davon wie ein Pfeil.

Ada fluchte unterdrückt. Sie hätte ihn lieber mit einem der Riemen hier irgendwo festbinden sollen. So verriet er sie nur. Aber noch immer wies nichts darauf hin, dass jemand in der Nähe war. Besser, sie machte sich, so schnell es ging, auf den Weg, damit sie am jenseitigen Ufer war, ehe der Hund noch einen Verfolger hergeführt hatte. Ada stand auf, schulterte energisch ihren Lederbeutel und machte sich auf den Weg, dem silberblauen Gleißen entgegen.

Der See sah so friedlich aus. Wie ein stilles Waldauge lag er da, umgeben von hohen Bäumen, die sich in seinem dunklen Wasser spiegelten. Nichts trübte seine Oberfläche an diesem windstillen Morgen, nicht einmal der Schatten eines Vogels glitt darüber hinweg. Ada stand am Ufer und genoss für einen Moment den unberührten Frieden, der sie umgab.

Es war schwer, sich vorzustellen, dass dort drüben, wo sich jetzt ein Streifen roten Sandes vor den hohen Fichten hinzog, in Tausenden von Jahren einmal ein lärmendes Strandbad stehen würde mit Kiosk und Kassenhaus, Spielplatz und Sommerbühne, voll wimmelnder Badehosenträger mit Transistorradios, plärrenden Kindern, Sonnenschirmen und tropfenden Eisbechern. Den alten Wald dahinter gäbe es nicht, dort wären Maisfelder und dazwischen das glatte Band der Asphaltstraße zu der kleinen Stadt, von der es links abging zu Semmelings Hof. Und dort jenseits der Kartoffeläcker lag das Grabungscamp. Das Dorf, verbesserte Ada sich, dort musste das Dorf stehen.

Eine Ansammlung von Hütten, mit Moos- oder Strohdächern, einem engen Muster von Holzsäulen und lehmverschmierten Flechtwänden. Mit Türen und Speichern und Webstühlen und Brennöfen und all den anderen Dingen, von denen sie nichts kannte als den Schatten ihrer Grundrisse im Boden, als kleinste Scherben, gepflückt aus einem Sieb. Dort mussten auch heute Menschen sein, Menschen, an die sie aufgrund ihrer Arbeit mit einer gewissen Vertrautheit dachte.

Mit neuer Hoffnung schulterte Ada ihren Beutel. Sie überlegte, an welcher Seite sich der See besser umrunden ließe, entschied sich für das Ostufer und hatte den Weg schon zu zwei Dritteln hinter sich, als sie plötzlich das Hundegebell erneut hörte. Ada zögerte nicht und schaute sich nicht um. Sie rannte los, so schnell das Gestrüpp des Unterholzes es zuließ. Sie hielt nicht inne, als Brombeerranken sich um ihre Füße schlangen, und kümmerte sich nicht darum, dass ihr Kleid in Fetzen ging. Sie sah nur den kleinen Strand vor sich, hinter dem in ihrem Geiste die Straße verlief, und dahinter ihr Ziel. Sie durfte nicht so kurz davor aufgeben. Der Hund kam unermüdlich bellend näher, pflügte irgendwo links von ihr durchs Gebüsch, war schon auf gleicher Höhe.

Da antwortete ihm eine menschliche Stimme. Ada hielt wie vom Donner gerührt inne. Das war vor ihr gewesen. Der Sprecher musste sich irgendwo dort am Ufer befinden. Der Weg war ihr abgeschnitten. Verzweifelt hielt sie inne. Ihr Herz klopfte so laut, dass sie glaubte, man müsse es hören. Dann raschelte es dicht bei ihr. Ohne zu zögern warf sie sich in eine Mulde. Mit einer letzten Bewegung zog sie die tiefhängenden Zweige eines Weidenbusches über sich.

«Ruhig, Harr, ruhig.» Mit angehaltenem Atem erkannte Ada

die Stimme von Askar. Nicht Hogar, nicht Egbar. Für einen Moment war sie erleichtert.

«Ruhig, Köter, du erschreckst sie sonst noch.»

Ada erstarrte.

Aber Askar sprach weiter gelassen und gleichmütig mit dem Hund. «Platz, ja, so ist es gut, siehst du? Gleich wird sie kommen, und dann will ich, dass du mucksmäuschenstill bist. Harr!», rief er lauter, als der Hund noch einmal aufsprang, um zu Adas Versteck zu laufen. Dicht vor der Weide blieb er jaulend stehen. Aber Askar pfiff ihn nur zurück und gab ihm einen verärgerten Klaps auf den Rücken. «Ruhe jetzt, sage ich. Sonst erschrickt sie wirklich noch.»

Er spricht überhaupt nicht von mir, dachte Ada. Er kann nicht mich meinen. Nach einer ganzen Weile erst wagte sie es, den Kopf ein wenig anzuheben. Durch das Gitter der langen, schmalen Blätter hindurch erkannte sie, wie Askar, der im Schneidersitz auf einem Stein hockte, den reumütigen Harr zu seinen Füßen, und an einem Stück Holz herumschnitzte. Auf wen wartete er?

Wie zur Antwort sprang der Junge plötzlich auf. Ein Zucken lief durch den Hund. Doch ehe er einen Laut geben konnte, hatte Askar sich hinter den Stein geduckt, auf dem er eben noch gesessen hatte, und hielt ihm die Schnauze zu. Gebannt starrte er zum Ufer des Sees hin. Ada konnte nichts erkennen, sosehr sie sich auch reckte.

«Ist sie nicht wunderschön?», fragte Askar den Hund.

Da hielt es Ada nicht länger. Vorsichtig, um kein Geräusch zu verursachen, kroch sie rückwärts aus ihrer Mulde zum Stamm des Weidenbaums, der sich darüber erhob. Behutsam suchte sie nach einem Aufstieg. Das Laub war dicht genug, um sie vor unliebsamen Blicken zu schützen. Mit zusammengebissenen Zähnen erstieg sie einen dicken, fast waagrecht abstehenden Ast und schob sich darauf langsam nach vorne. Jetzt befand sie sich einen guten Meter höher als Askar und hatte freien Blick auf den See.

Der Junge bemerkte nicht, dass der Baum über ihm sich sacht bewegte, obwohl kein Wind ging, so gebannt starrte er auf das Wasser hinaus. Und Ada begriff nun, warum. Auf dem roten Uferstreifen stand ein Mädchen, das Ada noch nie gesehen hatte. Sie trug einen langen Rock aus Leder und ein gewebtes Hemd, das sie jedoch just in diesem Moment fallen ließ. Ada sah ihre helle Haut im Morgenlicht schimmern. Dann, langsam, als vollzöge sie eine Zeremonie, stieg sie aus ihrem Rock und stand einen Moment lang völlig nackt da, mit erhobenen Armen, straff und gespannt wie ein Bogen. Dann sprang sie mit einem lauten Platsch ins Wasser.

Mit langen, ruhigen Zügen durchschnitt sie die glatte Oberfläche des Sees. Sie kam genau auf Ada und Askar zu. Da hielt es den Jungen nicht mehr hinter seinem Felsen. Er richtete sich vorsichtig auf und reckte sich über den Stein nach vorne. Ada sah das Messer in seiner Hand.

Nein, dachte sie entsetzt, nein, das darf er nicht. Voller Panik schaute sie zu der Schwimmerin hinüber, die inzwischen eine seichte Stelle gefunden und sich aufgerichtet hatte. Sie konnte das Mädchen jetzt besser erkennen, das damit begann, seine langen, schwarzen Haare zu lösen. Wie ein Schleier lagen sie über ihren Schultern, als sie ab- und wieder auftauchte. Danach zog sie spielerisch ein paar Runden und ließ ihre Haare als Schleier sich im Wasser blähen und wiegen. Askar richtete sich halb auf und schob sich näher an das Ufergebüsch heran. Unwillkürlich kroch Ada ihm auf ihrem Ast nach. Der Junge wollte die Fremde überfallen, sie verschleppen, so wie sie, Ada, verschleppt worden war. Sie würde das nicht zulassen.

Schon richtete sie sich auf, um Luft zu holen. Da glitt ihr der Lederbeutel von der Schulter und sackte auf ihr Handgelenk herab. Pendelnd schlug er mit einem dumpfen Laut gegen den Ast. Blätter rieselten herab. Askar schaute auf. Mit einem entschlossenen Schrei ließ Ada los und fiel auf ihn. Sie hatte das Überraschungsmoment auf ihrer Seite. Noch ehe Askar begriff, was eigentlich geschehen war, kämpfte sie sich hoch und griff nach dem Erstbesten, was ihr in die Finger kam. Es war das Stück Holz, an dem der Junge herumgeschnitzt hatte. Sie packte es und schlug es ihm über den Kopf. Mit einem Stöhnen sank Askar in sich zusammen.

Der Hund winselte und schlich mit eingekniffenem Schwanz heran. Ada stieß ihn beiseite. Sie durfte sich nicht aufhalten. Die Fremde im Wasser war bereits auf sie aufmerksam geworden. Mit tropfenden Haaren stand sie da, nackt bis zur Hüfte, die im Wasser verborgen war, und starrte überrascht Ada entgegen, die schlitternd und rudernd auf sie zugerannt kam.

Ada warf sich ins Wasser, halb schwamm, halb lief sie auf die Fremde zu. «Schnell», rief sie dabei, «schnell. Er wird nicht lange außer Gefecht sein.» Und wer wusste schon, setzte sie im Geiste dazu, wie weit die anderen entfernt waren. «Wir müssen ins Dorf.» Sie packte das Mädchen bei der Hand und zog sie mit sich.

Die Fremde rief etwas und sträubte sich. Ada wandte sich zu ihr um. «Was ist denn? Komm schon!» Die andere gestikulierte in Askars Richtung. Ada schüttelte den Kopf.

«Nein», rief sie, «wir müssen weg. Ich …» Da zischte etwas zwischen ihnen beiden ins Wasser. Mit einem Plopp tauchte die Harpune wieder auf und trieb friedlich auf dem Wasser. Aber ihre Widerhaken waren scharf und gemein gebogen.

Die beiden Mädchen sahen sie an und wandten dann gleichzeitig den Kopf in die Richtung, aus der sie gekommen war. Ada musste in die Sonne blinzeln; sie kniff die Augen zusammen. Da sprang eine Gestalt auf den Felsen. Es war Egbar.

«Ada!», brüllte er voller Wut.

Einen Moment stand die sprachlos da und starrte ihn an. «Lern schwimmen», schrie sie dann, warf sich herum und durchpflügte das Wasser, so rasch sie konnte. Diesmal, spürte sie, war die Fremde hinter ihr. Sie keuchte etwas und wies auf das gegenüberliegende Ufer, an dem ihre Kleider lagen. Ada verstand nichts, aber sie nickte. Genau das war auch ihr Ziel. Wieder brüllte Egbar hinter ihr, wieder zischte es in der Luft. Ada schnappte nach Luft und tauchte unter. Sie schwamm, so schnell sie konnte, legte in jeden Zug so viel Kraft wie möglich. Die Luft brach in silbernen Blasen aus ihrem Mund. Gleich musste sie auftauchen. Noch ein Zug … Schon griff sie in Uferschlick … Mit einem Schrei durchstieß sie die Wasseroberfläche. Vor sich sah sie das Mädchen, es lebte, Gott sei Dank. Schon setzte sie den Fuß auf den Sand, bückte sich, hob ihre Sachen auf.

Ada winkte ihr, wollte ihr ein Zeichen machen, sich zu beeilen, als sie plötzlich ein Stoß von den Füßen warf. Mit ein, zwei taumelnden Schritten war auch sie an Land. Doch ihre Füße wollten ihr Gewicht nicht tragen. Ohne zu wissen, wie ihr geschah, ging Ada in die Knie.

Mit einem Ausruf war die andere bei ihr, kniete sich neben sie, zog an ihr, redete auf sie ein.

«Ja, ja», lallte Ada. Sie spürte ihre Beine kaum. Dann plötzlich überspülte sie glühender Schmerz. Ihr war, als triebe sie wieder im Wasser, doch alles brannte, brannte. Die andere hielt eine Harpune in der Hand, von deren Widerhaken das Blut tropfte. Ada starrte sie an, ohne etwas zu begreifen. Dann wurde sie am Arm gezerrt und taumelte hoch. Ihre Füße setzten sich in Bewegung, sie wusste nicht, wie. Rechts und links von ihr flohen Bäume, wankten beiseite. Sie sah den nackten Rücken ihrer Begleiterin, ihre tropfenden Haare.

Dann war da etwas Großes, Gleichförmiges, ein Horizont aus Braun. Ada erkannte die Palisaden nicht. Aber sie stolperte durch die Öffnung zwischen den behauenen Stämmen. Auf dem Dorfplatz ging sie in die Knie. Sie fiel, drehte sich auf den Rücken und sah nur noch Himmel, leer und blau, überragt von einem hohen gekreuzten Giebel wie von einem Fanal. Davor schoben sich nach und nach Gesichter, undeutlich und fern. Ada griff nach ihnen, doch sie erreichte sie nicht mehr.

III. DIE SIEDLER

EIN BÖSER TRAUM

Ada rannte noch immer. Mit schnellen Schritten eilte sie durch den Wald, schlug Äste zur Seite, duckte sich. Hinter ihr kam lautlos näher, was sie verfolgte. Ada wusste, es war das Schädelgesicht. Das Licht zwischen den Birken verfärbte sich von Gold zu Silber, das Gelb der Blätter blass, alle Farben fahl. Mit einem Mal schien alles sich nur noch wie in Zeitlupe zu bewegen. All dies beobachtete Ada, ohne dass es ihr Furcht eingeflößt hätte. Als ihr Name hinter ihr erklang, wandte sie sich um.

Es war Jaro. Er stand dort, ganz still, zwischen den fallenden, tanzenden Blättern. Ohne sich zu bewegen kam er auf sie zu, war da, so nah, dass sie die Hand heben und sein Gesicht berühren konnte, das Ada in diesem Moment als das schönste erschien, was sie je im Leben gesehen hatte. «Jaro», sagte sie, und ihre Stimme hallte wider, ein vielfältiges Echo in fernen, unsichtbaren Räumen. «Ich habe dich nicht vergessen.»

Ich habe dich nicht vergessen. Ich habe dich nicht vergessen. Ihre Gedanken wiederholten es, wie Wellen über den Sand gingen, durchsichtig und silbern.

«Ich habe dich nicht vergessen.» Da war es, laut und klar und unnachgiebig wie Stein. Ada öffnete die Augen. Sie fühlte sich wie ein Fisch, der plötzlich an die Küste geworfen worden war.

«Na, das will ich meinen», sagte eine Stimme.

Ada blinzelte. Um sie herum war ein wohltuendes Halbdunkel, erhellt von einem leuchtenden Rechteck aus Sonnenlicht, das durch die geöffnete Tür drang. Es roch nach Holz und Heu und ein bisschen nach süßen Äpfeln. Neben ihr saß jemand, sie sah das Licht sich in seinen hellbraunen Locken fangen. Er nahm ihre Hand und neigte sich über sie. Blaue Kinderaugen lächelten sie an. «Sonst wäre ich auch schwer sauer.»

«Stephan!», rief Ada und schlang die Arme um seinen Hals. Es war das erste Mal, dass sie einander so innig berührten, aber das war ihr egal. «Ach, Stephan, Stephan.»

«He, ist ja gut», rief er verlegen. «Ich weiß, dass du meinen Namen kennst.» Er zögerte einen Augenblick, die Umarmung zu erwidern. Aber dann hielt er Ada so fest, dass es ihr beinahe den Atem nahm.

«Du ahnst nicht, was ich für einen Albtraum gehabt habe», murmelte sie, den Kopf an seiner Schulter vergraben. Nun konnte sie beinahe darüber lachen, so erleichtert fühlte sie sich. Was war das nur für ein absurdes Zeug gewesen. Das kam davon, wenn man den ganzen Tag in alten Knochen herumwühlte. Aber nun war alles gut. Hier war Stephan mit seinen Machosprüchen und mit ihm die ganze geliebte Realität ihres Lebens: ihr Containerdasein, ihre Arbeit.

Du liebe Güte, wie hell es schon war, sie musste komplett verschlafen haben. Wahrscheinlich hatte sie doch zu lange über diesem dämlichen Aufsatzentwurf gesessen, dabei hatte sie heute so viel vor. Sie wollte Jensen unbedingt die Pistole auf die Brust setzen, damit er sich bei der Geschlechtsbestimmung des neuen Schädels beeilte. Sie musste nach Kalifornien schreiben, wegen des Stipendiums, die Antwort auf ihren Antrag war überfällig. Sie wollte mit Stephan seine Bewerbung auf den Posten als Museumsdirektor durchgehen. Das war einfach zu wichtig, um es ihm alleine zu überlassen. All das fiel ihr wieder ein, und erleichtert löste sie ihre Umarmung.

«Hat der Professor schon nach mir gefragt?», wollte sie wissen und nestelte an ihren Haaren.

«Geht's?», fragte Stephan nach einem Moment statt einer Antwort und half ihr, sich aufrecht hinzusetzen. «Die Speerwunde sah nämlich wirklich böse aus.»

Es dauerte eine Weile, bis in Adas Bewusstsein sickerte, was er da gerade gesagt hatte, zu beschäftigt war sie mit all ihren Plänen. «Die Speerwunde?», fragte sie langsam. Ihre Haltung versteifte sich mit einem Mal.

«Na, das Ding, in deiner Schulter.» Stephan lächelte ironisch und tippte gegen den Verband, den sie nun erst bemerkte. «Lang, aus Horn, mit üblen Widerhaken dran. Ein Speer eben. Klingelt's? Aber keine Sorge, Tarito ist eine gute Heilerin und hat dich prima wieder zusammengeflickt.»

«Tarito?», echote Ada. Und dann sah sie alles, was sie schon die ganze Zeit über hätte sehen müssen: das Lager aus Heu, auf dem sie lag, das enge Netzwerk der Balken über ihr, das Blinzeln des Sonnenlichts durch die kleinen Löcher im Strohdach, der gestampfte Boden. Keine Spur von ihren Leitzordnern, ihrem Waschbecken, dem Kulturbeutel und dem Rauschen des Duschwassers in der Leitung. Stattdessen blökte draußen Vieh.

«Was hast du da an?», fragte sie und fuhr mit den Fingern über das Hemd, das er trug, einen grob gewebten Kittel mit offenem Ausschnitt, der unregelmäßig mit getrockneten Eicheln und kleinen Federn bestickt war.

«Gefällt es dir?», fragte Stephan und strich sich mit einer kleinen Geste der Eitelkeit über die Arme, die sie nicht an ihm kannte. «Das hat Melino für mich gemacht.»

«Sind wir jetzt also wieder beim Hippie-Look», sagte Ada schwach.

Stephan lachte, dann runzelte er die Stirn. «Sie hat es auf den hiesigen Webstühlen gefertigt», erklärte er und schaute sie an. Als er sah, wie lautlos Tränen über ihre Wangen zu laufen begannen, schlang er noch einmal die Arme um sie und zog sie an seine Brust.

«Ist ja gut», murmelte er in ihre Haare. «Ich war auch erst mal ganz schön durch den Wind, als ich durch dieses Loch gerutscht bin, oder was das war.»

«… als du durchgerutscht bist?», fragte Ada. Noch immer brachte sie nichts anderes zustande, als seine Satzenden zu wiederholen. Ihr war, als hätte alle Lebensenergie sie verlassen.

Durchgerutscht. So waren sie also beide hier, durchgefallen durchs Sieb der Zeit. Ausgesetzt, verloren.

«Ja», bestätigte Stephan gut gelaunt. «Das war echt der Hammer. Aber hier ist es gut, du wirst sehen.» Er hielt sie ein Stück von sich und strahlte sie mit einer Begeisterung an, die sie sprachlos machte.

«Hier», sagte sie trocken und wusste in diesem Moment, dass sie nicht einmal mehr würde weinen können.

«Ja, hier», antwortete Stephan. «Hier im Dorf. In unserem Dorf.» Er ließ ihre Schultern los und breitete die Arme aus, als wolle er alles damit umfassen, was sie umgab. «Sobald's dir besser geht, verpass ich dir eine Führung. Du wirst staunen. Du glaubst vielleicht, du kennst schon alles. Aber ich sag dir, dieses Archäologenpack hat einfach keine Ahnung. Nicht den Schimmer davon. Du wirst begeistert sein! Die Brennöfen zum Beispiel ... Ada!» Seine Kollegin war ohne einen Laut zur Seite gesunken.

Erschrocken sprang Stephan auf. «Tarito!», rief er.

Die Türöffnung verfinsterte sich, eine Frau trat ein, vielleicht fünfzig Jahre alt, lange, perlengeschmückte Zöpfe um das mondrunde Gesicht. Ihre Hüften waren breit, ihre Schultern rund, die Schenkel und Arme üppig. Dennoch neigte sie sich mit Anmut über die Kranke.

«Sie schläft», sagte sie nach einer Weile und legte Stephan die Hand auf die Schulter, der dankbar den Kopf senkte. «Sie wird bald wieder ganz bei Kräften sein. Geh nur, ich kümmere mich darum.»

Der junge Mann nickte, sprang auf und ging zur Tür. «Ich bin dann mit Dardanod auf den Südfeldern», sagte er.

Tarito nickte. «Es ist recht», meinte sie lächelnd. «Und sag Melino, wenn sie sich lange genug mit dir in den Strohhaufen herumgetrieben hat, soll sie kommen und Maliko mit den Ziegen helfen.»

Stephan kicherte und ging hinaus.

Auf noch wackligen Beinen spazierte Ada ein paar Tage später an der Seite ihres Kollegen durch das Dorf. Es war ein schöner Spätsommermorgen, dessen Licht alles vergoldete. Doch auch so wäre es Ada vorgekommen, als betrachtete sie die Bilder in einem Erinnerungsalbum. Da standen sie, die Hütten, von denen sie nichts kannte als die dunklen Verfärbungen, die ihre Holzpfosten im Boden zurückgelassen hatten, leibhaftig, groß und raumgreifend. Ihre Dachstühle ragten auf, die Wände waren glatt und dick, auf ihren Dächern schimmerte das alte Stroh silberfarben.

Ada glitt mit den Fingern über den Lehmbewurf der Wände. «Sie bemalen sie», sagte sie andächtig und fuhr die Linie einer großen, brombeerfarbenen Spirale nach. Daneben tauchte ein Fisch aus stilisierten Wellen. Nichts davon hatten sie auch nur im Entferntesten geahnt.

Ein kleines Mädchen stellte sich vor sie hin und betrachtete sie mit dem Finger im Mund. Ihre Mutter kam, gab ihr eine Hand voll kleiner Äpfel und zog sie beiseite, nicht ohne Stephan lächelnd zu grüßen und einen neugierigen Blick auf Ada zu werfen, die ihn zurückhaltend beantwortete.

«Das war Maliko», erklärte Stephan, als sie weitergegangen war. «Ihre Töpferwerkstatt besuchen wir nachher noch, wenn du Lust hast.» Ada schaute der Frau hinterher, die sich mit wiegendem Gang, ihre Tochter an der Hand und mit ihr plaudernd und scherzend entfernte. Wie anders sich die Frauen hier bewegten. Mit welcher selbstbewussten Grazie, welcher Selbstverständlichkeit. Jede eine Königin, und nicht kleine verhuschte Tierchen, die sich jeden Augenblick verstecken mussten. An ihnen sahen die Webstoffe, die sie herstellten, wie Roben aus. Ada zupfte unbehaglich am Saum des dünnen Wollhemdes herum, das man ihr zusammen mit einem langen Lederrock überlassen hatte. Sie fühlte sich darin dünn und blass und kränklich.

«Die Farbe steht dir nicht», sagte Stephan mitleidlos, der ihr zusah. «Macht dich bleich. Du solltest es rot färben, wie Melino. Wenn du willst, frag ich sie, ob sie es dir zeigt.»

«Danke, Monsieur Lagerfeld», gab Ada spitz zurück.

«Sie ist gut darin, ehrlich.» Stephan überhörte die Ironie in ihrer Stimme. «Ich glaube, sie nimmt die Wurzel von irgendeinem Kraut dazu. Frag sie selber.» Dann wies er auf eine neue Attraktion. «Und das dort drüben ist das Männerhaus.»

«Das große da?», fragte Ada. Die Häuser des Dorfes waren aus einem einfachen, würfelförmigen Grundtyp aufgebaut. Manche bestanden nur aus diesem einen Quader, andere aus zweien, wobei im zweiten eine Werkstatt, ein Viehpferch oder ein Speicher untergebracht war. Manche aus dreien solcher Einheiten. Von diesen großen Häusern gab es im Dorf nur zwei. Ada erinnerte sich daran, in einem Aufsatz gelesen zu haben, dass sich in den großen Häusern mehr Spuren von Getreide und mehr kostbare Steinäxte gefunden hatten, als man sie ausgrub, und die Wissenschaft deshalb vermutete, in ihnen lebten die wichtigeren, mächtigeren Familien des Dorfes. Sie musste lächeln, als sie daran dachte. Hier gab es nämlich ganz offensichtlich gar keine Familien im herkömmlichen Sinne, und die großen Häuser waren Gemeinschaftstätigkeiten vorbehalten. Das eine, in dem auch sie während ihrer Genesung gelegen hatte, war das Frauenhaus. Hier wurden die täglichen Kornrationen gemeinsam gemahlen, Informationen ausgetauscht, Getreidevorräte gelagert, Gäste empfangen, Streitfälle geschlichtet – das Frauenhaus diente vielen verschiedenen Funktionen. Das andere Haus gehörte den Männern des Dorfes, die hier gemeinschaftlich lebten.

«Hier hängen wir also rum», sagte Stephan und hielt die Tür auf, um ihr einen Blick in das düstere Innere zu gestatten, wo zwischen zahlreichen Pfosten, die den Innenraum unterteilten, die Umrisse einiger Schlafstätten zu sehen waren. Sie erkannte Werkzeuge und Steinsplitter, die unordentlich zwischen Geschirr und Schlaffellen verstreut waren.

«Und was treibt ihr so den ganzen Tag?», erkundigte sie sich.

Stephan grinste. «Oh, du kennst doch uns Männer», meinte er. «Rumbasteln, den Müll raustragen oder auch nicht, uns rumprügeln und mit dem Messer an unseren Fußnägeln herumschnippeln. Nein, im Ernst», setzte er hinzu, als sie ihn knuffte, «wir sind meistens unterwegs.»

Wie Ada gleich darauf erfuhr, oblag es den Männern, sich um das Vieh zu kümmern, das im als Pferch genutzten Nordteil untergebracht war. Sie trieben Schweine, Schafe und Ziegen auf die Waldweiden, pflegten die Schneitelhaine und brachten das Winterfutter ein. «Riechen streng, die Viecher», meinte Stephan, «aber halten einen auch gut warm.» Wie alle waren sie an der Feldarbeit beteiligt, darüber hinaus gingen sie in größeren Abständen auf die Jagd und schauten nach den Fischfallen des Dorfes.

«Abends sitzen wir meistens hier und bosseln an den Steinwerkzeugen rum», erklärte ihr Stephan. «Es gibt immer was zu reparieren, oder es wird was Neues gebraucht. Du solltest dir mal Dardanods Schleiftechnik anschauen. Da kann sogar ich noch was lernen.»

Ada nickte zu seinen Erläuterungen. «Und da oben?», fragte sie dann und wies auf eine offene Plattform.

Stephan verrenkte sich den Hals. «Das ist der Speicherboden für das Winterfutter. Da oben im Heu und dem Laub schlafen manchmal die Kinder. Graben sich regelrechte Höhlen und polstern sie mit ihren Fellen aus und kichern die halbe Nacht.» Er musste grinsen, als er daran dachte, wurde aber sofort wieder ernst, als Ada bemerkte: «Sie sehen nicht eben voll aus.» Tatsächlich war der Speicher halb leer; zum Höhlenbauen reichte das Stroh, das dort herumlag, jedenfalls nicht. Die Laubernte stünde noch aus, erklärte Stephan. «Das Getreide von den Südfeldern war kaputt dieses Jahr», sagte er, «wir mussten alles wegwerfen, sogar das Stroh. Aber die Nordfelder stehen noch auf dem Halm. Wird schon werden.»

Ada schaute ihn an. «Was ist?», fragte Stephan.

Sie schüttelte den Kopf. «Nichts. Nur diese Selbstverständlichkeit, mit der du ‹wir› sagst.»

«Für mich gibt es hier eben eine Menge zu tun. Sinnvolle Sachen.» Stephan klang ungewohnt ernst.

«Ja», bestätigte Ada und knuffte ihn, in dem Bemühen, wieder zu einem leichteren Ton zu finden. Ein ernster Stephan war ihr irgendwie unheimlich. «Du darfst herumbasteln und den Müll raustragen und findest dafür endlich Anerkennung. Wer hätte gedacht, dass das Matriarchat einem solche Möglichkeiten bietet.»

Stephan blieb stehen. Ada wandte sich um, sah sein beleidigtes Gesicht und nahm ihn am Arm. «Ich meine doch nur», sagte sie und streichelte ihn begütigend, «früher hast du anders darüber geredet.»

«Da kannte ich das hier noch nicht», sagte Stephan leise. Sein Blick schweifte über das Dorf. Und Ada konnte den Stolz sehen, der darin lag. Dann plötzlich zwinkerte er ihr zu. «Und außerdem hatte ich noch nie so viel Sex wie in den letzten Monaten. Ehrlich», fügte er hinzu und wurde rot, als er ihr irritiertes Gesicht sah. «Ach, ich meine, du weißt schon.» Jetzt war es an ihm, sie zu knuffen. Verlegen ging er ein paar Schritte. Dann hob er das Kinn. «Es ist einfach unkompliziert, verstehst du?»

Ada schüttelte den Kopf. «Nein», sagte sie spröde.

Stephan neigte sich zu ihr. «Sie haben hier diese Feste», flüsterte er verschwörerisch, «da läuft es auf nichts anderes hinaus. Ich meine, du wirst nicht dumm angeschaut, wenn du eine mit Blicken ausziehst. Und wenn sie auch Lust hat, dann geht es eben ab in die Büsche oder so. Und am nächsten Morgen musst du nicht überlegen, wie du dich mit Anstand aus der Affäre ziehst und ob du ihr deine Telefonnummer gibst oder was sie jetzt vielleicht von dir erwartet und wie ihr das Geschehene definieren wollt.» Sein Tonfall wurde immer abfälliger.

Oho, «definieren», dachte Ada amüsiert. Sie konnte sich so ein beziehungsdefinierendes Gespräch gut vorstellen. Der arme

Stephan, er hatte offenbar wirklich ein paar üble «Morgen danach» erlebt.

«Aber hier: nix davon. Du wischst dir die Strohhalme von der Hose und gehst deiner Wege, ohne großen Aufstand. Und wenn beide Lust haben, tun sie es eben demnächst wieder.»

«Mit Melino hat sich das dann wohl so ergeben, dass ihr beide öfter Lust hattet?», fragte Ada.

Stephan wurde rot. «Wie das eben so geht. Aber, ich meine, sie hat noch nicht gesagt, zum Beispiel, dass sie ein Kind von mir tragen würde. Obwohl sie drüber nachdenkt, glaube ich.»

Das glücklich-dämliche Grinsen auf seinem Gesicht alarmierte Ada mehr als alles andere.

«Ein Kind, Stephan!», entfuhr es ihr.

Er räusperte sich und schritt schneller aus. «Das wäre natürlich die größte Ehre», sagte er rasch. «Aber, wie gesagt, sie ist noch nicht so weit.»

«Ein Kind?», wiederholte Ada ungläubig.

«Was willst du? Das ist hier nicht diese ganze Kleinfamilienscheiße. Die meisten Paare ziehen gar nicht zusammen.» Er wand sich sichtlich. «Na, manche schon. Aber sie haben oft noch andere dabei, Freunde. Oder Verwandte, einen ganzen Clan von Frauen. Und die Männer pendeln zwischen dem Männerhaus und dort.»

«Stephan!» Adas Ton war schärfer geworden. Sie sah ihn an, wie er vor ihr stand und mit den Zehen knackste. «Ein Kind! Wie lange hast du denn geplant, hier zu bleiben?»

«Was soll das heißen, ‹wie lange›?»

Ada starrte ihn an. «Das Erdwerk», stieß sie hervor. «Du hattest es doch direkt vor deiner Nase. Das Tor, durch das wir hierher gekommen sind.» Sie packte ihn bei den Armen und schüttelte ihn. Dann, als er ihrem Blick auswich, ließ sie ihn los und trat einen Schritt zurück. «Es ist doch hier, oder?»

Fassungslos trat Ada durch die Öffnung im Wall. Wie hoch die Erdwände waren, wie glatt, wie sauber die Brücken und Tore eingefügt. Der Boden im Inneren der Anlage war glatt, festgetreten und leer. Nichts erinnerte an die Wildnis aus Brombeerranken und Birkenschösslingen, durch die sie sich bei ihrem ersten Besuch gepflügt hatten. Ein Pfosten, westlich der Mitte eingerammt, zeigte grob aus Holz geschnitzt die Züge eines jungen Mannes. Aber was ihren Blick magisch auf sich zog, das war der Altar. Andächtig, fast zögernd ging Ada darauf zu. Verwelkte Blüten lagen darauf herum und verstreute Körner, Bienen summten um die Reste einiger Birnen, die in der Sonne nach Gärung dufteten. Hier und da war der Boden dunkel, als hätte er Flüssigkeiten aufgesaugt.

«Wir opfern hier Getreide und Früchte», hörte sie Stephans Stimme hinter sich, «und bitten die Große Mutter um eine gute Ernte.»

Ada fuhr herum. «Du bittest die Große Mutter?», fragte sie scharf, jedes einzelne Wort betonend.

Stephan zuckte mit den Schultern. Einen Moment schwiegen sie, während Ada um den Altarplatz herumging.

«Und du, ich hatte übrigens Recht», fuhr er dann fort. «Die Eingänge werden dazu benutzt, um die Sonnwendpunkte zu bestimmen.» Seine Stimme wurde eifriger, als er ihr das Verfahren erklärte. «Es ist ein einziger großer Erntekalender, stell dir vor, Ada. Das würde ich Professor Burger gerne mal erzählen und dabei sein Gesicht sehen.»

Ada stand noch immer stumm vor ihm, als könne sie nicht glauben, was sie da hörte. Dann verschränkte sie die Arme. «Und weshalb hast du dann nicht versucht, zu ihm zu gelangen?», fragte sie.

Stephan trat nach einem Stein. «Ich hab's ja versucht», sagte er schließlich und hob beschwichtigend die Hände. «Okay? Du kannst mir glauben, ich habe alles versucht. Zumindest in der ersten Zeit.» Er wandte sich von ihr ab und beobachtete durch das Tor einige Kinder beim Spielen an den Palisaden, die das Dorf umgaben. Sie sprangen, so hoch sie konnten, schlugen an das Holz und markierten die Stelle mit einem Strich. Angeregt waren sie dabei, einander zu überbieten.

«Es war ja auch ein ganz schöner Schock», murmelte er, «also am Anfang jedenfalls.» Aber in seiner Stimme war nichts mehr davon zu spüren. Abrupt wandte er sich zu ihr um. «Ich hab mich auf diesen Altar gepflanzt, Ada. Bei Halb-, bei Voll- und bei Viertelmond.»

Sie zuckte nicht mit der Wimper. «Und?», fragte sie schmallippig.

Er schüttelte den Kopf. «Jedes Mal ein Reinfall. Ich hab die letzten Sachen wiederholt, die wir gesagt haben, ich hab mich vorgebückt, mir gegen den Kopf gehauen und mich fallen lassen. Ergebnis: null Komma niente, Signorina.» Er schaute sie an. «Aber es hat sich gelegt.» Er blickte über ihre Schulter hinweg und hob die Hand zum Gruß.

«Was hat sich gelegt?» Ada wandte den Kopf, um zu sehen, wem er zuwinkte. Der Mann, den er Dardanod nannte, ein braunhaariger Hüne mit einem langen Stock in der Hand, kam mit einer Herde Ziegen am Tor vorbei. Stephan ging hinüber und wechselte einige Worte mit ihm, die Ada nicht verstand. Dardanod lächelte ihr zum Abschied zu und zog weiter. Ada blieb, wo sie war, und nickte nur vage. Zu ihrem eigenen Ärger fiel es ihr noch immer schwer, Männern wieder direkt ins Gesicht zu sehen. Sie haben mich gut abgerichtet, dachte sie bitter und fasste sich an die Schulter, die bei manchen Bewegungen noch immer schmerzte.

«Wird es zu viel?», fragte Stephan besorgt, als er zurückkam.

Heftig schüttelte Ada den Kopf. «Hilf mir», verlangte sie. «Ich will hinauf.»

Unwillkürlich schaute Stephan sich um. Sie waren allein in

dem Erdgeviert. Dardanod verschwand gerade hinter den Palisaden, im Schlepptau die Kinder, die johlend den Tieren folgten. Es wurde so still, dass man das Surren der Insekten hören konnte.

«Ada, das ist ein Kultplatz», sagte Stephan mit unwillkürlich gesenkter Stimme. «Ein heiliger Ort.»

Sie hörte nicht auf ihn. Schon hatte sie begonnen, die klebrigen Fruchtreste beiseite zu räumen. Die aufgescheuchten Bienen summten heftiger. «Als Nächstes erzählst du mir noch, dass du Angst vor der Großen Göttin hast.» Sie streckte ihm die Hand hin. «Hilf mir hinauf.»

Stephan gehorchte widerstrebend. Trotz seiner Unterstützung fuhr der Schmerz Ada in die Glieder. Als sie endlich auf dem gestampften Lehmwall saß, pochte ihre Schulter, als wäre sie eben erst durchbohrt worden. «Blutet es wieder?», fragte sie und verrenkte sich, um nach der Wunde zu sehen. Ihr Freund schüttelte den Kopf. Noch immer behielt er nervös die beiden Eingänge im Auge. «Beeil dich», knurrte er. «Aber ich sag's dir gleich: Es wird eine Enttäuschung.»

«Ich hab da so eine Idee», gab Ada zurück und nestelte an dem Lederband um ihren Hals. Mit Zähnen und Nägeln öffnete sie den Knoten, zog das Amulett ab und umschloss es fest mit ihrer Faust. Es musste etwas auf sich haben mit diesem Ding, davon war sie fest überzeugt. Dass es etwas Einzigartiges war, hatte sie schon gespürt, als sie es das erste Mal in die Hand genommen hatte: eine Art Vibration, ein Verrücken der Wirklichkeit, als wäre es nicht von dieser Welt. Und sie hatte das Amulett in der Hand gehalten, als *es* mit ihnen beiden geschehen war.

«Komm», sagte sie und streckte die Hand nach Stephan aus. Ihre Stimme klang aufgeregt, aber fest. Die Gewissheit, die sie ausstrahlte, verunsicherte Stephan. Wusste sie tatsächlich, was sie da tat? Konnte sie erreichen, was er nicht geschafft hatte? Zögernd trat er einen Schritt auf sie zu. Ada machte eine ungeduldige Geste mit der Hand. Da blieb er stehen.

«Was ist?», fragte Ada streng.

Stephan schaute an ihr vorbei und kaute auf seiner Lippe herum. «Aber», wandte er ein, «so plötzlich. Ich meine ...», er suchte nach Worten. «Es wäre doch ein Verbrechen, also jetzt mal wissenschaftlich gesehen, sich all die Informationen entgehen zu lassen. Oder hättest du geahnt», fragte er, und seine Augen leuchteten auf, «dass sie ihre Häuser bemalen? Das hättest du doch in einem ganzen Forscherleben nicht herausgefunden. Oder ihre Sprache! Ada! Wir können jetzt beweisen, dass sie aus dem Vorderen Orient kommen! Sie haben es mir selbst erzählt. Sie sprechen in ihren Sagen noch von der alten, heißen Heimat. Ada! Willst du das nicht hören? Ada! Wir können einen jahrzehntealten Forschungsstreit einfach so», er schnippte mit den Fingern, «entscheiden. Hier wartet so viel Wissen auf uns.»

Ada starrte ihn an. «Und *wann* gedenkst du, es dem Professor zu erzählen?», fragte sie nur.

«Ach, der Professor», entfuhr es Stephan. Eine Weile schwieg er. Als er wieder zu sprechen anhob, klang seine Stimme werbend. «Ist es nicht eigentlich das, was wir uns immer gewünscht haben?», fragte er. «Hier zu leben? Wozu sonst unsere ganze Arbeit, die albernen Erlebniswochenenden, die Rekonstruktionen? Ist das hier nicht tausendmal besser, als Direktor in einem Museum voller Wachspuppen zu sein? Und mit Gelehrten trockene Theorien auszutauschen?»

Ada schüttelte stumm den Kopf. Stephan erschrak, als er bemerkte, dass sie mit den Tränen kämpfte. Sie wandte sich ab. Nein, es war nicht die Erfüllung eines Traumes gewesen. Ein Albtraum allenfalls. Sie dachte an den Schmerz und die Erniedrigung und musste sich beherrschen, es Stephan nicht ins Gesicht zu brüllen. Eine Weile zuckten ihre Schultern. Dann plötzlich warf sie den Kopf zurück. Ihr war etwas eingefallen.

«Und der Graben?», fragte sie triumphierend. «Hast du den vergessen? Das Massengrab? Die Menschen hier sind keine lebendigen Spielfiguren in einem Feldexperiment, Stephan. Die Idylle trügt. Und du müsstest das am besten wissen. Dieser Dardanod und Tarito und Maliko. Und deine Melino», ereiferte sie sich und wies mit dem ausgestreckten Finger in Richtung Dorf, «das sind nichts anderes als Tote auf Urlaub, alle. Du hast ihre Knochen gesehen, genau wie ich.»

Einen Moment lang sah sie, wie Stephan blass wurde, und sie wollte schon triumphieren. Dann aber rötete sich sein Gesicht wieder, und zu ihrer Wut und Verwirrung brach er in lautes Gelächter aus. Mit offenem Mund starrte sie ihn an.

«Das ist es also, was dir Angst macht», rief er und klang schon wieder versöhnlich dabei. Noch immer lachte er und schüttelte den Kopf. Jetzt war er es, der die Hand nach ihr ausstreckte. «Du musst dich nicht fürchten, Mädchen», sagte er, «komm, ich beweise es dir.» Als sie stur sitzen blieb, fügte er hinzu: «Der Graben ist gar nicht da, Ada. Verstehst du?» Er wartete, doch als sie ihr Schweigen nicht brach, fuhr er fort. «Das Dorf hat überhaupt keinen Graben. Ja, wenn ich nicht gewesen wäre, hätten sie nicht einmal die Palisaden. Ich habe ihnen dazu geraten, um sich vor den Waldwesen besser zu schützen. Verstehst du, was das heißt?»

Trotzig schüttelte sie den Kopf. Er trat einen Schritt näher und stützte sich auf den Rand des Altars. «Die Toten sind nicht aus dieser Epoche, Ada, bestimmt nicht. Sie müssen älter sein, sehr viel älter, denn von einem Friedhof weiß hier keiner mehr etwas. Oder sie werden lange nach uns kommen. Ada!» Er fasste nach ihrem Arm. Ada schüttelte seine Hand ab.

«Ein Graben ist schnell angelegt», beharrte sie störrisch.

«Aber hier hat keiner so etwas vor.» Stephan ließ sich nicht beirren. «Komm mit, dann zeige ich es dir. Ziemlich genau an der Stelle, wo du gearbeitet hast, hat Tarito ihren Medizinkräutergarten angelegt. Sie hütet ihn wie ihren Augapfel, und ich bin mir sicher, dass sie niemandem erlauben würde, ihn für einen Graben zu zerstören.» Er lächelte. «Willst du es dir nicht ansehen?»

Ada biss sich auf die Lippen.

«Nur ein kurzer Blick.» Einladend hielt er ihr die Hand hin.

Ada war schon versucht, sie zu nehmen, da zuckte sie zurück. «Du willst hier gar nicht weg», sagte sie anklagend: «Nur ein Blick, nur noch ein wenig forschen. Das sind doch alles Ausreden. Du wirst nie mitgehen, weil, weil ...» Sie war maßlos enttäuscht und suchte nach etwas, das ihn verletzen sollte. «... weil du hier endlich mal ausreichend Sex hast ...»

«Ada!»

«... und deine Melino, die vielleicht ein Kind von dir will und ...»

«Ada!» Er packte sie an den Handgelenken.

«Lass mich los», schrie Ada, bei der die Berührung unliebsame Erinnerungen weckte.

Verärgert zog Stephan seine Hände zurück. Er hob sie in einer Geste demonstrativer Machtlosigkeit und ließ sie dann gegen seine Schenkel klatschen. Sie schwiegen. Nach einer Weile räusperte Stephan sich. «Also», begann er vorsichtig, «krieg das jetzt bitte nicht in den falschen Hals, aber ...» Er suchte nach Worten. «Das ist jetzt alles nicht wegen der Sache, die ich damals in der Nacht gesagt habe, oder?» Vorsichtig schielte er sie von der Seite her an. «Ich meine, zwischen uns ist doch nie so richtig was gewesen, und um eifersüchtig zu sein ...» Weiter kam er nicht.

«Du Idiot!» Ada war aufgesprungen und hatte schon ausgeholt, um ihn zu ohrfeigen. Das heftige Stechen in ihrer Schulter ließ ihr die Tränen in die Augen treten. Sie stieß einen Schrei aus, halb vor Wut, halb vor Schmerz. Betroffen trat Stephan einen Schritt zurück. Noch einmal kreuzten sich ihre Blicke. «Ach, geh doch zum Teufel», rief sie und zog das Amulett an ihre Brust. Wie vom Schlag getroffen, sank Ada zusammen.

Der Schwindel zog Ada an wie ein großer Sog. Sie spürte den Stein in ihrer Hand, spürte sein Beben, eine große Vibration, die ihren Körper und die ganze Welt zu erfassen schien, ein Reißen und Rütteln, wie in hilfloser Wut. Sie fühlte den Schmerz und die Schwärze, in die er sie zog. Ja, schrie es in ihr, lautlos, drängend. Ja! Sie spürte, da war ein Ort, an den sie gelangen wollte, an dem sie sich befinden sollte. Mit jeder Faser ihres Körpers strebte sie dorthin.

Aber alles, Schwindel, Schwärze und Schmerz, war nur ein schwaches Echo dessen, was sie bei ihrer ersten Reise empfunden hatte. Als sie die Augen aufschlug, sah sie die schwankenden Wipfel des Waldes in den Taghimmel ragen. Stephan trug sie auf seinen Armen im Laufschritt zurück zum Dorf. Sie konnte schon die Stimmen der anderen hören. Kurz bevor sie die Lider wieder senkte, um in einen Schlaf der Erschöpfung zu sinken, bemerkte sie links des Tores, dicht an den Palisaden, einen Zaun aus geflochtenen Weiden. Dahinter drängten sich Pflanzen. Sie erkannte Ringelblume, die spät noch blühte, Stechapfel und Erdrauch, Johanniskraut und Steinklee, die langen Stängel des Fingerhuts und der Goldrute, Giftlattich und Mutterkraut und ein sichelblättriges Gras, das ihr unbekannt war. Taritos Kräutergarten, dachte sie, schon halb im Schlaf, die Blüten vom Wind gewiegt, und das Grün glänzte silbern im Sonnenlicht. Die Samen des Löwenzahns flogen, kleine gefiederte Schirme. Und Ada war, als hinge an jedem Samen als Fahrgast ein winziger Totenkopf.

«Entschuldige», war das Erste, was Stephan sagte, als sie erwachte. Sie griff nach seiner Hand und drückte sie. «Es hat nicht geklappt», sagte sie leise. Noch immer begriff sie es nicht ganz. Aber es war so. Unausweichlich umgab sie das Halbdunkel des Frauenhauses. Sie lag auf ihrem Lager, als wäre sie eben erst dem Wald entkommen. Wie lange schon?

Stephan überhörte ihre Worte. «Melino sagt, ich sollte mich schämen. Ich hätte gar nicht berücksichtigt, was du alles durchgemacht hast.» Er erwiderte den Druck ihrer Hand. «Sie sagt, wenn du wieder aufwachst, sollte ich mich mal fragen, wo du eigentlich die ganzen Monate gewesen bist und was du erlebt hast.»

Ada schüttelte den Kopf und entzog ihm ihre Hand. «Schon gut», seufzte sie. Die Enttäuschung machte, dass sie sich müde fühlte und wie ausgehöhlt.

«Du willst nicht drüber reden, was?», fragte Stephan und nickte. «Kann ich gut verstehen. Vorbei ist vorbei.» Er nickte zu seinen eigenen Worten. «Aber ein paar Sätze solltest du dir doch zurechtlegen. Sie werden es wissen wollen.»

«Sie?», fragte Ada verwirrt und runzelte die Stirn.

«Die Frauen vom Rat», sagte Stephan und sah mit einem Mal ein wenig ernst aus. «Tarito und Rikiko und Akiro. Tarito kennst du schon. Sie ist die Heilerin. Akiro ist Priesterin.» Ada hörte Ehrfurcht in seiner Stimme. «Sie ist komischerweise noch ganz jung. Irgendetwas ist mit ihrer Vorgängerin passiert. Ich habe nie ganz verstanden, was. Nicht, dass sie darüber reden würde. Akiro redet mit niemandem viel. Sie ist ein wenig seltsam. Ich schätze, das liegt am Beruf.» Stephan schüttelte den Kopf, wie um das Unbehagen loszuwerden. «Aber Sorgen machen müssen wir uns nur wegen Rikiko.»

«Wieso Sorgen?» Alarmiert richtete Ada sich auf.

«Sie ist die Älteste, und, verdammt, alt ist sie wirklich. Wenn du sie siehst, denkst du, da steckt kein Leben mehr drin, aber das täuscht, sage ich dir.» Er lachte schnaubend. «Als ich hier ankam, war sie es, die mich verhört hat. Und glaub mir, ich kam ganz schön ins Schwitzen, als sie von mir wissen wollte, wer ich sei und woher ich komme.» Er lächelte.

«Ja und», drängte Ada, «was hast du ihr gesagt?»

Jetzt grinste Stephan wieder. «Erinnerst du dich noch an das zweite Kapitel in meiner Doktorarbeit, über Fernhandelsbeziehungen entlang der Donau?»

Ada nickte. «Du hast später einen Aufsatz draus gemacht.»

«Genau. Und daran hab ich angeknüpft. Ich habe ihr weisgemacht, ich käme aus einer Siedlung am unteren Donaulauf und wäre auf Handelsreise den Strom entlang. Räuber hätten mich überfallen und meiner Waren beraubt. Und, wie es aussieht», fügte er hinzu und deutete eine Verbeugung vor ihr an, «deiner bezaubernden Begleitung.»

«Und das haben sie dir abgenommen?»

«Na ja, ich konnte ihr eine Menge Details nennen. Schließlich hatte ich drei Monate lang recherchiert. Was den Überfall anbelangte, kam ich ein wenig ins Schwimmen, aber da halfen sie mir aus. Es war ihnen sofort klar, dass das nur die Waldwesen gewesen sein konnten.»

«Früher hast du sie Mesolithiker genannt», warf Ada ein, der dieses Wort nicht gefiel. «Oder Jäger und Sammler.»

Stephan zuckte mit den Schultern.

«Nenn sie wenigstens Waldmenschen», verlangte Ada. «Denn Menschen sind sie ja wohl.»

«Das weißt du sicher am besten», gab Stephan unwirsch zurück. «So, wie sie dich zugerichtet haben.» Verstockt schob er die Unterlippe vor. «Ich jedenfalls bin froh, dass wir es ihnen endlich mal gezeigt haben. Die machen hier schon viel zu lange Probleme.»

Ada schnappte nach Luft. «Es ihnen gezeigt? Ihr habt einen Mann ermordet, einen alten Mann. Er hieß Rastar, wenn du es wissen willst ...»

«Nein, will ich nicht», schnappte Stephan. Nach einem Moment fügte er hinzu: «Tut mir Leid, das zu hören. Aber da hat er eben Pech gehabt. Was demoliert er auch unseren Fischzaun.» Er schaute sie trotzig an. «Und du bist doch wohl die Letzte, die Grund gehabt hat, an ihm zu hängen, oder?»

Verwirrt starrte Ada ihn an. Sie dachte an Rastar, wie er mit Ular heimlich das Schwimmen geübt hatte, an Umes Trauer. Dann fiel ihr ein, wie Rastars Tod alle im Clan gegen sie aufgebracht hatte, welches Misstrauen ihr plötzlich entgegengeschlagen war. Wie groß die Bereitschaft gewesen war, den Hass an ihr, der Fremden, auszulassen. Ratlos schüttelte sie den Kopf.

Stephan tätschelte ihr den Arm. «Na, wird schon werden.» Rasch ließ er sie wieder los. «Ich dolmetsche das für dich. Und wenn sie Fragen stellen, die ich nicht beantworten kann, denken wir uns zusammen was aus. Okay?» Er stand auf.

Ada schaute hoch. «Wird es gefährlich?», fragte sie.

«He», erwiderte er und deutete ein paar freundliche Boxhiebe gegen ihre Schultern an. Dann streckte er den Daumen hoch und tänzelte hinaus. In der Tür stieß er beinahe mit Tarito zusammen. Ihre perlengeschmückten Zöpfe rasselten, als sie sich ihm zuwandte. «Es ist so weit», sagte sie. «Kann sie gehen?»

Stephan schaute zu Ada hinüber, die angstvoll seinen Blick suchte. «Klar», sagte er.

Das Verhör fand nicht im Frauenhaus statt, wo üblicherweise Streit geschlichtet und Gericht gehalten wurde, sondern, seiner besonderen Bedeutung wegen, in einer kleinen Hütte abseits der anderen, die Akiros Heim war, der Sitz der Priesterin, und zugleich der Raum, an dem sie Zwiesprache hielt mit der Großen Göttin. All das flüsterte Stephan ihr rasch zu, ehe die Tür in ihren Lederangeln vor ihnen aufschwang und sie mit gebücktem Kopf eintraten in einen engen Raum mit lehmgestampftem Fußboden.

Hier, beim Eingang, war alles, wie Ada es schon gesehen hatte: Ein Mahlstein wies darauf hin, dass seine Bewohnerin sich ihre Mahlzeiten bereitete, eine Lagerstatt, ein paar Weidenbehälter und Tonkrüge deuteten das häusliche Leben an. Aber hinter der Reihe von Pfeilern, die auch diesen Innenraum aufteilte, war ein Zimmer, wie sie es noch nie gesehen hatte. Der Boden war gänzlich mit Teppichen ausgelegt, die ein Streifenmuster in warmen Rottönen zeigten. In der Mitte des Raumes erhob sich ein Wulst, wie ein großer Nabel, der direkt aus dem Lehm des Bodens aufgeformt zu sein schien. Rings an den Wänden zog sich eine Bank mit vereinzelten Kissen hin. Darüber hingen Musikinstrumente.

Ada erkannte eine federgeschmückte Trommel, ein paar Flöten, ganz ähnlich denen, die bei den Jägern gespielt worden waren, eine Rassel aus einem Rinderhorn, mit Schnitzereien verzierte Schwirrhölzer und etwas, das sie für eine Maultrommel hielt.

Das Erstaunlichste jedoch war das Gemälde an der Rückwand: eine Spirale, so riesig und verschlungen, dass man hätte meinen können, sie drehe sich, je länger man sie betrachtete. Ada wurde schwindelig, als sie in den Anblick versank. Und erst ganz am Ende nahm sie die schlichte Figur einer schwangeren Frau wahr, die sich klein im Zentrum des großen Soges erhob. Es war eine Statuette, sie stand in einer Wandnische. Ihre Hand ruhte auf etwas, das wie ein Pfahl aussah. Als Ada näher kam, sah sie, dass es ein zweites Wesen war, sehr stilisiert, ein Kind vielleicht.

Ada wies mit dem Finger darauf und wandte sich um. Aber Stephan zog sie zu dem nabelförmigen Gebilde in der Raummitte und nötigte sie, ihre Hände darauf zu legen. «Das macht man so beim Eintritt», erklärte er. «Es bringt einen in Kontakt mit den Kräften der Erdmutter.»

Ada gehorchte. Die junge Frau, die sie erst jetzt bemerkte, nickte ihr schweigend zu.

«Das ist Akiro», flüsterte Stephan.

Er hatte Recht gehabt; die Priesterin des Dorfes war tatsächlich unglaublich jung. Kaum mehr als ein aufgeschossenes, altkluges Kind, dachte Ada, als sie die dünnen Arme und Beine des Mädchens sah, das sein Amt wie ein zu großes Kleid übergestreift hatte und es nun mit großem Ernst nachspielte. In Akiros Haar waren zahllose Lederbänder geflochten, die zusammen mit den Haaren ihr Gesicht einrahmten und ihm die Anmutung eines schlangengekrönten Medusenhauptes verliehen. Tatsächlich wie ein wildes, ungekämmtes Mädchen, dachte Ada und lächelte sie an.

Ohne das Lächeln zu erwidern, nickte Akiro ihr noch einmal knapp zu, dann wandte sie sich ab, um die Neuankömmlinge zu begrüßen, die nach ihnen eingetreten waren. Tarito kannte Ada schon. Und die Frau, die sich auf ihren Arm stützte, musste Rikiko sein. Ein silberfarbener, im Ansatz fast armdicker Zopf hing über ihre Schulter und lief bis zum Knie herab in einem dünnen Ende aus. Er leuchtete selbst im Halbdunkel der Hütte wie frisch gefallener Schnee. Rikiko war in einen weiten, bestickten Umhang gehüllt, auf dem Apfelkerne und Tierknöchelchen sich zu Mustern zusammensetzten, die nicht weniger augenverwirrend waren als die Spirale an der Wand, vor der sie nun Platz nahm. Ihr Kopf befand sich knapp unterhalb der Statuette; es sah aus, als würde er von ihr gekrönt.

«Was hat sie gesagt?», fragte Ada flüsternd, als die drei Frauen sich niedergelassen hatten und Akiro mit einer Geste eine Formel über sie gesprochen hatte.

«Sie hat den Segen der Mutter erbeten», gab Stephan zurück, «aber …» Erleichtert hielt er inne, als die Tür des Hauses sich noch einmal öffnete und Dardanod eintrat, der ohne Verzögerung seine Hände auf den Nabel legte und dann hinter sie beide trat. «Er ist mein Fürsprecher», erklärte Stephan und hob die Hand, um Dardanod zu begrüßen, der klatschend dagegenschlug.

«Na dann», murmelte Ada. Wieder sagte die Priesterin etwas. Dann hob die Alte ihre Hand – wenn das runzelige Etwas denn eine Hand war, es sah mehr wie eine Kralle aus – und hieß Stephan vortreten.

Allein gelassen und unruhig wippte Ada auf den Zehen, während Stephan vorne seine Rede begann. Sie hatte Muße, ihn zu betrachten. Er sprach mit Gesten, die sie nicht an ihm kannte, ruhig und ausholend, als wolle er das Erzählte damit malen. Er war ganz Teil des Zeremoniells.

Die Frauen auf der Bank dagegen saßen regungslos. Rikiko war wie eine Statue, ihr Blick ging über alle hinweg, und Ada fragte sich, ob sie überhaupt noch sehen konnte oder ob sie sich ganz auf das verließ, was ihre Ohren und ihr uralter Instinkt ihr sagten. Ihre Augen standen offen. Aber die Iris war von einem so hellen, fast durchsichtigen Blau, dass Ada daran zweifelte, ob Leben in ihnen war. Unheimlich war der Blick dieser toten

Augen, und Ada begann zu schwitzen. Wenn Rikiko sich auf ihre Nase verließ, dachte sie, dann würde sie nicht umhinkommen, ihn wahrzunehmen, den Geruch der Angst.

Doch Stephan schien zu wissen, was er tat. In einem nicht abreißenden Redestrom schilderte er, was er zuvor mit ihr vereinbart hatte: ihre angebliche gemeinsame Reise die Donau hinauf, wo sie mit Feuerstein, Salz und Spondylusmuscheln gehandelt hatten, bis sie hier in der Nähe überfallen worden waren. Waren sie allein auf dieser Reise gewesen? Hatten sie Begleiter gehabt? Ada wusste es nicht und war dankbar um ihre Sprachlosigkeit, die Stephan zu ihrem Dolmetscher machte. Er würde die richtigen Antworten kennen. Jetzt kam ein wenig Leben in die Frauen. Auch Dardanod runzelte die Stirn und stieß schnaubende Laute aus. Aha, dachte Ada. Die «Waldwesen»! Sicher war Stephan bei dem erregenden Augenblick angekommen, als sie angegriffen worden waren. Die Dorfleute hatten das für sehr überzeugend gehalten, schon als er seine Geschichte das erste Mal vortrug; es musste eine lange Tradition der Konflikte zwischen den beiden Gruppen geben. Die Verbitterung Hogars und seiner Leute sprach ebenso dafür, die Gerüchte über verschwundene Menschen, entführte Frauen. Sie musste Stephan bei Gelegenheit fragen, ob schon einmal ein Jäger von den Dörflern getötet worden war. Wie war noch der Name des Jungen gewesen? Petar, fiel es ihr ein. Aber das würde hier wohl kaum jemand wissen. Doch die junge Frau mussten sie kennen, die vom Clan – wie hatte Ume es ausgedrückt? – weggeschafft worden war. Ada fröstelte in der Wärme der Hütte.

Rikiko öffnete den Mund und sagte etwas. Es klang wie das Knarren alten Holzes. Stephan drehte sich zu ihr um und übersetzte.

«Wie?», fragte Ada, aus ihren Gedanken gerissen.

«Sie will wissen, ob du die ganze Zeit bei den Waldwesen gewesen bist», wiederholte Stephan.

Ada beeilte sich zu nicken. Ihr Mund war zu trocken, um zu antworten.

Wieder sagte die Alte etwas. Ada zog fragend die Brauen hoch.

«Sie will wissen, wie sie dich behandelt haben.»

«Oh», sagte Ada und schwieg. Zu viel auf einmal stieg in ihr auf, zu Widersprüchliches. Nichts, was sie hätte formulieren können. «Sie, sie», stieß sie schließlich hervor, «haben mir zu essen gegeben.»

Mit gerunzelter Stirn schaute Stephan sie an, dann wandte er sich um und übersetzte, was sie gesagt hatte.

Die Priesterin hob die Hand und wies auf Ada, während sie sprach.

Stephan übertrug es umgehend. «Sie will wissen, warum sie dich verletzt haben.»

«Sie wollten mich am Gehen hindern», sagte Ada und überlegte, wie sie es weiter erklären sollte. Sie verstand den Zwischenfall ja selbst nicht recht. Sie hatte ein Sakrileg begangen. Aber nicht deshalb hatte Egbar auf sie geschossen, sondern weil er sie hasste. Und das reichte weit tiefer, bis hin zu dem Moment, als sie Ular und nicht ihm als Frau gegeben worden war, bis zu dem Augenblick, in dem sie ihn als Mann zurückgewiesen hatte. Noch einmal spürte sie seine Schläge und die Kraft seines Gewichts, als er sich auf sie wälzte. Schweißtropfen traten auf ihre Stirn, und sie atmete schwerer.

«Die Jäger», sagte sie schließlich langsam, «betrachten ihre Frauen als ihren Besitz. Sie erlauben ihnen nicht zu gehen, wohin sie wollen.» Würde das genügen? Ada fühlte sich, als hätte sie einen Tausendmeterlauf absolviert, ihr Herz raste, und ihr Atem ging rasch. Würden sie sie nun endlich in Ruhe lassen?

Nun war es Tarito, die sprach.

«Du warst die Frau eines Waldwesens?», übersetzte Stephan. Seine Stimme klang unsicher, und in seinem Blick glaubte sie, Erstaunen zu lesen. Ada biss sich auf die Lippen. Dann antwortete sie: «Ja», laut und deutlich. Sie würde ihrer Stimme nicht erlauben zu kippen.

«Warum?», übersetzte Stephan tonlos.

Ada wich seinen Augen aus. «Das bestimmt dort nicht die Frau», sagte sie. Kaum, dass sie den Satz herausbrachte. «Der Anführer entscheidet. Hogar.» Ihr Blick wanderte über die Wände und suchte nach einem Ausweg.

Stephan räusperte sich, ehe er wieder sprach.

Tarito neigte sich Akiro zu. «Hogar?», flüsterte sie. «Sie haben Namen?»

«Sie sind Tiere», erwiderte Akiro entschieden und schüttelte den Kopf.

«Auch meine Ziegen haben Namen.» Es war Dardanod, der diesen Einwand wagte.

Akiro schaute ihn streng an. «Aber sie gebrauchen sie nicht untereinander», erklärte sie in schneidendem Ton. Stephan und der Ältere warfen einander einen vielsagenden Blick zu und schwiegen. Alle warteten darauf, dass Rikiko etwas sagte.

Schließlich schnaubte die Alte: «Frauen als Besitz. Sie haben keinen Respekt vor der Großen Mutter.»

«Sie kennen die Mutter nicht», warf Akiro rasch ein. «Wie sollten sie auch?»

«Frag sie», verlangte Rikiko und stieß mit dem Stock in ihrer Hand, den Ada jetzt erst bemerkte, nach der jungen Frau. Er glich in allem dem Stock in der Hand des Götterbildes. Hölzerne Augen starrten Ada an.

«Oh», erwiderte sie, als ihr die Frage übersetzt wurde, und nickte. «Sie kennen die Mutter und nennen sie Aiin, aber ...» Während sie nach Worten suchte, begann Stephan zu sprechen.

Ein grober Ausruf von Akiro unterbrach ihn. Mit wütendem Gesicht sprang sie auf. «Das ist unmöglich», erklärte sie. Und mit einem aufgeregten Wortschwall wandte sie sich an die Alte, die stoisch dasaß und nur hier und da eine knarzende Anmerkung machte. Akiro wollte sich nicht beruhigen. Mit lauter Stimme sprach sie und wies dabei immer wieder mit zitterndem Finger zu dem Götterbild.

Während die beiden Frauen miteinander stritten, betrachtete Tarito Ada, die alleine stand und wartete. Das unverständliche Gespräch und die offensichtliche Spannung, die entstanden war, verwirrten Ada. Die zudringlichen Fragen hatten ungute Erinnerungen in ihr geweckt, sie fühlte sich erschöpft, am Ende ihrer Kräfte und wünschte sich, alleine zu sein. All das sah Tarito mit dem wissenden Blick der Heilerin. Sie richtete, ohne Ada aus den Augen zu lassen, eine leise Frage an Stephan.

Der zuckte zusammen. Zögernd drehte er sich zu Ada herum. Sein Blick wanderte an Ada vorbei, als er sagte: «Sie will wissen, ob du vielleicht schwanger bist.»

Das war zu viel. «Nein!», schrie Ada so laut, dass die Älteste und die Priesterin erstaunt aufschauten. Alle wandten sich nach Ada um.

DAS WIEDERSEHEN

Sie hatte alles, was noch an Kraft in ihr war, in diesen Schrei gelegt. Kaum war er heraus, drängte das Schluchzen herauf. Ada hob die Arme vor das Gesicht und taumelte aus der Hütte. Sie hörte das Stimmengewirr der anderen, hörte Stephan rufen und ignorierte es. Warum konnten sie sie nicht in Ruhe lassen? Als sie sich erst einmal in Bewegung gesetzt hatte, gab es kein Halten mehr: Ada rannte, hinaus aus der Hütte, über den Vorplatz, an verdutzten Menschen vorbei, die Palisaden entlang, bis zum Tor. Erst hier kam sie zur Ruhe. Die vielen Menschen, die Mauern, die beengte Lebensweise, sie war es nicht mehr gewohnt. Erst als sie draußen am Waldrand stand, atmete sie auf. Den Arm gegen einen Stamm gestützt, stand sie da, vornübergebeugt, keuchend. Dann bemerkte sie, dass es eine Eibe war, und ein neuer Weinkrampf schüttelte sie.

Eine ruhige Stimme ertönte neben ihr. Ada fuhr herum. Sie

hatte nicht bemerkt, dass Tarito ihr nachgekommen war. Aber nun stand sie da und nahm Ada in ihre mächtigen Arme. Impulsiv stürzte Ada sich hinein und verbarg das Gesicht an ihrem Hals, wie ein kleines Kind. Tarito war warm und stark. Sie roch ein wenig nach Wolle, nach Erde und Honig. Und ihre Stimme streichelte Adas verwundete Seele.

Ada verstand die Worte nicht, aber sie hörte die Anteilnahme, und sie begriff den Trost, der darin steckte. Hungrig nahm sie beides in sich auf. Das Schluchzen, das sie schüttelte, wurde erst lauter, dann ebbte es langsam ab, während Tarito geduldig dastand, sie hielt und ihr mit ihrer rauen Hand über den Rücken fuhr. Am Ende strich sie Ada das Haar aus der Stirn und lächelte sie an.

«Besser?», fragte sie.

Ada schniefte und versuchte ebenfalls ein Lächeln. «Besser», wiederholte sie.

Tarito nickte langsam und betrachtete sie auf eine Weise, dass Ada das Gefühl hatte, mehr Worte müssten zwischen ihnen nicht gewechselt werden. Die Heilerin begriff auch so alles, was sie bewegte, sie verstand und empfand, was Ada durchgemacht hatte. Und irgendwie brachte sie es fertig, etwas von ihrer eigenen Ruhe und Stärke auf Ada zu übertragen. Das vermittelte auch ihr Blick, der ernst war, auf dessen Grund aber ein Lächeln glomm, als sehe sie das gute Ende bereits voraus. Und als könne nichts ihre Gewissheit erschüttern, dass Ada mit all dem fertig werden würde. So gewann auch Ada ein Stück Zuversicht zurück.

Sie richtete sich auf, wischte sich das Gesicht ab und strählte ihre Haare mit den Fingern. Tarito lachte zufrieden, als sie es sah, und zog aus einem Beutel an ihrem Gürtel einen Kamm, den sie Ada reichte. «Kamm», sagte sie dazu und nötigte Ada, es ihr nachzusagen. Die wiederholte das Wort, widerwillig zuerst, dann flüssiger. «Kamm», sagte Ada mit fester Stimme noch einmal, benutzte ihn und gab ihn zurück. Musste sie also wieder eine Sprache lernen, einen neuen Anfang wagen? Nun, irgendwo würde sie die Kraft dafür hernehmen. Ein letztes tiefes Einatmen. «Besser», erklärte sie dann mit einem Fingerzeig auf ihr Haar.

Tarito kicherte und legte den Arm um sie. Seite an Seite kamen sie zu der Hütte zurück.

Auch dort hatte sich die Stimmung inzwischen verändert. Ada hörte Stephan schon von weitem sprechen, schnell und hastig. Unwillkürlich erfasste sie, dass er defensiv klang, sich vermutlich für etwas rechtfertigte. Die Alte, Rikiko, hatte sich vorgeneigt, und Akiro stand nun sogar. Stephan war weiter nach vorne getreten und gestikulierte heftig, wischte sich dazwischen aber immer wieder verstohlen die Stirn. Und manchmal brach sein Redefluss ab, als wisse er nicht mehr weiter.

Dardanod neben ihm – aber nein, das war nicht Dardanod. Der hünenhafte Anführer der Männer saß mit verschränkten Armen auf der Bank zu ihrer Rechten, als sie mit Tarito wieder eintrat, und schaute zu ihnen auf. Der Mann, der dort neben Stephan stand, war ein anderer, jünger, schlanker. Sein Haar glatter und schwarz und von Zöpfen durchflochten.

Als er ihre Schritte hörte, wandte Stephan sich abrupt zu ihr um und streckte den Arm nach ihr aus. Unwillkürlich zog er Ada an sich und schob sie hinter seinen Rücken, als wolle er sie gegen Angreifer verteidigen.

«Es gibt Ärger», knurrte er ihr ins Ohr. «Sie haben einen Typen ausgegraben, der offenbar unter den Fernhändlern verkehrt, und mich gefragt, ob ich ihn kenne.»

«Und?», hauchte Ada.

«Natürlich nicht. So detailliert waren die Aufsätze nun auch nicht, die ich zu dem Thema gelesen habe. Verdammt, was muss der auch gerade jetzt hier auftauchen. Und ich dachte, sie vertrauen mir.» Rikiko sprach wieder, und Stephans Griff um Adas Arm wurde fester. «Sie befragen ihn gerade zu meiner Geschichte.» Stephan hielt inne, um zu lauschen. «Er sagt, er kennt die Siedlung, von der ich spreche, aber mich hätte er dort noch nie gesehen. Kluger Hund.» Stephan schnaubte. «Pass auf, wenn sie dich fragen …»

Aber Ada hörte ihm gar nicht mehr zu. Zu Stephans Verblüffung machte sie sich von ihm los und trat auf den Fremden zu.

«Hallo, Jaro», sagte sie in der Sprache der Jäger.

Der Fremde fuhr herum. Sein schmales Gesicht mit den dunklen Augen wandte sich ihr ungläubig zu. Dann wandelte sich sein Ausdruck langsam, und Ada war es, als würde etwas in ihr schmelzen.

«Ada», stieß er rau hervor. Er packte sie bei den Schultern, betrachtete sie einen Moment ungläubig und drückte sie dann an sich.

«He, Moment mal», wollte Stephan protestieren, aber Dardanod entfaltete seine langen Beine, stand auf und trat zu ihm, um ihn freundschaftlich zurückzuhalten.

Ada machte sich von Jaro los. «Dass du immer da bist, wenn ich dich brauche», sagte sie.

Jaro lachte. Er hob die Hände zum Kopf, um die Hörner des Auerochsen anzudeuten, ließ sie aber wieder sinken. «Du hast sprechen gelernt», stellte er erstaunt fest. Sein Blick forschte in ihrem Gesicht nach allem, was inzwischen geschehen war. Ada hielt es ihm entgegen wie eine Schale.

«Ich werde immer da sein», sagte er am Ende der stummen Zwiesprache. Dann fiel sein Blick auf das Amulett an ihrem Hals, das sie unwillkürlich berührt hatte. «Einmal war ich es nicht», fügte er leise hinzu und senkte den Blick.

Heftig schüttelte Ada den Kopf. Aber ihre Finger krallten sich fester in seinen Ärmel. Da ging ein Ruck durch Jaro. Er wandte sich dem Rat der Ältesten zu und erklärte etwas mit lauter Stimme.

«Was hast du ihnen gesagt», fragte Ada leise, als er fertig war.

«Die Wahrheit», erwiderte Jaro. «Dass ich dich kenne. Schon lange. Als wäre es mein ganzes Leben.»

Es war Ada, als stünden sie sich eine Ewigkeit so gegenüber.

Als jemand sie an der Schulter fasste, war ihr, als erwache sie aus einem Traum. Sie musste sich zusammenreißen, um ihre Hände von Jaro zu lösen und Stephan aus der Hütte zu folgen. Ihr Blick hing an Jaro, solange es ging.

«Schau doch, wo du hintrittst», maulte Stephan, als sie mit rückwärts gewandtem Kopf hinter ihm über die Schwelle stolperte.

«'tschuldigung», murmelte Ada abwesend.

«Und was soll das überhaupt heißen, dass dieser Fuzzi hier auftritt und behauptet, er kenne dich schon ewig. Der hat dich ja förmlich mit Blicken verschlungen.»

Ada schaute an sich hinunter und zupfte an ihrem Gewand. Vielleicht hatte Stephan Recht. Es wäre wirklich eine gute Idee, es rot zu färben. Sie würde mit dieser Melino reden. Leise begann sie, vor sich hin zu summen. «Ich kenne ihn aus dem Wald», sagte sie dann rasch, als sie Stephans verärgerten Blick sah.

«Was?»

«Die Jäger haben auch mit ihm gehandelt. Oder dachtest du, dass ihr die Einzigen seid, die Feuerstein und Muscheln brauchen?»

Stephan war stehen geblieben und hatte die Arme verschränkt. «Er hat mit den Waldwesen zu tun? Ha!», rief er. «Ich fresse einen Besen, wenn er das jemandem hier gegenüber schon einmal erwähnt hat.» Und er machte Miene, umzukehren und wieder in die Hütte zu stürmen, um die Ältesten über Jaro aufzuklären.

«Stephan!» Ada hielt ihn mit Mühe an seinem Kittel fest. «Er hat dir ein Alibi gegeben.»

«Na, da danke ich aber schön», schnaubte Stephan.

«Möchtest du ihnen lieber erklären, dass du durch ein Zeitloch gerutscht bist?», fragte Ada hämisch.

Stephan schwieg. «Und du», fragte er nach einer Weile, «was hast du mit diesem Kerl eigentlich zu tun?»

«Er hat mir das Leben gerettet. Ein Auerochse war hinter mir her.»

Stephan schien diese Erklärung nicht zu befriedigen. «Ein

Lebensretter, toll. Er hat dir aber nicht geholfen, als dieser Hogar hinter dir her war», fragte er bissig. «Oder?»

Ada schnappte nach Luft. Er konnte mir nicht helfen, wollte sie ihn schon rechtfertigen. Er ist ein Reisender, ein Fremder für alle. Er war doch nur einen Tag da. Stattdessen sagte sie: «Du hast Recht, Stephan. Du hast vollkommen Recht.» Sie stemmte die Hände in die Hüften. «Zwischen uns beiden ist nie irgendwas gewesen, ganz wie du selbst gesagt hast. Also reiß dich zusammen und kümmere dich um deinen eigenen Kram, ja?»

Stephan öffnete den Mund. Dann klappte er ihn wieder zu. «Eins zu null für dich», sagte er dann, wandte sich ab und stapfte Richtung Männerhaus. Ada sah, wie er gegen einen Stein trat, der ihm im Weg lag. Getroffen sprang ein Schaf auf und blökte.

Lächelnd ging Ada zum Frauenhaus.

DAS GROSSE FEST

Danach verfiel Ada in hektische Aktivität. Sie fragte nach Melino und wurde zu einer der kleineren Hütten verwiesen. Dort fand sie Stephans Freundin, im Kreis einiger anderer junger Mädchen. Sie erkannte diejenige, mit der sie vor Egbar über den See geflüchtet war, und nickte ihr zu. Die andere erwiderte den Gruß, fasste sich an die Schulter und neigte interessiert den Kopf, als Ada sich das Hemd ein Stück herunterzog, um die Narbe zu zeigen. «Hier, ja», sagte sie dazu. «Aber es heilt schon.»

Die Mädchen drängten sich alle heran, um die Stelle zu berühren, bis es Ada zu viel wurde und sie das Hemd wieder hochzog. Dann brachte sie ihr Anliegen vor. Es war nicht einfach. Mit Händen und Füßen machte sie den anderen klar, dass die Farbe ihres Kittels ihr nicht stünde. Zur Sicherheit hatte sie bereits Klebkrautwurzeln mitgebracht; sie zeigte sie auf der offenen Hand, um deutlich zu machen, was sie sich wünschte. Auch eine Hand voll zerdrückter Holunderbeeren zog sie hervor. Schließlich schien Melino zu begreifen, doch sie schüttelte den Kopf. Nun war es an ihr, mit Gesten zu erklären, was sie meinte. Ihre Freundinnen unterstützten sie tatkräftig dabei. Ein ganzes Ballett war schließlich im Gange, um Ada schnatternd und zappelnd darüber aufzuklären, dass eine Färbung des Stoffes mindestens zwei Tage dauern würde.

«Ja und?», fragte Ada und zuckte mit den Schultern. Melino nahm sie bei der Hand und führte sie vor die Tür. Sie sagte etwas und wies auf eine große Feuerstelle, die gerade errichtet wurde. Ada begriff noch immer nicht. Da nahmen die Mädchen einander an den Händen und deuteten einen Tanz an. Eine setzte eine imaginäre Flöte an ihre Lippen und blies darauf, eine andere schlug eine unsichtbare Trommel. Dabei wiederholten sie immer wieder ein- und dasselbe Wort.

Ada schaute von einer zur anderen. «Ein Fest», rief sie schließlich aus. «Heute Abend gibt es ein Fest.» Begeistert stimmten die Mädchen ihr zu.

Dann war die Zeit natürlich zu knapp für einen Färbevorgang. Ada ließ den Kopf sinken und sah an sich hinunter. Dann würde sie Jaro eben so gegenübertreten, was sollte es. Bei ihrer ersten Begegnung hatte sie weit schlimmer ausgesehen.

Aber Melino nahm sie am Arm und zog sie wieder in die Hütte. Ehe Ada sich versah, waren alle Mädchen dabei, in Körben und Truhen zu wühlen. Die eine zog eine Birkenholz-Kiste heraus, in der Ada eine beinerne Nadel und Fäden aus Sehnen entdeckte. Eine andere suchte rasselnde Ketten aus Obstkernen zu entwirren, die wie ein Schlangennest in ihrer Hand lagen. Eine dritte brachte schließlich unter allgemeinem Applaus eine Decke in einem zarten Grünton an, in die dunklere Formen eingewebt waren. Melino hielt sie der widerstrebenden Ada vor die Schulter und nickte entschieden.

Eine Stunde später, als die Mädchen von ihr abließen, trug Ada ein langes, grünes Kleid mit einem roten Bindegürtel, dessen Zickzacklinien ihren Körper ein wenig wie den einer Meerjungfrau aussehen ließen. Um ihren Hals hingen lange Ketten, und ihre Haare waren zu kunstvollen schmalen Zöpfen geflochten. Zahlreiche Lederbändchen, Perlen und Bastfäden waren hineinverwoben. Als das Mädchen vom See, sie hieß Sirino, mit einer kleinen Schale voll schwarzer und roter Paste ankam, wollte Ada abwehren, aber ihr Widerstand wurde überwunden. Man schminkte ihr die Augen und malte ein Muster auf ihre Wangen, dessen Gestalt Ada nur erahnen konnte. Als ihre neuen Freundinnen fertig waren, strich sie sich mit den Händen über die Hüften, das Haar, das Gesicht. Sie hätte sich einen Spiegel gewünscht. Dankbar und überrascht sah sie, wie Melino eine flache Schale brachte, in die sie Wasser einfüllte. Sie hielt sie so in das Licht, dass Ada ihr Spiegelbild bewundern konnte. Aus der Schale blickte sie ein großäugiges, exotisches Wesen an. Die Spiralmuster in ihrem Gesicht wiederholten sich auf dem Grund des Gefäßes. Als sie sie berühren wollte, zerstörte sie den Wasserspiegel, und das Abbild ihres Gesichts verschwamm zitternd, wie eine Vision.

Aufgeregt schnatternd und voller Ungeduld warteten die Mädchen, dass Ada ihre Inspektion endlich beendete. Dann zogen sie sie an beiden Armen aus der Hütte und quer durch das Dorf. Einige der älteren Frauen vor den anderen Hütten hoben die Köpfe, Kinder schlossen sich ihnen an. Als Ada bemerkte, wohin sie wollten, sträubte sie sich.

«Nein», rief sie. «Nicht. Lasst mich doch.» Und sie errötete heftig. Erst als sie bereits vor dem Männerhaus standen, gab sie ihren Widerstand auf. Hatte sie nicht hierher gewollt? Aber was würde er sagen, wenn er sie sah, so aufgeputzt und herausstaffiert, fast wie ein Opfertier, das man mit Bändern geschmückt in der Prozession zum Altar führte. Nervös strich sie wieder und wieder über ihr Kleid. Ihre Cargohosen wären ihr in diesem Moment lieber gewesen. Und die Farbe, die auf ihren Wangen zu trocknen begann, juckte entsetzlich.

Dennoch hob Ada den Kopf. Ja, sie hatte hergewollt, warum es verleugnen. Sie hätte nur gerne nicht gar so viel Aufmerksamkeit erregt. Aber als die Tür des Hauses sich öffnete, setzte ihr Herzschlag aus, und sie vergaß sämtliche Zuschauer.

Dardanod kam heraus, ein grobes Tuch über der Schulter, nackt bis hinauf zum Gürtel. Die Mädchen kreischten, als sie ihn sahen, und er schlug spielerisch mit dem Handtuch nach ihnen. Sein Haar war tropfnass, er schüttelte es wie eine Mähne in die Richtung derjenigen, die sich zu nahe an ihn heranwagten. Stocksteif stand Ada da und betrachtete den fröhlichen Tumult. Sie hörte den Namen Jaros mehrfach aus der Unterhaltung heraus und sah Dardanods Hand, die nach Norden wies. Als man ihm widersprach, öffnete er die Tür, als wollte er sie einladen, hereinzukommen und sich selbst zu überzeugen. Ada versuchte, so unauffällig es ging, den Hals zu recken. Das Männerhaus war leer.

Sie waren alle beim Schwimmen, das war es, was Melino ihr dann auch mit Gesten zu verstehen gab, erholten sich von den Vorarbeiten für das Fest und machten sich schön für den Abend. Unter vielen Erklärungen wies sie auf die große Feuerstelle in der Dorfmitte und den Bratspieß, auf dem schon der gehäutete und ausgenommene Körper eines Schafs steckte.

Da rief jemand nach den Mädchen. Sie spritzten auseinander und liefen zu verschiedenen Hütten, während Tarito hinter ihnen her schimpfte. Bald darauf sah Ada sie alle bei der Arbeit, beschäftigt damit, Weizen zu spelzen, Linsen einzuweichen, Körner zu mahlen und Fladen zu kneten. Einen Moment lang fühlte Ada sich verloren, bis Tarito sie rief. In der Hoffnung, auch eine Aufgabe zugewiesen zu bekommen, ging Ada zu ihr. Aber Tarito nötigte sie nur, sich zu setzen, und bot ihr eine Schale mit einer dampfenden Flüssigkeit an.

Neugierig schnupperte Ada, dann kostete sie mit einem vorsichtigen Schlürfen. Sie schmeckte Minze und etwas Süßeres. Die anderen Kräuter konnte sie nicht erraten.

«Tee», bestätigte Tarito ruhig. Doch als Ada einen großen Schluck nehmen wollte, hielt sie ihr Handgelenk fest. Sie sagte etwas.

«Wie bitte?», fragte Ada. Dann sah sie mit großen Augen, wie Tarito sich die Hände vor den Leib hielt, eine große Kugel mit den Händen formte und dann verneinend den Finger hin und her bewegte. Verdutzt starrte Ada die harmlos hellgrüne Flüssigkeit an. «Das kann verhindern, dass ich schwanger werde?», fragte sie mit ungläubiger Stimme. Sie hielt Tarito die Schale hin. «Was ist das?», fragte sie.

Tarito betrachtete sie nachdenklich mit schräg gelegtem Kopf. «Jaro – Ada», sagte sie und machte erneut die raumfüllende Geste vor ihrem Bauch.

«Wie? Oh, äh, nein!», stotterte sie. «Ich meine, ich weiß doch gar nicht, ob wir ... Ich ... Wie kommt ihr überhaupt darauf?» Mit einem Mal kam Ada sich in ihrem Kostüm lächerlich vor. Das ganze Dorf schien über sie und Jaro Bescheid zu wissen.

Tarito runzelte fragend die Stirn und neigte sich in Erwartung der Antwort vor. Ada winkte ab und stürzte den Sud hinunter. Ein Kind, was für ein Gedanke. Als sie ausgetrunken hatte, kam ihr eine Frage in den Sinn.

«Wie lange wirkt das?», wollte sie wissen. Hilflos überlegte sie einen Moment, dann wies sie schließlich durch die offene Tür auf die Sonne, zog mit dem Finger eine Bahn, die, wie sie hoffte, deren Auf- und Untergehen verdeutlichte, und hob die Schale hoch.

Auch Tarito dachte nach. Dann wiederholte sie Adas Bewegung dreimal, wobei sie jedes Mal mit der Schale die Geste des Trinkens ausführte.

«Aha, ich muss es also dreimal einnehmen», sagte Ada. «Und dann?» Sie machte die Geste für Schwangerschaft samt der Verneinung und hob fragend die Hände.

Tarito begann, mit dem Finger auf den Boden zu malen, gab dann auf und schaute sich nach einem Hilfsmittel um. Ada reichte ihr das Messer aus ihrem Gürtel. Mit seiner Hilfe machte Tarito eine Reihe von kleinen Zeichnungen. Ada erkannte eine Neumondsichel, einen Halb- und einen Vollmond. Darunter zog Tarito eine Linie.

«Ein Monat», murmelte Ada und schaute sie an. Aber Tarito senkte erneut den Kopf und schrieb weiter. Ada neigte sich vor und schaute ihr über die Schulter. Tarito hatte unter den Strich einen weiteren gezogen, dann noch einen und noch einen, und noch immer war sie nicht am Ende.

«Sechs Monate», rief Ada entgeistert, als sie alle gezählt hatte.

Tarito hob die flache Hand und bewegte sie in einer vagen Geste hin und her, dann fügte sie rasch noch sechs weitere Striche hinzu.

«Ein halbes Jahr bis ein Jahr!», sagte Ada. «Was ist das denn für ein Teufelszeug?»

Tarito machte keinen Versuch einer Antwort.

Das Fest begann mit Einbruch der Dunkelheit. Die Flammen des Feuers, das schon seit dem Nachmittag brannte, gewannen Kontur vor dem dunkler werdenden Himmel, und der Geruch des knusprig brutzelnden Fleisches lockte alle aus ihren Behausungen. Akiro hatte die Musikinstrumente von der Wand ihrer Hütte genommen und unter denen verteilt, die sie spielen konnten. Noch fanden sich die einzelnen Töne und Rhythmen spielerisch zusammen, wie in kleinen Gesprächen, aber je mehr Menschen kamen, desto zusammenhängender wurden Rhythmus und Klang. Bald sprang die erste Sängerin auf. Sie bewegte sich anmutig, mit ausdrucksvollen Gesten zu ihrem Lied, ohne wirklich zu tanzen. Ihre Zuhörer lachten an manchen Stellen, und als sie fertig war und sich setzte, sprang ein junger Mann auf, um eine Gegenstrophe anzustimmen. Ein Stegreifwettstreit, vermutete Ada, die sich am Rand unter die Zuhörer gemischt hatte, ein Austausch kleiner Provokationen und Kabbeleien, von dem sie kein Wort verstand. Sie bemerkte Stephan, der neben Melino auf der anderen Seite des Feuers saß. Gerne hätte sie ihn um eine Übersetzung gebeten, aber er machte keine Anstalten, zu ihr herüberzukommen. Als ihre Blicke sich kurz trafen, beantwortete er Adas aufforderndes Lächeln, indem er den Kopf wegdrehte und sein Gesicht in Melinos Haaren vergrub, die lachend nach ihm griff.

«Sturer Hund», murmelte Ada. Dann eben nicht. Halbherzig fiel sie in das Klatschen mit ein, mit dem die Übrigen den Refrain begleiteten. Da sah sie Jaro.

Er trat als Letzter aus dem Männerhaus ins Licht des Feuers. Ada sah den orangefarbenen Widerschein auf seinem Gesicht, als er sich suchend umschaute. Er sucht mich, dachte sie einen Herzschlag lang und erstarrte. Ihre Hände hielten in der Luft inne, wo sie waren. So als könnte Jaro sie nicht sehen, wenn sie sich bewegte. Der süße Schreck dauerte, bis ihre Augen sich fanden.

Da wechselte der Charakter der Musik. Die Trommeln wurden lauter, ihr Rhythmus schneller, hypnotischer. Die ersten Tänzer sprangen auf. In dem Eifer, sich zu zeigen, strömten alle zum Tanzplatz am Feuer. Ada, die sich gegen den Strom stemmte, wurde herumgestoßen und verlor Jaro für einen Moment aus den Augen. Gerade, als sie sich enttäuscht umwandte, stand er wieder vor ihr.

«Möchtest du tanzen?», fragte er.

Ada schüttelte stumm den Kopf. Als sie den Mund öffnete, um etwas zu sagen, kam Dardanod und drückte Jaro im Vorübergehen eine Schale in die Hand. Er rief etwas, das Jaro lachend beantwortete.

«Hier», sagte er dann und reichte ihr das Getränk. «Probier.»

«Was ist das?», fragte Ada.

Jaro lächelte. «Es macht, dass dir Flügel wachsen und der Kopf dir braust wie ein Meer.» Er setzte ihr die Schale an die Lippen.

Gehorsam schluckte Ada. Er lachte, als sie die Schale absetzte, und wischte ihr mit einem Finger behutsam den roten Rand von der Oberlippe. Dann leckte er sich den Finger ab.

Ada errötete. «Du, du hast das Meer gesehen?», sagte sie.

Jaro nickte. «Die Muscheln, mit denen ich handle, habe ich

selbst gesammelt. Ich habe viel gesehen. Den großen Strom mit seinen Dörfern, die weißen Strände am Ozean. Die Hochebenen, die die Heimat unserer Schafe sind. Ich habe sogar die große Stadt gesehen.»

«Stadt?», fragte Ada aufgeregt. Das konnte doch nicht sein. Sie befanden sich in der Steinzeit, lange bevor die Kulturen des Zweistromlandes entstanden. Er konnte unmöglich eine richtige Stadt meinen. Andererseits wurden die Megalithbauten auf Malta neuerdings für viel älter gehalten, als man ehedem gedacht hatte. Die Harappa-Kultur in Nordindien existierte auch schon sehr früh. Und wer weiß, vielleicht war Çatal Hüyük in der Türkei ja ebenfalls ein wenig älter als vermutet. Möglicherweise redete er von ihr. Es war eine Stadt gewesen, mit richtigen Mauern, Steinhäusern und einem Tempelraum, der ein Bild der Großen Göttin als Vogel zeigte. Sie musste ihn danach fragen. Aber er legte ihr den Finger auf den Mund.

«Ich habe dich gesehen», sagte er.

Und Ada vergaß alle Fragen. Sie öffnete ihre Lippen und liebkoste seinen Finger mit einem Kuss. Jaro entfuhr ein Seufzer. Für einen Moment schloss er die Augen, dann schaute er sich rasch um, nahm sie um die Schulter und bugsierte sie unauffällig aus der Menge. Ada nahm flüchtig wahr, wie Rikikos weißes Haar im Feuerschein aufschimmerte, als sie sich auf einem Schemel niederließ, wie Stephan tanzte und Dardanod das Messer hob, um den ersten Bissen vom Fleisch abzuschneiden.

«Werden sie uns nicht vermissen?», fragte sie und wurde noch einmal rot bei der Erinnerung an die ungenierte Erwartung, die aus den Handlungen der anderen gesprochen hatte.

«Wir sind nicht die Einzigen», antwortete Jaro und wies auf einen Heuhaufen, aus dem es kicherte und seufzte. Hier und da bemerkte Ada Schatten, eng umschlungen wie sie selbst, die sich zwischen den Hütten verloren. «Es ist ein Festabend.» Sein Flüstern war ein warmer Hauch an ihrem Ohr. Dann sprachen sie nicht mehr.

Ada spürte, wie die Reste der Malerei auf ihren Wangen abbröselten unter Jaros Fingern. Sie waren warm und stark und verströmten denselben Geruch wie bei ihrer ersten Begegnung, nach Harz und dem Rauch von Lagerfeuern. Ada sog ihn mit geschlossenen Augen in sich auf. Sie ergriff seine Hände und führte sie über ihr Gesicht, ihr Haar, ihren Nacken. Seufzend legte sie den Kopf zurück und bot ihm ihre Lippen, die er mit einem sanften Kuss öffnete. Sie bemerkte kaum, wie seine Hände weiterwanderten, ihren Rücken hinab, sie an sich zogen. Sie spürte seinen Herzschlag, als wäre es der ihre, die Grenzen zwischen ihren Körpern verschwammen. Als sie aus diesem ersten Kuss wieder auftauchte und zu Atem kam, lag sie in Jaros Armen im trockenen Gras. Mit allen zehn Fingern strählte er ihr Haar, dass es wie ein Heiligenschein um sie ausgebreitet lag, und ihr war, als wachse es mit seinen Wurzeln aus der Erde und trage ihr von dort geheime Kräfte zu. Sie hielt still, als seine Finger sich an den Bändern zu schaffen machten, mit denen ihr grünes Kleid vor der Brust verschnürt war. Sie errötete auch nicht mehr und wollte keinen Teil von sich verstecken. Sie fühlte sich zufrieden und glücklich und schön. Alles, was sie wollte, war, ihm zu helfen, ihr das Kleid abzustreifen und ihn mit ihrem Körper zu umschlingen. Bereitwillig wand sie sich mit den Schultern aus dem Stoff heraus. Wie ein Schauer glitt er über ihren Körper und gab sie dem weiten Nachthimmel preis.

Jaro neigte sich über sie und fuhr die Kontur ihres Bauches mit seinen Fingern nach. Alles in Ada zog sich prickelnd zusammen. «Die Sterne waren noch nie so schön wie im Licht deiner Haut», sagte er leise, ehe er sie ein zweites Mal küsste. Ada war es, als ob sie schwebe.

«Wie fühlst du dich?», fragte er, als sie keuchend, mit feuchten Mündern, voneinander ließen.

«Als brause das Meer in meinem Kopf», sagte sie leise kichernd.

«Du hast zu viel getrunken», erwiderte er lächelnd und liebkoste ihren Hals mit seinen Lippen.

Sie zog ihn zu sich hinab. «Ich habe von dir gekostet.»

«Und?», fragte er. Sie sah das Funkeln in seinen Augen und hörte das neue Vibrieren in seiner Stimme.

«Ich will mehr», flüsterte sie, «viel mehr.» Und sie umschlang ihn mit ihren Schenkeln.

DIE, WELCHE HÄUSER BAUEN

Die Kinder waren die Ersten, die wieder aufwachten. Kichernd liefen sie über den Festplatz, kratzten kalte Weizengrütze aus den Schüsseln, kokelten grüne Blätter an in den Resten der Glut und begutachteten die Schläfer. Rikiko lag, bedeckt vom Schleier ihrer weißen Haare, auf einer Matte nahe dem fast erloschenen Feuer. Zu ihrem Haupt und zu ihren Füßen hatten sich Tarito und Akiro zusammengerollt wie Schildwachen. Tarito schnarchte, bis ein Frechdachs sich traute, ihr einen Grashalm in die Nase zu schieben. Ihr Erwachen ließ die ganze Bande auseinander stieben und zwischen den Häusern auf Abenteuer ausgehen.

Malikos Tochter Ellino entdeckte unter einem Haselstrauch vor dem Tor ihre Mutter, in den Armen von Dardanod. So leise und vorsichtig sie konnte, schlich sie sich an, kroch zwischen die beiden, die leise grunzten, kuschelte sich an und begann dann plötzlich, sie kräftig zu kitzeln. Das anschließende Gelächter und Geschrei weckte Jaro.

Er räkelte sich und blinzelte. Dann erinnerte er sich der letzten Nacht und war mit einem Schlag wach. Ada neben ihm schlief tief, das Gesicht in ihren Haaren verborgen. Sacht strich er über die zerzauste Mähne, in der sich Zweige, Gras und Blüten von ihrem Lager verfangen hatten. Der rosafarbene Morgenhimmel zauberte rote Lichter hinein. Ihre blasse Haut schimmerte wie das Innere einer Muschel.

Andächtig fuhr er die Linien ihres Körpers nach, legte unter der Lockenflut die helle, kühle Rundung ihrer Schulter frei, küsste sie und liebkoste die Narbe, die darunter lag. Dann glitten seine Hände um ihren Körper nach vorne, fanden ihre Brüste und umschlossen sie sanft. Ada bewegte sich im Schlaf. Sie spürte die Wärme seiner Berührung, die prickelnde Unruhe seiner Liebkosungen, die Spuren durch ihre Träume zog. Unwillkürlich schmiegte sie sich enger an ihn; ihr Gesäß drängte gegen seine Hüften und elektrisierte ihn. Vorsichtig neigte Jaro sich über seine Geliebte. Seine suchende Hand fand den Weg zwischen ihre Schenkel und dort die Gewissheit, dass ihre schläfrigen Gedanken bereits ihm galten. Ada seufzte und wandte sich ihm zu. «Jaro?», flüsterte sie müde. Als sie die Augen aufschlug, war er bereits bei ihr und trieb sie mit sachten Bewegungen dem Erwachen in einen neuen Traum entgegen. «Guten Morgen, meine Schöne», sagte er leise.

Der helle Morgen fand sie eng umschlungen. Die Schatten der vom Wind bewegten Zweige eines Holunderbusches tanzten über ihre nackten Körper. Sie hatten aus ihren Kleidern ein Kissen gemacht und ließen sich die Sonne auf die Haut scheinen. Um sie herum summten eifrige Insekten um die letzten Blüten. Über ihnen kratzten die Krallenfüße der Amseln im Gezweig. Ein Schmetterling setzte sich auf Jaros Hüfte und schlug mit seinen blauen Flügeln. Ada wollte ihn auf ihren Finger locken, doch er flog davon. Sie ließ ihre Hand auf Jaros braun gebranntem Bauch ruhen und betrachtete ihn andächtig: die schlanke, aber kräftige Gestalt, das schmale Gesicht mit den dunklen Augen, die sie ansehen konnten, dass ihre Knie weich wurden, das kräftige Kinn mit dem sensiblen Mund, das Haar, das ihm blauschwarz auf die Schultern fiel. Ada nahm seine Hand und wendete sie in der ihren, strich zärtlich über die sonnenverbrannte Außen- und die verletzliche Innenseite, küsste jeden der langen Finger. «Du bist der schönste Mann, den ich kenne», sagte sie. Sie war selbst erstaunt, als sie den Klang ihrer Stimme hörte.

Jaro lachte und zog sie an sich. «Dann weiß ich ja, warum du bei mir bist, schönes fremdes Rätsel.»

Ada wehrte ab. «Ich bin nicht schön», sagte sie.

Jaro lachte ungläubig. Er strich ihr das Haar aus der Stirn. «Doch, das bist du», erwiderte er. «Wie kann es sein, dass du das nicht weißt?» Seine Augen forschten in den ihren. Sie war wahrhaftig anders als alle Frauen, die er kannte. Sie war stark und selbstbewusst wie die Dorffrauen und doch auch scheu wie die des Waldes, keinen von beiden glich sie ganz. Sie war leidenschaftlich und spröde zugleich. Diese Nacht, noch gerade eben, hatte sie sich ihm rückhaltlos hingegeben. Und doch entzog sie sich ihm. Da war etwas in ihr, fremd im tiefsten Sinne, was er nicht entschlüsseln konnte. Und was ihn magisch anzog. «Mein schönes Rätsel», wiederholte er und versuchte sie zu küssen.

Ada ließ es geschehen und schüttelte dann den Kopf. Sie wich seinem Blick aus, als er sich von ihr löste. Ein Rätsel nannte er sie und ahnte nicht, wie Recht er damit hatte. Und zwar eines, das sie ihm nie würde lösen können. Wenn er fragte, wer sie sei und woher sie käme: Was könnte sie anderes tun, als ihm eine Lüge erzählen? Der Gedanke machte sie traurig inmitten des Vogelgezwitschers. Sie versuchte seine Finger abzuwehren, die ihren Hals liebkosten, sie kitzelten und neckten und den Linien ihres zusammengepressten Mundes nachfuhren. Schließlich konnte sie nicht anders, sie musste lächeln. «Du liebst wohl Rätsel?», fragte sie, um das Schweigen zu brechen.

Jaro breitete die Arme aus. «Ich bin ein Reisender», sagte er. «Es gibt nichts Schöneres, als über einen Bergkamm zu kommen und vor sich das Panorama einer neuen, unbekannten, wunderbaren Landschaft zu sehen.»

Ja, hinter jedem Hügel eine Neue, fuhr es Ada kurz durch den Sinn, doch seine Hand vollführte auf ihrem Leib einige ebenso anzügliche wie wirkungsvolle Manöver und vertrieb ihren Anflug von unbestimmter Eifersucht. Kichernd schmiegte sie sich an ihn. «Erzähl mir von deinen Reisen», bat sie.

Jaro ließ sich nicht lange bitten. Mitreißend und voller Begeisterung malte er ihr Bilder vom Großen Fluss, wie er die Donau nannte, in dem Fische schwammen, größer als ein Mann, von schier unendlichen Wäldern, von den Stränden des Schwarzen Meeres, wo sich die Löwen bis an den Sand wagten.

«Du hast viel gesehen», sagte Ada, nachdem sie seinen Erzählungen andächtig gelauscht hatte.

«Ich bin auf den Handelspfaden aufgewachsen», entgegnete er. «Meine Mutter gebar mich am Wegrand und trug mich in einer Schlinge hinter meinem Vater her.»

«Du hast nie ein Zuhause gehabt?», fragte Ada und dachte: wie ich. Meine Mutter gebar mich in einem Hotel in Nizza, wo Vater einen Vortrag hielt. Doch das konnte sie ihm nicht erzählen.

Jaro strich sich die Haare aus der Stirn und dachte nach. «Ich war in vielen Siedlungen. Ada, du machst dir keine Vorstellung.» Mit leuchtenden Augen wandte er sich ihr zu. «Es gibt Dörfer, da sind alle Wände aus Stein gemacht. Sie leuchten kalkweiß in der Sonne, und drinnen liegen Teppiche, so bunt wie der Regenbogen. Diese Menschen weißen auch ihre Haut, ihr Haar streichen sie mit Rötel ein, bis es hart ist wie ein Tongefäß. Und ihren Toten geben sie Blumen mit ins Grab. Andere leben in Hütten aus Leder, so leicht, dass man sie mit einer Hand forttragen kann. Ich kenne Menschen, Ada, die leben den ganzen Sommer am Wasser und fangen Fisch, im Herbst dann folgen sie einem großen Tier, dessen Fleisch sie ernährt, auf seiner Wanderung, bis zum Frühjahr. Wohin ihr Weg sie dabei führt, das weiß keiner. Man sagt, sie durchschreiten das Nebelreich der Geister.» Jaro schien überaus fasziniert zu sein. «Ich habe Wesen gesehen, die waren halb Mensch, halb Tier, mit Mähne und vier langen Beinen, Ada. Sie bewegten sich schnell wie Hirsche über die Ebene.»

«Reiter», rief Ada, «Jaro, du hast Berittene gesehen.» Doch er war nicht zu bremsen. «Ich habe Menschen gesehen, die nehmen jeden fünften Herbst das prächtigste Vieh, die besten Früchte, das üppigste Ährenbündel und das schönste junge Paar und schicken es auf eine Reise, die zu ihrem Gott führen soll.»

«Hast du auch die Stadt gesehen, Jaro?» Ada hielt es nicht mehr aus vor Spannung.

Verdutzt hielt er inne. «Die Stadt?»

«Ja, du hast mir gestern Abend davon erzählt. Sie muss auf einem Hügel liegen, nicht wahr?»

Jaro nickte versonnen. «Das ist ein Anblick, den man im Leben nicht vergisst. Ganz aus Stein. Und ihre Häuser stehen so dicht aneinander wie Waben in einem Bienenstock. Man kann über die Dächer gehen, ohne einen Fuß auf den Boden zu setzen. Sie haben Leitern, damit man von höher gelegenen zu tieferen Ebenen kommt.» Er lehnte sich zurück und beschrieb mit den Händen die Umrisse in der Luft. «Dazwischen liegen Höfe, so eng und still und glatt und leuchtend im Sonnenlicht, wie das Innere einer Muschel.» Mit einem zufriedenen Seufzen verschränkte er die Arme hinter dem Kopf. «Nie habe ich mich friedlicher gefühlt und mehr am Ziel, als im Hof vor dem Tempel der Großen Mutter.»

Ada stützte sich auf den Ellenbogen hoch. «Stimmt es, dass sie die Form eines großen Vogels hat, der in einem Wandbild dargestellt ist?»

Jaro starrte sie an. «Woher weißt du das?», fragte er. «Bist du dort gewesen?»

Spontan und ehrlich schüttelte Ada den Kopf und verfluchte sich umgehend für ihre Unbedachtheit. Was sollte sie ihm jetzt sagen?

Jaro hatte sich aufgerichtet. «Dieses Bild ist ein großes Geheimnis. Sie hüten es wie ihren Augapfel. Nur die Eingeweihten dürfen es sehen, und sie müssen darüber Stillschweigen bewahren. Aber», er musterte sie noch einmal, «an dir entdecke ich die Zeichen nicht.» Unwillkürlich fuhr seine Hand zu einem Narbenmuster auf seinem Schenkel, das so etwas bildete wie die Andeutung eines Gefieders. Man konnte es auch als Fischschuppen deuten. «Du gehörst nicht zu den Initiierten», sagte er.

Wieder schüttelte Ada den Kopf. «Nein», gab sie zu und dachte fieberhaft nach. «Ich, ich … Ich habe davon geträumt», sagte sie schließlich. Es war das Einzige, was ihr einfiel. Doch ihre Antwort beruhigte Jaro nicht. Er kam hoch und hockte sich vor sie hin, um sie zu betrachten, als sähe er sie mit ganz neuen Augen.

«Du kannst Dinge im Traum sehen», sagte er verblüfft. «Nur wenige können das. Auserwählte.» Er wollte ihre Schultern berühren und schreckte im letzten Moment davor zurück. «Aber ich habe es gleich gespürt, dass etwas an dir ist.»

Ada wehrte ab und wollte ihn an sich ziehen. Aber er umschloss ihre Hände mit den seinen und betrachtete sie weiter. «Hast du auch schon andere Dinge im Traum gesehen?», fragte er eindringlich.

Ada dachte an das Knochengesicht, an die Grube und ihre Vision der Menschen, die darin starben. Für einen Moment war ihr, als erlebte sie sie wieder. Und diesmal wurden aus den Schemen Menschen, Gesichter. Es ging so rasch wie beim ersten Mal, so wirr und beängstigend. Aber sie glaubte doch, Rikikos aufgerissene Augen zu sehen, als sie mit blutender Schläfe auf den Boden prallte. Ada biss sich auf die Lippen. «Ja», gab sie widerstrebend zu.

«Was für Dinge, Ada, was?» Jaros Griff um ihre Finger verstärkte sich.

«Es hat …», sie schluckte. «Es hat mit dem Tod zu tun, Jaro.» Sie schloss die Augen, als sie es sagte, zugleich erschrocken und erleichtert, dass sie es einmal ausgesprochen hatte. Doch als sie spürte, dass er sie losließ, senkte sie mutlos den Kopf. Dann aber fühlte sie sich umarmt und festgehalten. Mit einem Aufseufzen warf sie die Arme um ihn. Er wiegte sie sacht wie ein Kind.

«Träumt er auch?», hörte sie Jaro nach einer Weile fragen.

«Wer?», fragte sie verblüfft. Sie machte sich aus der Umarmung los und blinzelte ihn an.

«Der Mann, mit dem du hierher gekommen bist», sagte Jaro und betrachtete sie mit halb geschlossenen Augen. «Dein Gefährte.»

«Oh, Stephan», rief Ada, ganz erleichtert. «Nein, nein, er ist nicht mein Gefährte. Es ist nur ... wir stammen aus derselben ...» Sie hätte beinahe Zeit gesagt. «Familie», meinte sie schließlich halbherzig. «Sozusagen.»

Jaro nickte, als erwäge er die Antwort. «Und: Träumt er?»

«Nein», erwiderte Ada. «Ich denke nicht. Wieso?»

«Weil das manchmal vorkommt. Meist sind es Geschwisterpaare, Zwillinge oft. Manchmal sind es nur Cousins, oder beide Kinder wurden zur selben Zeit geboren und fühlen sich einander eng verbunden. Solche Paare sind Auserwählte der Mutter, weißt du? Die Mädchen werden ihre Priesterinnen.»

«Und die Männer?», fragte Ada.

«Auch sie dienen ihr», sagte Jaro. «Sie kennen nichts Größeres.»

Ada öffnete den Mund, um weiterzufragen. Da näherten sich Stimmen, wurden lauter, riefen etwas.

«Was ist das?», fragte Ada und lugte unter dem Holunder hervor, «eine Parade?» Als sie die Wärme der Sonne auf ihren Brüsten fühlte, wurde ihr bewusst, dass sie noch immer nackt war. Sie zerrte an ihrem Kleid, um es sich vor den Leib zu halten, ehe die vielen Menschen da waren. Auch Jaro schlüpfte in sein Hemd. Er winkte gelassen, als man sie erkannte.

Stephan kam durch das Gras auf sie zugerannt. Instinktiv versteifte Ada sich. Sie warf Jaro einen besorgten Blick zu. Aber Stephan beachtete weder ihren Gefährten noch ihre Nacktheit oder ihr zerzaustes Haar. Ausgelassen packte er sie bei den Schultern und schüttelte sie, während er immer wieder rief: «Sie hat ja gesagt. Sie hat endlich ja gesagt. Das Holz dieses Jahres ist für uns.» Ohne eine weitere Erklärung sprang er den anderen hinterher, holte Melino ein und küsste sie herzhaft.

«Meinen Glückwunsch», brüllte Ada lachend hinter ihm her. Kopfschüttelnd schaute sie ihm nach. «Wozu auch immer», fügte sie leiser hinzu. Während sie sich anzogen, erkundigte sie sich bei Jaro nach dem Sinn der Angelegenheit.

«Ich vermute, das Mädchen hat zugestimmt, ein Kind von ihm zu tragen», sagte Jaro. «Das ist eine große Sache. Die Frauen hier bestimmen recht genau darüber, wann und von wem sie schwanger werden.»

Ada nickte. «Sie nehmen einen Tee.»

«Noch ein Geheimnis», bestätigte Jaro. «Aber ich sehe, du bist eingeweiht.»

«Nicht in die Rezeptur», gab Ada zu.

«Die Zutaten wachsen in Taritos Garten, so viel weiß ich», meinte Jaro. «Einige davon sind in der falschen Dosierung schädlich, sogar tödlich, heißt es. Das trifft auf viele ihrer Pflanzen zu. Deshalb müssen sie außerhalb der Palisaden wachsen.» Er wies mit dem Kinn auf die kleine Einzäunung, die, wie Ada jetzt bemerkte, nicht weit von ihrem Schlafplatz lag.

«Und Melino wird jetzt also ihren Tee absetzen», sagte sie dann, um Jaro zum Weiterreden zu ermuntern.

«Sie wird mehr tun. Sie wird deinem Freund die Gewissheit gewähren, dass das Kind von ihm ist.»

Ada nickte. «Und was hat es mit dem Holz auf sich?»

«Nun», sagte Jaro, «eine Frau, die ein Kind gebiert, wird ein Haushaltsvorstand. Das heißt, sie erhält ihre eigene Hütte. Sie kann dann wählen, mit wem sie dort leben will. Manche ziehen mit ihren Müttern zusammen, andere mit Schwestern, Verwandten oder guten Freundinnen. Es bildet sich ein Frauenverband.»

«Und der Mann?», fragte Ada.

«Das kommt darauf an.» Jaro wandte sich ihr zu und lächelte. «Manche Männer leben gerne unter Männern. Sie bleiben im Männerhaus bei ihren Kameraden und nächtigen nur gelegentlich im Heim ihres Kindes. Andere schätzen die Gesellschaft der Frauen und integrieren sich, mehr oder weniger. Es gibt sogar Paare, die bleiben ab da ein Leben lang zusammen. Aber das tun sie selten alleine.»

Ada nickte. «Stephan wird also eine Hütte bauen», stellte sie fest.

«Nicht allein», widersprach Jaro. «Das ist eine Angelegenheit des ganzen Dorfes. Es zieht sich über das Jahr hin. Die Reiser werden im Winter geschnitten, das Holz im Frühjahr gefällt. Jedes Jahr verwenden alle ein paar Wochen Arbeit darauf. Errichtet wird der Bau dann im Herbst, wenn das Stroh geschnitten ist und das Dach gedeckt werden kann.»

«Die Nordfelder», fiel es Ada ein, und ihr Blick suchte die gelben Vierecke.

Jaro nickte. «Bald wird es so weit sein.»

Da kamen bereits die ersten Männer zurück. Sie schleppten schwer an einem langen, bereits grob zugehauenen Baumstamm. Ein Kind ritt jauchzend darauf und versuchte, trotz des Schwankens, das die Schritte der Männer verursachte, auf dem Balken zu balancieren.

«Wir sollten uns ihnen anschließen», sagte Jaro. Er griff hinauf in den Holunderbusch, fand einen Zweig mit vollen schwarzen Beeren, wand ihn zu einem Kranz und setzte ihn ihr auf die Stirn. Dann nahm er sie bei der Hand, und mit fliegenden Haaren rannten sie zu den anderen. Dort wurden sie getrennt. Jaro hieß man schulterklopfend bei denen willkommen, die sich mit den Stämmen abmühten. Ada bekam einen Arm voll geschnittenen Reisigs in die Hände gedrückt. Tarito sah sie mit ihrem Schmuck. «Besser?», rief sie herüber.

Ada kämpfte mit ihrer Last, nickte und lachte. «Besser», rief sie fröhlich, «viel besser.» Sie schaute sich um zwischen den arbeitenden Menschen, und der Tag schien ihr mit einem Mal nur Schönes zu bergen. Dort drüben waren Jaro und Stephan und mühten sich gemeinsam damit ab, einen Balken umzudrehen. Mit konzentrierten Gesichtern hoben sie ihn an und wuchteten ihn sich auf die Schultern. Lachend machte Ada sich auf, ihnen zu folgen. «Mein Freund baut ein Haus», trällerte sie dabei. Jaro, der am hinteren Ende trug, wandte sich zu ihr um. «Und du?», fragte er.

«Na, hat dein neuer Mann dich schon verlassen?», fragte Stephan hinter ihr.

Ada, die auf den Knien lag, um die neu geflochtene Ostwand mit Lehm zu verstreichen, schaute sich nicht nach ihm um. Sie hörte am Rascheln seiner Kleider, dass er in die Knie ging.

«Jaro ist aufgebrochen, um Feuerstein zu tauschen», erklärte sie spröde. «Er ist zu einem Steinschlägerplatz weiter im Westen unterwegs. Er meinte, die Männer, die dort in den Minen arbeiten und die Rohlinge zuschlagen, sind nur da, bis die Eichenblätter gelb werden.» Nun wandte sie sich ihm doch zu. Fast hätte sie gelächelt, als sie sein Gesicht sah. Gleich mehrere Profi-Steinschläger auf einem Haufen, das war nichts, was Stephan kalt gelassen hätte, und sie wusste es. Mit einem Ruck schüttelte sie ihre verschmierten Hände in seiner Richtung aus, sodass sein Gesicht von kleinen Lehmtröpfchen gesprenkelt wurde. Dann griff sie in den Korb und nahm einen großen neuen Batzen. «Du hättest ja mitgehen können, wenn du nicht hier so beschäftigt wärst.»

Stephan biss sich auf die Lippen. Man sah, dass er über der möglicherweise verpassten Gelegenheit brütete. Dann schüttelte er den Kopf mit den Locken, die ihm inzwischen bis über die Schultern hingen. Ein Lederband hielt sie ihm bei der Arbeit aus der Stirn. «Ach, lass mal», erwiderte er schließlich. Sein Blick schweifte mit wachsendem Stolz über die Anlage, die sich vor ihnen erhob. In den letzten Wochen war sie auf imposante Weise gewachsen. «Ich bin hier ja wirklich beschäftigt.» Dann betrachtete er ihren Rücken. «Warum bist du eigentlich nicht mitgegangen?»

Ada zuckte mit den Schultern und arbeitete weiter. Gedacht hatte sie daran, und Jaro hatte sie auch sehr bedrängt. Ausführlich hatte er ihr den Platz geschildert, wo senkrechte Schächte in den Erdboden getrieben worden waren, um an tief liegende, besonders wertvolle Schichten von Hornstein zu kommen, der sich geschmeidig verarbeiten ließ. Auf der Sohle jedes Schachts, von wo aus waagrecht Gänge in den Fels getrieben wurden, stand ein kleiner Altar der Mutter, auf dem die Männer opferten und um Verzeihung dafür baten, dass sie in ihren Schoß eindrangen. Manche Männer, sagte Jaro, ließen sich von ihren Priesterinnen segnen, ehe sie dort hinabstiegen, denn es war ein dunkler, furchterregender Ort. Eine Frau wäre dort als glückbringend gerne gesehen, hatte er sie umworben, zumal eine, der die Mutter Traumgesichte schenkte.

Aber Ada hatte abgelehnt. Zu stark war noch ihre Bindung an den Ort, an dem sie diese Zeit betreten hatte, zu stark noch immer ihre Hoffnung, eines Tages den Weg zurück antreten zu können. Noch fühlte sie sich dem Erdwerk wie mit einer Nabelschnur verbunden, und sie wagte nicht, sie von sich aus zu kappen. Obwohl ihre Bindungen in dieser Welt stärker und stärker wurden.

In dem Maße, in dem der Bau voranschritt, lebte auch Ada sich in der Gemeinschaft des Dorfes ein. Ihre Sprachkenntnisse wuchsen mit jedem Tag, schon konnte sie mit den anderen Frauen bei der Arbeit kleine Unterhaltungen führen. Seit einiger Zeit ging sie Maliko bei ihren Töpferarbeiten zur Hand, um etwas über die Muster zu lernen, die diese in den Ton ritzte und mit weißer Kalkpaste unterlegte. Tarito begleitete jeden ihrer Schritte von Ferne mit mütterlichem Interesse. Und sie wurde von Melino mit immer größerer Selbstverständlichkeit in den Kreis ihrer Freundinnen gezogen, wo sie die Augen von Sirino immer wieder lange auf sich ruhen fühlte, dem Mädchen vom See. Auch sie mochte Sirino und hatte sich vorgenommen, bei nächster Gelegenheit ihre Freundschaft zu suchen. Es gab noch jemanden, dessen stummes Interesse Ada spürte: Akiro. Im Gegensatz zu Sirino flößte die junge Priesterin ihr allerdings ein gewisses Unbehagen ein, das bald in Trotz umschlug. Ohne dass irgendetwas zwischen ihnen vorgefallen wäre, hatte Ada den Beschluss gefasst, ihr bei Gelegenheit die Stirn zu bieten.

«Und?», wiederholte Stephan seine Frage.

Ada schaute auf. «Ach, weißt du, ich habe hier eigentlich gut zu tun.» Und nach einer kurzen Pause fügte sie hinzu: «Das wird ein wunderbares Haus werden.»

Erleichtert erwiderte Stephan ihr Lächeln. Ehe er ging, legte er ihr sacht die Hand auf die Schulter. Es war eine Bitte um Verzeihung. Und Ada gewährte sie ohne Worte. Als er fort war, begann sie unwillkürlich zu pfeifen, und die Arbeit ging ihr noch schneller von der Hand. Stück für Stück wuchs die Wand vor ihr auf. Die Sonne schien warm auf ihre Schultern und vergoldete jede Linie. In fünf Tagen, so hatte Jaro beim Fortgehen versprochen, wollte er wieder hier sein. Nein, in diesem Moment gab es nichts, was sie an diesem Leben auszusetzen hatte.

«Heb an!» Als unter Rufen und großem Geschrei der Firstbalken von den Männern an seinen Platz gehievt wurde, saß Ada mit den anderen Mädchen im Schatten und ruhte sich aus.

«Morgen», meinte Melino, «können wir das Korn schneiden. Dann wird das Dach gedeckt.»

«Und die Scheuern werden gefüllt», fügte ein Mädchen hinzu. Alle seufzten träge und glücklich.

Sirino wandte sich an Ada. «Hat Maliko die Figur der Mutter fertig?»

Ada warf Melino einen scheuen Blick zu. «Melino hat mich gebeten, sie zu machen», begann sie. Als einige der Mädchen erstaunt schauten, beeilte sich Melino hinzuzufügen: «Sie ist die Geist-Schwester meines Gefährten. Ein solches Band kann nur gut für uns alle sein.» Ihre Zuhörerinnen nickten. Sie alle kannten die Bedeutung solcher Paare, einander eng verbunden wie Zwillinge und doch nicht Mann und Frau. In ihrer Heimat nahmen Ada und Stephan sicher einen hohen Rang ein und übten eine offizielle Funktion für ihre Gemeinde aus. «Außerdem sagt Maliko», fügte Melino augenzwinkernd hinzu, «dass sie inzwischen ziemlich gut geworden ist.»

Ada lächelte verlegen, wickelte aber auf allgemeines Drängen das mitgebrachte Tonfigürchen aus. Es war eine kleine, kaum handgroße Frau, mit üppigen Formen und einem unausgeführten Gesicht. Ada hatte sich von den zahllosen Darstellungen inspirieren lassen, die sie als Studentin in Händen gehalten hatte, angefangen bei der Venus von Willendorf; sie hatte ihre Figur aber länglicher gestaltet, ein wenig schlanker und mit langem, offenem Haar, das als stilisiertes Netz über ihren Rücken bis beinahe zum Boden hing. Arme und Fesseln zierten angedeutete Schmuckbänder.

Die Figur ging von Hand zu Hand und wurde unter viel Lob gedreht und gewendet. «Zeig her», sagte da plötzlich eine Stimme. Es war Akiro, die sich unbemerkt genähert hatte. Ungefragt nahm sie die Figur und wendete sie mit spitzen Fingern hin und her. «Du hast die Fisch- und Vogelidentität der Mutter angedeutet», sagte sie nachdenklich und wies auf das abstrakte Haarmuster hin, das als Federn oder Schuppen durchgehen konnte.

Ada nickte. «Ja, und zum Boden hin löst es sich auf, so als wären dort Pflanzen oder Wurzeln. Um anzudeuten, dass sie dem Boden Kraft spendet, dem sie selbst erwächst.»

Akiro runzelte die Stirn. «Das ist ungewöhnlich», sagte sie. Ihre Stimme klang ablehnend.

«Mir gefällt es», sagte Melino und nahm ihr die Figurine ab. «Und es ist wahr. Die Erde ist ihr Schoß, und aus ihm erwächst uns alles.»

Akiro ignorierte den Einwand. «Ich werde sie nicht segnen», sagte sie bestimmt. «Ich will nicht, dass dein Kind von etwas behütet wird, das in Berührung war, mit ...», sie zögerte einen Moment, «... mit Waldwesen», fügte sie schließlich im Ton starker Abneigung hinzu.

Ada sprang auf, voller Zorn. «Hör auf, von ihnen zu reden, als wären sie Kakerlaken», forderte sie. «Es sind Menschen wie du und ich. Nenn sie gefälligst auch so.»

Akiro blinzelte irritiert, dann setzte sie ein Lächeln auf. «Ich weiß nicht, was du meinst», sagte sie geziert.

«Doch», fiel Sirino da unerwartet ein, «das weißt du ganz genau.» Und sie starrte Akiro so böse an, dass diese den Kopf abwandte. «Ihr wisst es alle», setzte Sirino herausfordernd dazu und suchte den Blick der anderen. Niemand antwortete.

Schließlich sagte Melino: «Jedenfalls hat Ada die Figur bei Maliko gemacht. Das sollte genügen.» Und damit war die Debatte beendet.

«Du brauchst nichts darauf zu geben», sagte Melino, nachdem Akiro fortgerauscht war. «Manche meinen, sie sei zu jung und sie sei auch zu früh Priesterin geworden. Deshalb tut sie immer so besonders streng.»

Als die anderen auseinander gingen, blieb Sirino bei Ada stehen. «Er ist kein Tier», sagte sie unvermittelt, kaum dass sie alleine waren.

Ada stutzte nur einen Moment. «Askar? Nein», sagte sie dann und dachte an den nervösen Jungen mit den roten Haaren. Sie schüttelte energisch den Kopf. «Das ist er sicher nicht.»

Sirino lauschte ihren Worten hungrig nach. «Askar», fragte sie, «ist das sein Name?»

Besorgt registrierte Ada ihren träumerischen Blick. «Allerdings», sagte sie.

Sirino fuhr auf. «Ja?»

Ada suchte nach den richtigen Worten. «Sie sehen die Welt nicht mit denselben Augen wie ihr», begann sie. «Sie betrachten Frauen als einen Besitz, ähnlich wie ...» Sie suchte nach einem Vergleich, den das Mädchen verstehen könnte. «Wie ihr euer Vieh», sagte sie schließlich.

Sirino schürzte die Lippen. «Das ist absurd», sagte sie schlicht. «Ich habe in seine Augen gesehen. Und er hat mich nicht angeschaut, als wäre ich eine Kuh.» Sie lächelte spöttisch.

«Nein», erwiderte Ada. «Aber er würde nicht zögern, ganz nach seinem Willen über deinen Körper zu verfügen, wenn er es könnte.»

Statt einer Antwort nestelte Sirino an dem Stoffbeutel herum, den sie an ihrem Gürtel trug. Sie zog etwas heraus und drückte es Ada in die Hand. Die betrachtete es im ersten Moment ratlos. «Was ist das?», fragte sie und wendete das längliche Stück Holz hin und her.

«Das hieltest du fest umklammert, damals, als ich dich aus dem Wasser gezogen habe», antwortete Sirino.

Ada nickte, nun erinnerte sie sich. Es musste das Holz sein, mit dem sie Askar damals niedergeschlagen hatte. Er hatte es mit seinem Schnitzmesser bearbeitet und dann auf dem Stein liegen lassen, wo sie es fand und ergriff.

«Und?», fragte sie.

Sirino nahm ihr das Holz aus der Hand und wendete es. Jetzt begriff Ada. Nachdenklich fuhr sie mit der Hand über die Schnitzarbeit. Sie war grob und nicht zu Ende geführt. Dennoch war Sirinos Gesicht mit den länglichen Augen deutlich zu erkennen. Adas Blick wanderte zwischen dem Mädchen und seinem Abbild hin und her. «Was er da getan hat», sagte sie langsam, «ist verboten. Ein Sakrileg. Sie formen keine Bilder. Nur ihr Priester darf das, in einer Höhle, die zu betreten den anderen nicht erlaubt ist. Er beschwört dort einen Jagdzauber.» Sie betrachtete das Holz erneut. So viel Mut hätte sie Askar gar nicht zugetraut.

Sirino stand stolz da. «Er würde mir nie etwas tun», sagte sie.

Ada schüttelte zweifelnd den Kopf. «Es kann durchaus sein, dass er dich damit einfach nur zu bannen versucht, wie ein Jagdwild, und …»

Sie kam nicht weiter. Sirino hatte ihr das Holz aus der Hand gerissen. «Er würde mir nie etwas tun», wiederholte sie trotzig und packte ihren Schatz wieder ein.

Ada hielt sie an der Schulter fest und schaute ihr tief in die Augen. «Du triffst dich doch nicht mehr mit ihm, oder?», fragte sie. Seit dem Zwischenfall, durch den sie in das Dorf gekommen war, war es allen Bewohnern verboten, sich alleine in die Nähe des Sees oder des Waldes zu begeben.

Sirino schüttelte den Kopf, aber sie wich Adas Blick aus. Dann, ohne Vorwarnung, riss sie sich los.

«Sie sind gefährlich», konnte Ada ihr nur noch nachrufen, doch Sirino war bereits mit hocherhobenem Kopf davongerauscht.

Hilflos zuckte Ada mit den Schultern. Sie wandte sich ab und stand plötzlich Akiro gegenüber. Die Priesterin lächelte. «Ja, nicht wahr?», sagte sie. «Schön, dass wir uns wenigstens darin einig sind.» Damit ging auch sie.

In die Arbeiter am Haus kam Leben. Rikiko war unter sie getreten, den Stock in der gichtigen Hand. Dennoch erhob sie ihn mit aller Kraft in den Himmel und verkündete den Zusammenströmenden mit einer Stimme, die Ada ihr gar nicht zugetraut hätte: «Es steht der Bau. Es folgt das Dach. Morgen werden wir ernten.»

«Die Zeit ist reif», antworteten die Siedler im Chor. Seine Kraft ließ Adas Herz schneller schlagen.

Und Rikiko verkündete: «Dankt der Großen Mutter!»

Viele Stimmen nahmen ihren Ruf auf und trugen ihn jubelnd in den blauen Nachmittagshimmel. Auch Ada stimmte darin ein.

KORN UND BLUT

«Jaro!» Mit einem lauten Schrei ließ Ada den Spinnwirtel fallen und rannte dem Händler entgegen. Tarito hob ihn kopfschüttelnd auf und klopfte den Staub aus dem Faden.

Jaro öffnete seine Arme und ließ sie hineinlaufen wie ein Kind. Dann hob er sie hoch und schwenkte sie dreimal im Kreis. Er vergrub seine Nase an ihrem Hals. «Wie gut du duftest», murmelte er.

«Du Schmeichler», lachte Ada und strich sich verlegen die

Haare zurück. «Ich rieche nach fauligen Leinfäden, weil ich Tarito beim Spinnen helfe, und das weißt du genau.» Sie schubste ihn weg, aber sie lachte dabei.

Jaro umfing sie von neuem. «Ich habe noch nie etwas Besseres gerochen», sagte er, und was er dann in ihr Haar murmelte, ließ sie mit einem Schlag aufhören zu zappeln. Mucksmäuschenstill hielt sie in seinen Armen und schnappte nach Luft. Ihren ganzen Körper durchlief prickelnde Erregung. Schließlich gelang es ihr zu nicken, worauf er sie auf seine Arme lud und wie eine Beute davontrug.

«He, Jaro», rief jemand, «warst du nicht gerade erst gekommen?» Lautes Gelächter folgte ihnen, aber Ada schmiegte sich an Jaro und kümmerte sich nicht darum.

«Ich liebe dich», flüsterte sie in sein Ohr, «ich liebe dich, ich liebe dich. Du hast mir so gefehlt all die Wochen.» Und sie bedeckte seinen Hals mit Küssen.

«Weib», rief er in gespielter Empörung und wand seinen Kopf, «wenn du mich weiter so kitzelst, lasse ich dich fallen.»

Ada lachte. «Nicht auf dem Stoppelfeld», rief sie, «das stachelt so.»

Jaro lief weiter, bis das reife Korn ihm um die Hüften stand. Dann ließ er sich mit ihr nieder. Die goldenen Halme schlossen sich über ihnen und umgaben sie mit ihrem knisternden Geheimnis. Blüten und grüne Ranken flochten sich üppig zwischen die raschelnden Halme. Es roch nach Reife und Sommer.

«Dann vielleicht hier?», fragte er und begann, an ihren Kleidern zu nesteln.

«Jaro!» Kichernd entwand sie sich ihm und strampelte sich zugleich aus ihrem Rock. «Wir können doch nicht … hier mitten drin … wir knicken die Halme.» Ihr Protest war nur sehr halbherzig vorgebracht, unterbrochen von vielen Küssen und Zärtlichkeiten. Ihr Gerangel hatte bereits eine Mulde im Getreide geschaffen. Sie zog Jaro das Hemd über den Kopf. Hingerissen streichelte sie seine braun gebrannte Brust.

«Wo könnte man besser der Mutter opfern», murmelte er, die

Lippen auf ihren Schultern. Seine Hände wanderten über ihren Körper, der sich unter ihm wand. «Ah, ich weiß es», fuhr er mit rauer Stimme fort, «hier.»

Ada schnappte nach Luft, als er ihre Knie öffnete und mit dem Kopf zwischen ihre Schenkel tauchte. Ihre Proteste erstickten in Keuchen. Ihre Hände fuhren aus, suchten nach Halt, umfassten ein Ährenbüschel. Ihr Blick glitt hinauf zum Himmel, den Abendrot purpurn zu verfärben begann. Ada war, als überflute sie seine Glut. Sie langte nach Jaro, zog ihn zu sich hoch und presste ihren Mund mit so verlangender Gier auf den seinen, dass ihre Zähne heftig aufeinander stießen. Ada schmeckte Blut und leckte es ihm von den Lippen. Heftig wölbte sie sich gegen ihn. «Du», stöhnte sie und brauchte nichts weiter zu sagen.

Später, als sie still nebeneinander lagen und beobachteten, wie das Blau des Himmels langsam dunkler wurde, sagte Ada: «In diesem Blau würde ich gerne ein Hemd für dich färben. Wir haben es mit Eschenrinde versucht, Tarito und ich, aber wir kriegen es nicht hin.»

Er küsste sie sanft auf das Ohr. Ada lächelte versonnen. «Aber das Haus steht. Hast du es überhaupt schon gesehen?» Sie drehte sich auf die Seite und strahlte ihn an. Er brach einen Halm ab und streichelte sie mit der schwer herabhängenden Ähre, strich ihr erst übers Haar, dann über die Stirn. Ada suchte sie wegzupusten. «Es ist wunderbar geworden.» Sie lachte. «Wir haben aber auch geschuftet dafür.»

«Ein Wunder allerdings», bestätigte Jaro.

Ada schaute ihn fragend an. «Dass du *wir* sagst», setzte er erklärend hinzu. «*Wir* haben gebaut, *wir* haben gearbeitet. Als ich fortging, hast du das noch nicht getan.»

«Tatsächlich?», fragte Ada erstaunt. Sie dachte einen Moment lang nach. «Nun, das heißt doch», fuhr sie schließlich mit einem Schulterzucken fort, «dass ich beginne, mich hier wohl zu fühlen. Und daran ist ein gewisser Jemand nicht ganz unschuldig.» Sie griff nach seinem Hals, um ihn zu sich zu ziehen. Er tippte ihr mit der Ähre auf die Nase. Kichernd entwand sie ihm das

Marterwerkzeug, um es bei ihm zum Einsatz zu bringen. Doch mit einem Mal hielt sie inne. Sie nahm die Ähre, hielt sie hoch, sich dicht vor die Augen, und betrachtete sie im allerletzten Tageslicht. Vorsichtig kratzte sie mit dem Nagel an der schwarzen Verdickung. Nein, sie hatte sich nicht getäuscht. Plötzlich fröstelte sie in der lauen Abendluft.

Jaro, der von ihrem Stimmungsumschwung nichts bemerkt hatte, umschlang ihre Hüften und wollte sie auf sich setzen. Aber Ada machte sich los.

«Wir müssen ins Dorf zurück», sagte sie mit angespannter Stimme.

Jaro gähnte lasziv. «Schon?», fragte er lockend und strich über ihre Hüften. Doch Ada sprang auf, seine Hand glitt von ihr herab. «Sofort», sagte sie, die Ähre in der Hand. Sie nahm sich nicht einmal die Zeit, ihre Kleider überzustreifen. Den Stoff vor die Brust gedrückt, rannte sie los.

«Mutterkorn?», fragte Rikiko ratlos und rollte das etwa zwei Zentimeter lange, blauschwarze Körnchen, das Ada aus der Ähre gepult hatte, zwischen ihren trockenen Fingern hin und her.

Ada nickte heftig. Ihr Atem ging noch immer rasch, ihr Haar war wirr und voller Strohhalme, das hastig im Laufen übergezogene Hemd hing schief über dem Rock. Aus dem Dunkel des Frauenhauses kamen neugierig die Bewohnerinnen näher. Tarito, die gerade beim Mahlen gewesen war, klopfte sich das Mehl von den Händen, um das schwarze Korn ebenfalls betasten zu können. Akiro, die in ihrem Altarraum herumgewerkelt hatte, kam eilig von draußen dazu, um hinter der Alten Aufstellung zu nehmen.

«Mutterkorn, ja», bestätigte Ada. «Es überzieht das ganze Korn, das noch auf dem Halm steht. Vielleicht ist sogar etwas an dem, das wir in den letzten Tagen geerntet haben. Wir müssen die Speicher durchsuchen und alles wegwerfen, was davon befallen ist.»

«Wegwerfen?», sagte Rikiko erstaunt und erschrocken. «Die

Ernte war ohnehin mager dieses Jahr. Was wir schon haben, wird nicht einmal für den Winter reichen. Wir müssen das ausstehende Korn ernten. Und wegwerfen können wir auch nichts.»

Ada schüttelte wieder den Kopf. Ihre Wangen glühten, in ihren Augen funkelte ein Feuer, das alle in ihren Bann schlug. «Mutterkorn ist ein Gift», sagte sie, «so wirkungsvoll wie manches, was Tarito in ihrem Garten hat.»

Ein Raunen ging durch den Raum. «Es macht, dass man sich schwindelig fühlt und schwach, wenn man es versehentlich mit dem Getreide isst. Man bekommt Kopfschmerzen, muss sich übergeben. In den Fingern und Zehen beginnt es zu kribbeln, als kröchen Ameisen darüber. Später brennt es wie Feuer. Und schließlich wird das Fleisch trocken und braun wie gedörrte Pilze und stirbt ab.»

«Was ist das für ein Unfug», warf Akiro ein, doch es klang nicht überzeugt.

Ada wandte sich ihr zu. «Die Kinder», fuhr sie eindringlich fort, «werden zu früh geboren, um leben zu können, oder sind missgestaltet.»

Erschrocken schlug Melino sich die Hand vor den Mund.

«Ihr denkt, ihr esst Nahrung», sagte Ada und wies auf die Ähre. «Aber mit jedem Bissen esst ihr den Tod.» Sie blickte sich um. «Ihr müsst das Korn vernichten.»

Unsicher schauten alle die unschuldige Ähre an, die an so viel Bösem schuld sein sollte. Ada las Zweifel in ihren Augen.

«Der Winter …», begann Tarito.

Melino gestikulierte mit ihren Freundinnen. «Die Scheuern sind halb leer!»

Rikiko schwieg. «Absterbende Glieder, Schwindel, Feuer», murmelte sie schließlich. «Ich habe davon gehört.» Sie hob den Kopf mit den seltsam hellblauen Augen und sah Ada an. Die hatte das Gefühl, als ginge der Blick ihr durch und durch. «Es war in einem Dorf weiter im Westen. Das eine Jahr stand es und war voller Leben. Später dann, als Händler vorbeikamen, fanden sie es verfallen und ausgestorben, keine Spur von Bränden, keine von Kämpfen, unerklärlich. Nur ein paar halb tote Überlebende gab es, die von solchen Dingen berichteten.» Wieder machte sie eine Pause. «Du sagst, es ist das Korn?»

Ada nickte. Rikiko wandte den Kopf. «Ruf Dardanod», verlangte sie. «Das geht uns alle an.»

Der Anführer der Männer kam und mit ihm Stephan und einige andere. Rikiko berichtete, was vorgefallen war.

«Mutterkorn?», fragte Stephan sofort und nahm die Ähre in Augenschein. Er wandte sich an Dardanod. «Tatsächlich», sagte er, «das ist ernst. Wir müssen das Feld abbrennen. Am besten roden wir für die Wintersaat eine frische Fläche.» Heftig gestikulierend redete er auf seine Gefährten ein. Der Anführer mit der braunen Mähne wiegte nachdenklich sein Haupt.

«Wir sollen also», erhob da plötzlich Akiro ihre helle, schneidende Stimme über den allgemeinen Tumult, «unsere Ernte verbrennen, weil die das sagen.»

Stephan fuhr herum und öffnete schon den Mund. «Ja», kam Ada ihm zuvor. «Oder ihr könnt krank werden und sterben, weil du das sagst.»

Sie lächelte, als sie sah, wie Akiro sich auf die Lippen biss.

Da ließ Stephan sich wieder vernehmen. «Das haben wir gleich», erklärte er kategorisch. Er nahm die Ähre und begann, sämtliche schwarzen Körner herauszupulen. «Ada, besorg mir mehr», verlangte er, ohne aufzusehen.

«Du willst doch wohl nicht …», begann sie.

«Doch», unterbrach er sie und riss das Kinn hoch. «Ich werde es essen. Dann werden wir ja sehen. Alle werden es sehen.» Er hielt die Hand mit den Körnern hoch, und ehe Ada es verhindern konnte, schüttete er sie sich in den Mund. «Niemand», fuhr er fort und musste husten. «Niemand», keuchte er schließlich, «muss irgendetwas tun oder lassen auf das bloße Wort von jemandem hin.»

«Stephan!» Ada war zu ihm hinübergestürzt. «Du bist verrückt.»

«Los», zischte er und wehrte ihre Hände ab, die versuchten,

seinen Mund zu öffnen. «Besorg mir mehr davon, damit es richtig wirkt.»

«Du Idiot», zischte sie.

«Wieso», gab er im selben Ton zurück, «das war doch wohl keine tödliche Dosis.»

Ada war außer sich. «Du hast doch keine Ahnung, was eine tödliche Dosis ist.»

«Du vielleicht?», fauchte er.

«Nein, das ist es ja.»

Ihr heftiger Dialog wurde von Jaro unterbrochen. «Kann man das nicht an einem Hund ausprobieren?», fragte er und legte die Hand auf den Kopf des Tieres, das ihn wie meistens begleitete.

Wenige Stunden später, während Stephan sich unauffällig hinter den Palisaden übergab, waren die Ältesten des Dorfes um einen Welpen versammelt, der der jammernden Ellino mit dem Versprechen fortgenommen worden war, sie würde ihn gesund und wohlbehalten wiederbekommen. Mit gerunzelter Stirn betrachtete man den tapsigen Kleinen.

«Er schwankt», meinte Tarito mit schräg gelegtem Kopf.

«Der ist noch ungelenk.» Das war Iliod, ein junger Mann, der die Haare in einem hohen Pferdeschwanz trug. Ein blauer Strich tätowierte sein Kinn von der Unterlippe bis zur Spitze. Spielerisch streckte er eine Hand aus und stupste den Welpen an. Das Tier wandte den Kopf zu ihm um und fiel leise jaulend auf die Seite. Erschrocken zog Iliod die Hand zurück und warf Dardanod einen fragenden Blick zu.

Tarito neigte sich ächzend vor, fasste das Tier um die Brust und fühlte seinen Herzschlag. «Er rast», stellte sie fest. Der Kleine kam wieder auf die Beine, nur um jämmerlich herumzutorkeln. Er hechelte stark und hörte nicht auf zu fiepen.

«Tut doch irgendetwas», rief Maliko, die ihre Hände ineinander knetete.

Als hätte es die Aufforderung vernommen, begann das Hündchen, seltsam ächzende Laute auszustoßen. Schließlich setzte es sich hin und übergab sich; dann sank es wimmernd zur Seite. Seine Flanke hob und senkte sich ein paarmal heftig.

«Seht ihr», sagte Akiro befriedigt. «Das Schlimmste hat er hinter sich. Wenn es nicht einmal ein so junges Tier angreift, dann ...»

«Er ist tot.» Tarito hatte leise gesprochen, dennoch hatte niemand sie überhört.

«Was?», fragte Akiro irritiert. Sie drehte sich um und sah Tarito dastehen, das Tier in der Hand, dessen Pfoten kraftlos herabhingen. «Er ist tot», wiederholte Tarito. Wie auf Kommando schauten alle zu Ada hinüber. Die biss sich auf die Lippen. Den Todeskampf des Tieres zu verfolgen, war qualvoll gewesen. Sie fühlte sich erschöpft von dem Anblick, und sie hatte Gewissensbisse. Dennoch war sie in gewisser Weise erleichtert. Nun würden sie ihr glauben. Sie holte tief Luft und stellte sich so aufrecht hin, wie sie konnte. «Ihr müsst das Korn verbrennen», mahnte sie. «Rikiko?»

Die Alte hatte die ganze Zeit im Hintergrund gesessen und keinen Laut von sich gegeben. Als nun ihr Name fiel, traten alle beiseite. Rikiko sah niemanden an, nicht die Dorfbewohner mit den fragenden Gesichtern, nicht Tarito, die mechanisch das Fell des toten Tieres streichelte, nicht Akiro, die aussah, als würde sie von all den ungesagten Worten gleich platzen, nicht Ada, die still stand wie eine Statue. Rikiko schien ganz in sich versunken. Und als sie schließlich nickte, war es, als täte es eine fremde Kraft aus ihr heraus. «Es sei», krächzte sie schließlich so schwach, wie man sie nie gehört hatte. «Gleich heute.» Ihre Hand stampfte den Stock auf den Boden wie mit letzter Kraft.

Als alle hinausgingen, zeigten sich am Himmel bereits die ersten Spuren des nahenden Morgens. Das dunkle Blau war durchsichtig geworden wie Glas, die Horizontlinie im Osten begann, sich zu verfärben, und die ersten Vögel regten sich im Schlaf. Etwas lag in der Luft, das alle spürten, das Gefühl eines Wandels, dessen Ergebnisse sich noch nicht zeigen wollten. Manche dachten wohl an die Arbeit, die die Felder ihnen bereitet hatten, die Kraft und Mühe eines ganzen Jahres. An den Winter, von dem in der lauen Luft noch nichts zu ahnen war, und an die Zukunft. Eine Weile lauschten sie gemeinsam in die Nacht.

«Ich kann nicht warten.» Es brach voller Qual aus Dardanod heraus. Der riesige Mann nahm ein Reisigbündel und stieß es in die Glut eines der fast erstorbenen Feuer, rührte sie auf, bis sie knisternd zu neuem Leben erwachte und seine Fackel in Brand setzte. Wild schaute der Anführer der Männer sich um. Iliod trat an seine Seite und Welamod mit den Schläfenzöpfen. Die anderen rückten näher zusammen. Mit zischenden Flammen rannten die drei zum Tor hinaus.

Maliko, die ihrem Gefährten nachlaufen wollte, wurde von Tarito am Arm zurückgehalten. «Lass ihn», sagte die Heilerin.

Wenig später sahen sie alle über dem Rand der Palisaden den orangefarbenen Schein. Der Himmel verfärbte sich lila. Es zischte, prasselte und fauchte in der Dunkelheit. Funkengarben flogen auf wie Schwärme von Glühwürmchen. Flammen leckten in die Höhe, Qualm wolkte dick über die Umzäunung. Ein Regen von Ascheflöckchen setzte ein und ging auf die Menschen nieder, die auf das Schauspiel des Loderns starrten, in dem Hell und Dunkel pulsierten wie ein unruhiger Herzschlag.

Ada stand allein und ein wenig abseits, als sie hörte, wie jemand neben sie trat. Es war Stephan, bleich und mitgenommen, mit ernstem Gesicht. Sie begrüßte ihn mit einem resignierten Lächeln. «Na, du Held.»

«Und?», fragte er.

«Der Hund ist gestorben», erwiderte Ada knapp. Es gab nichts sonst zu sagen. Hinter den Palisaden verbrannte etwas mit jaulendem Zischen, es klang ein wenig wie Klagegeschrei.

«Jemand wird es Ellino sagen müssen», meinte Stephan.

Ada wandte sich zu ihm um. Dass er an das kleine Mädchen dachte, als Einziger von allen, rührte sie. Zärtlich strich sie ihm das verklebte Haar aus der Stirn. «Dafür lieb ich dich», sagte sie und lehnte sich an ihn.

Stephan legte den Arm um sie. «Ich weiß.» Aneinander geschmiegt verfolgten sie den Kampf der Flammen, nicht ahnend, wie viele Augen sie dabei beobachteten.

EICHELN SIND FÜR SCHWEINE

Die Versammlung wenige Stunden später vor dem Frauenhaus verlief stürmisch. Übernächtigt und gereizt saßen die Dörfler da und diskutierten ihre Zukunft. Viele ängstliche Gesichter waren zu sehen, Mütter drückten ihre Kinder an sich, für die sie in dem harten Winter, der auf sie zukam, am meisten fürchteten. Zwei alte Männer hockten mit geschlossenen Augen da, als hielten sie die Geschichte, was sie betraf, bereits für beendet und richteten sich langsam mit dem Gedanken an den Tod ein.

Inmitten der Sitzenden stand Ada. «Wir können uns aus dem Wald ernähren», erklärte sie gerade, «wir sind nicht auf die Felder angewiesen. Zwar ist es spät im Jahr, aber nicht zu spät. Noch können wir uns Vorräte anlegen.» Beinahe hätte sie hinzugefügt: wie es die Jäger tun. Aber sie unterließ es, um niemanden zu reizen.

«Aus dem Wald, wie soll das gehen?», fragte Iliod. Ein Verband bedeckte seinen Arm an der Stelle, wo er sich diese Nacht eine Brandwunde geholt hatte. Er lehnte sich auf den gesunden Arm zurück und schaute zu ihr auf. «Unser ganzes Leben kämpfen wir gegen den Wald an, wir roden und brennen ihn. Wie soll er uns jetzt ernähren?»

Ada schaute ihn an und die anderen, die um ihn herum saßen. «Was euch Männer anbelangt, durch die Jagd.» Sie sah eine kleine Flamme in Iliods Augen aufglimmen und wusste, sie war auf dem richtigen Weg. «Schon zwei Hirsche oder Rehe alle paar Tage würden genügen. Das klingt jetzt leicht, wird aber schwerer werden, wenn erst der Schnee fällt. Wir können das

Fleisch durch Dörren oder Räuchern haltbar machen.» Sie überlegte kurz. «Am besten wäre ein Auerochse.»

Aufgeregtes Gemurmel erscholl. «Das Ungeheuer sollen wir jagen?» Dardanod erhob sich und runzelte die Stirn. «Es ist ein Risiko», sagte er. «Das Biest ist groß und wild.»

Ada schaute ihn an. «Die Waldmenschen schaffen das», sagte sie schlicht. «Sie treiben ihn gegen einen Steilhang und stellen ihn mit Pfeil und Bogen.» Fieberhaft nachdenkend, als sie die zweifelnden Mienen sah, verfiel sie schließlich auf die rettende Idee. «Jaro hat schon Jagd auf den Ur gemacht. Er könnte es euch zeigen.»

«Der Händler?», kam es skeptisch von Welamod.

Ada nickte heftig und schaute sich um.

«Er ist nicht hier», kam Dardanod ihrer Frage zuvor und fügte, als er ihre irritierte Miene sah, hinzu: «Das hier geht ihn nichts an.»

«Genauso wenig, wie es dich etwas angeht, Fremde», rief Akiro und stand auf. «Du redest hier von Angelegenheiten, die nicht die deinen sind.»

Die Siedler hielten die Luft an. Widerspruch stand in manchen Mienen, die meisten jedoch warteten ab. Maliko schaute zu der Gefährtin, mit der sie so viele Stunden am Brennofen gearbeitet hatte. Doch in ihren Armen schlief, noch immer Tränenspuren auf den Wangen, ihre Tochter Ellino. So beschränkte sie sich darauf, ihr Gesicht in das Haar der Kleinen zu drücken. Tarito ließ ihre Blicke über die Menge schweifen, um zu sehen, was geschehen würde. Melino war es schließlich, die die Hände in die Hüften stemmte, doch noch ehe sie etwas sagen konnte, war Stephan aufgesprungen. «Mich geht es etwas an», sagte er. «Ihr habt eben das Haus gebaut, in dem mein Kind aufwachsen soll. Und was mich angeht, das geht auch Ada an. Oder?», fragte er und schaute sie direkt an.

Ada wusste, was er meinte, dass er auf den Moment anspielte, als sie durch das Erdwerk zu flüchten versuchte und er sich ihr entzog. Jetzt willst du nicht mehr fliehen, sagte er ihr damit. Jetzt willst du hier bleiben wie ich und es anpacken. Ada zögerte einen Moment, dann nickte sie nachdrücklich. Ja, das wollte sie.

Doch ehe sie etwas antworten konnte, meldete sich Akiro wieder. «Statt auf den Rat von Menschen zu hören, von denen wir nichts wissen, sollten wir uns lieber auf die alten Gesetze besinnen.» Ihr junges Gesicht war von Eifer gerötet. Ihr Haar, das in viele mädchenhafte Zöpfe geflochten war, sträubte sich, als wäre es lebendig wie das der Medusa. Mancher runzelte die Stirn, als er einen so jungen Mund von den «alten Gesetzen» reden hörte. Aber Akiro ließ sich nicht beirren. «Es ist nicht das erste Mal, dass eine Ernte ausfällt und die Vorräte mager sind. Aber wir wissen, was wir zu tun haben, denn wir sind nicht allein. Der Großen Mutter müssen unsere Gebete gehören. Sie, die uns erschaffen und genährt hat, wird uns auch diesmal nicht im Stich lassen.» Sie holte tief Luft. «Nicht zum ersten Mal ist die Situation verzweifelt. Aber erinnern wir uns unserer Aufgabe: die Große Pflicht …»

Ein Raunen ging durch die Zuhörerschaft. Und so mancher, der beim Namen der Großen Mutter wohlwollend genickt hatte, schaute nun beklommen drein. «Die Große Pflicht», wollte Akiro fortfahren. Da pochte Rikikos Stock auf den Boden.

«Akiro!» Die Stimme der Alten klang plötzlich laut und voll. Und so gebietend war ihr Klang, dass die Priesterin erschrocken zusammenfuhr. Die Alte rang nach Luft. «Die Große Pflicht», donnerte sie dann, «darf nicht leichtfertig auferlegt werden. Nicht», ihr Atem wurde mühsamer, «wenn nicht andere Wege ausgeschöpft wurden.»

Mit großen Augen starrte Akiro die Älteste an. «Du glaubst», sagte sie langsam, sich aber immer mehr in Aufregung redend, «dass ich zu jung bin, um zu wissen, was zu tun ist.» Wild warf sie den Kopf herum. «Das glauben manche von euch.» Die Zuhörer schwiegen. «Aber ich kenne die Riten genau», eiferte Akiro. «Ich weiß, was sie bedeuten, vielleicht besser als ihr. Ihr habt doch nur Angst, weil …»

«Akiro!» Diesmal war es Tarito, die rief. Ihre Stimme klang wie ein Peitschenknall.

Die Priesterin wich zurück. Ihre Augen wanderten von einem zum anderen. Als sie einen raschen Blickkontakt zwischen Ada und Tarito bemerkte, verzog sich ihr Gesicht zu einem bösen Lächeln. «Hängt ihr euch also an diese», sagte sie leise. «Hofft, dass sie etwas Besonderes sei, euch die Zeichen deutet. Glaubt ihr vielleicht, dass sie es für euch tun wird?» Heftig schüttelte sie ihren Kopf. Ihre Stimme wurde laut. «Sie ist nichts als Abschaum, Umgang von Tieren.» Ihre Hand fuhr abfällig durch die Luft. «Viel Glück mit der.» Damit rannte sie hinaus.

Einen Augenblick ließen alle beklommen die Köpfe hängen. Melino ging zu Stephan und hängte sich an seine Hüften. Sie lächelte Ada zu. Auffordernd sah sie dann ihre verlegenen Freundinnen an. Da sonst niemand etwas sagte, fuhr Ada nach einer kurzen Pause einfach in ihrem Vortrag fort. Und sie spürte, wie sie die Aufmerksamkeit ihrer Zuschauer wiedergewann.

«Wir können das Getreide bis zu einem gewissen Grad ersetzen», erklärte sie. «Es gibt Wurzeln, die sich mahlen und zu Fladen verbacken lassen, wie zum Beispiel der Knotenbeinwell. Dazu die Esskastanien, in gewissem Maß die Eicheln, und natürlich Haselnüsse. Wir müssen mehr Obst dörren und Pilze trocknen, wir ...»

«Eicheln sind für Schweine.» Dieser Satz kam von einem der alten Männer. Nachdrücklich stampfte er mit dem Fuß auf. «So haben wir es immer gehalten.»

Ada legte den Kopf schief und betrachtete ihn. «Dann werden die Schweine sich umgewöhnen müssen», sagte sie. «Für diesen Winter müssen sie mit uns teilen.»

Jemand kicherte unterdrückt. Ada fuhr in ihrer Rede fort und zählte noch zahlreiche Pflanzen auf, die sich für den Verzehr und die Vorratshaltung eigneten. Immer wieder hielt sie Beispiele hoch. Sie war am Morgen bereits früh draußen gewesen, um nicht unvorbereitet zu sein, wenn der Moment kam, von dem sie wusste, dass er kommen würde.

Unter den jungen Mädchen gingen die Stängel und Blätter von Hand zu Hand, man roch daran, zerrieb es zwischen den Fingern, knabberte. «Das kann man essen?», fragte Juliko und reichte mit spitzen Fingern eine Brennnessel an Sirino weiter.

Ada nickte. «So gut wie den Feldsalat aus euren Gärten.»

Juliko kicherte. «Wir sind doch keine Ziegen.»

«Möh», machte jemand und nötigte Ada ein Lächeln ab. Zu ihrer Überraschung war es Sirino, die die aufkeimende Harmonie mit einer Bemerkung störte.

«Das sind Pflanzen, die auch die Waldmenschen sammeln, nicht wahr?», fragte sie.

Ada nickte, langsam und angespannt. Was sollte das werden? Wieder ein Angriff auf ihre Gemeinschaft mit den Jägern? Sie spürte gleichsam Akiros Blick in ihrem Nacken. «Ja, das stimmt», sagte sie langsam. «Warum fragst du?»

«Nun», sagte Sirino langsam, «wenn wir jetzt auch die Wälder nach diesen Dingen durchforsten, dann nehmen wir sie ihnen doch fort, oder?»

Ada betrachtete sie, ihr ernstes Gesicht, und begriff, dass sie an Askar dachte. Aber Recht hatte die Kleine mit ihrem Einwand trotzdem. Sie traten in Konkurrenz zu den Jägern, und der Wald war nicht unerschöpflich. Zwar gab er Wild in Mengen her, doch gerade die pflanzlichen Ressourcen waren begrenzt. Der Clan selbst hatte immer genau dann die Zelte abgebrochen, wenn ein Waldareal abgeerntet war. Sie würden in einen ernsten Wettbewerb treten, und die Stimmung zwischen den Lagern würde sich dadurch noch verschlimmern. Ada konnte sich gut vorstellen, wie die Jäger auf geplünderte Haselnussbestände und abgeerntete Wildapfelbäume reagieren würden, sie hörte förmlich Egbars Hasstiraden, sah Arwes stille Wut vor sich. Aber hatten sie eine Wahl?

Sie wechselte einen raschen Blick mit Stephan. «Wir werden in Gruppen gehen», fasste sie das Ergebnis ihres Nachdenkens in dürren Worten zusammen. Ein wenig sorgte sie sich, dass sie allzu viele Gedankengänge verschwiegen hatte und dass jemand sich erheben würde, um ihr das vorzuwerfen. Jemand, der die Risiken betonte, die ihr Vorgehen barg. Dem ihre Worte Angst gemacht hatten. Aber die Ältesten waren entweder vollkommen damit einverstanden, oder sie begriffen nicht, was auf dem Spiel stand. Ada hatte den Verdacht, dass es Letzteres war. Die Siedler hielten die Waldleute ja für Tiere, keine Konkurrenz, die man ernsthaft fürchten musste.

Rikiko nickte nur zustimmend. Nichts wies darauf hin, dass sie sich ernsthafte Sorgen machte. Die Frauen erhoben sich, um nach Körben und Beuteln zu kramen. Die Männer standen derweil beisammen und diskutierten lautstark das Für und Wider der Auerochsenjagd; die meisten schienen zunehmend Gefallen an der Vorstellung zu finden, das große, gefährliche Tier zu jagen. Stephan stand in ihrer Mitte, in eine heftige Auseinandersetzung um Pfeilspitzen mit und ohne Widerhaken verwickelt.

«Wo ist Jaro?», rief Ada ihm über die Köpfe seiner Gefährten zu. Stephan zeigte Richtung Männerhaus und gestikulierte dann weiter. Eilig machte Ada sich auf den Weg. Jaro musste den anderen zeigen, wie die Jäger die Hatz auf einen Auerochsen angingen. Er kannte sich aus, er war schließlich dabei gewesen. Zu ihrer Überraschung fand sie ihn neben seinem Lager knien, beschäftigt damit, zu packen.

Sprachlos ließ sie sich neben ihm auf die Knie nieder und schaute eine Weile zu, wie er einzelne Feuersteinbrocken in Tücher hüllte und sorgsam in seinem Rucksack verstaute. Sein Hund drängte sich an sie; geistesabwesend kraulte sie ihm den Kopf.

«Ein wirklich schönes Stück», sagte Jaro schließlich und hielt einen der Steine in das schräg einfallende Licht.

«Wo willst du hin?», fragte Ada. Ihre Stimme klang angespannt.

Jaro wickelte den Stein ein und legte ihn zu den anderen. «Es gibt Leute, denen ich guten Feuerstein versprochen habe», sagte er, ohne aufzuschauen. «Die muss ich vor dem Winter aufsuchen.»

«Und wer wäre das?», wollte Ada wissen. Mühsam schluckte

sie an ihrer Enttäuschung. Das Dorf war in Gefahr, sie selbst voller Pläne für seine Rettung. Und er dachte an nichts als seine Handelsfahrten! Er schwieg. Sie betrachtete sein verschlossenes Gesicht, und es durchfuhr sie wie ein Schock. «Du gehst zu Hogar.» Sie flüsterte es nur.

Jaro zuckte mit den Schultern.

Ada räusperte sich. «Was», setzte sie an, «was wirst du ihm sagen?»

Da schaute Jaro auf. «Was ich ihm sagen werde?» Er blickte ernst. «Was habe ich ihm früher von den anderen erzählt? Nichts. Was weiß er von mir und meinen Wegen? Nichts. Was könnte er davon auch verstehen? Nichts.» Er unterstrich jeden Satz mit einer energischen Handbewegung. «Ada», sagte er, seine Stimme wurde wärmer. «Ich bin ein Händler, ein Reisender. Ich streife die Welt derer, die ich besuche, nur am Rande, ich selber bin ihnen schon fremd genug. Ich verwirre niemanden mit Erzählungen über mein Leben.»

«Aber mir hast du davon erzählt», erwiderte sie irritiert und dachte an jenen bienenumsummten Morgen im Gras.

«Weil du wie ich bist, Ada. Eine Reisende, nirgendwo zu Hause.» Er sah, wie sie zusammenzuckte, und ergriff ihre Hände. «Außer bei mir, Ada.» Er wendete ihre Handflächen nach oben und drückte einen Kuss auf jede. «Du gehörst zu mir.» Abrupt wandte er sich wieder seinem Packgeschäft zu. «Ich habe Feuerstein, den hier keiner mehr tauschen kann. Also werde ich anderswo handeln. Aber ich komme wieder.» Er schaute sie an, in seinen Augen lag ein leises Lächeln. «Und dann werde ich dich bitten, mit mir zu gehen.»

«Aber …» Ada schaute ihn an, wie er aufstand, als begriffe sie es nicht. «Aber ich wollte dich bitten, mit uns auf die Jagd zu gehen. Du … wir …»

Sein Kopfschütteln war beinahe unmerklich. Sie spürte die Wärme seiner Hand auf ihrer Wange und schloss die Augen, weil sie fühlte, wie ihr die Tränen kamen. Als sie sie wieder öffnete, war er fort.

«Aber sollten wir uns nicht im Süden halten?», fragte Melino ein wenig ängstlich und folgte den anderen auf dem eingeschlagenen Kurs.

«Da haben wir in der letzten Zeit doch schon alles abgesucht», antwortete Sirino ungeduldig. «Wenn du dort noch eine einzige Nuss finden willst, musst du so weit laufen, dass du vor der Dunkelheit nicht zurück bist.»

«Ja, aber – das ist Waldwesen-Gebiet», wand Melino ein.

Ada schüttelte den Kopf. «Sie wagen sich selten über das Nordufer hinaus», sagte sie und wechselte einen schnellen Blick mit Sirino, der besagte, dass sie beide wussten: mit einer Ausnahme. «Solange wir immer östlich bleiben, werden wir ihnen nicht begegnen. Sie meiden eure Schneitelhaine.»

«Das will ich hoffen», murmelte Melino und zog ihren Korb fester an sich. «Trotzdem wäre mir wohler, Stephan wäre hier.» Sie hatte leise gesprochen, dennoch hatten ihre Gefährtinnen es gehört. Ada konnte nicht verhehlen, dass es ihr ähnlich ging. Nie waren sie die letzten Tage ohne die Begleitung eines der Männer ausgegangen, der ein wachsames Auge auf die Umgebung hatte, während sie mit gesenkten Köpfen und gebeugten Rücken gruben und gruben und ihre Körbe mit flinken Fingern füllten. Die Alten und Kinder waren zu Hause geblieben, um die Dörrfeuer in Gang zu halten, deren Rauch nun ständig über dem Dorf stand.

Aber trotz aller Bemühungen füllten sich ihre Speicher nur langsam. Zu dem Korn, den Linsen und Erbsen aus den Gärten gesellte sich noch immer zu wenig, um ein Überleben aller in diesem Winter zu sichern. Nicht zuletzt deshalb war die große Jagd für heute beschlossen worden. Stephan und Iliod hatten ein geeignetes Gelände ausgekundschaftet. Dardanod mit einigen anderen die Tiere und ihre Bewegungen beobachtet und mit der Arbeit an einer Art Zaun begonnen, der das Wild, wenn es erst aufgescheucht war, auf einen steilen Abhang zulenken sollte. Alle waren in hektischer Tätigkeit gewesen, und heute Morgen waren sie aufgebrochen, das Wagnis zu beginnen.

«Ach was», sagte Sirino munter und schritt voran. «Wozu sollen wir sie brauchen.» Sie lachte. «Welamod kann eine Hagebutte nicht von einer Vogelbeere unterscheiden.» Sie kicherten und gingen gemeinsam weiter.

Nach über einer Stunde wurde ihr Wagemut belohnt, und sie fanden einen ganzen Hain von Holunderbäumen, den sie mit hastigen, sich rasch blau verfärbenden Fingern abzuernten begannen. Ihre Körbe füllten sich, und während die Freundinnen nach immer höher hängenden Beerentrauben griffen, grub Ada einige Wurzeln aus und pflückte an essbaren Blättern, was ihr unter die Augen kam. Sie arbeitete sich durch ein Feld von Waldengelwurz und hatte die Übrigen bald aus den Augen verloren. Der Wald war unwegsam an dieser Stelle, große Felsbrocken lagen herum, dazwischen viel totes Holz und Windbruch. Fichten bildeten ein dichtes Dach, das kaum Licht durchließ. Gezacktes Holz ragte drohend in die Luft, es roch nach Moder, es mussten doch Pilze zu finden sein. Ada schlüpfte zwischen den umgestürzten Stämmen hindurch, trat auf trockene Fichtenzweige und knisterndes Holz. Die Stimmen der Freundinnen waren längst hinter einer Biegung verklungen. Da plötzlich sah sie vor sich eine Gestalt, die ihr vertraut erschien. Gebückt ging sie über eine Lichtung, den Grabstock in der Hand.

«Sirino?», wollte Ada schon rufen. «Warum bist du nicht bei den anderen?» Hatte sie die Mädchen nicht alle bei den Holunderbüschen zurückgelassen? Da erkannte sie die andere. Schreck und Freude zugleich durchrieselten Ada. Es war Lete. Ihr schwarzes Haar war noch immer in Zöpfen geflochten, Ketten rasselten leise um ihren Hals, wenn sie sich bückte. Rührung ergriff Ada bei dem Anblick, und das schlechte Gewissen regte sich wieder in ihr. Wann hatte sie die Jäger verlassen? Ihr war, als wäre es gestern gewesen. Sie sah mit einem Mal wieder Hiles erschöpftes Gesicht vor sich, spürte den Druck ihrer Finger, die sie abgeschüttelt hatte, und ihr Herz klopfte. Wie war es der Freundin seit damals ergangen? Ob Lete ihr davon erzählen würde?

Sie sah schon nicht mehr wie ein Kind aus. Konnte sie in der kurzen Zeit so erwachsen geworden sein? Und wo waren die anderen? Wo, fragte sie sich mit einem Stocken, war Hile mit dem Baby? War sie im Lager? Lebte sie; war das Kind gesund? Was, wenn bei der Geburt etwas geschehen war? So viele Fragen bedrängten Ada mit einem Mal. Ohne lange nachzudenken, öffnete sie ihren Mund. «Lete!»

Sie sah die andere zusammenzucken, sich aufrichten, umschauen. Ada stieg auf einen umgestürzten Baumstamm und winkte. Dann suchte sie sich zu Lete vorzuarbeiten. Krachend brach ihr Fuß ein, sie zog ihn wieder aus dem Loch voller Zweige. «Lete!»

Die kleine Jägerin stand einen Moment wie angewurzelt da und starrte Ada an. Dann wandte sie sich ab. «Lete, warte!»

Aber das Mädchen beschleunigte nur seinen Schritt. Ada begann ebenfalls zu rennen. Sie hörte Stimmen hinter sich, hörte ihren Namen rufen, doch sie kümmerte sich nicht darum. Sie musste Lete unbedingt erreichen, sie festhalten, ihr sagen, wie Leid ihr alles tat. Sie nach Hile und ihrem Kind fragen und nach den anderen. Sie durfte sie einfach nicht so gehen lassen. Adas Herz klopfte, so schnell rannte sie. Aber Lete vor ihr bewegte sich mit der raschen Grazie eines Tieres. Wo Ada durch das Unterholz brach, fand sie lautlos ihren Weg, sie schien keinen Widerstand zu finden und war verschwunden. Schweratmend hielt Ada inne. Sie drehte sich einmal um sich selbst, ließ die riesigen Stämme der Bäume vorbeitanzen, an denen lange Moosbärte hingen. Noch einmal rief sie den Namen der jungen Frau. «Leteeeee!» Aber der Wald schien jeden Laut zu verschlucken. Erschöpft und enttäuscht ließ Ada die Schultern hängen. Sie sah nach ihrem Korb; die Hälfte ihres Sammelgutes war herausgefallen bei der wilden Jagd. Verärgert legte sie die durchgeschüttelten Reste wieder zurecht. Selber Schuld. Nun gut, dann würde sie eben den Heimweg antreten. Noch einmal drehte sie sich um die eigene Achse und erschrak. Sie hatte nicht die geringste Ahnung, aus welcher Richtung sie gekommen war.

«Aiiiiiiieh! Yihhhaaa!» Stephan drosch mit dem Stock auf das Unterholz ein. Iliod an seiner Seite tat es ihm gleich. Vor ihnen krachten Äste. Etwas Großes, Schweres bewegte sich dort und ließ die Wipfel der jungen Birken, die über das Gestrüpp ragten, erzittern.

«Es klappt», rief Iliod. «Er rennt los.» Schon griff er nach Pfeil und Bogen und setzte dem schwarzen Riesen nach.

Stephan blieb einen Moment stehen und wischte sich den Schweiß von der Stirn. Es war nur ein kurzer Blick gewesen, den er auf das Tier hatte werfen können: Es hatte ihn aus kleinen, roten, bitterbösen Augen angeschaut. Und das Herz war ihm für einen Moment stehen geblieben. Noch nie war er etwas so Großem gegenübergestanden, ohne einen schützenden Zaun dazwischen. Das war eine Tonne schierer Kraft und Muskelmasse, gekrönt von Hörnern, die aggressiv auf ihr Opfer zielten und zweifellos alles aufschlitzten, was zuvor nicht platt gewalzt worden war. Das hier hieß zwar Ochse, aber mit den Rindern in Dardanods Stall hatte es nichts zu tun. Stephan hoffte, dass auch die anderen, die mit ihren Bogen beim Steilhang warteten, das rechtzeitig begriffen. Dann ging ein Ruck durch ihn, und er rannte Iliod nach.

Er erreichte die Jagdgruppe gerade in dem Moment, in dem der Ur vor dem Abhang scheute. «Er bricht aus», hörte er Dardanod rufen und sah im selben Moment das Gestrüpp vor sich erzittern. Das Biest hielt direkt auf ihn zu. Mit einem Satz war Stephan hinter einem Baumstamm. «Nicht schießen», schrie er, als er die ersten Pfeile rechts und links an sich vorbeizischen sah. Dann der intensive Geruch nach Tier, ein Schnauben, Krachen, der spiegelnde Reflex schwarzen Fells, eine Fontäne von schaumigem Schweiß und Geiferflocken. Und der Ur war vorüber. Iliod und Welamod, die ihn verfolgten, blieben bei Stephan stehen.

«Hast du ihn gesehen?»

«Was für ein Vieh!»

«Ich habe ihn getroffen. Ich bin sicher, dass ich ihn getroffen habe.»

«Konntest du irgendwas erkennen?»

Stephan schüttelte den Kopf und fuhr sich mit dem Arm über das Gesicht, um sich den Geifer des Tiers abzuwischen. Dann hielt er den Ärmel Iliod hin: Es waren Spuren von Blut dabei. Der junge Mann mit dem wippenden Pferdeschwanz reckte triumphierend seinen Bogen. «Ich wusste es», rief er und sagte zu Dardanod, der eben zu ihnen kam: «Wir sollten ihn verfolgen, ich bin sicher, er ...» Dann sah er, was ihr Anführer in Händen hielt.

Stephan hatte sich als Erster gefasst. Er nahm Dardanod den Pfeil ab, hielt ihn ins Licht und drehte ihn vorsichtig. «Saubere Arbeit», murmelte er, als er die in den hölzernen Schaft eingesetzten Widerhaken betrachtete. Seine Finger fuhren über die Verankerung aus Birkenpech. Alles war glatt und solide, die Kanten rasiermesserscharf.

«Der ist nicht von uns», sagte Welamod, noch immer außer Atem. In diesem Augenblick raschelte es hinter ihnen.

Ada fuhr herum. War Lete zurückgekommen? Oder – sie schluckte bei dem Gedanken – war das Mädchen nicht alleine gewesen? Die Frauen der Jäger waren doch fast nie allein im Wald unterwegs. Wie dumm von ihr, das nicht zu bedenken. Panik stieg in ihr auf bei der Vorstellung, Egbar könnte aus dem Gebüsch dort treten. Oder Ular sie plötzlich am Arm packen. Alles in Ada geriet in Aufruhr; einen Augenblick lang war sie wie blind. Dann sah sie es.

Das Tier stand in dem Gebüsch, das sie so lange in blinder Panik angestarrt hatte. Es hielt den Kopf geduckt und das Nackenhaar gesträubt.

«Harr?», fragte Ada und ging schon in die Knie, um die Hand auszustrecken, als das Knurren ertönte, tief, böse und viel lauter, als Ada es für möglich gehalten hätte. Nein, das war nicht Harr, der da vor ihr seine Nackenmuskeln spielen ließ. Es war größer und zottiger, und in seinen Augen glomm ein Feuer, wie sie es bei einem Hund nie gesehen hatte. Das war ein Wolf.

Ganz langsam richtete Ada sich wieder auf. Okay, sagte sie sich, ruhig bleiben. Es ist wie beim Joggen: Wenn du vor dem Hund wegläufst, betrachtet er dich als Beute und setzt dir nach. So langsam sie konnte, ging sie rückwärts, ohne den Wolf aus den Augen zu lassen. Dabei tastete sie fortwährend nach etwas, das ihr helfen konnte, ihn auf Distanz zu halten. Aber das grüne Holz eines tiefhängenden Astes knickte nicht unter ihren hektisch zerrenden Fingern, ein aufgehobener Knüttel zerfiel ihr morsch in der Hand. Nervös knurrte das Tier. Ada stolperte vor Schreck, riss die Arme hoch und fiel hintenüber.

«Was wollen die?», fragte Iliod und betrachtete nervös die sechs Männer, die wie aus dem Nichts vor ihnen aufgetaucht waren. «Sie sollen uns vorbeilassen», forderte er mit lauter werdender Stimme.

Dardanod hob die Hand, um ihn zum Schweigen zu bringen. Alle sechs Fremde hatten ihre Bogen gespannt und die Pfeile auf die Gruppe um Stephan gerichtet, der noch immer mit dem Rücken an den Baum gepresst dastand und die Neuankömmlinge fassungslos anstarrte, die so anders waren. Es lag nicht an ihrer Lederkleidung oder den langen Haaren, auch nicht an der Farbe in ihren Gesichtern. Es lag an ihrer Haltung, die lauernd und unruhig war, nervös und geschmeidig, so ganz anders als die der Dörfler, die steif und aufrecht dastanden. Sie bewegen sich wie Tiere, dachte Stephan. Und als einer der Fremden das Gesicht hob, um ungeniert schnüffelnd ihre Witterung aufzunehmen, verzog er das Gesicht. Wahrhaftig, wie Tiere; Melino hatte Recht. «Adas Waldleute», zischte er aus dem Mundwinkel.

Dardanod nickte und griff im Zeitlupentempo nach seinem Bogen. Stephan tat es ihm nach. Die Spitzen der fremden Pfeile wiesen drohend auf ihre Köpfe. Stephan brach der Schweiß aus. «Und jetzt?», fragte er leise.

«Zurückziehen», erwiderte Dardanod ebenso leise und tat den ersten Schritt rückwärts.

«Nein», begehrte Iliod auf. «Ich hab das Vieh getroffen! Es war unsere Jagd. Ich überlasse das denen doch nicht einfach so.»

Dardanod schüttelte entschieden den Kopf. «Ich sagte, zurückziehen.»

«Nein», rief Iliod, diesmal lauter, und machte Miene, sich gegen die Jäger zu wenden. Ein Pfeil fuhr zischend zwischen seine Füße. «He!» Nun brachten alle Männer des Dorfes die Bogen in Anschlag.

Stephan spürte, wie sein Pfeil auf der Sehne zitterte, und hoffte nur, dass es von den Angreifern keiner bemerkte. Er betrachtete sie der Reihe nach. Von den drei Alten war der mit den braunen Borstenhaaren offenbar der Anführer. Er hatte so etwas wie ein Knurren ausgestoßen, ehe er seinen Pfeil gegen Iliod geschickt hatte. Der Zweite war ein hässliches Individuum mit einem narbenzerfetzten Hals, der Dritte mit den glatten schwarzen Haaren grinste dauernd, während er auf ihn zielte, wie ein irrer Filmbandit. Von den Jungen schien der mit den roten Haaren am nervösesten zu sein. Stephan glaubte zu sehen, dass sein Pfeil mindestens so sehr zitterte wie sein eigener. Der Blonde mit dem Pferdeschwanz stand wie ein Standbild. Wer ihm Sorgen machte, war der Dritte. Dauernd fuhr seine Pfeilspitze herum, wies mal hierhin, mal dorthin, aber nicht aus Nervosität. Immer suchte sie ein tödliches Ziel. Es war ein Spiel, das der andere spielte. Und er schien ganz scharf darauf, es in die Wirklichkeit zu übertragen. Der dort, dachte Stephan unwillkürlich, der hasst uns wirklich. Aber verdammt, ich hasse sie auch! Er fasste seinen Bogen fester, und mit einem Mal ließ das Zittern nach. Wer waren die denn, ihnen das Fleisch zu nehmen, das sie zum Überleben brauchten? Der Winter war nicht mehr fern, Melino erwartete vielleicht schon ein Kind, sein Kind, das in einem Hungerwinter zur Welt kam. Sollte er zusehen, wie es ihm, kaum geboren, unter den Händen wegstarb?

«Noch ein Schritt», kommandierte Dardanod leise. «Ganz langsam.»

Stephan sah sein konzentriertes Gesicht, die betretenen Mienen seiner Freunde, die Röte, die Iliods Hals überzog, ein Gemisch aus Scham und Zorn. Wer waren sie denn, vor diesen Primitiven zurückzuweichen? Diesen Dreckskerlen, die sie demütigten. Mit einem Mal sah er Ada vor sich, wie sie bei der Frage nach ihrer Zeit im Wald vor dem Ältestenrat stand, zitternd, außer sich und in Tränen aufgelöst. Das waren doch dieselben Schweine, die das mit ihr gemacht hatten! Die Frauen entscheiden dort nicht frei; er hörte es sie noch sagen. Was für ein Euphemismus für eine hundsgemeine Vergewaltigung. Ada war viel zu nachsichtig mit diesen Kerlen gewesen. Aber damit war jetzt Schluss.

Seine Gruppe hatte sich bereits ein gutes Stück zurückgezogen. Die Jäger begannen, ihre Bogen zu senken. Der erste hatte sich bereits von ihnen abgewandt. Dardanod wollte eben aufatmen, da brach es aus Stephan heraus.

«Hogar!», brüllte er. Ja, das war es, das war der Name, den sie genannt hatte. «Hogaaar!» All seine Wut lag in diesem Schrei.

Die Jäger zuckten zusammen. Sie murmelten miteinander, Unsicherheit lag in ihren Mienen; dass einer von den anderen den Namen ihres Anführers kannte, schien sie ernsthaft zu verstören. Aber dort stand Stephan, zornbebend, und schrie ihn wieder und wieder an. Der Junge mit den wütenden Augen wollte vorstürmen, wurde aber von dem Alten zurückgerufen, den Stephan für den Anführer hielt. Der Schwarzhaarige hielt ihn fest, während der Braune vortrat, sich mit der Faust gegen die Brust schlug, dass es dumpf hallte, und seinen Namen wiederholte: «Hogar.» Bei ihm klang es rau und kriegerisch, wie ein Kampfruf.

«Nein!», rief Dardanod, doch da hatte Stephan schon Pfeil

und Bogen von sich geworfen und sich wie ein wütender Köter auf den anderen Mann gestürzt.

Ada sah die Zähne des Wolfes dicht vor ihrem Gesicht, sie roch seinen fauligen Atem. Im letzten Moment, ehe er zuschnappen konnte, riss sie ihren Korb hoch wie einen Schutzschild. Die Kiefer schnappten über dem Geflecht zusammen und zermalmten es mühelos. Doch Ada hatte einen Moment Zeit gewonnen. Mit einer Hand sich abstützend, griff sie mit der anderen nach ihrem Gürtel und zog ihr Steinmesser. Der Wolf, wütend über die Weidenruten, die in seinen Zähnen klemmten, schüttelte sich, um sie loszuwerden. Seine scharrenden Krallen zerfetzten das Hemd über Adas Schultern. Schon war er bereit, erneut zuzuschnappen. Da griff sie entschlossen mit der Hand nach seiner Kehle, um ihn von sich wegzudrücken. Im Umfallen rollte sie sich auf die Seite. Mit der anderen Hand stieß sie dem zappelnden, geifernden Tier das Messer bis zum Heft zwischen die Rippen. Der Wolf brach zusammen, doch er war noch nicht tot. Um sich schnappend, grub er seine Zähne in Adas Arm, die vor Schmerzen schrie und, nicht weniger blind um sich schlagend als das Tier, versuchte, aus seiner Reichweite zu kommen. Schließlich gelang es ihr, sich unter dem sterbenden Wolf hervorzuarbeiten, der sich jaulend mit zurückgezogenen Lefzen, Blut und Geifer hustend, auf dem Boden wälzte. Mit letzter Kraft ging sie um ihn herum und stach ein zweites Mal zu, dann ein drittes, ein viertes Mal.

«Stirb doch endlich», schrie Ada mit sich überschlagender Stimme. «Verdammt, warum stirbst du nicht?» Schluchzend brach sie neben dem toten Tier zusammen.

So fanden ihre Freundinnen sie.

Dardanod betrachtete den Pfeilschaft in seinem Bein und verzog vor Schmerz das Gesicht. «Verflucht, warum habt ihr nicht eher geschossen?», fragte er.

Iliod verteidigte sich mit schuldbewusstem Gesicht. «Sie

waren so verkeilt ineinander, wir hätten Stephan treffen können.»

«Die anderen hättet ihr treffen sollen», knurrte Dardanod.

Welamod kniete sich neben ihn. «Glaubst du, sie sind jetzt weg?», fragte er besorgt.

«Verschwunden wie ein Spuk.» Mit einem Ächzen wandte Dardanod sich Stephan zu, der herangewankt kam. Sein Kittel war zerrissen und mit Erde beschmiert, ein Auge zugeschwollen, und von einem Schnitt am Hals dicht unterhalb des Ohres floss Blut herab. Er hielt sich einen Arm, als sei er gebrochen. Als er Dardanod so zusammengesunken sitzen sah, hielt er erschrocken inne, dann straffte sich seine Gestalt, und er ging weiter.

«Bist du jetzt zufrieden?», brüllte Dardanod ihm entgegen und zuckte gleich darauf vor Schmerz zusammen. «Du verdammter Idiot.»

«Mann, glaubst du, du hast ihn umgebracht?» Es lag ebenso viel Angst wie Ehrfurcht in Iliods Stimme.

Stephan zuckte mit den Schultern. «Schwer zu sagen, sie haben ihn sofort mit sich gezerrt. Aber ich schätze schon, ja.» Mit Schaudern dachte er an den seltsam pfeifenden Ton, der erklungen war, als er dem anderen das Messer in den Hals gestoßen und wieder herausgezogen hatte. «Ich schätze schon», wiederholte er müde und strich sich über das Gesicht. Dann ging auch er neben Dardanod in die Knie. «Sollen wir das herausziehen, oder willst du auf Tarito warten?», fragte er und wies auf den Pfeil.

«Pfoten weg», knurrte Dardanod.

Stephan wandte sich an die anderen. «Wir werden ihn tragen müssen.» Er machte sich anheischig, seine heile Schulter unter Dardanods Arm zu schieben. Aber Welamod und Iliod drängten ihn zurück.

«Sei froh, wenn du selber ohne fremde Hilfe nach Hause kommst», sagten sie und nahmen sich des Anführers an.

«Ist ja gut», meinte Stephan, der hinter ihnen hertrottete. Das Hochgefühl des Sieges verebbte bereits in ihm. Es wich den

Schmerzen und einer unklaren, beunruhigenden, alles überwältigenden Beklommenheit, die mit jedem Schritt wuchs, den sie dem Dorf näher kamen.

VON MENSCH UND TIER

Der kleine Zug wurde mit großer Aufregung empfangen. Wenig zuvor waren die Mädchen schon mit der verwundeten Ada eingetroffen. Tarito musste in aller Eile von ihrem Lager gerufen werden, um Dardanod anzuschauen, der während der schaukelnden Reise das Bewusstsein verloren hatte. Melino zog Stephan in ihre Hütte, um ihn vorerst selbst zu versorgen. Mit hängendem Kopf saß er auf einem Schemel und schwieg, während sie mit einem feuchten Lederlappen Blut und Schmutz von seiner Haut wusch. Drinnen war nichts zu hören als das Plätschern des Wassers, von draußen drangen die Stimmen der Dorfbewohner herein. Die Siedlung war wie ein aufgescheuchter Bienenschwarm. Obwohl nichts Genaues zu verstehen war, lauschten die beiden doch auf diesen Ton von Aufruhr und Angst, von dem sie ahnten, er würde künftig ihr Leben bestimmen. Schweigend strich Melino Stephan über die Locken. Mit einem erstickten Seufzer presste er da seinen Kopf in ihren Schoß. Behutsam streichelte sie seine vom Weinen bebenden Schultern. So fand Ada die beiden.

Hinter Tarito kam sie in die Hütte gestürmt, noch halb benommen von dem Schmerzmittel, das die Heilerin ihr eingeflößt hatte. «Ist das wahr?», rief sie erregt. «Hast du ihn wirklich umgebracht?»

Stephan hob sein Gesicht mit dem zuschwellenden Auge. Seine Tränen hatten helle Furchen in die Schmutzschicht darauf gegraben. Er wollte etwas sagen, aber Melino kam ihm zuvor.

«Er hat niemanden umgebracht», blaffte sie Ada an und stemmte die Hände in die Hüften. «Was ist das für ein Unsinn?»

«Aber», begann Ada verblüfft. Hatten nicht alle draußen auf dem Platz erzählt, Stephan hätte mit dem Anführer der Waldwesen gekämpft und ihn getötet? «Ich dachte ... Stephan?» Sie versuchte, Blickkontakt mit ihrem Freund aufzunehmen. Aber Melino stellte sich zwischen sie beide. Entschlossen verschränkte sie die Arme, und wenn Ada den Hals reckte, dann ruckte sie gerade weit genug mit, um ihr die Sicht zu versperren. Sie wich erst Tarito, die verlangte, zu ihrem Patienten gelassen zu werden. Als Ada Stephans Gesicht von nahem sah, verstummten ihre Vorwürfe. «Mein Gott, wie siehst du denn aus?», entfuhr es ihr.

Tarito machte sich dann unverzüglich an die Arbeit. Sie untersuchte den Schnitt am Hals, der sich als nicht tief erwies, und tastete den Arm ab. «Er ist nicht gebrochen», erklärte sie. «Du solltest ihn bald wieder benutzen können.» Dann machte sie sich daran, eine Salbe für die Wunde anzumischen.

Ada hatte sich neben Stephan gehockt und streichelte mechanisch seinen gesunden Arm. «Warum, Stephan?», fragte sie leise.

Ihr Freund schwieg bockig und starrte vor sich hin. An seiner Stelle antwortete Melino: «Er hat seine Jagdbeute verteidigt. Jeder Jäger hätte das getan.» Ada schüttelte energisch ihren Kopf.

«Er hat dir wehgetan.» Es kam so leise, dass sie es beinahe überhört hätte.

«Hogar?», entfuhr es Ada. «Er hat mich nie angerührt. Er ...» Sie verstummte und dachte nach. «Du hast mich rächen wollen?», fragte sie verblüfft. «Du hast einen Menschen getötet, nur weil ich ...»

«Das Schwein hat's verdient», fiel er ihr ins Wort.

Adas Stimme wurde lauter. «Er hat mich nie auch nur berührt, Stephan. Er war ein ...» Ihre Stimme versagte. «Du hast den Falschen erwischt», fuhr sie flüsternd fort. «Und selbst wenn.» Sie dachte an Ular und fragte sich, ob sie ihn tot sehen wollte. «Du hast den Falschen erwischt», wiederholte sie nur.

«Und wenn schon.» Stephans Stimme war scharf und voller Trotz, doch man hörte, dass er die Tränen nur mit Mühe zurückhielt.

«Und wenn schon?», fuhr Ada auf. «Ist das deine ganze Antwort? Ein Mensch ist tot. Und zudem vielleicht der Einzige bei den Jägern, der in dem Konflikt mäßigend hätte wirken können.» Sie schloss die Augen und versuchte, sich vorzustellen, was wohl eben im Waldlager geschah. «Er wollte keine Eskalation damals, nach dem Vorfall beim Fischzaun, er überließ es dem Schamanen, eine Lösung zu finden. Jetzt ist er tot, und Egbar wird an seiner Stelle Anführer werden. Ein grüner Junge, ein Choleriker, der uns alle hier hasst. Weißt du, was das für uns bedeuten könnte?»

«Nein, weiß ich nicht. Aber ich weiß, dass du», er wies mit dem Finger auf sie, «dass du wirklich die Letzte sein solltest, die mir deswegen Vorwürfe macht!»

«Ach, dann bin also ich jetzt schuld, oder was?»

Doch Stephan starrte nur vor sich hin, während Tarito den letzten Verband anlegte.

«Was soll der ganze Unsinn», mischte Melino sich da ein, «von wegen Anführer und Nachfolger und Hass.» Mit verschränkten Armen baute sie sich vor den anderen auf. «Du tust ja gerade so, als wären das Menschen wie wir. Sind sie aber nicht.» Ihre Stimme überschlug sich nun fast. «Sie sind Tiere, jeder weiß das. Sie haben keine Anführer und Nachfolger. Sie denken nicht nach, und sie hassen nicht. Sie ziehen durch den Wald und reißen andere Tiere. Stephan hat seine Beute gegen Raubtiere verteidigt, das ist alles, was er getan hat. Niemand kann ihm daraus einen Vorwurf machen. Niemand!»

«Aber ich wollte nicht …», begann Ada. Erschrocken starrte sie Melino an. Die junge Frau hatte immer auf ihrer Seite gestanden, wenn Akiro ihre Hasstiraden gegen die Waldleute losgelassen hatte. Was redete sie da mit einem Mal? Was war mit ihr geschehen? «Was ist denn los mit dir?», fragte sie. Aber Melino winkte nur harsch ab und wandte ihr den Rücken zu.

«Stephan», wandte Ada sich wieder an ihren Freund, «der Konflikt wird sich verschärfen, und wir müssen überlegen, was wir tun können. Durch den Mord ...»

Da fuhr Melino herum. «Es gibt keinen Mord», schrie sie. «Und auch keinen Konflikt. Es gibt gar nichts, hört ihr, gar nichts. Ich erlaube nicht, dass in meinem Haus so ein Mist geredet wird. Und jetzt raus mit euch, raus. Alle!»

Zu Adas Erstaunen zog Tarito sich ohne jeden Protest zurück. Ratlos schloss sie sich der älteren Frau an. Erst als sie draußen standen, wagte sie, wieder den Mund aufzumachen. «Was hat sie denn mit einem Mal?», fragte sie. «Ich war vielleicht ein bisschen harsch zu Stephan, aber ich wollte ihm doch nur klar machen ...» Sie verstummte. Wie sollte sie es ausdrücken? Unmöglich konnte sie Tarito erklären, dass sie das heutige Ereignis als einen weiteren Schritt hin zu einer Zukunft sah, die sie bereits kannte.

Zu ihrer Erleichterung wartete Tarito die Fortsetzung nicht ab. «Ein Mord wird in unserer Gemeinschaft nicht geduldet», sagte sie schlicht.

Erstaunt lauschte Ada ihrer tiefen, beruhigenden Stimme.

«Wer einen anderen Menschen tötet, muss die Gemeinschaft verlassen.»

«Das heißt ...», stammelte Ada.

«Wenn Stephans Tat als Mord gilt, muss er gehen, ja. Melino weiß das.» Tarito verstummte.

Ada war noch immer zu überrascht, um zu begreifen. «Aber ...», stotterte sie.

Tarito nahm sie bei den Händen. Ihr Griff war wie immer warm und tröstlich. Aber ihre Worte waren es nicht. «Wenn wir uns also entschließen, die Waldwesen als Menschen zu betrachten, wie wir es sind, dann ...», sagte sie und machte eine vielsagende Pause.

«Wird Stephan verstoßen», vollendete Ada den Satz mit tonloser Stimme.

Tarito nickte. «Wenn wir sie jedoch als Tiere betrachten ...»

Ada lachte trocken und böse. «Dann werden wir blind in unser Verhängnis stolpern», sagte sie. «Wir werden sie nicht ernst nehmen und nichts tun und einfach abwarten, bis ...» Sie biss sich auf die Lippen.

«O nein!» Tarito schüttelte den Kopf. «Wir bleiben nicht tatenlos. Der Rat hat schon getagt. Wir werden Maßnahmen zu unserem Schutz ergreifen.»

«Ach ja?», fragte Ada alarmiert.

«Ja», erwiderte Tarito. «Wir haben schon angefangen.» Sie tätschelte Ada beruhigend den Arm und lächelte.

Diese riss den Kopf hoch. «Womit?»

Fassungslos stand Ada vor dem Loch, das begonnen hatte, Taritos Garten zu verschlingen. Die Umzäunung war bereits abgerissen, die wichtigsten Pflanzen ausgegraben. Einsam hingen ein paar Stängel Fingerhut in gefährlichem Winkel über dem Abgrund. Welamod stützte sich auf den Schaufelgriff und wischte sich den Schweiß von der Stirn.

«Wir haben beschlossen, hier auf dieser Seite die Palisaden durch einen Graben zu unterstützen», erklärte er. Dann wies er auf das Dorf. «Auf der anderen Seite schützt uns die Geländestufe vor einem Angriff.» Er redete weiter, doch Ada hörte nicht mehr zu. Sie starrte hinunter in die Grube, die vor ihren Füßen begonnen hatte, Gestalt anzunehmen. Sie kannte sie nur zu gut: ein scharf umrissenes, etwa fünf Meter breites Rechteck mit Wänden aus grauem Lehm. Noch war sie nur kurz, aber sie würde wachsen, Ada wusste es, auf eine Länge von dreißig Metern mindestens.

«Fünfzig Schritt soll sie lang sein, wenn wir fertig sind», sagte Welamod nicht ohne Stolz in der Stimme.

Ada versuchte zu lächeln, doch sie brachte es nicht fertig. Müde schüttelte sie ihren Kopf. Sie würden es nicht schaffen.

Maliko kam, um das Bauwerk zu begutachten. Interessiert prüfte sie den ausgegrabenen Lehm. «Kommst du heute Nachmittag in meine Hütte?», fragte sie an Ada gewandt. «Ich habe ein paar Töpfe fertig und will dir zeigen, wie man sie wasserdicht macht.» Als Ada nicht reagierte, fügte sie von sich aus hinzu: «Man lässt Milch in ihnen sauer werden. Ellino kam drauf. Sie hat letztes Jahr einmal ihre Ziegenmilch einfach stehenlassen. Da war zunächst erst mal ich selber sauer. Inzwischen sind wir beide stolz auf sie.» Sie lachte fröhlich. Als Ada immer noch keine Reaktion zeigte, verstummte sie und ging kopfschüttelnd weg.

Noch immer starrte Ada in die Grube. Ihr war, als riefen Stimmen sie von dort unten, als bewege sich der Boden, um Knochenglieder freizugeben, die klapperten und krochen und zu ihr zu gelangen suchten. Gequält schloss sie die Augen.

«Ada?»

Sie lächelte unter Tränen, als sie die Stimme vernahm. «Jaro.» Mit ausgestreckten Armen warf sie sich ihm an den Hals und spürte mit überströmendem Glück, wie er sie festhielt. Nach einer Weile löste sich sein Griff, seine Hände liebkosten ihren Nacken, ihren Rücken, wanderten über den Verband an der Armwunde, als wollten sie sie heilen.

Eine Weile lang schluchzte sie nur. Dann fiel ihr ein, wo er herkam. «Wie war es dort?», fragte sie. Sie spürte, wie Jaro mit den Schultern zuckte. «Ist er, ist er wirklich tot?»

«Ja», sagte Jaro.

«Und», sie schluckte, «und Egbar rast, nicht wahr?»

Er atmete tief ein. «Sie sind alle erschüttert», erwiderte er.

Ada versuchte, in seinem Blick zu lesen. Doch er schaute beiseite.

«Was ist das?», fragte er, als er den Graben sah.

Ada schüttelte heftig den Kopf. «Wir müssen zu den Ältesten gehen», sagte sie statt einer Antwort. «Wir müssen mit ihnen reden. Ihnen deutlich machen, dass sie verhandeln müssen, mit Egbars Leuten reden. Vielleicht können wir ihnen etwas anbieten, etwas sagen ...» Hilflos hielt sie inne.

Nun war es an Jaro, den Kopf zu schütteln. «Sie haben sich festgelegt», sagte er. «Und du weißt, dass sie nicht anders können.»

«Wegen Stephan.» Sie wusste es. Verzagt ließ sie die Schultern hängen. «Sie sprechen schon davon, die Waldwesen vertreiben zu wollen wie Raubtiere», sagte sie. Dann hob sie den Kopf und schaute ihn an. «Und Egbar?», fragte sie. «Was sagt er?»

Jaro erwiderte schweigend ihren Blick.

«Du hast gesagt, mit mir würdest du reden», begehrte Ada auf. «Über deine Erfahrungen in den verschiedenen Welten.» Ihre Stimme wurde flehend. «Weil ich sei wie du.»

«Ada.» Es war ein Seufzer. Wieder ergriff er ihre Hände. «Ich werde fortgehen», sagte er schließlich.

«Oh!» Mehr brachte Ada nicht heraus.

Jaro trat noch ein Stück näher an sie heran. «Komm mit mir», warb er. Seine Augen leuchteten. «Wir werden Dinge sehen, Ada, wunderbare Dinge. Ich werde dir das Meer zeigen und Hütten, die ganz aus Knochen errichtet sind, und ...»

«... regenbogenfarbene Teppiche und Reiter und Städte. Ich weiß.» Adas Stimme klang müde. «Aber hier, Jaro, was wird hier?»

Er zog sie fester an sich. «Weder du noch ich sind hier zu Hause. Wir sind beieinander zu Hause, Ada. Das weißt du.»

Ada zögerte. Sie spürte fast schmerzlich, wie sehr sie sich zu ihm hingezogen fühlte. Und etwas in ihr drängte sie, sich ihm in die Arme zu werfen und sich entführen zu lassen, fort von all dem Schmerz. Dennoch schüttelte sie den Kopf. «Ich bin vielleicht schuld an dem, was hier geschehen wird», murmelte sie. «Ich kann nicht einfach gehen.»

Jaro packte sie an den Schultern, um sie zu schütteln. «Du bist an gar nichts schuld, Ada, hörst du? Es ist der Wille der Mutter. Du sagst, du hast es in deinen Träumen gesehen.» Erstaunt schaute sie ihn an. «Das hast du doch», fragte er, «nicht wahr?»

Sie nickte wortlos.

Eindringlich schaute er sie an. «Und trotzdem glaubst du, es ändern zu können?» Er schüttelte den Kopf.

«Ich und Stephan, wir ...»

«Stephan wusste, was er tat, und muss die Folgen tragen», sagte Jaro ernst. «Und er ist auch bereit dazu. Er gehört zu diesen Menschen. Er wird in ihnen weiterleben. Aber du, Ada. Du und ich.»

«Was meinst du damit: Er ist bereit?», fragte Ada verwirrt.

Enttäuscht ließ Jaro sie los. «Du wirst nicht mitgehen, nicht wahr?», fragte er und fuhr, als sie sacht begann, den Kopf zu schütteln, bitter fort: «Du wirst hier bleiben wegen etwas, das du nicht ändern kannst.» Verzweifelt biss er die Zähne zusammen.

Ada sah die Muskeln an seinem Kiefer schwellen. Sie hätte sie gern mit ihren Fingern berührt. Zorn und Schmerz fortgestreichelt. Aber es ging nicht. «Bleib», flüsterte sie.

Er schaute sie an. «Ich bin noch nirgendwo geblieben.»

Und warum nicht? Wut wallte in Ada auf, als sie sah, wie er sich abwandte. So einfach war das also für ihn? So schnell gab er sie auf. «Geh nur», brüllte sie hinter ihm her. «Geh, wie du schon einmal fortgegangen bist.» Es war ungerecht, sie wusste es. Aber wie gut es tat, ihre Verzweiflung endlich einmal hinauszubrüllen. «Lass mich wieder allein, wie damals.»

Er schritt schnell aus. Sie wusste nicht, ob er sie noch hörte. Dennoch konnte sie nicht aufhören, hinter ihm her zu schreien und ihn zu beschimpfen. Bis sie erschöpft in die Knie brach. Da lag sie dann, die Arme um sich geschlungen, und starrte hinunter in das, was unausweichlich war: die Grube.

STERNZEICHEN SIND VORZEICHEN

Sie fand Stephan vor, wie sie ihn kannte, als sie seine Hütte betrat. Ada musste unwillkürlich lächeln bei dem Anblick. Sein Arm war binnen weniger Tage besser geworden, wie Tarito es vorausgesagt hatte. Nun saß er da, im Schneidersitz, vornübergebeugt im Licht des Feuers, und widmete sich mit ganzer Konzentration einer Steinarbeit. Seine braunen Locken waren erstaunlich lang geworden und fielen ihm wild über die Schulter. Die Zunge wanderte unruhig zwischen den Zähnen hin und her. In der Linken hielt er den Schlagstein, in der Rechten einen Knochenmeißel, mit dem er sich gerade bemühte, winzigste Splitter von einem annähernd runden Objekt abzuschlagen.

Ada trat vorsichtig näher, um ihn nicht zu erschrecken. Sie wollte ihm keine Vorwürfe mehr machen, aber reden musste sie mit ihm. Er war der einzige Mensch im Dorf, mit dem sie es konnte. «Hi», sagte sie leise.

Stephan schaute auf. «Hi», murmelte er, dann senkte er den Kopf wieder über seine Arbeit.

Ada versuchte es mit einem Scherz. «Ich musste warten, bis Melino weg war», sagte sie. «Sie ist mit den anderen zum Sammeln gegangen.» Sich nach einem bequemen Platz umschauend, ließ sie sich nieder, wobei sie demonstrativ einen Haufen Steinsplitter von einem Kissen schüttelte. «Sie bewacht dich ja wie ein Zerberus.» Ada wagte ein Lachen. «Hättest du gedacht, dass du mal derart verheiratet sein würdest?»

Stephan antwortete, ohne aufzuschauen. «Ich dachte immer, ich würde von einer dieser emanzipierten Studentinnen geheiratet werden, die mein Leben managen. Dann hätte ich Karriere gemacht und Überstunden und Maßanzüge getragen, um ihr zu gefallen, und sie hätte Kinder bekommen und mir vorgeworfen, dass ich nie mehr Zeit für sie hätte. Wie das eben so geht.» Nun hob er den Kopf und schaute sie an. «Und dann hätte sie mich verlassen und ich wäre als armes, einsames, altes Arschloch in einer Einzimmerwohnung nahe der Uni an meinem Computer vor mich hin verreckt.»

Ada blieb das Lachen im Hals stecken.

«Hier ist alles anders», sagte er und hob die Hand mit dem Meißel, um auf die Hütte zu weisen. «Hier arbeite ich den ganzen Tag mit meinen Händen. Ich sehe, was ich leiste. Und ich tue es für uns. Wir sind zusammen, nicht getrennt. Und ich war nie stärker bei mir selbst. War nie intensiver am Leben.» Er grinste. «Klingt wie aus einer Männerselbsthilfegruppe, was?»

Ada schüttelte den Kopf.

«Verdammt nochmal, ich bin glücklich, Ada», fuhr er fort. «Zum ersten Mal in meinem Leben. Ich weiß, ich habe Scheiße gebaut. Aber das muss nicht heißen, dass jetzt alles den Bach runtergeht, hörst du?» Er zeigte mit dem Meißel auf sie und ließ ihn wippen. «Das heißt es noch lange nicht.»

«Stephan», begann sie.

«Ich weiß, sie graben die verdammte Grube. Aber das bedeutet noch lange nicht, dass die Knochen auch drin liegen müssen.» *Die Knochen,* dachte Ada, wie vornehm umschrieben. Näher an die Wahrheit wollte er sich offenbar nicht wagen.

«Ich habe lange darüber nachgedacht, weißt du?», fuhr er fort und widmete sich wieder seiner Arbeit. Auch seine Stimme klang jetzt entspannter. «Ehrlich. Und ich bin zu der Überzeugung gekommen, dass alles, was wir da ausgegraben haben, doch total hinfällig ist. Null und nichtig.» Er schaute kurz und triumphierend zu ihr hoch. «Weil es nämlich den Status quo vor unserer Zeitreise beschreibt.» Er tippte mit dem Meißel in die Luft, als wolle er einen wichtigen Punkt festnageln.

Ratlos schaute Ada ihn an.

«Du weißt doch», fuhr er fort, «dass Reisen in die Vergangenheit Änderungen in den Zeitlinien bewirken.»

Ada schüttelte den Kopf.

«Willst du sagen, du hast noch nie ‹Zurück in die Zukunft› gesehen? Mit Michael J. Fox?»

«Stephan, das ist ein Hollywood-Film!»

«Aber er basiert auf wissenschaftlichen Theorien.»

«Was soll das denn für eine Wissenschaft sein», gab Ada zurück. «Zeitreisologie?»

«Ach was», winkte Stephan ab, «wer die Vergangenheit ändert, verändert auch die Zukunft. Jeder weiß das. Es ist logisch.» Er schaute sie an. «Und wir sind jetzt hier. Das allein ist schon eine große Veränderung. Wir können nicht mehr behaupten, dass die Zukunft so sein wird wie die vor unserer Ankunft hier.» Zufrieden mit seinen Ausführungen machte er sich wieder über sein Werkstück her. «Es wird alles gut werden», brummte er noch.

Ada beugte sich vor. «Hast du schon mal daran gedacht, dass wir die Sache überhaupt erst ausgelöst haben könnten?», fragte sie und sah befriedigt, wie er einen Moment in seiner Arbeit innehielt.

«Du meinst, weil ich ihren Anführer, diesen Hogar ...» Stephan ließ den Satz unabgeschlossen. Er setzte den Meißel an, schlug zu, traf seinen Daumen und fluchte.

Ada schüttelte den Kopf. «Ich habe auch über mich nachgedacht», sagte sie. «Als ich so plötzlich zwischen den Jägern auftauchte, dachten sie, ich wäre jemand aus dem Dorf.» Sie hielt inne, um sich der Szenen zu erinnern. «Sicher, sie waren schon vorher aufgebracht, da gab es eine lange Vorgeschichte von Konflikten.» Langsam redete sie sich warm. «Zum Beispiel waren sie fest davon überzeugt, die Siedler hätten Schuld daran, dass ihre Frauen unfruchtbar wurden.»

«Abergläubischer Blödsinn», erwiderte Stephan knapp und blies Steinstaub von seinem Werkstück.

«Das dachte ich zunächst auch», gab Ada zu. «Bis Tarito mir dann von ihrem Verhütungstee anbot.» Der Tee, fiel es ihr in diesem Moment ein. Sie hatte völlig vergessen, ihn weiterzutrinken. Rasch schüttelte sie den Gedanken ab. Das Zeug wirkte offenbar dramatisch, und sie hatte im Moment weiß Gott andere Sorgen. «Es gab nämlich», nahm sie den Faden ihrer Überlegungen auf, «schon einmal eine Dorffrau, die bei ihnen gelebt hat. Was, Stephan, wenn die ihnen ohne ihr Wissen diesen Tee verabreicht hat?» Ada grübelte. «Als Hile in den Wehen lag und ich ihr einen Tee bringen wollte, ist Ume fuchsteufelswild geworden. Vielleicht haben sie schlechte Erfahrungen mit Tee.»

«Und was wäre, wenn?»

Ada richtete sich auf. «Na, du findest das wohl noch normal? Das kommt doch einer Zwangssterilisation unbequemer Konkurrenten nahe», sagte sie empört.

Stephan ließ sich nicht aus der Ruhe bringen. «Was ist mit der Frau passiert?», fragte er.

Ada zögerte. «Sie haben sie weggeschafft.»

«Weggeschafft?», echote Stephan.

«Na, eben weggeschafft», fauchte Ada unbehaglich.

Stephan nickte nur. «Sie hieß Auriko», sagte er nach einer Weile.

Darauf schwiegen sie beide. «Siehst du», meinte Stephan schließlich, «dass es nicht so leicht ist, jemandem die Schuld zu geben?»

«Ich gebe nicht dir die Schuld», begehrte Ada auf. «Das war es ja, worauf ich eigentlich hinauswollte.» Sie neigte sich vor und betrachtete ihre gespreizten Hände. «Ich habe es geschafft, dass Egbar mich hasst. Und in mir hasst er das Dorf. Und ich habe …», sie zögerte.

Stephan schlug auf seinen Meißel, als interessierten ihn Adas Bekenntnisse nicht.

«Als ich in der Höhle des Schamanen war …»

«Welcher Schamane?» Nun horchte Stephan doch auf.

«… und er in Trance war und mich für einen Geist hielt und mich fragte, was er tun solle. Da habe ich … Da habe ich …»

Stephan schaute auf.

«Da habe ich ihm gesagt: Vereinigt euch.» Sie verstummte.

«Ja, und?», fragte Stephan und hielt den bearbeiteten Stein hoch, um das Relief zu betrachten. Ada bemerkte, dass er offenbar den Versuch unternahm, eine kleine Figur in die Oberfläche zu meißeln.

«Begreifst du nicht? ‹Vereinigt euch.› Was, wenn ich es war, die sie erst auf die Idee gebracht hat, das Dorf zu überfallen, um die Frauen zu rauben?» Sie erschrak selbst, als sie es laut aussprach, doch Stephan zuckte nicht einmal.

«Darf ich mal zusammenfassen», sagte er nach einer Weile. «Du wehrst dich gegen ein Arschloch, das dich vergewaltigen will. Dann versuchst du noch, ihm und seinen Leuten was Gutes zu tun, indem du ihnen zum Frieden rätst. Und deshalb ruht die Sünde der Welt auf deinen Schultern, ja?» Er schaute auf. «Das ist doch alles Unfug, Ada. Du hast nichts Böses gewollt. Und du hast nichts getan. ‹Vereinigt euch.›» Er schnaubte. «Die Doppeldeutigkeit von so was kann auch nur jemandem aufgehen, der zu viel Freud gelesen hat. Und die Psychoanalyse, meine Liebe, wird erst in ein paar tausend Jahren erfunden werden.»

Ada musste lachen. Seufzend streckte sie sich. Sie hoffte nur, Stephan hatte Recht. «Das Phallussymbol gibt es aber schon», sagte sie dann, Stephans Scherz aufgreifend. «Oder was glaubst du, ist das stockartige Ding, das die Große Mutter auf allen Abbildungen in der Hand hält?» Sie kicherte unwillkürlich.

«Ein Maibaum?», schlug Stephan vor, was sie beide losprusten ließ. Mit Tränen in den Augen lachten sie, bis sie außer Atem waren.

«Alles wird gut», sagte Stephan da unvermittelt und legte ihr die Hand aufs Knie. «Du wirst sehen.» Er zögerte einen Moment. «Und er», wagte er sich dann vor, «er kommt sicher auch wieder. Wirst schon sehen.»

Ada errötete. In ihr kämpften alle möglichen widerstreitenden Gefühle. Schließlich obsiegte die Rührung. «Netter Versuch», sagte sie und boxte ihn herzhaft gegen die Schulter. Dann lehnte sie sich an ihn.

«Weißt du, was ich am meisten vermisse?», fragte sie nach einer Weile.

Stephan lächelte, ohne aufzuschauen. «Deine Schokoriegel?»

Sie schubste ihn kameradschaftlich.

«Gib doch zu, dass ich Recht habe.»

Sie kuschelte sich wieder an ihn. «Und was vermisst du?», fragte sie.

Er dachte lange nach. «Dass ich ‹Herr der Ringe, Teil 3› nicht mehr sehen werde», meinte er schließlich.

Sie lachte leise. «Einmal wieder ‹Harry und Sally› gucken, als x-te Wiederholung abends im Fernsehen, mit einer Decke auf dem Sofa und einer Hand voll Cashew-Nüssen.»

«Ein gutes Bier», sekundierte Stephan, aus tiefstem Herzen seufzend.

«Ein weißes Bettlaken», stimmte Ada in seinen Ton ein, «ein Daunenkissen. Und ein gutes Buch im Bett.»

«Die Musik von Oasis.»

Sie schüttelte sich. «Thailändisch essen», schlug sie vor.

Stephan lachte. «Wie in der Kaiserstraße. Mit diesen furchtbaren Plastikpalmen, dem künstlichen Bambus und dem Aquarium neben dem Zigarettenautomaten.»

Ada nickte. «Und dem immergleichen Tonband asiatischer Schlager. Wenn du mit Vorspeise gegessen hast, hast du es dreimal gehört, ehe du fertig warst.»

Sie spürte, wie Stephans Schulter vor unterdrücktem Lachen bebte. «Was hatten wir für gute Abende dort, was?» Ihre Augen leuchteten. «Du hast da die Grundidee für deine Doktorarbeit entwickelt.»

«Ich hab mich da mit Pflaumenwein besoffen, als Susanne Schluss gemacht hat.»

Ada drückte sanft seine Schulter. «An dem Abend haben wir das Band viermal gehört.»

Eine Weile schwiegen sie; jeder hing, ein wenig getröstet, seinen eigenen Gedanken nach. Dann wurde Ada ihre Lage unbequem. Sie richtete sich auf, legte das Kinn auf Stephans Schulter und spähte hinunter auf den Stein, der fast fertig zu sein schien und den er nun mit einem Ledertuch polierte. «Was ist das?», fragte sie. «Ein weiterer Maibaum?» Das Ding war rund, sah sie nun, etwa so groß wie eine Münze und beinahe perfekt geformt. Ein ungutes Gefühl stieg in ihr auf.

«Ach das», sagte Stephan. «Es ist nur ein Versuch. Zu Hause hatte ich einen Sternzeichenanhänger aus Gold, erinnerst du dich?» Ada schüttelte den Kopf. «So einen wollte ich mir wieder machen. Und wenn es was wird, schenke ich Melino auch einen. Ich hab sie gefragt, wann sie geboren ist, und ich denke, nach ihrer Beschreibung, es war Mai. Bestimmt ist sie ein Zwilling.» Pfeifend fuhr er fort, das Stück zu polieren.

Ada hatte sich aufgerichtet. Ihr war, als umschlösse eine Faust aus Eis ihr Herz. Mit zitternden Fingern nestelte sie nach dem Anhänger, der um ihren Hals baumelte, und zog ihn ab. Sie nahm ihn in die Hand und hielt ihn hoch. Es gab keinen Zweifel: dieselbe Form, dieselbe Größe. Und dieselbe delikate Zeichnung der kleinen Figur darauf.

«Was für ein Sternzeichen bist du, Stephan?»

Ihre Stimme musste seltsam geklungen haben, denn er hörte auf zu pfeifen und wandte sich zu ihr um.

«Wassermann. Warum?» Dann widmete er sich wieder seinem Schmuckstück. «Ich werde hier eine Öffnung bohren», sagte er, «damit man es sich umhängen kann.»

«So wie diese?», fragte Ada und hielt ihm ihr Amulett hin.

Stephan griff danach. Er drehte und wendete es, neugierig zuerst, dann verwirrt. «Woher hast du das?», fragte er mit gerunzelter Stirn.

Ada liefen die Tränen über die Wangen. «Erinnerst du dich an den Schädel, den ich in der Hand hielt, an unserem letzten Tag?», fragte sie, ein Schluchzen mühsam unterdrückend.

Stephan nickte nach kurzer Überlegung. «Übst du für den Hamlet-Monolog?», imitierte er seine damalige Frage.

«Er trug es um den Hals», sagte Ada tonlos. Nach einer langen Weile des Schweigens fügte sie verzweifelt hinzu: «Wir müssen etwas unternehmen, Stephan, sofort.»

DER STAB DER GROSSEN MUTTER

Tarito steckte den Kopf zur Hüttentür herein. «Sirino ist fort», rief sie atemlos und war schon wieder verschwunden. Benommen, als wären sie eben aus einem Albtraum erwacht, stolperten Ada und Stephan aus der Hütte.

«Es wird schon dunkel», stellte sie verwirrt fest und schaute sich um. «Bei Dunkelheit sollte doch niemand mehr draußen sein?»

«Und niemand allein», bestätigte Tarito, die schon Fackeln besorgt hatte. «Hier. Wir müssen sie suchen. Geht in Dreiergruppen», rief sie lauter, an die anderen gewandt, die sie in losem Kreis umstanden. Sofort schloss Melino sich den beiden Gefährten an. «Worüber habt ihr gesprochen?», fragte sie, kaum dass sie die Palisaden hinter sich hatten.

«Über Stephans Arbeit», gab Ada ohne Zögern zurück. Sie fuhr sich andeutend mit dem Finger über den Ausschnitt. «Den Anhänger.»

«Oh», rief Melino, «ist er fertig?» Neugierig leuchtete sie mit ihrer Fackel in den Ausschnitt von Stephans Hemd.

«Nein», sagte er. «Ich habe noch kein Loch reingemacht, um ihn aufzuhängen.» Er warf Ada einen vielsagenden Blick zu. «Ich dachte, damit warte ich vielleicht noch ein bisschen. Ist besser so.»

Ratlos und mit leisem Misstrauen schaute Melino von einem zum anderen. Sie spürte, dass Stephan ihr etwas vorenthielt. Ärgerlich beschleunigte sie ihre Schritte, dann blieb sie stehen und hob die Fackel. Vor ihnen lag der Weg zum Erdwerk. «Wir sollten es hier versuchen ...», begann sie, musste aber bemerken, dass Ada bereits in die entgegengesetzte Richtung lief.

«He», rief Melino hinter ihr her. «Tarito hat aber gesagt, wir sollen diese Gegend übernehmen.»

«Ich glaube, ich weiß, wo sie ist», rief Ada über die Schulter zurück. Und hoffte doch zugleich, dass sie nicht Recht behalten würde. Seit dem Tag ihrer Ankunft war sie nie wieder am See gewesen. Allein der Gedanke daran flößte ihr Furcht ein.

«Und woher weißt du das?», rief Melino zurück. Sie warf Stephan einen strengen Blick zu, doch der zuckte mit den Schultern. Sie verdrehte die Augen, als sie es sah, und marschierte, so rasch sie konnte, hinter Ada her. «Woher du das weißt, habe ich gefragt. Aaah!» Mit einem Aufschrei stürzte sie zu Boden.

Ada blieb stehen, als sie es hörte. «Melino?», fragte sie besorgt. Als keine Antwort kam, drehte sie um und ging zurück. Sie fand die andere am Boden liegend und leise fluchend. Stephan kniete neben ihr und betastete ihren Knöchel. Ada hielt die Fackel über beide. «Kannst du gehen?», fragte sie. Melino biss die Zähne zusammen und versuchte sich auf Stephan gestützt aufzurichten. Trotz der schlechten Beleuchtung konnte man sehen, wie sie blass wurde und ihr der Schweiß auf die Stirn trat. Nach einer Weile schüttelte sie den Kopf. «Verdammte Lehmklumpen», zischte sie mit zusammengepressten Lippen.

Stephan strich ihr über das Haar. «Sei froh, dass du nicht in die Grube selber gefallen bist», meinte er.

«Tarito sollte sich das ansehen», sagte Ada.

Stephan nickte. «Ich werde sie tragen.» Er hievte sich Melino auf den Arm. «Kommst du klar?», fragte er über die Schulter.

Ada nickte beklommen. «Klar», sagte sie dann.

«Ich komme nach, so schnell ich kann», rief Stephan, schon in Bewegung. «Wo finde ich dich?»

«Am See», sagte Ada. Das Wort, laut ausgesprochen, verursachte ihr eine Gänsehaut.

Der See war bei Nacht ebenso schön wie am Tage. Ein stiller Spiegel, verdoppelte er den flimmernden Sternenhimmel, und wer an seinem Ufer stand, meinte, sich über die Unendlichkeit zu neigen und kopfüber in sie eintauchen zu können.

Stephan würde mir jetzt die Sternbilder erklären, dachte Ada und rieb sich fröstelnd die Arme. So wie damals im Erdwerk. Verdammt, mittlerweile war es nachts ein ganzes Stück kühler geworden. Und wo steckte nur das Mädchen. «Sirino?», rief sie halbherzig und wippte auf den Zehen, unschlüssig, ob sie sich weiterwagen sollte. Auf der anderen Seite war Jägergebiet. Zwar hatte sie in ihrer Zeit dort nie erlebt, dass einer des Clans nachts unterwegs gewesen wäre. Dennoch fühlte sie sich alles andere als sicher.

«Sirino», rief sie noch einmal, nur wenig lauter. «Wo bist du?»

Im Wasser platschte etwas. Ada zuckte zusammen. Zitternd

vor Anspannung trat sie zurück, als kleine Wellen begannen, an ihren nackten Füßen zu lecken. Kam dort etwas auf sie zu? War etwas im Wasser? Ganz langsam, wie hypnotisiert auf die Dunkelheit über der Wasseroberfläche starrend, zog sie sich Schritt für Schritt zurück. Doch es blieb still, und nach einer Weile beruhigte sich auch Adas Herzschlag wieder. Ein Biber, dachte sie, oder ein Wasservogel. Sie lauschte so angestrengt, dass es in ihren Ohren zu summen begann. Nein, sie war allein, sagte Ada sich gerade, da knackte es im Gebüsch.

Das Bild des Wolfes stand wieder vor ihrem inneren Auge. Unwillkürlich fasste sie sich an den Arm, wo noch immer eine Binde den letzten Schorf bedeckte. Dann griff sie nach ihrem Messer. Langsam ging sie auf die Quelle des Geräusches zu. Vor einem dichten Weidengestrüpp blieb sie stehen. «Sirino?», flüsterte sie, halb ängstlich und halb flehend. Etwas im Inneren des Gebüsches schien sich zu regen. Ada neigte sich und hob die Fackel.

Plötzlich ergriff etwas ihren Arm. Mit einem Aufschrei ließ sie das Licht fallen, das zischend hinter ihr erlosch. Ada fühlte sich gepackt und vorwärts gezogen. Dann stolperte sie; sie fiel.

«Ada!», rief Stephan, so regelmäßig wie eine Maschine. «Ada. Sirino.»

«Wie konntest du sie allein lassen», schimpfte Tarito an seiner Seite.

«Nur mit der Ruhe», sagte Dardanod. «Die beiden kennen sich hier gut aus; sie sind erwachsen. Was soll ihnen schon passieren.»

Die Heilerin kniff die Lippen zusammen. «Wir müssen sie finden», erwiderte sie knapp. «So schnell wie möglich.»

Die beiden Männer tauschten über ihren Kopf hinweg einen Blick und setzten ihre Suche fort.

Eingesperrt von Zweigen schlug Ada um sich. Verzweifelt versuchte sie, sich freizukämpfen. Sie fühlte die Nähe ihres Gegners und trat mit aller Kraft nach ihm. Es dauerte eine ganze Weile, bis an ihr Ohr drang, was er sagte: «Ada, Ada, Ada.»

Keuchend hielt sie inne. «Sirino?» Sie richtete sich auf. «Was zum Teufel machst du hier? Warum versteckst du dich?» Langsam gelang es ihr, wieder ruhiger zu atmen. «Musstest du mich so erschrecken, verdammt.» Froh um die Dunkelheit, die ihre Röte verbarg, steckte sie ihr Messer in den Gürtel.

«Bist du allein?», fragte Sirino zurück.

«Was? Natürlich bin ich allein», zischte Ada. «Oder besser gesagt, völlig idiotischerweise tappe ich hier alleine herum. Jetzt sag schon. Was machst du hier?»

Sirino neigte sich vor und spähte zwischen den Zweigen hindurch. Erst als sie sicher war, dass niemand Ada folgte, entspannte sie sich. «Ich dachte, sie würden mich zurückhalten.»

«Na, allerdings würden sie das», begann Ada, die noch immer nur an die Gefahren dieser nächtlichen Eskapade dachte. Dann unterbrach sie sich. «Wovon zurückhalten?», fragte sie.

Sirino schaute sie an. Sie hatte geweint. Ada sah die feuchten Spuren auf ihren Wangen im Mondlicht glitzern. «Ich habe so Angst», flüsterte sie, und ihre Stimme kippte.

Ada streckte die Arme nach ihr aus und zog sie an sich. «Ist ja gut», murmelte sie. «Alles in Ordnung.» Eine Weile saß sie so da und wiegte das junge Mädchen. «Ich kann es mir ja denken», sagte sie leise und blickte hinaus auf den See, der das Gebiet des Dorfes von dem der Jäger trennte. «Ich habe auch Angst vor dem, was geschehen könnte.»

Sirinos Weinen ließ nach. Sie richtete sich auf, wischte sich übers Gesicht und schaute Ada an. «Sie denken, ich erinnere mich nicht mehr, weil ich damals noch ein Kind war. Aber ich war fast acht», erklärte sie.

Ada ließ sie reden.

«Ich habe ihn genau gesehen. Er stand vor dem Altar. Er hatte so», sie suchte es mit ihren Händen zu zeigen, «wilde Haare, mit lauter Lederbändern drin. Damals erschien er mir groß, aber ich glaube, er war so alt wie Askar.»

«Wer?», fragte Ada verwirrt.

«Na, der Jäger», erwiderte Sirino. Ihr Blick wanderte über Adas Schulter, als könne sie dort in der Ferne die Szenerie noch immer sehen. «Sie sagten, er wäre freiwillig gekommen, die Große Pflicht zu vollziehen.» Sie verzog den Mund. «Aber ich habe die Fesseln an seinen Händen gesehen. Und seine Augen, als er das Messer erblickte. Ich sehe immer noch seine großen, schwarzen, weit aufgerissenen Augen.»

«Wovon sprichst du?», fragte Ada. Ein beklemmendes Gefühl beschlich sie.

Sirino fuhr in ihrer Erzählung fort, als habe sie sie nicht gehört. «Und ich glaube, die Priesterin hat es auch gewusst. Denn kaum hatte sie das Messer über seinen Hals gezogen, da stieß sie es sich selber in die Brust. Als wollte sie sich strafen.»

In Adas Kopf wirbelte es durcheinander. Petar, dachte sie, das musste Petar sein, von dem Sirino da erzählte, der verschwundene junge Mann der Jäger. Und das, was Sirino da andeutete, diese – sie sträubte sich, es mit Namen zu nennen –, diese Zeremonie, das war die Große Pflicht? Ein Menschenopfer? Freiwillig, dröhnte es in ihr, freiwillig. Sie glaubte, ein böses Gelächter zu hören. Jaros Stimme erklang von fern. «Auch er dient der Mutter.» Von wem hatte er gesprochen? «Petar.» Sie sagte es laut. Doch Sirino zuckte nicht einmal.

«Es war unglaublich. Das Blut lief aus ihrem Mund. Wie eine dünne, schwarze Schlange. Ich sah, wie es auf ihre Brust tropfte. Alle hielten den Atem an vor Schreck. Und dann …»

Unwillkürlich stockte auch Ada der Atem. «Was?», stieß sie mit Mühe hervor.

Mit einem seltsamen Lächeln wandte Sirino sich ihr zu. «Dann war sie verschwunden», sagte sie. «Einfach so. Keiner hat es verstanden, glaube ich. Und bis heute hat keiner auch nur ein Wort darüber verloren.» Sie hielt inne, als dächte sie nach. «Ich glaube, es war eine Strafe. Und sie schämen sich. Was meinst du?»

«Ich, ich …», stammelte Ada. Sie versuchte, in dem allgemeinen Wirrwarr einen Gedanken zu fassen, von dem sie spürte, dass er wichtig war. Doch es gelang ihr nicht.

Da wurden in der Ferne Stimmen hörbar. Sirinos Kopf fuhr hoch. Plötzlich wurde sie wieder aufgeregt. «Ada», flüsterte sie, «jemand muss zu ihm und ihn warnen.»

«Wen?», brachte Ada heraus. «Askar?» Noch immer war ihr nicht klar, was sie von all dem halten sollte.

Sirino nickte heftig. «Ich habe Angst, dass sie mit ihm dasselbe tun, verstehst du? Er ist doch immer hier. Und immer allein. Wenn man mir einmal folgt ...»

«Du triffst dich immer noch mit ihm?», rief Ada. «Ich habe dir doch gesagt ...»

Aber Sirino ließ sie nicht ausreden. Sie packte Ada bei den Schultern. «Du musst gehen», sagte sie. Wieder hörte man das Rufen, näher diesmal, das Flackern des Fackellichts begann bereits die Dunkelheit zu erhellen. Sirinos Stimme wurde drängend. «Du kannst es am besten. Du beherrschst seine Sprache. Auf dich wird er hören.»

Ada schüttelte den Kopf. «Nein!» Das kam heftig und entschieden.

«Ada, bitte.»

«Nein.» Ada löste die Hände der anderen von ihren Schultern. «Ich kann nicht. Du weißt nicht, was du da verlangst.»

«Aber ...»

«Ada! Sirino!», rief Stephan und hob seine Fackel höher.

Die beiden Frauen schauten einander an. «Wir sind hier, Stephan», rief Ada. Sirino gab einen Laut von sich wie eine Erstickende. Sie schlug sich die Hände vors Gesicht. Ada strich ihr übers Haar. «Es tut mir Leid», flüsterte sie. «Aber es geht nicht.» Sirino schien sie nicht mehr zu hören.

Dann war das Fackellicht über dem Gebüsch, Hände streckten sich nach ihnen aus und zogen sie in die Geborgenheit der Gruppe. Ada stand da wie betäubt. Da waren Tarito, Maliko, Dardanod. All die vertrauten Gesichter, erleichtert nun und lachend. Tarito hatte eine Decke dabei und legte sie Sirino um die

Schultern. Dardanod zog sie kurz an sich, während er gutmütig mit ihr schimpfte. Die Freundinnen umschwärmten Sirino mit Fragen. Ada schaute von einem zum anderen, forschte in ihren Zügen. Hatten sie wirklich alle dagestanden und dem Tod eines Menschen zugesehen? Wie konnte es sein? Wie konnte es sein, dass nichts davon in ihren Augen zu lesen war? Und ein leises Grauen überkam sie.

«Alles in Ordnung?», fragte Tarito neben ihr. Ada schrak zusammen.

«Ja, ja», sagte sie und bemühte sich um ein Lächeln. Die Heilerin schaute sie prüfend an. Ada gelang es nicht, den Blick zu erwidern, und sie senkte die Augen.

«Was hat sie denn gesagt», fragte Tarito.

Ada schüttelte den Kopf. «Alles in Ordnung», wiederholte sie nur und ließ es zu, dass Tarito ihr nach einer Weile sanft über die Wange strich.

KLEINE UND GROSSE PFLICHTEN

Als Ada erwachte, drang Tageslicht durch das Flechtwerk der Fenster ins Frauenhaus. Die anderen Lager zwischen den Stützbalken, erkannte sie im Licht der staubigen Sonnenstrahlen, die über den Boden tasteten, waren leer. Sie schien allein zu sein. Doch als sie sich aufrichtete, regte sich etwas neben ihr.

«Guten Morgen», sagte Tarito, die offenbar neben ihrem Lager gewacht hatte und dort auf den Armen eingeschlafen war. Sie hob den Kopf.

«Wohl eher guten Nachmittag, vermute ich», antwortete Ada und setzte sich unter Taritos Augen auf. «Wie lange habe ich geschlafen?»

«So lange es nötig war», sagte die Heilerin. «Du brauchtest Ruhe.»

Ada schaute sich um. «Wo ist Sirino?» Nach und nach fielen ihr die Ereignisse der Nacht wieder ein. Mit der Erinnerung kehrte die Furcht zurück. Hektisch griff sie nach ihren Kleidern.

«Sie schläft noch», sagte Tarito. Als sie Adas erstauntes Innehalten bemerkte, setzte sie beiläufig hinzu: «Ich habe ihr etwas gegeben, damit sie sich entspannt. Sie war so furchtbar aufgeregt, die arme Kleine.» Dann hielt sie Ada eine Schale hin, in der eine Flüssigkeit anheimelnd dampfte.

«Was ist das?», fragte die argwöhnisch.

«Tee», sagte Tarito und lächelte.

Ada schüttelte den Kopf und schlüpfte in ihr Hemd. «Ich muss mit Rikiko sprechen», sagte sie, noch unter dem Stoff verborgen. Ihr Entschluss stand fest. Sie würde die Alte mit dem konfrontieren, was sie wusste, ihr alles erzählen. Für Rücksichtnahmen war es nun zu spät. Und dann, dann ... An diesem Punkt verwirrten sich ihre Gedanken ein wenig. Dann, sagte sie sich entschlossen, mussten sie ihr glauben. Sie mussten einfach. Und sie würden mit den Jägern reden, denn sonst ... Abrupt sprang Ada auf.

Tarito konnte mit Mühe die Hand mit der Schale zurückziehen, in der die Flüssigkeit bedrohlich schwappte. «Du findest sie draußen im Erdwerk», entgegnete sie ruhig.

«Im Erdwerk?», fragte Ada alarmiert und wandte sich um.

Die Heilerin nickte, ohne sie aus den Augen zu lassen. Ihre Stimme klang gelassen und selbstverständlich, als sie sagte: «Es ist doch der Tag der großen Zeremonie.»

Ada erstarrte. «Nein», flüsterte sie. Sie packte Tarito bei den Schultern und starrte sie an. «Nein!»

«Aber sicher.» Tarito lächelte freundlich. «Wir waren allerdings nicht sicher, ob du dich uns anschließen würdest.»

Sie sagte noch etwas, doch Ada hörte es schon nicht mehr. Sie rannte aus der Hütte, verfolgt von Taritos Blicken, die sie in ihrem Rücken brennen fühlte, getrieben von den Bildern, die vor ihren Augen gaukelten, von Akiro, wie sie dastand, mit erhobenem Messer, und dem Mann, dem Mann mit den Fesseln, dem Mann, der ... Aber sie vermochte sein Gesicht nicht zu erkennen.

Blind vor Angst lief Ada weiter, zwischen den verlassenen Hütten hindurch, wo sich nichts mehr regte, durch die Öffnung in den Palisaden, an dem Graben vorbei. Sie durchquerte die verbrannten Felder, wo es noch immer nach Asche roch, obwohl sich schon das erste Unkraut wieder durch die braune Decke schob, erreichte den Waldpfad, duckte sich unter Zweigen hindurch, stolperte über Ranken und erreichte völlig außer Atem die Befestigung des Erdwerks.

Rechts und links des Tores brannten Fackeln, deren orangefarbene Flammen durchsichtig in den Taghimmel blakten und ihn zum Flimmern brachten. Auf der hölzernen Brücke über den Graben waren Blüten verstreut, blass und zerquetscht, als wären viele Füße über sie hinweggegangen. Ada lief achtlos über die Blumenleichen. Dann sah sie die ersten Menschen, Rücken an Rücken standen sie da und verfolgten etwas, das weiter vorne geschah. Ada hörte Trommeln und Flöten von dort, wo der Altar sein musste. Rücksichtslos drängte sie sich durch, ignorierte die Grüße, das Begrüßungslächeln, die Verwunderung in manchen Gesichtern. Verschwommen nahm sie Maliko wahr, die sich zu ihr neigte und ihr einen Kranz aus Efeu und Birke auf die Stirn drücken wollte. Ada wischte ihn beiseite.

Gesichter, Augen, sich hebende, senkende Arme, Klatschen im Takt, das ihre Gedanken zerfetzte, ein Wogen, Stampfen, man tanzte, wiegte sich, sie wälzte sich gegen die Bewegung, kämpfte dagegen an, machte sich los, stieß nach vorne. Mit einem Mal stand sie am vordersten Rand.

Ada prallte zurück. Dort war der Altar, kaum wiederzuerkennen, so überhäuft war er mit Blumen und Früchten, Korngarben und Körben, aus denen die Ernte quoll. In der Mitte erkannte sie einen Krug, in dem aufgehäuft das Korn lag. Es war die Saat, das kostbarste Gut des Dorfes, das bald als Wintergetreide ausgebracht werden sollte. Eben nahm Akiro das schwere Gefäß und goss es, mit großer Mühe, auf eine geflochtene Strohmatte aus. «Was tust du da?», wollte Ada rufen. Dann bemerkte sie die Männer. Sie sah die Alten, sah Dardanod und Welamod, Asparod, den Spaßvogel, der stets die Wechselgesänge anführte, sah Iliod und seine Gefährten. Alle standen sie im Kreis um die Matte, bekleidet nur mit einem Schurz, die Körper mit Rötel beschmiert und auf den Köpfen Kränze aus Stroh, mit hochstehenden, wippenden Ähren. Sie sahen grotesk aus und fremd.

Die rote Farbe in ihren Gesichtern erschreckte Ada, die Nacktheit ihrer Körper, die Entrücktheit ihrer Züge. Denn sie alle wippten und drehten sich im Sog der Musik. Dann erkannte sie Stephan.

Seine Locken waren fast verdeckt von der Krone aus Stroh um seine Stirn, sein Gesicht war bis auf einen Kreis um die Augen und den Mund bemalt, sodass es sie an einen Totenkopf erinnerte. Sein Körper war wie die der anderen mit dem roten Schlamm beschmiert, als wäre er ein Fetisch. Er sah aus wie ein Fremder, wie ein Geist. Er aus wie die anderen. Zu verblüfft, um zu reagieren, beobachtete Ada, wie er sich mit ihnen nach einer geheimen Choreographie bewegte und drehte. Seine Füße schlugen den Takt dazu auf dem lehmgestampften Boden. Um seine Gelenke, um Unterarme und Waden waren Büschel von wilden Gräsern gebunden, als wüchse er aus der Erde wie ein Faun.

«Stephan!», schrie Ada. «Stephan!» Sie streckte die Hand nach ihm aus. Schon wollte sie vordrängen, da packte sie jemand und hielt sie zurück.

«Da kommt Akiro», rief es erwartungsvoll an ihrem Ohr. Es war Melino. In ihren Augen lag ein seltsam fiebriger Glanz. «Jetzt.» Sie presste Adas Arm, dass es schmerzte. «Jetzt geschieht es.»

Da trat die Priesterin vor. Schlangengleich schwangen die vielen Zöpfe über ihren Rücken, um ihre Hüften, um die ein Tuch mit schuppenartigem Muster geschlungen war. Vogelkrallen schmückten ihre Stirn, und Federn flatterten vom Saum ihres Umhangs, als sie die Arme hob. In der hochgestreckten Hand – Ada hielt den Atem an – trug sie ein Messer.

«Nein!», schrie Ada, doch ihr Rufen ging unter in dem dumpfen Ruf, der sich aus den Kehlen der versammelten Menge löste.

«Mutter», dröhnte es in dem Erdwerk. «Mutter! Mutter!»

Akiros schrille Stimme stieg auf und stieß wie eine Klinge hindurch. «Du gebierst und ernährst uns.» Um sie herum wurde es still. Akiro fuhr fort in ihrer Litanei.

«Herrin Sonne, Herrin Wind, Herrin Regen,
Licht des Himmels und Schoß der Erde.
Wurzelschlagende, Himmelstrebende.
Große Werdende, Große Vergehende.
Unser Tod und Leben bist du, Kraft in allem,
Leben im Korn, Schicksal der Saat.»

Sie trat vor und stieg mit nackten Füßen in den Haufen Saatgut auf der Matte. Rasselnd flossen die Körner auseinander. Durch die Menge ging ein Stöhnen.

«Blut im Herz unserer Beute,
Kraft in unseren Lenden,
Wärme in unserem Fleisch.»

Noch einmal hob sie das Messer. Verzweifelt versuchte Ada, sich von Melino loszumachen, die sich in steigender Verzückung in ihren Ärmel gekrallt hatte und mit ihrem ganzen Gewicht an ihr hing.

Die Männer erhoben die Hände. Akiro begann sich zu drehen. Ihre Klinge fuhr im Kreis herum, blitzte durch die Luft, schneller und schneller. Wie in Trance drängten die Männer heran, ihre Handflächen, blass und unbemalt, streckten sich der wirbelnden Schärfe entgegen, suchten die Waffe, zuckten zurück, getroffen, zerschnitten. Blut begann zu tropfen, floss herab, auf Akiro, auf das Korn, das sie mit ihren Füßen knetete. Noch näher, noch heftiger drängten die Männer sich ihr entgegen. Sie sangen und tanzten, mit erhobenen Händen, das Messer fuhr wie eine Sichel über sie, und keiner zog sich zurück.

Die Priesterin und das Saatgut wurden über und über bespritzt mit rotem Blut. Die Menge begann zu jubeln, atemloses Warten löste sich in neuen Tänzen auf. Auch Melino ließ von

Ada ab, um die Arme zu erheben. Ada stand wankend da, erleichtert zwar, als sie begriff, das heute niemand sterben würde. Aber Grauen und Ekel stiegen in ihr hoch, je länger die Zeremonie andauerte. Stephan, dachte sie.

Sie sah ihn vor sich, im Hörsaal, den Bleistift zwischen den Zähnen, die Wange in der Hand, während er dem Professor zuhörte. Sah ihn an seinem Computer, konzentriert tippend, mit gerunzelter Stirn. Hörte ihn ironische Witze reißen am Mittagstisch. Jetzt stieg seine Stimme zwischen den anderen auf. «Große Mutter», schrie er. «Allgebärerin.» Seine Füße, rot und braun, stampften die besudelte Erde. Sein Mund stand offen, seine Augen waren verdreht. Ada wusste nicht, was er sah. Vor ihren Augen stand er, eine Fetischpuppe, ein Golem, geknetet aus Lehm und Blut.

Irgendwann stürzten, auf ein Kommando Akiros hin, die Frauen herbei und kratzten mit bloßen Fingern die Körner vom Boden auf. So rasch sie konnten, als hinge ihr Leben davon ab, rafften sie einen Vorrat zusammen und rannten dann damit davon. Auf die Felder, vermutete Ada, wo sie, blutig, wie sie waren, eingegraben werden sollten. Mit einem Mal war der Spuk vorbei. Die Musik verstummte, das Erdwerk leerte sich.

«Stephan», rief Ada und lief zu ihm hinüber. Wie die anderen Männer war auch er damit beschäftigt, trotz seiner verwundeten Hände die letzten Körner zusammenzulesen. Einer nach dem anderen machte sich auf, den Frauen zu folgen, um ihnen dabei zu helfen, mit Grabstöcken die Erde für die Saat aufzubrechen. Sie würden vor Schmerzen fast zusammensinken, und ihr Blut würde noch einmal reichlich die Felder düngen. Aber dies war ihr Anteil an der Zeremonie, die Kleine Pflicht, der sie jeden Herbst aufs Neue nachkamen.

«Stephan!» Sie rüttelte ihn am Arm, um endlich seine Aufmerksamkeit zu erregen. Da schaute er auf. Einen Moment lang wirkten seine Augen so abwesend, dass es Ada bange wurde. Dann mit einem Mal grinste er. «Hast du das gesehen?», fragte er sie.

Ada schüttelte den Kopf und verzog das Gesicht. Er hingegen starrte auf seine zerschnittenen Hände. «Geil», sagte er beeindruckt, «nicht einmal gezuckt.» Er wendete die Handflächen hin und her. «Ich hab echt nicht gewusst, ob ich das kann.»

«Ich hätte echt nicht gedacht, dass du so blöd bist, es zu versuchen», sagte Ada und begann, an ihrem Rock herumzureißen, um für Verbandsmaterial zu sorgen. «Du musst aufpassen, dass sich das nicht entzündet», meinte sie. «Am besten, du gehst gleich zu Tarito …»

«Lass mal», unterbrach Stephan sie. Noch immer betrachtete er verzückt seine Schnitte. «Besser als Kohlenlaufen.»

Als Ada verwirrt dreinschaute, erklärte er: «Du weißt doch, diese Managerscheiße. Lauf über glühende Kohlen und überwinde dein Ich.» Er grinste wieder. «Das hier ist tausendmal besser. Echt der Wahnsinn.» Er wehrte ihre Bemühungen ab. «Es tut nicht mal weh.»

«Wird es noch», gab Ada trocken zurück. «Sobald du von dem Trip runter bist.» Sie gab ihm einen Klaps auf die Schulter. «Mensch, merkst du nicht, dass das komplett wahnsinnig ist?» Ihre Stimme war nahe daran zu kippen. «Was soll die Scheiße, Stephan?»

Stephan blieb gelassen. «Das ist die Zeremonie der Kleinen Pflicht. Damit das Saatgut aufgeht und gedeiht.» Er blinzelte ihr zu.

«Ach, und das geht mit Blut, ja?», regte Ada sich auf. «Alte Bauernregel, lernt man auf der Akademie in Weihenstephan, oder was?»

Stephan zuckte unwillig mit den Schultern.

Doch Ada bohrte weiter. «Glaubst du etwa daran?»

Stephan wich ihrem Blick aus. Aber dann sagte er: «Das gehört einfach dazu, Ada, verstehst du das nicht? Ich nehme meinen Platz hier ein, und dazu gehört nun mal …»

«… dass man jeden perversen Mist mitmacht?», schnappte Ada.

Er schüttelte den Kopf. «Das ist nicht pervers. Und wenn du

es wissen willst, ja, ich war in Trance, oder was das war, was mich da gepackt hat. Ich habe es gespürt, und es war verdammt nochmal großartig.» Er schaute sie einen Moment an. «Es macht Sinn, Ada. Ob du das hören willst oder nicht. Für mich macht es Sinn. Und wenn es mich ein bisschen Blut kostet …» Er hob lässig die Hände. «Dann soll es daran nicht scheitern.» Wieder trat das beseligte Grinsen in sein Gesicht. «O Mann, ich würde das sofort nochmal machen. Kein Mensch würde mehr kiffen, wenn er wüsste, wie sich das hier anfühlt.»

Ada stemmte die Hände in die Hüften. «Die Kleine Pflicht!» Sie schnaubte. «Hast du schon mal darüber nachgedacht, dass es auch eine Große Pflicht gibt?» Sie ließ ihm keine Zeit, darauf zu antworten. «Sie schlachten Menschen, Stephan!»

«Unfug», sagte er erstaunlich ruhig. Dann stand er auf und machte Miene zu gehen.

Ada ergriff ihn am Arm. «Kein Witz», sagte sie. «Ich weiß es, Stephan. Sirino hat es mir erzählt. Sie hat es gesehen. Sie töten sie auf demselben Altar, vor dem du heute deinen bescheuerten Fruchtbarkeitstanz aufgeführt hast.» Ihre Stimme überschlug sich beinahe.

«Ada.» Stephan wandte sich zu ihr um. «Was immer du davon gehört hast: Es ist Blödsinn. Glaub mir.» Fassungslos stand Ada da und starrte ihn an. Da fuhr er fort: «Die Große Pflicht ist eine freiwillige Gabe. Da wird niemand ‹geschlachtet›, wie du das nennst. Es ist einer, der sich hingibt für seine Gemeinschaft. Für die anderen, um ihnen zu helfen.»

Ada war, als hätte man sie geschlagen. Sie konnte einfach nicht glauben, was er eben gesagt hatte. «Was?», japste sie. «Du wusstest davon?»

Stephan lachte. «Das kannst du dir nicht vorstellen, was?», sagte er und kam noch einmal näher. «Das geht über deinen Horizont.» Er schaute sie beinahe mitleidig an. Und leise fuhr er fort: «Weil du eine ewige Zuschauerin bist, deshalb.» Als sie protestieren wollte, schüttelte er den Kopf. «Du hast dich doch noch nie für etwas engagiert. Außer für deine Arbeit, natürlich.

Nicht mal für dein Heim in Frankreich wolltest du kämpfen. Nur immer weg damit und weiter. Von Uni zu Uni, und ab nach Amerika, wenn's in Deutschland nicht läuft.» Er hob abwehrend die Hände. «Aber hier» – dumpf klatschend schlug er sich an die Brust – «mit dem Herzen. Da warst du doch noch nirgends.»

«Das ist, das ist ...» Ada suchte nach Worten.

«Du hast doch sogar diesen Kerl davonlaufen lassen», fuhr Stephan fort, «diesen ... Wie hieß er noch?»

«Was hat Jaro damit zu tun?», fauchte Ada. Die Tränen schossen ihr in die Augen. «Du verdammtes Arschloch.»

Stephan schaute beiseite. «Ich jedenfalls habe meinen Platz gefunden, Ada. Und ich würde alles dafür tun. Das ist ganz normal. Heute habe ich das erfahren.» Er schulterte seinen Korb mit Korn und machte sich erneut daran, aufzubrechen.

«Du würdest an einem Menschenopfer teilnehmen?», rief Ada und rannte hinter ihm her. «Du würdest jemandem das Messer in die Brust stoßen? Das ist nichts weiter als Mord, hörst du mich, Stephan, Mord. Das wird durch Überzeugungen nicht besser!» Sie bekam seinen Arm zu fassen und zog daran.

«So?», schrie er und fuhr herum. «Wenn du es wissen willst, ich würde mich sogar unters Messer legen dafür.»

Ada stand da, unfähig, ein Wort zu sagen. Aber Stephan war nicht mehr aufzuhalten. «Was ist», brüllte er sie an, «glaubst du, mir fehlt der Mut? Glaubst du ehrlich, deine kleinkarierten Bedenken haben hier noch irgendeinen Wert? Glaubst du ...», er lachte bitter, «ich mach mir ins Hemd, weil meine Lebensversicherung vielleicht nicht zahlt bei Opfertod?» Ehe sie etwas sagen konnte, riss er ein Messer aus dem Gürtel seines Lendenschurzes und fuhr sich damit quer über den Unterarm.

Ada musste würgen, als sie das klaffende Fleisch sah. «Glaub mir», sagte Stephan mit wilden Augen, «es gibt nichts, wozu man nicht fähig ist, wenn man liebt.»

«Wunderbar, Stephan!», schrie Ada. «Ich bin gerührt. Nur leider stellt sich mir die Frage: was soll es nützen?»

Stephan schüttelte den Kopf wie einer, der sich gänzlich unverstanden fühlt. Mit einem überlegenen Lächeln steckte er sein Messer wieder ein und richtete sich auf. Da sah sie die Kette um seinen Hals. Es war das Amulett, an einer Lederschnur baumelnd. Er hatte es nun doch fertig gestellt. «Du hast es durchbohrt?», fragte sie tonlos. Die Wildheit verschwand aus seinem Blick. Beklommen standen sie einander gegenüber.

«Was auch kommt», sagte er schließlich leise. «Ich gehöre hierher. Und ich habe nicht vor, tatenlos zuzusehen.» Sie spürte kurz die Wärme seiner Hand an ihrer Wange. «Was habe ich schon zu verlieren?», fragte er.

Noch während sie über die Antwort nachdachte, war er fort.

Als sie aufschaute, sah sie ihn durch das Tor schreiten. Ada holte Luft. Aber Petar ist nicht freiwillig gestorben, wollte sie ihm nachrufen. Deine hehre Opferlogik, sie haben sie verraten. Angelogen haben sie dich. Sie fanden es bequemer, dass ein anderer für sie blutet. Was sagst du dazu? Schon wollte sie sich in Bewegung setzen, um ihm nachzulaufen und ihm all diese Fragen zu stellen. Da legte sich eine Hand auf ihren Arm.

AKIROS AUFTRITT

Erschrocken fuhr sie herum.

«Ada», sagte Akiro mit sanfter Stimme. «Wo willst du hin?»

Noch ehe sie sich eine Lüge einfallen lassen konnte, fuhr die Priesterin fort: «Du willst ihnen alles sagen, nicht wahr? Wer du bist. Von deinen Träumen.» Ihre Stimme war warm von Verständnis. Zu warm vielleicht. Denn verständnisvoll hatte Ada die andere noch nie erlebt.

Sie zuckte unwillkürlich zurück. «Woher weißt du davon?», fragte sie. Sie forschte in ihrem Gedächtnis. Der Tag fiel ihr ein, als Jaro fortging. Sie hatten an der Grube gestanden und gestritten. Laut genug waren sie gewesen, für jeden, der zuhören wollte. Oder sollte an jenem anderen Tag, als sie im Gras lagen, ein verborgener Zuhörer dabei gewesen sein? Die Röte schoss ihr ins Gesicht. Sie forschte im Gesicht der jungen Frau, über das die Blutspritzer einen feinen Schleier gelegt hatten. «Hast du uns belauscht?», fragte sie.

Akiro schüttelte den Kopf, als verwehre sie einem bockigen Kind die Antwort. «Du solltest bedenken», fuhr sie stattdessen fort, «dass keiner hier alleine schläft.» Sie lächelte. «Du sprichst im Traum, sagt Tarito. Du schreist sogar und redest laut.»

Ada biss sich auf die Lippen. «Und was erzähle ich so?»

Wieder schüttelte Akiro ihre Zöpfe. «Nur unzusammenhängendes Zeug. Sagt Tarito. Und doch.» Sie schnalzte nachdenklich mit der Zunge. «Ja, ich denke, sie würden dir glauben.» Sie schaute Ada sarkastisch lächelnd an. «Wenn du dich vor sie hinstellst und ihnen sagst, dass du eine von denen bist, eine weise Frau, eine Seherin.»

«Ich bin nichts dergleichen», wehrte Ada ab.

«Oh», erwiderte Akiro, «mir brauchst du das nicht zu erzählen.» Ihr Mund verzog sich für einen Augenblick verächtlich. Mehr denn je sah sie aus wie ein boshaftes Kind. «Aber sie würden es vielleicht glauben.» Sie spuckte die Worte förmlich aus. «Noch immer haben sie Angst, ich wäre zu jung.»

«Das ist dein Problem.» Ada machte Miene zu gehen.

«Sie werden es sogar gerne glauben», rief Akiro ihr nach, «weil ihr eines der Paare seid, die das Band eint. So etwas ist selten.» Ihre Stimme troff von Bosheit. «Aber wenn es auftritt, dann ist sie gewiss eine Priesterin. Und er …»

«… er dient ebenfalls der Mutter», hörte Ada Jaros Stimme aus einer fernen, friedlichen Vergangenheit. Sein ausweichender Ton klang bedrohlich in der Einsamkeit des Erdwerks. Ada drehte sich zu Akiro um, die dastand, wie sie sie verlassen hatte, vor dem überladenen, blutbespritzten Altar. Die Vogelkrallen auf ihrem Stirnband griffen in die Luft. Und mit einem Mal begriff sie den Sinn.

«Du meinst, er wäre der Erwählte für die Große Pflicht?» Sie wagte es nur zu flüstern. Dennoch schien es ihr, als hallte der Satz nach.

Akiro schlug die Hände in gespielter Begeisterung zusammen. «Alle wären ja so erleichtert», sagte sie. «Du weißt, dass sie erleichtert wären. Sie zittern ja schon vor Angst vor diesem Winter.» Sie lachte albern.

Ada richtete sich steif auf. «Darauf würde Stephan sich niemals einlassen.» Sie hoffte, dass ihre Stimme nicht zitterte.

Akiro malte mit der Fußspitze Muster in den Staub. «Hat er dir den Eindruck gemacht?», fragte sie unschuldig. Ada hätte sie am liebsten geschlagen. «Na dann», sagte Akiro, «ist es ja gut, nicht wahr? Niemand verlangt etwas von ihm. Niemand denkt auch nur an ihn. Wenn du jetzt allerdings losläufst und dich als große Seherin aufspielst, tja, dann werden sie bald mit dem Finger auf ihn zeigen.»

«Du meinst, du wirst das tun», knurrte Ada. Hilflos vor Wut starrte sie in Akiros grüne Augen, die so unschuldig wirkten.

«Ach», sagte das Mädchen kokett. «Ich muss mich mit dem Gedanken wohl vertraut machen. Denn ich werde diejenige sein, die die Zeremonie durchführt. Mit dir werden wir ja wohl nicht rechnen können, oder?» Sie lächelte boshaft.

«Darauf kannst du Gift nehmen.» Ada spuckte ihr den Satz förmlich entgegen.

«Nein», sagte Akiro verächtlich. «Du würdest es nicht tun. Du hast nicht den Mut dazu, nicht den Biss. Du bist nicht bereit, für andere etwas aufzugeben. Etwas Großes zu wagen. Du bist feige. Du bist nichts!»

Ohne nachzudenken, holte Ada aus und versetzte ihr eine schallende Ohrfeige. «Kleines, geltungssüchtiges Luder», zischte sie. «Du weißt ja nicht, wovon du sprichst.»

Akiro stand geduckt da, wie ein zur Flucht bereites Tier. Sie hielt sich die Wange und starrte Ada an. Dann verzog sich ihr Mund, und sie bleckte die Zähne in einem Grinsen, das Ada einen Schauer über den Rücken jagte.

«Überleg dir, was du tust», zischte sie. Dann rannte sie fort.

Mit einem zitternden Seufzer atmete Ada aus. Nun war sie alleine. Ein wenig unsicher auf den Beinen ging sie hinüber zum Altar, wischte ein paar klebrige Birnen beiseite und lehnte sich dagegen. So stand sie eine ganze Weile und starrte auf den Boden. Es war still, nur die Bienen summten. Am östlichen Horizont verschwand die Sonne hinter dem Erdwall und hinterließ einen Himmel, der aussah, als schwömme er in Blut. Alles um Ada her verfärbte sich.

Überleg dir, was du tust, sagte sie zu sich selbst. Was blieb noch zu tun? Warnungen aussprechen, die keiner hören will, weil sie an alte Schuld erinnern? Stephan in Gefahr bringen? Ihn weitertreiben auf einem Weg, an dessen Ende ihn Akiro mit dem Messer erwartete? Wenn er doch so verdammt scharf drauf ist, dachte sie bitter. Noch einmal rief sie sich ihr letztes Gespräch in Erinnerung. Wie hatte er nur solche Dinge zu ihr sagen können? Er hatte geklungen wie Akiro, sie wie eine Aussätzige behandelt, eine Ausgestoßene, sie verspottet. Aber sie hatten nicht Recht, dachte sie, zornig und hilflos, sie war nicht unfähig zu lieben. Nur weil sie darauf verzichtete, wie alle komplett durchzudrehen. Sie war nicht liebesunfähig!

Aber sie war allein. Ada lehnte den Kopf in den Nacken, der sich schwer anfühlte. So schwer wie alle ihre Glieder, Gott, sie war müde, sie hatte alles so satt. Alles drückte sie nieder. Ihr war, als bekomme sie nicht mehr genug Luft. Ada griff sich an den Hals und erspürte die Kette. Sie riss sie ab, setzte sich und betrachtete sie.

Da saß sie nun wieder, auf dem Altar, mit dem Amulett in der Hand. Das letzte Mal war Stephan bei ihr gewesen, nicht ahnend, dass sein eigener Schädel in einer Grube keine zwei Kilometer entfernt auf ihn wartete, nicht ahnend, was diese Kette für sie alle bedeutete. Wie gespannt sie darauf gewesen war, sie ihm zu zeigen. Ada erinnerte sich noch. Sie hatte sich aufgerichtet, Stephan hatte sich vorgeneigt, und dann: autsch. Sie schmeckte das Blut noch in ihrem Mund.

Mit einem Schlag richtete sie sich auf. Der Gedanke, den sie die ganze Zeit zu greifen versucht hatte: Nun stand er vor ihr. Noch einmal hörte sie die Worte von Sirinos Erzählung: «Es war unglaublich. Das Blut lief aus ihrem Mund. Wie eine dünne, schwarze Schlange. Ich sah, wie es auf ihre Brust tropfte. Alle hielten den Atem an vor Schreck. Und dann ...»

«... war sie verschwunden.» Ada sprach es laut aus. Eine wilde Erregung packte sie mit einem Mal, eine Hoffnung, so verrückt, dass sie sie nicht in Worte kleiden konnte. Wie gestochen sprang sie auf, riss die Körbe vom Altar, wischte die Blumen beiseite. Wer sie sah, hätte sie für eine Irre halten können, so fieberhaft arbeitete sie, so zwischen Lachen und Schluchzen schwankte ihre Stimme. Auf einmal wurde sie still. Sie zögerte, doch nur einen Moment. Auf dem leeren Altar kniend, riss sie sich den Verband von der halb geheilten Bisswunde, die ihr jener Wolf zugefügt hatte. Dunkle Krusten kamen zum Vorschein. Ada zögerte nicht, sie abzukratzen. Nichts tat so weh wie das, was hinter ihr lag. Ein, zwei, drei glänzende, hellrote Blutstropfen kamen zum Vorschein. Ada hob den Arm, legte die Lippen darauf und saugte sie ein.

Ein heftiger Stoß traf sie und schleuderte sie nach hinten. Alles, alles begann sich wirbelnd zu drehen. Eine Faust griff nach ihr und presste sie erbarmungslos in einen Abgrund. Ada riss die Arme hoch und warf sich dem Nichts entgegen.

IV. DIE KÜNSTLERIN

SEHNSUCHT NACH SCHOKOLADE

Als Ada die Augen aufschlug, umgab sie völlige Finsternis. Sie blinzelte. Totenstill war es auch. Etwas ist schief gegangen, dachte sie. Ich bin im Nirgendwo gelandet. Doch dann hörte sie zu ihrer unendlichen Erleichterung ein Geräusch, das keinen Zweifel ließ. Der an- und abschwellende Ton eines Martinshorns drang an ihr Ohr. Als er kurz aussetzte, hörte sie das Brummen des Wagens auf der nahen Bundesstraße. Nun sah sie auch den Widerschein des rotierenden Blaulichts am Himmel, der, wie sie jetzt bemerkte, von tiefhängenden Wolken vollständig verhüllt war.

Irgendwo schlug ein Hund an, eine Tür klappte, Fernsehlärm drang heraus, jemand rief etwas, der Hund verstummte. Ada erkannte die Auftrittsmelodie einer bekannten Late-Night-Serie. Die Tür klappte wieder zu, und alles wurde still. Noch immer lag Ada reglos da, und die Tränen liefen aus ihren offenen Augen.

Erst als sie sich aufrappelte, bemerkte sie, wie kalt ihr war. Doch selbst darüber war sie froh. Das rauere Klima verriet ihr, wie alles andere, dass sie zu Hause war. Fröstelnd rieb Ada sich die Arme, griff in klebrigen Schleim und hielt ihn sich mit abgespreizten Fingern vors Gesicht. Wie beim ersten Mal war sie fast gänzlich von dem Zeug bedeckt, unmöglich, im Dunkeln zu sagen, was das war. Und wie bei ihrer ersten Zeitreise fühlte sie sich, als hätte man versucht, ihr jeden Knochen im Leib zu brechen. Allein die Kälte trieb Ada schließlich auf die Beine. Der Boden war feucht, und aus dem Brombeergestrüpp wehte ein eisiger Hauch sie an.

Diesmal fiel ihr die Orientierung nicht schwer. Das Hundegebell war von rechts vorne gekommen, das war wohl die Neubausiedlung; sie musste sich also in die entgegengesetzte Richtung wenden, wenn sie den Nordeingang finden wollte. Es erwies sich als nicht schwierig, da nur ein einziger Pfad durch das Gestrüpp gebahnt war. Einmal blieb Ada hängen, etwas wickelte sich um ihren Fuß. Sie zog daran; es waren die Reste eines rotweiß gestreiften Plastikbandes, wie es zum Absperren von Unfallorten verwendet wurde. Es war steif von Schmutz, und sie ließ es wieder fallen. Wenige Minuten später stand sie auf freiem Feld und entdeckte die Straße vor sich. Die Katzenaugen an den Seitenpfosten glühten auf, als ein Wagen sich näherte. Im Lichtkegel seiner Scheinwerfer waberte der Bodennebel, und Ada sah, dass die Blätter des großen Löwenzahns längs des Straßengrabens mit Raureif bedeckt waren. Das Auto fuhr vorbei und tauchte mit seinen Rücklichtern für einen Moment alles in rosigen Dunst. Dann umhüllte Schwärze Ada, aber von jenseits der Straße sah sie nun schwach die Lichter des Bauernhofes herüberblinken. Dort war man noch wach. Sicher würde im Camp auch jemand auf sein. Zuversichtlich ging Ada auf die heimeligen Lichter zu.

Doch als sie auf das Areal der Grabung einbog, empfing sie Dunkelheit. Kein Lampenschimmer erhellte die Fenster der Container, deren Umrisse sie mühsam ausmachen konnte. Ada bewegte sich vorsichtig über das Gelände, bemüht, nicht in eine der Gruben zu stürzen. Doch die waren offenbar alle abgedeckt. Als sie an die Tür des Aufenthaltsraumes kam, ertastete sie dort ein dickes Vorhängeschloss. Vergebens fingerte sie eine Weile daran herum, dann lehnte sie sich ratlos mit dem Rücken gegen die kalte Wand. Es musste bereits November sein, die Grabungskampagne hatte ja nur bis Oktober dauern sollen. Und was nun?, dachte sie. Meine paar Möbel sind eingelagert, die WG ist nur noch eine Briefkastenadresse. Sie hatte nach der Grabung in die USA gehen wollen. Jetzt war sie zurück in ihrer Welt, doch so heimatlos wie selten zuvor. Die Kälte drang durch ihr vom Schmutz feuchtes Kleid und ließ sie frösteln. Ada stieß sich ab und machte sich daran, auch die anderen Türen zu untersuchen. Die Schlafcontainer waren ebenfalls abgeschlossen, aber die Vorstellung, in ihrem Aufzug, schmutzstarrend, mit verfilzten Haaren und Kleidern aus der Steinzeit, auf einem der umliegenden Höfe um Hilfe nachsuchen zu müssen, verlieh ihr neue Energie. Sie entdeckte unter einem Haufen Gerümpel eine Metallstange, die sich als Brecheisen nutzen ließ, schob sie in das Schloss und knackte es ohne weitere Umstände. Ein muffiger Geruch schlug Ada entgegen, als sie in den Korridor trat, Staub, der Geruch von ungeleerten Aschenbechern, von Putzmitteln und von Räumen, in denen Menschen ohne große Sorge um Ordnung und Hygiene gehaust hatten. Den Gestank des feucht gewordenen Schaumstoff-Sofas hätte sie überall wiedererkannt. Sie tastete sich durch den langen Flur und fand ihre Zimmertür. Ein energischer Tritt genügte, sie zu öffnen. Ada machte Licht.

Als Erstes sah sie ihr eigenes Gesicht, undeutlich im Spiegel über dem Waschbecken. Sie trat näher und berührte dabei einen Papierstreifen, der am Türrahmen klebte. Es war ein Siegel, das das Betreten untersagte; Ada kümmerte sich nicht weiter darum. Sie ging zum Waschbecken, stützte sich mit beiden Händen auf den Rand und starrte sich lange prüfend im Spiegel an. Erde klebte unter ihren Augen.

«Geist, wer bist du?», fragte sie leise. Dann ließ sie das Wasser rauschen und schwappte sich Hand voll um Hand voll ins Gesicht. Es löste die braune Schmutzkruste und das Blut von ihrem Gesicht, das in Schlieren über das Porzellan lief. Es war köstlich warm. Ada fand ein Handtuch, trocknete sich ab und wandte sich um.

Auf den ersten Blick schien alles wie immer zu sein. Dort auf dem Tisch lagen noch ihre Unterlagen, durcheinander und aufgeschlagen, wie sie sie verlassen hatte. Die Schrift auf den Seiten kam ihr fremd vor, sie hatte schon so lange nichts Geschriebenes mehr gesehen; aber es war ihre eigene, klein, energisch und engzeilig zog sie sich über die Seiten. Sie fuhr mit dem Finger darüber, eine dicke Staubschicht lag auf allem.

Neben dem Bett noch immer der Wecker, er war irgendwann um 6.47 Uhr stehen geblieben. Ada trat zu dem Spind, der ihr als Schrank diente, und öffnete ihn. Da lagen ihre T-Shirts, mehr oder weniger sorgfältig gefaltet, der Kapuzensweater mit den ausgeleierten Bündchen, von dem sie sich nie hatte trennen können, ihr blauer Lieblingspulli aus der Boutique in Montpellier. Über dünnen Metallbügeln hingen ihre diversen Jeans und Jogginghosen, der eine Blumenrock, ein Geschenk ihrer Mutter, die nie begriffen hatte, was ihr gefiel, und das strenge beige Kostüm für Bewerbungsgespräche. Ada zog eine grüne Armeehose heraus wie die, die sie am Tag ihres Verschwindens getragen hatte. Als sie sie hochhielt, fiel etwas zu Boden. Ada hob es auf: Es war ein Schokoriegel, rot und golden verpackt. Sie riss hastig das Papier ab, stopfte sich den Inhalt komplett in den Mund und kaute mit hemmungsloser Gier. Lächelnd, mit verschmiertem Mund, ließ Ada sich auf dem Boden nieder; an ihren Wimpern hingen Tränen.

DAS EINSAME LICHT

Der nächste große Genuss folgte kurz darauf. Mit einem tiefen, tiefen Seufzer ließ Ada das heiße Wasser der Dusche über ihre Glieder strömen. Sie hatte jede Vorsicht aufgegeben, das Licht in den Duschräumen angestellt und den Strahl voll aufgedreht. Sie war sicher, in dem verlassenen Lager alleine zu sein. Ein Glück nur, dachte sie, dass der Strom noch nicht abgestellt ist, mit kaltem Wasser hätte ich diesen Schmutz gar nicht abbekommen. Sie nahm noch eine Extraportion der stark duftenden Flüssigseife und schaute auf die dunklen Schlieren, die sich zu ihren Füßen träge um den Siphon drehten. Das Wasser aus der Dusche zauberte ein stetes Netz von Perlen auf ihre Haut. Versonnen folgte sie dem Spiel, erschöpft, zufrieden. Dort war die Narbe, die der

Wolfsbiss hinterlassen hatte, da die Marke von Egbars Speer. Die Schrunde an der Wade stammte aus der Zeit ihres Schwimmunterrichtes, als sie unter Wasser an einem Felsen hängen geblieben war. Und ihre Hände waren gezeichnet von der harten Arbeit der Nahrungssuche im Wald. Ja, sie hatte sich verändert. Sie wollte noch einmal nach dem Shampoo greifen, als sie eine Bewegung hinter dem Duschvorhang zu sehen meinte. Ada erstarrte. Unheimlich laut klang das Plätschern des Wassers mit einem Mal in ihren Ohren. Vergeblich bemühte sie sich, dahinter ein weiteres Geräusch wahrzunehmen. Da, war da ein Wimmern? Oder narrte sie das Rauschen in den Rohren? Stocksteif stand Ada da und lauschte. Der Dampf des heißen Wassers hüllte sie ein. Schließlich schüttelte sie den Kopf. Nein, sie musste sich getäuscht haben. Das macht die lange Zeit in der Wildnis, sagte sie sich, hier gibt es keine Wölfe und feindlichen Krieger. Eben wollte sie sich wieder zur Ablage umwenden und die Shampooflasche öffnen, da ertönte hinter ihr ein lauter Knall. In Sekundenschnelle hatte Ada das Metallgestell, das als Seifenhalter diente, aus seiner Verankerung gerissen. Mit einem Schrei riss sie den Vorhang beiseite und hob ihre Waffe. Aufmaunzend, mit gesträubtem Fell floh die graugetigerte Katze aus dem Badezimmer, mit einem eleganten Sprung über den Stiel des Schrubbers setzend, den sie beim Herumstöbern umgeworfen hatte.

«Verdammt!», schrie Ada und schleuderte das Metallteil zu Boden, wo es scheppernd in einer Pfütze liegen blieb. «Blödes Vieh! Soll ich einen Herzinfarkt kriegen? Hau ab auf deinen Bauernhof.» Sie wischte sich das Wasser aus dem Gesicht. Fröstelnd und mit pochendem Herzen floh sie wieder in den warmen Dunst der Dusche zurück. Wie war das Tier überhaupt hereingekommen? Sie hätte es doch merken müssen, wenn es mit ihr durchgeschlüpft wäre. Es dauerte eine Weile, bis ihre Beine zu zittern aufhörten.

Als Ada sich abtrocknete und in die alten, vertrauten Kleider schlüpfte, warf sie erneut einen langen, nachdenklichen Blick in den Spiegel. Sie hatte sich verändert, und nicht zu ihrem Nachteil. Sie war schmaler geworden, die ernst blickenden Augen standen größer denn je in ihrem Gesicht, ihre Wangenknochen zeichneten sich apart darunter ab. Der lange Sommer im Wald hatte die roten Reflexe in ihren Haaren verstärkt, die jetzt mit dem Beerenrot des Mundes wetteiferten, und ihre Haut sanft gebräunt. Ihre Figur war biegsam, dabei voller Kraft. Ada schüttelte den Kopf. Es war schon seltsam, dass ihr von den überstandenen Leiden nichts anzusehen war. Sie biss sich auf die Lippen, die Jaro geküsst hatte. Abrupt wandte sie sich ab.

Mit energischen Bewegungen drehte sie ihr feuchtes Haar zusammen und steckte es auf. Dann fiel ihr Blick auf den Berg der Kleider, die sie mitgebracht hatte: den ledernen Rock, den perlenbesetzten Gürtel, das lange Hemd, das Melino für sie gefertigt hatte. Lange verharrte Ada unschlüssig, dann rollte sie alles zusammen, packte es in eine Tüte und stopfte es ganz zuunterst in ihren Spind. Ein Gürtel fiel ihr entgegen, den sie zusammengerollt in sein Fach gelegt zu haben glaubte. Hatte das Katzenvieh auch hier herumgestöbert? Aber Ada war zu müde, um darüber nachzudenken.

Schließlich stand sie vor ihrem weißen, kühlen, unberührten Bett. Ihre Hand fuhr über das weiche Federbett. Unwillkürlich musste sie seufzen. Wie lange hatte sie nicht mehr in so etwas gelegen. Schlafen, dachte Ada, tief und lange und ohne zu träumen. Es waren ihre Träume, die sie fürchtete. Die Stimmen der anderen drangen noch immer wie durch einen Vorhang bis zu ihr her.

Zögernd neigte Ada sich vor und nahm zunächst den Wecker in die Hand, um ihn neu zu stellen. Dabei fiel ihr Blick aus dem kleinen Kojenfenster am Kopfende des Bettes. Es dauerte einen Moment, bis sie begriff, was sie dort sah. Aber nein, sie hatte sich nicht getäuscht: Aus dem Fenster von Professor Burgers Bürocontainer drang Licht.

Ada hatte eine Weile vor seiner Tür gestanden, als sie endlich ihren ganzen Mut zusammennahm und klopfte. Das feuchte

Haar lag ihr kalt im Nacken; kalt waren auch ihre Füße in den sommerlichen Sandalen. Im Spind war keine Kleidung für diese Jahreszeit gewesen.

«Herein.» Die Stimme des Professors war so unaufgeregt, als erwarte er Besuch zu dieser späten Stunde. Als sie eintrat und nicht mehr als ein «Professor» herauszuwürgen imstande war, zog er für einen Moment die Augenbrauen hoch, dann stand er ohne Kommentar von seinem Schreibtisch auf und wandte sich einem Regal an der Seite zu, vor dem er eine Weile herumhantierte. Ada, die nervös neben der Tür stehen geblieben war, hörte es rascheln, dann das Zischen und Brodeln eines Wasserkochers.

Professor Burger wandte sich zu ihr um. «Darjeeling oder einen Grüntee, meine Liebe?»

Er machte eine einladende Handbewegung hin zu dem Stuhl vor seinem Schreibtisch, auf dem Ada schon so oft gesessen hatte.

Beklommen ließ sie sich nieder. «Was Ihnen lieber ist.»

«Dann also Darjeeling», meinte Burger und wandte sich wieder der Teekanne zu, die er spülte und ausschwenkte. «Um diese Zeit braucht man ein kräftiges Aroma, finden Sie nicht?»

Ada neigte sich vor und öffnete den Mund, um eine Entschuldigung anzubringen, blieb aber stumm, da er ihr immer noch den Rücken zuwandte. Schließlich erreichte das Brodeln seinen Höhepunkt, der Wasserkocher klickte, ein Löffel klirrte auf Porzellan. Dann endlich wandte der Professor sich um und reichte Ada eine Tasse. Er selbst ließ sich in seinen schwarzen Ledersessel zurückfallen und betrachtete sie durch den aufsteigenden Teedampf. Ada senkte unter seinem forschenden Blick ihre Augen auf den Spiegel der Flüssigkeit.

«Ich würde lügen», begann der Professor, «wenn ich sagen würde, ich hätte mich seinerzeit nicht gewundert.» Er seufzte.

Ada schaute auf, doch er nahm gerade einen Schluck, und sein Gesicht war hinter der Tasse verschwunden.

«Es tut mir Leid», murmelte sie.

Der Professor wurde lebhafter. «Ein Feuerkopf wie dieser Stephan Wieland, ja. Aber dass auch Sie Ihre Arbeit so ohne Vorankündigung im Stich gelassen haben!» Er schüttelte den Kopf. Dann schaute er sie an, wie um ihr Gelegenheit für eine Erklärung zu geben. Ada überlegte fieberhaft. Was konnte sie ihm sagen? Was hätte, zumal in den Ohren dieses nüchternen Mannes, nicht vollkommen unwahrscheinlich, ja verrückt geklungen? Schließlich sagte sie nur zögernd: «Es, es war ein sehr spontaner Entschluss.»

Der Professor betrachtete sie eine Weile, wie sie da mit gesenktem Kopf vor ihm saß. «Das hat die Polizei schließlich auch vermutet», meinte er dann. Als sie die Augen aufriss, fuhr er fort: «Ja, ja, Sie haben uns hier eine gewisse Aufregung beschert, liebe Frau Dr. Schäfer. Man hat Ihr Zimmer versiegelt und das Gelände abgesucht. Drüben bei den Erdwällen gab es eine Weile eine Absperrung, nachdem man dort eine Taschenlampe gefunden hatte, die wohl Ihrem Freund gehörte.» Er betrachtete sie eine Weile interessiert, dann zuckte er mit den Schultern. «Aber das blieb ja dann alles ohne Erfolg.» Wieder schwieg er, und Ada hoffte, er würde nicht fragen, wo sie denn nun eigentlich gewesen sei.

«Nun», meinte der Professor schließlich, «wir waren ja alle einmal jung.» Die Feststellung erfolgte in einem Ton, der deutlich machte, dass sie auf ihn selbst nie zugetroffen hatte.

«Ja», quetschte Ada hervor. «Danke.»

«Ich selbst habe mich in dieser Zeit an Ihren Eltern orientiert, die die Ruhe selbst blieben. Vor allem Ihr Vater war ein Fels in der Brandung.»

«Ach», entfuhr es Ada. Und bitter fügte sie hinzu: «Ja, das kann ich mir vorstellen.»

«Er wiederholte immer wieder, dass Sie stets nur genau das täten, was Sie wollten, und Sorgen gänzlich unangebracht wären.» Der Professor betrachtete den Tee in seiner Tasse. Dann schoss er einen raschen Blick auf sie ab. «Und damit hat er ja offenbar Recht behalten.»

Ada biss sich auf die Lippen, um nicht herauszuplatzen. Es brauchte schon einen weltfremden Menschen wie Burger, um die Gleichgültigkeit ihres Vaters mit Zuversicht zu verwechseln. Sie war verfolgt und gequält, gefangen, vergewaltigt und beinahe getötet worden. Nichts davon hatte sie frei gewählt, gar nichts! Nur mit Mühe beherrschte sie sich, um nicht mit allem, was sie bedrängte, herauszuplatzen.

«Wenn Sie ihn anrufen möchten?», fragte der Professor. «Er hat mir die Nummer hinterlassen, unter der er das nächste halbe Jahr in Südamerika ...» Er begann, in seinen Unterlagen zu wühlen. «Sie müsste hier noch irgendwo ...»

Aber Ada schüttelte heftig den Kopf. «Danke», brachte sie steif heraus.

«Ah», rief der Professor in diesem Moment. «Da ist ja noch etwas für Sie.» Er reichte ihr ein Bündel Umschläge. «Ihre Post. Meine Sekretärin war so freundlich, sie für Sie aufzubewahren.»

«Danke.» Langsam kam Ada sich vor wie ein Automat. Weil er es zu erwarten schien, nahm sie ihm das Bündel ab und blätterte es müde durch. Es war nicht viel, Rechnungen größtenteils, ein Laborbericht, den sie seinerzeit sehnlich erwartet hatte, eine Postkarte von alten Studienkollegen. Nur ein Din A4-Umschlag fesselte ihre Aufmerksamkeit. Er kam aus den USA. Mit zitternden Fingern öffnete sie ihn und überflog das Schreiben. Man teilte ihr mit, dass ihr ein Stipendium zugeteilt worden sei. Sie möge ihr Kommen bestätigen, die beiliegenden Fragebögen ausfüllen und alles bis zum 31. Juli an die Universität zurückschicken, damit man einen Laborplatz und ein Wohnheimzimmer für sie reservieren könne. Der Termin lag drei Monate zurück; die Zusage war Makulatur. Das war's, dachte Ada. Sie schloss die Augen und atmete schwer aus. Das war's gewesen. Ihr Leben war ein einziger Trümmerhaufen.

«Noch ein wenig Tee?», fragte Burger. Sie schüttelte den Kopf. Das Schweigen zwischen ihnen begann zu lasten. Der Professor räusperte sich. «Nun, ich wage einmal die Vermutung, dass Sie sich demnächst wieder nach einer Beschäftigung in Ihrem Fachgebiet umschauen werden?»

Ada brachte es nicht fertig, etwas zu sagen. Die Enttäuschung lag auf ihr, schwer wie ein Stein. Sie nickte nur. Der Professor stand auf und begann, hin und her zu gehen. «Die Kampagne hier ist natürlich beendet, pünktlich mit dem 31. Oktober, und keinen Tag zu früh. Der Herbst hat uns sehr kühl überfallen, stellen Sie sich vor, wir hatten sogar schon Schnee, Anfang November!» Er schüttelte den Kopf. «Unglaublich, nicht wahr?»

«Unglaublich», echote Ada.

Der Professor nahm seine Wanderung wieder auf. «In der Jungsteinzeit war es hier sicher deutlich angenehmer.»

«Kann man wohl sagen», entfuhr es Ada, die an die Nacht mit Sirino am See denken musste, in der kaum ein Frösteln sie überfallen hatte. Wie lange war das her? Ein paar Tage? Eine Ewigkeit? Da spürte sie die Augen des Professors. Ihr Kopf fuhr hoch. «Ich meine: natürlich. Die Temperaturverschiebung, das ist ja bekannt. Mindestens fünf Grad», haspelte sie. «Habe ich gelesen», fügte sie nach einer Pause ungeschickt hinzu.

«Natürlich.» Der Professor nickte. «Uns kam sie leider nicht zugute. Sei's drum, es war eine erfolgreiche Saison.» Er nickte wieder und sah tatsächlich sehr zufrieden aus. «Ich persönlich werde noch einen Monat hier bleiben, um die Protokolle auszuwerten, meine Ergebnisse zu sichten, Sie wissen schon, der übliche Kram.» Er blieb vor ihr stehen. Dann, als fiele es ihm eben ein, sagte er: «Dabei könnte ich Ihre Hilfe ganz gut gebrauchen.»

Ada schaute erstaunt auf. «Hier?», fragte sie.

«An Ihre Knochen kann ich Sie natürlich nicht heranlassen …»

«Nein!» Ada sprang auf. Seine Bemerkung löste eine Flut von Erinnerungen in ihr aus. Tarito, Maliko, Dardanod. Sie sah die Gesichter der Dorfleute an sich vorüberziehen, hörte ihr Lachen, ihre Stimmen. Dann dachte sie an die grauen Knochen in den Pappkartons im Archivregal, und Panik griff nach ihr. Nein, sie hätte es einfach nicht fertig gebracht, ihnen jetzt gegenüberzutreten, ihnen jemals wieder in die toten Augen zu sehen. Als hätte man ihr die Beine weggeschlagen, sank Ada wieder auf ihren Stuhl. «Ich meine, das ist ganz in Ordnung», murmelte sie.

«Gisèle ist nämlich gerade damit zugange», vollendete der Professor seinen Satz, ohne auf ihre Erregung einzugehen.

Ada hob erstaunt den Kopf. «Gisèle? Madame Mercier ist hier?»

Der Professor schmunzelte ein wenig. «Aber sicher. Der Winter ist ihre Zeit. Ich dachte ja auch, sie würde alles mit ins Museum nehmen wollen. Aber sie sagt, die Gegend inspiriere sie. Also ...» – er machte eine ausholende Geste – «habe ich ihr eine der Baracken als Atelier herrichten lassen.» Wieder ging ein Lächeln über sein Gesicht. «Gisèle ist eine Künstlerin», sagte er, «und dem muss man sich fügen.» Er sah nicht aus, als ob er es ungern täte.

Gisèle, dachte Ada unwillkürlich. Schau an. Und ich hätte wetten können, dass er auf Nachfragen nicht einmal ihr Geschlecht zu nennen wüsste.

Der Professor unterbrach ihren Gedankengang nach einer Weile. «Was sagen Sie?», fragte er.

Einen Moment war Ada verwirrt. Dann erinnerte sie sich. Er hatte von einer Arbeit am Computer gesprochen. Irgendwelche Tonscherben, die in eine Datenbank eingescannt werden mussten.

«Das unterfordert natürlich jemanden mit Ihren Qualifikationen», fügte Burger hinzu. «Es ist nur eine Hilfskraftstelle und entsprechend bezahlt ...»

Aber Ada unterbrach ihn mit einem Nicken. «Danke», sagte sie. Zum wievielten Mal in dieser Nacht? «Ich nehme das Angebot gerne an.» Und das war nicht gelogen. Sie war dankbar für jeden Halt, der sich ihr im Moment bot. Sie besaß keine Arbeit und kein eigenes Dach über dem Kopf, kein Geld und keinen Plan, was sie als Nächstes tun wollte. Dass die Tätigkeit sie unterfordern würde, war ihr auch ganz recht. Sie wusste nicht, ob ihr Kopf, ihr wissenschaftlicher Kopf, überhaupt noch funktionierte. Sie wusste auch nicht, ob sie die Kraft hatte, wieder voll ins Berufsleben einzusteigen. Dieser stille, halb verlassene Ort, eine monotone Tätigkeit, die nichts von ihr verlangte, das war vielleicht genau das Richtige, um erst einmal wieder auf die Beine zu kommen, die Gedanken zu sortieren und zu überlegen, was sie in Zukunft vom Leben wollte. Und – aber diesen Beweggrund gestand sie sich nicht ein – sie konnte so noch in der Nähe des Erdwerks bleiben, nahe der Pforte und damit nahe an all den Menschen, die sie etwas angingen. Solange sie hier blieb, waren Stephan, Jaro, Hile und Tarito noch nicht ganz für sie verloren. «Danke», wiederholte sie mit festerer Stimme und fügte nach einer Pause hinzu: «Ich weiß wirklich zu schätzen, was Sie für mich tun.»

Der Professor wandte sich von ihr ab und hantierte mit den Tassen. Er räusperte sich. Dann ging er zum Fenster. «Ich fürchte», sagte er, «der berühmte Silberstreif am Horizont ist in unserem Fall keine Redensart, sondern pure Realität.» Er wies hinaus auf das sich abzeichnende Morgenrot. «Vielleicht sollten wir zu Bett gehen, um wenigstens noch ein wenig Schlaf zu bekommen. Seien Sie um zehn im Sekretariat. Dann werde ich Sie einweisen.»

Ada erhob sich aus ihrem Stuhl und reichte ihm die Hand. Schon wieder war sie versucht, danke zu sagen. Doch Burger kam ihr zuvor. Für einen Augenblick hielt er ihre Hand fest und zog sie zu sich heran. Ada fühlte seinen Blick hinter den spiegelnden Gläsern der Lesebrille. «Man soll nichts bereuen», sagte er.

Ada war so verdutzt, dass sie grußlos hinausging.

Der neue Alltag tat Ada gut. Sie lernte rasch, mit den nötigen Computerprogrammen umzugehen. Es war ihre Aufgabe, Keramikscherben einzuscannen und die Datenbank zusätzlich mit den vorhandenen Daten über Fundort, Fundumgebung, allgemeinen Zustand und, falls vorhanden, Altersbestimmung zu füttern. Fachleute würden dann mit Hilfe des Programms versuchen, die Scherben zu Gefäßen zusammenzusetzen. Das ganze war eine Neuentwicklung mit einigen Kinderkrankheiten. Aber Ada regte sich nicht über verlorene Daten auf. Mit unerschütterlichem Gleichmut wiederholte sie ihre Eingaben, kämpfte mit den Tücken des Objektes und kam voran. Daneben bürgerte es sich ein, dass sie für den Professor die eingehende Post sortierte, Anfragen beantwortete, Telefondienst versah und sich mit dem Landesamt für Denkmalpflege herumstritt.

«Was würde ich nur ohne Sie machen?», fragte Burger, als sie ihm den Briefentwurf für den Denkmalpfleger hineinreichte.

«Eine Sekretärin anstellen», erwiderte Ada gelassen und ging mit der Unterschrift hinaus. Sie fühlte sich wieder kräftiger und zuversichtlicher, spürte aber noch keinerlei Wunsch, aufzubrechen, egal, in welche Richtung. Noch immer kam sie sich vor wie ein Schiffbrüchiger, der, gerettet, aber noch immer schwer atmend, mit dem Gesicht im Sand liegt und nur langsam zu glauben beginnt, dass das unter ihm fester Boden ist. Manchmal langweilte sie sich ein wenig, aber das empfand sie eher als gutes Zeichen.

Von ihrem Platz im Vorzimmer aus hatte sie den Eingang zum Archiv im Blick, wo Gisèle Mercier nun ihr Atelier unterhielt, wie Burger es nannte. Sie war der Dame nur einmal kurz vorgestellt worden, ein förmlicher, flüchtiger Akt. Burger hatte in seiner fahrigen Art zugesehen, wie sie einander die Hände reichten, und die Künstlerin dann zum Mittagessen in die Stadt entführt. Seither hatten sich ihre Wege noch nicht wieder gekreuzt. Und hinüberzugehen an ihre alte Arbeitsstätte, davor scheute Ada zurück. Noch immer brachte sie es nicht über sich, den Knochen der Menschen gegenüberzutreten, die sie gekannt und geliebt hatte. Schon der Anblick des Gebäudes jagte ihr einen leichten Schauer über den Rücken. Und doch war da diese Neugier, zu erfahren, was die Mercier aus ihnen machte.

Sie hatte gehört, dass die Französin mit den Landeskriminalämtern zusammenarbeitete, wo Gerichtsmediziner mit Hilfe von Computerprogrammen die Gesichter von Toten rekonstruierten, von denen nur noch Knochen übrig waren. Anhand der Knochendicke und der Größe der Muskelansätze berechneten die Programme die Muskelschicht, die einmal auf den Knochen gesessen haben musste. Das gab einen Anhaltspunkt für die Form der Gesichtsweichteile. Dennoch war der Rest, die Formung des Mundes, Farbe und Ausdruck der Augen, Struktur und Ansatz der Haare, eine Frage der Intuition und des künstlerischen Ausdrucks. Ada kannte Interviews der Mercier, in denen sie davon sprach, sich von den wissenschaftlichen Vorgaben inspirieren zu lassen in einem Maß, das ihr das Fehlende erahnbar mache. Sie täte nur den letzten Schritt, den jedoch mit einem Gefühl traumwandlerischer Sicherheit. Oder so ähnlich; Ada erinnerte sich nicht genau.

Also ging sie ins Internet, um den Artikel noch einmal zu suchen. Ja, da stand es: «Ich erfinde nichts», hatte Gisèle Mercier dem Journalisten gesagt. «Ich tue nur den letzten Schritt, um diese Menschen zu uns zurückzuholen. Sie sind schon da und warten auf mich.»

Schön und gut, den ganzen Aufwand könnte ich ihr mühelos abnehmen, dachte Ada brummig. Und konnte doch ihre Neugier nicht zügeln. Was entstand unter den Händen der Frau dort drüben? Holte sie tatsächlich ihre Freunde ins Leben zurück? Oder war das nur eitles Künstlergeschwätz, und sie stülpte den Skeletten nur willkürliche Konstruktionen über? Ich, dachte Ada, ich könnte das wahrhaftig beurteilen, auch wenn niemand sonst es mir glauben würde. Unwillkürlich begann sie, auf dem

Rand ihres Telefonblocks, ein flüchtiges Porträt von Rikiko zu skizzieren. Die Alte mit ihren langen Haaren und den wie blinden Augen war nicht schwer zu treffen. Daneben kritzelte sie ein Profil von Maliko, der Töpferin, dann, ohne nachzudenken, eines von Egbar. Dann machte sie ein paar kräftige Striche mit dem Bleistift über ihr Werk.

Ob das Netz auch etwas über die Mercier selbst erzählte? Ada hatte sie flüchtig als eine gutaussehende, grazile Frau von Mitte vierzig wahrgenommen, im teuren Leinenkostüm und in Stöckelschuhen, mit den schmalen Gelenken, den großen Augen und der strengen Knotenfrisur einer ehemaligen Ballerina. Ob sie ihr Haar für Burger wohl löste?, fragte Ada sich mit süffisantem Grinsen und schaute ihr nach, wie sie in der Mittagspause über den Innenhof zum Container des Professors ging. Niemand hatte darüber gesprochen, aber es war ganz offensichtlich, dass die beiden zusammen dort lebten.

Das Klingeln des Telefons unterbrach sie. Ada vertröstete einen Lokaljournalisten, der den Professor wegen des geplanten Museums interviewen wollte, auf einen Termin Anfang nächster Woche und wandte sich wieder dem Computer zu. Sie war nicht unsympathisch gewesen, die Mercier. Sehr zurückhaltend, damenhaft, vielleicht sogar ein wenig unsicher unter den guten Manieren. Sie hatte ihr die Hand gereicht, gelächelt und dann den Professor angesehen, der die Verabschiedung eingeleitet hatte, ehe Ada irgendwelche Fragen stellen konnte. Wie innig sie ihn angeschaut hatte, fiel es Ada rückblickend auf; kein Zweifel, dass die beiden liiert waren. Das machte die Französin nur noch rätselhafter. Wie hatte man sich eine Frau vorzustellen, die mit Burger zusammen war?

Das Netz beantwortete Adas Fragen nicht. Es gab jede Menge Artikel über ihre Arbeit, aber nur wenig Informationen über sie selbst. Schließlich, als sie es schon beinahe müde geworden war, fand Ada einen alten Beitrag mit der Überschrift: Zweites Leben als Künstlerin. Er war fast zehn Jahre alt. Darin sprach die Mercier darüber, dass sie möglicherweise so daran interessiert sei,

Menschen wieder sichtbar zu machen, weil sie selbst ihre Vergangenheit verloren habe. Ada stutzte und las weiter. «Ich hatte einen schweren Autounfall», zitierte der Artikel die Mercier. «Danach verlor ich mein Gedächtnis. Ich wusste nicht mehr, wer ich war oder wie ich hieß. Ich habe das Trauma überwunden und mir ein neues Leben aufgebaut. Aber das Interesse an der Vergangenheit hat mich seither nie losgelassen.» Deshalb habe sie Geschichte studiert, aber nur als Gasthörerin, im Hauptberuf sei sie bei einem Bildhauer in die Lehre gegangen, zusätzlich zum Besuch der Kunsthochschule. Schon bald habe sich ihr Interesse am menschlichen Gesicht gezeigt. Einer ihrer Hochschullehrer habe ihr dann geraten, ihre Interessen zu verbinden und in den Dienst der Wissenschaft zu stellen.

Ada las und las, und plötzlich begann ihr Herz schneller zu schlagen. Einer ihrer Hochschullehrer! Sie suchte nach einem Hinweis auf die Universität, die die Mercier besucht hatte, fand aber keinen. Nun, es gab nicht so viele französische Universitäten, an denen Ur- und Frühgeschichte gelehrt wurde und denen eine Kunsthochschule benachbart war. Ada besuchte nach und nach die infrage kommenden Homepages, wurde aber nicht fündig. Nach Tagen schließlich ging sie, ohne viel Hoffnung, dazu über, die deutschen Hochschulen abzuklappern. Alles, was sie in der Hand hatte, war der Titel der Vorlesung, den die Mercier laut Zeitungsartikel besucht hatte.

«Bingo!», rief Ada, als sie ihn schließlich entdeckte. Die Veranstaltung «Menschenschädel aus dem Höhlenkomplex Tourvil» war vor sieben Jahren gegeben worden, an der Universität München – von keinem anderen als Professor Burger. Na, dachte Ada und biss in die Laugenbrezel, die sie sich zum Mittagessen besorgt hatte, am Ende ist er sogar derjenige, der sie von ihrem Unfalltrauma befreit hat. Man soll doch niemals einen Professor unterschätzen. Dabei folgten ihre Blicke der schmalen Gestalt, die, den Kopf gegen den Wind gesenkt, über den Hof ging und in der Archivtür verschwand.

«Gisèle?», rief die Stimme des Professors.

Ada räumte die Brezel weg und wischte die Krümel vom Tisch. Sie kaute rasch und schluckte und saß aufrecht da, als er hereinkam. «Ach, ich dachte, sie wäre noch hier.» Burger sah enttäuscht aus.

Ada wies zum Fenster. «Sie ist eben wieder hinübergegangen.»

Der Professor betrachtete sie kurz über seine Lesebrille hinweg. Das Telefon auf seinem Schreibtisch schrillte, Ada konnte es über den Flur hinweg hören. Er zögerte einen Moment, dann streckte er ihr die Mappe entgegen, die er in der Hand gehalten hatte. «Bringen Sie ihr doch bitte diese Faxausdrucke. Sagen Sie ihr, Dr. Wilkes, das ist der Gerichtsmediziner, wird noch persönlich bei ihr anrufen, aber das sind die Daten, die er schon einmal aus der Hand geben kann.» Damit eilte er an seinen Schreibtisch.

Ada hielt die Mappe in der Hand und zögerte. Der Computer hinter ihr summte. Erschrocken schaute sie auf: Der Bildschirm zeigte groß ein Foto der Mercier und den zugehörigen Zeitungstext. Ob Burger es gesehen hatte? Was war überhaupt über sie gekommen, so im Privatleben anderer Leute herumzuschnüffeln? Sie wurde wahrhaftig schon eine richtige, klatschhafte Sekretärin.

Rasch schloss sie die Datei und ging aus dem Netz. Sie stand auf, trat an die Tür und hörte, wie Burger am Telefon mit jemandem sprach. Die Mappe hielt sie noch immer in der Hand. Es half nichts, es war niemand anderes da. Sie würde hinübergehen und sie selber abgeben müssen.

IM ATELIER

«Hallo?», rief Ada in dem zugigen Flur und kam sich dabei wie ein Idiot vor. Entschlossen drückte sie, als keine Antwort kam, die Klinke herunter und trat ein. Sie hielt den Atem an, um dem

Anblick der hohen Regale voller Knochenkartons standzuhalten. Doch sie wurde überrascht. Der ehedem triste Raum war von Licht durchflutet. Zahlreiche Lampen, wie Ada sie von Fotografen kannte, sorgten für Taghelle und wärmten zugleich. Die alten Regale waren ausgeräumt worden oder an die Wand gerückt. Raumhohe Webteppiche in warmen Rottönen verhängten einige von ihnen und ließen nicht erkennen, was sich dahinter verbarg. Erstaunt blieb Ada stehen und betrachtete die Spiralmuster auf dem roten Grund. Es waren dieselben, die sie von den Töpfen Malikos kannte.

«Tür zu», rief es von weiter hinten im Raum. Ada kam wieder zu sich und gehorchte. Gisèle Mercier hockte vor einem Klumpen, den sie nun, da Ada näher trat, mit einem Tuch bedeckte. Als sie sich aufrichtete, sah Ada, dass ihr strenger Dutt sich ein wenig gelöst hatte: Streifen aus Ton zogen sich über Madame Merciers Stirn, als hätte sie mit schmutzigen Fingern gedankenlos darübergewischt, und einige dunkle Strähnen hingen ihr ins Gesicht. Sie trug einen weiten, knöchellangen Lederrock und ein tunikaartiges Obergewand aus einem Stoff, der grob gewebt und weich und sündhaft teuer zugleich aussah. Ada hätte auf Hanf getippt und auf einen japanischen Modemacher. Mit beidem kannte sie sich allerdings nicht gut aus.

«Entschuldigung», sagte sie, «ich wollte Sie nicht stören.» Sie wies auf die Wandteppiche. «Mich haben Ihre Tapisserien fasziniert.»

«Ja, nicht wahr?», sagte die Mercier und wischte sich die Hände an einem Tuch ab. «Ich habe sie nach bandkeramischen Motiven gefertigt. Ewald hat mir einiges gezeigt, das mich inspiriert hat.»

Ewald?, wollte Ada schon fragen. Dann fiel es ihr gerade noch rechtzeitig ein. Ewald Burger, der Professor. Sie nickte. «Es ist wunderschön geworden», sagte sie.

Die Mercier zuckte mit den Schultern. «Mir macht alles Handwerkliche Spaß», erklärte sie. Dann wandte sie sich ihrer Besucherin zu. Ihr Blick war offen, freundlich und lebhaft. «Sie sind die Anthropologin, nicht wahr? Ewald hat mir schon viel von Ihrer Arbeit erzählt.»

Ada wehrte ab. «Im Augenblick bin ich gerade dabei, mich neu zu orientieren», sagte sie ein wenig hilflos.

Die Mercier legte den Kopf schräg und betrachtete sie. Ada hatte das Gefühl, bis auf den Grund ihrer Seele gemustert zu werden. Sie errötete und streckte die Hand mit der Mappe vor sich aus.

«Ah», sagte die Mercier nur, nahm die Unterlagen und legte sie achtlos auf einen Tisch, neben Lehmklumpen, Farbtiegel, Paletten und alten Einmachgläsern voller Pinsel und namenloser Gerätschaften. Ada sah Bündel feiner Fäden und begriff nur langsam, dass es sich dabei um Haar handelte. Ungläubig trat sie näher und fuhr mit der Hand darüber. Es gab rote, braune und schwarze Strähnen. Sie fühlten sich an wie … «Sind die echt?», entfuhr es ihr. Erschrocken zog sie ihre Hand zurück.

Die Mercier lachte. «Manche», antwortete sie. «Die besten Qualitäten. Aber die Wissenschaft kann sich meist nur Kunststoffe leisten.» Wieder lachte sie girrend. «Ich kaufe bei einem Bedarf für Perückenmacher», erklärte sie dann ernster. Noch immer schaute sie Ada an. Die wandte den Kopf ab. Da blieb ihr Blick an einem hohen Glas hängen, das mit Augen gefüllt war. Für einen Moment fühlte sie sich in Ischtars Höhle zurückversetzt. Zutiefst erschrocken schlang sie sich die Arme um den Leib. Nur langsam drang die Stimme der Mercier zu ihr durch.

«Sie haben die Knochen ausgegraben, mit denen ich arbeite», fragte sie, «nicht wahr?»

Ada brachte nur ein Nicken zustande.

«Ich verstehe», sagte die Mercier. «Möchten Sie sie sehen?»

Ada schnappte hörbar nach Luft.

Ihre Gastgeberin plauderte angeregt weiter. «Ewald hat zwar gesagt, ich soll das nicht tun. Er möchte nicht, dass jemand die Arbeiten sieht, ehe sie ganz fertig sind. Er ist ein Perfektionist, nicht wahr? Aber in Ihrem Fall …» Die Französin lächelte. «Ich bin sicher, er hätte nichts dagegen.»

Ein «Oh» entrang sich Adas Mund, zugleich stieg Panik in ihr auf. Der Raum erschien ihr mit einem Mal unerträglich warm, die Lampen viel zu grell und die Nähe der Fremden mehr, als sie verkraften konnte. Hilfesuchend schaute sie sich um; Malikos Muster tanzten spöttisch vor ihr an der Wand.

«Ich», ächzte sie und tastete nach der Tischkante. «Wenn er nicht möchte …, ich meine …» Lauf, flüsterte eine Stimme in ihr. Lauf weg, so schnell du kannst. «Ich kann nicht», brach es aus ihr heraus, lauter, als sie gewollt hatte. Erstaunt schaute die Bildhauerin von ihrem Objekt auf, das sie eben zu enthüllen begonnen hatte. Aber Ada war schon hinausgerannt.

Die nächsten Tage saß sie hinter ihrem Schreibtisch wie auf Kohlen, aber zu ihrer großen Erleichterung kam Gisèle Mercier nicht herein, um sie ihres seltsamen Verhaltens wegen zur Rede zu stellen. Ich muss wie ein Idiot ausgesehen haben, dachte Ada und schüttelte den Kopf. Hoffentlich erzählte sie dem Professor nichts davon, sonst hielt der sie endgültig für ein psychisches Wrack. Sie hoffte doch so darauf, dass er ihr bei der Suche nach einer neuen Stelle helfen würde, irgendwann.

Es klopfte. «Herein», rief sie gelangweilt und fuhr mit ihrem Drehstuhl herum.

«Ada! Seit wann bist du wieder hier?» Der schlaksige, junge Mann mit den hohen Geheimratsecken stand wie erstarrt im Zimmer.

«Oh. Hallo, Karsten.» Ada war ebenso erstaunt wie er. Karsten Jensen hatte sich auf der Grabung um die Altersbestimmung ihrer Funde gekümmert. Und es nie aufgegeben, sie abends ins Kino einzuladen. «Ja, ich bin wieder im Lande», fügte sie vage hinzu.

«Cool», erwiderte Karsten zögernd. Dann flammte das Interesse in seinem Gesicht auf. «Und wo warst du die ganze Zeit?»

Ada betrachtete ihn verärgert. Nein, es war nicht zu erwarten gewesen, dass ein Karsten Jensen dieselbe vornehme Zurückhaltung zeigte wie der Professor. Er würde sie mit Fragen löchern und sich anschließend an seinen PC setzen, um all seinen Freunden und Bekannten ihre Antworten zu mailen. Sie wandte den Kopf zum Fenster und dachte einen Augenblick nach. Dann holte sie tief Luft.

«Ich war für eine Weile in einem buddhistischen Zen-Kloster in Kalifornien», sagte sie möglichst ungerührt. «Du weißt schon, die innere Ruhe finden. Charakterentwicklung.»

«Cool.» Es war deutlich zu sehen, dass sie ihn verblüfft hatte. «Ich meine, kenn ich. Ich hab da mal was drüber gesehen in einem japanischen Film.» Er überlegte. «Kriegt man da nicht so unlösbare Aufgaben gestellt, über denen man meditieren muss?»

Ada nickte zögernd.

«Und wie hieß deine Aufgabe?»

Ada starrte ihm in die Augen. Halt die Klappe, dachte sie. Das wäre für Karsten Jensen eine wahrhaftig unlösbare Aufgabe gewesen. Sie klapperte zweimal mit den Wimpern. «Halt das Rauschen des Meeres an», sagte sie dann.

Einen Moment schwieg er. «Cool. Aber, ich meine: Das ist doch echt komplett unmöglich. Oder?»

Wieder hielt Ada einen Moment inne, dann griff sie, ohne den Blick von ihm zu wenden, in eine Schublade und fischte die Postkarte heraus, die ihre ehemaligen WG-Mitbewohner ihr aus Hawaii geschickt hatten. Vor einem Palmenstrand balancierten Surfer über hohe, blaue Wogen. Sie knallte sie auf den Tisch. «Und?», fragte sie herausfordernd, als er nicht reagierte. «Regt sich da für dich irgendwas?»

Für einen Moment war es still. Ada konnte förmlich hören, wie er darum rang, die Sache zu verstehen. «Cool», meinte er schließlich wenig überzeugt. Seine Unterkiefer mahlten. «Und was machst du jetzt so?» Er schaute sich in dem Vorzimmer um, betrachtete die Ordner und die Bilder mit Katzenbabys, die Adas Vorgängerin an die Pinnwand geheftet hatte. «Sekretariat?» Ada hörte die Ungläubigkeit, die Beklommenheit und die leise Schadenfreude heraus.

«Ist nur zum Übergang», sagte sie knapp.

Karsten nickte. Doch man sah ihm deutlich an, dass er sich nun auf sichererem Boden fühlte. Eine Frau, die nur Handlangerdienste leistete, konnte ihn nicht wirklich verarschen. «Ich bin jetzt Assistent bei Professor Aschenbach», erklärte er übergangslos.

Ada hätte ihn erwürgen können. «*Dem* Aschenbach?», fragte sie dennoch pflichtbewusst, und konnte sich nicht verkneifen ein «Cool» hinterherzuschicken.

«Ja, dann.» Karsten trommelte mit den Fingern einen abschließenden Rhythmus auf die Tischplatte. «Ich muss los. Wenn ich irgendwas für dich tun kann …»

Dich verpissen, dachte Ada. Sie deutete ein Lächeln an, das ihn rückwärts durch die Tür katapultierte. Dieser Loser, dachte sie bitter, glaubt, ich wäre auf seine Fürsprache angewiesen. Dieser Arsch, mit dem ich nicht mal ausgegangen wäre, wenn er der letzte Mann auf der Welt gewesen wäre, hält es mittlerweile offenbar für unter seiner Würde, mit mir auszugehen. Früher hätte er mich ins Kino eingeladen. Und ich hätte abgesagt. Jetzt ist er bei Aschenbach und denkt, ich wäre auf seine Hilfe angewiesen. Ada knallte ihren Stift auf die Tischplatte und stand auf. Schluss für heute. Schluss überhaupt. Höchste Zeit, dass etwas geschah.

Diesen Abend saß Ada in fieberhafter Arbeit über ihren alten Aufzeichnungen. Sie würde aus den Grabungsfunden einen Aufsatz machen; sie wusste schon genau, an welche Zeitschriften sie ihn schicken musste. Vielleicht könnte Burger ein Empfehlungsschreiben beisteuern. Und dieses Buchprojekt über Steinzeitmenschen und ihre Umwelt, das sie schon seit Jahren mit sich herumschleppte: warum nicht das angehen? Es würde sie keine drei Wochen kosten, ein Exposé anzufertigen, das sie den Verlagen vorstellen könnte. Die haben ja keine Ahnung, was für eine Expertin ich inzwischen bin, dachte sie fröhlich, mit heißem Kopf und geröteten Wangen. Und hatte der Züricher Professor damals auf der Tagung nicht gesagt, sie solle sich unbedingt bei ihm melden, wenn sie in der Gegend sei? Drei Stunden hatten sie sich beim Abendessen angeregt unterhalten, er hatte sogar vorgeschlagen, sie solle bei ihm habilitieren. Damals hatte sie gezögert, weil sein Fachgebiet nicht im Zentrum ihrer Interessen stand. Aber warum das Angebot jetzt nicht aufgreifen? Irgendwo musste sie doch noch seine Telefonnummer haben?

Ada fühlte, wie ihre Lebensgeister prickelnd wiederkehrten. Nein, sie war keine Schiffbrüchige mehr. Sie war wieder sie selbst, ehrgeizig, entschlossen, voller Tatendrang. Ihr Leben war keineswegs an seinem Endpunkt angelangt, es ließ sich noch jede Menge daraus machen. Als Erstes musste sie mit Burger reden, dann die Daten für das Buch zusammenstellen, und dann …

Aufgeregt neigte sie sich über ihre Mappe und machte Notizen. Sie scharrte mit den Füßen. Etwas wurde durch ihre Bewegung angestoßen und schoss schlitternd über den Linoleumboden, um klappernd gegen das Tischbein zu schlagen.

Ada bückte sich, um es aufzuheben. Neugierig hielt sie es ins Licht der Schreibtischlampe. Es war das Amulett. Ein Schauer überrieselte sie. Aber hatte sie das nicht verpackt, zusammen mit ihren Kleidern? Sie sprang auf, um zum Spind hinüberzugehen und das Bündel hervorzukramen. Da war es, noch immer ganz hinten versteckt. Als sie es öffnete, fiel ihr alles so zerknüllt entgegen, wie sie es hineingestopft hatte. Unmöglich zu sagen, ob jemand anderes sich daran zu schaffen gemacht hatte.

Nein, Ada schüttelte den Kopf. Es musste wohl schon herausgefallen sein, als sie alles zusammengerafft und verpackt hatte. Sie war ja so müde und erschöpft gewesen. Und Putzfrauen waren auch keine mehr da, die es auf dem Boden hätten finden können. Gott sei Dank, dachte sie und schloss fest die Hand darum. Sie dachte an Jaro, der es ihr umgehängt hatte, an Stephan, der irgendwo das Gegenstück trug. Sah sein Gesicht vor sich, sein Lächeln. Dann hörte sie das Knirschen der Knochen unter dem Schlag. Gequält riss sie die Augen auf.

«Nein!», sagte sie laut und stopfte den steinernen Anhänger

zu den anderen Sachen, ehe sie sie sorgfältig zurücklegte. «Du kannst nichts tun. Das Unglück steht nicht bevor. Es ist vor vielen, vielen tausend Jahren geschehen. Und du lebst heute.» Die ganze Sache musste endlich ein Ende haben. Energisch schloss Ada die Spindtür und lehnte sich mit dem Rücken dagegen. Sie würde sich dem jetzt stellen und dann das ganze Kapitel abschließen. Und zwar endgültig.

Zufrieden mit diesem Entschluss, löschte sie das Licht.

SCHLUSSSTRICH?

«Madame Mercier?» Wieder stand Ada vor den roten Teppichen und spähte in das Atelier, das scheinbar verlassen vor ihr lag. Sie ging ein paar Schritte weiter hinein. Das Exponat, an dem die Französin arbeitete, war wie beim letzten Besuch mit einem Tuch verhüllt. Auf dem Tisch daneben lagen Haare in wirrer neuer Ordnung, ein paar Augäpfel kullerten herum, erschreckten Ada aber nicht mehr. Wie Puppenaugen erschienen sie ihr heute. War das Ganze hier nicht etwas Ähnliches wie die Werkstatt eines harmlosen Puppendoktors? «Madame Mercier?»

«Ich komme.»

Ada atmete auf, als sie die Antwort hörte. Wenig später trat die Französin ein, eine schwere Kiste in den Händen. Ada trat auf sie zu und half ihr, sie vorsichtig auf den Tisch zu bugsieren.

«Danke», sagte Gisèle Mercier schwer atmend. Ihr Lächeln strahlte.

Ada erwiderte es mit einiger Verlegenheit. Dann reckte sie das Kinn. «Wissen Sie», begann sie, «ich frage mich, ob ich wohl auf Ihr Angebot zurückkommen dürfte, und ...» Sie brach ab, weil sie nicht wusste, wie sie es nennen sollte: Ihre Modelle, Ihre Puppen, Ihre Skulpturen. Ihre Toten.

«Sie möchten sie also sehen?» Die Stimme der Mercier klang freundlich, beinahe erfreut.

«Ja», sagte Ada, laut und fest. Ja, in diesem Moment war sie sich ganz sicher. Sie wollte sie sehen. «Wenn es Ihnen recht ist.»

Die Mercier begann sofort, ihre Vorbereitungen zu treffen. Sie prüfte blinzelnd das Licht und beschloss, dass es für die bevorstehende Inszenierung nicht reichte. «Wissen Sie», plauderte sie, während sie sich daran machte, alles nach ihren Bedürfnissen zu arrangieren, «ich bin froh, dass Sie gekommen sind. Ewald ist mir natürlich eine Hilfe. Aber», sie reckte sich nach einem Scheinwerfer und unterbrach sich für einen Moment, «er kann sagen, was er will: Nur eine Frau kann eine Frau richtig beurteilen. Nicht wahr?» Und sie zwinkerte Ada zu.

Die stellte sich aufrecht hin und zupfte an ihrem Pullover. Sie hatte ihn im nahe gelegenen Dorf gekauft, wo es keinen richtigen Laden, nur die Agentur eines Versandhauses gab. Er entsprach nicht ihrem Geschmack und stand ihr auch nicht. Aber als Schiffbrüchige, als die sie sich gefühlt hatte, war Ada nicht wählerisch gewesen. Jetzt vor Gisèle Mercier störte es sie zum ersten Mal, dass sie ihn trug. «Ihr Rock ist sehr schön», bemerkte sie, um etwas zu sagen, während die Künstlerin herumhantierte.

«Ja?», fragte die Mercier erfreut und strich mit der Hand darüber. «Ich liebe Leder. Und Leinen, ich würde nie etwas anderes tragen. Kunststoffe, brrrr.» Sie schüttelte sich demonstrativ, und Ada musste lachen. Dann, als sie sah, wie die andere auf den verhängten Klumpen zuging, die Lampe so drehte, dass er angestrahlt wurde, die Arbeitsplatte höher schraubte und schließlich nach dem Tuch griff, begann ihr Herz zu klopfen. Um ihre Verlegenheit zu überspielen, sagte sie das Erste, was ihr in den Sinn kam: «Man hört kaum einen Akzent, wenn Sie sprechen.»

Gisèle Mercier prüfte mit gerunzelter Stirn noch einmal die Ausleuchtung. «Der französische Akzent, meinen Sie?» Sie lachte. «Wissen Sie, es war gar nicht so leicht, nach dem Unfall neue Papiere zu bekommen. Ewald meinte, wenn ich mich als Französin ausgebe, werden sie in Deutschland nicht so viele Fragen stellen.» Sie ging, um eine zweite Lampe zu holen. Um sie platzieren zu können, musste sie Klumpen einer Knetmasse von der Arbeitsfläche räumen.

Ada half ihr dabei, wie in Trance. «Sie kannten den Professor schon damals?», fragte sie ungläubig.

«Natürlich», antwortete die Mercier verwundert. «Er hat mich gefunden. Ohne ihn wäre ich tot.»

«Überfahren hat er sie aber nicht, oder?», platzte Ada heraus. Sofort glühten ihre Wangen. Ganz erschrocken schaute sie die Mercier an, die ihren Blick ernst, aber nicht unfreundlich erwiderte.

«Ich kann mich an den Unfall nicht erinnern», sagte sie, «aber isch würde vermüten: non.» Sie lachte nun über den eigenen Scherz. Erleichtert stimmte Ada mit ein. Sie lachte noch, als die Mercier an dem Tuch zog und wie ein Zauberkünstler sagte: «Voilà!»

Mit einem Schlag verstummte Ada. Was sie sah, war so unglaublich, dass es ihr den Atem raubte. Vor ihr, auf dieser seltsamen Art Töpferscheibe, stand der Kopf von Rikiko und starrte sie an. Alles war da, das lange, leuchtend silberne Haar, zu einem Zopf gebunden, der, dick am Ansatz, zu einem fadendünnen Ende auslief, das nun hilflos über dem Boden des Archivs baumelte. Die tiefen Falten zu beiden Seiten der scharfen Nase, die Augen, so hellblau und blass, dass man sie im ersten Moment für tot hielt – alles war genau so, wie Ada es in Erinnerung hatte. Der Kopf strahlte dieselbe uralte, wissende Strenge aus wie die Frau, die Ada kannte.

«Und?», fragte Gisèle Mercier mit unschuldiger Neugier, doch nicht ohne Stolz. Man konnte sehen, dass sie sich an dem starken Eindruck weidete, den die Skulptur offensichtlich auf ihre Betrachterin machte.

Ada rang um Atem. «Das ist sie», stieß sie hervor. «Genau so sah sie aus.» Es war unglaublich, gespenstisch. Ihr Entsetzen steigerte sich, je länger sie das tote Gesicht betrachtete. Das war

Rikiko, mit jeder Faser, jeder Falte. Selbst die Art, wie ihr zahnloser Mund eingefallen war, das Mal auf ihrer linken Wange, alles, alles war da. Das hier war keine Skulptur. Es war Rikiko, die erschlagen werden würde, bald, vor siebentausend Jahren. Ada wurde schwindelig, und das Atelier begann sich wie rasend um sie zu drehen.

Befriedigt und ihre Verstörtheit nicht bemerkend, nickte die Mercier. «Genau», sagte sie, «das ist die Reaktion, die ich mit meiner Arbeit hervorrufen möchte. Das Gefühl, dass es so und nicht anders gewesen sein muss. Ich …» Sie geriet in Fahrt.

Aber Ada unterbrach sie. «Das ist kein Gefühl», schrie sie. Tränen traten in ihre Augen. «Ich weiß es.» Keuchend stand sie da, den Schweiß auf der Stirn. «Ich weiß es», wiederholte sie leiser. «Das hier ist Rikiko.» Damit rannte sie aus dem Atelier. Sie stieß schmerzhaft gegen eine Tischkante, kam ins Taumeln und riss beinahe die Teppiche mit ihren verdammten Spiralmustern herunter, ehe sie durch die Tür verschwand.

Fassungslos schaute die Mercier ihr nach. «Rikiko?», wiederholte sie flüsternd. Dann wurde sie blass und sank auf einen Schemel. «Rikiko.» Sie lauschte dem Klang des Wortes noch lange nach.

Ada rannte, bis sie in ihrem Zimmer war. Dort angekommen, verschloss sie die Tür und schob, einem Instinkt folgend, noch einen Stuhl unter die Klinke. Erst dann kam sie ein wenig zur Ruhe. Aber die Stimme in ihrem Inneren verstummte nicht. Was sie da eben erlebt hatte, das war unmöglich. Es konnte nicht sein! Und doch musste es eine Erklärung dafür geben. Fieberhaft schritt Ada auf und ab. Sicher, die Wissenschaft vermochte eine Menge, und zweifellos war diese gerichtsmedizinische Software gut. Es war durchaus möglich, dass Rikikos Gesichtsform damit so gut rekonstruiert werden konnte, wie es offensichtlich geschehen war. Aber was, verdammt, war mit den Augen? Ada blieb an der Wand stehen und hieb mit der Faust dagegen. Wie zum Teufel konnte die Mercier wissen, dass Rikikos Augen dieses blasse, ausgewaschene Blau besessen hatten, diesen leeren und doch intensiven Blick? Wie in aller Welt konnte sie gewusst haben, wie sie ihr Haar trug? Ja, auch nur, dass es silbern gewesen war? Beruhig dich, ermahnte sie sich selbst, als sie spürte, dass ihre Hand schmerzhaft pochte. Sie nahm sie in den Mund und saugte daran, doch am liebsten hätte sie hineingebissen. Beruhige dich, wiederholte sie. Die Mercier kannte doch das Alter der Person, an der sie arbeitete, siebzig, achtzig Jahre, wenn nicht älter. Da lag graues Haar doch nahe.

Ja, wandte sofort eine andere, aufgebrachte, verzweifelte Stimme ein, aber gerade dieser leuchtende Silberton? Es hatte noch andere alte Frauen gegeben im Dorf, und keine, keine einzige hatte Haare gehabt wie Rikiko.

Ein Zufall, noch hielt sie sich an dem Gedanken fest. Es konnte alles ein Zufall sein. So viele Zufälle, wisperte es in ihrem Schädel. Hatte die Mercier noch andere Figuren? Sie wollte es nicht wissen, nein, es ging sie nichts mehr an. Ada schüttelte heftig ihren Kopf. Dann wurde ihr schlecht.

Sie stürzte zum Waschbecken. Mit beiden Händen stützte sie sich auf den Rand, keuchte und spuckte, bis der Anfall nachließ. Sie hob den Kopf und betrachtete ihr blasses, von Zweifel und Unruhe verzerrtes Gesicht. Einen Augenblick lang erschien es ihr wie das einer Fremden. Warum nur, warum war sie in das verfluchte Atelier gegangen? Sie hatte alles beenden wollen. Und nun war es schlimmer geworden als je zuvor. Ada schlug mit der Faust nach dem Spiegel. Und schrie.

STADTBUMMEL

Am nächsten Morgen im Büro trug Ada dicke, schwarze Ringe unter den Augen. Sie hatte schlecht und wenig geschlafen und fühlte sich wie verkatert. Zumindest hatte die Erschöpfung bewirkt, dass ihre quälende Unruhe sich gelegt hatte. Ihre vor Müdigkeit bleischweren Gedanken kreisten nur noch träge um das Geschehen, ohne jedoch davon lassen zu können. Noch immer war ihr das gestrige Erlebnis ein Rätsel. Hartnäckig aber tauchte in ihrem Kopf immer wieder ein Satz auf, von dem sie sich vage zu erinnern glaubte, ihn in einem Roman gelesen zu haben. War es Sherlock Holmes gewesen? Wenn alle wahrscheinlichen Möglichkeiten ausgeschieden sind, dann bleibt die unwahrscheinliche als Lösung übrig. So oder ähnlich musste er gelautet haben. Ada grübelte noch darüber nach, als der Professor vor ihr stand.

Sie grüßte, ohne aufzuschauen. In seinen Händen hielt er ein Lineal, das er wieder und wieder auf- und abfedern ließ, in einer für ihn untypisch nervösen Geste. «Sie waren bei Gisèle», sagte er, ohne Einleitung.

Ada nickte und gähnte. Sie rieb sich die Augen.

Der Professor wippte auf den Zehen. Sein Blick wanderte über ihren Schreibtisch. An einer Stelle blieb er hängen, dann wechselte er abrupt das Thema. «Ich habe mit einem dänischen Kollegen über Sie gesprochen», sagte er.

«Ja?» Erstaunt setzte Ada sich aufrecht hin. «Ich meine, vielen Dank, ich wollte auch schon auf Sie zukommen, um zu fragen …»

Burger schnitt ihr das Wort ab. «Er führt nächstes Frühjahr eine Expedition nach Grönland. Es geht um frühe Eskimo-Jagdlager. Das ist keine Steinzeit», fuhr er fort, als er Adas erstauntes Gesicht sah. «Aber doch eine steinzeitliche Lebensform. Und bei Ihrer Neigung zur experimentellen Archäologie …»

Ada brauchte eine Weile, bis sie begriff, dass er auf die Kurse anspielte, die sie früher mit Stephan gegeben hatte. «Sicher werden die Ergebnisse auch aufschlussreich für steinzeitliches Jagdverhalten sein», gab sie beflissen zu und nickte.

«Ich darf Sörensen also mitteilen, dass Sie einverstanden sind?», fragte der Professor. «Er will Sie baldmöglichst kennen lernen. Das Geld für die Fahrt …»

«… habe ich inzwischen beisammen, danke», beeilte Ada sich zu sagen. Ihr schwindelte. Das alles ging so rasch. Gestern um dieselbe Zeit wäre sie sicher dankbar für die Chance gewesen. Eine Grabung! Aber jetzt war ihr Kopf voll gestopft mit gänzlich anders gearteten Überlegungen. Dennoch nickte sie. «Sicher, Grönland wäre gut. Warum nicht?», meinte sie zögernd.

Der Professor gab nicht zu erkennen, was er von ihrem mangelnden Enthusiasmus hielt. «Dann werde ich Sie also ankündigen», sagte er.

«Ich …», brachte Ada heraus. Doch ehe sie etwas sagen konnte, hörte sie Gisèle Merciers Stimme auf dem Flur.

«Mademoiselle Schäfer?» Ada und Burger warfen sich einen raschen Blick zu.

«Hallo, sind Sie da? Oh», entfuhr es der Künstlerin, als sie den Professor entdeckte. Aber sie fing sich rasch wieder und begrüßte ihn mit einem flüchtigen Kuss auf die Wange. Einen Moment lang stand sie unsicher vor Ada. «Ich hatte Sie fragen wollen …», begann sie dann.

«Ja?», fragte Ada nervös.

Die Mercier stockte. «Sie hatten gestern erwähnt, dass Sie in die Stadt fahren wollten, da habe ich mich gefragt, ob Sie mir wohl etwas mitbringen würden.»

Während Ada noch verwirrt versicherte, gerne gefällig sein zu wollen, hatte die Mercier sich bereits den Telefonblock geschnappt, um etwas aufzuschreiben. Als sie das oberste Blatt sah, hielt sie inne. Dann riss sie es kurz entschlossen ab und notierte mit fliegenden Fingern etwas auf das darunterliegende. «Hier», sagte sie und reichte Ada den Zettel. Sie hatte wieder zu ihrem verbindlichen Lächeln gefunden, doch Ada sah, dass ihre Finger nervös irgendetwas kneteten.

«Sie sind ein Schatz», flötete sie noch und ging hinaus.

Ohne Kommentar nahm Professor Burger der verwirrten Ada den Block ab und las. Eine leichte Röte überzog sein Gesicht. Unwirsch drückte er ihr die Notiz wieder in die Hand. «Sie können meinen Wagen nehmen», raunzte er und verschwand ebenfalls.

Ada senkte den Blick auf das Papier. Tampons, stand dort. Medium. Zwei Packungen. Unsinnigerweise war ihr, als wollte die Mercier ihr etwas mit dieser Notiz sagen. Verwirrt starrte sie die Buchstaben an. Und plötzlich traf es sie wie ein Blitzschlag.

Drei Stunden später starrte Ada unwohl an die Decke der Praxis des örtlichen Gynäkologen. Der Raum wirkte freundlich, und jemand war auf die Idee gekommen, an der Zimmerdecke über dem Behandlungsstuhl ein Gemälde anzubringen, ein Seerosenbild von Monet, damit die Patientinnen in ihrer peinlichen Lage etwas zu betrachten hätten. Dennoch war Ada die Untersuchung unangenehm. «Wie lange haben Sie Ihre Tage schon nicht mehr?», fragte die unpersönliche Stimme des Arztes.

«Ich weiß es nicht», gab Ada zurück und wusste, wie absurd sich das anhörte. «Ich hatte sehr viel um die Ohren in letzter Zeit.»

«Leiden Sie unter Übelkeit? Erschöpfung? Spannungsgefühl in den Brüsten?»

Ada schüttelte zu jeder Frage den Kopf. Beunruhigt registrierte sie, wie er ein Gerät näher zu sich heranzog und auf den Tasten herumzutippen begann. Ein Monitor sprang an, ihr Name erschien in einem grauen Feld. Dann hob er eine Plastikflasche. «Die Kontaktflüssigkeit ist ein wenig kühl», sagte er und quetschte ihr eine durchsichtige Paste auf den Bauch. Er setzte den Kopf des Ultraschallgerätes an. Ada sah nur graue Schlieren.

«Wann hatten Sie das letzte Mal Verkehr?»

Schon wieder so eine Frage. Ada überlegte. Sie war jetzt etwas über einen Monat hier. Aber davor? Im Dorf gab es keine Kalender. Sie hätte dem Arzt sagen können, dass das Korn auf den Nordfeldern noch hoch auf dem Halm gestanden hatte. Wann war das gewesen? September? Wie lange war es her, dass Jaro gegangen war? Es tat weh, seinen Namen auch nur zu denken, und unwillkürlich machte sie sich steif. Jaro, das passte nicht hierher, zu den Plastikliegen und rosa Vorhängen, zu den Mikroskopen und Medikamentenpröbchen. Es war einfach absurd, nein, es konnte nicht sein.

«Da», sagte der Arzt in diesem Moment befriedigt. Ada wandte den Kopf und sah ein undeutliches Pulsieren. «Ein intakter Fötus. Etwa ...» Er fuhr mit dem Curser über das Bild und zog einige Linien, um die Dimensionen zu berechnen. «Ja, vierzehnte, fünfzehnte Woche, würde ich sagen. Sie werden es bald an Ihrer Figur bemerken.»

Ada nickte beklommen. Noch immer starrte sie das Ultraschallbild an. Der Arzt, der ihre Miene fälschlich als freudige Neugier deutete, begann, ihr zu erklären, wo man Kopf, Arme und Beine erkennen konnte. Langsam, gegen ihren Willen, nahm der graue Schemen für Ada Gestalt an.

«Soll ich es Ihnen ausdrucken?», fragte der Arzt.

Ada schüttelte den Kopf und entzog sich seinem kritischen Blick hinter die Vorhänge der Umkleidekabine. So rasch sie konnte, schlüpfte sie wieder in ihre Kleider.

Der Arzt räusperte sich. «Sie gehören nicht zu meinen Patientinnen», begann er, um nach einer Pause fortzufahren: «Trotzdem hoffe ich, dass Sie sich mit diesem neuen, offenbar überraschenden Umstand in Ihrem Leben zurechtfinden. Wenn Sie irgendwelche Fragen an mich haben?»

Ada zog heftig den Vorhang zur Seite. Die Jacke warf sie sich im Gehen über. «Sie wissen», sagte der Arzt hinter ihr behutsam, «dass die gesetzliche Frist für eine Abtreibung abgelaufen ist?»

ÜBER DEN FLUSS UND IN DIE WÄLDER

«Jaro!» Der Mann mit der blauen Tätowierung auf den Jochbogen ließ die Hacke fallen und ging mit offenen Armen auf den Neuankömmling zu. «Seit dem ersten Schnee haben wir uns gefragt, wo du dieses Jahr bleibst.»

Der Händler lächelte und umarmte den Mann schulterklopfend viele Male. Sie fassten einander an den Oberarmen und forschten für einen Moment im Gesicht des anderen. Zufrieden mit dem Ergebnis lächelten sie einander zu.

«Hast du das Salz mitgebracht?», fragte der Tätowierte.

Jaro nickte. «Und Hornstein, Umet, den besten. So viel dein Herz begehrt.» Er lachte.

Der Hund kam aus einer Schneewehe, drückte sich an sein Knie und winselte. Umet beugte sich vor, um ihm den Kopf zu kraulen. «Du hast hier deine Spuren hinterlassen», sagte er ernst, «weißt du das?» An Jaro gewandt, fügte er hinzu: «Gebros Hündin hat einen Wurf, der ihm zum Verwechseln ähnlich sieht. Und du?», fragte er dann und stupste ihn mit dem Ellenbogen. «Bist du gewappnet für die Wünsche der Frauen?»

Jaro konnte keine Antwort mehr geben, denn im Dorf hatte man sie bereits bemerkt. Laut rufend und winkend kamen die Bewohner von den Hütten herübergelaufen. Mit gerunzelter Stirn schaute Jaro ihnen entgegen, dann allerdings lächelte er. Seit so vielen Jahren nun verbrachte er den kältesten Teil des Winters mit diesen Menschen. Immer hatte er sich auf sie gefreut und sich wohl bei ihnen gefühlt. Umets Bemerkung war nicht böse gemeint gewesen, und noch im letzten Jahr hätte er mit ihm gemeinsam gelacht. Jaro schüttelte die Gedanken ab und winkte seinerseits. Laut rufend erwiderte er die ersten Begrüßungen. Als ein Junge von acht Jahren in vollem Lauf auf ihn zukam, ging er in die Knie und breitete seine Arme für ihn aus. Doch der Kleine bremste ein paar Schritte vor ihm. Ernst, fast empört, blickte er ihn an. «Ich bin jetzt ein Jäger», erklärte er voller Stolz.

Jaro nickte. «Sicher bist du das. Deshalb habe ich dir auch etwas mitgebracht.» Er griff in seine Tasche und holte ein paar perfekt gearbeitete Pfeilspitzen hervor. «Hier.»

Der Junge griff danach, dann fiel er Jaro um den Hals und ließ sich das Haar zausen. «Du hast mir gefehlt», rief der. Dann rannte er schon davon, um die neuen Spitzen auszuprobieren.

Umet lachte. «Vergiss nicht, von seinem Vater dafür den Preis zu verlangen», erinnerte er den Händler.

«Hallo, Jaro», sagte da eine rauchige Stimme. Umet pfiff anzüglich und machte der Frau Platz, die sich nun vor dem Händler aufbaute. «Na, bist du wieder einmal da, um dich an den Feuern der Flussleute zu wärmen?»

«Mara!» Jaro räusperte sich.

Sie war groß, mit langen Beinen und üppigen Kurven. Das leuchtend rote Haar mit den krausen Locken trug sie in zwei locker geflochtenen Zöpfen. Über ihrer Stupsnase leuchteten intensiv grüne Augen, die Jaro herausfordernd musterten. Ihr sehr hellroter Mund verzog sich zu einem verführerischen Lächeln, als sie mit wiegenden Hüften näher zu ihm trat. «Willkommen», hauchte sie und bot ihm ihre Lippen.

Jaro umarmte sie so vorsichtig, als wolle er den Pelz, den sie sich um die Schultern gelegt hatte, nicht zerdrücken, und gab ihr einen flüchtigen Kuss auf den Mundwinkel.

Empört riss Mara ihre Augen auf. Dann nahm sie seinen Kopf mit beiden Händen und presste ihren Mund auf den seinen. Erst ruderte Jaro mit den Händen in der Luft, dann umschlang er, unter dem johlenden Beifall der Dorfbewohner, die Frau. Auch andere kamen nun, ihn zu umarmen. In einem dichten Pulk von Menschen wurde er zu den Hütten geführt, die auf einem Felsenband einige Meter über dem Strom standen. Zum Ufer, vor dessen Überflutungen sie so geschützt waren, ging es über einige Holzleitern hinab, die nächtens eingezogen wurden. Zur Hügelkuppe oberhalb des Dorfes und den Wiesen und Wäldern dahinter führte ein verschlungener Pfad, der im Sommer von Blaubeersträuchern gesäumt wurde und jetzt, im Winter, von Schnee und Eis zu einer bizarren Landschaft verzaubert war. Gut geschützt und in sich verschlossen, wie ein Ei in seinem Nest, lag das Dorf um diese Zeit. Noch in jedem Jahr hatte Jaro hier gerne Rast gemacht während der eisigen Monate, ehe er seine Reise zum Meer fortsetzte.

Man lud ihn ans Feuer des Versammlungshauses, drückte

ihm eine Schüssel Suppe in die Hand, steckte ein Zicklein auf den Spieß, und während der Bratenduft sich verheißungsvoll verbreitete, drängte man Jaro, die Geschichte seiner diesjährigen Reise zu erzählen. In jedem Jahr hatte der Händler von neuen Abenteuern zu berichten, und im langen, dunklen Winter war er den Dorfbewohnern ein hochwillkommener Gast. Und so erzählte Jaro – von der Auerochsenjagd und dem Erntefest im Dorf der Mütter, vom Besuch bei den Bergwerksleuten und dem Bau von Stephans Haus. Nur von Ada erzählte er kein Wort. Mara saß neben ihm und lehnte ihr Bein an seines. Wann immer sie sich vorneigte, um sich etwas zu essen zu nehmen, legte sie die Hand abstützend auf sein Knie und strich seinen Schenkel entlang. Jaro musste zugeben, ihr Verhalten verfehlte seine Wirkung so wenig wie in den vergangenen Jahren. Dennoch blieb er steif und nervös. Als sie ihn nach dem Essen zum Tanzen holen kam, gab er vor, Umets Geschichte über seinen letzten Fischzug zu Ende hören zu wollen. Mara betrachtete ihn nachdenklich, dann zog sie ein spöttisches Gesicht und wählte einen jungen Mann, der die Haare hoch am Kopf zu einem Zopf gewunden trug, um sich mit ihm ins Vergnügen zu stürzen. Sie hängte sich an seinen Hals und warf den Kopf mit offenem Mund zurück, wenn er sie herumwirbelte. Jaro schaute den beiden ohne Bedauern nach.

Umet erzählte vom Fischen. Die Glut des Feuers färbte sein Gesicht rosig. «Die Hechte hier», sagte er und stopfte sich ein Stück Fleisch in den Mund, «sind anders, als du sie sonst vom Fluss kennst. In diesem Seitenarm ist das Futter reichlich, das hat sie wachsen lassen.»

«Wie groß?», fragte Jaro und grinste. Er kannte Umets Übertreibungen, aber er lauschte ihnen gern. «So?» Und er breitete seine Arme aus.

Umet schüttelte mitleidig den Kopf. «Sie haben zweimal die Länge eines Mannes», sagte er. «Und ihr Leib ist dicker als Gebros Schenkel.» Bei diesen Worten klopfte er seiner Frau liebevoll auf das Bein. Sie gab ihm einen Klaps und lachte Jaro an.

«Er übertreibt nicht», erklärte sie allerdings. «Ich habe diesen Sommer gesehen, wie sie einen Hirsch unter Wasser zogen, der den Fluss überqueren wollte.»

Eifrig nickte Umet. «Es war gespenstisch», erklärte er. «Das Tier stand im Seichten und zögerte, dann warf es sich ins Wasser. Zunächst schwamm es, ruckend, sein Geweih über der stillen Oberfläche tragend. Dann», er hob die Hand, um die glatte Fläche anzudeuten, «du hast nichts gesehen, vielleicht eine leichte Bewegung, einen Strich, als schwömme ein Karpfen dicht unter der Oberfläche oder als furche ein verborgenes Holz die Flut. Doch plötzlich ...» Mit einem Ruck ballte er die Faust.

Angespannt verfolgte Jaro es mit den Augen. «Und?», fragte er.

«Nichts», verkündete Umet triumphierend. «Fort. Der Hirsch versank mit einem Ruck, Rücken, Kopf, Geweih. Du hast nichts mehr gesehen.»

Unbehaglich ruckte Jaro auf seinem Sitz. Umet schlug ihm auf die Schulter. «In ein paar Tagen trägt das Eis, dann gehen wir hinaus und schlagen uns ein Angelloch. Dann wirst du sehen.»

Jaro hatte den Eindruck, den die Geschichte auf ihn gemacht hatte, abgeschüttelt. «Wir werden aber einen Hirsch als Köder brauchen», sagte er. Und sie alle lachten bei der Vorstellung. Dann tranken sie. Jemand rief nach Umet, und er stand auf, um hinüberzugehen. Jaros Blick wanderte zu den Tanzenden. Gebro neigte sich zu ihm und legte ihm das Kinn auf die Schulter. «Hier wirst du einen anderen Köder brauchen», meinte sie. «Mehr das Übliche.»

«Das Übliche», gab Jaro ein wenig verdrossen zurück.

Gebro lachte leise. «Oder sitzt du schon in einer fremden Reuse fest?» Sie stand auf, als er sich nach ihr umwandte. Liebevoll betrachtete sie ihn einen Moment. «Ich habe immer gewusst, dass es dich eines Tages erwischen würde.» Sie lachte wieder. «Ich kann dir aber nicht versprechen, dass Mara das auch versteht.» Dann ging sie zu ihrem Mann.

Jaro blieb den Rest des Abends an seinem Platz sitzen, sprach mit denen, die zu ihm kamen, trank aus seiner Schale und verfolgte Mara mit den Augen, ohne sie jedoch zu sehen. Als sie glaubte, er wäre genug bestraft worden, schickte sie ihre Tänzer fort und kam zu ihm hinüber. Jaro setzte sich aufrechter hin.

«Nun», sagte sie und warf ihre Haare zurück, damit er die Knutschflecke auf ihrem Hals sehen konnte. Jaro senkte den Kopf und starrte zwischen seine Füße. Mit gerunzelter Stirn betrachtete sie ihn.

«Mara?», brach es schließlich aus ihm heraus. Er hob den Blick und begegnete ihren grünen Augen. Statt einer Antwort hob sie nur die Brauen. Da endlich wagte er zu fragen, was ihm seit seinem Fortgang aus dem Dorf im Kopf herumging. Er hörte noch immer Adas letzte Worte, noch immer rechtete er mit ihnen. Und noch immer war in ihm derselbe Aufruhr wie in den ersten Stunden nach ihrer Trennung. Mara hatte ihre Fehler, aber sie war eine kluge, erfahrene Frau. Sie konnte ihm sagen, ob er Recht hatte oder nicht. Er räusperte sich. «Mara, hattest du jemals den Eindruck, ich sei ein Feigling?»

Sie schaute ihn lange und forschend an. Dann lachte sie. «Du meinst, außer heute Abend?», fragte sie anzüglich und bissig.

«Mara», gab er gequält zurück.

«Schon gut.» Sie schüttelte den Kopf und stand auf. «Ich habe ohnehin nicht erwartet, dass es ewig dauern würde. Und was du da wissen willst, Jaro. Was immer es ist», sie lachte böse: «du musst es ohne mich herausfinden.» Damit verschwand sie in der Menge.

«Das werde ich», brummte Jaro, aber sehr leise. Und starrte für den Rest des Abends ins Feuer.

Ada warf die Praxistür zu. Sie rannte über den Parkplatz und setzte sich hinter das Lenkrad. Ihre Finger zitterten so, dass sie den Motor dreimal abwürgte, ehe er schließlich lief. Ruhig, ermahnte sie sich. Jetzt noch den Wagen des Professors zu Schrott fahren, das wäre das, was noch fehlt. Fahrig und eckig, mit viel zu hoher Geschwindigkeit, kämpfte sie sich durch das Städtchen, bis sie endlich auf die Landstraße kam. Da fiel ihr ein, dass sie die Bestellung der Mercier vergessen hatte. Ada bremste, wurde von einem laut hupenden Pick-up überholt und bog in einen Landwirtschaftsweg ein. Dort ließ sie den Wagen stehen und starrte durch die Windschutzscheibe. Das war doch alles gar nicht wahr. Sie hatte nichts in sich drin, keinen Parasiten, der an ihr fraß, all ihre schönen Pläne auffraß und das bisschen Leben, das sie sich gerade wieder aufgebaut hatte. Doch wenn sie in ihren Körper hineinlauschte, dann wusste Ada, dass es so war.

Ein Kind, dachte sie verwundert. Sie hob ihr T-Shirt und betrachtete ihren noch flachen Bauch. Daran hatte sie nie gedacht. Ein Baby, das hieß, nie mehr flüchtig durchs Leben zu gehen. War sie dafür gemacht? Sie hob die Hüften und versuchte, sich im Seitenspiegel zu betrachten. Bald würde sich dort eine Wölbung zeigen, ihr Kind.

Jaros Kind, fiel es ihr dann ein. Sie hieb mit der Hand auf das Lenkrad. Das war der reine Hohn! Das Kind eines Mannes, der seit Tausenden von Jahren tot war. Sie sollte nicht einmal darüber nachdenken. Und außerdem … Sie rechnete nach. Der vermutliche Geburtstermin fiel exakt in die Zeit, in der sie nach Grönland reisen sollte. Ada warf sich im Sitz zurück und legte den Kopf an die Nackenstütze. Es war Unsinn, und sie wusste es. Sie hatte eine zweite Chance bekommen, ihr Leben selbst in die Hand zu nehmen, und sie würde sie nutzen. Wie, das wusste sie auch schon. Eine ihrer Mitbewohnerinnen war vor Jahren einmal zu einem Abtreibungstermin nach Holland gefahren. Sie war nicht über der Zeit gewesen, hatte aber, wie sie sagte, «keinen Bock auf diesen Befragungsmist» gehabt. Jennifer würde ihr die Adresse sicher geben können. Ja, das war der Weg.

Ada richtete sich auf und griff nach dem Schlüssel, um das Auto wieder anzulassen. Über Holland nach Grönland, alles andere wäre sentimentaler Quatsch. Mit diesem Entschluss wurde sie ruhiger. Sie ließ den Wagen an und setzte den Blinker. Dann hielt sie wieder inne. Ob sie in die Stadt zurückfahren und die Tampons für die Mercier besorgen sollte? Irgendwie hatte Ada den Eindruck, dass diese Bestellung nur ein Vorwand gewesen war. Die Künstlerin war zu ihr ins Büro gekommen, um mit ihr über etwas zu sprechen. Aber als sie den Professor gesehen hatte, war sie umgeschwenkt. Ada war noch immer verwirrt, wenn sie daran dachte. Sie konnte sich nicht erinnern, der Mercier etwas davon erzählt zu haben, dass sie zum Einkaufen fahren wollte. So eine dumme, erfundene Geschichte, eine Notlüge. Aber wozu? Was um Himmels willen hatte die Frau von ihr gewollt?

Eine unbestimmte Furcht ergriff sie, sobald sie darüber nachzudenken versuchte. Rasch entschlossen griff sie ins Lenkrad und bog nach links ab, in Richtung Stadt. Das alles würde sich klären, wenn sie mit der Frau sprach. Und der beste Vorwand dafür war, ihr etwas mitzubringen.

Als sie eine Stunde später auf den Platz zwischen den Containern fuhr, stand dort ein Polizeiwagen mit lautlos rotierendem Blaulicht. Besorgt stieg Ada aus. Für einen Moment jagten entsetzliche Bilder durch ihren Kopf. Der Professor kam ihr bereits entgegen, ohne Jacke, mit eiligen Schritten. «Was ist passiert?», rief sie ihm zu. «Ist Gisèle …?»

«In ihrem Atelier ist eingebrochen worden», antwortete er, als er vor ihr stand. «Die Polizei sichert den Tatort. Vorerst darf niemand hinein.» Er fasste Ada am Arm und zog sie in sein Büro. Dort saß bereits die Künstlerin und beantwortete die Fragen eines Beamten. Verwirrt lauschte Ada ihren Angaben. Sie hatte sich an diesem Morgen, nachdem sie aus Adas Vorzimmer kam, wie immer an ihre Arbeit begeben wollen und feststellen müssen, dass jemand sich in ihrem Atelier zu schaffen gemacht hatte. Ein Wandteppich war heruntergerissen, das Glas mit den künstlichen Augen umgestoßen, ein Teil der Plastikmasse, mit der sie arbeitete, verschmutzt und unbrauchbar gemacht.

«Ich muss sofort mit dem Lieferanten sprechen, Ewald», unterbrach sie sich selbst. «Ich brauche Ersatz, gerade jetzt, wo es so gut vorangeht.»

Er nahm ihre Hand und tätschelte sie beruhigend.

«Fehlt irgendetwas?», fragte der Polizist.

Die Mercier schüttelte den Kopf. «Es ist mir nichts aufgefallen. Auch das Werkstück ist unberührt. Und die fertigen Figuren im Magazin.»

«Es gibt noch mehr?», platzte Ada dazwischen.

«Natürlich.» Die Mercier schaute sie erstaunt an. «Zwei ganze Figuren und ein Kopf. Die Arbeit ging sehr gut voran.»

Ada nickte mit offenem Mund. Natürlich. Sie hatte nicht nachgedacht. Der Anblick Rikikos und ihre eigenen Probleme hatten sie verwirrt. Die Künstlerin arbeitete ja schon seit Monaten hier. Was für Überraschungen wohl noch in diesem Magazin lauerten? Ob Dardanod dort im Dunkeln stand, oder die kleine Ellino? Oder Tarito mit ihrem seelenerforschenden Blick? «Kann ich sie sehen?» Ada musste einfach fragen.

Der Professor schüttelte den Kopf. «Ich habe sie nach dem Vorfall sofort abholen und ins Institut bringen lassen. Dort sind sie sicher.» Wieder ergriff er Gisèles Hand, die er begütigend drückte. Dabei ließ er Ada nicht aus den Augen. «Hier galt ja nicht einmal der Versicherungsschutz. Wir waren wirklich leichtsinnig.»

Die Mercier an seiner Seite nickte, mit unglücklichem Gesicht. Abwesend beantwortete sie die letzten Fragen. Nein, sie können sich nicht vorstellen, wer ein Interesse daran haben könnte, ihre Arbeit zu sabotieren. Nein, sie habe keine Feinde, soweit sie wisse. Ja, sie werde sich melden, wenn ihr etwas einfalle.

«Vandalismus», ließ sich der Professor verächtlich vernehmen. «Die Kunst wie die Wissenschaft hatten immer ihre Feinde. Die Dummheit, die Trägheit, das Vorurteil. Seit den Tagen der Aufklärung, vielleicht schon seit der Urzeit, ist es derselbe Kampf.»

Der Beamte nickte höflich. Dann wandte er sich Ada zu. Er nahm ihre Daten auf und fragte schließlich: «Haben Sie etwas Ungewöhnliches bemerkt?»

«Nein», sagte Ada sofort und dachte an das Amulett auf ihrem Fußboden. Heftig schüttelte sie den Kopf. Die Katze im Badezimmer fiel ihr ein, die niemand hereingelassen hatte. Aber nein, nein, es war absurd. Ihr konnte niemand gefolgt sein. Wo sollte er sich auch aufhalten? Im Wald, flüsterte eine Stimme in ihr, wo er auch sonst lebte. Aber das war absurd, war purer Verfolgungswahn. Sie hob energisch den Kopf und begegnete den Augen des Professors, der sie intensiv betrachtete.

«Sind Sie sicher?», fragte der Beamte.

«Sicher bin ich sicher», erwiderte Ada und nahm wie die Mercier seine Visitenkarte entgegen. Klar, dachte sie sarkastisch, wenn sie sich weiterhin von einem Urmenschen verfolgt fühlte, würde sie sich bei ihm melden. Er würde ihr mit großem Interesse zuhören.

Der Beamte verabschiedete sich endlich höflich und empfahl ihnen, auf den Schreck hin erst einmal einen Kaffee zu trinken, am besten mit Schuss. Die Mercier schlug vor, sie sollten Tee machen, aber Burger überredete sie, sich zunächst ein wenig hinzulegen. Dankbar küsste sie ihm die Wange und ging hinaus.

Ada kochte Tee, zog sich aber mit ihrer Tasse ins Büro zurück. Sie telefonierte mit ihrer Freundin und ließ sich eine Nummer in Holland geben. Dort erreichte sie eine Sprechstundenhilfe und machte einen Termin für den folgenden Donnerstag aus. Gleich danach verfasste sie ein Bewerbungsschreiben für den dänischen Professor. Das war nach Burgers Fürsprache nur noch Formsache; dennoch wollte sie sich so professionell wie möglich darstellen. Wenn sie sich schon dafür entschied, dann wollte sie es richtig machen. Sie tippte einen Lebenslauf und suchte die

Daten für ihre Veröffentlichungsliste zusammen, was eine Weile dauerte. Weil sie schon dabei war, schrieb sie auch noch eine E-Mail in die Schweiz. Dann klingelte das Telefon. Danach gab es nichts mehr zu tun. Nur noch das eine.

Ada wandte sich wieder dem Computer zu, ging ins Netz und gab die notwendigen Suchwörter ein. Bald huschten die Zeilen über den Bildschirm.

AUF DÜNNEM EIS

Jaro stand am Ufer des Flusses und fröstelte. Der Himmel war blau und klar, die Sonne schien kalt und ließ die Eisfläche, die vor ihm lag, in blendendem Weiß funkeln. «Es ist zu dünn.» Er hatte Umets Stimme noch im Ohr. Doch Jaro wollte nicht mehr warten. Noch in der Tanznacht war er aus der Hütte gestürmt, unruhig, unglücklich. Die kalte Luft auf seiner Haut war eine Erleichterung gewesen, doch sein wild klopfendes Herz hatte sie nicht zur Ruhe gebracht. Ada verachtete ihn, und Mara ebenfalls, er hatte es deutlich gespürt. Auch sie hatte ihn einen Feigling genannt. Und vielleicht war er das. Jaro wusste es nicht mehr.

Als er hinter sich Schritte gehört hatte, war er ärgerlich herumgefahren. Es war die Schamanin des Dorfes gewesen, natürlich. Woher nur wussten sie immer, wann es eine Gelegenheit für sie gab, sich einzumischen? Und er war wahrhaftig ein reifes Opfer gewesen. Jaro schnaubte, wenn er daran dachte. Frag nie eine weise Frau, riet er sich selbst, sie sprechen nur in Rätseln und gefallen sich darin, einen armen Mann noch weiter zu verwirren. Er erinnerte sich nicht mehr an alle Teile des Gesprächs, er war zu betrunken gewesen, als es begann. Jedenfalls war er irgendwann, ganz ähnlich wie wenige Stunden zuvor Mara gegenüber, mit dem herausgeplatzt, was ihn seit seinem Streit mit Ada so beschäftigte. Ob er es richtig gemacht hatte, als er ging.

«Wissende, kann man die Zukunft verändern?» Das hatte er schließlich gefragt, er wusste es noch genau. Sie hatte ihn mit einem unergründlichen Lächeln betrachtet und gesagt: «Der Mensch kennt die Zukunft nicht.»

Verärgert hatte er den Kopf geschüttelt. «Aber du», hatte er eingewandt, «die Priesterinnen. Es gibt doch Orakel und Träume.» Er hatte sich auf die Lippen gebissen und überlegt, wie viel er erzählen sollte. «Wenn nun jemand vom Tod geträumt hat», wagte er vorsichtig das Thema zu berühren. «Jemand ... Besonderes.» Er suchte nach Worten, um Ada zu beschreiben. «Den die Mutter auszeichnet. Kann er dann dem Schicksal entgehen?» Er hatte sich bemüht, sein Anliegen so klar wie möglich darzulegen.

Und hatte er etwa eine Antwort darauf erhalten? Nichts als obskure Bemerkungen über den Lauf des Flusses, der klar vor einem lag, obwohl man den kleinen Wirbel hinter der nächsten Böschung nicht bemerkte, und dergleichen Dinge mehr. Und dass ein energischer Paddelschlag einen selbst gegen den Strom trug. Der Fluss. Es war vielleicht besser, wenn er sich auf ihn konzentrierte.

Ein letztes Mal wandte Jaro sich um und winkte hinauf. Die Dorfbewohner waren oben bei den Leitern zurückgeblieben. Er konnte Umet ausmachen und neben ihm seine Frau, die sich tapfer mühte, ihm zuzulächeln. Mara war nirgends zu sehen. Jaro kniff die Lippen zusammen. Vielleicht war es besser so. Er pfiff nach dem Hund, der sich winselnd am Ufer herumdrückte, und fasste ihn am Halsband. Also ging es los.

Das Tier sträubte sich und kratzte mit den Pfoten aufgeregt über das Eis. «Ruhig, ist ja gut.» Jaro machte eine Pause und hielt inne. Das Tier hatte ja Recht. Das hier war gegen alle Vernunft und Gewohnheit. Noch niemals war er im Winter unterwegs gewesen. Es war zu gefährlich, alle hatten ihm abgeraten. Die Route über das andere Ufer würde kürzer sein, aber er war sie vor langen Jahren und auch nur einmal gereist. Dort gab es kaum Menschen, die ihn würden aufnehmen können. Er klopfte gegen seinen prall gefüllten Rucksack, um sich Mut zu machen. Man hatte ihn gut versorgt im Dorf. Tief durchatmend richtete er sich auf. Der Hund hatte sich beruhigt. Mit hochgestellten Ohren beobachtete er einen Fisch, dessen Umrisse unter dem Eis sichtbar wurden, wo sein warmer Atem den Schnee weggeschmolzen hatte.

Jaro betrachtete ihn ebenfalls einen Moment. «Der ist tot, Dummkopf», sagte er laut zu seinem Hund. «Eingefroren.» Und er schlug mit der Faust gegen das Eis. Der Fisch schlug mit dem Schwanz und war wie der Blitz davon. Verblüfft blinzelte Jaro einen Moment. «Niemand kennt die Zukunft», murmelte er ratlos. Dann ging er in die Knie und nahm seinen Hund beim Kopf. «Du verstehst doch, dass ich das tun muss?», sagte er. Und kam sich nicht dumm vor, mit einem Tier zu sprechen. «Ich muss zu Ada, so schnell ich nur kann.» Er richtete sich auf und betrachtete wieder die glitzernde, silberne Strecke, die vor ihm lag. «Vielleicht habe ich ja einen Wirbel übersehen, der uns in neues Fahrwasser treiben kann. Los!», rief er dann lauter und klopfte dem Tier aufmunternd auf den Hintern. «Gegen den Strom.»

Die Verwerfungen im Eis in der Strommitte zeigten sich erst, wenn man näher herankam. Weiß auf Weiß stapelten sich dort die Schollen und zwangen Jaro zu klettern. Es knirschte, wenn er von einer auf die andere trat. Und mehr als einmal ließ das Geräusch ihm das Blut in den Adern gefrieren. Dahinter sah es noch gefährlicher aus. Dunkle Stellen zeigten sich auf dem Eis, große Kreise, die sich um eine schwärzliche Mitte schlossen. Jaro fluchte unterdrückt, als er es sah. Das Eis dort war dünn, so dünn, dass der Fluss durchkam; er hatte den Schnee rings um die Schwachstellen mit seinem Wasser in Matsch verwandelt.

Das Eis unter seinen Füßen knirschte nicht mehr, dafür hörte er ein langgezogenes Ächzen, ein hohes Quietschen und, das Schlimmste von allem, ein dunkles, schwappendes Gurgeln. Ihm war, als schwanke er. Angestrengt kniff Jaro die Augen zusammen und heftete den Blick auf den Horizont, der sich nicht bewegte. Das Wanken war Einbildung, sonst nichts. Er musste jetzt die Nerven behalten. Mit einem scharfen Ruf schnitt er das Wimmern seines Hundes ab, der ebenfalls stehen geblieben war. Er nahm ihn am Halsband. Sie würden die gefährliche Stelle einfach umgehen. Angespannt schaute er sich um. Sollten sie es besser flussaufwärts oder flussabwärts versuchen? Noch einmal wandte er sich zurück zum Dorf. Doch dort war keine Menschenseele mehr zu erkennen. Jaro nickte grimmig. Sie würden nicht mit ansehen, was sie nicht ändern konnten. Noch letzten Abend hatte er gedacht wie sie. Doch nun war er unterwegs.

«Flussaufwärts», entschied er laut. «Komm schon.»

Der Bogen, den er schlagen musste, war größer, als er dachte. Und immer wieder erzeugten seine Schritte auf dem Eis jenen hohlen, schwingenden Laut, der ihm das Blut in den Adern gefrieren und den Hund an seiner Seite sich jaulend ducken ließ. Irgendwann hielt er die Anspannung nicht mehr aus. Die Gefahr schien überall gleich groß zu sein. Und ihn trieb die Unrast, keine weiteren Umwege zu machen. Sein gesamter Weg bis zu diesem Punkt war ein einziger Umweg gewesen. Bei jedem Schritt von Ada fort hatte er gezweifelt und gezögert, mit ihr gerechtet und sich von seiner Wut vorantreiben lassen. Und nun, da er sich endlich Klarheit verschafft hatte, da er wusste, was er wollte, da konnte er einfach nicht mehr länger warten.

Als er eine Stelle entdeckte, die von hellerem Blau als die übrigen zu sein schien, stieß er einen Pfiff aus und rief den Hund zu sich. Er ergriff seinen Bogen, zog ihn sich über die Schulter und nutzte ihn als Stock. Vorsichtig klopfte er damit den Grund ab, ehe er den ersten Schritt tat. Fluchend wünschte er, die Waffe wäre schwerer und länger. Doch es musste auch so gehen. Ein Stoß, ein Schritt. Ein Stoß, ein Schritt. Es knirschte, wenn Jaro sein Gewicht auf den vorderen Fuß verlagerte. Doch das Eis hielt. Der Hund tapste hinter ihm her, in weitem Abstand. Man sah, wie die Angst vor dem Eis und die, ohne seinen Herren zurückzubleiben, in ihm miteinander kämpften.

«Was ist? Feigling!», rief Jaro und wandte sich nach ihm um. Es knirschte unter seinen Beinen, anhaltend und laut. Entsetzt schaute Jaro nach unten und sah den weißen Sprung, der sich im dunkleren Eis auftat und sich vor seinen Augen durch die Fläche fraß, schneller als eine Maus lief. Erschrocken tat er einen großen Schritt von der Stelle fort, dann noch einen und noch einen. Den Bogen einzusetzen, blieb ihm keine Zeit mehr. Wo sein Fuß hintrat, schien er schon einzusinken. Jaro hörte den Hund hinter sich bellen und hielt einen Moment inne. Das Netz aus Rissen erschien geisterschnell, ein Spinnennetz, das sich nach allen Seiten um ihn ausbreitete. Jaro sah seinen Hund heranrennen und streckte die Hand nach ihm aus. Da brach er schon ein. Die Welt tat einen Satz nach oben. Er riss die Augen auf. Er hörte das Eis nicht einmal krachen.

Jaro fiel nach hinten und schlug mit dem Kopf auf die verharschte Kante. Das Letzte, was er fühlte, war der Sog des kalten Wassers, der ihn unter das Eis zog.

IM NETZ DER VERGANGENHEIT

Nach Stunden dehnte Ada die schmerzenden Glieder. Es war nicht einfach gewesen, aber nachdem sie erst einmal den eigenen Unglauben überwunden hatte, war der Rest nur eine Frage von Geschicklichkeit und Geduld. Im großen Strom des Netzes schwammen so viele Daten. Sie wusste, das, was sie suchte, wäre dabei. Am Ende war sie in den Archiven der hiesigen Heimatzeitung fündig geworden. Da stand es nun vor ihr, schwarz auf weiß. Und als sie es sah, wollte sie es dennoch nicht glauben.

«Ich dachte, es wäre vorbei», murmelte sie. «Ich wollte, es wäre endlich vorbei.» Aber vor ihr auf dem summenden Bildschirm leuchtete das Foto der nahen Landstraße, mit der Silhouette des Erdwerks im Hintergrund. In der Bildmitte war ein

Baum zu sehen, mit herabgebrochenem Ast, das Gras ringsum zerwühlt. Die Stelle in der Nähe des Stammes war mit rotweißem Band abgesperrt. Die Bildunterschrift besagte, dass hier das Unfallopfer gefunden worden war und die Polizei derzeit die Reifenspuren auswerte.

Der zugehörige Artikel, er war gut zehn Jahre alt, berichtete in dürren Worten, dass in der Nacht vom 23. auf den 24. März eine Frau angefahren und schwer verletzt worden sei. Der Täter habe Fahrerflucht begangen und bislang nicht ermittelt werden können. Die Polizei wolle aufgrund der Spuren vor Ort Vorsatz nicht ausschließen und bitte die Bevölkerung um Mithilfe.

Die Meldungen der folgenden Tage wanderten über die Seiten bis unters Vermischte. Die Polizei kam zu dem Schluss, dass es sich doch um einen simplen Unfall gehandelt habe. Der Fahrer wurde nie gefunden. Einige Tage später jedoch erschien auf der Titelseite das unscharfe, grobkörnige Bild eines Gesichtes, das Ada nur zu vertraut war, auch wenn Verbände es entstellten und die dunklen Augen unsicher aufgerissen waren. Nicht viel anders hatte sie vor einem Monat in ihren Spiegel gestarrt. «Wer kennt diese Frau?», fragte die Zeitung in großen Lettern. Auch von diesem Fall hörte man in der Folge nichts mehr.

Ada drückte ein paar Tasten und lauschte dem Rattern des Druckers, der ihr das Foto ausdruckte. Sie griff nach ihrer Teetasse, aber die war längst leer. Ihr Magen knurrte, sie schaute nach der Uhr. Schon nach elf, sie hatte die Zeit über ihren Recherchen vollständig vergessen. Als sie nun aufstand, spürte sie, wie bleiern die Müdigkeit auf ihr lag.

Vielleicht sollte ich bis morgen warten, überlegte sie. Es war immer noch Zeit. Doch dann sah sie das Licht in Gisèle Merciers Atelier. Sie nahm den Ausdruck und ging hinüber. Die kalte Nachtluft griff nach ihr und blies ihr den Kopf frei. Mitten im Hof blieb sie stehen und legte den Kopf in den Nacken. Sterne blinkten über ihr. Es waren immer noch dieselben, die sie einst mit Stephan zusammen betrachtet hatte. Und vielleicht sah auch er sie in diesem Moment.

Wenn alle wahrscheinlichen Möglichkeiten ausgeschlossen sind, wiederholte Ada sich, dann ist die unwahrscheinliche die Lösung. Und sie zählte im Geiste alle Indizien auf, die dafür sprachen: die Teppiche, überhaupt die seltsame Vorliebe für Dessins der Urzeit. Die Neigung zum Handwerk. Die Vorliebe für Leder und Naturstoffe, der seltsame, definitiv nicht französische Akzent und auch – Ada vermochte es schwer zu fassen – irgendetwas in ihrer Art, das sich bei näherer Bekanntschaft offenbarte: diese selbstgewisse Ruhe, die sich mit Offenheit und Lebhaftigkeit verband, ja, und die Art, einen anderen Menschen anzusehen. Tarito hatte anfangs dasselbe Gefühl von Heimatlichkeit in ihr ausgelöst. Und wirkte sie nicht, trotz ihrer damenhaften Kostüme und ihrer Berühmtheit, fast ein wenig kindlich und unsicher in alltäglichen Dingen, so als gehöre sie nicht ganz hierher? Aber das waren Spekulationen. Ada verzog das Gesicht, wenn sie daran dachte, wie vage und ungewiss sich all das anhörte. Burger würde ihre Argumente glatt vom Tisch wischen, sie konnte ihn schon hören: Die steinzeitlichen Dekorelemente sind mein Steckenpferd, ich habe Gisèle damit vertraut gemacht, und sie hat sie gerne übernommen, weil sie ihr bei der Arbeit helfen. Natürlich ist ihr Akzent nicht französisch, denn sie hat ja selbst bekannt, keine Französin zu sein. Und die Vorliebe für Naturfasern, ich bitte Sie, Frau Schäfer!

Sie sah sein süffisantes Lächeln und kniff unwillkürlich die Augen zu. Ja, ja, sie gab es zu, ihre Argumente waren schwach. Aber da war und blieb, nicht wegzudiskutieren, die Ähnlichkeit des Kopfes in Gisèles Werkstatt mit Rikiko. Mit, bitte, wem?, hörte sie Burger fragen und reckte das Kinn. Mit Rikiko, wiederholte sie fest, der Anführerin des Steinzeitdorfes, in dem ich das letzte Vierteljahr verbracht habe. Und aus dem auch Gisèle stammt. Sie holte tief Luft und klopfte an die Ateliertür.

Eine Stimme bat sie herein. Auf der Schwelle versiegte Adas Entschlossenheit. Die beschädigten Teppiche fehlten, dafür zeigten sich die grauen Regale, die sie von früher kannte, mit ihren Reihen von handnummerierten Pappkartons und verstaubten Plastiktüten. Karteikästen drängten sich aneinander, und Ordner zeigten ihre beschrifteten Rücken. Darunter Eimer mit Steinen und Scherben, Erdproben und Geröll. Ein ausrangierter Computer, ein Eimer mit verkrusteten Pinseln. Erst im hinteren Teil des Raumes tat sich wieder die für die Künstlerin so typische, warme Atmosphäre auf, jene Mischung aus Chaos und Schönheit. Aufatmend schritt Ada auf die riesige Tischplatte zu, auf der sich in buntem Durcheinander die Arbeitsutensilien stapelten. Gisèle selbst saß vor der runden Arbeitsplatte auf einem Schemel, vom Metallgestänge ihrer Lampen umgeben wie von einem Käfig. Das Licht war heute sparsamer, doch angenehm. In einer Ecke köchelte Tee in einer Glaskanne vor sich hin, beleuchtet von einem Stövchen, als wäre er aus Bernstein.

«Bedienen Sie sich», sagte die Mercier, als sie mit einem schnellen Seitenblick bemerkte, wie Ada die Nasenflügel blähte. Nach einer Weile fügte sie, noch immer ohne sich aufzurichten, hinzu: «Sie haben etwas für mich?» Der Ton sollte beiläufig klingen, Ada spürte es, doch die leichte Anspannung war unverkennbar. Die Künstlerin sprach zweifellos nicht von den Einkäufen, die Ada für sie getätigt hatte. Sie war auch nicht erstaunt, als Ada ihr statt des Schächtelchens ein gefaltetes Blatt hinüberschob. Sie nahm es, klappte es auf und betrachtete das Bild eine Weile. «Ich verstehe nicht», sagte sie dann.

Ada suchte sich einen Stuhl und nahm Platz. «Ihr Unfall fand hier statt, nicht wahr?», fragte sie.

Die Mercier zuckte mit den Achseln. «Natürlich», sagte sie. «Alle Zeitungen haben ja darüber geschrieben. Warum?»

«Und Sie haben keine Ahnung, was Sie hier wollten?», setzte Ada nach.

Wieder das Achselzucken. «Wie gesagt: Ich kann mich leider nicht erinnern.» Die Stimme der anderen zitterte ein wenig. Dann endlich, als Ada schwieg, schaute sie auf. «Sie wissen etwas, nicht wahr? Sie wissen etwas von mir?» Ihre dunklen Augen erforschten Ada, die unwillkürlich errötete und stumm den Kopf schüttelte.

Die Bildhauerin biss sich auf die Lippen und wandte sich wieder ihrem Werkstück zu. «Zuerst wollte ich nicht hierher zurückkommen», begann sie dann auf einmal im Plauderton. Sie hob kurz den Kopf, um Ada zuzulächeln. «Ich hatte wohl Angst, dass nach all der Zeit irgendein Bauer vorträte, auf mich zeigte und sagte: Das ist meine Frau. Und ich muss dann mit ihm nach Hause gehen und den Rest meines Lebens die Kühe melken.»

Ada musste lachen.

Die Mercier schnippte mit den Fingern. «Aber was soll's. Es hat sich damals niemand gemeldet, nicht einer. Warum sollte mich heute hier jemand erkennen?»

«Warum sind Sie zurückgekommen?», fragte sie.

«Ewalds wegen. Er wollte es gerne.» Die Mercier lächelte vor sich hin. «Er möchte so gerne berühmt werden mit dieser Fundstelle.»

«Das wird ihm gelingen», sagte Ada. «Er hat ja Sie.»

Die Mercier warf ihr einen argwöhnischen Blick zu, konnte Adas Gesichtsausdruck allerdings nicht deuten. «Ja», sagte sie dann schließlich, «ich glaube wirklich, ich kann ihm hier helfen. Es ist merkwürdig.» Sie richtete sich auf und schaute sich um. «Zuerst habe ich mich gegen alles hier gesträubt: die Umgebung, diese Baracken. Die Vergangenheit.» Sie hielt einen Moment inne. «Aber seit ich mit der Arbeit begonnen habe, fühle ich mich derart inspiriert.» Sie schaute Ada mit strahlenden Augen an. «So war es selten, so wie ein Rausch. Nichts bereitet mir Mühe. Es ist, als erstünden die Gesichter von selbst vor mir.»

«Weil Sie sie kennen.» Ada konnte sich nun nicht mehr zurückhalten. «Jede einzelne. Von früher. Sie formen nur nach, was Sie schon mit eigenen Augen gesehen haben.»

«Was sagen Sie da?» Die Mercier starrte Ada an. Dann kräuselten sich ihre Lippen zu einem spöttischen Lächeln. «Ich weiß ja, dass ich ein Leben vor dem Unfall gehabt haben muss, aber ... meine Liebe! So viel früher hat es sich sicher nicht abgespielt. Diese Knochen hier sind Tausende von Jahren alt. Non.» Sie schnalzte ungläubig mit der Zunge.

«Verstecken Sie sich nicht hinter Ihrem falschen Französisch», sagte Ada schroff. «Sie sind keine Französin.» Laut und deutlich fügte sie langsam hinzu: «Du bist eine Erwählte der Mutter, und das weißt du.»

«Nichts weiß ich», wehrte die Mercier ab. Um dann innezuhalten. Ada hatte sie in der Sprache des Dorfes angeredet. «Was haben Sie gesagt?», fragte sie nach einem Moment des Schweigens.

«Das haben Sie ganz genau verstanden», sagte Ada.

«Ja», sagte die Mercier und starrte auf ihre Hände. «Merkwürdig.»

«Diese Sprache», fuhr Ada fort, «hat keinen Namen. Sie ist Tausende von Jahren alt. Sie wurde von den Menschen gesprochen, deren Knochen Sie in Händen halten.»

«Das ist unmöglich», kam es tonlos von der Künstlerin. «Woher sollten Sie das wissen.»

Doch Ada kam nun in Fahrt. «Und ob es möglich ist. Ich weiß es, weil ich dort gewesen bin. Es gibt eine Möglichkeit, einen Ort», ihre Stimme überschlug sich vor Eifer. «Es ist das Erdwerk auf der anderen Seite der Straße. Der Straße, an der Sie gefunden wurden. Ich bin hindurchgegangen und in dem Dorf gelandet, bei diesen Menschen. Und ich bin zurückgekommen.»

Die Mercier hob den Kopf. Ihr Gesicht war totenbleich, ihr Blick flackerte. «Und Sie glauben», fragte sie, «dass ich das auch getan habe. Ist es das?»

«Nein», sagte Ada und schaute sie fest an. «Ich glaube, dass Sie von dort stammen. Sie sind eine von ihnen, vor zehn Jahren in unsere Zeit geschleudert. Glauben Sie mir, in dieser Welt gibt es niemanden, der Sie wiedererkennen wird.»

Gisèle Mercier schüttelte ihren Kopf. «Nein», sagte sie, «nein, das ist …»

«Sie kennen diese Menschen», fuhr Ada eindringlich fort. «Sie haben Rikiko so bis ins Detail genau wiedererschaffen können, weil Sie Jahre an ihrer Seite gelebt haben. Sie war Ihnen vertraut.»

Hilflos starrte die Mercier sie an. «Rikiko», flüsterte sie.

«Geben Sie doch zu, dass Sie den Namen kennen.»

Die Mercier starrte wieder in ihren Schoß. Dann griff sie in die Tasche ihres Rockes und zog etwas hervor. Mit gerunzelter Stirn schaute Ada ihr dabei zu, es dauerte lange, bis sie in dem papierenen Knöllchen einen ihrer Telefonzettel erkannte. Die Mercier entfaltete ihn umständlich und glättete ihn, ehe sie ihn Ada reichte. «Die Frau», sagte sie dazu unsicher.

Ada hielt die flüchtigen Zeichnungen in Händen, die sie in den langweiligen Momenten ihrer Sekretariatsarbeit von Rikiko, Maliko und Egbar angefertigt hatte. Jetzt erinnerte sie sich auch wieder des Moments, als die Künstlerin in ihr Büro gekommen war, um mit ihr zu sprechen. Sie hatte den obersten Zettel des Blocks abgerissen, um auf dem zweiten ihre Bestellung zu notieren. Offenbar hatte sie ihn behalten. Aus gutem Grund.

«Ja, das ist Rikiko.» Ada schaute auf. «Ich habe das gezeichnet, bevor ich in Ihrem Atelier war.»

Die Mercier schüttelte ungeduldig den Kopf. «Die andere.»

«Maliko?», fragte Ada und sah nicht ohne Triumphgefühl, wie ein Zucken durch den Körper der Künstlerin ging. «Maliko ist die Töpferin des Ortes. Sie hat die Muster entworfen, die Sie auf Ihren Teppichen benutzen. Kannten Sie Maliko gut?» Sie betrachtete die Mercier mit schräg gelegtem Kopf. «Sie hat eine kleine Tochter, Ellino. Aber die ist wohl noch zu jung, als dass Sie sie erlebt haben können. Aber schwanger könnte Maliko gewesen sein, als sie fortgingen», überlegte Ada, «ja, das wäre möglich.» Sie neigte sich vor und schaute Gisèle in die Augen. «Sie kennen sie doch, nicht wahr?» Dann ging ihr ein Licht auf. «Ist Maliko eine der fertigen Figuren, die Sie in Ihrem Magazin hatten, ist es das?» Sie lachte.

Die Mercier blieb ernst. «Sie sind dort eingebrochen», sagte sie. «Sie haben sie dort gesehen.»

Heftig schüttelte Ada den Kopf. «Ich war in der Stadt, als der Einbruch passierte, das wissen Sie genau. Hier, da haben Sie Ihre verdammten Tampons.» Sie kramte das Schächtelchen hervor und knallte es auf den Tisch. «Und das Bild hat schon davor existiert. Sie haben es ja selbst aus meinem Büro mitgenommen an jenem Morgen. Vor dem Einbruch.»

«Sie hätten jederzeit dort hineingehen können», sagte die Mercier tonlos. Doch man merkte, dass sie sich selbst nicht glaubte. Sie war ratlos, ja verzweifelt. Ada wusste nur zu gut, wie sie sich fühlte.

«Den Mann», begann sie schließlich zögernd, «den kenne ich nicht.» Ihre Stimme wurde zuversichtlicher, als hoffte sie, dass damit etwas bewiesen wäre.

«Der Mann?» Ada betrachtete das Bild. Auch Egbars Züge ließen sich unter den Bleistiftkritzeln noch ausmachen. «Den können Sie auch nicht kennen. Er stammt nicht aus dem Dorf der Mütter. Es ist einer von den Jägern.»

Die Augen der Mercier wurden groß bei diesem Wort.

Ada hielt inne und starrte sie eine Weile an. Ja, dachte sie, ja, es ist alles wahr, so wie ich es mir dachte. «Sie erinnern sich an die Jäger, nicht wahr?», sagte sie langsam. Sie kannte die Antwort. «Sah er auch so aus», fragte sie dann kalt, «der, den Sie getötet haben?»

DIE FAUST DES WINTERS

Die unglaubliche Kälte des Wassers hielt Jaro wach. Er spürte, wie es an ihm zog, sah die bucklige Oberfläche des Eises über sich. Aus seinem Mund stiegen Luftblasen auf und zerstoben daran. Ihm würde nicht mehr viel Zeit bleiben. Er streckte die Hände aus und stemmte sie gegen die Mauer, die ihn von der Luft und der Welt absperrte, die er verzerrt durch das Eis doch sogar sehen konnte. So gut es unter Wasser ging, hieb er mit der Faust dagegen. Es war doch so brüchig gewesen, eben noch. Überall war es unter seinen Tritten gesplittert, warum, verflucht nochmal brach es jetzt nicht? Er stieß einen Schrei aus, der dumpf in seinen Ohren klang. Luft sparen, ermahnte er sich. Da streifte etwas sein Bein.

Die Hechte! Eine Furcht durchfuhr Jaro, größer als alles, was er je verspürt hatte. Das Bild des Hirsches stand wieder vor seinen Augen, so eindringlich, wie Umet es mit seinen Worten gemalt hatte. Etwas hatte das mächtige Tier am Fuß gezogen, und es war spurlos verschwunden. Jaro sah Körper vor sich, lang wie Baumstämme, starre Augen in den Knochenschädeln. Lautlos glitten sie durchs Wasser. Und was sie hinunterzogen, das stieß nicht einmal mehr einen Schrei aus. Verzweifelt um sich schlagend drängte Jaro wieder gegen das Eis. Seine Lungen brannten, seine Glieder schmerzten von der Kälte, und die Angst fraß ihn auf und sog ihm die Kraft aus dem Körper. Dumpf wie eine Trommel antwortete das Eis, wenn er dagegenschlug. Und er sah die großen Tiere vor sich, wie sie in den kalten, grünen Tiefen die Schädel wandten und den Lauten folgten.

Da hörte er das Bellen. Jaro schaute auf. Undeutlich und verschwommen sah er über dem Eis etwas sich bewegen, hörte das geisterhaft verstärkte Scharren von Krallen, das innehielt. Dann, mit einem Mal, sprang das Tier fort. Hatte auch sein Hund ihn verlassen? Doch gleich darauf drang das hohe, angstvolle Blaffen wieder an sein Ohr. Jaro glaubte, eine Bewegung zu erkennen, und schwamm darauf zu. Ja, da war das Tier und kratzte mit den Pfoten am Eis herum. Noch ehe er ganz heran war, begriff Jaro, warum, und sein Herz schlug schneller. Das Eis war dünner an dieser Stelle. Er sah eine Pfote, wie sie einbrach, das Fell, das im Wasser schwebte wie Algenhaar, die Luftblasen, die darum aufstiegen. Mit einem letzten, verzweifelten Beinschlag brachte er sich dorthin und durchstieß mit dem Kopf das Eis. Luft, da war Luft! Schmerzhaft und köstlich und kalt. Keuchend trat Jaro Wasser und wartete, bis die Schwärze vor seinen Augen nachließ. Dann lehnte er sich auf das Eis, um herauszuklettern. Die Fläche zersplitterte unter seinem Gewicht und ließ ihn zurückrutschen, ein schwerer Körper, der ins Wasser platschte. Er griff nach der Kante, sie zerbrach unter seinen Fingern. Jaro drehte sich im Kreis. Doch wo er auch Halt zu finden versuchte, gab das Eis seinen Versuchen nach. Wieder berührte etwas seinen Fuß. Jaro schrie und trat aus. Er tauchte unter und schluckte Wasser. Ein Ast, sagte er sich, Algenschleier, bei der Gnade der Großen Mutter. Er ruderte, um wieder hochzukommen. Seine Bewegungen wurden schwerer und schwerer. Bald würde die Kälte ihn besiegt haben. Ein letztes Mal nahm Jaro all seine Kraft zusammen. Mit einem mächtigen Beinschlag schnellte er aus dem Wasser, so weit er konnte, und warf seinen Oberkörper auf das Eis. Der Hund, der ihn bellend umtanzt hatte, sprang vor und schnappte zu. Seine spitzen Zähne schlossen sich um Jaros Ärmel und zerrten daran. Jaro strampelte. Er spürte das Fell unter seinen Fingern kaum noch, dennoch griff er zu und krallte sich daran fest. Seine Beine traten, er ruckte und wand sich. Das Knurren in der Kehle des Hundes war dicht vor seinem Gesicht. Dann, Handbreit um Handbreit, entkam er dem Wasser. Er fühlte, er lag da, auf sicherem Grund, die Wange im Schnee. Das Wasser in dem offenen Loch schwappte gurgelnd. Jaro riss in einer letzten Aufwallung von Entsetzen die Füße hoch. Er starrte in die Schwärze. Einen Moment lang erwartete er, dass ein grausiger Kopf sich daraus erhob, nach ihm schnappte und ihn doch noch in die Tiefe hinabzog. Doch nur die Strömung krauste die Oberfläche. Nach einer Weile hörte Jaro die Vogelstimmen wieder. Er rollte sich auf den Rücken. Die strahlende Sonne war fort, versteckt hinter dicken, grauen Wolken, bald würde es schneien. Er musste sich beeilen.

Wenn er lange in diesen nassen Kleidern blieb, würde er sterben, obwohl er gerettet war. Jaro wusste, er musste sich bewegen. Doch er vermochte es nicht. «Ada», flüsterte er. Der Hund kam und leckte sein Gesicht. Jaro hob den Arm, um ihn abzuwehren. Die Zähne seines Freundes, sah er, hatten ihn unwillentlich verletzt, sein Handgelenk blutete. Er hob es an den Mund und sog den warmen, salzigen Saft ein. Der Hund zerrte spielerisch an seinem Hosenbein. Jaro setzte sich auf. Jeder Muskel in seinem Leib schmerzte. Ihm war, als platze seine Haut. Er blinzelte hinüber zu dem Ufer, das es zu erreichen galt. Das war weit, viel zu weit. Mit einem Kopfschütteln wollte er sich zurücksinken lassen, doch das Tier verhinderte es. Mit energischen Stößen seiner Schnauze erreichte es, dass Jaro sich mühsam auf das Eis kniete. So, kriechend, eine Hand in das Fell seines Führers vergraben, erreichte er das sichere Ufer. Mit letzter Kraft zog er sich in das überhängende Ästedickicht des nahen Waldrandes. Hier fanden seine zitternden, steifen Finger ein paar dürre Äste, die er zu einem Stoß aufschichtete. Er warf dem Hund, der mit hängender Zunge neben ihm saß und das Treiben betrachtete, einen kurzen Blick zu. «Jetzt kommt's drauf an», sagte er und öffnete den Beutel mit dem Feuermaterial. Den Zunderschwamm konnte er vergessen, der war nass und voll gesogen. Aber er hatte Moos gefunden, dessen trockene Wurzeln denselben Dienst leisten konnten. Angespannt griff Jaro nach dem Feuerstein und dem Schlagstein. Fest suchte er ihn zu umfassen. Aber er entglitt seinen kraftlosen Fingern. Jaro fluchte und rieb die Hände an seinen Schenkeln, damit sie wärmer würden. Die ersten Schneeflocken fielen vom Himmel. Nur vereinzelt fanden sie den Weg in sein Versteck. Wenn sie dichter fielen, wäre sein Feuerholz bald zu feucht. Danach würden sie ihn für immer begraben. Aufmunternd klatschte Jaro in die Hände. Es tat so weh, dass er das Gesicht verzog. Der Hund bellte. Ein zweiter Versuch. Diesmal gelang es Jaro, den Feuerstein zu halten. Aber der Schlag mit dem Kiesel war so schwach ausgeführt und täppisch, dass beide davonkollerten. Die Verzweiflung überwältigte den Händler schier. Doch dann riss er sich zusammen. Er hatte keine andere Chance; das hier gelang, oder er starb. Es war ganz einfach. Angespannt kaute er auf seinen Fingern herum, lieh ihnen die Wärme seines Mundes, die letzte, die sein Körper herzugeben schien. Dann versuchte er es erneut. Und diesmal sprang ein kleiner, schüchterner Funke. Er verfehlte das Moos, doch Jaro schöpfte neue Hoffnung. Ein zweiter Schlag gelang besser; der

Funke fiel ins Moos und erzeugte einen dünnen, weißen Rauchfaden, dessen Aroma Jaro sofort mit gierigen Nüstern einsog. Ja, dies war der Duft des Überlebens. Rasch häufte er weiteres Moos um die Stellen, zerriss es, da er es mit den klammen Fingern nicht klein zupfen konnte, mit den Zähnen und schaute zu, wie der Rauch dichter wurde, die erste orangefarbene Glut sich durch die Pflanzenfasern fraß, aufleuchtete unter seinem Atem und wieder schwarz erstarb, wenn er nach Luft schnappte. Ein paar zitternde Momente lang konnte sie sich nicht entschließen zu leben. Dann endlich griff sie nach dem Moos und flammte hell auf.

Jaro schob alles unter die aufgehäuften Zweige, warf manches um, verfluchte sich, verbrannte sich die Finger bei dem Versuch, die Schichtkonstruktion zu erneuern, und lachte doch wie ein Wahnsinniger, als die ersten knisternden Flammen zitternd im Taglicht standen. Er schaute sich um, riss Rinde von einem Stamm, fand einen morschen Ast und schleppte ihn heran, das Letzte, was sein Körper an Kraft hergab. Als er das Ende des dicken Holzes in die Glut fallen ließ, wirbelten die Funken prasselnd auf. Er spürte die Hitze, die gegen seine Glieder prallte. Jaro ließ sich zu Boden sinken. Für ein paar Augenblicke genoss er die Wärme und die Sicherheit. Er tat nichts, schaute nur zu, wie das Feuer an dem Ast nagte und einen Weg suchte, ihn sich zu erobern. Irgendwann setzte er sich auf und begann, aus Ästen einen Unterstand zu bauen. Er hatte keine Häute dabei, um sie zu bedecken. Aber das würde der Schnee für ihn erledigen, wenn er alles gut genug mit Zweigwerk verflocht.

Jaro schaute in den Himmel. «Komm, Schnee», murmelte er. «Jetzt darfst du fallen.» Als hätten die Wolken ihn erhört, schickten sie ihre Flocken nun in dichten Wirbeln. Jaro legte Zweige auf die Äste und Farnwedel auf die Zweige. Dann kroch er ins Innere seines Unterstandes. Der Hund kam und drängte sich an ihn. Er spürte seinen Herzschlag unter dem Fell.

«Wir sind am Leben», sagte Jaro und küsste den wolligen Kopf. «Wir sollten es nicht sein, nach allem, was geschehen ist.

Und wir sind doch noch am Leben.» Auch sein eigenes Herz schlug nun stark. Es war also möglich. Das Schicksal ließ sich verändern.

DIE PRIESTERIN SCHWEIGT

«Das ist absurd.» Gisèle Mercier richtete sich sehr gerade auf. «Ich habe niemanden umgebracht. Niemals.»

Doch Ada fuhr unbeirrt fort: «Das Jahr, als die Ernte so schlecht war, erinnern Sie sich daran? Die Scheuern blieben leer, und die Mütter drückten ihre Kinder an sich aus Angst, sie würden sie in diesem Winter an den Hunger verlieren. Die Alten wappneten sich zum Sterben. Sie haben sich sicher lange beraten, in der Tempelhütte, wo die Große Göttin an der Wand steht, inmitten Ihres Labyrinthes. An die Statuette müssen Sie sich doch erinnern, Gisèle? Sie haben sie Tag für Tag gesehen. Sie waren die Priesterin.»

Die Künstlerin schüttelte ihren Kopf. Dabei begannen ihre Finger, fast unmerklich, etwas in den staubigen Untergrund der Arbeitsplatte zu zeichnen. Es entstand das Bild einer riesigen Spirale. «Nein», sagte sie entsetzt.

Ada ignorierte es. «Sie kannten Rikiko gut und Tarito, die Heilerin. Gemeinsam leitet ihr schon so lange die Geschicke des Dorfes. Wer kam zuerst auf den Gedanken, dass die Zeit reif sei für die Große Pflicht? Waren Sie es?», fragte Ada, um ohne Pause fortzufahren: «Die Große Pflicht ist eine heilige Sache. Man gibt sein Leben für die anderen. Das ist nichts, was einem Menschen von außen auferlegt werden kann. Sie wissen das gut, nicht wahr?»

«Absurd», zischte Gisèle, doch Ada kümmerte sich nicht darum.

«Irgendjemand hatte dann also diese Idee.» Ada machte eine

Pause. «Ich weiß nicht, wann sie entstanden ist. Aber der Konflikt mit den Jägern war schon alt, nicht wahr? Was war es, Gisèle? Gab es Streit um die Fischzäune? Sind die Männer bei der Hirschjagd aneinander geraten? Oder haben sie die Erdbeeren gepflückt, die in euren Schneitelhainen so viel dichter wachsen als anderswo?» Ada konnte nicht verhindern, dass ihre Stimme bitter klang. «Hat einer sich einem der Mädchen genähert? Haben sie eine eurer Kühe erlegt?»

Gisèle schüttelte den Kopf, wie unter Zwang. Als Ada ihre letzte Vermutung äußerte, wurde das Kopfschütteln so heftig, dass der Knoten in Gisèles Haar sich löste.

Ada lächelte bitter. «Jedenfalls hattet ihr da diesen Jungen. Petar.»

«Ich habe den Namen nie gehört.» Gisèle räusperte sich. Sie hätte nie geglaubt, dass sie imstande wäre, etwas zu sagen.

«Das glaube ich.» Ada nickte. «Für euch waren sie ja nicht viel mehr als Tiere. Was spielten Namen da für eine Rolle. Aber es waren keine Tiere, es waren Menschen. Sonst hätten sie ja auch nicht für das große Opfer getaugt. Nicht wahr?» Ada dachte an das, was Sirino ihr erzählt hatte. «Ihr habt für immer eingestanden, dass sie Menschen sind, indem ihr ihn tötetet. Und dann schwiegt. Wessen Idee war das, Gisèle?»

«Ich wollte nicht ...», begann die Künstlerin. Mit aufgerissenen Augen starrte sie Ada an.

Die nickte. «Ich habe immer gedacht, es war Tarito.» Die mütterliche, unerschütterliche Tarito. Die ihr das Leben gerettet hatte. «Wie auch immer.» Sie konzentrierte sich wieder auf ihre Geschichte. «Ihr habt ihn gefesselt und in das Erdwerk geschleppt, zum Altar. Es war ein großer Zug. Die Frauen streuten Blumen, die Männer hatten sich mit Stroh bekränzt.» Sie begann, in allen Einzelheiten die Prozession auszumalen, wie sie es selbst an ihrem letzten Tag miterlebt hatte, schilderte die Musik, die bemalten Körper, die Tänze. Den Altar mit seinen Gaben, das Sirren der Fliegen um die duftenden Früchte, die dunklen Spuren, die Honig und Wasser beim Vergießen auf der Erde hinterließen, das Stampfen der Füße, den dumpfen Gesang. Gisèle saß so reglos, als wäre sie aus Stein. Nur in ihren Augen war Leben, flackernd und angstvoll. Ada hatte keinen Zweifel, dass sie alles sah, was sie ihr beschrieb.

«Er war mit Ocker eingerieben», fuhr Ada fort, «er hatte das Symbol der Wiedergeburt auf seiner Haut.» Aus den Augenwinkeln erblickte sie einen Napf mit rotem Pulver und griff danach. Sie nahm einen Finger voll und zog sich einen Strich über die Stirn. Trotzig starrte sie Gisèle an. Die neigte sich vor, streckte die Hand aus und schrieb in das Rot auf ihrer Stirn ein Zeichen. Ada stellten sich sämtliche Haare auf. Dennoch vermochte sie nicht aufzuhören. Sie beschrieb die Zeremonie weiter.

«Du bist vorgetreten», sagte sie, «das Messer in deiner Hand.» Sie hielt schwer atmend inne. «Du hast ihn getötet.» Sie beobachtete, wie Gisèle die Augen schloss. «Dann hast du dir das Messer durch die Kehle gezogen», fügte sie hinzu. «Warum?»

Gisèle erzitterte und antwortete nicht. «Dieses Mädchen», flüsterte sie schließlich. Es war kaum zu verstehen. «Sie hat mich so angesehen.» Dann schwieg sie lange. «In der Klinik sagten sie, ein Ast oder ein fliegender Splitter müsse die Wunde verursacht haben.» Gisèle lauschte dem Klang ihrer eigenen Worte nach. Abrupt öffnete sie die Augen wieder.

Ada wollte ihr ein Lächeln schenken, doch das Gesicht der anderen war hart. «Ich weiß nicht, was Sie mit all dem bezwecken», begann sie. Ihre Stimme war hart und fremd.

Ada fiel ihr ins Wort. «Dieses Opfer», sagte sie schnell, «hat einen Krieg verursacht. Einen Konflikt, an dem das Dorf zugrunde gehen wird.» Sie suchte nach Worten, die rasch und klar genug ausdrücken würden, was sie meinte, doch die Erregung überwältigte sie. «Die Toten», haspelte sie, «die Grube.» Die Künstlerin kannte ja den Ausgrabungsbericht, sie musste doch begreifen. «Sie werden alle sterben.» Ada musste sich räuspern. «Wenn es nicht jemandem gelingt, sie zur Vernunft zu bringen. Jemand muss ihnen klar machen, dass …» Hilfesuchend schaute sie die Mercier an.

Die war eben dabei, ihren Dutt neu zu winden. Doch ihre Finger zitterten so sehr, dass sie es aufgab.

«Das ist absurd», begann sie erneut. «Das ist völliger Blödsinn. Warum höre ich mir das überhaupt an.» Sie starrte Ada böse an. «Sie dringen hier ein, erzählen mir eine völlig unglaubliche Geschichte. Sie beleidigen mich. Werfen mir einen Mord vor!» Ihre Stimme kippte vor Erregung. Mühsam sammelte sie sich wieder. Voller Sarkasmus fuhr sie fort: «Und wenn ich es recht verstehe, wollen Sie mir weismachen, dass ich eine Mission in der Steinzeit zu erfüllen habe. Um Menschen zu retten, die vor über siebentausend Jahren starben und an deren Tod ich Ihnen zufolge vermutlich ebenfalls schuld bin.»

«Nein …», setzte Ada an.

«Das beruhigt mich.» Die Mercier stand auf.

«Sie lassen mich nicht ausreden.»

«Ich habe Sie lange genug reden lassen.» Die Künstlerin hob abwehrend ihre Hände, als auch Ada sich erhob. «Hören Sie», setzte sie dann etwas versöhnlicher an, «es tut mir Leid, dass Sie aus der Spur geraten sind und Ihr Leben in den Sand gesetzt haben. Aber ich kann Ihnen nicht erlauben, mich als Figur in Ihren Wahnvorstellungen zu missbrauchen.»

«Wahnvorstellungen?», rief Ada. In diesem Moment sah sie die Zeichnung, die Gisèle Mercier in den Staub ihres Arbeitstisches gemalt hatte. Sie wies darauf. Mit einer heftigen Bewegung wischte die Künstlerin sie fort. Dabei riss sie sich die Hand an einem Splitter auf. Sie führte sie an den Mund und sog daran.

«Spüren Sie noch den Geschmack des Blutes im Mund?», fragte Ada. «Fühlen Sie noch die Schmerzen? Durch die Zeit geschickt zu werden ist wie eine Geburt. Erst fällt man ins Nichts, dann kommt es wie eine riesige Faust, die einen zerquetscht, und am Ende liegt man da, mit Blut und Schleim beschmiert. Sie haben es damals aus eigener Kraft nur noch bis zum Straßenrand geschafft.» Fieberhaft überlegte Ada. «Wo sind Ihre Kleider, Gisèle? Das, was Sie damals anhatten?» Irgendeinen unwiderlegbaren Beweis musste es doch geben.

Die Künstlerin starrte sie an. «Sie sind ja verrückt», flüsterte sie. Ihre Hand zuckte zu einer der Klingen, mit denen sie den Ton zu bearbeiten pflegte.

Ada sah es und bekam Angst. Ruhig bleiben, ermahnte sie sich. Sie streckte begütigend die Hand aus. «Ich kann verstehen, dass Sie verwirrt sind», sagte sie.

Die andere zuckte zurück. «Fassen Sie mich nicht an. Ewald hat mich vor Ihnen gewarnt.» Sie lachte schrill. «Er hat gesagt, Sie wären labil. Aber ich wollte ja nicht hören.» Sie rang wieder um ihre Fassung. «Und jetzt raus», sagte sie leise.

«Gisèle», widersprach Ada eindringlich.

«Raus!» Diesmal brüllte sie.

Ada zog sich einen Schritt zurück. «Sie wehren sich nur gegen das, was Sie im Grunde bereits wissen.»

Die Künstlerin schüttelte den Kopf. Ada versuchte es erneut in der Sprache des Dorfes. «Du gehörst dorthin. Sie warten auf dich. Du kannst ihnen helfen.»

«Nein!» Es war ein Schrei, schrill und hoch, ausgestoßen mit aller Verzweiflung. Sie hielt sich die Ohren zu. «Hören Sie endlich damit auf. Schluss! Schluss!» Erschöpft hielt sie inne. Es wurde still. Erschrocken starrten die beiden einander an. Einen Moment lang hörten sie nur den Atem der anderen. Irgendwo draußen klappte eine Tür. «Sie gehen jetzt besser», sagte die Mercier schließlich und zog den Saum ihres Pullovers zurecht. Ada zögerte.

«Bitte», fügte die andere leise hinzu. Da war die junge Archäologin schon an der Tür.

Draußen in der Nachtluft spürte sie erst, wie ihre Beine zitterten. Voll Schaudern dachte sie an den Moment, in dem die Künstlerin beinahe zu ihrem Messer gegriffen hätte. Sie hat schon einmal einen Menschen getötet, dachte Ada. Was habe ich nur in ihr gesehen? Was soll das Ganze überhaupt? Glaube ich wirklich, dass ein Mensch allein alles noch verändern könnte? Sie versuchte, ruhiger zu atmen und die wild wirbelnden Gedanken zurückzudrängen. Aber sie wusste, es würde ihr nicht gelingen. Das Dorf der Mütter war keine abgeschlossene Geschichte, würde es vielleicht niemals sein. Nicht, bevor sie nicht alles versucht hatte, was in ihrer Macht stand. War dieser Punkt nun erreicht? War das das Ende? Sollte sie nun einfach alle ihrem Schicksal überlassen und nach Grönland ziehen, um Knochen auszugraben, während Gisèle weiter Puppen modellierte und ignorierte, wer sie war? Wut und Resignation stritten in Ada miteinander, als sie zu den Schlafbaracken hinüberging. Sie hatte die Hand bereits auf der Türklinke liegen, als sie das Scheppern hörte.

Die Katze, war ihr erster Gedanke. Dennoch erschrak sie. Sie versuchte, sich das Gebäude vorzustellen. Zum ersten Mal machte sie sich klar, dass es eine lange Flucht verlassener Räume war, in deren Reihe nur eine Koje, die ihre, warm und bewohnt war. Ada überlegte. Neben der Tür stapelte sich noch immer der Haufen Sperrmüll und Kram, aus dem sie am ersten Abend die Metallstange gezogen hatte, um damit das Schloss zu knacken. Ohne einen Blick von der Tür zu wenden, tastete sie danach, fand eine rostige, in sich gewundene Stange und packte sie mit festem Griff. Dann öffnete sie die Tür. Ihre Hand tastete ums Eck nach dem Lichtschalter. Da lag der graue Flur vor ihr. Tür an Tür, lauter leere Zimmer. Sie ging eines nach dem anderen ab und rüttelte leicht an den Klinken. Jedes einzelne war verschlossen. Das hier hatte Karsten gehört, dieses Stephan. Dort hinten war ihr eigenes. Das Geräusch kam von da. Ada hatte schon die Hand ausgestreckt, da bemerkte sie, dass die Tür nur angelehnt war. Dann ging die Zeitschaltung aus, und es wurde dunkel auf dem Flur. Licht drang aus dem Rahmen. Ada hob ihre Waffe. Ihr Herz klopfte wild. Hinter der Tür blieb es still. Auf einmal ein Schleifen. Etwas war dort drinnen. Etwas Großes. Etwas, das in all ihren Träumen war. Sie schluckte. Vor ihren Augen wurde es schwarz. Ada holte tief Luft.

«Komm schon», schrie sie. «Zeig dich endlich. Oder glaubst du, ich habe Angst vor dir?» Zu ihrer eigenen Überraschung rief sie es in der Jägersprache. Drei schnelle Schritte waren zu hören, dann wurde die Tür ganz aufgerissen. Entschlossen holte Ada aus.

Vor ihr stand der Professor, mit zerzaustem Haar und verrutschter Brille. Das Licht hinter ihm erlaubte es Ada nicht, seinen Gesichtsausdruck zu deuten. «Ich habe ein Geräusch gehört», sagte er.

Ada stand wie eine Salzsäule. Es dauerte eine Weile, bis sie begriff, dass nicht Egbar vor ihr stand.

Langsam griff Professor Burger nach oben und nahm ihr den Stab aus den Händen. «Hier treiben sich manchmal Siebenschläfer herum, die machen einen Heidenlärm.»

«Katze», sagte Ada und musste plötzlich schlucken. Ihr Hals war ganz trocken. Sie kam sich höchst albern vor. «Es ist die Katze vom Bauernhof.» Verlegen nahm sie die Arme herunter und verschränkte sie.

«Das dumme Tier.» Der Professor machte erneut Licht im Flur. Dann trat er aus dem Zimmer und schloss sorgfältig die Tür hinter sich ab. «Außerdem war mir, als hätte ich eine Frau schreien hören.» Er senkte den Kopf, um Ada über seine Lesebrille hinweg zu betrachten.

«Ich habe nichts bemerkt», brachte die errötend hervor. «Ich gehe jetzt schlafen.»

Sie spürte den ganzen Weg bis zu ihrem Zimmer seinen Blick in ihrem Rücken. Ada schloss zweimal ab und schob den Stuhl unter die Klinke, ehe sie sich auf ihr Bett fallen ließ. O Gott, was musste er nur von ihr denken. Dann, als sie sich langsam beruhigte, begann sie sich zu fragen, was der Professor hier gewollt hatte. Von seinem Büro aus hätte er die Katze in den Schlafcontainern kaum rumoren hören können. Und woher hatte er überhaupt den Schlüssel zu diesem Zimmer? Ada schüttelte den Kopf und begann, sich auszuziehen. Auf diese Fragen gab es vermutlich ganz simple Antworten. Plausibler als die Annahme, hier triebe sich seit Wochen ein Steinzeitmensch unerkannt herum. Was war vorhin nur in sie gefahren? Hatte sie ernsthaft geglaubt, gleich Egbar gegenüberzustehen? Sie schüttelte den

Kopf, stellte das Radio an und entspannte sich ein wenig. Im Schein der Nachttischlampe griff sie zu einem Buch. Doch ihr Blick flog über die Seiten, ohne etwas aufzunehmen. Dann hielt Ada inne. Der Professor hatte sich gar nicht gewundert, dass sie in einer fremden Sprache gerufen hatte. Er hatte nicht eine Frage dazu gestellt.

TUN SIE'S

Am nächsten Morgen war die Welt zunächst wieder in ihre normalen Bahnen zurückgekehrt. Ada fühlte sich, als hätte sie einen anstrengenden Lauf hinter sich, doch sie kam nicht dazu, sich lange Gedanken über den vergangenen Tag zu machen. Das Landesamt für Denkmalpflege verwickelte sie in ein langes, unerfreuliches Gespräch. Und die holländische Klinik rief an, um den Termin einen Tag vorzuverlegen. Ada begann, sich eine Liste der Dinge zu machen, die sie einpacken musste, und nach den günstigsten Bahntarifen zu recherchieren. Dabei unterbrach sie der Professor.

Er hielt ihr eine Klarsichthülle hin. «Hier, meine Liebe, mein Gutachten über Sie für Sörensen.»

Als Ada die Blätter aus ihrer Hülle holte, begann er mit den Fingern auf den Schreibtisch zu trommeln. Sein Blick schweifte zum Fenster. Ada errötete beim Lesen vor Freude. Die Beurteilung war eine Lobeshymne, wie sie sie aus dem Mund Burgers noch nicht gehört hatte. «Sie halten mich also nicht für labil?», konnte sie sich nicht verkneifen zu fragen.

Burger räusperte sich. «Solche Fragen sollten Sie Ihrem Hausarzt stellen, Frau Schäfer. Was ich zu sagen habe, steht dort drin.»

Ada schaute auf und lächelte dankbar. «Ich werde es gleich meiner Bewerbungsmappe beilegen, dann schicke ich alles ab.»

Der Professor schüttelte den Kopf. «Sie werden es Sörensen persönlich in die Hand drücken.» Er zog ein Bahnticket heraus und legte es vor sie hin.

«Ich soll nach Dänemark fahren?», fragte Ada verblüfft. «Wann?»

«Heute noch», erwiderte Burger. «Es ist alles mit Kopenhagen abgesprochen.»

«Ja, aber …», begann Ada. Sie rechnete rasch im Kopf. Ja, doch, es war möglich, den Termin Ende der Woche in der Klinik zu halten. Und doch … Unwillkürlich wanderte ihr Blick aus dem Fenster zum Atelier der Mercier hinüber.

«Sörensen möchte einen persönlichen Eindruck», sagte der Professor streng. «Es ist ihm wichtig, die Leute vorher zu kennen, mit denen er sich für einige Wochen in die Einsamkeit der Wildnis begibt. Und ich kann ihm da nur beipflichten.» Dann wurde seine Stimme weicher. «So versäumen Sie zwar Weihnachten. Aber Sie sind doch ohnehin nicht der Typ, der groß gefeiert hätte, nicht wahr?»

Erstaunt schaute Ada ihn an. «Weihnachten?», fragte sie verdattert.

Der Professor lachte so laut, dass es beinahe das Klicken der Tür übertönt hätte. Gisèle Mercier war in den Container getreten. Sie blieb im Flur und machte Burger ein Zeichen, zu ihr hinauszukommen. Für Ada hatte sie nur einen flüchtigen Blick. Es war deutlich, dass sie das Büro nicht zu betreten wünschte.

Der Professor lachte noch immer. «Wusste ich es doch», sagte er. Dann nahm er seine Brille ab und putzte sie. «Sörensen gibt am ersten Weihnachtsfeiertag immer einen Empfang für sein Institut. Er will, dass Sie dabei sind. So lernen Sie gleich die meisten Expeditionsmitglieder kennen.» Er setzte seine Brille auf, nickte ihr abschließend zu und ging zu Gisèle, die unruhig im Flur auf und ab wanderte. Ada hörte ihre Stimme, konnte aber nichts verstehen. Gisèle sprach rasch, sie wirkte aufgeregt und ein wenig beunruhigt. Dann verschwanden beide im Büro des Professors.

Die Tür klappte zu, doch Ada bemerkte, dass sie wieder ein wenig aufsprang. Anhaltend drangen die dumpf murmelnden Stimmen zu ihr herüber. Sie versuchte, es zu ignorieren, bis sie es nicht mehr aushielt. So leise sie konnte, stand sie auf und schlich in den Flur. Sie näherte sich Burgers Büro und drückte sich neben dem Türrahmen eng an die Wand. Der Spalt starrte sie an, doch sie widerstand der Versuchung, ihr Auge dagegenzupressen. Stocksteif stand Ada da und wagte kaum zu atmen. Da begann die Mercier wieder zu sprechen. Ada verstand sie klar und deutlich.

«Ich weiß nicht, Ewald», sagte sie. Ada konnte hören, dass sie vor dem Schreibtisch des Professors auf und ab ging. Im Hintergrund rauschte der Wasserkocher. «Bei den anderen lief es ...», sie suchte offenbar nach Worten, «wie von selbst. Ich wusste jeden Handgriff im Voraus. Und jetzt bei diesem. Ich bin einfach blockiert.»

«Du bist erschöpft.» Ada hörte den Professor mit der Teekanne hantieren. «Darjeeling?»

Die Mercier seufzte. «Ein Kräutertee wäre mir lieber», hörte Ada sie zerstreut sagen. Sie musste lächeln. Auch diese Vorliebe schien die Künstlerin aus ihrem früheren Leben mitgebracht zu haben. Offenbar bekam sie das Gewünschte, denn ein paar Momente lang wurde es still. Dann fuhr sie fort: «Er war schon äußerlich so anders, viel graziler, und die großen Orbitae.» Ada lauschte mit klopfendem Herzen. Sie wusste, die Mercier zeichnete das, was sie sagte, mit den Händen in die Luft. Sie konnte es förmlich vor sich sehen. Als sie begriff, von welchem Schädel die Künstlerin sprach, traf die Erkenntnis sie wie ein Schlag.

«Stephan», flüsterte sie und schlug sich auf den Mund.

«Es ist, als wäre er etwas völlig Fremdes», jammerte die Mercier.

«Er stammt aus derselben Grube wie die anderen, das weißt du. Selbes Alter, selbe Todesart. Du kennst doch die Analysen.» Der Professor verstummte. «Na, na», sagte er schließlich tröstend. Seine Stimme schien näher zu kommen. Ada hörte Stoff rascheln. «Du hast zu viel gearbeitet in letzter Zeit. Da ist eine Blockade ganz natürlich. So seid ihr Künstler eben.»

Ada hörte die Mercier leise lachen. Dann einen Kuss. «Vielleicht hat auch der Streit mit der Schäfer dich irritiert», fuhr der Professor fort. «Ihr habt doch gestritten gestern? Ich hörte dich schreien.»

Ada hielt den Atem an, als sie ihren Namen vernahm, und presste sich unwillkürlich noch fester an die Wand. Unglücklicherweise löste sich dabei der gerahmte Druck, der dort an der Wand hing, von seinem Haken. Ada spürte, wie er ins Rutschen kam. Mit ihrem ganzen Gewicht drückte sie ihn an die Wand und versuchte gleichzeitig, mit den Händen hinter sich zu greifen, um ihn aufzufangen, ehe er auf dem Boden aufschlagen konnte. Es gelang ihr nur mit Mühe. Der Rahmen war schwer, und sie konnte nicht verhindern, dass er einmal mit einem bösen Kratzen über die Wand schabte. Der Schweiß brach Ada aus.

Einen Moment lang war es still im Zimmer hinter ihr. Ada kniff die Augen zusammen und betete.

«Ach», brach dann die Mercier das Schweigen. «Sie hat sich versehentlich auf eines meiner Modelle gesetzt. Es war keine böse Absicht. Aber ich bin einfach ausgerastet.» Ada atmete tief durch. Sie hörte Gisèle einen Schluck Tee nehmen. «Vermutlich hast du Recht, ich bin wirklich überarbeitet.» Ein Stuhl wurde gerückt, dann ein leises Klirren. «Oh», rief sie aus, «es tut mir Leid.»

«Macht nichts», sagte der Professor. Seine Stimme klang dumpf, offenbar kniete er auf dem Boden. «Kräutertee gibt keine Flecken.»

Schritte kamen näher, und Ada, das Bild noch in Händen, flüchtete eilig in ihr Büro, wo sie den Druck hinter der Tür an die Wand lehnte. Dann lief sie zu ihrem Schreibtisch und wühlte in den Schubladen. Die Erkenntnis, dass die Mercier für sie gelogen hatte, beflügelte sie.

«Wo», murmelte sie nervös, «wo steckst du? Komm schon.» Dann hatte sie gefunden, was sie suchte. Mit fliegenden Fingern schob sie die Fotografie in einen Umschlag. Ohne sich darum zu kümmern, dass sie keine Jacke anhatte, lief sie der Künstlerin nach. Sie holte sie an der Tür zum Atelier ein.

«Gisèle», rief sie atemlos.

Mit verschlossenem Gesicht drehte die andere sich um. Ihre Hand lag auf der Klinke, und ihre Haltung machte unmissverständlich klar, dass sie Ada nicht mit hineinzunehmen wünschte.

Mit gerötetem Gesicht blieb die junge Archäologin stehen. «Hier», sagte sie dann entschlossen und streckte der anderen den Briefumschlag hin. Als die keine Anstalten machte, ihn zu nehmen, ergriff Ada ihre Hand und drückte den Brief hinein. «Modellieren Sie Ihren Kopf», sagte sie. «Und wenn Sie fertig sind, dann schauen Sie sich das hier an. Dann werden Sie glauben, dass Zeitreisen möglich sind.»

Die Mercier starrte sie nur an.

«Tun Sie's», sagte Ada beschwörend. Damit wandte sie sich um und lief zurück. Ihr Zug fuhr in zwei Stunden.

UNTERWEGS, ABER WOHIN?

Jaro lehnte am Stamm einer Buche und schaute über die Ebene, die sich vor ihm auftat. Es dämmerte bereits. Den ganzen Tag schon hatte sich die Sonne hinter einer dicken Wolkenschicht versteckt. Bald würde das zähflüssige Grau des Himmels sich endgültig verdunkeln. «Der kürzeste Tag», murmelte Jaro. Dann klopfte er aufmunternd das Fell seines Hundes. «Das Schlimmste hätten wir überstanden.» Die längste Nacht stand ihnen noch bevor, doch das wollte er nicht aussprechen.

Jaro machte sich an den Abstieg. Er versuchte, die Gedanken daran zu verdrängen, dass er diese Nacht üblicherweise in Umets Dorf verbrachte, in der gemütlichen Wärme einer Feuerstelle, mit einer Menge Menschen um sich herum, die gemeinsam den unheilvollen Einflüssen der langen Dunkelheit trotzte. Die Priesterin war gegen Mitternacht aufgestanden und hatte allen erzählt, wie die Große Mutter einst die Sonne gebar. Es war ein langer Sprechgesang, und obwohl jeder ihn auswendig kannte, hingen doch alle an ihren Lippen, so wie sie an der Hoffnung hingen, dass das Licht zu ihnen zurückkäme.

Dann waren sie hinausgegangen in den Schnee und hatten große Büschel aus Zweigen und Stroh angezündet. Die Männer hatten gewetteifert, wer seines am höchsten und weitesten über die Klippen schleudern könne. Und so flogen die Flammenbälle wie Meteore in die Dunkelheit, lodernd und prasselnd, erst steigend, dann schnell mit langem Schweif dem Fluss entgegensinkend, auf dessen Eis sie in kalten Jahren wie diesem zischend zerbarsten.

Unwillkürlich hielt Jaro am Himmel nach solchen Feuerzeichen Ausschau. Doch dort waberte und wanderte lediglich eine dicke Wolkenschicht. Kein Licht erhellte sie, knapp über dem Horizont klaffte ein Riss, durch den ein böses Türkis schimmerte. Jaro schüttelte den Kopf über sich. Was tat er da nur? Es war noch zu früh, und das Dorf viel zu weit. Er wusste nicht, ob bei Dardanod und seinen Freunden der Brauch üblich war, er war nie im Winter dort gewesen. Und selbst wenn: Es trennte ihn noch der Höhenzug dort drüben von den Hütten seiner Freunde. Er würde ihre wärmenden Feuer heute sicher nicht sehen – und auch morgen nicht, wenn er die Nacht nicht durchlief. Und diese Nacht, das wusste er, wollte er gewiss nicht allein unterwegs sein. Die Große Mutter mochte in allem sein, auch in der Finsternis. Aber diese Nacht, mit ihrer Ahnung des Todes, des ewigen Dunkels, sie war ihm unheimlich. Und war nicht ohnehin alles, was er gelernt hatte, ins Wanken geraten?

Hätte er sich an die alten Gewissheiten gehalten, säße er jetzt bei Umet und den anderen und genösse mit ihnen die berauschende Wirkung des Mets und der Gemeinschaft. Aber er hatte all dies weggeworfen, hatte sich an eine neue Hoffnung geklammert, ein vages Licht und den Klang eines Namens, den er nicht vergessen konnte: Ada.

Ada, die glaubte, dass der Mensch sein Schicksal in die Hand nehmen könne. Dabei war keine ihm zerbrechlicher erschienen, unsicherer, getriebener. Schon bei ihrer ersten Begegnung hatte er sie so gesehen. Als wäre sie nicht von dieser Welt, sondern etwas anderes, etwas Besonderes. Sie war ihm einsam erschienen auf eine Weise, die er aus den Dorfgemeinschaften nicht kannte. Und er, der überall so gern gesehen und doch nirgends zu Hause war, er hatte sich ihr sofort verwandt gefühlt. Mit überwältigender Sicherheit hatte er gespürt, dass sie zusammengehörten. Noch nie war ihm das bei einer Frau geschehen, und er hatte viele gekannt. Sei ehrlich, sagte er in Gedanken zu sich selbst. Du hattest in jedem Dorf eine. Und diese, die einzige, die er auf eine ihm noch nicht bekannte Art haben wollte, konnte er nicht bekommen. Jaro ballte die Faust, als er daran dachte, wie Hogar sie ihm verweigert hatte. Er war verrückt gewesen an jenem Abend, wie im Fieber. Eine Art Wahnsinn hatte ihn ergriffen, und er hatte all seine Besitztümer für die fremde Frau geboten. Ihm war, als hätte er um sein Leben gefeilscht. Aber Ular hatte sie erhalten, und er hatte ihre Schreie gehört. Da war er geflüchtet. Noch einmal hieb Jaro gegen den Stamm, der Schmerz tat ihm wohl. Nein, er hatte sie nicht mitnehmen können; die Speere des ganzen Stammes hatten sich auf ihn gerichtet. Und eine Flucht durch den Wald wäre aussichtslos gewesen. Hatte er ihr je gesagt, was er empfand, als er sie zurückließ an jenem Morgen?

«Ich hätte es ihr erklären sollen», sagte er laut. Der Hund an seiner Seite blaffte fröhlich.

Wie es wohl gewesen wäre, den Abend mit Ada zu verbringen? Jaro sah ihre dunklen Augen vor sich, in denen der Widerschein der Flammen schimmerte, wie damals, bei ihrem ersten Fest im Dorf der Mütter. Er roch den Duft ihres Haares, das unter seinen Händen knisterte. Sie hob die Arme und drehte sich vor ihm, lachend, tanzend. Nie war sie ihm so schön erschienen, so warm und lebendig. Er streckte die Arme nach ihr aus, doch sie entzog sich ihm in einigen Tanzfiguren und bewegte sich von ihm fort. Bleib, rief er in Gedanken. Warte, ich komme zu dir. Dann erwachte er aus seiner Vision. Von der Wärme war nichts geblieben als ein violetter Streifen am eisigen Horizont. Blaue Schatten lagen über dem Schnee und griffen nach ihm. Eilig begann er mit dem Abstieg.

Ada lehnte den Kopf an die schwarze Scheibe, hinter der nur von Zeit zu Zeit ein paar Lichter vorbeizogen, Städte, Fenster, beleuchtete Christbäume. Weihnachten, dachte sie verblüfft und konnte noch immer nichts damit anfangen. Sie war wahrhaftig nicht wieder in dieser Welt angekommen. Ihre ganze Geschäftigkeit hatte das nur übertüncht. Auch jetzt war sie wieder unterwegs. In den hohen Norden. War das der richtige Weg? Sie legte einen Arm um ihren Bauch und nahm ihn dann wieder weg, als hätte sie sich verbrannt. Diese ewige Zugfahrt. Seufzend suchte sie eine andere Sitzposition. Nein, beschloss sie dann, sie würde nicht die ganze Zeit damit verbringen, fruchtlos zu grübeln. Energisch griff sie nach dem Stapel Zeitschriften, den sie sich am Bahnhof gekauft hatte, und blätterte darin herum. Da klingelte ihr Handy.

«Ja?», rief sie gegen das Rauschen und warf der Frau, die ihr gegenübersaß, einen entschuldigenden Blick zu. Diese ließ ihre Blicke aus dem Fenster schweifen, um anzudeuten, dass sie Adas Privatsphäre akzeptierte.

Angestrengt lauschte Ada dem Wust von Geräuschen, der aus dem kleinen Gerät drang. «Mutter?», rief sie schließlich ungläubig. «Wer hat dir diese Nummer gegeben?»

«Professor Burger hat gesagt, du bist wieder da.» Die Stimme drang, unterbrochen von Knacksen und Rauschen, an Adas Ohr. «Was hast du dir dabei gedacht, dich nicht zu melden?»

«Ich hab eine Postkarte geschrieben», sagte Ada.

«... nicht bekommen», schnarrte es aus dem Hörer. «... Toskana.»

«Was machst du in der Toskana?», fragte Ada mäßig interessiert und lauschte. «Ach, Töpfern?»

Ihre Mutter erklärte etwas, was weitgehend im Rauschen des Telefons unterging. «Professor macht sich Sorgen», fing Ada dann auf.

«Burger? Um mich?» Ada wollte es nicht glauben. Doch ihre Mutter bestand darauf.

«Er meint, du wärst ein wenig durcheinander.» Sie machte eine Pause. «Kind, wo bist du gewesen?» Zum ersten Mal hörte man ihrer Stimme an, dass sie sich Sorgen machte.

Ada schüttelte den Kopf. «Nicht so wichtig, Mama.»

Eine Weile blieb es im Hörer still. «Du bist wie dein Vater», seufzte Frau Schäfer schließlich.

Ada biss sich auf die Lippen. Beleidigen kann ich mich selber, dachte sie. Doch sie sagte nichts.

«Willst du nicht herkommen über die Feiertage?», fragte ihre Mutter. «Es ist wirklich phantastisch hier. Eine alte Mühle. Und Wellness-Angebote. Du könntest ausspannen und …»

«… töpfern.» Adas Stimme war trocken.

«Es ist nicht alles wertlos, was ich tue, weißt du?»

Ada schwieg. Wie sollte sie ihrer Mutter erklären, dass sie im Augenblick nicht den Kopf frei genug hatte, um in einer toskanischen Mühle mit Ton rumzumatschen. Ich habe eine Abtreibung vor mir, sagte sie sich, und allein bei dem Gedanken schossen ihr die Tränen in die Augen. Ich muss auf eine Grönland-Expedition. Und eine Steinzeitfrau nach Hause bringen. Es war wirklich absurd. Einen Moment lang erwog sie, ihrer Mutter von der Schwangerschaft zu erzählen, nur um zu hören, wie sie reagieren würde. Doch dann ließ sie es bleiben. Noch immer hatte niemand etwas gesagt.

«Ich sehe schon», meinte Frau Schäfer schließlich pikiert. Ein Tunnel ersparte ihnen Abschiedsfloskeln.

Ada schaltete das Gerät ab. Dann schlug sie mit der Faust gegen die Scheibe.

«Familie», sagte die Frau ihr gegenüber. Ada schaute auf und sah eine Zigarettenschachtel, die die andere ihr hinhielt. Sie schüttelte den Kopf.

«Ich bin Nichtraucherin», sagte sie höflich.

Die Frau lachte. «Dann bleibt Ihnen dieser Ausweg versperrt.» Sie steckte die Packung weg. «Ich habe nach dem letzten Gespräch mit meiner Mutter damit angefangen.» Sie blies einen blauen Rauchring in die Luft.

«Und», fragte Ada, «hilft es?»

Ihr Gegenüber zuckte mit den Schultern. «Wenn ich dann erst mal Lungenkrebs habe, wird es mich sicher von meinen anderen Sorgen ablenken.»

Ada lächelte höflich. Die Fremde legte den Kopf schräg und musterte sie mit leicht zusammengekniffenen Augen durch den Rauch ihrer Zigarette hindurch. «Sie stecken aber wahrhaft tief in der Weihnachtskrise», sagte sie und schnippte die Asche weg.

Ada betrachtete sie einen Moment. Die andere war jung, etwa in ihrem Alter, sie wirkte intelligent, unabhängig, ein wenig spöttisch und war Ada spontan sympathisch. Dennoch war es unmöglich. Sie schüttelte den Kopf. «Wenn ich Ihnen jetzt sagen würde, dass ich diesen Sommer durch ein Zeitloch gefallen bin und ein paar Monate in der Steinzeit verbracht habe», begann Ada, «würde Sie das irritieren?»

Die andere blinzelte. «Allerdings», sagte sie verblüfft. Ihr Lächeln verschwand langsam. Ada wandte den Kopf wieder der Scheibe zu, um dem argwöhnischen Blick nicht zu begegnen. Die andere stand auf und verschwand für einige Minuten; am nächsten Bahnhof stieg sie aus.

Das Licht wurde ungewiss, und Jaro war bald gezwungen, seine Schritte vorsichtiger zu setzen. Hier weiter oben am Fluss lag der Schnee nicht mehr so hoch. Doch viel Windbruch hatte sich zwischen den Stämmen gesammelt, groß wie Biberbauten, und lose Steine machten den Abstieg zu einem Risiko. Mehr als einmal schon war Jaro in seiner Ungeduld ausgerutscht und ein

Stück hangabwärts geschlittert, aufgefangen nur von einem Ast oder einem Haselgestrüpp. Er inspizierte sein blutendes Knie, versuchte es erneut, verlor das Gleichgewicht und musste schließlich einsehen, dass es das Risiko nicht wert war, sich hier den Hals zu brechen. «Ein Bein würde schon genügen», murmelte er vor sich hin und suchte im verbleibenden Licht nach einer Schlafgelegenheit.

Schließlich entdeckte er eine Steinformation, die eine Höhlung oder zumindest eine größere Mulde zu umschließen schien. Abgebrochene Äste lagen quer über dem Eingang, der ein wenig in den Himmel zeigte, und Schnee hatte sich darauf gefangen, deshalb war das Ganze nicht einzusehen. Jaro ging vorsichtig näher. Als sein Hund bellte, legte er ihm beruhigend die Hand auf den Kopf. «Ja, ich habe es auch gesehen», sagte er, «eine Höhle, ganz ohne Zweifel.» Er streckte die Hand aus und zog einen der Äste beiseite. Schnee rieselte und gab eine dunkle Öffnung frei, größer, als er gehofft hatte. Er würde bequem hineinpassen.

Aus der Kehle seines Begleiters stieg ein dumpfes Grollen. Jaro hob die Hand und verschloss ihm die Schnauze. Eine zweite Warnung war nicht nötig, er hatte es ebenfalls gerochen. Der scharfe Dunst des Raubtieres, der ihnen aus der Öffnung entgegenschlug, war unverkennbar. Unwillkürlich ließ er den Ast fallen und trat einen Schritt zurück. Dann noch einen. Dabei stieß er gegen einen Stein und stolperte. Der Hund machte sich los und sprang bellend vor.

«Ksch», rief Jaro. «Hierher.» Doch das Tier ließ sich nicht beruhigen. Laut hallte seine Stimme durch die hereinbrechende Nacht. Vergeblich rief und pfiff Jaro und versuchte, ihn wieder einzufangen. Als er den Hund endlich geschnappt hatte und seine Hand energisch um die aufgeregte Schnauze schloss, als es endlich wieder still wurde, war es zu spät. Aus der Tiefe der Höhle heraus drang ein dunkles Brummen.

Jaro sah die Schnauze des Tieres sich aus der Höhle schieben. Er hob seinen Speer und stieß zu. Der Bär brüllte. Jaro hatte das Auge verfehlt. Die Steinklinge war abgeglitten und seitlich in den Hals des zottigen Riesen eingedrungen, der sich nun zu seiner vollen Größe erhob. Mit aller Kraft hielt Jaro seinen Speer fest und zog. Als die Klinge sich löste, stolperte er einige Schritte zurück. Doch zum Glück blieb der Schaft heil; er hielt seine Waffe unzerstört in Händen. Der Bär kam einige Schritte auf den Hinterpfoten auf ihn zu, es sah aus, als plane er eine tapsige Umarmung. Jaro behielt die Tatzen mit den messerscharfen Krallen im Auge, während er zurückwich. Bären wirken schwerfällig, aber sie können unglaublich schnell sein. Er verfluchte die Dunkelheit, die es ihm nicht erlaubte, mehr als den Umriss des Tieres zu sehen und die leuchtenden Zähne. Er setzte seine Schritte auf gut Glück nach hinten. Da versetzte ihm etwas einen Schlag.

Jaro war gegen einen Baum geprallt. Die Luft fuhr pfeifend aus seinen Lungen. Für einen Augenblick war er wie erstarrt. Diesen Moment wählte der Bär, um zuzuschlagen. Jaro sah die Pranke kommen und begriff im selben Moment, dass er nicht mehr würde ausweichen können. Plötzlich jedoch hielt der Bär inne und fuhr herum. Der Hund war herangekommen. Er sprang dem Angreifer in den Pelz und biss sich dort fest. Es war eine harmlose Stelle, doch das große Tier fühlte sich gestört und geriet in Wut. Der Prankenhieb traf Jaros armen Begleiter, der jaulend ins Gebüsch flog. Jaro nutzte die Pause, um sich wegzuducken. Er wandte sich um und tauchte hinter den Stamm. Die scharfen Krallen des Raubtieres fetzten über die Rinde, wo er eben noch gestanden hatte. Holzsplitter flogen dem Händler um die Ohren. Geduckt rannte er zum nächsten Stamm, sprang auf einen Stein, einen Felsen. Als er sich umwandte, starrte er dem großen Tier direkt ins Gesicht. Er hob den Speer und stieß zu.

Jaro fühlte die Klauen über seine Schulter streifen, wo sie ein Feuer entzündeten. Doch der Speer fand sein Ziel. Mit einem schrillen Röhren brach das Tier zusammen, die Waffe steckte tief in seinem Rachen. Auf allen vieren stehend schaukelte es vor und zurück, schüttelte den mächtigen Kopf und warf sich gegen die umliegenden Stämme, um die schmerzhafte Steinklinge in seinem Maul loszuwerden. Holz krachte, und Erde flog umher. Den Mann auf dem Felsen beachtete es nicht mehr.

Jaro stand aufrecht. Den Schmerz in seiner Schulter ignorierend, griff er nach seinem Köcher. Es war inzwischen fast völlig finster, doch das Ziel zu seinen Füßen konnte er kaum verfehlen. Pfeil um Pfeil schickte er gegen die dunkle Masse, die sich unter ihm bäumte und wälzte. Schaft um Schaft blieb zitternd in dem dichten Fell stecken. Und noch immer war kein Ende des Kampfes. Wieder richtete der Bär sich auf, als hätte er endlich erkannt, wo die Quelle all seiner Plagen saß. Mit aufgerissenem Maul taumelte er auf den Felsen zu. Jaro griff nach seinem letzten Pfeil. Die Distanz war zu kurz für einen Schuss, also rammte er ihm dem Angreifer mit der Faust ins Auge.

Der Bär brach zu seinen Füßen zusammen. Durch das Leder der Schuhe hindurch spürte Jaro den letzten warmen Hauch seines Atems.

Im Wald dahinter jaulte etwas. Jaro pfiff. Mit einem Satz sprang er über den Kadaver hinweg auf den Waldboden. Zwischen den Bäumen kam ihm taumelnd sein Hund entgegen. Jaro kniete sich hin und untersuchte ihn, so gut er es in der Dunkelheit vermochte. Er spürte Blut an seinen Fingern, und eine Rippe schien gebrochen. Das Tier wimmerte, als er es sich auf die Schultern hob. «Na, komm schon», sagte Jaro. «Die Höhle haben wir uns wahrhaftig verdient.»

BEGEGNUNGEN

Müde stieß Ada die Tür zu ihrem Zimmer auf. Hagel prasselte gegen die Scheiben, in ihren Haaren und auf dem Kragen ihrer Jacke hing er noch immer in dicken Körnern, die nur langsam schmolzen. Gott, war sie müde! Die lange Reise und die Gespräche mit den fremden Menschen hatten sie ausgelaugt. Sie war es nicht mehr gewohnt, sich unter so vielen Leuten zu bewegen. Die Gemeinschaften der Jäger und Bauern waren übersichtlich gewesen, und die letzten Wochen über im Camp hatte sie außer Gisèle und dem Professor kaum einen Menschen gesehen. Ada hatte die Straßen der Großstadt Kopenhagen mit ihrem Gewimmel kaum ertragen.

Und dann die Weihnachtsparty: laute Musik und ein Wald von Gesichtern. Wie viele Hände hatte sie nicht geschüttelt, wie viele Namen wiederholt, die ihr doch im Moment alle gleichgültig gewesen waren. Vergebens hatte sie sich streng ermahnt, dass das nicht sein durfte, ihre Zukunft hing von diesen Leuten ab. Also hatte sie sich zu Aufmerksamkeit und einem verbindlichen Lächeln gezwungen. In Grönland, tröstete sie sich, würden sie einander schon sehr bald besser kennen lernen. Dort in der Einöde zwischen Moschusochsen und Eisbären. Noch konnte sie sich nichts davon vorstellen. Sie schüttelte noch immer ungläubig den Kopf, wenn sie an die zahllosen Anekdoten über die gefährlichen Bären dachte, die man zum Besten gegeben hatte.

«Er rief: ‹ein Eisbär›», hatte der norwegische Geologe erzählt, der sie mit einem Campari versorgt hatte. «Und ich dachte, er spinnt. Aber dann streckt er seinen Arm mit dem Teller aus dem Zelt. Und als er ihn wieder reinholt, was soll ich sagen, ist der Teller ratzeputz leer. ‹Ein Eisbär›, wiederholte dieser Irre nur. Diesmal glaubte ich ihm. Mann, die Nacht haben wir gar nicht gut geschlafen.»

«Haben Sie selber schon mal einen gesehen?», hatte Ada gefragt und flüchtig daran gedacht, dass Ular von einem Bären das halbe Ohr abgerissen worden war.

Der gutgelaunte Mann lachte, laut und dröhnend. «Wenn Sie einen sehen, ist es in der Regel zu spät. Um diese Jahreszeit kommen sie nur so weit nach Süden, wenn sie Hunger haben. Tja, und wenn so ein Bär Hunger hat ...» Er hatte den Satz nicht beendet. Ada widerstand der Versuchung, ihm ihre Wolfsnarbe zu zeigen, und rettete sich ans kalte Buffet. Das zumindest war erfreulich gewesen.

Ada hob ihren Rucksack hoch und hievte ihn ins Zimmer. Ihr Magen knurrte vernehmlich. Doch sie war zu spät angekommen. Das Lokal in der kleinen Stadt hatte schon zugehabt und der Taxifahrer auf ihre Frage, wo man um diese Zeit noch einen Imbiss bekommen könnte, nur die Schultern gezuckt. Sie würde sich für heute mit einem der Schokoriegel begnügen, die sie in ihrem Spind hortete.

«Hallo», sagte eine bekannte Stimme. Ada riss den Kopf hoch. Dort saß Stephan und starrte sie an.

«Ich wollte Ihnen Ihr Foto zurückgeben.» Gisèle Mercier ließ die Hände mit dem Kopf sinken, stellte ihn auf den Tisch und griff stattdessen nach dem Umschlag, den Ada ihr vor ihrer Reise überreicht hatte. Mechanisch nahm die junge Archäologin ihn entgegen und zog das Bild heraus. Sie betrachtete es lange, es war ihr wohlvertraut: ein Schnappschuss in Schwarzweiß, den irgendjemand bei einer der letzten Kampagnen geschossen hatte. Arm in Arm standen dort Karsten Jensen, Stephan und sie selbst am Rand einer Ausgrabungsstätte. Stephan in der Mitte lachte mit offenem Mund in die Kamera, während Wind ihm das lockige Haar in die Augen wehte.

«Sie sind in Wirklichkeit heller», sagte sie und streckte die Hand aus, um dem modellierten Kopf durch die weichen, braunen Locken zu streichen. «Aber seine Augen sind genau so.»

«Ich wusste irgendwie, dass sie blau sein würden», sagte Gisèle. «Aber ich war nicht sicher.» Sie schwieg einen Moment. «Er war ein Freund von Ihnen?»

Ada nickte.

«Ist er der Vater Ihres Kindes?»

Völlig verblüfft öffnete Ada den Mund. Sie versuchte, etwas zu sagen, doch es ging nicht. Sie konnte nur den Kopf schütteln. Und in diesem Moment kamen ihr die Tränen. Heiß rannen sie ihr über die Wangen, ohne dass sie sie aufzuhalten vermocht hätte.

«Erzählen Sie es mir», sagte die Künstlerin.

Ada ließ ihre Tasche auf den Boden fallen und sank auf die Bettkante. So saß sie eine Weile und starrte auf ihre Hände. «Ich weiß nicht, wo ich anfangen soll», sagte sie spröde.

«Dort, wo Sie beide verschwanden», erwiderte Gisèle. «Vor über sechs Monaten.»

Und Ada erzählte.

Als sie fertig war, nahm Gisèle sie in den Arm. Ada wehrte sich nicht. Sie war erleichtert, endlich alles ausgesprochen zu haben. Das Beichten hatte sie wohlig erschöpft. Gisèles Gegenwart tat ihr so gut wie die Zuwendung Taritos damals nach der Befragung durch den Rat. Die Künstlerin roch anders als die Heilerin, nach Chanel Nr. 5, nicht nach Taritos Mischung aus Wolle, Milch und Blumen. Aber sie verströmte dieselbe Wärme und denselben Trost.

Gisèle hingegen starrte über Adas Kopf hinweg. «Dardanod», wiederholte sie verträumt. Es war einer der vielen Namen, die mit Adas Geschichte an ihr vorübergezogen waren.

Ada setzte sich auf. Sie wischte sich mit der Hand über die Nase. «Ja», sagte sie. «Er ist der Anführer der Männer.» Sie suchte nach einem Taschentuch. «Er hat etwas von einem gutmütigen Löwen», fügte sie hinzu und musste lächeln bei der Erinnerung. «Aber etwa Ihre Haarfarbe.»

Auch Gisèle lächelte, mit abwesendem Blick. Doch dann wurde ihr Gesicht schreckensstarr. Die Farbe wich daraus, der Teint wurde stumpf. Mit jeder Sekunde schien ihr Gesicht zusammenzuschrumpfen. «Dardanod.»

Ada bemerkte es nicht. «Ich kann Ihnen eine Zeichnung von ihm machen», bot sie an, nachdem sie sich geschnäuzt hatte.

Heftig schüttelte Gisèle den Kopf. «Das ist nicht nötig», stieß sie hervor. Dann schlug sie mit einem Aufschrei die Hände vors Gesicht. Als Ada sich ihr nähern wollte, wehrte sie ab.

«Nein, nein. Es ist gut.» Sie stolperte zur Tür.

«Es hagelt», rief Ada ihr hinterher und wollte ihr ihre Jacke anbieten. Aber Gisèle lief den Gang hinunter wie eine Getriebene. Ratlos schaute Ada ihr nach. Dann ging sie zurück in ihr Zimmer und schloss die Tür. Dort lag noch immer Stephans Kopf. Ada nahm ihn und setzte sich wieder aufs Bett. Mechanisch streichelte sie die dunklen Locken. Ihre Gedanken kreisten um das eben Erlebte, doch die Müdigkeit zehrte an ihr. Sätze hallten in ihrem Kopf wider wie verzögerte Echos. Als stecke alles in Kleister fest, bewegten sich alle Bilder quälend langsam und schienen am Ende doch nichts zu bedeuten. In trägen Schlieren ging es hinab, dem Schlaf entgegen. Nur der kleine Totenkopf in Adas Schoß hüpfte lebhaft und kicherte dabei.

Ada hörte sein Gelächter noch, als sie an der Schulter gerüttelt wurde.

DAS LACHEN DES TOTENKOPFES

«Ada! Ada!»

Mit einem widerstrebenden Seufzen wurde sie wach. Sie glaubte, nur wenige Minuten dagelegen zu haben. Doch als sie Gisèles Gesicht über sich sah, wusste sie, es mussten Stunden gewesen sein. Aus den Haaren der Künstlerin tropfte es. Völlig durchnässt klebten sie ihr um das Gesicht, wie die Schlangen eines Medusenhauptes. Im halbaufgelösten Knoten schienen sie zu einem eisigen Klumpen gefroren.

Das Kajal lief in schwarzen Schlieren über ihr Gesicht, das kalkweiß war. Ihre Lippen, blau gefroren, bebten. Sie sah entsetzlich aus. Und es lag eine harte Entschlossenheit in ihren Augen.

«Sie können mich doch hinbringen?», fragte sie.

«Wie?» Ada brauchte eine Weile, bis sie begriff, doch dann nickte sie. Erst langsam, dann entschlossener. «Glauben Sie, Sie können etwas tun?», fragte sie hoffnungsvoll. Die letzten Reste des Schlafs fielen von ihr ab. Sie richtete sich auf.

«Ich muss», sagte Gisèle. Sie hustete.

Ada reichte ihr ein Handtuch, das sie mechanisch ergriff. «Ich bin die Priesterin.»

«Ich weiß», sagte Ada weich.

Wütend starrte die andere sie an. Dann lächelte sie bitter. «Vielleicht wissen Sie es wirklich. Sogar dieses kleine Mädchen wusste es. Ich habe es in ihrem Blick gelesen.»

«Sirino», sagte Ada.

«Ja, Sirino.» Die Stimme der Künstlerin klang hart. Dann stieß sie bebend die Luft aus. «Aber wissen Sie, es schien damals so einfach. Dieser Junge, er hatte ein Stück Vieh erlegt, eine unserer kostbaren Kühe. Wo die Scheuern ohnehin leer waren ...» Sie schaute Ada an. «Ich weiß nicht, ob Sie begreifen, was das bedeutete.»

Ada nickte und streichelte ihr den Arm.

«Alle waren so wütend», fuhr Gisèle fort. «So verzweifelt. Sie hätten ihn beinahe auf der Stelle umgebracht. Tarito sagte, sie wüsste gar nicht, ob sie ihn durchbringen würde.» Ihre Stimme brach für einen Moment. «Sie hat ihm dann einen Trank gegeben, damit er aufrecht stehen konnte.» Sie hob den Blick zum Fenster, als könnte sie dort die ganze Szene noch einmal sehen. «Er lächelte sogar.»

Ada folgte ihrem Blick. Es tagte schon; wie Milch und Blut vermischten sich am Himmel die Farben. Sie schwieg.

«Ich, ich wusste, dass es falsch war.» Gisèle wehrte sich gegen den unausgesprochenen Vorwurf. «Aber ...» Ihre Hände griffen in die Luft, als wolle sie nach den richtigen Worten haschen. «Dardanod wusste es besser. Er war bereit, war immer bereit gewesen.» Sie senkte den Kopf. «Aber ich war es nicht. Alle stützten sich so auf ihn, er und seine Kraft gaben uns die Zuversicht, diesen Winter zu überstehen. Und Maliko war damals schwanger von ihm. Und, und ... Ich wollte ihn nicht verlieren», brach es schließlich aus ihr heraus.

Ada versuchte zu begreifen, was sie da hörte. «Dardanod war für das Opfer vorgesehen?», fragte sie ungläubig.

Gisèle Mercier schaute sie an und lächelte. «Natürlich», sagte sie. «Ich bin die Priesterin. Und er ist mein Bruder.»

Ein Pfeil sirrte an Jaros Kopf vorbei. Mit hartem Tock schlug er neben seinem Gesicht in den Baumstamm ein. Der Händler fuhr herum. Niemand war zu sehen. Von dem Weidengestrüpp auf der anderen Seite der Lichtung rieselte der Schnee. Morgenröte färbte zart die weißen Schneewolken, und der Atemdunst seines Mundes verschmolz mit dem Frühnebel zwischen den Stämmen.

Jaro griff nach dem Pfeil und zog ihn aus dem Holz. Er war mit Vorsatz danebengelenkt worden. Der Angreifer hatte ihn nur warnen wollen. Doch der nächste würde treffen. «Zeig dich», rief er, bemüht, seine Nervosität nicht zu offenbaren.

Es raschelte, noch mehr Schnee fiel von den Zweigen. Dann traten nacheinander drei Männer auf die Lichtung. Erleichtert erkannte Jaro Nagdar, Ular und Egbar. Doch er erschrak über den Blick, mit dem der Junge ihn ansah. Dennoch trat er ein paar Schritte vor und hob die Hände zur Begrüßung. «Das ist nicht der Empfang, den Hogars Sippe mir zu bereiten pflegt», rief er in einem Ton vorwurfsvoller Herzlichkeit.

Egbar spuckte in den Schnee. «Du warst auch noch nie um diese Zeit in der Gegend», gab er in trockenem Ton zurück. «Und Hogar führt diese Sippe nicht mehr.»

Jaro nickte. «Ich habe deinen Vater mit begraben», sagte er.

«Was willst du?», kam es knapp zurück. Egbar schien nicht milde gestimmt.

Jaro zögerte. Sein Blick wanderte von einem zum anderen. Egbar hatte sich verändert. Sein Blick war nervös und unstet geworden, sein Mund hatte einen verbissenen Zug bekommen. Er trug die Haare nun länger, er hatte sie hoch auf dem Kopf zu einem Knoten zusammengefasst. Nagdar besaß noch immer die ihm eigene Gelassenheit, aber seine Offenheit war verschwunden. Jaro bemerkte an ihm denselben Zug grimmiger Entschlossenheit wie an Egbar. Entschlossen, überlegte er bei sich, aber wozu? Als Letzten fasste er Ular ins Auge, der düster zurückstarrte. Er weiß es, dachte Jaro betroffen. Er weiß es, und er hasst mich dafür. Der erste Moment der Furcht wich einer bitteren Genugtuung. Du hasst mich nicht mehr als ich dich, Ular, sagte er sich und reckte das Kinn. Aber Ada ist nicht dein Besitz, und ich werde dich das lehren.

Laut sagte er: «Ich will ins Dorf. Ich habe dort noch etwas zu erledigen.» Dabei tastete er unauffällig nach seinem Speer.

Egbar schüttelte den Kopf. «Das geht nicht», verkündete er.

Jaro wiegte den Kopf, als hätte er mit dieser Antwort schon gerechnet. «Die Wege gehören dir nicht, Jäger», sagte er. «Die Händler sind frei, auf ihnen zu wandeln. So war das schon immer.» Er zwang sich zu einem Lächeln.

Egbar reagierte nicht.

Jaro überlegte einen Moment, dann machte er einen Schritt nach vorne. In einer Bewegung hatten die drei anderen zu ihren Speeren gegriffen und versperrten ihm den Weg.

«Du brichst das Herkommen, Egbar», mahnte Jaro. Er sah das Flackern in Nagdars Augen und den raschen, verunsicherten Blick, den er seinem Anführer zuwarf. Doch Egbar stand unerschütterlich.

«Die dort», rief er und schüttelte seine Faust in die Richtung des Dorfes, «die haben sich gegen jedes Herkommen versündigt. Und du wagst es, von uns etwas zu fordern?» Wütend bleckte er die Zähne.

«Lass mich vorbei, Egbar.» Jaro griff nach seiner Waffe. Sofort fielen die drei über ihn her. Nach einem heftigen, wortlosen Gerangel hatten sie ihm den Speer und den Bogen entwendet. Mit einem Knurren stieß Ular den Entwaffneten zu Boden. Egbar trat vor und zerbrach den Schaft von Jaros Speer über seinem Knie. «Kehr um, Händler», sagte er verächtlich, «hier gibt es nichts für dich.» Er wandte sich zum Gehen. Da blieb er noch einmal stehen. «Das Dorf», rief er über die Schulter, «gibt es nicht mehr.»

«Was?», brüllte Jaro. Wütend rappelte er sich auf. «Was faselst du da!»

Hastig warf Nagdar ihm den unbeschädigten Bogen hin. Sein Blick schien Jaro etwas sagen zu wollen, was dieser nicht zu enträtseln vermochte. «Komm uns nicht in die Quere», flüsterte er. «Es ist ihm ernst.»

«Ja … aber …» Völlig entgeistert stand Jaro im Schnee und starrte den dreien nach. Was hatte das alles zu bedeuten? Und wo wollten die Jäger hin? Jaro betrachtete ihre Spuren, die von ihm fort nach Süden zogen. Und er wusste es. Angst stieg in ihm auf. Er musste sich beeilen. Wenn es nicht schon zu spät war.

DIE RÜCKKEHR

«Wir gehen sofort», sagte Gisèle mit fordernder Stimme. «Du kannst mich doch hinbringen?» Ada nickte. «Gut. Ich will mich nur umziehen und ein paar Sachen packen. Wir treffen uns am Eingang.»

Wortlos stimmte Ada zu. Als sie allein war, saß sie einen Moment wie gelähmt da. Es sollte also tatsächlich geschehen. Dann aber kam Leben in sie. Ihre Gedanken begannen sich zu überschlagen. Umziehen, hatte Gisèle gesagt. Sie meinte vermutlich etwas Warmes, Praktisches. Drüben aber würde sie die Kleidung des Dorfes brauchen. Ada war schon an ihrem Spind und wühlte die Tüte hervor, in der sie ihre Steinzeitkleider verborgen hatte. Sie drückte das Bündel an sich. Es würde Gisèle gute Dienste leisten. Und ein Messer sollte sie nicht vergessen, man wusste nie. Ada schaute sich um. In ihrem Zimmer gab es nichts dergleichen. Aber im Büro hatte sie in einer Schublade ein Klappmesser, mit dem sie manchmal Lehm von irgendwelchen Tonscherben gekratzt hatte. Dort lag auch die Taschenlampe. Sie warf einen kurzen Blick hinaus. Es wurde langsam heller, doch das Licht blieb trüb. Eine Lampe wäre auf ihrem Weg sicher hilfreich.

Ada hatte in ihren Kleidern geschlafen, der Aufbruch vollzog sich rasch. Wieder und wieder ging sie im Kopf alles durch, was zu tun war. Ihre Hände zitterten vor Aufregung, doch in ihrem Herzen sang es. Endlich war die seltsam lähmende Stimmung der letzten Wochen von ihr abgefallen. Es würde etwas geschehen.

Als sie auf den Flur trat, sah sie ein Lichtquadrat auf dem Boden. Es kam aus dem Zimmer neben ihr. Dem Zimmer, durchfuhr es sie, in dem sie vor ihrer Abreise den Professor überrascht hatte. Mit einem Mal war ihr ganzer Schwung gebremst. Sie hatte sich nie gefragt, was er dort wohl gewollt hatte. Auch nun war wieder jemand da, und er schien seine Anwesenheit nicht verbergen zu wollen, die Tür stand weit offen. Ada hätte es nicht einmal umgehen können, wenn sie gewollt hätte, ihr Weg zum Ausgang führte daran vorbei. Doch wie magisch angezogen, trat sie in die Öffnung, ihr Bündel an sich gedrückt.

Das Zimmer war ein Spiegelbild ihres eigenen. Der Professor saß an dem gleichen wackeligen Tisch, den auch sie für ihre Arbeiten genutzt hatte. Eine Lampe beleuchtete die Gegenstände, die darauf lagen, und über die er immer wieder liebevoll mit seinen Händen strich. Langsam, fast andächtig, trat Ada näher.

Auf dem Tisch lag ein Rock. Er war verknüllt und zerrissen, doch so viel konnte Ada deutlich sehen: Er bestand aus den Bastfasern, wie sie im Dorf für das Weben der Stoffe verwendet wurden, war mit Pflanzenfarben gefärbt und sehr verblichen. Dennoch war zu erkennen, dass die Weberin am Saum mit einem dunklen Rotton begonnen hatte, um in breiten Streifen mit Hellrot, Blau, Braun und Grün fortzufahren bis zur Taille. Daneben lag eine Kette. Vielfache Stränge aus Eicheln, Linsen und anderen getrockneten Samen rasselten leise, als Ada sie sacht mit den Fingern berührte. Akiro, dachte sie, hatte etwas ganz Ähnliches getragen.

Der Professor ließ sie gewähren und rührte sich nicht. Adas Blick wanderte weiter zu einem Leibchen aus Leder, mit Schnürungen an beiden Seiten, getränkt mit einer dunklen Flüssigkeit, wohl Gisèles Blut, und sauber zerschnitten vom Skalpell eines Notarztes. Darauf lag ein Steinmesser, dessen glatt polierter Holzgriff in der Form eines Kopfes gearbeitet war. Ada sah noch ein Ledersäckchen, gefüllt vermutlich mit Feuerstein und Zündschwamm, und die Reste eines Gürtels, an dem die kleine Tasche befestigt gewesen war. Das Muster aus kleinen Tonperlen darauf war unvollständig und zerrissen, die Spiralen dennoch gut zu erkennen. Ja, Gisèle war wahrhaftig eine Priesterin gewesen, dachte Ada. Laut sagte sie: «Sie haben es die ganze Zeit gewusst.»

Die Stimme des Professors klang abwesend, als er antwortete. «Ich habe das aus dem Mülleimer des Krankenhauses. Wie ein Dieb schlich ich in den Hinterhof und wühlte in den stinkenden Stationsabfällen! Ich wollte es nicht glauben.» Er schüttelte den Kopf und hob den Gürtel hoch; einige Perlen lösten sich. Er sammelte sie vorsichtig mit spitzen Fingern ein und legte sie in ein Schälchen. «Gefertigt in der Jungsteinzeit», murmelte er. Dann fuhr er fort: «Im Grunde wusste ich es im ersten Moment. Schon, als ich sie dort liegen sah.» Sein Blick, der in die Ferne ging, schien die Szene noch einmal wahrzunehmen. «Ich brachte sie in die stabile Seitenlage, deckte sie zu, rief den Notarzt und die Polizei und hatte dabei schon dieses seltsame Gefühl ...» Er schwieg einen Moment. «Als es nichts mehr zu tun gab, folgte ich ihren Spuren – es war nicht schwer in dem hohen Gras, hier und da war Blut. Dann entdeckte ich das Erdwerk.»

Bei diesem Wort zuckte Ada unwillkürlich zusammen. «Stephan gegenüber haben Sie strikt geleugnet, dass es eines sei», entfuhr es ihr.

Der Professor lächelte. Er hob das Messer. Unwillkürlich wich Ada einen Schritt zurück. «Das hier fand ich dort auf dem Altar.»

«Die Opferklinge», hauchte Ada. Sie konnte nicht anders, sie musste näher kommen und sich über das Gerät beugen, das sich in Petars Herz gesenkt hatte. «Das Instrument für die Große Pflicht.»

«Die Große Pflicht?», fragte der Professor scharf.

«Ein Menschenopfer», antwortete Ada automatisch in wissenschaftlichem Ton. «Es erfolgt in wirtschaftlichen Notzeiten zur Beschwichtigung der Großen Mutter. Ein junger Mann, meist der Bruder der Priesterin, ist von Kindheit an dafür auserwählt. Das Opfer wird als freiwillig angesehen.»

«Ausgezeichnet», sagte der Professor, «weiter.» Seine Augen glänzten.

Ada verstummte, als sie es bemerkte. Voller Abneigung betrachtete sie ihn. «Fragen Sie doch Gisèle», stieß sie hervor.

Der Professor hob die Hand. «Gisèle hilft mir auf ihre Weise, so gut sie kann», sagte er.

«Sie hätten es ihr sagen sollen.» Ada fühlte, wie die Wut in ihr aufstieg bei dem Gedanken, dass dieser Mann seit zehn Jahren Gisèle Mercier wie seinen privaten Besitz betrachtete. Vermutlich, dachte sie bitter, hat er sogar ihren Namen ausgesucht, nach seinem Lieblingsballett. Und seither tanzt sie für ihn.

«Was hätte ich ihr sagen sollen? Ada!» Burger nahm für einen Moment seine Brillengläser ab und fing sie mit seinem leuchtend blauen Blick ein, dass Ada der Schweiß ausbrach. «Ich verfüge nicht über den Vorzug Ihrer Erfahrung.»

«Heißt das, Sie haben nie versucht, hinüberzukommen?»

Der Professor zuckte mit den Schultern. «Was hätte es mir genützt?», fragte er.

Ada riss die Augen auf. «Sie wollten es nicht selber sehen? All das», sie machte eine weitausholende Geste, «was wir nur als Scherben und Bodenverfärbungen kennen? Wollten nie eine dieser Hütten betreten, die Hand auf ihr Holz legen? Ihren Bewohnern ins Gesicht sehen? Sie wollten nicht wissen?»

Er lächelte abwehrend. «Ich gebe zu, am Anfang verspürte ich eine gewisse Lust. Aber dann ...» Er zuckte mit den Schultern. «Wozu das Wissen», meinte er, «wenn ich es niemandem weitergeben kann?» Er schaute sie eindringlich an. «Wozu die Gewissheit, wenn niemand in der Zunft sie teilt? Ich hätte Aufsätze geschrieben über, wie nannten Sie es, die Große Pflicht? Und mich der Lächerlichkeit preisgegeben, weil ich nichts davon hätte belegen können.» Sein Lachen klang bitter. «Ich hätte

Behauptungen aufgestellt über die Farben ihrer Keramik, die ich in meinen eigenen Händen gehalten hätte. Und hätte mit ansehen müssen, wie irgendein aufgeblasener Nichtskönner von Kollege mich vor der gesamten Fachwelt blamiert, weil er mir vorrechnet, dass nichts davon durch die vorliegenden Funde belegt werden kann. Nein», er schüttelte heftig den Kopf. Doch auf seiner Stirn standen Schweißtropfen.

«Sie ist nicht farbig», fiel Ada ihm ins Wort. «Aber die Ornamente sind weiß unterlegt.»

«Weiß?» Der Atem des Professors ging plötzlich schneller. «Interessant.»

Ada kräuselte spöttisch die Lippen. «Ja, nicht wahr? Aber was nützt es Ihnen, Professor? Gar nichts, Ihren eigenen Ausführungen zufolge. Sie werden es gar nicht wissen wollen. Auch nicht», sie senkte verschwörerisch die Stimme, «dass ihre Hütten bemalt sind, nicht wahr?»

«Bemalt?»

Sie konnte ihn förmlich schlucken hören. In seinen Augen glänzte eine Begehrlichkeit, die Ada eine böse Genugtuung schenkte. «Ja», bestätigte sie, «bemalt. Mit Ornamenten in Rot, Blau und Grün. Es sind Labyrinthe darunter, stilisierte Vogelfedern oder einfach Kreismotive. Die Farben leuchten, wenn die Sonne darauf fällt.» Sie ging um den Tisch herum, während sie redete, und neigte sich über seine Schulter. Raunend näherte sie ihre Lippen seinem Ohr. «Und vor der Tür jeder Hütte eines Paares steht eine Mutterfigur aus Ton. Wie schade, Professor, dass noch nie jemand auch nur ein Fragment davon ausgegraben hat.»

«Wie haben sie ausgesehen?» Professor Burger hieb beide Hände auf den Tisch.

«Wozu wollen Sie das wissen, Professor? Es nützt Ihnen doch nichts.» Ada lachte leise. «Genauso wenig wie die Antwort auf die Frage, ob sie nun aus dem Vorderen Orient kamen oder nicht.»

Er fuhr zu ihr herum. «Sie wissen das?» Sein Blick forschte

in ihrem Gesicht nach der Antwort. «Sie wissen es.» Die Stimme versagte ihm beinahe. «Sagen Sie es mir!»

Ada schüttelte langsam den Kopf. «Sie sind ein Feigling», sagte sie.

Er blinzelte nur.

«Sie hätten all das selbst erforschen können. Aber Sie haben lieber Gisèle durch den Nebel ihrer halben Erinnerungen tappen lassen. Und Stephan und mir das Risiko zugeschoben.»

Brüsk verschränkte er die Arme. «Im Gegenteil. Ich hatte Sie ja gerade gewarnt, das Erdwerk zu betreten.»

«Ach», rief Ada spöttisch aus. «Sie wussten doch genau, dass Stephan sich davon nicht abhalten lassen würde.»

Der Professor verzog sein Gesicht. «Ich gebe zu», sagte er langsam, «Ihrem Kollegen zugetraut zu haben, dass er sich mir widersetzen würde.» Er schaute sie an. «Er war immer schon ein romantischer Tollkopf. Aber was für ein Wissenschaftler dabei. Und was für einen Direktor für dieses Museum hätte er abgegeben.» Er schüttelte den Kopf mit dem dünnen Flusenhaar, das im Licht der Lampe silbern leuchtete. «Zu schade.»

«Allerdings», zischte Ada. In ihrer Wut sprach sie immer schneller. «Dumm, dass er ein Herz hat und deshalb mit den Menschen, die er liebt, in einem aussichtslosen Krieg fallen wird.»

«Liebe, Krieg.» Der Professor ließ sich die Worte auf der Zunge zergehen. Er schlug die Beine übereinander und wandte sich ganz ihr zu. «Sprechen Sie weiter, Ada.»

«Das könnte Ihnen so passen.» Ada war außer sich. «Damit Sie mich gefangen halten und benutzen wie die arme Gisèle.»

«Aber Ada.» Er hob ihr die Handflächen entgegen. «Ich wollte Sie sogar nach Grönland fahren lassen, schon vergessen?»

«Sie haben mich erst weggeschickt, als ich Gisèle nahe gekommen bin.» Die Wahrheit dieser Behauptung ging Ada in dem Moment auf, in dem sie sie aussprach. Mit einem Schlag stand ihr alles klar vor Augen. Fassungslos schnappte sie nach Luft. «Sie haben mich bespitzelt von dem Moment an, in dem ich zurück war», entfuhr es ihr. Und sie wusste, dass es stimmte. Mit zitterndem Finger wies sie auf ihn. «Sie haben in meinem Spind gewühlt. Sie haben mich in der Dusche beobachtet.» Empört hielt sie einen Moment inne. Ihre Gedanken arbeiteten wie rasend. «Sie haben den Einbruch fingiert, damit Gisèles Figuren weggeschafft werden und ich sie nicht zu sehen bekomme. Sie haben uns beide die ganze Zeit manipuliert.»

«Ada, beruhigen Sie sich.» Er versuchte, sie am Arm zu berühren, aber sie entzog sich ihm mit einer heftigen Bewegung.

«Fassen Sie mich nicht an, Sie ...»

Beschwichtigend hob er die Hände. «Ada. Sie tun mir Unrecht. Es gibt nicht viele Menschen, die für Ihr Erlebnis Verständnis haben werden. Vielleicht bin ich der Einzige überhaupt. Denken Sie mal darüber nach.» Er neigte väterlich den Kopf. «Gisèle wäre damals in der Psychiatrie verschwunden, wenn sie die Wahrheit über sich gekannt und ausgesprochen hätte. Und ich glaube nicht, dass es Ihnen heute sehr viel anders ergehen würde.»

Ada biss sich auf die Lippen. Er hatte wohl nicht Unrecht, und das machte sie wütend. Am liebsten hätte sie ihn geschlagen.

Er ignorierte es. «Ich hingegen kann Ihnen eine Perspektive bieten. Wir müssen Ihr Wissen vorsichtig einsetzen, Ada. Mit Augenmaß und Taktik. Dann kann es uns beiden zum Nutzen gereichen. Aus Ihnen kann noch etwas werden, Ada. Vertrauen Sie mir.» Er war aufgestanden und trat einen Schritt auf sie zu. Unwillkürlich wich sie zurück.

«Lassen Sie mich in Ruhe», stieß sie hervor. «Mich machen Sie nicht zu Ihrer Sklavin wie Gisèle.»

Er blieb stehen. «Was wissen Sie schon von Gisèle», sagte er rau. «Maßen Sie sich kein Urteil über sie an, junge Frau.»

«Ich weiß alles über Gisèle», gab Ada zurück. «Dinge, die Sie nie erfahren werden. Weil Sie zu feige dazu waren, zu verlogen, zu karrieregeil.»

Sein Atem ging heftig. «Ich habe Gisèle immer nur geschützt.»

«Sie haben sie ausgenutzt. Für Sie war sie doch immer nur das beste Stück Ihrer Sammlung.» Mit verächtlicher Geste wies sie auf die Teile, die er über den Tisch gebreitet hatte. «Ihre Trophäe.»

Burger wandte sich wieder den Kleidungsstücken zu. «Ich habe mich nie davon trennen können», sagte er nachdenklich. Dann, mit dem Rücken zu ihr, fuhr er fort: «Sie wollen sie mir wegnehmen, nicht wahr?» Sein Umriss wirkte schwarz vor der Lampe, nur die Spitzen seiner Haare leuchteten wie ein Wolkensaum. Mit einem Mal wurde Ada bewusst, wie viel größer als sie er war. Sie trat einen Schritt zurück und schaute sich um.

Die Tür lag auf der anderen Seite des Raumes, dazwischen standen der Tisch und Burger. Sie saß in der Falle. Ada tat noch einen Schritt, spürte die Kante des Bettes in ihren Kniekehlen.

«Gisèle wird dahin gehen, wo sie hingehört», sagte sie trotzig und hoffte, dass ihre Stimme gefasst klang. «Es ist ihr eigener Entschluss. Und ich werde ihr dabei helfen.»

«Sie werden nichts dergleichen tun», sagte Burger. Mit ein paar erstaunlich flinken Schritten war er bei der Tür und schob sie zu. Als er sich vorneigte, um den Schlüssel im Schloss umzudrehen, zögerte Ada nicht länger. Sie stürzte vor und warf sich auf ihn. Der Professor wankte kurz, der Schlüssel entfiel seiner Hand. Dafür krallte er sich an Adas Kleidern fest. Er riss an ihnen, und Ada wurde mit Schwung an die Wand geschleudert, dass ihr Kopf gegen den Verputz knallte. Der Professor stand einen Moment vor ihr, als wäre er unschlüssig, was als Nächstes zu tun war.

«Gisèle wartet auf mich», keuchte Ada. «Sie können uns nicht aufhalten.»

Da wandte er sich zum Tisch um. Entsetzt sah Ada, wie er nach dem Messer griff. «Sie waren schon einmal verschwunden», sagte er tonlos. «Niemand wird sich wundern, wenn Sie es wieder tun.»

«Nein!» Ada sprang vor, um ihm das Messer zu entwinden, verfehlte ihn aber, da er sich im selben Moment zu ihr umdrehte.

Ihre ausgestreckten Arme fegten nur die Lampe vom Tisch. Einen Moment lang waren sie in völlige Finsternis gehüllt. Ada bemühte sich, ihren heftig gehenden Atem unter Kontrolle zu bringen. Die Klinge, dachte sie, wo war die Klinge? Und in ihrer Phantasie drang sie bereits in ihren Leib.

Langsam gewöhnten sich ihre Augen an die Dunkelheit; das hereinfallende Sternenlicht erlaubte es ihr, erste dunkle Umrisse zu unterscheiden. Vorsichtig versuchte Ada, sich von dem Punkt fortzubewegen, an dem der Professor sie vermuten musste. Sie spürte die kleinen, harten Perlen von Gisèles Gürtel unter ihren Händen und Knien. Sie knirschten, als sie vorankroch.

«Geben Sie sich keine Mühe, Ada.» Die Stimme des Professors war über ihr. «Sie kommen hier nicht heraus.»

Ada trat mit aller Macht in die Richtung, aus der sie kam. «Für Sie immer noch Frau Doktor Schäfer», schrie sie.

Der Professor antwortete mit einem dumpfen Schmerzensschrei.

Ada rappelte sich auf und rannte los, dorthin, wo sie die Tür vermutete. Dabei übersah sie den Tisch und rammte sich seine Ecke schmerzhaft in den Leib. Ihre haltsuchenden Finger ertasteten Gisèles Rock. Sie ergriff ihn und warf ihn dem Schatten an den Kopf, der auf sie zuwuchs. So entkam sie zwei weitere Schritte; dann hatte er sie eingeholt. Sein Gewicht presste sie gegen das Holz der Tür, seine Hände fingen die ihren ein und hinderten sie daran, mehr zu erreichen, als ihm die Brille von der Nase zu schlagen.

«Sie werden sie mir nicht wegnehmen», keuchte er. Ada spürte, wie er ihre Handgelenke in eine seiner Fäuste zwang, um die andere für das Messer freizubekommen. Dann saß die steinerne Klinge an ihrem Hals.

Ada stieß ein kleines, verzweifeltes Lachen aus. «Na, los doch», flüsterte sie in die Dunkelheit. «Wenn Sie so sicher sind, ein Mörder zu sein.»

Der Druck der Steinschneide verstärkte sich, doch die Klinge zitterte. Ada hörte den Atem ihres Angreifers. Er ging keuchend und gequält. Sie spürte Burgers Unsicherheit und nutzte sie, legte den Kopf zurück und ließ ihn dann mit voller Wucht vor in sein Gesicht prallen. Mit zusammengebissenen Zähnen unterdrückte sie den Schmerz, der höllisch war.

Von Burger kam ein schriller Schmerzenslaut. Ada spürte, wie die Hände sie losließen. Sie stieß Burger mit aller Kraft von sich; schwindelig und mit schmerzendem Schädel tastete sie nach der Türklinke. Sie öffnete, und Helligkeit strömte vom Flur aus herein, in dem im selben Moment das Licht angemacht wurde.

«Ada?», hörte sie Gisèles Stimme von der Eingangstür. «Bist du so weit?»

«Ich komme», rief Ada. Sie wandte sich noch einmal nach dem Professor um. Er lag auf den Knien. Die Brille baumelte von seinem linken Ohr herab, sein Haar stand wilder denn je in alle Richtungen ab. An der Unterlippe klaffte ein großer Riss.

«Bitte», murmelte er. Es war kaum noch zu verstehen. «Nehmen Sie sie mir nicht weg.» Das Messer fiel aus seiner Hand. Ada hob es auf. Sie suchte und fand ihr Bündel, raffte Gisèles Sachen zusammen, schlug einen sorgfältigen Bogen um die kniende Gestalt und ging.

«Alles in Ordnung?», fragte die Künstlerin, als sie draußen zu ihr trat. «Mon dieu, du siehst aus, als hättest du ein Gespenst gesehen? Was hast du da?»

Ada schüttelte nur den Kopf und zog sie am Arm aus der Baracke. «Wir müssen uns beeilen», sagte sie.

«Ja», erwiderte Gisèle ernst. «Ich habe auch dieses Gefühl. Du spürst es ebenfalls, nicht wahr?»

«Was?», fragte Ada. Ihr Herz begann vor Angst zu klopfen.

Gisèle hob ihren Kopf und atmete tief die Morgenluft ein. Der

Himmel war beinahe weiß, Purpur ergoss sich über den Horizont. Auf der Wand des Archivs aber lag ein warmer, schimmernder Fleck von Licht: der erste Bote der aufgehenden Sonne. «Ich weiß nicht.» Sie schüttelte den Kopf. «Aber wir müssen uns beeilen.»

Ihr Weg zum Erdwerk war ein atemloser Lauf. Mühsam stolperten sie über gefrorene Ackerfurchen, versanken bis über die Knie im verschneiten Straßengraben. Kein Wagen war um diese frühe Stunde unterwegs. Dennoch hielt Gisèle einen Moment inne. Ada folgte ihrem Blick und sah den Baum.

«Dort habe ich gelegen», murmelte Gisèle.

«Und von dort bist du gekommen.» Ada zeigte auf das Gestrüpp, hinter dem sich das Erdwerk verbarg. Die verfallenden Umrisse der Erdwände waren im Frühlicht kaum auszumachen. «War Burger nie mit dir da?», konnte Ada sich zu fragen nicht verkneifen.

Gisèle schaute sie erstaunt an. «Warum sollte er?», fragte sie. Dann wanderte ihr Blick hinüber zu der Ruine. «Ich habe Angst», sagte sie.

Ada nahm ihre Hand. «Ich auch. Komm.»

Das Eindringen in das Erdwerk war so problemlos wie beim ersten Mal. Wieder verhedderte Adas Fuß sich in den Resten des Absperrbandes, von dem sie nun wusste, dass es ein Überbleibsel der Polizeiaktion war, bei der man nach ihr und Stephan gefahndet hatte. Rot leuchteten die Streifen im Schnee. Der Rest der Grube war schwarz und weiß, wie eine alte Fotografie. Aus den Schneefeldern streckten die Büsche ihre kahlen Äste wie Hände. Der Altar unter seiner dicken, weißen Decke buckelte sich wie ein schlafendes Tier.

«Hier», sagte Ada und wischte die Fläche mit dem Unterarm frei. Schnee kroch in ihren Ärmel und biss sie in die Haut.

Gisèle nickte. «Ich erinnere mich, glaube ich.» Ihr Blick in die Runde allerdings wirkte hilflos. «Es hat sich so viel verändert.» Er blieb an Ada hängen. «Und jetzt?», fragte sie. «Muss ich wieder …?» Unwillkürlich wanderte ihre Hand zum Hals, wo sich noch immer die Narbe jener Wunde befand, die sie einst hierher gebracht hatte.

Ada schüttelte den Kopf. «Nein», sagte sie. «Es genügen schon ein paar Tropfen Blut.» Und sie erklärte, wie ihre erste Reise mit Stephan vonstatten gegangen war. «Wir stießen mit den Köpfen zusammen, und ich biss mir auf die Zunge. Auf dem Weg zurück dann kratzte ich eine alte Wunde auf und sog daran. Als ich es erst einmal begriffen hatte, war es ganz einfach.»

«Blut», murmelte Gisèle, und sie schauderte. «Mein ganzer Mund war voll mit Blut, damals.»

«Am besten, du beißt dir auf die Zunge oder in die Wange.» Ada redete rasch und, wie ihr schien, zu viel. Aber die Nervosität in ihr wuchs und wuchs und ließ sich einfach nicht bändigen. «Oder du kaust an deinen Nägeln herum.» Sie griente.

Gisèle hob einen Finger, der mit Pflaster umwickelt war. «Hier habe ich mich gestern bei der Arbeit geschnitten.»

«Perfekt», sagte Ada und hätte sich ohrfeigen können, so unpassend erschien es ihr. Unruhig trat sie von einem Fuß auf den anderen. Was sollte sie sagen? Was tun? Es war ein wichtiger Moment. Und sie stand dabei und kam sich vor wie ein Idiot.

Mit klammen Fingern pulte die Künstlerin sich das Pflaster von der Fingerkuppe. Es schien eine Ewigkeit zu dauern. Dann besah sie sich die Ränder der kleinen Schnittwunde und presste sie zusammen. Ein dunkler, schimmernder Blutstropfen erschien, stand zitternd auf der Wunde und fiel dann in den Schnee, ehe Gisèle ihn auffangen konnte. Ein zweiter erschien.

Die Augen der beiden Frauen trafen sich. «Soll ich es ihm sagen?», fragte Gisèle.

«Dass ich dich geschickt habe?», fragte Ada, ein wenig verwundert. «Sicher wird Stephan das wissen. Grüß ihn von mir.»

Gisèle schüttelte ungeduldig den Kopf. «Ich meinte Jaro.»

«Oh.» Einen Moment stand Ada da, eingehüllt in den Dampf des Atems, der aus ihrem Mund quoll und sich mit dem Morgennebel vermischte. Die steigende Sonne ließ über ihren Köpfen die hellen Stämme der jungen Fichten aufflammen. «Ich habe mich anders entschieden», sagte sie dann.

Gisèle lächelte. «Natürlich.»

«Ach ja, hier.» Gerade noch rechtzeitig fiel Ada ein, was sie für Gisèle mitgebracht hatte. Ungeduldig hielt sie die Tüte mit den Kleidern der anderen hin, dankbar, dass die Unruhe, die in ihr ausgebrochen war, ein Ventil fand. «Mach es erst auf, wenn du da bist», sagte sie. Die Künstlerin nahm das Bündel entgegen und nickte.

«Also dann.»

«Also dann.» So banal, dachte Ada, ist ein Abschied für immer. Sie biss sich auf die Lippen, als sie sah, wie Gisèle den Finger an den Mund hob. Ihr war, als gäbe es noch etwas, das sie ihr unbedingt sagen müsse, etwas Wichtiges, das sie vergessen hatte, aber sie kam nicht darauf. Etwas in Adas Innerem begann zu beben; ihre Füße konnten einfach nicht still halten. Tausend Worte drängten sich in ihren Kopf, tausend Bilder. Da waren Hile, Stephan, Maliko, Akiro. Alle schienen auf sie einzureden und die Arme nach ihr auszustrecken. «Weißt du, was ich am meisten vermisse?», sagte Stephan. Jaro schaute sie an. Sein Haar, wie es der Wind in sein Gesicht wehte. Nein, schrie Ada innerlich auf, nein, nein, nein. Das will ich nicht.

Doch sie war schon vorgetreten. Dort lag rot der von Gisèles Blut gefärbte Schnee. Sie nahm eine Hand voll, ehe sie noch darüber nachgedacht hatte, und leckte daran. Schon griff der Schwindel nach ihr, ein eisiger Strudel, der ihr die Luft aus den Lungen presste. Als zöge es sie tief hinab in die ewige Kälte eines Meeres. Ihr Fleisch schrumpfte in Sekundenschnelle, ihre Knochen splitterten im Frost. Ada schrie. Da berührte etwas ihre Finger. Ada griff zu, umschloss fest Gisèles Hand, und gemeinsam wirbelten sie durch Äonen von Schmerz und Finsternis dem Ungewissen entgegen.

V. DIE PRIESTERIN

DIE HEIMKEHR

Ada erwachte als Erste. Schneeflocken kitzelten ihr Gesicht. Sie setzte sich auf und schaute sich um. «Gisèle», rief sie, als sie die Gestalt der Freundin entdeckte, die verrenkt und leblos einige Meter weiter lag. Auf allen vieren kroch sie durch den Schnee dorthin. «Gisèle, geht es dir gut?»

Die Künstlerin verzog das Gesicht und rollte sich wie ein Embryo zusammen. «Gisèle!» Ada strich ihr die Haare aus dem Gesicht. «Du bist zu Hause.»

Da schlug sie die Augen auf. Einen Moment starrte sie ohne Begreifen in den blassen Himmel. Dann fixierte sie Adas Gesicht. «Du hast nicht gesagt, dass es so wehtut.»

«Nein», sagte Ada und bot ihr die Hand zum Aufstehen. «Ich habe nur gesagt, dass es lebensgefährlich ist.»

Die beiden Frauen klopften sich den Schnee von den Kleidern und inspizierten ihr Bündel. Fassungslos nahm Gisèle die alten Kleidungsstücke in die Hand. «Wo hast du das her?», fragte sie und wendete alles wieder und wieder in den Händen.

Ada zögerte mit der Antwort. «Aus dem Mülleimer des Krankenhauses», sagte sie dann. Aber Gisèle war schon dabei, alles anzuprobieren.

«Das Oberteil ist nicht zu retten», stellte sie bedauernd fest, als sie hilflos versuchte, den Riss zum Überlappen zu bringen. Ihre nackte Haut rötete sich rasch in der Kälte. «Aber was ich mitgebracht habe, wird es ebenso tun.» Ada betrachtete die weite Wolltunika, die Gisèle getragen hatte, und musste ihr Recht geben. Auch die Pelzjacke, für die die Künstlerin sich entschieden hatte, würde nicht so hervorstechen wie Adas Parka, der zum Glück wenigstens dunkelgrün war. Sie zog ihre alten Sachen an, konnte sich aber von der Jacke vorerst nicht trennen und zog sie darüber. Auf dem Grund des Bündels fand sie das Steinamulett. Sie nahm es, betrachtete es einen Moment und legte es dann an.

«Was ist das?», fragte Gisèle und ließ den Anhänger durch ihre Finger gleiten.

«Nur ein Erinnerungsstück», meinte Ada abwehrend und wechselte das Thema. «Meinst du, wir sollten uns beeilen?»

Da zerriss ein Schrei die morgendliche Stille, hoch und heiser, wie der eines Vogels.

Die beiden Frauen blickten verstört um sich.

«Glaubst du, das war eine Krähe?», fragte Ada. In ihrer Stimme lag Angst.

Gisèle schüttelte den Kopf. Wie auf Kommando setzten die beiden sich in Bewegung; schon nach wenigen Schritten rannten sie. Dort war das Tor, da der Graben, der Waldpfad. Nur noch eine Biegung, dann mussten die Palisaden des Dorfes vor ihnen liegen. Und zu Füßen der Palisaden ... Ada mochte nicht daran denken. Ihr Atem ging keuchend, Schnee stob auf unter ihren Schritten. Ein Eichhörnchen floh keckernd auf seinen Baum zurück.

Plötzlich blieb Gisèle stehen. «Was ist das?», fragte sie und wies auf die hölzerne Barrikade.

«Sie haben das Dorf befestigt.» Ada keuchte. «Zum Schutz gegen die Leute aus dem Wald.» Unwillkürlich verfiel sie in die Sprache des Dorfes. «Es war Stephans Idee.»

Gisèle schüttelte den Kopf. «Es ist ein Unglück», murmelte sie. Langsamer ging sie weiter.

Ada war dicht hinter ihr. Und gemeinsam sahen sie, wie sich eine Gestalt aus der Öffnung in den Palisaden löste. Sie war allein. Langsam, fast würdevoll schritt sie hinaus in den Schnee, als hätte sie kein besonderes Ziel. Dann blieb sie stehen.

Ada und Gisèle beschleunigten ihre Schritte. Sie langten bei der Gestalt an, als diese eben in die Knie brach. «Tarito», rief Ada. «Es ist Tarito.»

Die Heilerin hob den Kopf, als sie ihren Namen hörte. Mit unsicherem Blick schaute sie die beiden Frauen an. «Megido», sagte sie dann mühsam. «Du bist zurück.» Sie versuchte, die Hand zu heben, um Gisèle zu berühren.

Die ging in die Knie, nahm die Hand und führte sie an ihre Wange. Mit der anderen Hand strich sie der Heilerin über den Kopf mit dem zerzausten Haar. An ihren Fingern klebte Blut. Wortlos zeigte sie es Ada. Nun bemerkte auch die die klaffende Wunde an Taritos Kopf. Es war ein Wunder, dass die Frau es bis hierher geschafft hatte. Voller Panik starrte sie zum Dorf. Doch um sie herum war es still. Schnee fiel vom Himmel. Und hoch über ihnen kreisten ein paar Vögel schwarz vor der Morgenhelle.

«Ja», sagte Gisèle. «Ich bin es, ich bin zurück.»

Tarito seufzte. Mit beiden Händen griff sie nach dem Handgelenk der Priesterin und hielt sich daran fest. Für einen Moment schloss sie die Augen. Es lag beinahe so etwas wie ein Lächeln auf ihrem Gesicht. «Schwester», brachte sie dann mühsam hervor, «wir haben einen Fehler gemacht. Und wir büßen dafür.» Ihre Gestalt begann zu wanken.

«Nein», rief Gisèle – oder vielmehr Megido – in höchstem Schmerz, «nein. Hörst du? Ich werde uns retten, Tarito. Ich werde uns retten.» Ihre Stimme hallte unter dem kalten Himmel wider. Doch die Heilerin hörte nicht mehr. Aus Megidos Händen, die sie aufzurütteln versuchten, sank sie seitwärts in den Schnee. Reglos blieb sie liegen. Ihre offenen Augen starrten an ihnen vorbei.

«Wir kommen zu spät.» Es schien Ada so, als wäre es nicht sie selbst, die da sprach. Doch als sie es sagte, zersprang plötzlich der Eispanzer aus Entsetzen, der sie seit Beginn der Szene festgehalten hatte. Mit einem Mal wurde sie ganz ruhig.

«Nein!» Megido sprang auf, außer sich vor Trauer. «Das ist nicht wahr.» Ehe Ada sie zurückhalten konnte, rannte sie bereits auf die Palisaden zu.

«Gisèle!», rief Ada. Doch auf diesen Namen hörte die andere nicht mehr. Ohne sich noch einmal umzudrehen oder innezuhalten, verschwand sie hinter der Umzäunung. Einen Moment lang starrte Ada ihr bewegungslos nach. Dann griff sie in ihr Bündel und holte das Messer heraus. Das Holz lag kühl und glatt in ihrer Hand wie Elfenbein. Jede Aufregung war von ihr abgefallen. Nun war es also so weit.

Ada ging langsam und entschlossen auf das Tor zu. Sie schenkte der Grube keinen Blick. Seit sie sie zum ersten Mal gesehen hatte, hatte sie gewusst, dass ihr dieser Augenblick bevorstehen würde. Der Tod aus ihren Träumen, nun würde sie ihm in die Augen sehen.

Irgendwo zwischen den Hütten stiegen Schreie auf. Ada packte die Klinge fester. Wer immer du bist, dachte sie grimmig. Dann war sie im Dorf.

KNOCHENGESICHT

Von Megido war nichts zu sehen. Auf den ersten Blick schien alles ruhig zwischen den Hütten, als wären die Menschen noch nicht aufgestanden. Dann nahm Ada eine Bewegung wahr. Eine Gestalt huschte aus dem Eingang der Männerhütte.

«Hamar», rief Ada erschrocken.

Er blieb stehen und hob den Kopf. Sein sonst so freundliches Gesicht war verzerrt, das Beil, das er in Händen hielt, blutverschmiert.

Hinter ihm taumelte jemand zur Tür heraus. Mit ausgestreckten Händen versuchte er, dem Jäger zu folgen. Ada erkannte Welamod an seinen Schläfenzöpfen. Er hatte Hamar beinahe erreicht, da gab es hinter ihm eine Bewegung, und er brach zusammen. Seine Arme ragten durch die Türöffnung, die Finger ließen das Messer los. Sie gruben Furchen in den staubigen Boden, als jemand, der unsichtbar blieb, ihn an den Füßen zurück ins dunkle Innere der Hütte zog.

Ada begriff, dass von den Männern des Dorfes niemand mehr am Leben war. Sie mussten im Schlaf überrascht worden sein. Stephan, dachte sie, und ein Schmerz durchfuhr ihren Leib. Aber nein, sagte sie sich sofort, er wird bei Melino übernachtet haben. In seiner Hütte. Und ihre Augen suchten schon danach.

Da hob Hamar die Hand, deutete in ihre Richtung und rief etwas. Ada fluchte und flüchtete aus seinem Blickfeld. Sie umrundete Malikos Hütte, hastete dann in den Schutz des Frauenbaus und überlegte. Würde Hamar ihr nachkommen? Würde er ihr auflauern? Wieso war sie nur so dumm gewesen, ihn auf sich aufmerksam zu machen?

Hinter der Wand, an der sie lehnte, begannen ein paar Schafe angstvoll zu blöken. Erschrocken wich Ada zurück. Sie starrte die Bemalung an, die das Geheimnis dessen, was dahinter vorging, nicht preisgeben wollte. Dann hörte sie die Frau schreien. Neben ihr aus dem Weidengitter des Fensters streckte sich eine Hand. Alte, runzlige Finger griffen vergeblich hinaus. Dann ein weiterer Schrei, und die Hand zog sich zurück. Inzwischen stiegen überall im Dorf laute Schreckensrufe auf.

Da sah Ada Maliko. Schlaftrunken kam sie aus ihrer Hütte getaumelt, Ellino auf dem Arm. Verständnislos blinzelnd starrte sie hinüber zum Dorfplatz, den Ada nicht einsehen konnte.

«Maliko», zischte Ada. Sie musste mehrmals rufen, bis es ihr gelang, die Freundin auf sich aufmerksam zu machen. Sie winkte sie zu sich heran. «Versuch, in den Wald zu kommen», flüsterte sie nur.

Maliko nickte, doch in ihren Augen stand Angst. Ada legte kurz ihre Stirn an die der Töpferin. Dann ging sie in die Knie, um Ellino über den Scheitel zu streichen.

Die Kleine schaute sie mit verschlossenem Gesicht an. «Du hast meinen Hund getötet», sagte sie.

«Ich weiß», erwiderte Ada. «Es tut mir Leid.»

Ellino drückte sich ans Bein ihrer Mutter, die sich geduckt auf den Weg machte. Nach ein paar Schritten wandte sie sich noch einmal um. «Dardanod?», sagte sie fragend. «Er war im Männerhaus.»

«Er wird nachkommen», sagte Ada und versuchte, es so tröstlich wie möglich klingen zu lassen. Doch sie musste mit den Tränen kämpfen. Sie sah, wie Maliko vage nickte, den Mund öffnete und ihn dann wieder schloss, und wandte sich ab.

«Ada?»

Noch einmal drehte sie sich zu Maliko hin.

«Die Kinder», sagte Maliko. Dann schaute sie zur Seite; Ada sah, wie sie erschrak. Sie packte Ellino und wirbelte herum. Nur noch einmal fing Ada ihren Blick auf, ehe sie rannte, und ihr war, als gelte die letzte, hektische Geste Malikos ihr. Die Töpferin hatte nach oben gedeutet, in den Himmel. Was konnte sie damit gemeint haben? Langsam ließ Ada ihren Blick an der Hüttenwand hinaufwandern. Der Dachboden!, durchfuhr es sie. Die Kinder, natürlich! Stephan hatte ihr doch erzählt, dass die Kleinen zu gerne die Nächte dort oben im Heu oder Stroh verbrachten, eng aneinander gekuschelt und durch das Erntegut vor der Kälte geschützt. Sie starrte das Dach an. Die Kinder mussten irgendwo dort oben stecken. Noch völlig ahnungslos – oder stumm vor Angst. Und dann roch sie den Rauch.

Da zögerte Ada nicht länger. Sie rannte zur Nordseite der Hütte, fand den Eingang für das Vieh und schlüpfte in den Stall. Der scharfe Dunst der Ziegen überwältigte sie fast, als sie sich zwischen den warmen, dichtgedrängten Leibern hindurcharbeitete. Die Tiere drängten sich meckernd aneinander; auch sie hatten die beunruhigende Witterung bereits aufgenommen. Ada ließ das Tor offen und zog die ersten an den Hörnern in Richtung der Öffnung. Dann kümmerte sie sich nicht weiter um die Ziegen, sondern trat durch die gegenüberliegende kleine Tür ins Innere der Hütte ein. Hier herrschte Halbdunkel. Durch die beiden Weidengitterfenster fiel wenig Licht, aber die offene Tür zeichnete ein helles Rechteck auf den Boden, in dessen Rahmen sie den verdrehten Körper von Rikiko liegen sah. Blut verschmierte ihr weißes Haar, der lange Zopf hatte sich geöffnet.

Ada unterdrückte den Impuls hinüberzustürzen. Stattdessen hielt sie nach der Leiter Ausschau, die auf den Boden führen musste. Als sie sie gerade gefunden hatte, hörte sie aus einem Stapel Körbe daneben ein Stöhnen. Hektisch fegte sie die Behälter beiseite. «Melino!», rief sie, als sie die junge Frau liegen sah. Sie reichte ihr die Hand. Melino griff danach und richtete sich mit einem erstickten Ächzen auf. Ihre linke Gesichtshälfte war blutüberströmt. Sie wankte, aber schließlich stand sie, mit Adas Hilfe. Mechanisch strich sie sich über die Stirn und starrte dann ihre rotgefärbte Hand an. Ada hätte sie gerne getröstet, doch dafür blieb keine Zeit. Schon hörte sie Schritte von draußen.

«Kannst du laufen?», fragte sie flüsternd. «Kannst du klettern?» Als Melino kaum merklich nickte, schob sie sie auf die Leiter zu. «Die Kinder sind oben», sagte sie rasch. «Hol sie und geht durch den Stall.» Damit stürzte sie selber zur Tür – keinen Moment zu spät.

«Ada!», Ular war so verblüfft, dass er beinahe die Fackel hätte fallen lassen.

Von drinnen war ein Rumpeln zu hören. Nervös blickte Ada sich kurz um, aber dann konzentrierte sie sich auf Ular, der nichts als sie wahrzunehmen imstande schien.

«Verbrenn es nicht, Ular», sagte sie, langsam und beschwörend. «Es ist Nahrung darin, hörst du, Ular?» Ihr Blick wanderte über sein Gesicht, das neben den Narben nunmehr auch eine grässliche Zeichnung entstellte. Wie eine Maske lag der Streifen aus blauem Saft über seinen Augen, und dunkelrote Striche zogen sich von seinen Mundwinkeln zum Hals, als hätte er Blut getrunken. Der kriegerische Schmuck konnte allerdings nicht verbergen, dass er hager geworden war, das Gesicht faltiger und dass seine mächtige Gestalt an Kraft verloren hatte. Der Hunger von Wochen hatte an ihm gezehrt.

«Fleisch, Ular», lockte Ada und hielt den Kopf, als lausche sie auf die Stimmen des Viehs und fordere ihn auf, dasselbe zu tun. «Getreide, Nüsse.» Sie streckte die Hand nach ihm aus. Wie lange würde Melino brauchen, um die Kleinen herauszuschaffen? «Du brauchst mir nichts zu sagen, ich weiß, dass der Herbst karg gewesen ist.»

Ular starrte sie an. «Sie haben den Wald geplündert», stieß er hervor. Sein Blick glitt über die verhassten Hütten. «Alles haben sie an sich gerissen.»

«Ich weiß», sagte Ada. Sie spürte sein unschlüssiges Beben, das Zittern der Fackel in seiner Hand. Da trat sie noch einen Schritt an ihn heran und versperrte ihm so endgültig den Blick auf die Hütte. «Aber was sie gesammelt haben, kann Lete und Agte und die anderen jetzt satt machen.» Sie legte ihre Hand auf seine Brust. Unruhig schlug sein Herz. Mit einem Mal schien sein Entschluss gefasst; die Fackel senkte sich. Schon wollte Ada aufatmen, da packte seine Faust ihr Handgelenk.

«Du», sagte er rau, «kommst mit mir.» Ada spürte seinen Griff, und ihre Kaltblütigkeit verflog mit einem Schlag. Sie wusste nicht mehr, woher sie die Kühnheit genommen hatte, ihm nahe zu kommen. Die Hütte stand wieder vor ihren Augen, in der er zum ersten Mal über sie hergefallen war. Die Angst überfiel sie so heftig, dass ihre Beine zu zittern begannen.

«Nein», rief sie und versuchte, sich loszureißen. «Nein, Ular.» Mit aller Kraft stemmte sie sich gegen ihn, aber sie kam nicht frei. Er setzte sich so rasch in Bewegung, dass es sie beinahe von den Beinen riss. Stolpernd hing sie an seiner Seite; ihr Versuch, ihn in den Unterleib zu treten, schlug fehl. Der Ruck, mit dem er sie bestrafte, hätte ihr hingegen beinahe den Arm ausgekugelt. Der Schmerz trieb ihr die Tränen in die Augen.

«Ular, nein!» Ada schrie, während sie durch das Dorf geschleift wurde. Sie tastete nach dem Messer, das sie in ihren Gürtel zurückgesteckt hatte. Unsicher umfasste sie es mit der Linken und holte aus. Ulars Faust fing es ab, ehe es seine Kehle erreichte. Einen Moment lang starrten sie einander direkt in die Augen. Dann kam der Stoß, der sie beide in den Staub warf.

So rasch sie konnte, kroch Ada auf allen vieren von ihrem Peiniger fort. Sie sah ineinander verkeilte Körper, verzerrte Gesichter. Es dauerte einen Moment, bis sie Stephan erkannte, der sich voller Wut auf seinen Gegner geworfen hatte.

Hastig rappelte sie sich auf, packte ihr Messer fester und näherte sich den Kämpfenden. Doch die beiden Männer rollten so eng ineinander verkeilt herum, dass sie es nicht einzusetzen wagte. Ein ungezielter Tritt Ulars hätte sie beinahe wieder gefällt: Erschrocken wich Ada zurück. Keiner der beiden beachtete sie. Schnaufend und grunzend versuchten sie, einander mit aller Kraft den Garaus zu machen.

«Ada», hörte sie da eine ferne Stimme rufen. Sie fuhr herum und sah Gisèle, die ihr heftig winkte. An ihrer Seite glaubte sie Sirino zu sehen. Und daneben, war das Akiro? Ada zögerte einen Moment, doch als sie Egbar um eine Ecke biegen sah, gab sie auf und rannte den Frauen entgegen. «Lauft!», schrie sie und sah, wie die beiden sich auch wirklich umwandten und sich in Bewegung setzten. Sie waren bereits an der Palisade, das offene Feld tat sich vor ihnen auf. Ihre schlanken Gestalten hetzten mit fliegenden Haaren durch den Schnee, ihre langen Röcke flogen. Da kam der Speer. Ada sah ihn erst, als er zitternd in Akiros Rücken stecken blieb. Er stoppte den Lauf der zarten jungen Priesterin und warf sie aus dem Gleichgewicht. Das Mädchen breitete die Arme aus und begann, sich zu drehen. Für einige Momente sah es aus, als tanze sie.

Mit Blutgeschmack im Mund hetzte Ada heran. Sie fing Akiro in dem Moment auf, als sie zusammensackte. Die Priesterin sank an ihre Brust. Mit aufgerissenen Augen starrte sie Ada an. «Siehst du nun, was sie uns angetan haben, deine Menschen?», flüsterte sie. Das letzte Wort spuckte sie aus, dann folgte ein großer Schwall von Blut. Akiro wurde schwer in Adas Armen, und sie ließ sie langsam in den Schnee gleiten. Als sie aufschaute, stand Egbar über ihr.

Er lächelte böse, als er sie sah, dann, ehe er an sie herantrat, griff er nach etwas, das wie ein Schild auf seiner Stirn saß. Mit einem Ruck zog er es sich über das Gesicht, eine weiße, grauenerregende Maske, in der seine Augen das einzig Lebendige waren. Ada starrte ihn an. Egbar hatte sich der Hilfe seiner Ahnen versichert. Ein Knochenschädel saß vor seinem Gesicht, rechtfertigte und lenkte seine Tat. Eisige Ruhe erfasste Ada, als sie erkannte, was sie da anblickte: Es war das Knochengesicht aus ihren Träumen. Nun war es da.

Ada stolperte einen Schritt zurück. Da fühlte sie den Abgrund. Sie stand am Rand der Grube. Sie öffnete den Mund, um etwas zu sagen, doch Egbar war schon vorgetreten, und ohne eine Regung, ohne ein Zögern stieß er ihr das Messer in den Leib. Ada spürte nichts als ein tiefes Erstaunen. Schnee wehte in ihr Gesicht, als sie stürzte, das Gesicht dem Himmel zugewandt. Sie blinzelte, als eine Flocke sich in ihrer Wimper verfing, groß, glitzernd, wie in Zeitlupe zu Boden sinkend, gemeinsam mit ihr. Der Aufprall klang dumpf, wie von sehr weit fort. Ada griff sich an den Hals und fühlte das Amulett, das dort hing. Ich?, dachte sie nur verblüfft, ich? Ein ungläubiges Lächeln glitt über ihre Züge. Dann wurde alles schwarz.

KAMPF AN DER GRUBE

Jaro war noch ein Stück vom Dorf entfernt, als er die Gruppe herauskommen sah. Er rannte, als er Ada erkannte. Als er sie fallen sah, blieb er, wie vom Blitz getroffen, stehen. Fort, mit einem Schlag, der ganze Grund seiner langen, gefährlichen Reise. Es gab keinen Grund mehr, sich zu bewegen. Wie in den Boden gerammt, schaute er zu, wie Stephan und Dardanod aus dem Tor gestürzt kamen, von Ular verfolgt, sah, wie Dardanod sich dem Braunhaarigen zuwandte, während Stephan blindwütig wie ein Auerochse weiter vorstürzte auf Egbar. Der schrie auf, als er den Mörder seines Vaters erkannte. Die beiden prallten mit Wucht zusammen. Für einen Moment standen sie eng umschlungen, fast wie ein Liebespaar, dann ging Stephan in die Knie. Egbar stützte sich mit einem Fuß auf der Brust ab und zog mit beiden Händen das Messer aus Stephans Brustkorb. Der Getroffene, auf seinen Knien, starrte zu seinem Besieger hinauf.

Als Egbar das Beil hob, kam wieder Leben in Jaro. Er nahm seinen Bogen und legte, noch im Laufen, den ersten Pfeil auf. Er traf Egbar in den Rücken. Doch der stand, den Arm noch immer erhoben. Ein zweiter Pfeil sirrte und ein dritter. Dumpf schlugen beide Geschosse neben dem ersten ein. Jedes Mal ging ein Wanken durch Egbars Körper. Das Beil in seiner erhobenen Hand erbebte. Er wandte den Kopf zu Jaro um, erkannte ihn und grinste. Dann, mit der letzten Kraft, die in ihm war, hieb er zu.

«Nein!», schrie Jaro. Endlich war er an der Grube, streckte seine Hand aus. Er sah Stephans brechenden Blick, sah das Begreifen und den Versuch des anderen, seine Hand zu packen. Doch die Finger des Sterbenden wurden schlaff in den seinen. Ehe er zupacken konnte, glitt Stephan in die Grube.

Fassungslos starrte Jaro hinunter. Dort lagen schon Körper, verrenkt, zerstört. Dicht an dicht lagen sie, Arme und Beine gekreuzt, die zerschmetterten Köpfe in den blutigen Schößen der anderen. Und mitten darunter Adas Gesicht wie das einer Schlafenden.

Er richtete sich kaum auf, als er hinter sich Schritte hörte. Nur am Rande registrierte er, dass Nadgar neben ihn trat, gefolgt von Askar. Die Jungen keuchten und starrten hinunter auf das, was sie angerichtet hatten, als sähen sie es durch Jaros Augen zum ersten Mal. Stöhnend fiel Askar auf die Knie. Er schlug die Hände vors Gesicht, sein Kopf pendelte haltlos hin und her. Es dauerte eine Weile, bis man die Geräusche, die durch seine Finger drangen, als Schluchzen identifizieren konnte. Unsicher legte Nadgar seinem Freund die Hand auf die Schulter. Der schlug sie fort und schrie.

«Es ist vorbei», sagte Jaro tonlos.

Niemand antwortete ihm.

«Ich …», stammelte Nadgar nach einer Weile. «Egbar …»

Jaro schnitt ihm mit einer Geste das Wort ab.

«Es ist vorbei», wiederholte er. «Geht einfach. Geht!» Das letzte Wort schrie er heraus.

Mit hängenden Köpfen machten die beiden sich auf den Weg. Aus der Ferne hörte er sie sprechen, hörte eine andere Stimme fragen: «Wo sind die Frauen?» Es kümmerte Jaro nicht.

Auf die Gefallenen, die rasch an Wärme verloren, legte sich eine dünne Schicht von Schnee. Flocke um Flocke bedeckte sie die Kleider, die Haare, die Wunden. Auch auf Adas unversehrtem Gesicht glitzerte es weiß. Jaro beugte sich tief hinunter und streckte die Hand aus, um den Schnee fortzuwischen. Da schlug sie die Augen auf.

In seinem freudigen Erschrecken brachte er nicht einmal ihren Namen heraus. Sie hob die Hand, ergriff seine Finger und drückte sie an ihre Wange. Dabei formten ihre Lippen Worte, die er nicht verstand. Einen Moment lang starrte er sie nur an. Dann aber packte er zu und zog ihren Oberkörper hoch. Ada verzog das Gesicht vor Schmerz.

«Warte, es ist gut.» Jaro machte sich daran, zu ihr hinunterzusteigen, um sie herauszuheben. «Es ist alles gut. Schau mich an, Liebes», redete er auf sie ein. «Nur mich.» Aber da hatte sie den Kopf bereits weggedreht.

«Stephan», murmelte sie. Der Blick ihres Freundes war starr, blau und kalt spiegelte er den Schneehimmel. Sie nahm sein Gesicht in beide Hände. «Stephan», rief sie lauter. Sie weinte. Jaro kroch über steife Arme und Beine, um zu ihr zu gelangen.

«Ada.» Er streckte die Hand nach ihr aus. «Komm zu mir.»

Sie schaute ihn an. «Jaro, er atmet. Bestimmt. Er ist am Leben.»

Jaro, der sie erreicht hatte, schüttelte den Kopf. «Er ist tot», sagte er. «Aber du lebst. Komm jetzt.»

Heftig schüttelte Ada den Kopf. Sie strich ihrem Freund die langen Locken aus der Stirn, fühlte hektisch seine Temperatur, neigte sich vor, um einen Hauch seines Atems einzufangen.

«Ada», mahnte Jaro nur sanft.

Da wurde sie ruhiger. Ein letztes Mal beugte sie sich vor. «Melino lebt», sagte sie, «hörst du, Stephan. Und dein Kind wird auch leben.» Sie hob den Kopf zu Jaro hoch. «Wir müssen sie finden.»

Der nickte. Alles, alles, was sie wollte, wenn sie nur erst aus diesem grausigen Loch heraus wären. Er half ihr auf und schlang den Arm um sie. Auf ihn gestützt, gelang es ihr, ein paar Schritte zu tun und sich an der Kante so weit hochzuziehen, dass er sie von unten hinaufstemmen konnte. Als sie sich, oben angekommen, schwer atmend auf den Rücken rollte, zeigte sich eine rote Spur im Schnee.

Jaro war sofort bei ihr und suchte nach der Wunde. Er fand den Schnitt dicht unterhalb der Rippen. Egbars Messer war auf den Knochen geprallt und zur Seite abgelenkt worden. Der Riss, den es verursacht hatte, war groß und klaffend, aber er ging nicht tief.

«Das Kind», entfuhr es Ada dennoch, als sie das viele Blut sah. Entsetzt tastete sie über ihren Leib.

«Was?», fragte Jaro, der bereits dabei war, einen Lederstreifen über die Wunde zu legen.

«Das Kind. Ist ihm auch nichts passiert?» In ihrem Kopf drehte sich alles.

«Ich denke nicht», stammelte er, erst halb begreifend. Eine Weile standen sie sich stumm gegenüber. Dann streckte sie die Arme nach ihm aus und umschlang ihn wie eine Ertrinkende. Er packte sie und hielt sie fest, das Gesicht in ihr Haar gepresst.

«Du», stammelte er, «du. Du. Du.» Und er bedeckte ihr Gesicht mit Küssen.

Nach einer ganzen Weile legte sie die Hände auf seine Brust und drückte ihn sanft von sich fort. Lange schaute sie ihn an, als wolle sie sich jedes Detail seines Gesichts einprägen. «Du bist zurückgekommen», sagte sie nur. Und ihm war, als kenne und begreife sie die ganze Geschichte seiner Reise. Kein weiteres Wort war nötig. Er hätte in ihrem Blick versinken mögen.

Nur langsam kam ihnen die Umwelt wieder zu Bewusstsein. Dicht neben ihnen, umschnuppert von Jaros Hund, lag Egbar, mit dem Gesicht im Schnee. Die gefiederten Schäfte von Jaros Pfeilen ragten aus seinem Rücken. Als Jaro sich schließlich daran machte, sie herauszuziehen, rollte der Leichnam auf die Seite. Die Knochenmaske blieb im Schnee, und ein bleiches, noch immer von stiller Wut verzerrtes Jungengesicht kam zum Vorschein.

Doch nichts bewegte sich. Die Rufe, die sie vernahmen, mussten von anderswoher kommen. Jaro bettete Ada in den Schnee, befahl dem Hund, der freudig seine Schnauze in ihre ausgestreckte Hand drückte, bei ihr zu bleiben, und machte sich auf die Suche. Er brauchte nicht weit zu gehen.

«Jaro», stöhnte Dardanod, als er ihn sah. Er fragte nicht, woher der Händler käme, streckte ihm nur die Hand entgegen, damit er ihm hochhalf. Dann stieß er die Namen all derer hervor, um die er sich sorgte. Maliko, Ellino, Welamod. Tarito. Jaro konnte nur den Kopf schütteln. Er wusste es nicht. Langsam führte er den großen Mann zu Ada hinüber. Dardanods Schulter ragte blutig aus den Fetzen des Hemdes hervor. Er hinkte stark, und aus einer Kopfwunde über dem linken Ohr rann es dunkelrot. Dennoch ging er, mit zusammengebissenen Lippen und Schritt für Schritt, voller Entschlossenheit voran.

«Ich habe gesehen, wie sie über dich hergefallen sind», meinte Jaro, leise verwundert.

«Ph, der Braune», erwiderte Dardanod verächtlich und spuckte aus. Es färbte den Schnee rot. «Als die beiden Jungen dazukamen, dachte ich allerdings, es wäre zu Ende. Aber sie haben uns nur getrennt, ihren Gefährten mitgezerrt und sind verschwunden.» Er schaute den Händler an.

Der nickte. «Ihr Anführer ist tot», sagte er. «Ich glaube, sie haben genug.»

«Einer von ihnen weinte.» Dardanod schüttelte verständnislos den Kopf. Dann spuckte er wieder aus. «Ich hoffe, es tut ihm so weh wie mir.»

Als er Ada sah, riss er die Augen auf. Doch ehe er eine Frage stellen konnte, fiel sein Blick auf die Grube hinter ihr. Er stürzte an ihren Rand und brach stöhnend zusammen.

Ada wartete eine Weile. Dann hob sie die Hand und legte sie ihm auf die Schulter. «Maliko und Ellino sind nicht dabei», sagte sie leise. «Ich habe sie gesehen. Sie sind in den Wald geflohen.» Hoffnungsvoll hob Dardanod den Kopf. «Ebenso wie Megido und ein paar der Mädchen.»

«Megido?» Er stieß den Namen hervor wie ein Keuchen. Ada nickte. Dardanods Gesicht verfinsterte sich. «Sie ist seit zehn Jahren tot», sagte er scharf. «So, wie ich es sein sollte.» Damit wandte er sich ab und verbarg sein Gesicht in den Händen.

«Nein, Dardanod.» Ada wagte nicht, ihn noch einmal zu berühren. «Sie lebt. Sie ist zurückgekommen. So viele leben noch.»

«Wer ist Megido?», fragte Jaro.

Ada schaute ihn an. «Seine Schwester», sagte sie in einem Ton, der Jaro unheimlich war. Er ließ die beiden trauernden Gestalten allein, pfiff seinem Hund und machte sich daran, zu tun, was getan werden musste. Er trat den schweren Weg zurück ins Dorf an, um nach den Toten zu suchen, die die Jäger zurückgelassen hatten.

Die Männerhütte stand in Flammen, doch im Haus der Frauen fand er Rikiko und trug sie auf seinen Armen nach draußen. Er barg noch andere und schleppte sie zur Grube. Ada schaute wortlos zu. Sie wusste, ohne sich aufzurichten und über den Rand zu sehen, wer an welche Stelle sinken würde. Sie kannte das Relief der Knochen besser als jeder sonst. Am Ende mühte Jaro sich, Erde über das Grab zu schaufeln, doch der lose Haufen, der beim Ausheben der Grube entstanden war und als Wall gedient hatte, war festgefroren und wollte sich nicht lösen. Da endlich stand Dardanod auf und kam Jaro zu Hilfe. Gemeinsam gelang es ihnen, die Toten einigermaßen würdig zu begraben. Dann machten sie sich auf, den Spuren zu folgen, die in den Wald führten.

Jaro behielt den Saum der Bäume im Auge, um eventuell auftauchende Feinde rechtzeitig zu entdecken. Doch es zeigte sich niemand, und kein Pfeil flog in ihre Richtung. Seine Worte schienen sich zu bewahrheiten: die Jäger hatten genug. Die Wut, mit der sie sich auf ihre Gegner geworfen hatten, war mit Egbar gestorben. Die Schrecken, die sie angerichtet hatten, hatten sie selber in die Wälder zurückgetrieben. Dennoch blieb Ada dieser letzte Satz im Ohr, der ihr Hoffnung und Furcht zugleich einflößte: Wo waren die Frauen des Dorfes?

«Da vorne ist jemand!», rief Jaro schließlich, als er eine Gestalt zwischen dem Schwarzweiß der Birkenstämme kauern sah.

Dardanod stürzte vor. «Ellino!», rief er den Namen seiner Tochter. Er hinkte so schnell, wie Jaro das nicht für möglich gehalten hätte, auf die Stelle zu. Heftig riss er das Mädchen hoch und an sich. Doch sie wollte die Hand ihrer toten Mutter nicht loslassen. «Ellino.» Immer wieder wiederholte er, unter Tränen, ihren Namen. Dabei versuchte er, ihre Finger aus denen Malikos zu lösen. Ada kauerte sich hin und betrachtete die Töpferin. Maliko lag dort, wo sie zusammengebrochen war. Die Spitze des Pfeils, den sie sich selber im Laufen abgebrochen hatte, steckte noch in ihrer Brust. Es war kein Blut zu sehen; das musste nach innen geflossen sein, bis ihre Lungen versagt hatten.

«Sie wollte ihre Tochter retten», sagte Ada tonlos. In Ermangelung von etwas anderem nahm sie Malikos Haar und deckte es ihr über das Gesicht. Dardanod wandte den Blick ab. «Das hat sie», schluchzte er und drückte die Kleine an sich, die nun die Arme um seinen Hals schlang. Jaro wollte sie ihm abnehmen, doch weder Vater noch Tochter ließen es zu.

Sie alle hatten es eilig, von der Stelle fortzukommen. Doch die Spuren, nach denen sie sich zu richten suchten, wurden spärlicher und verschwanden schließlich ganz.

«Such», befahl Jaro seinem Hund, doch nach einigem aufgeregtem Hin- und Herlaufen schob er seine Nase nur fröhlich bellend in ein Fuchsloch. Jaro warf fluchend einen Zweig nach ihm. Nachdenklich schaute Ada in die Richtung, in die die Spuren bislang geführt hatten. «Wenn Sirino bei ihnen ist», sagte sie langsam, «dann habe ich vielleicht eine Idee.»

Sie fanden die Frauen in der Nähe des Sees, an derselben Stelle, an der Sirino sich schon einmal des Nachts verborgen hatte. Schnee hatte das Gestrüpp über der Mulde abgedichtet und sie endgültig unsichtbar gemacht. Wäre nicht das geknickte Gesträuch am Einschlupfloch gewesen, sie hätten sie mit Sicherheit übersehen.

Ada rief etwas und kroch dann als Erste in den Unterschlupf. Vier bleiche Gesichter schauten ihr entgegen, dazwischen die Gestalten der Kinder, die sich wie ein Wurf scheuer Tiere um Melino drängten. Melino blickte Ada an, und nach wenigen Augenblicken wusste sie, was sie wissen wollte. Sie umarmte ihren schwangeren Leib und senkte den Kopf.

Juliko und Sirino hielten einander umarmt und flüsterten. Megido, die Wiedererstandene, saß ein wenig abseits. «Ada, Gott sei Dank», begann sie, doch sie verstummte sofort, als sie gleich darauf Dardanod hereinkriechen sah. Einen Moment lang starrten Bruder und Schwester einander nur an. Schließlich gab Ada ihm einen Stoß. Er ging auf seine Schwester zu. Ada wandte sich ab, um Jaro und dem Hund Platz zu schaffen. Taktvoll ließ sie das Geschwisterpaar alleine.

Sirino und Juliko waren nicht so zurückhaltend.

«Ist sie das wirklich?», flüsterte Juliko ihrer Freundin zu.

Sirino nickte. «Ich erinnere mich an sie. Aber sie ist doch gestorben.» Die beiden jungen Frauen schauten einander angstvoll an.

Ada schüttelte den Kopf. «Sie hat eine Reise gemacht», sagte sie. «Und sie ist zurückgekehrt.»

«Wozu?», fragte Sirino trotzig.

«Sie will euch leben helfen.»

«Uns ist nicht zu helfen», antwortete Juliko spontan, und Tränen traten in ihre Augen. «Wir werden alle sterben. So wie Mama und Maliko und …» Sie vermochte nicht, weiterzusprechen. «Schau uns doch an», schluchzte sie dann. «Wir sind so gut wie tot.» Und zitternd zog sie ihr dünnes Wollkleid enger um sich. Ada nahm sie in die Arme, um sie ein wenig zu wärmen. Dabei dachte sie an all die praktischen Schritte, die als Nächstes zu tun waren, um das Überleben zu sichern: ein Feuer machen, ins Dorf zurückkehren, die Vorräte sichten, es gab so viel zu tun. Sie wollte Sirino bitten, ihr zu helfen, doch die war bereits aufgesprungen. «Nein», rief sie laut, mit störrischem Gesicht. Ihr Blick glitt zweifelnd über den versprengten Haufen, der vor ihr saß. «Werden wir nicht.» Damit wandte sie sich um und schlüpfte aus dem Versteck.

«Sirino», rief Ada ihr nach, doch sie erreichte sie nicht mehr. Eines der Kinder begann zu weinen. Hilfesuchend wandte Ada sich Megido und Dardanod zu, die sich noch immer gedämpft unterhielten. Aber ihr Blick blieb an dem Mädchen hängen, Ellino, das noch immer in den Armen seines Vaters lag. Sein Gesicht war blass und verschwitzt, trotz der Kälte, seine Lippen blau. Sie zitterten, und die ganze Gestalt schien von der Gewalt des eigenen Herzschlags gebeutelt zu werden.

«Dardanod», rief Ada leise und bahnte sich einen Weg hinüber. Dann kauerte sie schon neben ihn, und legte Ellino die Hand auf die Stirn. Sie war kalt und feucht. Der Atem der Kleinen ging hechelnd. «Hat sie das öfter?», fragte Ada besorgt und tastete nach dem Herzschlag, der ihr viel zu rasch erschien, unruhig und stolpernd, wie ein verzweifelter Läufer am Ende seiner Kraft.

Dardanod schaute auf und drückte seine Tochter an sich. Mit geschlossenen Augen verkroch sie sich in seinen Armen. «Seit ihrer Geburt», sagte er und strich ihr über die Stirn. «Oft, wenn sie zu viel gerannt ist.» Er schaute Ada und seine Schwester hilfesuchend an. «Aber es ging immer von selbst wieder vorbei. Tarito hatte einen besonderen Saft dazu. Der Fingerhut in ihrem Garten, er war extra für meine Ellino.»

Ada und Megido schauten einander an. Jede wusste, was die andere dachte: ein Herzleiden. Und Taritos Garten gab es nicht mehr. Er hatte sich in etwas Grauenvolles verwandelt.

«Gib ihr etwas zu trinken», riet Megido schließlich, ein wenig hilflos. «Wir werden Feuer machen und Schnee schmelzen. Sirino», rief sie, um ihr die Aufgabe zu übertragen.

«Deswegen bin ich hier», sagte Ada. «Das Mädchen ist verschwunden.»

WAS TUN?

Jaro, der ausgeschickt worden war, Sirino zu suchen, kam wieder in das Versteck zurück. «Ihre Spuren führen am Seeufer entlang», berichtete er und warf Ada einen vielsagenden Blick zu. Sie nickte, sie wusste, was das bedeutete. «Sie ist ins Lager der Jäger gegangen.»

«Zu diesen wilden Tieren? Freiwillig?» Juliko fuhr schaudernd zusammen.

«Ich bringe sie um. Ich bringe sie alle um», ließ Dardanod sich vernehmen. Er ließ es offen, ob dies Sirino mit einschloss.

«Offenbar glaubt sie, dort bessere Überlebenschancen zu haben.» Diese letzte Bemerkung trug Jaro ein paar böse Blicke ein. Dennoch setzte er hinzu: «Und vermutlich hat sie Recht.» Er trug einen Hasen in der Hand, den er unterwegs erlegt hatte. Er legte das Tier mit den baumelnden Läufen in den Schnee und begann, es auszunehmen.

«Jaro», sagte Ada, die vor ihm stehen geblieben war. «Wir müssen sie dort herausholen.» Beschwörend schaute sie ihn an. Ihre eigene erste Zeit im Lager stand ihr vor Augen, und sie fürchtete für Sirino das Schlimmste.

«Sie ist freiwillig dorthin gegangen.» Jaro zuckte mit den Schultern.

«Ich bringe sie um», knurrte Dardanod, bis Megido ihn mit einer Handbewegung zum Schweigen brachte.

Jaro schaute hoch. Er konnte in Adas Augen lesen, was sie dachte. «Sie lieben einander», sagte er. «Ich glaube nicht, dass er ihr etwas tut.»

Heftig schüttelte Ada den Kopf. «Du weißt, wie sie sind», sagte sie, und ihr Herz klopfte.

«Ada!» Er hob die Hand, doch sie war blutig.

Ada wich zurück. «Wenn du nicht gehst, werde ich es tun», sagte sie entschlossen.

«Und ich werde dich begleiten.» Jaro stand auf und wischte sich die Hände ab.

Da zupfte eine kleine Hand an seinem Hosenbein. «Können wir erst den Hasen haben, bitte?»

Jaro ging in die Knie. «Du hattest noch kein Frühstück, nicht wahr?» Er schaute zu Ada auf.

Da ließ Megido sich vernehmen. «Wir werden zuerst den Hasen für die Kinder zubereiten, und dann brechen wir auf.» Sie wandte sich an Ada. «Ich werde mit euch kommen.» Ihr Bruder wollte etwas einwerfen, doch sie schüttelte den Kopf. «Das ist der Gang, um dessentwillen ich zurückgekehrt bin», sagte sie. Die anderen verstummten.

Als der Rauch des Feuers aufstieg und das Aroma gebratenen Fleisches sie in der Nase zu kitzeln begann, lief allen das Wasser im Munde zusammen. Doch das Tierchen war mager gewesen, und mehr als ein paar Bissen für jedes der vier Kinder gab es nicht her. Die Erwachsenen sahen zu und schluckten. Dardanod saß in einer Ecke und versuchte mit vielen guten Worten, Ellino dazu zu überreden, wenigstens ein kleines Stück zu probieren. Aber das Kind blieb teilnahmslos. Noch immer war es unnatürlich blass, die Adern unter seiner Haut traten blau hervor.

Ada, die die beiden mitleidvoll beobachtete, bemerkte, wie sich jemand neben ihr niederließ. Es war Melino. Die Schwangere lächelte sie an. Sie hatte dicke, braune Ringe unter den Augen, und ihr Gesicht wirkte aufgedunsen, ob vom Weinen oder durch ihren Zustand bedingt, war nicht zu sagen. «Wie weit ist es bei dir?», fragte sie.

Ada zuckte mit den Schultern. «Der vierte Mond», meinte sie.

Melino nickte und legte ihr die Hand auf den Bauch. «Wie bei mir. Aber bei dir sieht man so wenig. Auch sonst.» Ihr Blick glitt über Adas Gestalt.

«Ja, ich habe es selber lange nicht bemerkt.» Sie lächelte. «Es ist eine geheime Schwangerschaft.»

Melino lachte. «Die einen sind so, die anderen anders. Meine Mutter war immer von früh an rund wie ein Vollmond, aber ringsherum. Meine Tante blieb schlank und schmal, bis auf die Rundung, die sich irgendwann vorne an ihrem Bauch hervorschob. Alle dachten, das Kind müsse klein und krank sein, aber es kam gesund zur Welt.» Sie lächelte bei der Erinnerung, dann erlosch die Freude in ihrem Gesicht. «Wie ist Stephan gestorben?», fragte sie unvermittelt.

Ada zuckte zusammen. Sie dachte einen Moment nach. «Der Sohn des Mannes, den er getötet hat …», begann sie langsam.

Melino hob die Hand, um ihr weitere Worte zu ersparen. Dabei nickte sie, als ob sie verstünde. Als ob es irgendetwas zu verstehen gäbe an diesem Geschehen.

«Es tut mir so Leid.» Ada legte ihr die Hand auf die Schulter.

Melino drückte sie flüchtig. Sie nickte. «Du hast ihn auch geliebt, nicht wahr?»

Ada dachte an ihren Studienkollegen. An die gemeinsamen Grabungen, die dummen Studentenscherze. An die langen Nachmittage im Garten in Frankreich, an denen sie fluchend versucht hatten, das Geheimnis des Steineschlagens zu erkunden. An seine nervigen Blondinenwitze. Seine Naivität. Seine Unternehmungslust. Seine Zuverlässigkeit. Und sie nickte.

«Er war ein Bruder für mich», sagte sie. Melino antwortete nicht, doch sie lehnte den Kopf an Adas Schulter. Eine Weile überließen sich beide dem brennenden Gefühl des Verlusts, und eine an die andere gekuschelt, schliefen sie sogar, erschöpft von der Trauer, für wenige Momente ein. Dann schreckte ein angstvoller Schrei Julikos sie hoch.

Im Eingang zu ihrem Unterschlupf stand Askar, den Speer in der Hand. Jaro war als Erster auf den Beinen. Dardanod hinter ihm kam hoch und trat, viel zu spät, die Reste des Feuers aus, von dem er glaubte, es hätte sie verraten. Megido neben ihm schüttelte den Kopf und wies auf Sirino, die schüchtern an die Seite des jungen Mannes trat.

«Du», knurrte Dardanod.

«Verräterin», kreischte Juliko und drückte die Kinder an sich.

Sirino senkte den Kopf. Dann aber hob sie trotzig das Kinn. «Sie laden uns ein», sagte sie, laut und klar. Stille. Und sie beeilte sich, um die lastende Stille zu brechen, hinzuzufügen: «In ihr Lager.»

MEGIDOS GANG

«Und wir werden kommen.» Megido erhob sich, noch ehe allgemeines Murren einsetzen konnte. Sie stellte sich an Adas und Jaros Seite. «Sagt ihm das bitte», erklärte sie. Sie fixierte den jungen Askar, bis er beiseite sah. «Ich verlasse mich auf seine Gastfreundschaft.»

Jaro übersetzte. Askar murmelte eine knappe Antwort, und Jaro nickte bloß.

Sirino hängte sich an den Arm ihres Geliebten. «Es tut ihm Leid», sagte sie. «Es tut ihnen allen Leid.»

«Woher willst du das wissen», giftete Juliko. «Du verstehst doch noch nicht einmal ihre Sprache.»

Sirino öffnete den Mund. «Er hat nicht gewollt …», begann sie, aber Dardanod kam ihr zuvor.

«Er hat es nicht gewollt?», schrie er und drängte sich zu dem

Jungen durch. Sirino, die sich vor ihn stellte, schob er einfach beiseite. «Ich habe das Blut an seinen Händen gesehen. Und er hat es nicht gewollt? Maliko liegt dort draußen …» Er streckte den Arm aus, und das Schluchzen überwältigte ihn beinahe, «… alleine im Schnee. Und er war es vielleicht und du, du …» Er konnte nicht weitersprechen, machte aber Miene, auf Askar loszugehen, der noch immer reglos dastand. Jaro drängte sich schließlich zwischen die beiden Männer und trennte sie.

Ada fing Ellino auf, die unsicher auf ihren Vater zugetappt war und nun keuchend Luft einsog. «Dardanod», rief sie leise und übergab ihm seine Tochter, die er in die Arme nahm und heftig an sich drückte.

«Wir werden gehen», erklärte Megido noch einmal entschieden. Ihr Ton duldete keinen Widerspruch. Mit beklommenen Mienen machten sich alle bereit zum Aufbruch, um Askar und Sirino zu folgen. Ada ging dicht an Jaros Seite. Er spürte ihre Nervosität und drückte ihr die Hand. Dankbar umschloss sie seine warmen, starken Finger.

Dennoch zuckte sie zusammen, als das Lager in Sicht kam. Da war es, das vertraute Felsenband, überragt von der Wand mit den Höhlen, durch die sie auf ihrer Flucht geirrt war. Jetzt, im Winter, war der Vorsprung vollständig von einem Ledersegel überdacht, das bis zu den geflochtenen Wänden reichte, welche nun den gesamten Lagerplatz umstellten. Rauch quoll aus dem Geäst und zeigte an, dass die Lagerfeuer brannten. Askar schlug eine Bastmatte beiseite und forderte sie auf, einzutreten in ein Halbdunkel, das nach Rauch und Fell und nach der Anwesenheit von vielen Menschen roch. Megido senkte, ohne zu zögern, den Kopf und trat hindurch.

Ada war die Letzte. Sie brauchte eine Weile, um sich in dem Gedränge zu orientieren. Das erste Gesicht, auf das ihr Blick fiel, war das Ulars, der sie düster anstarrte. Am liebsten hätte sie sich dicht an Jaro gedrängt, der an Megidos Seite getreten war, um für sie zu dolmetschen. Doch sie ballte die Fäuste und suchte sich ihren Platz ein wenig abseits.

Alle saßen um ein einziges Feuer, fiel ihr auf, die Männer und Frauen waren nicht getrennt. Und das erleichterte sie. Dann begann sie, die einzelnen Gesichter zu studieren. Da saß Arwe, streng wie eh und je, doch fast nur noch an ihrer Haltung zu erkennen. Das Haar war grauer geworden, ihr fehlten Zähne, und sie hatte begonnen, Ume zu ähneln. Die alte Frau konnte Ada nicht entdecken. Dafür war Agte da und hielt Lete ängstlich umschlungen. Das Gesicht, das früher so rund und fröhlich gewesen war, sah ausgemergelt aus. Die Glut glomm, und aus einem Kochleder dampfte es. Aber aus dem Geruch schloss Ada, dass nur Tee darin bereitet wurde.

Sie hielt nach Hile Ausschau, hoffnungsvoll und doch mit Angst, die ehemalige Freundin möchte sie mit berechtigten Vorwürfen überschütten. Ich habe dich im Stich gelassen, Hile, dachte sie. Aber es ging nicht anders. Doch jetzt bin ich da. Es kann noch alles gut werden. Der Hund, der es sich an ihrer Seite bequem gemacht hatte und sich gegen ihren Schenkel drückte, als spüre er, dass sie tröstliche Gesellschaft benötigte, richtete sich plötzlich auf und begann zu knurren.

Lete stand vor ihr und schaute sie zögernd an. Als ihre Mutter rief, wandte sie zwar den Kopf, blieb aber, wo sie war.

«Ich grüße dich, Lete», sagte Ada, so freundlich sie konnte. Sie streckte die Hand nach dem Mädchen aus, das einst nachts Erdbeeren für sie geholt hatte.

Die zuckte zurück. «Sie sagen, du hast uns Unglück gebracht.»

Ada schüttelte den Kopf. «Es sind viele schlimme Sachen geschehen, Lete. Aber ich habe nichts davon gewollt. Und ich habe euch nichts Böses getan.»

Die Kleine legte den Kopf schief. «Askar und Hamar haben gestritten. Und das ist schlimm, sagt Mama. Denn Männer dürfen nicht streiten, wenn die Frauen zusehen.»

«Vielleicht», sagte Ada vorsichtig, «wissen sie einfach nicht weiter. Da ist es doch gut, wenn alle zuhören und sich Gedanken machen. Gemeinsam fällt einem ein, wie es gehen könnte.»

«Auch den Frauen?», fragte Lete und ließ sich nieder.

«Warum nicht auch den Frauen?», sagte Ada.

Lete streckte den Arm aus und ließ den Hund an ihren Fingern schnuppern. «Wie heißt er?», fragte sie und fügte übergangslos hinzu: «Harr haben wir mit Hogar begraben.»

Ada schwieg einen Moment. «Ich weiß nicht», sagte sie dann und kraulte dem Hund den Kopf, um Lete zu zeigen, dass er harmlos war. «Er hat noch keinen Namen, glaube ich. Möchtest du ihm einen geben?»

«Männer geben Namen», wehrte Lete ab, doch ihre Augen leuchteten.

Ada schüttelte den Kopf. «Nicht diesem Hund. Also, sag.»

Lete überlegte einen Moment. «Huud», sagte sie dann, zuerst zögernd, dann mit Nachdruck in der Stimme. Es klang wie ein Windstoß. Der Hund spitzte die Ohren. Lete begann, ihn zu rufen.

«Wo ist eigentlich Hile?», fragte Ada, so beiläufig sie konnte.

Lete hielt dem Hund ein Stöckchen hin und antwortete, ohne aufzusehen. «Sie ist an dem Kind gestorben, sagt Mama. Gleich nachdem du weg warst.» Sie warf Ada einen raschen Blick zu, der verriet, dass hierüber sicher noch mehr geredet worden war, doch ein leises Kläffen des Tieres lenkte sie wieder ab. So sah sie die Tränen nicht, die Ada in die Augen stiegen.

«So», brachte die junge Frau nur heraus. Sie schniefte und wischte sich das Gesicht. Die Kinder des Dorfes waren aufmerksam geworden auf das Spiel zu ihren Füßen und krochen unauffällig herbei, doch Ada wollte nicht, dass eines von ihnen sie weinen sah. Sie hatten genug Tränen gesehen.

«Und Ume?», fragte sie noch, um von ihrem Kummer abzulenken.

«Starb, als der Schnee fiel», sagte Lete sachlich. «Ich glaube, sie wollte niemandem was wegessen. Arwe sagt, das wäre in Ordnung so. Er heißt Huud», fügte sie im selben Atemzug hinzu, weil ein kleiner Dorfjunge sich ihr genähert hatte und

Miene machte, den Hund ebenfalls an seinen Fingern schnuppern zu lassen.

Sofort zog der Junge die Hand zurück. «Du darfst schon», erklärte Lete großzügig. «Stimmt's, Huud?» Mit verzückten Gesichtern schauten beide zu, wie das Tier dem Neuankömmling die Finger ableckte. Nach einer Weile allerdings hatte Lete genug davon. Sie sprang auf. «Ich gehe jetzt und schaue, ob ich einen Hasen fangen kann. Dann kriegt Huud die Eingeweide.»

«Was hat sie gesagt?», fragte eines der Dorfmädchen, und Ada übersetzte.

«Kannst du wirklich Hasen fangen?», fragte der Junge. Ada erinnerte sich nicht an seinen Namen, aber es war Welamods Sohn.

Lete nickte stolz und ließ ihre Schlinge durch die Luft wirbeln. «Das kann doch jeder», erklärte sie geziert. Sie überlegte, dann winkte sie großmütig. «Kommt mit, dann zeige ich es euch.» Diesmal brauchte Ada nichts zu übersetzen. Die ganze Bande geriet in Bewegung und war schon bald hinausgeschlüpft in den Schnee.

Nur Ellino blieb zurück. Vom Schoß ihres Vaters aus starrte sie mit aufgerissenen Augen ins Feuer. Ada sah, dass ihr der Rauch Atembeschwerden bereitete. Doch niemand achtete darauf, denn die Emotionen wogten hoch.

«Was heißt, nicht mit einer Frau. Nicht mit einer Frau, pah!», empörte Dardanod sich, und Ellino auf seinem Schoß wurde durchgeschüttelt. «Megido ist unsere Priesterin, und dieser Ischtar wird mit ihr reden oder mit niemandem.»

«Ischtar verhandelt nicht mit Frauen», sagte Askar steif.

«Wieso», schnappte Dardanod, kaum dass Jaro dies übersetzt hatte. «Du sprichst doch auch mit welchen.»

Askar und Sirino, die nebeneinander saßen, warfen sich einen Blick zu und erröteten. Auch Hamar und Agte, die ebenfalls einer an der Seite des anderen Schutz gesucht hatten, blickten sich für einen kurzen Moment an. Ada sah, wie sie einander an den Händen fassten.

«Ich werde nicht von Rache sprechen», versicherte Megido würdevoll.

«Rache?», rief da plötzlich Arwe schrill. «Ihr habt Petar ermordet, Rastar und Hogar.» Bei der Erwähnung des Namens ihres Mannes schlug sie sich an die magere Brust. «Ihr habt unsere Wälder zerstört, dass wir hungern. Ihr ...» Ihr Klagegesang nahm kein Ende.

Megido war rot geworden, als Petars Name fiel. Dennoch setzte sie zu einer Antwort an. Doch Juliko fiel ihr ins Wort. Die junge Frau hatte noch keinen Ton gesagt, seit sie das Lager betreten hatten. Nun aber ereiferte sie sich. «Und ihr habt Auriko entführt und getötet, das habt ihr doch, oder?» Hilfesuchend schaute sie sich um. «Und Rikiko und Tarito und Maliko und Iliod und Welamod und ...» Ihre Stimme drohte zu kippen, während sie die Namen aller aufzählte, die noch am Vortag gelebt hatten. «Und überhaupt alle», schloss sie. Ihre Hände ballten sich hilflos und hingen dann kraftlos herab. Megido nahm sie am Arm, zog sie neben sich und umarmte sie. Mit gesenktem Kopf saß Juliko da, erschöpft von ihrem Anfall, und wehrte sich nicht mehr. Keiner mochte den anderen ansehen.

«Und doch», fuhr Megido mühsam fort, und man merkte, welche Kraft es sie kostete, das zu sagen, «sind wir nicht hier, um zu richten.» Ihre andere Hand ergriff Dardanod, der aufspringen wollte, und hielt ihn nachdrücklich an seinem Platz fest. «Wir sind hier, um weiterzuleben. Weil wir überleben wollen. Wie ihr auch. Und nur gemeinsam wird uns das gelingen.» Von draußen drang das Kreischen der Kinder herein. Megido ließ es wirken und schaute alle an. Niemand sprach.

Da stand Ada auf. «Ich werde Ischtar bitten zu kommen», sagte sie. «Mir wird er zuhören.»

Askar sprang auf. «Er ist dort, wo kein lebender Mensch hindarf», rief er nervös.

«Ich weiß», erwiderte Ada und schob ihn sanft beiseite. «Ich kenne den Ort. Du vergisst, dass ich nach den Gesetzen eurer Sippe eine Tote bin.» Damit ging sie hinaus.

Einen Moment stand sie nur da, wie geblendet vom Licht auf dem Schnee. Die Nachmittagssonne stand schon tief und warf ihre Strahlen schräg auf den Hang. Sie tauchte die Schneedecke in ein mildes, aus Gold und Rosenrot gemischtes Licht und ließ jedes einzelne Kristall funkeln. Die sinnlose Schönheit des Ganzen trieb Ada die Tränen in die Augen. Und doch gab sie ihr Hoffnung. Sie sog die Luft ein, die kühl war und klar. Wie viel besser war das als der Dunst dort drinnen, wo sich Schweiß und Tränen und Trauer so unerträglich mischten.

Sie ließ ihren Blick den Hang hinaufwandern. Das letzte Mal war sie in eines der kleinen Löcher weiter oben gefallen. Unfreiwillig nur war sie in Ischtars Reich gelandet. Diesmal würde sie durch den Haupteingang eintreten. Sie nahm die große Grotte ins Visier und machte sich an den Aufstieg. Die Tierbilder würden ihr den Weg weisen.

AIIN UND NAG

Ein dicker Vorhang aus Eiszapfen zwang Ada, sich tief zu bücken, als sie in die Höhle eintrat. Wie eine Wand aus Glas dämpfte er das Licht und ließ das Draußen nur grau und trübe hereinsickern. Schon nach wenigen Schritten über das Geröll verwandelte sich die Dämmerung in tiefe Dunkelheit. Ada stolperte vorsichtig voran und wünschte, sie wäre so vorausschauend gewesen, eine Fackel mit an diesen Ort zu nehmen. Doch die Finsternis währte nicht lange.

Der Gesang war deutlich zu hören, noch ehe sie den schwachen Lichtschein wahrnahm. Auf- und abschwellend zog er durch die Gänge wie ein Geisterlied, und es war, als pulsiere das Licht in seinem Rhythmus. Ada erreichte eine Biegung, dann sah sie vor sich die Halle der Tiere, in der jemand ein Feuer entzündet hatte. Im unruhigen Spiel der Flammen sah das Wild lebendiger aus als jemals zuvor. Für einen Augenblick blieb Ada stehen, um sich dem Schauspiel hinzugeben. Ihr fiel auf, dass eine Gruppe Hirsche, die anmutig auf einen der Durchgänge zufloh, neueren Datums zu sein schien. Suchend wandte Ada den Kopf, um zu sehen, ob sich sonst noch etwas verändert hatte, da setzte plötzlich der Gesang aus. Die plötzliche Stille lastete schwer über ihrem Kopf. Unruhe packte Ada. Sie wandte sich ab und strebte dem Tor der Hände zu, wie sie es bei sich nannte. Mit einem Mal konnte sie es nicht mehr erwarten, Ischtar gegenüberzutreten.

Sie sah sein Feuer und roch die betäubenden Dämpfe der Drogen, lange bevor sie den engen Durchlass zu seiner steinernen Kammer passiert hatte. Vom Schamanen selbst war nichts zu entdecken als der groteske Schatten des Geweihs an der Wand. Nur seine Stimme erklang unvermittelt.

«Ich wusste, dass du wiederkommen würdest», sagte Ischtar. Es hallte hohl über ihrem Kopf.

Ada blieb stehen, ihr Herz klopfte wie wild. Woher konnte er wissen, dass jemand in der Höhle war? Hatte er das Geräusch ihrer Schritte gehört? Woher wusste er, dass es derselbe Besucher wie beim letzten Mal war? Mit einem Mal war Ada wieder, als müsse sie ersticken. Dennoch bückte sie sich und trat ein.

Der Schamane saß mit übergeschlagenen Beinen vor der Glut. Der Hirschkopf verhüllte wie immer sein Gesicht. Ada musterte ihn: Hatten die letzten Zeiten auch ihn gezeichnet? Doch Ischtar war immer schon alterslos gewesen. Und wenn der Hunger an seiner mageren Gestalt gezehrt hatte, so hatte er wenig daran zu ändern vermocht. Ischtar hob die Hand und streute einige Kräuter in das Feuer. Weißer Rauch stieg auf, und Ada musste husten. Gleich darauf stellte sich in ihrem Kopf ein Gefühl ein, als schwebe sie. Ihre Beine gaben nach, und sie nahm Platz.

«Du weißt vieles», begann sie, höflich und zögernd.

Doch der Schamane stieß nur ein trauriges Lachen aus. «Nichts weiß ich.» Er spuckte den Satz förmlich aus. «Nichts, was dich betrifft. Du spottest meiner Macht, Ada.» Er schaute sie unter der Maske hervor mit glimmenden Augen an. «Als ich dir einen Sohn prophezeite, war dein Leib in Wahrheit leer. Und nun kommst du wieder und trägst das Kind, doch es ist nicht unseres Stammes.» Er fuhr murmelnd fort: «Haynar sollte er heißen und sternenkundig sein. Ich selbst wollte ihn unterrichten.»

Ada neigte sich vor. Sie hielt schützend beide Hände um ihren Bauch, doch sie sagte: «Das kann noch immer geschehen, Ischtar.»

Der Schamane schüttelte den Kopf. «Ich glaubte, Rettung in dir zu sehen. Und doch begann mit dir unser Untergang.»

Ada biss sich auf die Lippen. Der Kopf des Alten pendelte hin und her, während er in einen traurigen Singsang verfiel, den Ada nicht verstand. Es griff ihr ans Herz. Aber sie wagte nicht, ihn zu unterbrechen. Dann mit einem Mal sprach er weiter. Seine Stimme klang müde und gepresst, wie erdrückt vom Schmerz. «Mit jedem toten Feind haben wir uns selbst getötet.» Sein Kopf sank auf die Brust.

«Es war der falsche Weg», stimmte Ada zu. «Aber ihr seid noch nicht vernichtet. Ihr seid wenige, ihr und sie. Doch gemeinsam könnt ihr überleben.»

«Wir wollten die jungen Frauen für uns.» Der Schamane schien nur in die Vergangenheit zu lauschen.

Ada schüttelte den Kopf. «Es war der falsche Weg», wiederholte sie. «Diese Frauen lassen sich nicht rauben. Sie senken nicht den Blick, und sie gebären ihre Kinder nicht in Fesseln.» Sie hielt inne und überlegte. «Aber sie sind nun da.»

«Sie haben das Böse in uns geweckt. Sie werden mit uns sterben.»

«Nein, Ischtar, nein.» Ada packte ihn am Arm, um ihn aus seiner Lethargie aufzurütteln. Sie war entsetzt, wie dünn und trocken er sich anfühlte, wie ein dürrer Zweig. Hastig suchte sie nach den richtigen Worten. «Sie verehren Aiin», stieß sie schließlich hervor. «Und sie kennen Nag als ihren Gefährten.»

Ischtar hob den Kopf, als er die vertrauten Namen hörte, und schaute sie an. Ada nickte ihm zu. «Aiin und Nag», wiederholte sie. «Die Geschichte ist noch nicht zu Ende erzählt. Soll ich dir davon berichten?» Sie wartete sein Nicken nicht ab, holte tief Luft und begann. «Nag sah Aiin gebunden daliegen, und sie dauerte ihn, denn er hatte sie lieb gewonnen als seine Gefährtin. Er wünschte sich, dass sie aufstand an seiner Seite, um mit ihm zu gehen und mit ihm zu tanzen über die Welt, die so schön geworden war. Also trat er zu ihr und schnitt ihre Fesseln durch. Dann umarmten sie einander. Und als die Zeit gekommen war, gebar Aiin dem Nag. Kornfelder gebar sie ihm in großer Zahl und Herden wolliger Tiere, deren Nachkommen die Wiesen bevölkerten. Da mussten die Menschen nicht mehr hungern im Winter, und sie fielen auf die Knie und verehrten beide.» Ada hielt inne und beobachtete den alten Schamanen, der an ihr vorbei in die Glut starrte. «Das ist die Geschichte von Aiin und Nag», sagte sie. «Es ist an der Zeit, dass jemand sie den Menschen erzählt. Findest du nicht auch, Ischtar?»

Sie erhielt keine Antwort. Doch die Hand des Schamanen suchte die ihre, fand sie und hielt sie lange. «Haymar», sagte er schließlich. «Bring ihn mir, wenn er alt genug ist, damit ich ihn unterweise.» Er nickte vor sich hin, ehe er sie abrupt losließ. «Ich werde da sein.»

Ada nickte. «Wir werden kommen», versprach sie. Dann stand sie auf. Lange schaute sie auf den Mann hinunter, der ihr immer ein Rätsel sein würde. «Danke», sagte sie. Er rührte sich nicht mehr. Doch ihr war, als lächelte er unter seiner Maske.

Der Rückweg war wie ein Schlafwandeln. Ada fand sich selbst, mit der Stirn an der kühlen Eiswand lehnend, die sie von der Außenwelt trennte, in seltsame Tagträume von einer tanzenden Frau vertieft, unter deren Tritten es grün aus der Erde spross. Dabei war ihr, als verberge sich unter dem langen, fliegenden Haar ein lachendes Totenkopfgesicht.

Sie holte tief Luft, bückte sich und trat hinaus ins Freie. Das Sonnenlicht war verschwunden, die Dämmerung hereingebrochen. Das Schneefeld des Hangs lag vor ihr. Für Momente verfärbte es sich zu einem Blau, das so tief und glühend war, dass es wirkte, als wäre es durchsichtig. Die festen Stoffe schienen sich aufzulösen in diesem Leuchten und einen Durchgang freizugeben in ein Dahinter, das kühl und verheißungsvoll zugleich war. Ada streckte die Hand danach aus und war ein paar Momente lang davon überzeugt, eintauchen, hindurchstoßen zu können. Alles schien ihr in diesem Augenblick möglich. Dann veränderte sich das Licht unmerklich, die Schneefläche wurde stumpf und grau, es knirschte unter ihren Schritten, als sie sich an den Abstieg machte. Doch die zitternde Zuversicht blieb in Adas Herz. Hochgestimmt und mit dem Geist noch völlig fern, suchte sie sich ihren Weg zwischen den Stämmen hindurch. Sie achtete nicht auf den warnenden Ruf des Käuzchens, und auch das Knacken der Zweige entging ihr.

Sie sah die dunkle Gestalt erst, als ihr Umriss sich schwarz hinter einem Baum hervorschob. Ada blieb stehen.

«Jaro?», rief sie hoffnungsvoll und spürte doch schon die Angst, die nach ihr griff. Der Mann tat einen weiteren Schritt. Es war Ular.

Ihre erste Bewegung galt dem Messer, doch es war nicht an seinem Platz. Wo, überlegte sie fieberhaft, wo hatte sie es nur gelassen? Ular rührte sich nicht. Ada erwog, ob sie schon nahe genug wäre, dass die anderen ihr Rufen hören könnten. Dann folgte sie ihrem Impuls und versuchte, ihm mit einem raschen Haken zu entkommen. Aber er war schneller. Mit wenigen Schritten war er bei ihr und hielt sie fest. Ada fühlte, wie sie an ihn gepresst wurde. Sie schnappte nach Luft und versuchte, die alte Panik zu unterdrücken, die wieder in ihr aufsteigen wollte. Beide Hände gegen seine mächtige Brust gestemmt, suchte sie sich von ihm loszumachen. Da löste er abrupt seinen Griff. Ada taumelte regelrecht aus seinen Armen.

Ular starrte sie an. «Ein Kind», murmelte er. Und sie sah, wie eine unsinnige Hoffnung in seinen Augen glomm.

Sie strich sich über ihren Bauch, der sich klein und fest unter ihrer Kleidung abzeichnete, wenn sie sie straff zog. «Ja, ein Kind», blaffte sie. «Aber es ist nicht deins, das weißt du.» Und in dem Wunsch, ihn zu verletzen, fügte sie hinzu: «Es ist Jaros.»

Ular rührte sich noch immer nicht.

«Ich würde niemals ein Kind von dir bekommen», fuhr sie fort, noch immer von Angst und Wut getrieben.

Er stand nur reglos da und betrachtete sie. Ada hätte ihn am liebsten geschlagen. Was nur, was, schrie es in ihr, wollte dieser Mann noch von ihr? Dabei wusste sie es doch, und sie zitterte innerlich davor.

«Du wirst mit ihm fortgehen», sagte er schließlich dumpf. Es war keine Frage.

Heftig nickte Ada mit dem Kopf. «Genau das werde ich tun.» Bin ich verrückt, überlegte sie in diesem Moment. Ist es wirklich das, was ich tun will: fortgehen mit Jaro, hinein in diese fremde Welt, fort von meinem früheren Leben und allem, was ich kannte? Bin ich deshalb zurückgekommen? Der Gedanke griff wie eine Faust nach ihr und presste ihre Eingeweide zusammen. Trotzig hob sie das Kinn. «Und du wirst mich nicht daran hindern», sagte sie. In Erwartung, dass er genau dies versuchen werde, ballte sie die Fäuste.

Ular schüttelte den Kopf wie über ein trotziges Kind. Dann drehte er sich zur Seite. Ada, die dachte, er hole aus, um sie zu schlagen, zuckte heftig zurück. Das Adrenalin strömte noch immer durch all ihre Glieder, als er ihr etwas hinhielt. Sie konnte es im Dunkeln nicht sofort erkennen. Er musste es ihr noch einmal auffordernd vor die Brust halten, ehe sie ihre Finger öffnete, sie zögernd hob und damit über das unförmige Paket strich, das er ihr anbot. Es war, zu ihrer Verblüffung, ein Fell. Ada streichelte es. Es war kurz und wollig und dicht. Langsam begann sie zu begreifen.

«Du hast dir das Junge des großen Bären geholt», sagte sie leise, sich erinnernd an das, was Ume ihr von Ulars Kampf mit dem Bären erzählt hatte. Mit beiden Händen griff sie nun danach und entfaltete es. Tatsächlich, es war ein Bärenfell, nicht so groß wie das, das sie seinerzeit am Lagerfeuer bewundert hatte, und heller in der Farbe.

«Ich dachte ...», begann Ular, doch er sprach es nicht aus. Heftig wollte er sich abwenden.

Da hielt Ada ihn am Arm zurück. «Warte», sagte sie. Verblüfft und erleichtert über die Wendung, wollte sie ihn nicht gehen lassen, ohne ihm seinerseits ein Geschenk zu machen. Sie nestelte bereits an dem Lederband herum, das sie um den Hals trug. «Da», sagte sie, als es ihr schließlich gelungen war, den Knoten zu lösen. Sie ließ den Anhänger einen Moment vor seinem Gesicht baumeln, dann, da er nicht zugriff, drückte sie ihm das Schmuckstück in die Hand. Unsicher betastete Ular es. Dann hielt er es hoch, um im Licht des aufgehenden Mondes das Bild darauf zu betrachten.

Ada sah, dass die Gestalt mit dem Fischschwanz ihm Rätsel aufgab. Sie lächelte. «Es ist ein Talisman», sagte sie. «Es beschützt diejenigen, die nicht gut schwimmen können.»

Mit einem Knurren schloss Ular die Faust. «Ich kann schwimmen», erwiderte er missmutig. «Ich habe es heimlich gelernt, als ...» Er vollendete den Satz nicht, als er das wissende Lächeln in ihrem Gesicht bemerkte. Mit einem leisen Zucken der Mundwinkel erwiderte er es. Für einen Moment sah Ada noch einmal sein vernarbtes, zerschrundetes Gesicht, in dessen Augen sich das Mondlicht spiegelte. Dann war er wie ein Schatten verschwunden.

Mit klopfendem Herzen stand Ada da. Wäre nicht die Last des Fells in ihren Armen gewesen, sie hätte geglaubt zu träumen. Mit unsicheren, taumelnden Schritten erreichte sie schließlich das Lager. Menschen standen vor der Umzäunung. Sie erkannte Jaro, der sich aus der Gruppe löste und auf sie zulief, als er sie entdeckte. Heftig schlang er seine Arme um sie und drückte sie an sich.

«Du zitterst ja», stellte er besorgt fest. «Was ist geschehen?»

Aber sie schüttelte nur den Kopf, unsicher, ob sie traurig oder glücklich sein sollte. «Ach, Jaro.» Mit diesem Seufzer schmiegte sie sich an ihn; das Bärenfell wärmte ihr die Wange. Und so standen sie, eng umschlungen und regungslos.

RECHNUNGEN UND RITUALE

Hinter ihnen wurde es lauter. In das Geplapper der Menschen mischte sich das Blöken von Schafen.

«Unser Vieh», rief Juliko. «Sie haben es gestohlen.» Die Stimmung war sofort merklich angespannt. Melino trat vor, um ihre Hände über den Tieren auszubreiten, als wolle sie sie verteidigen. Askar sagte etwas und gestikulierte heftig. Sirino, die nicht verstand, was er von ihr wollte, wandte sich hilfesuchend an Jaro.

Hand in Hand mit Ada kam er herüber. «Sie haben die Tiere heute Morgen mitgenommen», übersetzte er, «aber sie nicht angerührt. Er sagt, sie riechen so komisch. Und sie wären nicht sicher, ob man sie essen kann.»

«Wie bitte?», fragte Dardanod und trat vor. «Mein lieber Freund, so ein Hammelbraten mit Fett ist das Beste, was dir im Leben passieren kann. Das sage ich dir.» Und er begann seinerseits mit vielen Gesten, Askar über sie aufzuklären. «Man nimmt ein Männchen», sagte er, «denn die sind entbehrlich. Eins genügt, um im nächsten Frühjahr genügend Jungtiere zu haben. Nicht zu alt soll es sein und nicht zu jung.» Er tastete die Glieder der Tiere ab, die sich meckernd und um Futter bettelnd an ihren Hirten drängten. Dardanod richtete sich auf. «Habt ihr ihnen denn nichts gegeben?», fragte er streng.

Askar zuckte mit den Achseln.

Dardanod schüttelte den Kopf und setzte zu einem Vortrag über Viehpflege an. «Nein, das ist ein Muttertier», sagte er, als er sah, wie Nadgar halbherzig nach einem der Tiere griff. Er drückte es gegen seine Knie und zog das Bauchfell hoch. «Hier ist das Gesäuge, seht ihr? Verflucht, gemolken habt ihr sie wohl auch nicht. Soll sich das entzünden? Das arme Tier.»

Askar fragte etwas. Jaro lachte. «Er fragt, was ihr mit der Milch macht», sagte er zu Dardanod.

Der schaute irritiert auf. «Wir geben sie unseren Kindern», sagte er dann und schaute erstaunt in die angeekelten Gesichter der Jäger und ihrer Frauen. «Es macht sie stark.» Und der mitleidig-herablassende Blick, den er Lete zuwarf, zeigte deutlich, was er vom Zustand des Jäger-Kindes und seiner Ernährung hielt.

Ada mischte sich ein. «Ich glaube nicht, dass sie sie vertragen würden, Dardanod. Die Milch, meine ich. Wenn man sie nicht gewohnt ist, kann sie üble Folgen für die Verdauung haben.»

Dardanod zuckte mit den Schultern. «Umso besser, dann bleibt mehr für uns», meinte er knapp. Dann hatte er den jungen Bock gefunden, den er gesucht hatte. «Der hier», erklärte er. «Und nun gebt mir ein Messer.»

Askar reichte ihm seines und sah gespannt zu, wie Dardanod sich das Tier zwischen die Schenkel klemmte, ihm mit dem Messer die Kehle durchschnitt und es festhielt, bis es ausgeblutet war. Nickend erlaubte er Agte, eine Schale unterzuhalten, um das Blut aufzufangen. «Das ist keine Kunst», erklärte er abfällig. «Die Jagd fordert den Mann.»

Dardanod schaute unter den Stirnfransen hervor, die ihm ins Gesicht hingen. Die Anstrengung trieb ihm den Schweiß auf die Stirn. «Angeber», sagte er, aber er grinste dabei. «Dich möchte ich sehen, nachdem du fünfzig davon am Stück gemolken hast.» Laut sagte er: «Bringt mir Knoblauch. Und dann werden wir diesen Ignoranten mal zeigen, was ein ordentlicher Braten ist.» Ungläubig schüttelte er den Kopf. «Nicht essbar», schnaubte er.

Agte schaute kichernd zu ihm auf, um dann wie ein junges Mädchen heftig errötend mit ihrer Schüssel zu verschwinden.

In dieser Nacht saßen alle einigermaßen friedlich um die Feuer. Die Glut färbte ihre Gesichter rot und ließ das Fett auf ihren Lippen glänzen, während sie sich besinnungslos und selig mit fettem Fleisch voll stopften. Den Dörflern hatte der Hunger des Tages schon ordentlich zugesetzt, die Jäger aber gerieten nach allen Entbehrungen angesichts der Fülle in einen regelrechten Taumel. Alle langten sie zu und fielen anschließend in eine träge Lethargie. Zu erschöpft, zu abgefüllt, um zu streiten, schliefen sie in einem wirren Durcheinander von Gliedmaßen ein.

Am nächsten Morgen herrschte Katerstimmung und allgemeine Ernüchterung. Melino, der seit Beginn ihrer Schwangerschaft übel war, stolperte über die letzten Schlafenden nach draußen, wo sie sich für alle hörbar übergab. Anschließend weinte sie und kam lange nicht mehr herein.

Ada erwachte und fühlte sich beobachtet. Sie tastete nach Jaro, der aber nicht mehr an ihrer Seite lag, und hob schließlich blinzelnd den Kopf. Da hockte Lete, die Hand auf dem Kopf des Hundes, der nun Huud hieß. «Ich will auch so einen haben», verkündete sie.

Ada schüttelte hilflos den Kopf. Da kam Jaro mit einer Schüssel Wasser für sie, aus der sie gierig trank. «Ich weiß ein Dorf, wo Huuds Junge leben», sagte er. «Wenn du wirklich willst, bringe ich dir im nächsten Herbst eins mit.»

Lete nickte heftig. «Darf ich, Papa?», fragte sie Hamar, der mit besorgter Miene herangekommen war. Zurückhaltend stimmte er zu. «Wenn sie es gerne möchte», sagte er und strich seiner Tochter über den Kopf. Dann zog er sie weg, nachdem er einen letzten Seitenblick auf Ellino geworfen hatte, die nicht weit von ihnen zusammengerollt auf dem Boden lag. Sie war blass und sah aus, als bereite das Atmen ihr Schwierigkeiten. Ihre fiebrig glänzenden Augen aber hatten alles verfolgt.

«Guten Morgen, Schätzchen», sagte Ada sanft zu ihr und neigte sich hinüber, um ihr übers Haar zu streichen. Sie überlegte. «Möchtest du auch gerne so einen jungen Hund haben?», fragte sie dann.

Ellino wollte antworten, aber dann schüttelte sie nur müde und resigniert den Kopf und schloss die Augen. Ada streichelte sie noch eine Weile, doch Ellino reagierte nicht mehr. Besorgt tauschte Ada ein paar stumme Blicke mit Jaro. Der wollte Dardanod und Megido holen, die bereits wieder mit Askar, Nedgar und Ular palavernd am Feuer saßen. Mit Händen und Füßen gestikulierend, suchten sie sich radebrechend verständlich zu machen. Als es nicht ging, verlangten sie dringend nach Jaro.

Ada ließ ihn gehen. Ischtar, stellte sie besorgt fest, hatte sich noch immer nicht blicken lassen. Und der Gedanke, dass er und seine Geschichte die kalte Höhle vielleicht nie mehr verlassen würden, machte sie unruhig.

Nach einer Weile kam Megido zu ihr herüber. Schwer ließ sie sich neben Ada nieder und legte kurz die Hand auf Ellinos Rücken, die im Schoß der jungen Frau eingeschlafen war. Dann bedeckte sie ihr Gesicht. Mitfühlend berührte Ada ihren Arm. Megido schüttelte den Kopf.

«Ich fühle mich wie tot», sagte sie dumpf zwischen ihren Fingern hindurch. Dann hob sie ihr Gesicht und schaute Ada an. Ihre Augen waren sehr müde. «So habe ich mir die Rückkehr in meine eigene Zeit nicht vorgestellt», sagte sie. Ihr Blick wanderte über das Lager. «Alle, die ich geliebt habe, sind tot. Sie existieren nur noch in meinem Atelier, geschaffen von meiner Erinnerung. Das hier …» Sie schüttelte wieder den Kopf.

«Dardanod ist hier», versuchte Ada, sie zu trösten. «Und alle können sehen, dass du dich ganz großartig verhältst …»

«Sie misstrauen mir.» Megido sagte es trocken und ohne Bedauern. «Ich bin ihnen fremd. Und fast glaube ich, sie brauchen mich gar nicht.» Prüfend betrachtete sie Sirino, die sich, seit ihr Entschluss, ins Lager der Jäger zu gehen, gefallen war, an Askars Arm geklammert hatte wie eine Ertrinkende. Nadgar hatte sich mit einer Holzplatte zu Juliko gebeugt und bot ihr Fleisch an. Sie schob es brüsk weg und zierte sich, nahm es aber schließlich doch an und schickte dem Jungen, als er fortging, einen langen Blick hinterher, in dem Abneigung und Interesse sich mischten.

«Du hast ihnen das Versprechen abgerungen, die Mädchen wählen zu lassen», suchte Ada sie zu trösten.

Megido lächelte traurig. «Ich musste ihnen androhen, dass die Große Mutter ihnen sonst niemals Kinder schenken würde.» Sie schaute vor sich hin. «Taritos Garten», sagte sie leise, scheinbar ohne Zusammenhang. Ada strich mitfühlend über ihren Arm. Taritos Garten hatte sich auf schreckliche Weise verwandelt. Sie wussten es beide.

«Und Dardanod …», fuhr Megido nachdenklich fort. Der große Mann saß neben Melino und redete mit ihr, die mit einem müden, dankbaren Lächeln durch sein Haar fuhr.

Ada wiegte Ellino. «Er macht sich Sorgen um seine Tochter», sagte sie.

«Ada», begann Megido plötzlich in einem Tonfall, der ihre alte Energie und Autorität erkennen ließ. «Ich möchte, dass du Ellino mitnimmst, wenn du gehst.»

«Aber ich …», stammelte Ada erschrocken.

Megido ließ sie nicht zu Wort kommen. «Du siehst, wie krank sie ist. Es ist das Herz, Ada. Niemand hier kann das richtig behandeln. In einer Klinik hätte sie vielleicht eine Chance.» Sie sprach immer schneller und dringender. «Geht zu Ewald, wenn ihr da seid, er wird euch helfen. Er würde mir immer helfen. Er …» Der Kummer überwältigte sie, und sie konnte nicht weitersprechen.

«Er liebt dich», sagte Ada. Sie dachte an das verzweifelte Gesicht, das der Professor gemacht hatte, als sie ihn auf dem Boden des Containers zurückließ, und begriff, dass das die Wahrheit war. «Und deshalb …» Aber Megido legte ihr den Finger auf die Lippen.

«Versprich es mir», sagte die Priesterin.

Ada senkte den Kopf. «Versprochen», murmelte sie. Megido drückte ihr einen Kuss auf die Stirn wie ein Siegel und ging. Als sie fort war, suchte Adas Blick Jaro. Dort saß er und redete, seine

Augen blitzten lebhaft. Sie fuhr in Gedanken zärtlich die Linien seiner Schultern nach, an die sie sich – wie oft eigentlich? – gelehnt hatte. Sie liebkoste mit ihren Augen sein Haar, dessen Duft sie so gut kannte. Hungrig nahm sie jede seiner Bewegungen auf, die Gesten seiner langgliedrigen Hände, die Art, wie er sich zurückneigte, wenn er lachte, das Spiel von Licht und Schatten auf seinen Wangenknochen.

Mit einem Mal erinnerte sie sich, dass heute Donnerstag sein musste. Sie sah einen Empfangsraum vor sich, eine Sekretärin, die ärgerlich einen Telefonhörer auflegte, «nicht da» murmelte und nachdrücklich den Namen Schäfer aus der Zeile eines vor ihr liegenden Terminkalenders strich. OP-Lampen, die über einem anderen Gesicht angingen, das blass aus grünen Laken leuchtete, dem Danach entgegendämmernd. Mein wirkliches Leben, dachte Ada, wo ist es?

Der Ledervorhang wurde beiseite geschoben, Winterlicht drang in das Lager und ließ alle blinzelnd aufschauen. Eine bizarre Silhouette schob sich vor das Gleißen des Schnees und den gnadenlos blauen Himmel, der darüber leuchtete. Der lange Schatten eines Geweihs fiel über die drinnen Zusammengekauerten. «Ischtar!»

Der Schamane neigte das Haupt und trat ein. Alle Augen hingen an ihm, der die sichere Haltung eines Mannes einnahm, der etwas zu verkünden hatte. «Die Ahnen», sagte er, «haben mir eine Geschichte enthüllt.» Er machte eine Pause. «Über die Liebe von Aiin und Nag.» Unter seiner Maske war es unmöglich zu entscheiden, ob er Ada ansah.

Die Stimme des Schamanen verfiel in einen hypnotischen Singsang. Ellino in ihrem Schoß regte sich im Schlaf. Ada drückte das Mädchen an sich und verbarg ihr Gesicht in seinem Haar, damit niemand ihre Tränen sah.

Sie erwachte von einem Kreischen. «Ihr tötet Menschen für eure Göttin!» Erschrocken hob Ada den Kopf. Wo war sie? Was war das für eine stickige Finsternis? Dann erblickte sie Arwes altes Gesicht; von den Flammen beleuchtet sah es hexenhaft aus. Ihre grauen Haare, ungepflegt, wie Ada sie nie gesehen hatte, ringelten sich wie fette Schlangen über dem Feuer. Fast glaubte sie, den beißenden Geruch verbrannter Strähnen zu riechen.

Ada sah, wie Megido mit unbewegtem Gesicht dasaß und um eine Antwort rang. Es war Jaro, der sie schließlich gab.

«Ihr», sagte er, «tötet Frauen, weil sie euren heiligen Baum angefasst haben.» Er stand auf und ging zu Ada hinüber. Liebevoll strich er ihr über das Haar. «Geht es dir gut?», fragte er leise. «Komm, wir gehen ein wenig hinaus.»

Ada befreite sich von der Last des schlafenden Mädchens. Sie hörte, wie Megido das Wort ergriff. «Ich bin einverstanden», sagte die Priesterin, gegen das Protestgeschrei ihrer Leute. «Ich werde ein Opfer bringen.» Alles verstummte. Furcht und Resignation legten sich lähmend über alle. Selbst Jaro hielt inne, seine dunklen Augen schauten Ada voll Entsetzen an.

«Dardanod», sagte Megido in die Stille hinein, «kann ich dich bitte alleine sprechen?»

Jaro umschlang Ada, so fest er konnte. «Er ist ihr Bruder», sagte er, mit vor Ehrfurcht zitternder Stimme. «Sie erfüllt das Gesetz. Und doch …»

Ada zog ihn mit hinaus. Sie glaubte auf einmal, dort drinnen nicht mehr atmen zu können. Lange standen sie nur nebeneinander im Schnee und starrten in den Sternenhimmel, dessen Lichter wie ein zitterndes Netz über dem Schwarz der Nacht lagen. Es wurde einem schwindelig, wenn man hinaufsah.

«Sie wird Dardanod nicht opfern», sagte Ada schließlich. Sie spürte Jaros überraschte Bewegung und drückte sich enger an ihn. «Sie wird ihm nur sagen, dass sie ihm das Liebste nehmen wird, was er besitzt.» Dann hielt sie den Atem an. Verstand Jaro, was sie ihm sagen wollte? Begriff er, dass sie ihm zu verstehen geben wollte, auch ihm würde etwas genommen? Dass sie ihm nie wirklich gehört hatte? Dass sie aus einer anderen Welt stammte und es für sie beide keine Zukunft geben konnte, geben durfte? Ada holte tief Luft. «Jaro, ich …», setzte sie an. Ihre Stimme brach.

«Das dort», sagte er, ihre Erregung ignorierend, und wies auf ein Sternbild, «ist der Jäger. Du siehst ihn auch am Meer. Ich habe ihn dort gesehen, während die Wellen an den Strand schlugen und die Lilien dufteten. Sie nennen ihn dort den Fischer. Aber es sind immer dieselben Sterne. Du wirst es sehen.»

«Ja», sagte Ada und dachte, dass sie sie nie wieder würde betrachten können.

Hinter ihnen wurde der Vorhang zurückgeschlagen. Roter Lichtschein fiel auf den Schnee, und die Sterne wurden ein wenig blasser.

«Ada?», fragte Megido.

«Ja», sagte Ada wieder. Sie stand sehr aufrecht da. Unmerklich löste sie ihre Hand aus Jaros.

«Komm herein, damit ich dich segnen kann für die Zeremonie.»

Ada machte einen Schritt auf sie zu. Drinnen sah sie die anderen stehen, mit großen Augen, teils voll Hoffnung, teils voll Abneigung. In Arwes Gesicht stand ein bitterer Triumph. Ular wurde von Hamar und Askar festgehalten. Sein Atem ging rasch.

«Ada?» Sie wandte sich um, als sie die Stimme hörte. Jaro stand allein, eine schlanke Silhouette vor dem unendlichen Flimmern der Sterne. Er starrte sie an, ungläubiges Entsetzen im Gesicht.

Sie streckte die Hand nach ihm aus, doch er wich zurück. Heftig schüttelte er den Kopf. «Ich bin für dich gegen den Strom gezogen», brach es aus ihm heraus, «ich habe das Schicksal herausgefordert. Ich habe geglaubt. Und du?» Er suchte nach Worten. «Du gehst? Gehst einfach mit ihr?», fragte er schließlich, fassungslos.

Ada wusste nicht, was sie sagen sollte. Resigniert hob sie noch einmal die Hände. Da wandte er sich ab und verschwand in der Dunkelheit.

Die Vorbereitungen für die Zeremonie dauerten bis kurz vor der Dämmerung. Die Feuer, die Musik und die Erwartung hielten alle in einer fiebrigen, seltsam unwirklichen Wachheit. Megido hatte verkündet, das Opfer mit der aufgehenden Sonne bringen zu wollen, wenn die ersten Strahlen des Antlitzes der Mutter über die Erde glitten. Nun saß sie da und wusch Ada wie ein kleines Kind. Langsam und sorgfältig ließ sie den ledernen Lappen mit dem warmen Wasser über ihre Glieder gleiten, und sprach dabei ihre Gebete, als segnete sie jeden Körperteil. Dann nahm sie einen Kamm und strähnte Adas widerspenstiges Haar. Sie nahm sich Zeit auch hierfür, es war keine Reinigung, es war eine Zeremonie, und als sie fertig war, knisterten Adas Locken warm und trocken unter dem Holz. Mit beiden Händen griff Megido in einen Korb mit Kräutern, zerrieb sie zwischen ihren Fingern und strich das Aroma über Adas Stirn und Schläfen. Kühle umfing die junge Frau, ein Frösteln lief über ihren Körper. Megido sah es und nickte. Doch sie sprach kein Wort, nur ihren Singsang wiederholte sie, bis er Ada beinahe in den Schlaf wiegte. Wie eine Puppe ließ sie alles mit sich geschehen; ihre Gedanken trieben weit von ihr, weit von hier, wie ein großer, dunkler, kühler, schwarzer Strom.

Der Fluss, dachte Jaro bitter und biss sich auf die Lippen, er hätte mich verschlingen sollen. Mit aller Kraft hieb er gegen den Stamm der Fichte, an der er lehnte. Der Schmerz schoss ihm in die Faust. Befriedigt schlug er noch einmal zu. *«Du weißt nie, welcher Wirbel dich hinter der nächsten Biegung erwartet.»* Er hörte die Stimme der Schamanin noch. Wahrhaftig!, sagte er sich, sie hatten Recht, die Weisen Frauen. Hatte sie am Ende all das hier vorhergesehen? Und lachte die Große Mutter irgendwo über ihm ihr welterschütterndes Gelächter? Ihm war, als hörte er es dröhnen. Das Blut rauschte ihm in den Ohren, und der Boden unter seinen Füßen schwankte. Mit beiden Armen umschlang Jaro den Baum. Ada, dachte er. Dann hieb er seine Stirn gegen den Stamm. Das Blut floss salzig in seinen Mund. Der Hund neben ihm jaulte unruhig.

«Huud?», fragte eine hohe Stimme.

Jaro erstarrte. Ohne sich umzuwenden, hörte er die Schritte Letes näher kommen. Sie lockte den Hund. Als sie Jaro erblickte, blieb sie unsicher stehen.

«Was machst du da?», fragte sie und kraulte dem Hund, der sich ängstlich an sie drängte, den Kopf.

«Ich gehe fort.» Jaro stand noch immer mit dem Rücken zu ihr, als spräche er mit der Rinde des Baumes, die sein Gesicht aufgerissen hatte. Er schämte sich seines blutigen Antlitzes und wollte es dem Kind nicht zeigen.

«Bringst du mir ein Junges von Huud, wenn du wiederkommst?», verlangte Lete zu wissen. Ihre Stimme klang hoffnungsvoll. «Ada hat es versprochen.»

«Ada», brachte Jaro mühsam heraus, und seine Stimme brach fast, als er ihren Namen aussprach. «Ada ist tot.»

«Nein.» Lete schüttelte den Kopf. «Bestimmt nicht.» Mit altkluger Stimme belehrte sie ihn. «Ada stirbt nie. Ischtar hat sie schon einmal für tot erklärt. Und sie ist wiedergekommen. Da wird die fremde Schamanin es auch nicht schaffen.» Sie neigte sich zu dem Hund hinunter und verabschiedete sich zärtlich von ihm. Jaro hörte ihre Schritte auf dem Schnee knirschen. Dann wandte sie sich noch einmal um. «Ich möchte ein Weibchen», sagte sie. «Eines mit einem weißen Fleck am Kopf. Ada soll daran denken.»

Da durchzuckte etwas Jaro, und er wandte sich heftig um. «Lete», rief er. Doch das Mädchen war verschwunden. Seltsam, dachte Jaro. Und er wollte ihr sagen, dass er sich schämte. Schämte, verzweifelt zu sein, wo sie, ein Kind nur, in schlichter

Gewissheit lebte. «Wie kannst du so sicher sein?», flüsterte er. Sie wird nicht sterben. Angstvoll lauschte er der Stimme, die zu ihm sprach. Das Schicksal steht nicht fest. Es gibt immer noch einen Wirbel im Strom.

Freude und Furcht wallten mit einem Mal auf in Jaro, ihm war, als müsse er platzen, wenn er sie nicht hinausließ. Er legte den blutüberströmten Kopf zurück, öffnete den Mund und schrie.

Bellend sprang Huud an ihm hoch. «Ist ja gut, alter Freund.» Ernst kniete Jaro neben dem aufgeregt wedelnden Tier nieder. Dann verbarg er das Gesicht in seinem Fell. «Es wird ja alles gut.» Und er weinte.

Als die Menschen das Lager verließen, war der nachtblaue Himmel so durchsichtig und leuchtend, dass er aussah wie ein Tor in eine andere Welt. In einer langen Schlange wand sich die Prozession, Fackeln in den Händen, deren Schein hier und da den Schnee aufblitzen ließ, auf nasses Holz fiel, auf kahle Äste. Die Sterne waren nicht mehr zu sehen.

Ada hatte aufgehört zu denken. Sie schritt wie in Trance, bekränzt mit trockenen Mistelzweigen, Tannengrün und Stroh. An ihrer Seite schritt Dardanod, Ellino im Arm und stumm vor Trauer. Seine Schwester hatte es ihm erklärt. Es wäre für das kranke Kind nur ein Übergang in eine andere Welt, nicht der Tod, nur der Ort, an dem sie selbst all die Jahre gelebt hatte. Ein guter Ort. Ein Ort allmächtiger Heiler, gesegnet von der Mutter. Er musste es glauben, denn Megido war von dort zurückgekehrt, gesund, obwohl er sie tot gesehen hatte. Und dennoch hatte er nichts als diesen schwachen Glauben. Und lieber, als sich daran zu klammern, hätte er den lebendigen Körper seines Kindes weiter in den Armen gehalten. Er presste seine Wange an ihren weichen, schlafwarmen Hals und stolperte voran.

Die Dörfler sangen, die Jäger lauschten. So näherten sie sich mit knisternden Fackeln dem Erdwerk, dessen dunkle Wälle sich nun deutlich vor dem heller werdenden Horizont abhoben.

Mit ehrfürchtigerem Schweigen als jemals zuvor traten sie in das Heiligtum ein. Schnee lag auf dem Altar, so hoch, dass er kaum zu erkennen war. Mit heftigen Bewegungen wischte Megido die weiße Decke beiseite; die Fackel in ihrer Hand fauchte. Dann legte sie darauf, was sie an mageren Gaben anzubieten hatten: den Kopf des jungen Hammels, eine Hand voll Beeren, einen Krug mit Met. Dardanod trat vor und bettete Ellino auf den kalten Tisch. Ada beeilte sich, neben sie zu klettern und sie an sich zu ziehen. «Keine Angst», flüsterte sie der Kleinen ins Ohr. «Es ist nur eine Reise.» Doch sie spürte die Furcht des Kindes. Sie vertraut mir nicht genug, dachte Ada mitleidig. Wie soll sie das nur überstehen? Und im Geist ging sie all die Schritte durch, die nötig waren, sah sich schon atemlos den Weg zum Camp laufen, sah sich am Schreibtisch mit der Rettungsstelle telefonieren, sah den Widerschein des Blaulichts auf den Birkenstämmen, die verschränkten Arme der Schaulustigen, die fröstelnd und hilflos herumstanden, die Augen des Professors, die sie anstarrten, wissend. Es war ein Fehler, dachte sie, ein Fehler. Aber was konnte sie anderes tun? Ein letztes Mal schaute sie auf in die Gesichter der Menschen, die sie dicht umdrängten.

Dann breitete Megido die Arme aus und verschaffte sich Raum.

«Mutter», begann sie mit lauter Stimme. «Ewige, die alles gebar …» Die Zeremonie hatte begonnen.

Die ersten Strahlen der Sonne krochen über den Horizont, die Wipfel der Birken flammten auf. Flecken hellen Lichts begannen sich hier und da auf den Stämmen zu entzünden. Megido hielt ihr Messer in die Höhe.

«Tänzerin, du Anfang und Ende.
Du Licht im Dunkel, Dunkel im Licht.
Allverschlingerin, Gebärerin, du.»

Megidos Stimme wurde klarer und sicherer. Die ersten Vogelrufe begleiteten sie. Wie ein Alb verschwanden die Schatten der Nacht. Vom Licht emporgehoben, war allen beinahe, als schwebten sie. Ihre Augen ruhten auf der Priesterin. Ihnen schwindelte. Niemand sah den Mann, der einsam durch die Pforte trat. Er ging entschlossen, ohne einmal innezuhalten. Einige dutzend Schritte von dem Schauspiel entfernt blieb er stehen.

«Sieh gnädig auf uns. Nimm dich unser an.»

Der Neuankömmling ließ sich nicht beirren. «Fass», kommandierte er den Hund an seiner Seite.

Lete war die Einzige, die ihn sah, ehe er sprang. «Huud!», rief sie.

Der graue Hundekörper schnellte durch die Luft. Ein Schnappen, laut und irdisch. Dann verbiss er sich in Megidos hocherhobenem Arm. Jaro, der Händler, stürzte zwischen den wie gelähmt dastehenden Menschen hindurch. Ehe jemand zu sich kam und auch nur daran dachte, sich ihm in den Weg zu stellen, war er beim Altar und riss Ada an sich.

«Jaro!» Sie keuchte seinen Namen.

«Ich lass dich nicht gehen.» Für einen Moment starrten sie einander in die Augen. Dann warf sie die Arme um seinen Hals.

Megido trat einen Schritt vor. Mit einer Bewegung brachte Jaro seinen Speer zwischen sich und die Priesterin. Die aufsteigende Sonne ließ die Klinge glänzen. Megido tat einen weiteren Schritt. Der rasiermesserscharfe Stein berührte ihren Hals und ritzte ihn.

Die Menschen stöhnten, als sie das rote Rinnsal am Hals der Priesterin sahen. Megido aber lächelte. Ada starrte sie an. Und für einen Moment tauschten die beiden Frauen stumm ihre Gedanken aus. Sie verstanden einander ohne Worte. Und sie nickten sich zu.

Du tust das Richtige. Er liebt dich. Diese Botschaft sandte Ada an Gisèle. Und sie empfing dieselbe von ihr. Sie legte Jaro die Hand auf den Arm, damit er den Speer senkte. Ohne sie beide eines weiteren Blickes zu würdigen, ging Megido zum Altar. Nur Ada sah, wie sie die Wunde mit dem Finger berührte und das Blut auf ihre Lippen strich. Dann nahm sie Ellino in ihre Arme und gab ihr einen Kuss.

Im selben Moment waren die beiden verschwunden. Die

Sonne, eine silbergetriebene Scheibe, stieg über dem Erdwall auf und überströmte die Leere mit Licht. Ein Stöhnen ging durch die Menge. Sie drängten dichter heran, und ihre suchend ausgestreckten Hände berührten einander auf dem Altar.

«Komm», sagte Jaro zu Ada. «Dies ist nicht mehr unsere Angelegenheit. Wir sind Reisende.» Niemand schaute auf, als sie gingen.

DIE REISENDEN

Es war ein strahlender Tag. Ada und Jaro standen auf dem Gipfel eines Hügels und überblickten die Landschaft. «Dort hinüber», erklärte er ihr, «dann noch ein weiterer Tag, und wir erreichen den Fluss.» Er küsste sie. «Du wirst Umet und Gebro mögen.»

Sie schmiegte sich an ihn. «Du bist jeden Winter dort?», fragte sie.

«Jeden, wenn ich diese Route reise.» Seine Stimme wurde zärtlich. «Unser Kind kann dort geboren werden, wenn du möchtest.»

«Haynar», murmelte Ada.

«Was sagst du?»

«Er wird Haynar heißen.» Sie schaute über die Wälder zu ihren Füßen. «Und wenn er groß genug ist, müssen wir ihn zu Ischtar bringen, damit der ihn alles über die Sterne lehrt.»

Jaro stieß einen überraschten Laut aus, doch er stellte nicht infrage, was sie wollte. Wenn Ada es so voraussagte, würde es auch so kommen.

«Ein Sternkundiger», sagte er, «warum nicht? Auch wenn ich auf ein Mädchen gehofft hatte, mit Locken wie du, das mich zum Spaß damit kitzelt.»

«Ich werde es mir merken», lachte Ada und fuhr mit ihren Haaren über sein Gesicht. Er umschlang sie und warf sie in den

Schnee. Eine Weile rangelten sie miteinander, dann versanken sie in einen langen Kuss. Langsam, sie mit den Augen verschlingend, schnürte Jaro sein Bündel auf und holte ein Fell heraus.

«Hier?», fragte Ada und blinzelte.

«Warum nicht?», fragte Jaro. «Die Sonne wird uns wärmen.» Über ihnen wölbte sich der blaue Himmel.

Er drang in sie ein und umschlang sie zugleich so fest, als wolle er sie nie wieder loslassen. «Ich habe so lange auf dich gewartet», flüsterte er. «Du warst so weit fort. So weit.»

Ada hatte das Gefühl, sich aufzulösen wie Wasser, die Grenzen zwischen ihnen verschwammen, und mit jeder seiner Bewegungen trieb sie weiter diesen lauen Fluss der Glückseligkeit hinunter, der sie mitriss, sie wusste nicht, wohin.

Dann lag sie neben ihm, erschöpft, zufrieden und so voller Freude, dass sie glaubte, bersten zu müssen. Ein Lachen stieg in ihr auf wie eine große, goldene Sonne. Sie konnte nicht anders, sie setzte sich auf und bot sich mit zurückgelegtem Kopf dem Himmel dar und ließ es frei in einem Schrei.

«Was ist?», fragte Jaro erschrocken. Er nahm sie in den Arm und schaute in ihr Gesicht, über das die Tränen liefen. Besorgt wischte er sie fort. Dann sah er ihr Lächeln. «Ich bin nur so froh», flüsterte sie. «So froh, Jaro.»

Später machten sie sich an den Abstieg. Auf dem Hang gegenüber entdeckte Ada einige schwarze Punkte und beschattete ihre Augen gegen die Sonne.

«Pferde», stellte sie fest und beobachtete die schönen Geschöpfe eine Weile. «Jaro, hast du schon einmal daran gedacht, dir beim Tragen deiner Händlerware helfen zu lassen?»

Erstaunt schaute er sie an. Dann folgte er ihrem Blick. «Pferde?», fragte er und zuckte mit den Schultern. «Schmecken gut, aber sie sind scheu und schwer zu jagen.»

Eine Weile beobachteten sie beide die Tiere, die begannen, die Köpfe witternd in ihre Richtung zu heben. «Du hast Ideen», meinte Jaro. Und er hob sie hoch und wirbelte sie einmal herum, dass der Schnee silbern aufstob. Lachend klammerten sie sich aneinander, um nicht zu stürzen. Als sie wieder fest auf den Beinen standen, waren die Tiere verschwunden.

«Aber warum nicht», meinte er dann. «Wenn du es für möglich hältst.» Er schaute sie an. «Es stecken wunderbare Dinge in deinem Kopf, Ada. Besondere Dinge.»

Sie lachte und schüttelte den Kopf, dass ihre Locken flogen.

«Doch», beharrte er, hielt sie fest und umarmte sie erneut. «Du bist so voller Leben.»

Ada schaute ihn lange an. «Du bist mein Leben», sagte sie. Sie strich ihm über das Haar. «Hier ist mein Leben.»

Dann brachen sie auf, dem großen Fluss entgegen.